Bittersüße Qual der Liebe

Weltbild Taschenbuch

Die Autorin

Sue-Ellen Welfonder hat fast 20 Jahre als Stewardess gearbeitet, bevor sie sich ganz dem Schreiben von historischen Liebesromanen widmete. Ihre besondere Liebe gilt der mittelalterlichen Geschichte Englands und Schottlands. Sie selbst hat schottische Vorfahren und fährt regelmäßig nach Großbritannien, um für ihre Bücher zu recherchieren. Sie lebt mit ihrem Mann Manfred und ihrem Jack Russell Terrier Em in Florida. Welfonder hat für ihren ersten Roman *Der Verführer im Kilt* beim *Romantic Times Award* den Preis für den besten ersten historischen Liebesroman verliehen bekommen.
Für weitere Informationen über die Autorin besuchen sie ihre Homepage unter www.welfonder.com.

Sue-Ellen Welfonder

Bittersüße Qual der Liebe

ROMAN

Aus dem Amerikanischen von
Ulrike Moreno

Weltbild

Die amerikanische Originalausgabe erschien 2003 unter dem Titel
Bride of the Beast.

Genehmigte Lizenzausgabe für Verlagsgruppe Weltbild GmbH,
Steinerne Furt, 86167 Augsburg

Übersetzung: Ulrike Moreno
Umschlaggestaltung: Atelier Seidel - Verlagsgrafik, Teising
Umschlagmotiv: Pino Daeni via Agentur Schlück GmbH, Garbsen
Gesamtherstellung: CPI Moravia Books s.r.o., Pohorelice
Printed in the EU
ISBN 978-3-86800-790-9

2014 2013 2012 2011
Die letzte Jahreszahl gibt die aktuelle Lizenzausgabe an.

In liebevoller Erinnerung an meinen Schwiegervater,
Gottfried Welfonder, einen Mann, der auch eine Narbe hatte
und sie, wie Sir Marmaduke, mit Würde und mit Anmut trug
und enorme Widrigkeiten überwand, um stets erhobenen
Hauptes dazustehen. Er war ein echter Kavalier.
Ein feiner Gentleman der alten Schule, ein Hobbygärtner und
Buchliebhaber, der sehr stolz auf mich gewesen wäre.
In meinem Herzen lebt er weiter.

Danksagung

Die, die mich gut kennen, wissen von meiner großen Liebe und leidenschaftlichen Begeisterung für den heldenhaften schottischen König Robert the Bruce. Er war ein großherziger Mensch, der anderen Männern haushoch überlegen war und dessen Tapferkeit, Unerschrockenheit und Mitgefühl Liebe und Hingabe in allen weckten, die ihm folgten, und widerwilligen Respekt bei jenen, die dies nicht taten. Sein Licht brannte so hell, dass sein Glanz die Jahrhunderte überdauerte und immer noch die Macht besitzt, die Herzen derer, die Schottland lieben, zu entflammen und gewinnen. Meins gehört ihm jedenfalls, und es war einer der glanzvollsten Momente seines Lebens, sein großartiger Sieg über die Engländer in Bannockburn, von dem ich mich zu Sir Marmaduke Strongbow inspirieren ließ.

Sir Marmaduke Tweng, eine reale historische Persönlichkeit, war ein angesehener englischer Ritter jener Zeit und als Ehrenmann bekannt. Als er im Verlauf der Schlacht aus dem Sattel geworfen wurde, suchte er Robert the Bruce auf und weigerte sich strikt, irgendjemand anderem sein Schwert zu übergeben. Aus Respekt und Achtung vor Sir Marmadukes Unerschrockenheit lud Robert Bruce ihn in sein königliches Zelt ein und bewirtete ihn an seiner eigenen Tafel.

Der reale Sir Marmaduke wurde anschließend, ohne Lösegeld bezahlen zu müssen, auf freien Fuß gesetzt und durfte in Frieden nach England zurückkehren. Als ich erkannte, dass ich Duncan in *Der Verführer im Kilt* einen tapferen englischen Ritter als besten Freund zur Seite stellen wollte, erinnerte ich mich an Robert Bruce und Sir Marmaduke. Kein anderer Name schien mir gut genug für diese Persönlichkeit ... und ich hoffe, dass beide Männer lächeln würden, wenn sie es wüssten.

Ich möchte all den Lesern auf meiner Adressenliste danken, die sich in *Der Verführer im Kilt* in Sir Marmaduke verliebt haben. Ihre zahlreichen Bitten um ein eigenes glückliches Ende für diesen speziellen Charakter haben bewirkt, dass diese Geschichte zu Stande kam.

Mein aufrichtigster Dank gilt meiner wundervollen Agentin und Freundin, Pattie Steele-Perkins, die Sir Marmaduke von Anfang an liebte, sowie meiner sehr geschätzten Redakteurin, Karen Kosztolnyik, für ihr außerordentliches Geschick darin, mir dabei zu helfen, ihm das beste Buch zu widmen, das ich konnte. Ich bin euch beiden sehr zu Dank verpflichtet.

Und wie immer danke ich auch meinem gut aussehenden Ehemann, Manfred, meinem eigenen Drachentöter, für das Ertragen meiner langen Nächte und gehetzten Abendessen, und dafür, dass er es mir ermöglicht, meine Träume zu verwirklichen.

Kapitel 1

Dunlaidir Castle,
Ostküste Schottlands, 1330

»Was Ihr braucht, Mylady, ist ein Beschützer.«

Lady Caterine Keith versteifte sich in Anbetracht des gut gemeinten Ratschlag ihrer Gesellschafterin und starrte weiter durch die mit Rundbögen versehenen Fenster ihres Turmzimmers. Tief unten brauste und toste die Nordsee, deren schiefergraue Wellen von weißem Schaum gekrönt waren und deren aufgewühlte Oberfläche ein perfektes Spiegelbild ihres eigenen inneren Aufruhrs war.

Ein lastendes Schweigen breitete sich zwischen den beiden Frauen aus, bis das Prasseln des Kaminfeuers und das hohle Pfeifen des frischen Herbstwinds zu beinahe ohrenbetäubenden Geräuschen anwuchs.

Regen mit sich bringende Windböen peitschten gegen Dunlaidirs dicke Steinmauern und rüttelten so heftig an den Fensterläden, dass es Caterine nicht überrascht hätte, wenn diese aus ihren Verankerungen gerissen und in die See geschleudert worden wären.

Ein quälendes Gefühl der Vorahnung beschlich sie, das einem bösen Omen gleichkam. Eine schlimme Vorahnung, kalt und unerbittlich wie die dunklen Wellen, die gegen die Klippen schlugen, auf denen Dunlaidir Castle so majestätisch thronte.

Trotzdem sagte sie noch immer nichts.

Denn der Vorschlag ihrer Gesellschafterin verdiente keinen Kommentar.

Ohne sich von Caterines Schweigen beirren zu lassen, schwärmte Lady Rhona weiter. »Ich kann ihn buchstäblich schon vor mir sehen: ein mächtiger Krieger, der ein starkes Schwert führt, ein im Kampf erprobter Ritter, der zudem auch noch den Ruf besitzt, ein Kavalier zu sein«, begeisterte sie sich, und ihre junge Stimme war ganz heiser vor Erregung.

Voller trügerischer Fantasien, an die Caterine schon längst nicht mehr glaubte.

An die sie vielleicht noch nie geglaubt hatte.

Nie hatte glauben *dürfen*, egal, wie sehr ihr junges Herz sich auch einst bemüht haben mochte, an solch unsinnigen Träumen festzuhalten.

»Mylady«, sagte Rhona flehend, bemüht, Caterines Aufmerksamkeit zu gewinnen. »Bedenkt doch nur! Ein kampferprobter Ritter, der im Stande wäre, Eure Feinde allein mit einem bloßen Blick zu bezwingen. Ein tapferer Mann, bereit, sie auf ein bloßes Wort von Euch in Stücke zu zerhacken. Ein großartiger Beschü ...«

»Ich will keinen Beschützer.« Caterine fuhr zu ihrer Freundin herum. »Ich will nichts anderes, als dass man mich in Ruhe lässt.«

»Und ich sage, was Ihr braucht, ist Leidenschaft!«, entfuhr es der unverbesserlichen Romantikerin Rhona, doch dann schlug sie verlegen eine Hand vor ihren Mund, und eine zarte Röte färbte ihre Wangen.

Sie schlüpfte hinter Caterine, zog die Fensterläden energisch zu, womit zwar Wind und Regen ausgeschlossen, der Raum allerdings gleichzeitig in Dämmerlicht getaucht wurde. »Grundgütiger Himmel!«, ereiferte sie sich und beeilte sich, ein paar Talgkerzen anzuzünden. »Ich wollte nicht respektlos sein. Es ist nur so, dass Ihr noch nie ...«

»Ich weiß sehr gut, was Ihr gemeint habt«, unterbrach Caterine sie rasch, bevor die jüngere Frau weiterschwatzen und sie beide in Verlegenheit bringen konnte. Sorgsam darauf bedacht, eine aufrechte Haltung zu bewahren, ließ sie sich auf den weichen Kissen der in die Fensterlaibung eingebauten Sitzbank nieder.

Es kümmerte sie kaum, dass die fein bestickten Kissen durch

den schräg gegen die Burg schlagenden Regen feucht geworden waren. Caterine hatte weitaus ernstere Angelegenheiten zu erwägen, als die Möglichkeit, sich zu erkälten.

»Eure Sorge ist sehr lobenswert, aber gänzlich fehl am Platz«, bemerkte sie mit einem Seitenblick auf Rhona. »Ich kenne mich mit Männern aus. Glaubt Ihr allen Ernstes, ich sei noch unerfahren, nachdem ich zwei Ehemänner zu Grabe getragen habe?«

»Natürlich nicht, Mylady«, erwiderte Rhona, während sie geschäftig mit den Kerzen herumhantierte. »Niemand ist sich Eurer verzweifelten Lage besser bewusst als ich. Hätte ich nicht Euer Bestes im Sinn, würde ich Euch gar nicht so bedrängen, männlichen Schutz zu suchen.«

Mit einer ungeduldigen Handbewegung erklärte Caterine: »Ihr sprecht von Leidenschaft. Ich brauche eine Lösung für meine Probleme, für *Dunlaidirs* Probleme, und keinen Mann, der mir das Bett wärmt.«

Sie beugte sich vor, um Leo, ihren kleinen goldbraunen Hund, auf den Schoß zu nehmen. »Ich werde mich nicht noch einmal um die Aufmerksamkeit eines Mannes bemühen, ganz egal, zu welchem Zweck. Leo ist das einzige männliche Wesen, das in diesem Raum willkommen ist ... und das müsstet Ihr langsam begriffen haben.«

»Leo kann Euch nicht vor einem so mächtigen Mann wie Sir Hugh beschützen. Dieser Kerl ist ein heimtückischer Feigling, der sehr gemein und gefährlich werden kann. Euch bleibt gar nichts anderes übrig, als Eure Schwester zu bitten, Hilfe herzuschicken.«

»Glaubt Ihr etwa, ein einziger Highlandkrieger sei im Stande, einen englischen Grafen abzuschrecken, der eine komplette Garnison berittener Soldaten zur Verfügung hat?« Caterine drückte Leo an sich und fühlte sich von der weichen Wärme seines kleinen Körpers ein wenig getröstet. »Sogar ein mächtiger MacKenzie hätte große Schwierigkeiten, de la Hogue daran zu hindern, Dunlaidir durch eine Heirat mit mir in seinen Besitz zu bringen.«

Rhona legte ihren dunklen Kopf zur Seite. »Dann müsst Ihr eine solche Verbindung von vornherein unmöglich machen, indem Ihr Euren Beschützer heiratet.«

Caterine reagierte mit Empörung. »Ich *habe* keinen Beschützer. Und ich werde auch nicht Linnets Gunst ausnutzen, indem ich sie darum bitte, mir einen zu schicken. Und selbst wenn ich geneigt wäre, es zu tun – was ich nicht bin –, wäre es auch nicht akzeptabler, mich an einen solchen Mann zu binden, als Sir Hugh zu ehelichen.«

»Woher wollt Ihr das wissen, wenn Ihr dem Mann, den Euch Eure Schwester schicken wird, noch nie begegnet seid?«

Caterine warf ihrer Freundin einen scharfen Blick zu. »Ich werde keinen dritten Ehemann erdulden, ob er nun mein Beschützer wäre oder nicht.«

Statt zu antworten, begann Rhona im Zimmer umherzuwandern und tippte sich dabei immer wieder mit dem Zeigefinger an ihr Kinn. Caterine wappnete sich innerlich schon für den Schwall absurden Geschwätzes, der, wie sie wusste, jeden Moment von den nachdenklich geschürzten Lippen der jungen Frau kommen würde.

Denn nach Jahren des Zusammenlebens kannte sie ihre Freundin gut. Ihr nervöses Fingertippen war stets ein Vorbote für Ausbrüche von Albernheit. Sinnloses Gerede, das außer Rhona selbst niemand verstand.

»Ich hab's!«, rief Rhona da auch schon und klatschte in die Hände. Ein triumphierendes Lächeln überzog ihr hübsches Gesicht. »Ihr gebt einfach nur vor, den Mann zu heiraten, den Euch Eure Schwester schickt.«

Caterines Augenbrauen schossen in die Höhe. »*Vorgeben*?«

»Aye.« Ihre Freundin strahlte sie an und schien offensichtlich darauf zu waren, dass Caterine die Genialität ihrer Idee erkannte.

Doch Caterine erkannte gar nichts.

Nichts außer ihrer wachsenden Verärgerung über Rhonas unablässiges Drängen.

Brüsk erhob sie sich, trug Leo über den mit Binsen bestreuten Boden und setzte ihn auf sein Bettchen auf des für ihn neben dem Kamin liegende weiche Schaffell. »Ich fürchte, Ihr habt es immer noch nicht begriffen. Ich werde meine Schwester nicht um Hilfe bitten, und ich werde auch keine weitere Ehe in Betracht ziehen. Nicht einmal eine vorgetäuschte«, bekräftigte sie in einem Tonfall, von dem sie hoffte, Rhonas Überschwang eindämmen zu können.

Streng und unnachgiebig.

Vor allem unnachgiebig.

»Aber es wäre die beste Gelegenheit für Euch, Sir Hughs loszuwerden«, versuchte Rhona erneut, ihr zuzureden. »Habt Ihr vergessen, dass er geschworen hat, eine Verfügung seines Königs zu erwirken, um Euch zu zwingen, Euch zu fügen, solltet Ihr mit der Heirat am Michaelistag nicht einverstanden sein?« Rhona hob flehend ihre Hände. »Und der Michaelistag ist längst vorüber, Mylady.«

»Tatsächlich?« Caterine zupfte an einer nicht vorhandenen Fussel an ihrem Ärmel. »Da unsere Vorräte zu spärlich geworden sind, um den Tag des Heiligen Michael zu feiern, hatte ich gar nicht bemerkt, dass er schon vorüber ist. Und es interessiert mich auch nicht, was Edward der Dritte mir zu tun befiehlt. Denn noch wird dieses Land für den jungen David von Schottland gehalten.«

»Mylady, bitte«, flehte Rhona. »Ihr habt gar keine andere Wahl.«

Von jähem Zorn erfasst, ballte Caterine die Fäuste. Hinter den verschlossenen Fensterläden wurde Donner laut, und sein leises Grollen war wie ein Echo der schmerzlichen Verbitterung tief in ihrem Inneren.

Rhona irrte sich. Sie *hatte* andere Möglichkeiten.

Doch wie so oft in ihrem Leben behagten sie ihr alle nicht.

Sie hatte immer unter der Herrschaft eines Mannes gelebt. Selbst heute noch, gerade erst zur Witwe eines älteren, aber nicht unliebenswürdigen Ehemanns geworden und zu einem Zeitpunkt, als sie gehofft hatte, endlich wenigstens einen Anschein von Frieden zu finden.

Frieden und Alleinsein.

Ungebeten tauchte plötzlich Sir Hugh de la Hogues vor ihrem inneren Auge auf – sein feistes Gesicht mit den kleinen, vor Befriedigung glänzenden Schweinsäuglein, das Geräusch seines schweren Atems, der seiner lüsternen Natur Ausdruck verlieh.

Caterine bekam eine Gänsehaut. Der bloße Gedanke, von den dick beringten Fingern dieses Engländers berührt zu werden, jagte ihr vor lauter Abscheu einen Schauder über den Rücken und ließ Galle in ihrer Kehle aufsteigen.

»Mylady, Ihr seid blass geworden.« Rhonas besorgte Stimme vertrieb das abstoßende Bild. »Soll ich die Blutegel holen?«

»Nein, mir geht's gut«, log Caterine mit ausdrucksloser Stimme.

Ihre dunklen Augen voller Sorge trat Rhona hastig vor, um Caterines Hände zu ergreifen. »Ach, Mylady, Ihr müsst nachgeben. Die MacKenzie-Männer sind fähig und beherzt. Der Gatte Eurer Schwester ist ein fairer Mann, er wird Euch den zuverlässigsten Kämpfer seiner Truppe schicken.«

Rhona ließ Caterines Hände los und begann wieder auf und ab zu gehen. »Erinnert Ihr Euch, wie er und Eure Schwester vor ein paar Jahren zu Besuch hier waren? Du liebe Güte, all die Frauen in der Burg waren vollkommen aufgelöst, wenn er auch nur einen Blick ...«

»Es gibt Wichtigeres an einem Mann als die Breite seiner Schultern und sein charmantes Lächeln«, unterbrach Caterine das Geplapper ihrer Freundin. »Ich will gar nicht abstreiten, dass der Mann meiner Schwester einen erfreulichen Anblick bietet *und* einen anständigen Charakter hat, aber ich warne Euch, denn Duncan MacKenzie ist absolut kein Mann, an dem man andere messen kann. Einen Mann wie ihn findet man nur sehr selten. Meine Schwester kann sich glücklich schätzen, ihn zu haben.«

Für einen kurzen Augenblick schien Rhona hinreichend zurechtgewiesen, doch kurz darauf plapperte sie weiter, und ihr Gesicht begann wieder vor Begeisterung zu glühen. »Ich schwöre, es war mehr als nur sein gutes Aussehen, was mich an diesem Mann beeindruckte. Nie werde ich vergessen, wie er beim Tjost Dunlaidirs besten Reiter aus dem Sattel warf, aber trotzdem anständig genug war, sich von Eurem verstorbenen Gemahl besiegen zu lassen.«

Rhona richtete einen nachdenklichen Blick auf Caterine. »Aye, Laird MacKenzie ist ein gerechter Mann. Er wird einen starken, tapferen Krieger mit enormen kämpferischen Fähigkeiten für Euch aussuchen, einen Mann von Ehre, der Euch beschützen kann.«

Einen Mann von Ehre.

Caterine schluckte die scharfe Antwort, die ihr auf der Zunge lag, hinunter. Von allen Frauen hatte gerade sie besonders wenig Grund an die Existenz eines solch mustergültigen Mannes zu glauben. Obwohl sie viele Seiten der Männer, denen sie in ihrem bisherigen Leben begegnet war, kennen gelernt hatte, war Ehre eins der Attribute, an denen es den meisten von ihnen sehr gemangelt hatte.

Nur ihr erst kürzlich verstorbener Ehemann hatte ein gewisses Maß daran besessen.

Allerdings auch nur eine eher magere Portion.

Sie verschränkte ihre Arme. »Und Ihr glaubt, dieser berühmte und mächtige Highlander, dieser Mann von Ehre, würde seine Moralvorstellungen vergessen und sich bereit erklären, sich als mein dritter Ehegatte auszugeben?«

Rhona gab ihre Wanderung auf, schien ihre Gedanken abzuwägen und lächelte dann. »Er wird der Ehre wegen zustimmen. Welcher Mann, der einen Funken Mitgefühl im Körper hat, könnte einer Edelfrau in Not etwas verweigern?«

»Glaubt Ihr?«

»Ich bin mir sicher.« Wieder begann das Fingertippen. »Vor

allem, wenn Ihr Lady Linnet über den drohenden Untergang Dunlaidirs informiert. Ist der Ernst unserer Lage erst einmal bekannt, wird kein Mann, der nach den Gesetzen der Ritterlichkeit lebt, Euch etwas verweigern.«

Seien die Heiligen ihr gnädig, aber das glaubte sogar Caterine nicht.

Dann sei es so, hätte sie beinahe gesagt, aber bevor sie diese einlenkenden Worte äußern konnte, brachte lautes Donnergrollen sie zum Schweigen.

Eine ganze Reihe aufeinander folgender krachender Donnerschläge erschütterten die Dielenbretter und versetzten die Fensterläden in Bewegung.

Die hemmungslose Wut des Sturmes war ein böses Omen, daran zweifelte Caterine nicht.

Ein Zeichen, dass die Götter das frevelhafte Verhalten, zu dem Rhona sie zu überreden versuchte, missbilligten.

Oder schlimmer noch – ein Zeichen, dass sie Rhonas Meinung zustimmten und über Caterines Weigerung, den Ratschlag ihrer Freundin zu befolgen, verärgert waren.

Etwas, was sie nicht tun wollte und nicht tun konnte.

Caterine wartete, bis die erste Wucht des Sturmes nachgelassen hatte, dann strich sie die Falten ihres wollenen Gewandes glatt. Bevor sie ihre Entschlossenheit und ihren Mut verlieren konnte, straffte sie die Schultern und zwang sich auszusprechen, was gesagt werden musste.

»Lady Rhona, ich respektiere Euren Rat und weiß, dass Ihr immer auf mein Wohl bedacht seid«, sagte sie mit erstaunlich ruhiger Stimme. »Aber ich verbiete Euch, dieses Thema noch einmal anzuschneiden. Ich werde *keinen* Beschützer kommen lassen.«

☆ ☆ ☆

Vierzehn Tage später, auf der anderen Seite Schottlands, tief in den westlichen Highlands, kämpfte ein einsamer Krieger gegen einen unsichtbaren Feind. Nichts anderes als das wiederholte Zischen seines mächtigen, durch die kalte Morgendämmerung sausenden Schwertes störte die friedliche Stille.

Sogar Loch Duich, das hinter der Kirchhofmauer verborgen lag, verhielt sich heute still, seine dunkle Oberfläche vermutlich glatt wie fein geschliffenes Glas, denn nicht einmal ein Murmeln, ja nicht einmal das sanfte Plätschern der an die kiesbedeckte Küste rollenden Wellen war zu hören.

Es war noch weit vor Tagesanbruch, die Tageszeit, die Sir Marmaduke Strongbow für seine Fechtkunstübungen bevorzugte. Bald würde Eilean Craig Castle erwachen, der leere Burghof würde sich mit regem Treiben füllen und die Knappen des Burgherrn würden auf den Friedhof strömen, um sich Marmaduke anzuschließen, jeder Einzelne von ihnen begierig, die Klinge mit ihm zu kreuzen und sich von ihm in der Fechtkunst unterweisen zu lassen.

Um ihre eigene zu verbessern.

Im Moment jedoch war er noch ganz allein.

Frei, seine geheimen Feinde herauszufordern, und kühn genug, sich mit dem gefährlichsten von allen auseinander zu setzen: seinem eigenen Ich und den selbsterschaffenen Dämonen, die in ihm steckten.

Er hielt inne, um tief Luft zu holen und sich dann mit dem Arm über seine feuchte Stirn zu fahren. Sollte doch die Pest seine Sorgen holen. Die Heiligen waren seine Zeugen, dass er sehr viel hatte, wofür er dankbar sein konnte. Bald würde seine eigene Burg fertig gestellt werden. Ja, wenn er nicht ein Mann gewesen wäre, der den Komfort schätzte, dann würde er jetzt gleich, wahrscheinlich noch heute, in Balkenzie einziehen.

Aber er hatte Jahre gewartet, um sein Banner über seiner eigenen Bastion zu hissen, da sollten ihn ein paar weitere Monate auch nicht mehr allzu viel Geduld kosten. Dann würde alles fertig sein, und er würde sein neues Heim in Besitz nehmen.

Eine Burg, die er und sein Lehnsherr, Duncan MacKenzie, überaus sorgfältig entworfen hatten.

Ein strategisch ideales Festungswerk, gebaut, um die südliche Grenze des MacKenzie-Landes zu bewachen.

Ein in jeder Hinsicht vollkommenes Heim, von einer Ausnahme abgesehen.

Im Gegensatz zu seinem Lehnsherren und engsten Freund fehlte Marmaduke noch eine schöne Ehefrau an seiner Seite. Seine Burg würde ausschließlich von Männern bevölkert werden.

Marmaduke unterdrückte die Verbitterung, die ihn so oft befiel, wenn er allein war, umfasste den lederbezogenen Griff seines Schwerts noch fester und stürzte sich von neuem auf seine unsichtbaren Feinde. Schneller und schneller durchschnitt seine Klinge die frühe Morgenluft, während er herumwirbelte und sich duckte, vorstieß und zurückwich, geschickt seine Zweifel und Reuegefühle in Stücke hieb und sie einen nach dem anderen verbannte.

Bis zum nächsten Tag, wenn er sich ihnen aufs Neue stellen würde.

»*Sir* …« Die leise Stimme hinter ihm war kaum mehr als ein Wispern in seinen Ohren, gleichzeitig aber auch ein gewaltiges Gebrüll für seine kriegerischen Instinkte. Augenblicklich senkte Marmaduke sein Schwert und drehte sich zu der Dame um, die ihn angesprochen hatte.

»Gnädigste, ich freue mich immer, Euch zu sehen, doch Ihr müsstet eigentlich wissen, dass man sich einem Mann, der sich gerade in der Fechtkunst übt, nicht von hinten nähern sollte«, sagte er, während er sein Schwert in die Scheide steckte. »Und ich glaube auch nicht, dass es Euch gut tut, in dieser kalten Morgenluft hier draußen zu sein.«

»Ich bin noch gut in Form«, konterte Linnet MacKenzie und zog ihren wollenen Umhang noch etwas fester um sich, bevor sie eine Hand auf ihren schon recht umfangreichen Bauch legte. »Ich wollte Euch unter vier Augen sprechen, bevor die anderen aufwachen.«

Sir Marmaduke blickte die Frau seines Lehnsherrn prüfend an. Ihr hübsches Gesicht schien blasser, als es hätte sein sollen, und falls die Sehkraft seines einen gesunden Auges ihn nicht trog, lagen ins Violette spielende Schatten unter ihren Augen.

Und ihm gefiel auch nicht, wie schwer sie atmete. Dass sie sich auf der Suche nach ihm überanstrengt hatte, war nur allzu offensichtlich.

»Ihr solltet im Bett sein, Gnädigste«, tadelte er sie, um einen strengen Ton bemüht, doch außer Stande, auch nur ansatzweise streng zu ihr zu sein. »Weiß Euer Mann, wo Ihr seid?«

Die leichte Röte, die in ihre Wangen stieg, genügte ihm als Antwort.

»Ich muss Euch sprechen«, wiederholte sie und legte eine kalte Hand auf seinen Unterarm.

»Dann lasst uns in die Kapelle gehen.« Er legte seine Hand auf ihre und führte sie zu Eilean Creags kleinem, aus Stein erbautem Gotteshaus. »Sie liegt näher als der Burgsaal, und wir sind dort ungestörter.« Sanft drückte er ihre Hand. »Ich möchte, dass Ihr Euch im Warmen befindet, bevor ich mir anhöre, was Ihr auf dem Herzen habt.«

Er hatte sie kaum in die Kapelle geführt, als deren massive Holztür auch schon hinter ihnen zuschlug. Krachend prallte sie gegen die weiß getünchte Wand.

»Heilige Maria und Josef!« Duncan MacKenzie schäumte vor Wut und ignorierte die Heiligkeit dieses geweihten Ortes. Äußerst gereizt, sein Unbill umhüllte ihn wie ein dunkler Umhang, steuerte er geradewegs auf seine Frau zu. »Hast du den Verstand verloren, Frau? In deinem Bett solltest du sein. Der gesamte Haushalt sucht dich schon!«

Seine geballten Fäuste in die Hüften stemmend, bedachte er Marmaduke mit einem finsteren Blick. »Warum überrascht es mich nicht, dich hier bei ihr zu finden?«

»Beruhige dich, mein Freund«, bat Sir Marmaduke, seine

warme Baritonstimme gänzlich unbeeindruckt vom Gezeter des anderen Mannes. »Ihr ist nichts geschehen.«

»Wenn sie deine Gemahlin wäre, würdest du sie auch in Sicherheit wissen wollen, Strongbow.« Duncan fuhr sich mit der Hand durch sein zerzaustes Haar.

»Sie liegt mir genauso sehr am Herzen, als ob sie meine Gemahlin wäre, und das weißt du.« Marmaduke stemmte nun ebenfalls die Hände in die Hüften. »Ihr Wohlergehen ist mir genauso wichtig wie dir. Es gibt nichts, was ich nicht für sie tun würde.«

»Meine Herren, bitte.« Linnet lehnte sich an die Skulptur eines früheren MacKenzie-Kriegers, eine Hand noch immer schützend auf ihren Bauch gelegt. »Ich habe euch gesagt, dass dieses Mal nichts schief gehen wird. Ich weiß es. Meine Gabe hat es mir gezeigt.«

Duncan MacKenzie starrte ihr prüfend ins Gesicht, und seine gut geschnittenen Züge waren von ähnlich maskenhafter Starre wie die seines in Stein gemeißelten Vorfahren. Nach einem weiteren finsteren Blick in Marmadukes Richtung fuhr er abrupt herum und durchquerte mit großen Schritten die Kapelle.

Dann ließ er sich auf ein Knie nieder und machte sich daran, ein kleines Kohlenbecken in der Ecke neben dem Altar anzuzünden. »Hast du es ihm gesagt?«, fragte er seine Frau, als er sich wieder aufrichtete.

»Was soll sie mir gesagt haben?«, fragte Marmaduke mit erhobener Augenbraue.

»Meine Gemahlin möchte dich um einen Gefallen bitten.« Duncan warf Linnet einen Blick zu. »Einen großen Gefallen.«

Sir Marmaduke ignorierte sowohl die Betonung, die sein Freund in die letzten drei Worte gelegt hatte, als auch das schiefe Grinsen, das plötzlich seine Lippen umspielte. Er würde Lady Linnets Bitte in jedem Fall vorbehaltlos begegnen. Seit sie vor fünf Jahren nach Eilean Creag gekommen war, hatte er sie beschützt, und sie hatte ihm seine Ritterlichkeit wahrlich wieder gutgemacht.

In ihrer Gegenwart konnte er die Narbe vergessen, die sein einst so gut aussehendes Gesicht entstellte, und sich einbilden, dass sein Äußeres und nicht sein routinierter Charme die Frauen dazu veranlasste, ihre Köpfe nach ihm zu verdrehen.

Ja, er verehrte Lady Linnet sehr.

»Kein Gefallen, um den Mylady mich bitten könnte, ist zu groß«, beteuerte Marmaduke. Dann wandte er sich ihr zu und verbeugte sich vor ihr. »Wie kann ich Euch zu Diensten sein, Mylady?«

Statt zu antworten, senkte Linnet ihren Blick und begann mit der Fußspitze über den Steinfußboden der Kapelle zu scharren.

Ohne die nur schlecht verhohlene Verblüffung seines Freundes zu beachten, hob Marmaduke mit einer Hand ihr Kinn an und zwang sie damit, ihn anzusehen. »Nennt mir Euren Wunsch, und er sei Euch gewährt«, versuchte er, sie zu ermutigen.

Sie schaute ihm in die Augen, sagte aber noch immer nichts. Nach einer Weile befeuchtete sie ihre Lippen und meinte: »Jetzt, da ich vor Euch stehe, fürchte ich fast, es ist zu viel verlangt.«

Marmaduke warf Duncan einen Blick zu und wünschte dann sogleich, es nicht getan zu haben. Sein gut aussehender Freund zeigte ein freches Lächeln.

Ein etwas *zu* freches Lächeln.

In Marmaduke begann sich ein merkwürdiges Unbehagen auszubreiten, wie eine scharfkantige Scherbe schnitt es in seine Gedärme und wurde von Minute zu Minute unerträglicher wurde.

Das Lächeln auf Duncan MacKenzies Gesicht wurde noch breiter, und das Glitzern seinen Augen schien nichts Gutes zu verheißen.

Marmaduke wandte sich wieder Linnet zu. »Ich kann Euch nicht helfen, wenn Ihr mir nicht sagt, was ich für Euch tun soll.«

»Ich kann nicht«, flüsterte sie und schüttelte den Kopf.

»Und *du*?« Er sah Duncan an und erschrak, als er sah, dass das

Lächeln seines Freundes sich mittlerweile in ein albernes Grinsen verwandelt hatte. »Wirst du dieses gewaltige Geheimnis lüften?«

»Mit Vergnügen«, antwortete Duncan mit unverkennbarer Belustigung in seiner Stimme. »Die Schwester meiner Gemahlin braucht einen Beschützer.«

Marmaduke hob eine Augenbraue. »Ich kann nichts Amüsantes daran finden, wenn eine Dame in Not geraten ist.«

»Dann werdet Ihr ihr helfen?«, fragte Linnet, und die Hoffnung und Erregung, die in ihrer Stimme mitklangen, berührten Marmadukes Herz.

Nur durch eiserne Selbstbeherrschung konnte er die zunehmende Anspannung in seiner Brust unterdrücken, das dumpfe Pochen eines Herzens, das voller anderer Pläne war als wegzureiten, um die Drachen irgendeiner ihm unbekannten Edelfrau zu töten.

»Glaubt Ihr, dass ich der Richtige bin, um sie zu beschützen?«, ließ seine Tapferkeit ihn fragen, bevor sein Herz seine Zunge am Sprechen hindern konnte.

»Wir kennen keinen besseren«, antwortete Duncan an Stelle seiner Frau. »Lady Caterine wurde gerade erst Witwe und wird schon jetzt von einem hartnäckigen englischen Graf bedrängt, der sie zwingen will, ihn zu heiraten. Ihre Festung, Dunlaidir Castle im Osten, befindet sich in einem ausgesprochen schlechten Zustand. Ohne Hilfe wird sie sowohl den Frieden, den sie sich ersehnt, wie auch das Heim, das ihr so am Herzen liegt, verlieren.«

Liebevoll legte er einen Arm um Linnets Schultern und zog sie an sich. »Und es ist in diesen unruhigen Zeiten auch keineswegs in unserem Interesse, eine so strategisch wichtige Festung wie Dunlaidir in englische Hände fallen zu lassen.«

Marmaduke rieb sich den Nacken. »Warum schickst du nicht eine Einheit fähiger Männer hin, die ihr helfen? Du hast eine Menge kampferprobter Krieger, unter denen du gut eine Auswahl treffen könntest.«

»Nenn mir einen einzigen von ihnen, der ein besserer Schwertkämpfer ist als du.« Duncans Finger kneteten nervös die wollenen Falten des Umhangs seiner Frau. »Wer wäre geeigneter als du, ein Sassenach von edlem Geblüt, einem englischen Earl die Stirn zu bieten? Du mit deinen kriegerischem Geschick und deiner Beredsamkeit bist besser als zwanzig kampfbereite Schotten für diese Aufgabe geeignet.«

Noch immer nicht ganz überzeugt, schüttelte Sir Marmaduke den Kopf. »Eine komplette Truppe wäre ihr bestimmt dienlicher als ein einzelner Mann.«

»Dunlaidir verfügt über eine solide Garnison. Sie benötigen nur Führung. Eine feste Hand und einen besonnenen Mann, der sie befehligt. Und so kurz vor der Fertigstellung von Balkenzie kann ich hier ohnehin nicht mehr als ein paar Mann erübrigen. Nein, Strongbow, diese Aufgabe fällt dir zu.« Inzwischen wieder ernst geworden, richtete Duncan einen durchdringenden Blick auf Marmaduke. »Oder würdest du der Schwester meiner Gemahlin deine Hilfe etwa verweigern?«

»Du weißt, dass ich das nicht kann. Es ist nur so, dass ...« Marmaduke brach ab, seine gewohnte Redegewandtheit ließ ihn ganz unversehens im Stich. Er fuhr mit einem Finger unter den Ausschnitt seiner Tunika. Die etwas muffige, nach Weihrauch riechende Luft in der Kapelle erschien ihm plötzlich so erdrückend, dass er beinahe würgen musste. »Ich hatte eigentlich vorgehabt, bald in Balkenzie einzuziehen.«

Eine lahme Ausrede, sicher, aber er hatte wirklich sehr gehofft, noch vor Samhain sein eigenes Banner über der Burg hissen zu können.

»Ich hatte gehofft, die Burg gut garnisoniert und gesichert zu haben – *für dich* gesichert –, bevor der Winter kommt«, sagte Marmaduke.

»Und das wirst du auch.« Duncan lächelte nun wieder. »Bei deiner Rückkehr.«

Bevor Marmaduke seinem Freund, der ihn mit seinen letzten

Worten beinahe vor vollendete Tatsachen gestellt hatte, widersprechen konnte, brachte dieser ihn schon mit erhobener Hand zum Schweigen. »Spätestens bis Yuletide wirst du dich gemütlich zwischen den Mauern deiner eigenen Festung eingerichtet haben«, erklärte sein Lehnsherr. »Und dann werden wir uns alle an Balkenzies Kamin versammeln und auf die Gesundheit meiner Gemahlin trinken.«

»Und auf die unseres Kindes«, fügte Linnet hinzu, und die in ihrer Stimme wie in ihren Augen liegende Überzeugung trug mehr dazu bei, Sir Marmadukes Widerstand zu brechen, als all die resoluten Worte ihres Ehemanns zusammen.

Duncan schien die nachlassende Willenskraft seines Freundes zu spüren und Duncan legte ihm eine Hand auf die Schulter. »Ein schwer bewaffneten Krieger wie du wird doch wohl kaum viel Zeit benötigen, um mit einem einzigen lästigen Engländer fertig zu werden?«

Er versetzte Marmaduke einen freundschaftlichen Stoß zwischen die Rippen. »Einem sehr dicken und sehr ungelenken, wenn man den Klatschmäulern glauben darf.«

Marmaduke schluckte.

Irgendetwas stimmte hier nicht.

Und was immer es auch sein mochte, es kroch seinen Rücken hinauf, kühl und glatt wie eine Schlange, um sich dann um seinen Hals zu schlingen und immer fester zuzudrücken, je länger er das mutwillige Funkeln in den Augen seines Freundes sah.

Marmaduke runzelte die Stirn. »Es gibt da etwas, was ihr mir verschweigt.«

Linnet wandte den Blick ab, und Duncan streckte die Arme über den Kopf und ließ seine Fingerknöchel geräuschvoll knacken. Sein albernes Grinsen wurde noch ein wenig breiter. »Wie immer kann ich nichts vor dir verbergen«, räumte er ein, und seine tiefe Stimme klang nun nahezu vergnügt. »Ich hege schon lange den Verdacht, dass du mit der gleichen hellseherischen Gabe gesegnet bist wie meine schöne Frau.«

An die kalte Steinskulptur seines vor langer Zeit verstorbenen Vorfahren gelehnt, erläuterte Duncan. »Lady Caterine möchte, dass du dich als ihr Ehemann ausgibst. Sie glaubt sich von ihren gegenwärtigen Bedrängnissen nur befreien zu können, wenn sich herumspricht, dass sie sich zum dritten Mal vermählt hat.«

Marmaduke starrte seinen Freund an, zu verblüfft, um etwas zu erwidern. Niemand würde bestreiten, wie sehr er seinem besten Freund und seiner Frau ergeben war. Herrgott noch mal, er würde mit Freuden sein Leben für die beiden opfern! Doch was sie ihm da vorschlugen, ging über jeden vorstellbaren Wahnsinn weit hinaus.

Es war einfach ein unerhörtes Ansinnen, dass er sich als Ehemann irgendeiner Frau *ausgeben* sollte, egal, wie unerfreulich ihre Lage war.

Egal, wer ihre Schwester war.

Etwas Absurderes hatte er noch nie gehört.

»Ihr verlangt zu viel«, sagte er, als er endlich seine Stimme wiederfand. »Ich werde der Dame den vollen Nutzen meines Schwertarms anbieten und sie mit meinem Leben beschützen, so lange sie meine Hilfe braucht, aber ich werde *keine* gotteslästerliche Beziehung zu irgendeiner Frau eingehen.«

Er verkniff sich eine noch schroffere Absage, als er die Hoffnung in Linnets Augen schwinden sah. »Kruzifix, Duncan«, fluchte er, so leise er konnte, »gerade du solltest wissen, dass ich kein Mann bin, der nur so tun würde, als legte er die heiligen Gelübde ab.«

»Dann tu es eben nicht«, versetzte Duncan mit unverkennbarem Triumph in seiner Stimme. »Und mach sie wirklich zu deiner Braut.«

Mach sie wirklich zu deiner Braut.

Die Schlussbemerkung seines Freundes hing noch lange, nachdem Duncan und seine Gemahlin gegangen waren, im Raum. Wie der eintönige Singsang der Litanei eines Mönchs hallte diese spöttische Empfehlung von den Steinmauern wider, schwoll mehr und mehr an, bis die Worte nicht nur Marmadukes Kopf, sondern auch die ganze Kapelle auszufüllen schienen.

Mach sie zu deiner Braut ...

Bei Gott und allen Heiligen, wollte sein Lehnsherr ihn verspotten? Duncan MacKenzie wusste genau, welche Einsamkeit Marmaduke in den finstersten Stunden der Nacht quälte. Ebenso kannte er Marmadukes geheimstem Wunsch: endlich wieder eine gute, tugendhafte Gemahlin für sich zu finden.

Und eine Schwester der Lady Linnet konnte nur eine gute, tugendhafte Dame sein.

Steckte vielleicht tatsächlich mehr hinter dem Beharren seines Freundes, nur *er* könne diese unglückliche, in Not geratene junge Witwe beschützen?

Ein schwaches Lächeln erschien um Marmadukes Mundwinkel, und eine angenehme Wärme, wie er sie seit vielen Jahren nicht mehr empfunden hatte, begann sich um sein Herz zu legen.

Mach sie zu deiner Braut ...

Die Worte klangen nunmehr wie ein Lied.

Ein frohes Lied.

Hoffnung keimte tief in seinem Herzen, er ging zum Altar, sank auf die Knie und beugte den Kopf.

Irgendwann später, er wusste nicht, wie viel Zeit verstrichen war, fiel ein Strahl vielfarbigen Lichts durch eines der Buntglasfenster der Kapelle und warf seinen rosig-goldenen Schein auf seine gefalteten Hände. Der Lichtstrahl erleuchtete seinen Siegelring, verwandelte ihn in geschmolzenes Gold und ließ den großen Rubin, der ihn schmückte, aufleuchten, als stünde er in Flammen.

Dann, so plötzlich, wie das bunte Licht erschienen war, verschwand es wieder, ausgelöscht, als hätte eine Wolke sich vor die aufgehende Sonne geschoben.

Doch Marmaduke hatte das Licht auf seinem Ring gesehen.

Ein Vorzeichen von oben.

Wieder murmelte er ein Gebet. Ein Gebet des Dankes und der Hoffnung. Als er sich schließlich erhob, war sein Entschluss gefasst.

Sobald er die wenigen Männer versammelt haben würde, die Duncan ihm überlassen konnte, würde er Schottland durchqueren, um einer Dame in Not beizustehen, einer Dame, der er nicht nur seine kriegerischen Fähigkeiten und seinen Schutz anbieten würde, sondern auch die Ehe.

Eine wahre Ehe.

Vorausgesetzt, dass Gott ihm gnädig war und sie ihn wollte.

Kapitel 2

Kalter Regen prasselte auf die Außentreppe des hoch aufragenden Bergfrieds von Dunlaidir Castle und befeuchtete nicht nur die steilen Steinstufen, sondern auch den groben Wollstoff von Lady Caterines Umhang. Allerdings zog sie es vor, bis auf die Haut durchnässt zu werden, als beiseite zu treten und dem vor ihr stehenden Engländer Einlass zu gewähren. Seiner Arroganz begegnete sie mit der abweisendsten Miene, zu der sie fähig war.

»Ihr werdet meine mangelnde Gastfreundschaft entschuldigen, Sir Hugh«, sagte sie höflich, wobei ihre eiskalte Stimme ihre wahren Gefühle jedoch nicht verbarg. »Die Stunde der Vesper naht, und ich fürchte, unser bescheidener Eintopf aus Trockenerbsen und Wasser ist Eures erhabenen Geschmacks nicht würdig.«

»Gnädigste, in Eurer holden Gesellschaft würde mir selbst ein Stück trockenes Brot genauso köstlich munden wie eine gut zubereitete Wildschweinkeule.« Sir Hugh de la Hogue schenkte ihr ein schwaches Lächeln. »Wenn Ihr endlich Eure sinnlosen Versuche aufgeben würdet, mir zu widerstehen, würde ich dafür sorgen, dass Ihr für den Rest Eures Lebens nie wieder etwas anderes als die feinsten Speisen zu Euch nehmt.«

Um Abstand zwischen sich und den feisten, aufgeblasenen Sir Hugh zu bringen, trat Caterine zurück, bis sie gegen die halb geöffneten Tür zum Burgsaal stieß.

Obwohl es ihre ganze Willenskraft erforderte, Haltung zu bewahren, hielt sie trotz des ihr die Stirn hinunterlaufenden Regens den Kopf erhoben. »Was ich esse, braucht Euch nicht zu kümmern«, entgegnete sie auf das blumige Geschwätz ihres Verehrers. »Da unser gesamtes Vieh in den letzten Monaten verschwunden ist, habe ich mich an wässrige Suppen und Seevögelpasteten inzwischen ganz gut gewöhnt.«

»Eine Schande, dass Eure Pächter so tief gesunken sind, ihrer eigenen Gutsherrin das Vieh zu stehlen.« Der Graf tat so, als betrachtete er die Ringe, die seine feisten kleinen Finger schmückten. »Würdet Ihr Edwards Verfügung anerkennen und mir Eure Reverenz als Euren neuen Lehnsherr und Gemahl erweisen, würde ich kurzen Prozess mit diesem diebischen Volk machen.«

»Es gibt den einen oder anderen, der bezweifelt, dass unsere eigenen Leute etwas mit dem Verschwinden des Viehbestands zu tun haben«, entgegnete sie mit einem verächtlichen Blick auf de la Hogue. »Gute Nacht, Sir. Ihr werdet mich entschul ...«

Sir Hughs Arm schoss vor, seine feisten Finger krallten sich um ihren Ellbogen. »Verehrteste, ich rate Euch, es mit Eurem Stolz nicht zu übertreiben«, warnte er. Sein Gesicht war plötzlich wie aus Stein gemeißelt, und ein drohendes Glitzern stand in seinen Augen.

Dann warf er einen viel sagenden Blick auf den von Mauern umgebenen Burghof unter ihnen. Seine Gefolgsleute saßen in arroganter Haltung auf ihren nervös stampfenden Pferden, deren eisenbeschlagene Hufe auf dem vom Regen glatten Kopfsteinpflaster hohle, klickende Geräusche machten.

Diese mit Kettenhemden bekleideten Ritter wirkten alle mindestens so feindselig wie ihr Herr, und ihre Hände lagen bedrohlich nahe an den Griffen ihrer Schwerter, in einer stummen, doch unmissverständlichen Demonstration von Macht.

Eine Warnung, die nur jemand, der so verzweifelt war wie Lady Caterine, zu ignorieren wagen würde.

Sein eiserner Griff um ihren Arm begann sich in eine Ekel erregende, entschieden zu intime Liebkosung zu verwandeln. »Es würde Euch teuer zu stehen kommen, mich zu verärgern. Ich habe es allmählich satt, im Regen zu stehen. Provoziert mich nicht noch mehr.«

Caterine schob ihr Kinn noch ein Stück vor. »Dann lasst Euch doch nicht länger aufhalten. Ich wünsche Euch eine glückliche Reise zu der regenlosen Zuflucht Eures eigenen Saals.«

Sie begegnete seinem Blick mit ebenbürtiger Arroganz und gönnte sich nicht einmal, die Regentropfen wegzublinzeln, die von ihrer Stirn auf ihre Wimpern und in ihre Augen tropften.

Noch ärgerlicher jedoch war, dass ihre nutzlosen Versuche, ihren Arm aus dem Griff des Grafen zu befreien, seine Belustigung nur noch zu steigern schienen.

Und andere Interessen weckten.

Denn nachdem er sie endlich freigegeben hatte, ließ er nun seinen durchdringenden Blick provozierend langsam über ihren ganzen Körper wandern. Sein Atem wurde schneller und mit jedem Atemzug hob und senkte sich sein umfangreicher Wanst hob. Der faulige Geruch, den er ausstieß, stieg Caterine in die Nase und ließ sie angewidert zurückfahren.

Ganz unverfroren starrte er auf ihre Brüste, um seinen schamlosen Blick dann über die wenigen noch verbliebenen Rundungen ihres viel zu dünnen Körpers wandern zu lassen, der durch ihre abgetragenen, durchnässten Kleider nur noch dürftig geschützt war.

Vor lauter Ekel lief ihr eine Gänsehaut über den Rücken, als er auf das Dreieck zwischen ihren Schenkeln glotzte.

Mit offen stehendem Mund tastete er nach seinem Schwert. Aber im Gegensatz zu seinen finster dreinblickenden Rittern, deren Hände einfach nur in der Nähe ihrer Waffen ruhten, ließ Sir Hugh seine Finger mit dem lederbezogenen Griff spielen, als ob er mit ihnen eine Frau liebkosen würde.

Oder *sich selbst*.

Caterine erschauderte. Beide Bilder waren zu abstoßend, um auch nur darüber nachzudenken. Zu deutlich waren die Erinnerungen an andere englische Hände, die abscheuliche Dinge getan hatten, düstere Erinnerungen, die am besten unter dem Gewicht der Jahre begraben blieben.

Übelkeit, überwältigende Wellen des Abscheus und des Grauens, flammend heiß in einem Augenblick und bitterkalt im nächsten, drehte ihr den Magen um, und dennoch blieb sie hoch erhobenen Hauptes stehen. Unnachgiebig, und hoffentlich auch ohne die Furcht zu zeigen, die Sir Hugh und seine Handlanger in ihr weckten.

»Ihr würdet gut daran tun, nicht zu vergessen, dass ich derjenige bin, der über Kerkerhaft und Galgen bestimmt«, warnte er, als er seinen Augen endlich wieder zu ihrem Gesicht erhob. »Genau so wie meine Autorität sich auch auf Eure Ländereien erstreckt, Lady Caterine.«

Während er nach wie vor den kugelförmigen Knauf befingerte, der seinen Schwertgriff zierte, warf er einen weiteren raschen Blick auf seine Leute. »Es geht das Gerücht um, einige Frauen in Eurer Familie trügen das Zeichen einer Hexe. Ich sehe mich nicht veranlasst, Euch zu untersuchen und mich selbst davon zu überzeugen, dass Ihr keinen solchen Makel an Euch habt. Dennoch.« Er hielt inne, um seinen Worten Nachdruck zu verleihen. »Solltet Ihr auch weiterhin mein Missfallen erre ...«

Nahezu am Ende ihrer Beherrschung angelangt, trat Caterine vor und brachte ihr Gesicht ganz dicht an das von Sir Hugh. »Ich wünschte, ich besäße solche Kräfte«, fauchte sie, zu aufgebracht, um ihre Zunge noch in Zaum zu halten. »Dann würde ich Euch in eine Kröte verwandeln!«

»Mir war gar nicht bewusst, dass Ihr so heißblütig sein könnt«, entgegnete der Graf mit unverhohlener Belustigung. »Es dürfte ein wahrer Hochgenuss sein, meine Gelüste mit Eurer Hilfe zu stillen«, spottete er, und seine Stimme triefte förmlich von Überheblichkeit. »Ich bin ein Mann mit starken Gelüsten.«

»Eher würde ich durchs Fegefeuer gehen, als Euch zu Willen zu sein«, schwor Caterine und hoffte nur, dass er das Beben ihrer Stimme für Zorn und nicht für Angst hielt.

»Niemals wird meine Herrin Euer Bett zieren, Sir!« Rhona zwängte sich durch die Türöffnung und funkelte den Grafen böse an. »Sie ist bereits versprochen. Ein berühmter gälischer Krieger wird in Kürze hier eintreffen, um sie zu seiner Braut zu machen. Der Gemahl ihrer Schwe ...«

»*Rhona*!« Caterine fuhr zu ihrer Freundin herum und spürte, wie der letzte Rest ihrer mühsam aufrecht erhaltenen Würde ihr durch Rhonas törichte Verkündung zu entgleiten drohte. »Schweigt ...«

»Ich sage nichts als die reine Wahrheit«, rief Rhona und tat Caterines Einwände mit einer gereizten Handbewegung ab. »Die Schwester meiner Herrin ist mit dem MacKenzie von Kintail verheiratet, dem Schwarzen Hirsch, einem gefürchteten Krieger. Er hat eine ausgesprochen vorteilhafte Heirat für meine Herrin arrangiert. Sie wird den fähigsten Ritter seiner Garnison heiraten. Einen *Beschützer*.«

Alle Belustigung verschwand aus dem Gesicht des Grafen. »Ist das so?« Mit einer eigenartigen Mischung aus Zorn und Ungläubigkeit starrte er Caterine an. »Ihr würdet es wagen, die Wünsche Edwards von England derart zu missachten? Er hat geschworen, Eure Hand einem Engländer zuteil werden zu lassen – mir. Er will Dunlaidir in Sicherheit, in englischen Händen wissen. Das hat er verfügt.«

»Die Wünsche Eures Königs bedeuten mir nicht viel, seine Verfügungen noch viel weniger. Einem englischen Machthaber schulde ich keine Ergebenheit.« Caterines Abneigung gegen alles Englische brodelte in ihr auf. »Und ich werde auch niemals einen Engländer heiraten«, sagte sie, und bei jedem ihrer Worte beschleunigte sich ihr Puls. »Weder Euch noch *irgendeinen* anderen Mann von diesem verdorbenen Geblüt. Lieber würde ich an den Pocken sterben, als Dunlaidir in englische Hände fallen zu lassen.«

»Ihr wollt also irgendeinen Highland-Krieger heiraten?«, fragte Sir Hugh in einem Ton, der vor Selbstgerechtigkeit triefte. »Edward wird darüber sehr verärgert sein. Genauso wie ich sehr verärgert bin.«

Caterine presste die Lippen zusammen. Sollte dieser Lump ihrem Schweigen doch entnehmen, was er wollte. Sie würde ihre eigenen Antworten erhalten, von Rhona, sobald dieser widerliche

Graf und seine grimmig dreinblickenden Spießgesellen sich aus ihrer Burg zurückgezogen hatten.

Sir Hughs Augen verengten sich unter den schweren Lidern zu Schlitzen. »Ich glaube Euch nicht.« Sein Blick durchbohrte sie und raubte ihr erbarmungslos den letzten Rest Stolz, mit dem sie sich für diese jüngste Konfrontation mit ihrem Widersacher zu wappnen versucht hatte.

»Ich glaube nicht, dass Ihr noch einen weiteren Ehemann akzeptieren würdet, egal, ob Engländer oder Gäle.« Sein wissender Blick schien bis in die dunkelsten Winkel ihrer Seele einzudringen. Ohne eine Spur seiner früheren Bemühungen um Galantarie verhöhnte er sie jetzt ganz offen. »Ihr seid viel zu ausgetrocknet und scharfzüngig, um Euch einem Mann hinzugeben, egal von welchem Blut er auch ist. Nein, ich glaube es einfach nicht.«

»Macht, dass Ihr fortkommt, und möge Euch die Pest holen!« Rhona stürzte vor und stieß den Grafen buchstäblich die Treppe hinunter. »Geht, wenn Ihr nicht wollt, dass ich ein Schwert hole und Euch eigenhändig damit durchbohre!«

»Rho ...« Caterine versuchte, ihre treue Gefährtin zurückzuhalten, aber ihre Stimme versagte und erstarb in einem Krächzen, weil ihre Kehle plötzlich so ausgetrocknet war, wie Sir Hugh ihren männermüden Körper genannt hatte.

Als hätte er genau gewusst, wie er sie verletzen konnte.

Noch peinlicher von seinen Verunglimpfungen berührt, als sie es sich eingestehen mochte, blieb sie steif auf der obersten Treppenstufe stehen und beobachtete, wie ihre Freundin Sir Hugh hinunterscheuchte. Am Fuß der Treppe schüttelte er Rhonas wild herumfuchtelnde Arme ab und blickte noch einmal zu Caterine auf.

»Eins sage ich Euch – ich werde die Ankunft dieses gälischen Kriegsherrn erwarten!«, schwor er mit gehässiger und wütender Stimme. »Und *sollte* er kommen, werde ich bei Eurer Hochzeit zugegen sein, denn erst dann werde ich es glauben.«

Er wischte sich den Regen von der Stirn und funkelte sie böse an. »Sollte er nicht binnen der nächsten vierzehn Tage eintreffen, werde ich diese Burg und Euch für mich beanspruchen. Vierzehn Tage, Verehrteste, dann werde ich mit meiner Geduld am Ende sein.«

Alles an ihm strahlte kalten Zorn aus, als er über den verregneten Burghof zu seinen wartenden Männern ging, deren ernsten Mienen Missbilligung zum Ausdruck brachten.

Caterine stand wie aus Stein gemeißelt da, ihre Hände fest vor sich verschränkt, als Sir Hugh und sein Gefolge aus dem Burghof und über die schmale Landbrücke ritten, die die tiefe Kluft zwischen Dunlaidirs Vorgebirge und den Bergen des Festlands überspannte, eine beeindruckende Landspitze, die nun jedoch durch den strömenden Regen und die dichten Nebelwände nahezu unsichtbar war.

Als das letzte Hufgetrappel verklungen und die Pferde wie ihre Reiter nicht mehr zu sehen waren, entspannte Caterine sich ein wenig und gestattete sich endlich, ihre Schultern sinken zu lassen.

Erst jetzt strich sie sich das nasse Haar aus der Stirn und wischte sich die kalte Feuchtigkeit von ihrem Gesicht. Erst jetzt erlaubte sie sich zu zittern. Ihr ganzer Körper zuckte und bebte so unkontrolliert wie verdorrtes Laub an einem herbstlich kahlen Baum.

»Kommt herein, Mylady«, versuchte Rhona, sie zu beruhigen. Sanft legte sie einen Arm um Caterines Schultern und zog sie in den Schutz des warmen Saals. »In frischen, trockenen Kleidern und heißer Suppe in Eurem Bauch werdet Ihr Euch besser fühlen. Ihr dürft Sir Hughs Beleidigungen keine Beachtung schenken. Er ist nur wütend, weil Ihr seine Pläne durchkreuzt habt.«

»Aye«, erwiderte Caterine flach. »Und es sieht ganz so aus, als versuchtet nun auch Ihr, meine Pläne zu durchkreuzen. Oder darf ich hoffen, dass Euer törichtes Geschwätz über einen angeblichen Beschützer, den mir Linnet schickt, nichts weiter war als das … Geschwätz?«

»Ich schwätze nie.« Rhona lächelte sie an, als sie den nur schwach erhellten großen Saal betraten. »Ich mag mich zwar hier und dort ein bisschen einmischen, aber wenn, dann nur zu Eurem Besten«, fügte sie hinzu und blieb stehen, um die eisenbeschlagene Tür zu schließen.

»Und was für Einmischungen waren das?«, fragte Caterine, deren Blut nun von einer gänzlich andersartigen Erregung pochte. »Wenn Ihr meine Wünsche ignoriert habt und einen Beschützer kommen ließet, dann habt Ihr nicht nur Sir Hughs, sondern auch Eure eigenen, leichtfertigen Pläne durchkreuzt.«

»Inwiefern?« Rhona legte den Kopf zur Seite. »Ich mag zwar nicht ganz das Recht dazu gehabt haben, einen Kurier zu Eurer Schwester zu schicken, aber wenn Duncan MacKenzies Mann erst einmal hier ist, werdet Ihr sehen, welchen Vorteil es mit sich bringt, einen geübten und tapferen Kämpfer auf der Burg zu haben, der Euch beschützt.«

»Wie? Indem er vorgibt, mich zu heiraten?« Caterine war so erbost, dass die Worte ihr kaum über die Lippen kommen wollten.

Rhona warf ihr einen solch unschuldigen Blick zu, dass Caterine ihren Zorn beinahe vergaß.

Aber nur beinahe.

»Habt ihr bedacht, dass es äußerst schwierig sein wird, in Sir Hughs Anwesenheit eine vorgetäuschte Trauung durchzuführen?«

Rhonas dunkle Augen wurden rund, und ihre Lippen formten ein kleines O. Als sie zu den von Ruß geschwärzten Deckenbalken aufblickte und mit einem Finger an ihr Kinn zu tippen begann, ließ Caterine sie stehen und durchquerte den nahezu leeren Saal so schnell, wie sie es mit ihren durchnässten Kleidern konnte.

Sie wollte gar nicht hören, was für neue Erkenntnisse ihre Freundin ihr zuteil werden lassen wollte. Sie hatte nämlich längst einen Verdacht, wie diese aussehen würden.

Rhona würde lächeln, sie mit diesem verklärten Blick ansehen und ihr sagen, dass eine tatsächliche Heirat mit dem von Linnet gesandten Beschützer sich womöglich als die beste Lösung für Caterines Probleme erweisen könnte.

Aye, solche oder ähnliche Worte würden aus dem losem Mundwerk ihrer Freundin kommen.

Rhona würde weiterplappern, bis sie Caterine dazu überredet oder vielmehr beschwatzt hatte, ihr zu glauben. Das Problem war, dass Caterine ihr nicht glauben *wollte*.

Nicht heute Abend.

Und auch nicht morgen.

Und erst recht nicht, so lange noch ein winziger und fast unerträglich hartnäckiger Funke Hoffnung in den verborgensten Winkeln ihres einsamen Herzens glühte.

☆ ☆ ☆

Irgendetwas stimmte nicht.

Ein quälendes Gefühl des Unbehagens beschlich Sir Marmaduke, als er die imposanten Mauern der hoch auf einem Fels thronenden Burg betrachtete, die das Ziel ihrer langen, anstrengenden Reise war.

Dunlaidir Castle lag auf der Kuppe einer massiven, bis weit in die Nordsee hinausragenden Felsformation und war nur durch einen schmalen Landstreifen mit dem Festland verbunden. Glatte Felswände fielen auf allen Seiten beinahe senkrecht ins Meer, was die Festung nahezu uneinnehmbar machte ..., wenn bloß jemand Stellung bezöge in dem leeren Torhaus, das den einzigen Zugang zu der Burg bewachte.

Aber nichts als einige kreisende Seevögel, ein paar zähe Unkräuter und ein steifer Seewind schienen Dunlaidirs wichtigste Verteidigung zu bewachen.

Keine Bewaffneten erschienen vor dem Tor, um Sir Marmaduke und seine vier Begleiter nach ihrem Begehr zu fragen.

Das Torhaus war verlassen und ließ den Zugang zu dem weit verwundbareren Inneren der Burg weit offen.

Marmaduke wendete seinen Kopf nach hinten, um die vier schottischen Ritter hinter ihm anzusehen, und blickte jeden einzelnen von ihnen prüfend an. Ihre Gesichter spiegelten sein eigenes Misstrauen wider, und die Haltung, in der sie auf ihren stämmigen Hochlandpferden saßen, zeugte von ausgeprägter Wachsamkeit.

»Duncan sagte, Dunlaidir würde über eine solide Garnison verfügen«, bemerkte Sir Lachlan, der jüngste der gälischen Krieger. »Es sieht aber ganz so aus, als wäre sie alles andere als solide.«

Marmaduke nickte dem erst kürzlich zum Ritter geschlagenen jungen Mann zu und warf dann einen weiteren raschen Blick zu dem scheinbar verlassenen Torhaus. In der Ferne hoben sich die mit Zinnen versehenen Mauern Dunlaidirs stolz gegen den bleigrauen Himmel ab, aber es sah nicht so aus, als ob auch nur eine einzige Wache die beeindruckenden Wehrgänge besetzen würde.

»Es sieht alles sehr verlassen aus, und doch würde ich schwören, dass unsichtbare Augen jede unserer Bewegungen beobachteten, seit wir heute Morgen Keiths Land betraten.« Marmaduke zog sein mächtiges Schwert und legte die scharfe Klinge beinahe wie zufällig über seine Schenkel. »Ich glaube nicht, dass diese Augen den Dörflern gehörten, die das Weite gesucht haben, als sie uns sahen.«

Seine Kameraden nickten zustimmend. Sir Alec, der älteste und kampferprobteste der Gälen, spuckte auf den felsigen Boden und wischte sich dann mit dem Handrücken über den Mund. »Ein übler Wind weht hier«, sagte er und zog nun ebenfalls sein Schwert. »Das gefällt mir gar nicht.«

Die grimmigen Gesichter der übrigen Männer verrieten Marmaduke, dass sie wie Alec dachten.

Und wie er selbst.

Ein wirklich böser Wind peitschte die Festung auf den Klippen, eine gewaltige Zerstörungskraft, die Dunlaidirs massive Mauern Stein um Stein in das kalte Wasser der See zu stürzen drohte, wenn nicht bald etwas unternommen wurde, um dem Verfall überall um sie herum entgegenzuarbeiten.

Selbst die zur Burg gehörenden ausgedehnten Ländereien schienen auf beängstigende Weise vernachlässigt worden zu sein: die einst weit reichenden, landwirtschaftlich nutzbaren Felder lagen unbestellt und brach, die wenigen Nutztiere, die sie auf dem Weg gesehen hatten, waren mager und schlecht ernährt gewesen, die heruntergekommenen Bauernkaten desolat und uneinladend ... leer wie der Haufen Steinhäuser, die das Dorf darstellten – und nun auch noch das Torhaus und die Burg.

Die wenigen Leibeigenen, denen sie begegnet waren, hatten sich rasch davongeschlichen, ihre hageren Gesichter abgewandt, als fürchteten sie, zu Stein zu erstarren, falls sie Marmaduke und seinem kleinen Trupp MacKenzies auch nur einen Blick zuwarfen.

Grundgütiger, die Armut hier war so allumfassend, dass Marmaduke ihren widerlichen Geschmack auf seiner Zunge spüren konnte.

Dann durchbrach das laute Jaulen eines Hunds die Stille. Das Geräusch kam von weither, ein beinahe willkommenes Geräusch in einer grauen, kalten Welt, die sich als noch ungastlicher erwies, als Marmaduke sich vorzustellen gewagt hatte.

»Es scheint sich ja wohl zumindest ein Bewohner Dunlaidirs dazu aufgerafft zu haben, uns zu begrüßen«, sagte er und trieb sein Pferd auf das Torhaus und die hinter diesem sichtbar werdende schmale Landspitze zu.

»Kommt, macht euch bereit, die Bekanntschaft dieses kleinen Kerls zu machen – und wenn die Heiligen mit uns sind, auch die von Lady Linnets schöner Schwester«, rief er über die Schulter seinen Kameraden zu, als sie ihm folgten. »Gnade Gott den Übeltätern, sollte ihr etwas zugestoßen sein.«

Ohne weiteres Aufhebens ritt er unter dem erhobenen Fallgitter hindurch, dessen scharfen Eisenspitzen, so hochgezogen, wie sie waren, und ohne eine aufmerksame Wache, die das Fallgitter herabließ, sollte ein Feind es wagen zu versuchen, diese erste entscheidende Verteidigung zu durchbrechen, harmlos und völlig ohne Nutzen waren.

Doch die einzigen Beobachter, die sie das Tor passieren sahen, waren die über ihnen kreisenden Möwen und einige wenige schnellfüßige Nagetiere.

In der Ferne erklang wieder das Hundegebell, diesmal aber schon ein Stückchen näher, und Marmaduke stieß seinem Pferd die Knie in die Flanken, weil er es kaum erwarten konnte, die kurze Entfernung zu Dunlaidirs beeindruckenden, aber unbemannten Mauern zu überbrücken.

Dort gab es ein zweites Fallgitter, das jedoch ebenfalls in einer völlig nutzlosen Position unterhalb der gewölbten Decke eines weiteren Tunnels befestigt war, der direkt in den Fels hineingeschlagen war, auf dem die Festung stand.

Und auch hier trat ihnen niemand in den Weg. Und auch kein Schwall übel riechender Abwässer oder siedenden Öls rauschte auf sie herab, um sie am Zutritt zu der Burg zu hindern.

Absolut nichts hielt sie auf, bis sie in Dunlaidirs inneren Burghof einritten und Marmaduke der Frau gegenüberstand, deren Herz er zu gewinnen trachtete.

Die Frau, von der er hoffte, sie werde seine langen Jahre der Einsamkeit beenden und zahllosen, in einem leeren, kalten Bett verbrachten Nächten ein für alle Mal ein Ende setzen.

Sie stand nicht weit entfernt von der Außentreppe, einen kleinen braunen Hund in ihren Armen, ihr Gesicht – das engelsgleich wäre, wenn sie lächeln würde –, umwölkt von einem Ausdruck, den Marmaduke nur als ruhige Resignation bezeichnen konnte.

Seine Männer ritten näher zu ihm heran und brachten ihre etwas kleineren Pferde in einer gut trainierten Formation zum Stehen, zwei zu seiner Rechten, zwei zu seiner Linken. Marmaduke nahm kaum Notiz von ihnen, so geblendet war er von der Erscheinung vor ihm.

Das scharfe Atemholen seiner Gefährten ließ keinen Zweifel daran offen, dass die hinreißende Schönheit und Anmut der Dame auch sie stark beeindruckte.

Tatsächlich waren es sogar *zwei* hübsche junge Damen, die sie auf dem Hof empfingen, die eine groß und blond, die andere etwas molliger und dunkelhaarig, aber Marmaduke wusste sofort instinktiv, welche dieser beiden Frauen die seine war.

Die Blonde.

Er hatte es im Gefühl, und nicht nur der schwachen Ähnlichkeit mit ihrer Schwester wegen.

Es war der Ausdruck von Verwundbarkeit in ihren großen, dunkelblauen Augen, der ihn berührte und ihm ihre Identität verriet. Die unsichtbare Bürde lang ertragenen Kummers, eine unsichtbare, aber dennoch spürbare Resignation, die auf ihren so stolz und aufrecht gehaltenen Schultern lastete.

Sein Lehnsherr und seine Gemahlin hatten die Wahrheit gesagt. Hier *war* eine Edelfrau, die unbedingt einen Beschützer brauchte, und zwar womöglich in noch so manch anderer Hinsicht, als es ihnen bewusst gewesen war.

Und mit einem brennenden Ungestüm, das Marmaduke seit mehr Jahren, als er zählen wollte, nicht mehr empfunden hatte, drängte es ihn, sie zu beschützen. Er brannte geradezu darauf, die Schatten aus ihrem Gesicht zu vertreiben und sie durch das Strahlen des Glücks ... der *Liebe* zu ersetzen.

Während sein Herz mit dem Überschwang eines unerfahrenen Jünglings gegen seinen Kettenpanzer pochte, schwang er sich aus dem Sattel und begann mit entschiedenen Schritten auf sie zuzugehen. Als er sich ihr näherte, setzte Lady Caterine den kleinen Hund auf das Kopfsteinpflaster. Dieser bleckte prompt die Zähne und knurrte Marmaduke an, verbarg sich aber schon einen Augenblick später hinter den Röcken seines Frauchens.

Caterine, die die Farben der MacKenzies erkannt hatte, die der auf sie zukommende Ritter so stolz über der Schulter trug, wappnete sich gegen die beeindruckende Erscheinung des Mannes und reichte ihm ihre Hand, als er sich vor ihr auf ein Knie niederließ.

Caterines alte Amme, Elspeth, die Frau, die sie und ihre Schwestern aufgezogen hatte, hatte ihnen immer eingeschärft, einen Menschen nie allein nach seiner Erscheinung zu beurteilen.

Sie hatte ihnen vermittelt, dass allein die Herzensgüte eines Menschen, seine inneren Werte wichtig waren. Die Narbe, die das ansonsten anziehende Gesicht des Ritters entstellte, stammte unzweifelhaft von irgendeiner noblen Tat oder einer Verwundung auf dem Schlachtfeld.

Obwohl es ihr lieber gewesen wäre, wenn er nicht gekommen wäre, wusste sie, dass Linnet ihr niemals einen Mann geschickt hätte, dem sie nicht vertrauen oder auf den sie sich nicht verlassen konnte – auch wenn es vielleicht etwas schwierig war, diesem Mann offen ins Gesicht zu blicken.

Denn außer der Narbe schien er zudem auch noch auf einem Auge blind zu sein, aber der Ausdruck in seinem schönen, braunen, gesunden Auge sprach von aufrichtigem Mitgefühl und Wärme. Und zu ihrer eigenen Überraschung empfand sie die Berührung seiner schwieligen Hand, als er die ihre zu einem Kuss an seine Lippen zog, als gar nicht so unangenehm.

Noch nie hatte ein Mann sie so ehrerbietig angefasst. Tatsächlich hielt er ihre Hand mit einer solchen Zärtlichkeit, dass Caterine der Gedanke kam, er befürchtete womöglich, ihre Finger könnten unter den seinen zerbrechen.

»Mylady«, begann er, und sein *englischer* Akzent ließ das leise innere Kribbeln, das seine Galanterie in ihr entfacht hatte, fast augenblicklich verschwinden. »Erlaubt mir, mich vorzustellen«, sprach er sie in fließendem Gälisch an, der bis auf einen fast unmerklichen Akzent perfekt war. Dieser verriet Caterine jedoch, dass seine Muttersprache englisch war.

»Ich bin Sir Marmaduke Strongbow, demnächst von Balkenzie Castle im Westen, und ich komme im Auftrag Eurer Schwester, der Lady Linnet, um Euch zu beschützen.«

»Ihr seid Engländer.« Die Worte klangen scharf und kalt, kälter, als es ihre Absicht war.

Sogleich ließ Marmaduke ihre Hand los und stand auf. Er nickte. »Ja, Mylady, ich bin von englischem Geblüt, doch mein Herz schlägt nur für Schottland. Ihr habt keinen Anlass, mich zu fürchten.«

»Ich fürchte die Engländer nicht.« Caterine raffte ihre Röcke, um sich rasch zurückzuziehen. »Ich verabscheue sie«, erklärte sie, drehte sich um und eilte auf die Treppe zu, dicht gefolgt von ihrem kleinen Hund.

Immer gleich zwei Stufen auf einmal nehmend, hastete sie die Treppe hinauf und konnte es kaum erwarten, die massive Eichentür und die dicken Mauern des Burgsaals zwischen sich und diesen englischen Ritter zu bringen, den ihre Schwester ihr auf solch unüberlegte Art nach Dunlaidir geschickt hatte.

Leider war es jedoch nicht so leicht, vor dem bestürzenden Aufflackern romantischer und sehnsüchtiger Gemütsbewegungen davonzulaufen, die seine Galanterie in ihr entfacht hatte.

Kapiel 3

Einige Stunden später saß Caterine in frostiges Schweigen gehüllt an Dunlaidirs erhöhter Speisetafel und bemühte sich nach Kräften, ihr ausgeprägtes Interesse an *ihm* zu ignorieren. Sie musste ihn nicht einmal ansehen, ja, ihn einfach nur unter ihrem Dach zu wissen, löste ein ganz eigenartig warmes Kribbeln in ihr aus.

Und so täuschte sie Gleichgültigkeit vor und strich mit den Fingern über den Rand des stark verschrammten Tischs. Fackellicht fiel auf den kunstvoll geschnitzten Lehnstuhl ihres verstorbenen Gemahls und lenkte unübersehbare Aufmerksamkeit auf die Leere dieses Sessels.

Und den Ernst ihrer Situation.

»Stört Euch seine Narbe?« Rhonas leise gesprochene Worte durchdrangen die Stille.

Erschrocken ließ Caterine von den tiefen Messerschrammen ab, die sie mit den Fingern nachgezeichnet hatte. Eine törichte Beschäftigung, die keinen anderen Zweck besaß, als sie davon abzuhalten, Marmaduke verstohlene Seitenblicke zuzuwerfen.

Ruhig erwiderte sie den prüfenden Blick ihrer Freundin. »Haltet Ihr mich für so oberflächlich?«

Rhona strich langsam mit dem Finger über den Rand ihres Kelchs. »Nein, aber der frostige Gesichtsausdruck, den Ihr zur Schau tragt, seit *er* den Saal betreten hat, veranlasst mich, mir diese Frage zu stellen.«

Jäher Ärger stieg in Caterine auf. »Ihr müsstet wissen, was mich an ihm stört.«

»*Es ist mehr an einem Mann als nur die Breite seiner Schultern und sein charmantes Lächeln*. Das waren Eure eigenen Worte, Mylady«, erinnerte Rhona sie. »Vielleicht ist dann ja auch mehr an einem Mann als sein Geblüt? Immerhin ist er hergekommen, um Euch zu beschützen.«

»Er ist Engländer.«

»Eure Schwester hat ihn Euch geschickt.«

Damit war das Maß für Caterine voll. »Dann hat er Linnet wohl so in seinen Bann geschlagen, dass sie vergessen hat, warum ich niemals einen Engländer in meinem Haus willkommen heißen würde!«

Rhonas Ausdruck wurde weicher. »Ich bezweifle, dass sie das vergessen hat, aber ich wünschte, Ihr würdet es endlich tun.« Sie griff über den Tisch und drückte Caterines Hand. »Dieser Mann ist kein elender Feigling. Ich kann ihn mir nicht vorstellen, dass er Unschuldigen Gewalt antun oder Männer vor den Augen ihrer Frauen erstechen würde. Vielmehr scheint er sogar ein richtiger Kavalier zu sein.«

»Ein *englischer* Kavalier.«

»Ihr könnt ihm nicht die Schuld an der Bösartigkeit anderer Menschen geben, an dem, was Euch vor Jahren angetan wurde ...«

»Von englischen Soldaten, und es waren mehr von ihnen, als ich zählen konnte«, beendete Caterine den Satz für sie und rüstete sich gegen die tief sitzende Scham, die sie noch immer genauso lähmte wie an jenem lange zurückliegenden Tag, an dem man sie geschändet hatte.

Sie wandte sich in die andere Richtung und gab vor, das flackernde Feuer im nahen Kamin zu beobachten. Alles, nur nicht über den Tisch blicken und das Mitgefühl in Rhonas Augen sehen. Und so riskierte sie stattdessen einen raschen Blick auf den breitschultrigen englischen Ritter. Er saß an einem Tisch auf der anderen Seite des Saals, unterhielt sich leise mit seinen Männern und beanspruchte deren Aufmerksamkeit mit der gleichen Meisterhaftigkeit, mit der seine bloße Anwesenheit den weitläufigen Burgsaal Dunlaidirs zu dominieren schien.

Wieder stieg Verärgerung in Caterine auf. Sogar im Sitzen kennzeichnete seine Haltung ihn als selbstbewussten Mann.

Als einen Anführer von Männern.

Einen Charmeur gegenüber Frauen.

In der Tat, wenn die Narbe nicht gewesen wäre, die von seiner linken Schläfe bis zu seinem Mundwinkel verlief, wäre er ein wirklich gut aussehender Mann gewesen. Doch entstellt oder nicht, er machte auf jeden Fall eine eindrucksvolle Figur und besaß eine Aura ruhigen Selbstvertrauens, das sie sicherlich sehr anziehend gefunden hätte, wäre er kein Engländer gewesen.

In diesem Augenblick schaute er in ihre Richtung und neigte nahezu unmerklich den Kopf, als wüsste er, wie eingehend sie ihn unter die Lupe genommen hatte. Und als wüsste er auch, zu welcher Schlussfolgerung sie gekommen war.

Mit brennenden Wangen wandte Caterine sich wieder ihrer Freundin zu. In Rhonas hübschem Gesicht war nicht mehr die geringste Spur von Mitleid zu sehen, als sie Caterine ein Lächeln schenkte.

Ein wissendes Lächeln.

Caterine räusperte sich. »Ich wollte damit nicht sagen, dass er ungalant ist«, sagte sie. Ihr Tonfall ließ erkennen, wie schwer es ihr fiel, dieses Eingeständnis offen auszusprechen.

Es war aber das Beste, was sie tun konnte.

Rhona warf einen spitzbübischen Blick auf den verdrießlich dreinschauenden Mann im Halbdunkel neben dem Kaminfeuer. »Er ist galanter als etliche schottische Adlige, deren Namen ich nicht nennen möchte«, versicherte sie Caterine mit gedämpfter Stimme.

»Sir John hat allen Grund, über de la Hogue und dessen Handlanger nachzugrübeln, die sich in seiner Festung eingenistet haben«, verteidigte Caterine den Freund ihres verstorbenen Mannes. »Wir können froh sein, dass wir nicht von so einem schlimmen Schicksal heimgesucht worden sind und Sir Hugh nicht Dunlaidir besetzt hat, als er in den Norden gekommen ist. Gott verfluche diesen heimtückischen Feigling!«

»Und ich sage, die Pest hole jeden, der so düster in die Suppe starrt, die du ihm vorsetzt«, zischte Rhona, deren unerschütterliche Loyalität Caterine wie so oft im Stillen ein Lächeln entlockte.

Nach außen hin jedoch bewahrte sie eine ausdruckslose Miene. »Sir John hat viel Leid ertragen müssen. Er hat alles verloren.«

»Ohne Eure Gastfreundschaft würde er jetzt im Heidekraut schlafen.« Rhona erwärmte sich für ein beliebtes Thema. »Er sollte dankbar sein, dass er ein Bett und ein Dach über dem Kopf hat, und nicht die Nase über das Essen rümpfen, das Ihr ihm anbietet.«

Wieder warf sie einen Blick auf den englischen Ritter und beharrte hartnäckig auf ihrem Standpunkt. »*Er* dagegen ist ritterlich. Habt Ihr gesehen, wie taktvoll er Eoghanns Bemühungen, ihn an unseren Tisch zu setzen, zurückgewiesen hat? Ihr wisst, dass er das nur getan hat, weil Ihr nur allzu deutlich habt erkennen lassen, dass seine Anwesenheit in der Nähe des Podiums Euch missfallen würde.«

Caterine atmete tief ein. Sie hatte seine ritterliche Höflichkeit, die er Dunlaidirs wackerem alten Seneschall entgegengebracht hatte, durchaus bemerkt. Genauso wie sie auch die galante Wohlerzogenheit registriert hatte, mit der er ihre Hand geküsst hatte … und wie wild ihr Herz bei dieser Berührung gepocht hatte. Doch der saure Geschmack ihrer eigenen Verbitterung hemmte ihre Zunge und hinderte sie daran, dergleichen zuzugeben.

Stattdessen brach sie ein Stück des groben dunklen Brotes ab, das sie jedoch nur gedankenverloren in kleine Stückchen riss.

»Und er und seine Männer haben auch nicht die Nase über die eingesalzenen Heringe und die Kohlsuppe gerümpft, die Eoghann ihnen auftischte«, fuhr Rhona mit ihrem Loblied auf den fremden Ritter und seine Kameraden fort. »In Eilean Creag haben sie bestimmt etwas Besseres zu essen bekommen. Ich wette, die Almosen, die Eure Schwester austeilt, sind nahrhaf …«

»Hört auf damit, bitte.« Caterine griff über den Tisch und zog Rhonas Hand von ihrem Kelch. »Und hört auf, mit Eurem Finger über den Rand des Kelchs zu fahren. Das macht mich ganz verrückt.«

Als ob sie Caterine noch stärker ärgern wollte, ergriff Rhona den Kelch, wandte sich halb um und prostete dem englischen Ritter und seinen Männern zu. Als sie ihren Toast erwiderten, lächelte sie triumphierend.

»Aye, wirklich sehr galant«, erklärte sie, bevor sie mit einer schwungvollen Bewegung ihren Weinkelch auf den Tisch zurückstellte.

»Er ist Engländer.« Der Einwand klang sogar in Caterines eigenen Ohren kleinlich.

»Zuallererst ist er ein Mann.« Rhona beugte sich vor. »Einer, der vor Euch auf die Knie gesunken ist, um Euch seine Dienste anzubieten. Ein Engländer, ja, aber mit vier unerschrockenen gälischen Kriegern an seiner Seite. Sie scheinen keinen Anstoß an seinem englischen Blut zu nehmen.«

Mit einem wohlwollenden Lächeln strich sie mit dem Finger über eine besonders tiefe Schramme in der Tischplatte. »Ihr solltet froh sein, dass ein so tapferer Mann Euch überhaupt seine Aufmerksamkeit schenkt.«

Das bin ich ja auch, musste Caterine ihr im Stillen zustimmen.

Seine bloße Berührung hatte sie an Stellen gewärmt, die sie für immer kalt geglaubt hatte ... bis sie seine Stimme gehört hatte.

Sie versteifte sich und kämpfte gegen das irritierende Gefühl, schwankend am Rande eines bodenlosen Abgrundes zu stehen und jeden Moment das Gleichgewicht zu verlieren. »Nicht alle in Dunlaidir sind so angetan von unseren Besuchern wie Ihr und Eoghann«, stellte sie mit einem viel sagenden Blick auf den leeren Sessel des Burgherrn fest.

Den Ehrenplatz, den für gewöhnlich ihr erwachsener Stiefsohn, James Keith, besetzte.

»Oder habt Ihr James seit ihrer Ankunft gesehen?« Zorn schwang in jedem Wort, das Caterine aussprach, mit. »Nein, konntet Ihr auch nicht. Denn er ist im Bett. Er schob sein schmerzendes Bein vor, aber der wahre Grund für seine Abwesenheit ist wohl eher der Umstand, dass auch er nicht sehr erfreut darüber ist, dass meine Schwester uns einen Engländer geschickt hat, der sich um Dunlaidir kümmern soll.«

Ein Ausdruck der Verärgerung erschien auf Rhonas Gesicht, den sie aber rasch mit einem Schulterzucken überspielte. »Wenn er sein Bein etwas häufiger bewegen würde, bräuchte er nicht über die Ankunft von Männern verstimmt zu sein, die im Vergleich zu ihm in der Lage sind, sein Zuhause zu verteidigen.«

»Ihr seid zu streng mit ihm. Es ist nicht seine Schuld, dass er ein lahmes Bein hat.«

»Er ist nicht lahm, er ist nur von einem Pferd getreten worden.« Rhona stieß ungeduldig ihren Atem aus. »Ihn würde überhaupt nichts plagen, wenn er endlich aufhören würde, sich selbst zu bemitleiden.«

Sie hielt einen Moment inne und warf einen viel sagenden Blick auf den narbengesichtigen Ritter. »*Da* ist jemand, der gut zurechtkommt, und der darüber hinaus mit einer weitaus entmutigenderen Behinderung als einem etwas schmerzenden Bein leben muss.«

Durch ihre Verärgerung über Rhonas Worte kühn geworden, schaute nun auch Caterine zu ihm hinüber. Prüfend starrte sie ihn an, und ihr unverblümter Blick suchte jeden Zentimeter des strammen Körpers des Mannes nach vorhandenen Fehlern ab, ohne jedoch auch nur einen einzigen zu finden. Schlimmer noch, es war nicht zu bestreiten, mit welcher Unbefangenheit er sich mit Eoghann, einem der treuesten Bediensteten ihres Haushalts, unterhielt.

Noch aufschlussreicher sogar war, dass die hängenden Schultern des Seneschalls sichtlich straffer wurden, je länger er dem, was der Engländer ihm auch immer sagte, lauschte. Dazu nickte er in offenkundiger Übereinstimmung, antwortete geradezu überschwänglich und gestikulierte aufgeregt mit seinen Händen.

Wie ihre Schwester und Rhona war auch der Seneschall offensichtlich buchstäblich wie behext von diesem Mann.

Ein Umstand, dem *sie* nicht zum Opfer fallen würde.

Rhona zupfte an ihrem Ärmel. »Habt Ihr gesehen, was für pralle Armmuskeln er hat und wie breit seine Schultern sind? Es hätte schlechter kommen können für Euch, Mylady«, scherzte sie. »Es gibt viele unverheiratete Frauen, die froh wären, seine Gunst zu erringen.«

»Wer könnte seine stattliche Figur schon übersehen?«, fauchte Caterine, der Ärger hatte ihre Zunge gelöst. »Oder glaubt Ihr etwa auch, ich sei schon so vertrocknet, wie Sir Hugh behauptet? Zu alt, um einen so hoch gewachsenen, breitschultrigen Mann noch zu bemerken?«

Rhona bedachte sie mit einem gekränkten Blick. »Natürlich würde ich Euch niemals als alt ...«

»Ich bin weder alt noch blind«, schnitt Caterine Rhona das Wort ab, bevor die jüngere Frau sie noch stärker in Rage versetzen konnte. »Die Vollkommenheit seiner Gestalt anzuerkennen, ist nichts anderes, als die edlen Linien der prachtvollen Vollblüter zu bewundern, auf denen seine verfluchten Landsleute umherreiten.«

Bis auf den kleinen Unterschied, dass noch kein englisches Schlachtross ihr Herz mit einem galanten Handkuss hatte höher schlagen lassen.

Rhona lehnte sich über den Tisch und stieß sie an. »In der Düsterkeit des Saals ist es fast unmöglich, sich vorzustellen, wie er ausgesehen haben muss, bevor er von dieser Narbe entstellt wurde.«

»Herrgott noch mal!« Caterine warf ihrer Freundin einen scharfen Blick zu. »Es ist mir einerlei, wie er vorher ausgesehen hat oder ...« Sie unterbrach sich und starrte zum Tisch des Engländers hinüber.

Er und seine Männer waren inzwischen aufgestanden, seine Gefährten hatten sich pelzbesäumte Umhänge umgelegt. Zwei von ihnen folgten Eoghann zum gewölbten Eingang des Burgsaals und verschwanden mit dem Seneschall draußen in der kalten Nacht, während die beiden anderen sich in Richtung Wendeltreppe wandten.

Zu der Treppe, die zu den Wehrgängen hinaufführte.

Sie wollten anscheinend Dunlaidirs Zinnen patrouillieren.

Caterine verschlug es den Atem, und ihr Herz schlug schneller. Ein gänzlich ungewohntes Gefühl, beschützt, umsorgt zu werden, umhüllte sie mit all der Wärme und Behaglichkeit einer oft benutzten und geliebten Decke.

Ein Gefühl, das ihr zwar fremd, aber machtvoll genug war, um den Sieg über ihre Verärgerung davonzutragen.

Zu viele Monate war sie mutlos und verzagt zu Bett gegangen und hatte sich gefürchtet einzuschlafen, aus Angst, de la Hogues Handlanger beim Erwachen über sich gebeugt zu sehen.

Oder schlimmer noch, den Grafen selbst.

Ein leichter Tritt gegen ihr Schienbein ließ das beunruhigende Bild verblassen. »*Er kommt zu uns*«, formte Rhona lautlos mit den Lippen, und kaum hatte sie ihre Warnung ausgesprochen, stand der stattliche englische Ritter auch schon vor ihnen.

»Meine Damen«, sagte er mit tiefer, weicher Stimme.

Außerstande, auch nur die einfachste Erwiderung zu formulieren, warf Caterine einen Blick zum Kamin und hoffte auf Unterstützung von Sir John, dem einzigen Menschen, der die Engländer genauso sehr hasste wie sie selbst. Der gramgebeugte Lord hatte den Saal inzwischen jedoch schon verlassen und die tiefe Schatten, in dem er eben noch gestanden hatte, war schwarz und leer.

Caterine wünschte, sie könnte ebenfalls verschwinden, als sie zu dem schlecht gewählten Beschützer aufblickte, den ihre Schwester ihr geschickt hatte. »Sir«, gelang es ihr gerade noch zu sagen, wobei ihre Stimme trotz der höflichen Titulierung ein gewisses Misstrauen erkennen ließ.

Ihre Blicke trafen sich, und sie befiel ein merkwürdiges Schwindelgefühl. Sie verspürte eine seltsame Atemlosigkeit, wie sie sie noch nie zuvor erlebt hatte. Das Licht einer in der Nähe stehenden Fackel fiel auf sein dunkles Haar, spiegelte sich in den Eisenringen seines Kettenpanzers und vergoldete sie auf eine Art und Weise, die seine mächtigen Arm- und Schultermuskeln noch ausgeprägter wirken ließ.

Bei Gott und allen Heiligen, aber er brachte sie wirklich durcheinander!

»... es Euch nicht passt ...«, sagte er gerade, aber seine Nähe verwirrte sie so gründlich, dass sie nur Bruchstücke von seinen Worten verstand.

Sie blinzelte. »Falls mir was nicht passt?«

»Wenn er mit Euch spricht«, antwortete Rhona an seiner Stelle.

Ohne ihre Freundin zu beachten, schenkte er Caterine ein schwaches Lächeln, und im flackernden Spiel von Licht und Schatten offenbarte dieses kleine Lächeln deutlich, wie gut aussehend Sir Marmaduke Strongbow, ehedem von England und künftig von Balkenzie Castle im Westen, einst gewesen sein musste.

Er war noch immer ein wirklich gut aussehender Mann.

»Ich sagte, es tut mir Leid, falls es Euch nicht passt, Euch mit mir zu unterhalten, aber wir sollten dennoch ein Gespräch miteinander führen«, erklärte er, und sein Ton war brüsk und längst nicht mehr so warm, wie sie ihn in Erinnerung hatte. »Jetzt – bevor ich mich meinen Männern auf den Wehrgängen anschließe.«

Er betrachtete sie, und die Intensität seines prüfenden Blicks gab Caterine das beklemmende Gefühl, er könnte ihr bis auf den Grund ihrer Seele blicken und all ihre so sorgsam gehüteten Geheimnisse ergründen.

Ihre Träume.

Und sie einen nach dem anderen enthüllen.

Irgendetwas huschte über sein Gesicht – Ärger? Frustration? –, aber es verschwand wieder, bevor sie entscheiden konnte, was es war. »Mylady, ich versichere Euch, ich hatte nicht die Absicht, Euch Kummer zu bereiten, als ich herkam.«

Hitze stieg in Caterines Nacken auf. »Ich weiß, warum Ihr hier seid.«

»Aber Ihr hattet keinen Engländer erwartet.«

Keinen Mann, dessen Gesicht Euch schlimmere Albträume bereiten würde als die, die Euch bereits quälen.

»Ich hatte überhaupt niemanden erwartet«, erwiderte sie zu seiner Überraschung. Dann schob sie ihren Stuhl vom Tisch zurück und erhob sich. »Aye, Ihr habt Recht, wir sollten miteinander reden, aber nicht hier. Ich werde Euch zu den Wehrgängen begleiten.«

Marmaduke verzog keine Miene, als sie den Arm, den er ihr anbot, ignorierte. »Nach Euch, Mylady.« Er verbeugte sich steif und gab sich Mühe, sich nicht anmerken zu lassen, wie tief ihre Brüskierung ihn getroffen hatte.

Unter Aufbietung seiner ganzen Selbstbeherrschung folgte er ihr durch den düsteren Saal und blieb nur einmal stehen, um seinen Pelzumhang aufzuheben, bevor er hinter ihr die Wendeltreppe hinaufstieg. Als sie den Kopf der Treppe erreichten, legte er ihr den schweren Umhang um die Schultern.

»Es wird kalt sein auf den Zinnen«, sagte er schlicht, während seine Finger ihren glatten, warmen Nacken streiften und ihr seidiges, geflochtenes Haar seine Handrücken kitzelten.

Zu seiner Erleichterung befand sich keiner der beiden Männer, die er zur Patrouille auf die Wehrgänge geschickt hatte, auf diesem Abschnitt der Befestigung. Nichts als eisige Finsternis und unzählige glitzernde Sterne begrüßten sie.

Der Nachthimmel, ein kalter Wind und das schnelle, gleichmäßige Pochen seines Herzens.

Marmaduke schritt zu der mit Zinnen versehenen Mauer, legte seine Hände auf eine ihrer breiten Öffnungen und blickte auf die See hinaus. Der zunehmende Mond stand tief am Horizont, sein blasser Schein warf einen dünnen, silbernen Streifen auf das nächtlich dunkle Wasser.

Die Hände auf das kalte Mauerwerk gestützt, ließ er den schneidend kalten Wind die schmerzhaft heiße Anspannung ein wenig lindern, die Caterine Keiths Zurückweisung in seinem Nacken bewirkt hatte.

Nachdem er seine Beherrschung wiedererlangt hatte, wandte er sich ihr schließlich zu. »Eure Schwester schickt Euch liebe Grüße und bat mich, Euch zu sagen, dass es ihr gut geht«, begann er, wobei er Linnet MacKenzies Schwangerschaft nicht erwähnte, da dies ihr ausdrücklicher Wunsch gewesen war. »Sie würde gerne ...«

»Ich bezweifle, Sir, dass Ihr mit mir über Linett sprechen wolltet«, unterbrach ihn Lady Caterine, und die Erregung, die in ihrer Stimme mitschwang, stand in krassem Gegensatz zu dem kühlen Blick ihrer Augen.

Eine Eisgöttin. Schön, stolz und sehr, sehr aufgewühlt.

In offenkundiger Verärgerung schöpfte sie tief Atem. »Auch was ich *Euch* sagen muss, hat nichts mit meiner Schwester zu tun.«

Marmaduke lehnte sich an die Zinne und verschränkte seine Arme. »Dann sagt mir, was Ihr auf dem Herzen habt. Ich bin ganz Ohr.«

»Mein Herz, Sir, hat sogar noch weniger damit zu tun.« Sie sah ihn scharf an, und der Nachtwind spielte mit den losen Strähnen, die sich aus ihrem Zopf gelöst hatten. »Ich möchte, dass Ihr wisst, dass dies alles nur ein Missverständnis ist. Meine Schwester wurde getäuscht. Nicht ich habe Euch herkommen lassen. Es war meine Gesellschafterin, Lady Rhona, die sich an Linnet wandte. Meine liebste Freundin und zugleich auch meine ärgste Feindin.«

»Eure ärgste Feindin?« Marmaduke runzelte die Stirn, er bemerkte die feinen Linien in ihren Augenwinkeln, die Schatten unter ihren schönen Augen. »Das glaube ich nicht, Mylady. Ich bezweifle, dass sie Euch mit böser Absicht hintergangen hat.«

»Sie stellt ständig irgendwelchen Unfug an, ohne die Folgen zu bedenken.«

Dem unwiderstehlichen Bedürfnis folgend, ihr nahe zu sein, löste Marmaduke sich von der Mauer und trat auf Caterine zu. »Und sind die Folgen denn so unerfreulich? Obwohl ich erst seit ein paar Stunden hier bin, kann ich jetzt schon ermessen, dass Ihr dringend Hilfe braucht.«

Sie räusperte sich. »Ich wollte weder einen Beschützer, noch wünschte ich mir einen … Mann.«

»Und nun hat Eure Freundin Euch in ein Dilemma gebracht, unter dem Ihr beide zu leiden habt.«

Sie nickte, und ein Anflug von Zorn blitzte in ihren schönen Augen auf. Aber sie sagte nichts, sondern starrte ihn nur an, in ihrem Blick lag offenkundiger Widerstand gegen alles, was er war und was er für sie hatte tun wollen.

Für sie und *mit ihr*.

Marmaduke hoffte, dass die Dunkelheit den Muskel, der an seinem Kinn zuckte, verbarg, und kämpfte gegen das überwältigende Bedürfnis an, seinen Mund auf den ihren zu senken und ihren Widerspruch mit einem Kuss zum Schweigen zu bringen.

Einem leidenschaftlichen, besitzergreifenden Kuss.

»Lady Caterine, es ist gut, dass ich kein Mann bin, der Köpfe verdreht und Herzen stiehlt«, sagte er schließlich, doch seine Erklärung war eine reine Schutzbehauptung und verbargen seine wahren Gefühle, sein wahres Ich.

Ein Ich, das noch immer gut aussehend und unentstellt war.

»Doch entstellt oder nicht, Engländer oder nicht, Missverständnis oder nicht, Eure Schwester hat mich gebeten, Euch zu beschützen, und das werde ich auch tun«, fügte er dann aber doch noch aufrichtig an. »Ich habe Lady Linnet mein Wort darauf gegeben. Es ihr zu verweigern, wäre ebenso unmöglich, wie mit dem Atmen aufzuhören.«

»Aye, das wäre in der Tat unmöglich«, stimmte Caterine ihm zu, über die Aussichtslosigkeit ihrer Situation mindestens ebenso verärgert wie über den undurchdringlichen Gesichtsausdruck ihres Beschützers. Sie musterte ihn und versuchte, ihn durch reine Willenskraft dazu zu bringen zu sagen, was sie zu hören hoffte, nachdem sie ihm kund getan hatte, dass er umsonst gekommen war.

Dass seine Anwesenheit auf Dunlaidir Castle zu einem ganz und gar abwegigen Plan gehörte, den ihre sich in alles einmischende Freundin ausgeheckt hatte.

Doch anstatt seine sofortige Abreise anzukündigen, betrachtete er sie nur mit einer unglaublich irritierenden Gelassenheit und teilte ihr kurz und bündig mit, er habe vor, sie zu beschützen, ob sie es wolle oder nicht.

Und was noch schlimmer war – dank Rhonas hinterhältiger Machenschaften blieb ihr gar nichts anderes übrig, als seine Hilfe anzunehmen.

Sein Fortgehen würde sie in nur noch größere Schwierigkeiten bringen.

»Der Grund, Mylady, warum ich Euch unter vier Augen sprechen wollte, ist, dass es da eine Bitte gibt, die Eure Schwester äußerte und die ich nicht erfüllen kann«, sagte er dann, und seine wohlklingende Stimme klang so einschmeichelnd wie die eines Barden.

Das Einzige, was ihren wundervollen Klang verdarb, war sein kaum merklicher englischer Akzent.

Caterine zog eine Augenbraue hoch und versuchte, den auf sie durch seine seltsam beruhigende Stimme ausgeübten Reiz hinter einer sorgfältig einstudierten Fassade der Gleichgültigkeit zu verbergen. »Und um was hat Linnet Euch gebeten?«

»Meine Schultern sind stark und breit, Lady Caterine, und durchaus in der Lage, jede Sorge, die Euch quält, zu tragen«, erklärte er, noch immer viel bestürzter über ihren kühlen Empfang, als er sich eingestehen mochte. »Alle Sorgen bis auf eine. Ich werde mich *nicht* als Euer Ehemann ausgeben.«

Ein undefinierbarer Ausdruck erschien auf ihrem Gesicht, und bevor dieser sich zu etwas entwickeln konnte, was er vorzog, nicht zu sehen, verschränkte Marmaduke die Hände hinter seinem Rücken und begann auf dem schmalen Wehrgang auf und ab zu gehen, den Blick auf den fernen Horizont gerichtet.

Egal wohin, nur ja nicht auf Caterines Gesicht.

Er wollte auf gar keinen Fall riskieren, ihren entsetzten Blick zu sehen, wenn er ihr vorschlug, wirklich und wahrhaftig seine Frau zu werden.

»Vier edle Krieger begleiten mich«, sagte er und hoffte, dass nur er das leise Zittern seiner Stimme wahrnahm. »Wir bringen Euch den vollen Nutzen unserer Schwerter und unseren zuverlässigen Schutz.«

Dann blieb er vor ihr stehen und verschränkte die Hände gegen das beklemmende Gefühl, kurz davor zu sein, sich vollkommen zum Narren zu machen. »Und ich, Lady Caterine«, fuhr er hastig fort, bevor ihn der Mut verließ, »würde Euch gern mich selbst anbieten. Nicht für eine Ehe, die nur auf dem Papier besteht, sondern für eine echte.«

Sie zog scharf den Atem ein. Ein leiser Laut, der im tosenden Wind kaum hörbar war. Nicht, dass es Worte gebraucht hätte, um ihren Abscheu zu verdeutlichen. Ihre ganze Haltung wie ihre weit aufgerissenen Augen, drückten ihr Missfallen noch viel stärker aus, als bloße Worte es gekonnt hätten.

»Nein.« Die knappe Absage schlug eine tiefe Kluft zwischen den Mann, der er einst gewesen war, und seine Träume, jemals wieder jenes frühere Ich zu sein.

»Und warum nicht?«, ließen ihn die Teufel, die ihn plötzlich ritten, fragen.

Zu seinem Erstaunen verzog sie den Mund zu einem schiefen Lächeln. »Nicht aus den Gründen, die Ihr vermutet, das versichere ich Euch.« Sie legte ihre Hand an sein Gesicht und strich mit einer Berührung, die so leicht wie ein Luftzug war, über seine Narbe.

Marmaduke versteifte sich. Keine Frau hatte je seine Narben berührt. Weder den langen Schnitt, der sein ehemals hübsches

Gesicht entstellte, noch die unzähligen Spuren brutaler Peitschenhiebe auf seinem Rücken.

Keine Frau, bis heute, und die Sanftheit dieser einen unendlich sachten Berührung ließ sein Herz förmlich dahinschmelzen.

Dann zog sie ihre Hand zurück, und ein Ausdruck der Verwirrung huschte über ihr Gesicht, als hätte auch sie etwas dabei empfunden. Der Ausdruck verflog aber so schnell, dass er womöglich gar nicht wirklich da gewesen war.

»Eure Narbe stört mich nicht«, erklärte sie mit einer Offenheit, die ihn verblüffte. »Ich finde Euch ... attraktiv«, fügte sie hinzu und erstaunte ihn damit noch mehr.

Dann atmete sie tief ein. »Meine Situation hat sich geändert, seit Rhona es auf sich genommen hat, die Hilfe meiner Schwester zu erbitten. Nun brauche ich tatsächlich einen wahren Ehemann, und nicht nur irgendeinen Mann, der bereit wäre, als solcher zu posieren«, führte sie aus, was Marmaduke neue Hoffnung schöpfen ließ.

»Aber ich kann Euch nicht als diesen Mann anerkennen«, fuhr sie fort, und ihre freimütigen Worte zerschlugen seine neu erwachten Hoffnungen so gründlich, dass sie ihn ebenso gut über die Mauer des Wehrgangs in die See hätte stürzen können.

»Dennoch möchte, dass Ihr wisst, dass meine Gefühle nichts mit Eurem Gesicht zu tun haben.« Wieder strich sie mit der Fingerspitze über seine Narbe, aber diesmal schmerzte ihn ihre sanfte Berührung. »Und es ist auch nichts, was Ihr gesagt oder getan habt, nicht Ihr persönlich jedenfalls. Es ist allein Euer englisches Blut. Denn das, Sir, ist ein Makel, den ich nicht ertragen kann. Meine Schwester hätte das wissen müssen.«

Zum ersten Mal in seinem Leben fehlten Marmaduke die Worte. Ihr freimütiges Bekenntnis erschütterte ihn, verhöhnte ihn und ergriff Partei für seine inneren Dämonen.

Und beraubte ihn der Fähigkeit, irgendetwas anderes zu tun als sie anzustarren.

»Bevor ich den Mut dazu verliere«, sagte sie rasch, anscheinend ohne sich der Qual bewusst zu sein, die ihn zerriss, »möchte ich Euch um einen Gefallen bitten.«

»Nennt mir Euren Wunsch, und ich werde ihn erfüllen.« Die galanten Worte kamen wie von selbst, gesprochen wie von einem Fremden, obwohl die Stimme unbestreitbar seine eigene war.

Sie sah ihn an, mit einem auffallend ernsten Blick in ihren dunkelblauen Augen. »Wie meine Schwester Euch sicher schon gesagt hat, hat Sir Hugh de la Hogue, der mich seit Monaten bedrängt, geschworen, mich wie diese Festung sehr bald in Besitz zu nehmen, wenn nötig, mit Gewalt.«

»de la Hogue?« Die bloße Erwähnung des Namens dieses gemeinen Wüstlings genügte, um Marmaduke den Magen umzudrehen.

»Ihr kennt ihn?« Sorgenfalten erschienen auf ihrer Stirn.

»Ich bin ihm schon begegnet, ja«, antwortete Marmaduke, während der heftig pochende Puls an seiner Kehle Wellen der Hitze in seine Schultern und seinen Nacken sandte. »Es ist schon einige Zeit her, ich war damals noch ein junger Ritter am englischen Hof. Einen lasterhafteren Bastard hat es nie gegeben auf dieser Erde, möge der Teufel seine schwarze Seele holen.«

»Er ist der Grund, warum ich Euch um Hilfe bitten muss. Es geht nicht so sehr um mich selbst, als vielmehr darum, James, meinen Stiefsohn, zu schützen«, sagte Caterine und erwähnte damit zum ersten Mal den jungen Mann, von dem Marmaduke zwar schon gehört, den er bislang aber noch nicht gesehen hatte.

Den Erben Dunlaidirs.

»Sollte Sir Hugh seine Drohungen wahrmachen, dann würde er James töten, bevor ich meine Ehegelübde ablegen könnte. Und nach James' Tod würden seine zwei Drittel von Dunlaidir an mich übergehen ... oder besser gesagt an Sir Hugh, falls ich gezwungen sein sollte, ihn zu heiraten.«

Und dieser gewissenlose Hurensohn würde dich genauso schnell beseitigen. Marmaduke behielt seinen Verdacht für sich, doch Caterines Gesichtsausdruck zeigte ihm, dass sie sich der

Gefahr durchaus bewusst war, auch wenn sie ihr keinen Ausdruck verlieh.

»Ihr braucht de la Hogue nicht zu fürchten, Mylady.« Marmaduke erwiderte ihren Blick und vergaß darüber seine eigenen Sorgen und Enttäuschungen. »Er wird den Tag seiner Geburt bereuen, falls er auch nur wagt, Euch anzusehen. Darauf gebe ich Euch meinen feierlichen Eid.«

Sie wandte den Blick ab und starrte in die Dunkelheit, während der kalte Seewind gegen ihre Beine peitschte. »Danke«, sagte sie, und Marmaduke erahnte ihr innerliches Ringen. Einerseits verbat ihr Stolz, seine Hilfe anzunehmen, andererseits wusste ihr Verstand, dass sie ihn brauchte.

Währenddessen kämpfte er mit seinem eigenen angeschlagenen Stolz. »Ich kam her, um Euch zu helfen, doch wenn es ein Ehemann ist, den Ihr sucht, und Ihr nicht bereit seid, *mich* zu heiraten, was kann ich denn dann für Euch tun?«

»Eure Männer«, sagte sie schlicht und wandte sich ihm wieder zu. »Ihr könntet einen von ihnen überreden, mich zu heiraten. Zum Schein natürlich nur ... um Dunlaidir und meinen Stiefsohn zu beschützen.«

Marmaduke runzelte die Stirn angesichts der wieder auflebenden Hoffnung, die e schon wieder spürte, als er ihre Worte hörte.

»Mylady, ich fürchte, da muss ich Euch enttäuschen.« Er hasste es, ihr enttäuschtes Gesicht zu sehen, und hasste sich dafür, in der Vernichtung ihres Glücks sein eigenes zu sehen.

Sie senkte ihren Blick. »Sie sind also schon verheiratet«, sagte sie, den Grund für seine Ablehnung erratend.

»Alle bis auf Lachlan, den Jüngsten. Und selbst er ist schon vergeben. Der Junge hat ein über alles geliebtes Mädchen zurückgelassen, das schon sehnsüchtig seine Heimkehr erwartet.«

Sie schloss für einen Moment die Augen. »Dann bleibt also nur noch Ihr.«

Marmaduke nickte, denn seine Kehle war zu eng, um etwas zu erwidern.

»Dann soll es wohl so sein«, sagte sie, und der blasse Schein des Monds, der ihr Gesicht erhellte, ließ keinen Zweifel daran offen, wie sehr diese Vorstellung ihr widerstrebte. »Aber wir heiraten selbstverständlich nur auf dem Papier.«

Dann nahm sie den Umhang von den Schultern, reichte ihn Marmaduke und schlüpfte durch die nur angelehnte Tür, bevor er sie zurückhalten konnte.

Oder sie warnen, dass er den Entschluss gefasst hatte, ihr Herz zu gewinnen.

Er trat einen Schritt vor, aber sie war schon fort, verschlungen von der Dunkelheit des Treppenhauses, und er war allein.

Allein mit der kalten Nacht und dem Gewicht seines schweren Umhangs, der noch warm von der Hitze ihres Körpers und für immer mit ihrem unverwechselbaren Duft gekennzeichnet war.

Lange Zeit bewegte Marmaduke sich nicht von der Stelle, und blickte auf die See hinaus, den Umhang hielt er fest in seine Armen gepresst. Der Mond stand mittlerweile höher, und – Gott vergebe ihm, ihre Notlage ausgenutzt zu haben –, auch seine Stimmung hatte sich gehoben.

Er legte eine seiner schwieligen Hände an sein Gesicht und strich über den Pfad, den ihre Finger eben noch genommen hatten. Grundgütiger, er hätte schwören können, dass seine Narbe noch immer von ihrer Berührung prickelte!

Was er definitiv wusste, war, dass sein Herz noch immer flatterte.

Eine Heirat nur auf dem Papier.

Marmaduke atmete tief ein. Er wollte mehr, sehr viel mehr. Er wollte wieder lieben ... und geliebt werden.

Doch eine Heirat, egal, in welcher Form, war besser als gar nichts. Es war ein Anfang ... ein Beginn.

Mehr, als er vor einer knappen Stunde noch zu hoffen gewagt hatte.

Wieder fuhr er mit den Fingern über seine Narbe, strich dann vorsichtig über das stets etwas empfindliche Lid seines blinden linken Auges.

Ein finsterer Fluch stieg in ihm auf, doch er zwang sich, ihn zu unterdrücken. Dies war nicht der richtige Moment, um sich in Selbstmitleid zu ergehen. Und im Grunde genommen waren seine Narben auch bedeutungslos, verglichen mit den sehr viel tiefer gehenden, die Lady Caterine offenbar in sich trug.

Die seinen waren rein äußerlich, für jedermann erkennbar, während ihre tief in ihrem Innersten verborgen lagen.

Unsichtbar und gravierend, aber vielleicht nicht so dauerhaft und bleibend wie die seinen.

Ihre ließen sich noch tilgen.

Mit viel Zeit, Behutsamkeit und der ausdauernden Liebe eines Mannes, der bereit war, ihr sein Herz zu schenken.

Und im Stande war, das ihre zu erobern.

Marmaduke straffte seine kettenhemdbedeckten Schultern und schloss einen Pakt mit der stillen Nacht. »Ich werde ihre Narben tilgen und ihre Liebe gewinnen«, schwor er, und seine einzigen Zeugen waren die fernen Sterne und die unergründlich dunkle See.

»Und niemand wird mich daran hindern«, sagte er ebenso sehr zu der in seinem Herzen liegenden wie zu der ihn umgebenden Finsternis.

Nicht einmal ihr eigenes liebenswertes, stolzes Ich.

Kapitel 4

Nichts rührte sich in der frühen Morgendämmerung auf Dunlaidirs Burghof, außer dichten Nebelschwaden, die vom Kopfsteinpflaster des Bodens aufwaberten und zwischen den verlassenen Außengebäuden der Festung umherzogen wie eine Phalanx gespenstischer Wachen.

Nichts störte den anbrechenden Tag, außer dem Zischen und Sirren von Marmadukes in der Luft herumsausendem Schwert. In einer wütende Attacke, die den in den finstersten Winkeln seiner Seele lauernden Dämonen galt.

Abscheulichen Monstern, die jederzeit bereit waren, ihn bei der kleinsten Enttäuschung, dem kleinsten Versagen oder jedem Verlust, den er ertragen musste, zu verhöhnen.

Das Zischen seiner mächtigen Klinge schallte durch den leeren Burghof, in einer wütenden Kampfansage gegen ein Schicksal, das alles andere als freundlich mit ihm umgesprungen war.

Als seine unsichtbaren Peiniger schließlich bezwungen waren und er das Feuer in seinem Inneren für einen weiteren Tag hatte löschen können, ließ Marmaduke die Klinge sinken und atmete tief ein.

Die nach Salz riechende, kühle, feuchte Luft war erfrischend und belebend.

Sie trug den Geschmack von hart erkämpftem Frieden.

Gesegnete Stille, beeinträchtigt von nichts anderem als dem dumpfen Tosen der See, seinen eigenen schweren Atemzügen und dem leisen Rascheln von irgendjemandem, der sich von hinten an ihn heranschlich.

Er fuhr herum und nahm im Dunkeln gerade noch eine flüchtige Bewegung wahr, als auch schon ein Dolch mit einer langen Klinge in seine Richtung zischte. Mit einer Behändigkeit, mit der sich nur sehr wenige messen konnten, warf er sich im selben Augenblick zur Seite, als die Klinge an ihm vorbeipfiff und keine zwei Meter von der Stelle entfernt, an der er soeben noch gestanden hatte, zum Halten kam.

Mit gezücktem Schwert stürzte er auf die Geräusche eines Handgemenges zu, und überall um ihn herum brach Chaos aus. Schreie ertönten von oben, als der junge Sir Lachlan und Dunlaidirs Seneschall die Außentreppe hinunterstürzten, um einen dritten Mann zu verfolgen, der auf die am weitesten entfernte, zur See hinausgehende Mauer zurannte.

Es gelang ihnen sehr schnell, den Abstand zwischen sich und dem Eindringling zu verringern, noch im Laufen zogen sie ihre Schwerter. Marmaduke selbst beobachtete eine in einen dunklen Umhang gehüllte Gestalt, die das allgemeine Chaos nutzte, um an der Burgmauer entlang zu flüchten.

»Halt!«, rief er, während er sich dem Mann näherte. »Wirf deine Klinge weg und gib dich zu erkennen!«

Der Mann blieb zwar stehen, kauerte sich aber nur noch tiefer in den Schatten, anstatt vorzutreten. »Ich habe keine Klinge«, stieß er erbost hervor. »Man hat mich schon entwaffnet.«

Erst da bemerkte Marmaduke das glitzernd auf dem nassen Kopfsteinpflaster liegende Breitschwert. Ohne den Blick von der Gestalt in dem dunklen Umhang abzuwenden, stieß er die Waffe mit dem Fuß beiseite. »Dein Name«, verlangte er zu wissen, als er sich dem anderen näherte. »Sprich, wenn du nicht willst, dass ich dich dazu zwinge.«

Als er keine Antwort bekam, zog Marmaduke den Eindringling einen guten halben Meter vom Boden hoch und stieß ihn gegen die Mauer. »Wer ... bist ... du?«, knurrte er und verlieh seinen Worten Nachdruck, indem er bei jedem einzelnen von ihnen mit der Spitze seines Schwerts gegen das Kinn des Mannes stieß. »Sprich, Bursche, oder mach dich bereit, deinem Schöpfer gegenüber zu treten.«

»Lasst mich los, Herrgott noch mal«, keuchte der Mann, dessen dunkle Augen blitzten vor Empörung. »Ich bin James, der Burgherr.«

Marmaduke lockerte seinen Griff, gab den anderen Mann jedoch noch nicht frei, so gern er es auch getan hätte. Der unbewaffnete Bursche stank nämlich schlimmer als eine bis an den Rand gefüllte Jauchegrube.

»In der Tat?« Marmaduke zog eine Augenbraue hoch. »Es kommt aber nur höchst selten vor, dass junge Burgherren derart stinken.« Sorgfältig darauf bedacht, nur ja nicht zu tief einzuatmen, schob er mit der Spitze seines Schwerts die wollene Kapuze zurück, die das Gesicht des jungen Manns verdeckte.

Kaum war die Kapuze gefallen, strich der Mann, der sehr viel jüngerer war, als Marmaduke erwartet hatte, sein dichtes schwarzes Haar zurück. Dieser kaum dem Knabenalter entwachsene Bengel starrte Marmaduke wütend an, aus einem Gesicht, das sehr aristokratisch gewirkt hätte, wenn es nicht so wutverzerrt gewesen wäre.

»Dann seid Ihr also James.« Der sich heftig wehrende Bursche konnte niemand anders sein. »Der scheue junge Herr der Burg.«

Marmaduke ließ schließlich von ihm ab und senkte sein Schwert. Dann legte er seine Hand kameradschaftlich auf James Keiths Schulter. »Herrgott noch mal, Junge, wo schläfst du eigentlich – oder kann es sein, dass du nie badest?«

»Nicht ich bin es, der so erbärmlich stinkt.« Keuchend befreite James sich aus Sir Marmadukes Griff. »Dieser widerliche Geruch haftete dem Schurken an, der versucht hat, Euch zu töten. Ich sah ihn und einen anderen Mann aus einer der Latrinen kommen und jagte ihnen hinterher.«

»Es waren zwei Männer?«

James nickte. »Sie flohen in verschiedene Richtungen. Ich schickte Sir John dem einen nach, und den anderen, Euren Angreifer, erwischte ich selbst, als er gerade sein Messer warf.«

Marmaduke deutete mit dem Kopf auf das am Boden liegende Schwert. »Und wie hast du dein Schwert verloren?«

Der Junge runzelte die Stirn und machte ein verdrießliches Gesicht. Dann stieß er ärgerlich den Atem aus. »Wir kämpften. Er schlug mir das Schwert aus der Hand. Ich ...« Er brach ab und warf einen aufgebrachten Blick zum Burghof, wo Lachlan und Eoghann den Eindringling soeben in einen heftigen Kampf verwickelten.

Mit auffallender Leichtigkeit trieben sie ihn immer näher auf die Burgmauer zu. Der über und über mit Jauche und Kot bedeckte Angreifer stellte eindeutig keine Herausforderung für Lachlan und den erstaunlich geschickt kämpfenden alten Seneschall dar.

Genauso eindeutig war auch, wie sehr sich James für sein Ungeschick schämte, besiegt worden zu sein.

Marmaduke wandte seine Aufmerksamkeit wieder dem grimmig dreinschauenden jungen Burgherrn zu. »Bedenkt doch nur, was für einen Schaden dieser Schurke hier womöglich angerichtet hätte, wenn Ihr nicht so wachsam gewesen wäret und Alarm geschlagen hättet.«

»Ich habe nur wieder einmal meine Ungeschicktheit gezeigt.« Damit drehte sich James um und hinkte davon, mit einem überwältigenden Gefühl der Erniedrigung ringend, das mindestens ebenso deutlich zu erkennen war wie die übertriebene Art, in der er eines seiner Beine nachzog.

Marmaduke wollte ihm gerade folgen, als ein lauter, schmerzerfüllter Schrei die Luft zerriss. Dunlaidirs glückloser Erbe war angesichts der Szene, die sich ihm auf der fernen, zur See hinausgehenden Mauer bot, vergessen. Wilder Zorn packte Strongbow, als er sah, wie Eoghann mit dem Eindringling kämpfte. Das wütende Klirren aufeinander prallenden Stahls verriet die Heftigkeit des Kampfes. Sir Lachlan lag zusammengesunken am Fuß der Mauer, ein feuchter dunkler Fleck breitete sich auf der linken Seite seiner Tunika aus, sein Schwert hielt er noch immer in der Hand.

Mit einem wütenden Brüllen stürzte Marmaduke über den Burghof. Mit einer einzigen Bewegung sprang er hinter den Mann, der versucht hatte, ihn zu ermorden, um dem Schurken eine ordentliche Abreibung mit seinem Schwert zu verpassen. Der Hurensohn wirbelte zu ihm herum und hob sein Breitschwert zu einem gnadenlosen, Tod bringenden Hieb.

Marmaduke parierte den Hieb mit Leichtigkeit und schlug seinem Angreifer das Schwert mit solcher Wucht aus der Hand, dass der Mann schlagartig zur Seite taumelte. Mit fassungslos aufgerissenen Augen stürzte er nur einen Moment später durch die Öffnung zwischen zwei der Mauerzinnen.

Ein lauter Schrei, der schon verstummte, bevor er richtig ausgestoßen werden konnte, legte ein Grauen erregendes Zeugnis von dem Schicksal ab, das ihn ereilt hatte.

Schwer atmend ließ Marmaduke sein Schwert sinken und warf einen Blick über die Mauer. Der reglose Körper des Mannes lag ausgestreckt über den zerklüfteten Felsen in der Tiefe. Es würde nicht lange dauern, bis er von der gierigen See verschlungen werden würde.

Das Boot des Mannes, gefertigt aus lederüberzogenem Flechtwerk und nicht viel größer als eine Herzmuschel, tanzte unten auf den Wellen.

Marmaduke fuhr sich mit dem Arm über die Augenbrauen. »Er muss das Kliff erklommen haben und dann einen Latrinenausgang hinaufgestiegen sein, um in die Burg zu gelangen.«

»So ein verdammter Schweinehund!«, wetterte Eoghann schwer atmend neben ihm. »Das war ein wohl verdientes Ende, das er da gefunden hat, von Kopf bis Fuß mit Jauche beschmiert. Ich habe ihm nie getraut, ein merkwürdiger Kerl war das.«

Marmaduke sah den Seneschall an. »Ihr kanntet ihn?«

»Aye. Er hieß Cadoc und kam aus Wales.« Eoghanns Augen waren voller Verachtung. »Einen fahrenden Ritter nannte er sich. Ein unehelicher Bastard, sage ich.«

»Mit Sicherheit«, stimmte Marmaduke zu und blickte stirnrunzelnd auf die weite, dunkle See hinaus. »Hat er hier in der Burg seine Dienste angeboten?«

»So hörte es sich zumindest an.« Eoghann spuckte über die Mauer. »Er schwor meinem Herrn, dem alten Lord Keith, die Treue, doch kaum war da dieser erkrankt, da packte dieser Mistkerl auch schon seine Siebensachen und ward nicht mehr gesehen. Wie der Rest von ihnen, sie verschwanden allesamt.«

Eoghanns Wut machte sich in einer leidenschaftlichen Flut von Worten Luft. »Abtrünnige Bastarde. Verkaufen ihre Seele für ein paar Groschen und das Versprechen, ein bisschen Land zu erhalten. Keithschem Land. Oder zumindest hatte dieser Teufel von Sir Hugh das wohl so geplant, um Dunlaidir in seine eigenen dreckigen Pfoten zu bringen.«

Ein harter Zug erschien um Marmadukes Kinn. »Der Mann ist eine Schande für sein edles Blut. Ich schwöre Euch, er wird nicht einen einzigen Stein dieser Burg in seine Hände bringen.«

»Seine Schandtaten in dieser Gegend sind schier unbeschreiblich«, sagte Eoghann, als er sein Schwert einsteckte. »Er gebärdet sich schlimmer als ein hungriger Wolf.«

»Bald wird er allen Grund haben, seine Missetaten zu bereuen, das verspreche ich Euch.« Heißer Zorn durchströmte Marmaduke, als er von der Mauer sprang und sich neben Lachlan kniete. »So, mein Freund, und nun wollen wir doch mal sehen, was mit dir ist.«

So behutsam er konnte, löste Marmaduke Lachlans blutdurchtränktes Wams von der noch immer stark blutenden Wunde, und eine immense Erleichterung erfasste ihn, als er erkannte, dass es sich bei der Verletzung nur um eine saubere Schnittwunde handelte.

»Es ist Gott sei Dank nur eine Fleischwunde«, sagte er und bemühte sich um einen aufmunternden Blick in seinem gesunden Auge. Dann strich er dem jungen Mann über das Haar. »Ich fürchte, du wirst leben, Lachlan, um noch viele andere solcher Auseinandersetzungen zu überleben.«

Lachlan stützte sich auf seine Ellbogen. »Es tut fast gar nicht weh«, behauptete er, aber seine bleichen Lippen straften seine tapferen Worte Lügen.

»Ob es weh tut oder nicht, du wirst auf jeden Fall ein paar Tage im Bett verbringen müssen, bis du vollkommen wiederhergestellt bist«, erwiderte Marmaduke mit etwas schrofferer Stimme als gewöhnlich.

»Aye, mein Junge, und es dürfte sich auch nicht als allzu schwer erweisen, das Bett zu hüten, da unsere edlen Damen sich sehr um Eure Bequemlichkeit bemühen werden«, prophezeite Eoghann, als er sich neben ihnen auf den Boden kniete. »Die Berührungen unserer guten Lady Caterine gleichen denen eines Engels.«

Und sie sah auch wie ein Engel aus.

Ein zur Erde herabgesandter Engel, den der Himmel ihm geschickt hatte, um ihn über alle Maßen zu verlocken.

Marmaduke unterdrückte einen Fluch, als er merkte, dass schon ihr Anblick ausreichte, um seinen Puls zu beschleunigen. Auch sein verliebtes Herz begann wie wild zu pochen, als er sie in Begleitung Alecs, des ältesten und kampferprobtesten seiner Männer, den Burghof überqueren sah.

Sie musste sich beeilen, um mit Alecs großen Schritten mitzuhalten, und ihre Hast bewirkte, dass sich die Falten ihres weiten Umhangs im Wind hinter ihr blähten. Das helle Taubengrau des Capes verband sich so harmonisch mit dem Grau des Morgens. Es schien beinahe so, als schritte sie auf bloßer Luft dahin.

Ja, mit den Nebelschwaden, die sie umtanzten, und ihrem offenen Haar, das in schimmernden Kaskaden hellsten Golds über ihren Rücken und auf ihre Hüften fiel, konnte sie wirklich ohne Weiteres für eine mystische keltische Göttin durchgehen.

Ein ätherisches Wesen, zu schön für diese Welt.

Und vor allem viel zu schön für ihn.

Marmaduke unterdrückte einen weiteren Fluch, als er erkannte, welch Furcht erregenden Anblick er mit seinem wirren

Haar und den schweißdurchtränkten, mit Lachlans Blut befleckten Kleidern bieten musste.

Ganz zu schweigen von seinem Gesicht.

Immer wieder sein Gesicht.

⋆ ⋆ ⋆

»Ich kann ihre Gesichter durch den Nebel nicht erkennen – könnt Ihr mir sagen, wer verletzt ist?« Caterine richtete ihren Blick auf den grimmig dreinschauenden Mann an ihrer Seite. »Ist er es? Der Engländer?« Die Worte entschlüpften ihr, bevor ihr auch nur bewusst wurde, dass sie ihnen Ausdruck verliehen hatte.

»Strongbow?« Unverkennbarer Stolz lag in der Stimme des Highlanders. »Nein, er ist es bestimmt nicht. Er bekommt nie auch nur einen Kratzer ab. Die Heiligen beschützen ihn, da er seinen Anteil an Verletzungen schließlich schon abbekommen hat.« Er zwinkerte ihr zu. »Und weil er so ein guter Mensch ist.«

Aye, ein guter Mensch. Das Wissen kam von nirgendwo und überall her und drang gerade lange genug in ihr Bewusstsein, um sie innerlich schaudern zu lassen.

Ein merkwürdiges, aber gar nicht unangenehmes Prickeln, das nicht viel anders war als das leichte Erschaudern, das sie so überrascht hatte, als sie sein Gesicht auf dem Wehrgang berührt hatte.

»Stimmt etwas nicht, Mylady?« Der große Mann warf ihr einen fragenden Blick zu. »Soll ich Euch wieder hinein begleiten?«

»Nein.« Caterine schüttelte den Kopf. Sie hatten die zur See hinausgehende Mauer fast erreicht. »Ich möchte sehen, wer verletzt ist.«

Eine unerklärliche Erleichterung durchflutete sie, als der Engländer sich als unverletzt erwies, so wie der Highlander es ihr schon prophezeit hatte. Linnets Beschützer kniete neben dem jüngsten seiner Männer, das Gesicht halb von ihr abgewandt, und eine leichte Seebrise zerzauste ihm das dunkle Haar.

»Mylady«, grüßte er sie, ohne sie anzusehen.

»Sir«, erwiderte sie und erstickte fast an diesem einen Wort, da das merkwürdige Prickeln einer ungewöhnlichen Enge in ihrer Kehle und ihrer Brust gewichen war.

Er warf ihrem stämmigen Begleiter einen Blick zu. »Was ist mit dem zweiten Burschen?«

Alec schüttelte den Kopf. »Wir haben jeden Zentimeter der Burg durchsucht, jeden Gang, jeden Winkel und sämtliche Außengebäude«, erläuterte er und zuckte mit den breiten Schultern. »Einige der Leute meinen, der junge Herr könne sich den zweiten Mann nur eingebildet haben. Ich versichere dir, falls hier tatsächlich noch ein zweiter Mann war, muss er auf demselben Weg verschwunden sein, auf dem er auch gekommen ist, denn er ist wie vom Erdboden verschluckt.«

»Wir werden dennoch weitersuchen«, sagte Sir Marmaduke und blickte seinem Mann prüfend ins Gesicht, bevor er einen breiten Streifen Stoff vom Saum seines Wamses abriss und das gefütterte Leinen fest auf Lachlans Wunde presste.

Caterine verlagerte ihr Gewicht, froh, dass er nicht *sie* mit einem so forschenden Blick musterte und daher auch nicht bemerkte, dass sie ihn seit einer Weile anstarrte. Sie konnte ihren Blick einfach nicht von ihm abwenden.

Grundgütiger, er hätte auch ebenso gut nackt vor ihr knien können!

So wie seine Strumpfhose und sein feuchtes Wams an seinem muskulösen Körper klebten.

An seiner harten Brust.

An jedem seiner prallen Muskeln.

Wie um ihre lächerliche Verunsicherung noch zu vergrößern, nahm der Wind noch zu und hob die eine Seite seines Wamses an, um ihr einen flüchtigen Blick auf einen weiteren seiner prallen Muskeln zu gestatten.

Einen ausgesprochen *maskulinen*.

Sie schnappte nach Luft, was ihn veranlasste, sich nach ihr

umzudrehen. »Die Wunde ist gar nicht so schlimm«, beruhigte er, da er ihren erschrockenen kleinen Laut ganz offensichtlich missverstanden hatte. »Mein junger Freund wird den heutigen Tag und viele andere, die noch kommen werden, überleben.«

Caterine nickte, und ihr Herz begann wie wild zu klopfen. Seine Nähe und die unbändige männliche Kraft, die er ausstrahlte, bezauberten sie und erfüllten all ihre Sinne so sehr, dass sie ihre ganze Kraft aufbieten musste, um ihren Blick von seinem abzuwenden.

Und so schenkte sie ihre Aufmerksamkeit dem verletzten Ritter, kniete sich neben ihn auf den Boden ... und zwang sich, eine Gelassenheit zu demonstrieren, die sie keineswegs verspürte. Sanft griff sie nach der Hand des Verletzten und vertrieb die Kälte aus seinen Fingern, indem sie sie zwischen ihren eigenen warmen Händen rieb.

»Edler Herr«, flüsterte sie und wünschte, *er* würde sie nicht anstarren. Sie musste sich von seiner verwirrenden englischen Natur ablenken und der merkwürdigen Unruhe, die er in ihr auslöste.

»Sir«, begann sie wieder und konzentrierte ihre ganze Aufmerksamkeit auf den blassen jungen Ritter, »ich wünschte, Dunlaidir würde immer noch über eine vollzählige Garnison verfügen. Denn dann würde ich ihnen befehlen, die Umgebung zu durchkämmen und Wiedergutmachung für den unerfreulichen Empfang, den man Euch in meinem Haus bereitet hat, zu fordern.«

Wie erhofft, richtete Lachlan sich auf, und ein wenig Farbe stieg in seine blassen Wangen. »Macht Euch nichts daraus, Mylady«, sagte er, und sie war beglückt darüber, wie kraftvoll seine Stimme klang. »Ich habe schon schlimmere Gemetzel erlebt.«

Er warf einen Seitenblick auf Marmaduke. »Bevor wir nach Kintail zurückkehren, werden wir genügend Männer und Mittel zusammenstellen, um Euch künftige Probleme mit solchem

Gesindel, wie wir es heute Morgen hier antreffen mussten, zu ersparen.«

»Und ich danke Euch für Eure Ritterlichkeit.« Caterine strich sich das verschwitzte Haar aus der Stirn. »Ich werde Eure Tapferkeit nicht vergessen.«

Er räusperte sich. »Es ist sehr freundlich von Euch, dass Ihr gekommen seid, Mylady, aber wir müssen Sir Lachlan nun hineinbringen.«

Die tiefe, warme Stimme umschmeichelte sie, bannte die Schrecken dieses Morgens und hüllte sie in goldene Wärme … bis ihre Ohren wieder den kaum wahrnehmbaren Akzent seines Heimatlandes registrierten.

Dieser Akzent betäubte das atemlose Staunen in ihr, das sie beherrschte, seit sie seine breitschultrige Gestalt unverletzt und unversehrt gesehen hatte.

Und unglaublich maskulin und heldenmütig.

»Wir brauchen Verbände aus sauberem Leintuch«, sagte er in diesem Moment, und sie stellte fest, dass es nun seine Stimme war, die sie irritierte. Ihr *Englischsein* pikierte sie. »Den stärksten Wein aus Eurem Vorratskeller, Baldrian, sofern Ihr welchen habt …«

»Ich weiß, was wir benötigen.« Sie warf ihm einen raschen Blick zu, selbst entsetzt über ihren schroffen Tonall, aber außer Stande, einen etwas freundlicheren anzuschlagen. »Ich führe diesen Haushalt schon seit vielen Jahren.«

Etwas Unergründliches erschien auf seinem Gesicht, doch bevor sie auch nur blinzeln konnte, war es auch schon fort. Sie sah ihn prüfend an und versuchte, den flüchtigen Ausdruck zu enträtseln, aber er hatte schon wieder eine ausdruckslose Miene aufgesetzt.

Bis auf die Sorge um seinen Freund war keinerlei Gefühl in seinem gesunden braunen Auge zu erkennen.

Zu ihrem Entsetzen aber starrten andere Augen sie über seine breiten Schultern an.

Begehrliche Augen.

Lüsterne *englische* Augen eines Mannes mit Händen, die sie grob befingerten.

Brutale Hände, die an ihrem Kleid herumzerrten und mehr zerrissen als nur das Leinen ihres Kleids und das zarte Fleisch zwischen ihren Schenkeln.

Sie sah nicht den Mann, der gekommen war, um sie zu beschützen, sondern viele Männer. Barbarische Plünderer, die nicht nur ihren Körper befleckt, sondern ihr auch das Herz gebrochen hatten.

Und ihren ersten Ehemann vor ihren Augen brutal ermordet hatten.

Zum Glück verdrängten ein fast unmerkliches Zusammenzucken und leichtes Zittern in Lachlans kalter Hand ihre geheimen Feinde. »Wer hat das getan?«, fragte sie und blickte über ihn hinweg zu Eoghann.

»Ein aufrührerischer walisischer Hund namens Cadoc«, sagte Sir Marmaduke und schluckte seinen Verdruss darüber hinunter, dass sie die Frage nicht ihm, sondern ihrem Seneschall gestellt hatte.

»Cadoc?« Sie machte große Augen.

»Aye, und er hat einen hohen Preis dafür gezahlt«, fauchte Eoghann, und ein erbitterter Ausdruck verfinsterte sein wettergegerbtes Gesicht. »Er hat sein Leben verloren, weil es ihn nach englischem Geld und weiß der liebe Himmel, was ihm sonst noch alles versprochen wurde, gelüstete.«

»Sir Hugh.« Caterine warf Marmaduke einen ernsten Blick zu. »Er wird seit Eurer Ankunft vor Wut toben«, sagte sie. Die in ihrer Stimme mitklingende Verachtung konnte ihre Furcht vor einem Schurken, der mächtig genug war, selbst Dunlaidirs solide Mauern zu bezwingen, nicht ganz kaschieren.

Marmaduke unterdrückte einen Fluch, der selbst Duncan MacKenzie hätte staunen lassen. »Niemand wird sich je wieder Zugang zu der Burg verschaffen«, sagte er, während er ein frisches

Stück Stoff auf Lachlans Wunde presste. »Und schon gar nicht auf diese unappetitliche Art und Weise, wie es dieser Schurke getan hat. Ich werde höchstpersönlich ein eisernes Gitter vor dem Latrinenausgang anbringen.«

Caterine errötete. »Mein Stiefsohn hat uns erzählt, wie er hineingelangt ist. Nicht, dass wir es nicht gemerkt hätten, nachdem wir James gero … gesehen hatten. Rhona bereitet schon ein Bad für ihn.« Sie schaute Lachlan an. »Und auch eins für Euch, Mylord.«

Lachlan wurde blass.

Alec rollte mit den Augen und hielt sich die Nase zu. »Komm ja nicht auf die Idee, Myladys Angebot, ein Bad zu nehmen, abzulehnen, Junge«, scherzte er. »Du brauchst nämlich ganz dringend eins.«

»Nur *er*?« Eoghann erhob sich vom Boden und zog mit spitzen Fingern sein eigenes verschwitztes Wams von seiner Brust. »Ich denke, dass uns allen hier ein ausgiebiges Bad nicht schlecht täte.«

»Ich werde noch etwas mehr Wasser erhitzen lassen«, sagte Caterine und richtete sich aus ihrer gebückten Stellung auf. Dann sah sie jeden einzelnen der Männer an, mit Ausnahme von *ihm*. »Ich werde dafür sorgen, dass für Euch alle Bäder vorbereitet werden.«

Ein schwaches Lächeln spielte um ihre Mundwinkel, als sie sich anschließend an Lachlan wandte. »Sobald Eure Wunde behandelt und genäht ist, könnt Ihr im Schlafgemach meines verstorbenen Gatten ruhen«, sagte sie und hob abwehrend eine Hand, als der junge Ritter Einwände erheben wollte. »Sir, Ihr seid innerhalb der Mauern meines Heims verletzt worden, verweigert mir also bitte nicht die Ehre, mich um Euch zu kümmern. Ich möchte es tun, und ich tue es mit Vergnügen.«

»Kommt, Mylady, ich begleite Euch hinein.« Eoghann trat zu ihr. »Ich traue es diesen dummen Faulpelzen in der Küche nicht zu, genügend Wasser zu erhitzen, so lange ich nicht da bin, um sie zu beaufsichtigen.«

Kaum hatten Lady Caterine und der Seneschall sich ein paar Schritte entfernt, zwinkerte Alec Lachlan zu. »Ich wage zu behaupten, es war es wert, ein paar Tröpfchen Blut zu vergießen, wenn das bedeutet, dass Mylady und ihre Freundin dich baden werden, meinst du nicht?«

Er beugte sich ein wenig vor und wackelte mit seinen Ohren. »Du kannst dich wirklich glücklich schätzen, junger Freund. *Ich* würde bestimmt keine Einwände erheben, wenn zwei Paar sanfte Hände meine alten Knochen baden würden.«

»Ich bin gar nicht so versessen auf ein Bad«, erwiderte Lachlan errötend.

Auch Marmadukes Blut geriet in Wallung, aber nicht etwa aus Verlegenheit.

Er würde keine Einwände erheben, wenn ihn zwei Paar sanfte Hände baden würden, hatte Sir Alec gescherzt.

Ein Paar würde Marmaduke genügen.

Dieselben Hände, deren federleichte Berührung ihn mit solch großem Erstaunen erfüllt hatte, als sie über seine Narbe geglitten waren.

Wie glücklich würde es ihn wohl erst machen, wenn sie mit diesen Händen über die Narben auf seinem Rücken striche? Wie selig, wie verzückt würde er sein, wenn sie seine schmerzenden Muskeln streichelte und massierte?

Insbesondere den, der sich unter seinen Strumpfhosen ganz ungeniert bemerkbar machte.

»Ich kann mich selber waschen«, protestierte Lachlan noch einmal.

»Es ist ein alter Brauch, dass die Damen des Hauses sich um die Verwundeten der Garnison kümmern«, erinnerte ihn Marmaduke. »Und auch um hoch geschätzte Gäste.«

Bevor die anderen bemerken konnten, was für Gefühle die Dame des Hauses in ihm weckte, bückte er sich rasch und nahm Lachlan auf die Arme. »Es ist nichts Unschickliches daran, sich von ihnen baden und versorgen zu lassen.«

Lachlan schien immer noch nicht überzeugt. »Das ist so üblich, ich weiß, aber ...«

»Sich zu weigern, wäre eine Beleidigung«, sagte Marmaduke in einem Ton, der keinen weiteren Widerspruch duldete.

Ohne größere Mühen trug er seinen Freund über den Burghof und war dankbar für den morgendlichen Nebel, der seine erhitzte Haut kühlte. Noch dankbarer war er für all die langen Jahre, in denen er gelernt hatte, seine Gefühle zu verbergen.

Kapitel 5

Anmaßend, töricht und respektlos.

Und viel zu empfänglich für Männer in Kettenpanzern.

Betört von glutvollen Blicken, den Kopf voll überspannter Träume von starken, heißblütigen Männern.

Caterine stand in der behaglichen Wärme, die der große Kamin in Dunlaidirs Küche ausstrahlte, einen fast vollen Eimer heißen Wassers in den Händen und ein gutes Dutzend bitterer Vorwürfe auf der Zunge, die sich alle gegen ihre Freundin richteten, die sie in dieses Dilemma gebracht hatte.

Leider sorgte aber eine mindestens ebenso vernichtende, gegen ihr eigenes törichtes Herz gerichtete Vorhaltung dafür, dass sie die Lippen fest zusammenpresste.

Denn neuerdings handelten auch *ihre* Träume von Männern in Kettenpanzern.

Und insbesondere von einem ganz bestimmten Mann.

Ungeheuerliche Bilder, die in ihrem Kopf erwachten, sobald sie die Augen schloss, um einzuschlafen. Wirre Gedanken, die nur darauf warteten, den Mantel der Gleichgültigkeit zu durchdringen, in den sie sich tagsüber zu hüllen versuchte.

Sie warf Rhona einen Blick zu. Ohne Caterines innere Erregung zu bemerken, beschäftigte ihre Freundin sich damit, dicke Schilfmatten vor drei hölzerne Badezuber zu legen.

James, der bereits bis zu den Schultern in einer dieser Wannen saß, verfolgte jede ihrer Bewegungen und hielt seine dunklen Augen halb geschlossen, um seine Bewunderung vor den anderen zu verbergen.

Ein Umstand, der nur ihr allein bewusst war, vermutete Caterine.

»Das sollte genügen.« Eoghanns heisere Stimme erregte ihre Aufmerksamkeit. Er füllte einen kleinen Eimer mit heißem Wasser aus dem eisernen Kessel, der über dem Küchenfeuer hing, und goss den dampfenden Inhalt dann in den von Caterine gehaltenen etwas größeren Eimer.

Der Seneschall, inzwischen ebenfalls frisch gebadet, wenn auch mit kaltem Wasser aus der Zisterne hinter der Küchenmauer, hängte den Schöpfeimer zurück an seinen Haken über dem Herd. »Die gnädigen Herren werden baden wie die Könige«, erklärte er stolz.

»Und Ihr, lieber Herr, solltet nicht als gewöhnlicher Bademeister dienen müssen.« Es erfüllte Caterine mit Zorn, ihren treuen Diener derart degradiert zu sehen.

»Und Ihr solltet nicht die Arbeit eines Küchenjungen tun, Mylady.« Die tiefe Stimme, so englisch und dennoch so verlockend und bezwingend, füllte die von Fackeln erhellte Küche und alles innerhalb ihrer rauchgeschwärzten Wände.

Caterine fuhr herum und verschüttete beinahe das heiße Wasser. Er stand in der offenen Tür des steinernen Gangs zum Bergfried, der sich dunkel hinter ihm erhob. Der Schein der Fackeln vergoldete seine imponierende Gestalt und unterstrich seine breiten Schultern und seine beeindruckende Größe.

Mit seinem verwundeten Freund auf den Armen sah er mehr wie ein Burgherr aus, als ihr verstorbener Gemahl es selbst in seinen besten Jahren je getan hatte.

Eine Hitzewelle durchströmte Caterine, ein inneres Feuer, das nicht das Geringste mit der verrauchten Wärme dieses Raums zu tun hatte.

Halb fürchtete, halb sehnte sie diesen Augenblick herbei, seit sich die Notwendigkeit ergeben hatte, den Männern Bäder anzubieten, und ihre Kehle war so eng geworden, dass sie, obwohl sie sich die größte Mühe gab, nicht einmal die schlichteste Begrüßung über ihre Lippen bringen konnte.

»Setzt den Eimer ab«, forderte er sie auf, und sie gehorchte, da jeder Widerspruchsversuch angesichts seines gebieterischen Befehls sinnlos schien.

Gepaart mit diesem durchdringenden Blick und der offensichtlichen Behutsamkeit, mit der er seinen Freund hielt.

Einer Fürsorglichkeit, die ihm nicht einmal jemand, der Engländer hasste, aberkennen konnte. Seinem Träger allerdings zu bestätigen, dass er ein gutes Herz besaß, brachte Folgen mit sich, an die sie lieber gar nicht denken wollte.

Und so ballte sie die Fäuste, um den Reiz, den er auf sie ausübte, niederzuringen, straffte die Schultern und schob das Kinn vor.

Sir Marmaduke schien sogar Leo zu imponieren. Kaum trat der englische Ritter vor, flitzte der kleine Hund auch schon in eine dunkle Ecke und verkroch sich unter einem Stuhl, um seinen jüngsten Feind aus sicherer Entfernung anzuknurren.

»Herrgott noch mal, Mann, lass mich runter!« Lachlan versuchte, sich aus Marmadukes Armen zu befreien. »Himmeldonnerwetter, ich habe nichts als einen kleinen Kratzer, und du verhätschelst mich, als hätte ich ein Bein verloren!«

»Mäßige deine Worte, mein Freund«, mahnte Sir Marmaduke, aber sein kameradschaftlicher Tonfall dämpfte seinen Tadel. »Oder möchtest du vielleicht, dass die Damen glauben, du seiest aus dem gleichen Stoff gemacht wie dieser armselige Schuft, der dich verwundet hat?«

Dann legte er den strammen jungen Ritter so mühelos auf eine der Bänke an der Wand, als wöge er nicht mehr als ein Sack voller Gänsefedern.

Als sein Freund bequem, wenn auch mit brummigem Gesicht über all das unerwünschte Interesse dasaß, ging er mit langen, zielstrebigen Schritten durch die Küche und stand neben Caterine, bevor diese sich auch nur umgucken konnte.

Wortlos nahm er ihre Hände, drehte sie um und strich sanft über ihre geröteten Handflächen.

»Mögen die Heiligen mich auf der Stelle niederstrecken, sollte ich es wagen, Euren Händen zu erlauben, so schwielig wie die eines einfachen Stallburschen zu werden«, schwor er, und nur ein leichtes Zucken an seinem Kinn verriet seine innere Anspannung, die er so meisterhaft in Schach hielt.

Eine ähnlich angespannte Stille breitete sich aus, eine solch spürbare, allumfassende Stille, dass Caterine fast ihr eigenes Herz gegen ihre Rippen schlagen hören konnte.

»Ich habe es ihr auch schon gesagt«, brach Eoghanns freundliche Stimme den Bann. Fragend sah er Caterines Stiefsohn an, der bereits in seiner Wanne saß. »Hab ich Recht oder nicht?«

James nickte. »Wir haben immer noch genügend Dienstboten, um solche Aufgaben zu erledigen, wenn sie es ihnen erlauben würde.«

Mit einem breiten Grinsen in seinem faltigen Gesicht nickte der Seneschall zustimmend. »Seht Ihr?« Er strahlte den englischen Ritter an. »Ich bin froh, dass Ihr es ihr auch gesagt habt. Auf uns will sie nämlich nicht hören. Vielleicht ist sie ja empfänglicher für das, was Ihr ihr sagt.«

»Ich werde mein Bestes tun, um sie umzustimmen«, versprach Sir Marmaduke, und die Wärme seiner auf ihren liegenden Händen brachte Caterines ganz durcheinander und ließ ein gefährlich angenehmes Prickeln über ihre Arme laufen.

»*Der* Pfeil muss erst noch abgeschossen werden, der mich dazu bewegen könnte, auf Eure honigsüßen Worte hereinzufallen«, sagte sie, als sie endlich ihre Sprache wieder fand, wobei ihr der unerwünschte Klang laut werdender, anderer englischer Stimmen sehr zu Hilfe kam.

Barsche Männerstimmen, die ihr befahlen, ihnen zu Willen zu sein, falls sie nicht wollte, dass sie ihr noch Schlimmeres antaten, als sich nur mit ihr zu vergnügen.

Ferne Schrecken, wieder auferstanden durch die englische Eigenart des Mannes, der gekommen war, um sie zu beschützen.

Von jäher Scham erfasst, entzog sie ihm rasch ihre Hände, hob den Wassereimer auf und goss seinen Inhalt in den nächsten Badezuber.

Dann ließ sie den leeren Eimer fallen und begegnete Sir Marmadukes unbeeindrucktem Gesichtsausdruck mit einem langen, harten Blick. Und sicherheitshalber bedachte sie auch den Seneschall mit einem ähnlich hitzköpfigen Blick.

»Bardische Prosa und höfische Gedichte sind die reinste Torheit«, ereiferte sie sich, angespornt von einer Parade begehrlich blickender Gesichter, die erbarmungslos aus den tiefsten Winkeln ihrer Seele aufstiegen. »Ich habe schon in jungen Jahren aufgehört, derartigem Geschwätz zu lauschen, und ich werde mich von nichts und niemandem dazu überreden lassen, es je wieder zu tun.«

Sie hielt inne, um ihren Worten noch mehr Nachdruck zu verleihen. »Und schon gar nicht, wenn dieses Geschwätz von englischen Lippen kommt.«

Zu ihrer großen Schmach huschte ein Ausdruck des Mitgefühls, oder vielleicht sogar des Bedauerns, über Sir Marmadukes Gesicht. Gelassen ignorierte er ihren Ausbruch und zog nur eine Augenbraue hoch.

»Darf ich wagen zu unterstellen, Mylady, dass die Herzen der Männer, die Euch mit schönen Worten zu beeindrucken versuchten, vielleicht nicht ausreichend groß waren, um genug zu geben, um das Eure zu gewinnen?«

Seine ruhigen, sanften Worte liebkosten und betörten sie mit erstaunlicher Leichtigkeit und erfüllten mit Wärme und Licht Winkel ihrer Seele, die nie auch nur ein Fünkchen Ritterlichkeit kennen gelernt hatten.

Sie öffnete den Mund, um etwas zu erwidern – irgendetwas-, aber er hatte sich schon von ihr entfernt und war vor James' Badezuber stehen geblieben, und sein Weggehen weckte in ihr das seltsame Gefühl, etwas verloren zu haben.

Es schien beinahe so, als sei das ganze Licht der Küche ihm gefolgt und ließe sie allein im Dunkeln stehen. Sogar die Wärme des Feuers im Kamin schien sich merklich abgekühlt zu haben.

Sie machte eine abwehrende Handbewegung, als Eoghann ihr

einen merkwürdigen Blick zuwarf, und starrte dem Engländer nach, wie verzaubert von dem erstaunlichen Glücksgefühl, das seine glattzüngigen Worte in ihr geweckt hatten, und im Bewusstsein des aufreizenden Prickelns, das sie nach wie vor auf ihren Handflächen und Armen verspürte.

Er schien nicht einmal zu bemerken, welches Durcheinander er in ihrem Herzen und in ihrem Kopf ausgelöst hatte. Im Gegensatz zu ihr schien er völlig ruhig und gefasst, als er sich an ihren Stiefsohn wandte. »Sir Alec und mehrere andere Männer durchsuchen gerade noch einmal gründlich die Burg und ihre Außengebäude. Sollte sich hier noch ein zweiter Eindringling verbergen, werden sie ihn finden.«

James, der gerade sein Haar einseifte, hielt mitten in der Bewegung inne und ließ die Hände sinken. »Ich habe mich geirrt«, murmelte er mit einem verdrießlichen Blick auf Rhona, statt Sir Marmaduke anzusehen. »Es war nur einer.«

Caterine schenkte ihrer Unterhaltung kaum Beachtung und starrte auf den umgekippten Eimer. Wasser tröpfelte über seinen Rand und bildete einen immer größer werdenden Fleck auf dem Steinfußboden.

Einen Fleck, der dunkel war wie der, der so unauslöschlich in ihr Herz gebrannt war.

Ein Herz, das sie einem Engländer nicht schenken konnte.

So sehr sie auch verlockt sein mochte, es zu tun.

Ich bin ein Mann von grenzenloser Geduld.

Sie versteifte sich vor Überraschung. Sie hatte die Worte, seine Worte, so deutlich gehört, als hätte er sie ihr ins Ohr geflüstert. Aber er stand auf der anderen Seite des Raums und unterhielt sich gedämpft mit ihrem Stiefsohn.

Und diesem würde er wohl kaum intime Dinge mitteilen, die nur für ihre Ohren bestimmt waren.

Seid unbesorgt, Mylady. Ich respektiere und bewundere Frauen. Ich würde Euch niemals zwingen, etwas zu tun, was Ihr nicht wollt.

Da waren die Worte wieder. Körperloser als der Seufzer eines Engels, aber ach so süß glitten sie an ihrem Ohr vorbei, um einen Teil von ihr zu streicheln, den noch kein Mann je zuvor berührt hatte.

Worte, die sie sich nur eingebildet hatte.

»Ich verspreche Euch, nichts anderes zu tun als das, was Ihr Euch selber wünscht.«

Also hatte sie sich die Worte doch nicht eingebildet.

Sie waren nur sehr leise und sehr sacht.

Verführerisch.

Und unverkennbar englisch.

Gegen ihren eigenen Willen sonnte Caterine sich in der Wärme seiner Versicherungen. Und selbst wenn sie sie sich nur eingebildet hatte, so lösten sie doch Sehnsüchte in ihr aus, die sie viel zu lange unterdrückt hatte. Sie schaute auf, in der Erwartung, seinen wissenden Blick auf sich zu sehen, doch er wandte sich nur mit einem leichten Schulterzucken von James' Badezuber ab.

»*Wie Ihr wünscht, Mylady*«, glaubte sie, ihn sagen zu hören, aber er war schon wieder an die Seite seines Freunds zurückgekehrt. Er wandte ihr seinen breiten Rücken zu, und welche Emotionen ihn auch immer möglicherweise quälten, verstand er es, sie sehr gut vor ihr zu verbergen.

Auch Eoghann schickte sich an, die Küche zu verlassen und murmelte irgendetwas von Aufgaben, die er dringend zu erledigen hätte.

»Das Wasser wird kalt, und unsere Gäste möchten sich entspannen.« Rhonas Stimme schien wie aus weiter Entfernung zu kommen.

Caterine nickte geistesabwesend, ihren Blick auf den großen Ritter auf der anderen Seite des Raums gerichtet. Er öffnete gerade seinen Schwertgürtel, und dieser simple Handgriff erschien ihr unglaublich ... *intim*.

Ein eigenartiges Kribbeln erwachte tief in ihrem Innern. Ein warmes Pulsieren, das beständig zunahm und sich immer weiter ausbreitete, je länger sie seine Finger an seiner tief sitzenden Gürtelschnalle herumhantieren sah.

Er bemerkte ihren Blick, legte den Kopf ein wenig schief und beobachtete, wie sie ihn beobachtete. »Ihr erwartet doch bestimmt nicht, dass wir in unseren verschmutzten Kleidern baden?«, fragte er, und der schwere Ledergürtel sprang vorn auf.

Als Marmaduke nach dem Saum seines mit dunklen Flecken übersäten Wamses griff, verließ Caterine der Mut. Sie fuhr herum und stieß dabei fast gegen den Fliegenfänger, ein in Honig getauchtes Seil, das von der Zimmerdecke hing.

Beschämt über ihre Ungeschicklichkeit, stieß sie das baumelnde Ärgernis zur Seite und starrte demonstrativ ins Küchenfeuer. Seine Flammen prasselten munter, rote und gelbe Flammen züngelten unschuldig an den dicken Scheiten von dem rußgeschwärzten Kaminboden empor.

Ihr Herz begann, fast schmerzhaft hart zu pochen.

Der Blick, mit dem er sie angesehen hatte, war alles andere als unschuldig gewesen.

Und das metallische Klirren, mit dem sein Gürtel auf den Boden fiel, kam einer offenen Herausforderung gleich.

Das Geräusch, das ihr verriet, dass er sein Wams über den Kopf streifte, war fast so etwas wie eine Kampfansage, die unerhört lustvolle Empfindungen und weibliche Bedürfnisse in ihr weckte, von denen sie bis zu diesem Augenblick nicht einmal gewusst hatte, dass sie sie besaß.

Sie hielt die Hände über das Feuer, als wollte sie sie wärmen, um ihm und den beiden leeren Badezubern, die so dicht hinter ihr standen, auch weiterhin den Rücken zuwenden zu können.

In einer dieser Wannen würde er bald sitzen … *splitterfasernackt*.

Ihre Wangen begannen bei dieser Vorstellung zu glühen, und eine fast unerträgliche Hitze durchflutete ihren ganzen Körper.

Ein weiterer Schwertgürtel fiel klirrend auf den Boden,

gefolgt vom leisen Rascheln eines zweiten abgelegten Kleidungsstücks.

Lachlans Gürtel und Wams.

Oder Lachlans Gürtel und *seine* Strumpfhose, denn das leise Rascheln hätte genauso gut von Sir Marmaduke kommen können, der seine Strumpfhose abstreifte.

»Es war nur das Hemd meines jungen Freundes«, klärte seine warme, tiefe Stimme das Geheimnis auf.

Und bewies Caterine wieder einmal, dass er in der Tat ihre Gedanken lesen konnte.

Neben ihr hielt auch Rhona ihre Hände über die Flammen. »Es passt gar nicht zu Euch, Mylady, Euch so ungastlich zu verhalten.«

»Ungastlich?« Caterine legte ihren Umhang ab. »Hätte ich unser letztes kostbares Lavendel- und Thymianöl in ihr Badewasser gegeben oder die Wannen mit feinstem Leinen ausgelegt, wenn ich nicht gastfreundlich sein wollte?«

Rhona zuckte mit den Schultern. »Ihr habt sie nicht gerade dazu ermutigt, sich in der Wärme Eures Empfangs zu sonnen.«

Caterine spürte, wie Verärgerung in ihr erwachte, und warf ihren Umhang auf einen in der Nähe stehenden Tisch. »Wenn ich so ungastlich wäre, wie Ihr es mir unterstellt, hätte ich dann unsere besten Badetücher ans Feuer gehängt, damit sie sich mit angewärmten Tüchern abtrocknen können?«

»Es gibt andere Möglichkeiten, einen Mann zu wärmen, als ihm angewärmte Badetücher bereitzustellen.«

Dann sagt mir, welche, flehte Caterine im Stillen.

Als hätte Rhona es gehört, richtete sie ihren Blick auf James. »Seht zu, wie ich ihn bade. Ihr tätet gut daran, Eurem Beschützer die gleiche liebevolle Fürsorge zuteil werden zu lassen.«

»Ich habe genug Männer gebadet ...«, begann Caterine und unterbrach sich, als ihre Freundin sich von ihr entfernte. »Wartet! *Ich* helfe James sonst immer bei seinem Bad ...«

Allein gelassen, lasteten die uralten Gesetze der Gastfreundschaft nun ganz allein auf Caterines Schultern, eine schwere Bürde, aber auch eine geheiligte Tradition, die man nicht vernachlässigen durfte.

Die intimen Gefälligkeiten, die sie dem englischen Ritter erweisen musste, waren ihr so bewusst, als hätte sie ihre Hände bereits in das Badewasser getaucht und als glitten sie in diesem Augenblick schon über seine nasse Haut.

Tatsächlich lehnte er bisher nur an der gegenüber liegenden Wand, beobachtete sie in irritierendem Schweigen und versengte sie mit der Hitze seines Blicks. Er strahlte eine solch überwältigende Männlichkeit aus, dass allein der Umstand, im selben Raum mit ihm zu sein, jede Faser ihres Körpers vor knisternder Erwartung beben ließ.

Caterine wandte sich halb zur Seite, um sich ihre zitternden Hände an ihren Röcken abzuwischen.

Ich habe nichts zu befürchten ... ich habe schon viele nackte Männer gesehen.

Von vorne und von hinten. Sie wiederholte diese Worte wie eine stumme Litanei, und mit jedem Herzschlag wurden ihre Hände feuchter.

Sie hatte überhaupt keinen Grund zur Sorge.

Sie hatte doch schon so vielen Rittern und Edelmännern derartige Aufmerksamkeiten erwiesen.

»Es ist doch nur ein Brauch, Mylady«, ließ *seine* Stimme sich wieder vernehmen. Tief und weich und aus deutlich geringerem Abstand. »Eine bloße Höflichkeitsgeste, deren Ausführung nicht das Geringste zu bedeuten hat.«

Caterine schluckte angesichts seiner Lüge. Er irrte sich. Die Ausführung dieser ganz speziellen Höflichkeitsgeste würde *sie* teuer zu stehen kommen.

Und nicht so, wie er annehmen würde, sollte sie ihre Bedenken äußern.

Ihre Einwilligung damit besiegelnd, richtete sie ihren Blick auf ihn. Er stand keine vier Schritte von ihr entfernt, einen Arm um die nackten Schultern seines Freundes und mit genauso unbedeckter Brust.

Und so vollkommen, so maskulin, dass ihre Knie weich wurden, als sie ihn erblickte.

Seine ausgeprägten, wundervollen Muskeln, seine glatte, straffe Haut – sie raubten ihr den Atem und durchfluteten sie mit Fassungslosigkeit und Überraschung.

Sie wurde in diesem Moment von etwas derart Intensivem überrollt, etwas, das so völlig anders war als alles, was sie je erfahren hatte, dass sie ihn nur noch sprachlos anstarren konnte.

Seine Brust war mit krausem dunklem Haar gesprenkelt, das sich über seinem flachen Bauch pfeilförmig verjüngte, um unter dem Bund seiner Strumpfhose zu verschwinden. Der dünne Wollstoff, noch feucht von seinen Unbilden im Burghof, umhüllte seine muskulösen Schenkel und seine Männlichkeit auf eine solch unerhört schamlose Weise, dass nicht der geringste Zweifel an der Üppigkeit seiner männlichen Attribute blieb.

Endlich fand Caterine ihre Stimme wieder … und sog gleich darauf scharf den Atem ein.

Er lächelte.

Ein langsames, träges, schwaches Lächeln von solch außerordentlicher Wirksamkeit, dass das Staunen darüber bis in den geheimsten Winkel ihrer Seele drang, aus dem ihr Seufzer aufgestiegen war.

Der Winkel, in dem sie ihre Träume verbarg.

Er hingegen verbarg nichts.

Und nichts vermochte die Wellen gespannter Erwartung aufzuhalten, die sie immer heftiger durchströmten, je länger sie ihn anstarrte.

»Bei allen Heiligen«, sagte sie schließlich, als ihre Kehle schon fast unerträglich trocken war.

»Sie hatten damit nichts zu tun, das kann ich Euch versichern«, entgegnete er, und ein Anflug von Bitterkeit verzerrte seine schöne Stimme.

Und durchtrennte das rätselhafte Band, das seine ach so verführerische Galanterie aus ihren lang schlummernden Sehnsüchten gewoben hatte.

Hoffnungen und Träume, die so tief begraben waren, dass sie vergessen hatte, sie überhaupt jemals gehegt zu haben.

Er legte eine Hand an sein Gesicht und strich mit seinen langen Fingern über die Narbe an seinem linken Wangenknochen. »Meine teure Lady Caterine, die braven Heiligen wandten mir den Rücken zu an dem Tag, als ich so entstellt wurde, aber heute wachen sie über mich, das kann ich Euch versichern.«

Sie wandte den Blick ab und spürte, wie eine heiße Röte in ihre Wangen stieg.

»Und so wie sie mich behüten, werde ich auch Euch behüten.« Er strich mit den Fingerknöcheln über ihre Wange. »Eure Person, Euer Zuhause und Euer Feingefühl.«

»Mein Feingefühl?«

Er nickte. »Die Badezeremonie ist ein sehr beliebter Brauch bei kultivierten Männern, aber ich bin kein alter, hinfälliger Mann, der nicht mehr in der Lage ist, sich selbst um seine persönlichen Bedürfnisse zu kümmern.«

Ich bin alles andere als alt und hinfällig, beteuerte sein Herz und forderte Gehör von ihr.

»Und ich bin auch nicht verwundet«, fügte er rau hinzu, überaus verlockt von der sinnlichen Verheißung ihrer Lippen. »Ich kann mich selber baden.«

»Es tut mir Leid.« Sie besaß immerhin den Anstand zu erröten, und ihre spürbare Verunsicherung ließen ihre blauen Augen noch dunkler als gewöhnlich leuchten.

So dunkelblau, dass er Caterine auf der Stelle freigab, um in ihren saphirblauen Tiefen nicht zu ertrinken.

Sie berührte seinen Arm, und der bloße Kontakt ließ seinen Atem stocken. »Es macht Euch also wirklich nichts aus?«

»Und wenn es das täte?«

Sie zögerte nur einen winzigen Moment. »Dann würde ich Euch die Gefälligkeit erweisen.«

»Aber nicht freiwillig.«

»Doch, *frei*willig«, erwiderte sie zu seiner Überraschung. »Aber nicht *bereit*willig.«

Ein Anflug von Verbitterung durchzuckte ihn bei ihrer unverblümten Erwiderung. »Dann werden wir warten.«

»Warten?« Sie blinzelte verwirrt. »Worauf?«

Marmaduke gestattete sich ein schiefes Lächeln. »Bis Ihr mir bei meinem Bad behilflich seid, wie es Euer Wunsch ist.«

»Mein Wunsch?«

»Das sagte ich.« Er strich ihr ein paar feine blonde Strähnen aus der Stirn. »Euer Wunsch und Euer Begehr.«

Sie zog die Augenbrauen hoch, doch bevor sie auch nur ein Wort sagen konnte, begab er sich zu der einzigen noch freien Wanne. Ohne großes Aufhebens, oder zumindest doch ganz ohne Scham, löste er die Schnur, die seine Strumpfhose zusammenhielt, und streifte sie sich bis zu seinen Knöcheln ab.

Eine ungestüme, jähe Hitze wallte in ihm auf. Ein drängendes Verlangen, das ihn veranlasste, einen Augenblick länger stehen zu bleiben, als es schicklich war. Einen winzigen Moment nur, aber lange genug, um Caterine den einen Teil seines Körpers sehen zu lassen, der, wie er wusste, makellos und sehr beachtlich war.

Erst dann schob er mit dem Fuß die abgelegte Strumpfhose beiseite und ließ sich in dem großen hölzernen Badezuber nieder.

Heißes Wasser umspülte ihn von allen Seiten, als er sich auf den flachen Badestuhl setzte; das duftend warme Wasser plätscherte um seine Schultern und spendete ihm den Trost, den er eigentlich lieber in Lady Caterines zärtlicher Umarmung gesucht hätte.

Aber erst dann, wenn es ihr Wunsch und ihr Begehr war. Alles andere war schlicht unannehmbar. Er lehnte den Kopf an den mit

Leintüchern bedeckten Rand des Waschzubers und stieß einen tiefen, befreienden Seufzer aus.

Er war ein geduldiger Mann.

Er würde sie schon noch dazu bringen, ihn zu begehren.

Ihn zu lieben.

Im Gegensatz zu den Narren, die sie bisher hatten umwerben wollen und gescheitert waren, besaß er ein Herz, das mehr als groß genug war, um Erfolg zu haben.

In einer Geste der Abwehr gegen die düsteren, nagenden Zweifel, die angesichts seiner kühnen Theorien in ihm erwachten, strich Marmaduke sich mit der Hand über das Gesicht und schloss die Augen.

Dann kreiste er gelassen seine Zweifel ein und verbannte seine Dämonen einen nach dem anderen, bevor sie ihm etwas anderes einflüstern konnten.

☆ ☆ ☆

Zur gleichen Zeit etwa, in einem dunklen, weit entfernten Winkel Dunlaidirs, kauerten zwei in dunkle Umhänge gehüllte Gestalten in der klammen Kälte eines lang leer stehenden Lagerraums.

Ein feuchtes Gewölbe in einem der vernachlässigtesten Türme der Burg, das früher der Aufbewahrung aller möglichen Vorräte gedient hatte, gegenwärtig jedoch kaum noch etwas anderes als Staub und Spinnweben enthielt.

Durch zwei schmale Luftschlitze fiel ein trüber Lichtstrahl, der das verdrießliche Gesicht einer der beiden Gestalten nur schwach erhellte. »Eure Reue kommt zu spät«, sagte der Mann und begab sich zu der schweren Eichentür des Lagerraums.

»Solltet Ihr bei der Flucht erwischt werden und es wagen, meinen Namen zu erwähnen, werde ich dafür sorgen, dass jeder Mann, jede Frau und jedes Kind, in deren Adern auch nur ein einziger Tropfen Eures Blutes fließt, erbarmungslos niedergemacht werden.« Warnend hob der Sprecher einen Finger. »Ihr habt meinen feierlichen Eid darauf.«

Der andere, ein gedrungener Mann von kräftiger Statur, der so roch, als wäre er gerade einer Jauchegrube entstiegen, schnitt eine Grimasse. »Es ist Euer gutes Recht, erzürnt zu sein«, räumte er ein, »aber der Anschlag war von vornherein zum Scheitern verurteilt. Wie hätten wir wissen können, dass der junge Herr ausgerechnet diesen Augenblick wählen würde, um den Abtritt aufzusuchen?«

»Wenn Ihr keinen Ärger mit mir oder Euren Herrn wollt, rate ich Euch, beim nächsten Mal nicht noch einmal zu scheitern.«

Der stämmige Mann klopfte viel sagend auf seinen Schwertgriff. »Ich schwöre Euch bei meinem Leben, dass das nicht geschehen wird.«

»Bei Eurem Leben, aye. Darauf könnt Ihr Gift nehmen«, entgegnete der andere und öffnete die Tür gerade weit genug, um in den nebelverhangenen Morgen hinausspähen zu können.

Dann wandte er sich noch einmal zu der schmutzverkrusteten Gestalt um. »Es heißt, er habe einen Dispens des Bischofs von Aberdeen mitgebracht, der es ihnen ermöglicht, umgehend zu heiraten. Seht also zu, dass er keine Gelegenheit mehr findet, es zu tun.«

Der untersetzte Mann trat verlegen von einem Fuß auf den anderen. »Es heißt, die Heiligen wachten über ihn und behüteten ihn vor körperlichem Schaden.«

Der andere schnaubte nur verächtlich. »Er ist gerissen, das ist alles. Und schlau genug zu wissen, dass Euer Lehnsherr jede seiner Bewegungen beobachten wird. Er wird einen sehr gewissenhaften Rundgang um die Mauern machen, wenn der Tag seiner Vermählung dämmert. Und zweifellos auch durch das Dorf, falls Sir Hugh und seine Männer sich nicht blicken lassen.«

»Aber wie sollen wir ihn erledigen, wenn wir gar nicht da sind?«

Die Gestalt an der Tür stieß einen tiefen, etwas gereizten Seufzer aus. »Ihr werdet da sein. Aber nicht mit den kompletten ritterlichen Insignien ausgestattet, wie er es erwarten wird.«

Als der Mann einen Spalt die Tür öffnete, gerade weit genug, damit der andere hindurchschlüpfen konnte, schien seine schwarz gekleidete Gestalt sich im Gefühl, den Sieg auf seiner Seite zu haben, förmlich aufzublähen. »Sagt Sir Hugh, er soll seine besten Männer schicken, und sie sollen sich hinter jedem Baum und Strauch verstecken. Ich werde dafür sorgen, dass dieser einäugige Hurensohn nahe genug vorbeikommt, um mit einem einzigen Schwerthieb niedergestreckt zu werden.«

Der andere öffnete den Mund, doch bevor er etwas sagen konnte, versetzte die Gestalt an der Tür ihm einen groben Schubs und stieß ihn auf den feuchten, dunklen Burghof.

»Geht jetzt«, rief die Gestalt dem davoneilenden Mann nach. »Und grüßt Euren Herrn von mir.«

Kapitel 6

»Wie oft muss ich mich noch wiederholen?« James Keith umklammerte die Armlehnen des Sessels des Clanoberhaupts und starrte alle, die das Pech hatten, sich in seiner Sichtweite zu befinden, finster an. »Ihr habt mir schon vor meinem Bad keine Ruhe gelassen, und nun, wo ich mir kaum den Schmutz von der Haut gewaschen habe, bedrängt Ihr mich schon wieder!«

Seine Augen funkelten vor Zorn, und er schlug mit der flachen Hand auf die zerkratzte Oberfläche der erhöhten Speisetafel. »Ich habe heute Morgen schon einmal den Kürzeren gezogen – soll ich mich nun auch noch einem Sturm von Fragen aussetzen lassen?«

Dunlaidirs wenige verbliebene Bewaffnete, deren Anzahl so gering war, dass sie kaum die nächst stehenden Tische füllten, wechselten viel sagende Blicke, sagten aber nichts. Marmadukes eigene Männer, die von dem jungen Gutsherrn dazu eingeladen worden waren, sich zu ihm an den erhöhten Tisch am Ende des Saals zu setzen, starrten auf ihre Teller oder griffen nach ihren Bierkrügen.

Eine starke Verunsicherung hing in der Luft, vermischte sich mit dem Rauch des Holzfeuers und dem bitteren Geruch des Ales. Zwei der Keithschen Männer taten so, als ob sie husten müssten. Andere rutschten sichtlich unbehaglich auf ihren Plätzen hin und her.

»Ich sage es zum letzten Mal, da war nur einer«, stieß James erbost hervor.

Sir Marmaduke beobachtete ihn aus dem Schatten nahe dem Fuß der Wendeltreppe. Bemüht, seinen Ausdruck ruhiger Gelassenheit zu bewahren, verschränkte er seine Arme und lehnte eine seiner kettenhemdbedeckten Schultern an die mit Teppichen behängte Wand.

Die Wut des jungen Mannes überraschte ihn nicht, aber dass er es vermied, den anderen in die Augen zu sehen, erregte Marmadukes Wachsamkeit und ließ seinen Puls ein wenig schneller schlagen.

Was seinen sicheren Instinkt des Kriegers weckte, war, dass James den Blick nur dann abwandte, wenn er behauptete, nur einen Eindringling gesehen zu haben und nicht zwei, wie er ursprünglich erklärt hatte.

»Es ist verdammt traurig, wenn sich der neue Lehnsherr davor scheut, Angelegenheiten von solch schwer wiegender Bedeutung zu besprechen«, brummte ein streng dreinschauender Bewaffneter an einem der langen Tische.

»Neuer Lehnsherr ... ha!«, höhnte ein anderer. »Der junge Spund würde den Engländern eher sein eigenes Bett anbieten, als sein Schwert gegen sie zu erheben!«

»Ein einziges Schwert dürfte nicht ausreichen, um einen so gerissenen Mann wie de la Hogue abzuwehren.« Sir John, ein müde aussehender Edelmann in mittleren Jahren, warf einen Blick über die Schulter zu den Bewaffneten, die keinen Hehl aus ihrer Unzufriedenheit machten. »Er schont niemanden, der es wagt, ihn herauszufordern. Selbst der Herrgott hätte Mühe, jenen beizustehen, die Sir Hugh vernichten will.«

Er warf James einen düsteren Blick zu. »Wenn dieser Schuft es wollte, würde er diese Festung mit einer solch gewaltigen Wut angreifen, dass außer ein paar verstreuten Trümmern nichts von ihr übrig bliebe.«

»Deshalb ist es ja so traurig, dass unser neuer Burgherr ein solcher Angsthase ist!«, ließ sich eine aufgebrachte Stimme von einem der anderen Tische vernehmen.

Alle Farbe wich aus James' Gesicht. Als sein Adamsapfel vor Erregung auf und nieder zu hüpfen begann, aber kein Wort über seine Lippen kam, strich Marmaduke sich mit der Hand durch sein noch immer feuchtes Haar. Mit einem unterdrückten Fluch trat er im gleichen Moment vor, in dem auch Caterine von ihrem Platz aufstand.

Hoch erhobenen Kopfes, ihr Stolz so leuchtend hell wie die schimmernden goldenen Flechten über ihren Ohren, starrte sie anklagend die Männer von Dunlaidir an. »Ist es nicht viel trauriger, meine Herren, dass wir die Schwerter eines schmucken englischen Ritters und seiner Männer brauchen, um die Verwüstungen und Tragödien, die Ihr befürchtet, abzuwenden?«

Ihre Worte ließen Marmaduke erstarren.

Hatte sie ihn wirklich *schmuck* genannt?

Sein Herz schlug schneller, und alle möglichen Auslegungen schossen ihm durch den Kopf, als er aus dem Schatten trat.

»Wo bleiben Treue und Ehre, wenn mehr als die Hälfte unserer Garnison das Weite sucht, um uns mit sämtlichen uns drohenden Gefahren allein zu lassen?«, tadelte Caterine Keith die Männer, die ihren Stiefsohn gedemütigt hatten. »Wo wart ihr, als James dem Eindringling nachjagte? Seine Kühnheit, meine Herren, war nicht die von einem Angsthasen!«

Einige der Bewaffneten senkten betreten den Kopf und wirkten aufrichtig beschämt; andere zeigten verdrossene Gesichter und tuschelten und murrten weiter.

Sir John runzelte die Stirn. Sein müdes, abgespanntes Gesicht war von verräterischen Linien gezeichnet. In seine eigenen Gedanken verloren, warf er den in der Binsenstreu unter dem erhöhten Tisch herumstöbernden Hunde geistesabwesend Käsestückchen zu.

Der kleinste Hund, Lady Caterines Leo, unterbrach seine Jagd auf Essbares und bleckte seine Zähne, als er Marmaduke bemerkte. Ohne das Knurren des Hündchens zu beachten, trat der Engländer an den Tisch und legte eine Hand auf Caterines Schulter.

Sie sah ihn an, und obwohl ihre dunkelblauen Augen noch immer vor Erregung funkelten, machte sie zu seiner Erleichterung keine Anstalten, sich seiner Berührung zu entziehen.

»Treulose Trabanten bleiben nicht, wenn sie woanders von silbernen Tellern speisen können«, sagte Marmaduke an Caterine gewandt, nickte dabei aber ihren Männern zu. »Gute Männer bleiben in guten und in schlechten Zeiten, so wie diese hier es offenbar zu tun beschlossen haben.« Wie er gehofft hatte, begannen ihre verdrießlichen Gesichter sich bei seinen Worten etwas aufzuhellen.

»Als es geschah, sahen wir gerade nach den Pferden«, rief einer von ihnen, und sein gekränkter Ton verriet, dass sein Groll sich immer noch nicht ganz gelegt hatte. »Einige von uns glaubten, Licht in den Stallungen gesehen zu haben. Wir waren zu wenige, um überall zu sein, Mylady.«

»Er hat Recht«, sprang ihm ein anderer bei. »Wir wären nie auf die Idee gekommen, irgendein elender Strolch könnte aus den Jauchegruben herauskriechen!«

Zustimmendes Nicken und laute Zurufe zeugten davon, dass die Männer alle ähnlich dachten, aber die Spannung ließ allmählich nach. Zufrieden richtete Marmaduke den Blick wieder auf Lady Caterine.

Und ihm stockte der Atem, da sie so strahlend schön war. Sie blickte an ihm vorbei zu den Bewaffneten der Burg. Das flackernde Licht der Fackeln tauchte ihr Profil in seinen warmen Schein und vergoldete die anmutigen Linien ihres Gesichts und ihres stolz erhobenen Kinns.

Ihre würdevolle Haltung bewegte ihn, doch die in ihrem glühenden Erröten zu erkennende Verwundbarkeit rührte ihn noch mehr. Eine seltene und machtvolle Empfindung durchströmte ihn und nahm sein Herz gefangen.

Er beobachtete sie, und sein Herz hämmerte fast schmerzhaft hart gegen seine Rippen. Der verräucherte Saal und alle, die sich darin befanden, schienen mit den Schatten zu verschmelzen, bis nur noch *sie* zurückblieb, klar und strahlend wie ein heller Sonnentag.

Die verdrossenen Keithschen Männer, seine eigenen, eher belustigt wirkenden Leute und sogar die Reihen der Tische und Bänke – sie alle verblassten, einzig ihre Gestalt sah er scharf umrissen.

Aufrecht und erhobenen Hauptes stand sie da, liebkost vom Schein des Feuers und dem ständig wechselnden Spiel aus Licht und Schatten, das die schlanken Linien ihres Körpers offenbarte; reizte ihn mit den anmutigen Rundungen ihrer Brüste und verlockte ihn mit einer unaufdringlichen Sinnlichkeit, die jeder einigermaßen empfindsame Mann sich wünschen würde.

Und Marmaduke war empfindsamer als die meisten.

Heiß durchzuckte es ihn, sein Körper verkrampfte sich und reagierte auf sie mit drängendem Verlangen. Mit einem weitaus machtvolleren Begehren, als es die sehr viel üppigeren Huren, die er in den vergangenen Jahren bevorzugt hatte, je in ihm hatten entfachen können.

Der Himmel war sein Zeuge, dass er schlanke Bettgefährtinnen stets gemieden und sich seit Jahren nicht mehr nach dem biegsamen Körper einer grazilen Frau gesehnt hatte. Nicht mehr, seit ...

Er runzelte die Stirn und ballte die Fäuste gegen das Bild, das vor seinem inneren Auge aufstieg ... und gegen das ungestüme Begehren, das sein Blut in Wallung setzte. Es war wie ein pochender Schmerz, der sehr viel tiefer ging als bloße körperliche Lust.

»Aye, wir sind Euch sehr ergeben«, ertönte eine laute Stimme, die sein Verlangen so gründlich dämpfte wie ein kalter Wasserguss und die Erinnerungen vertrieb, die ohnehin besser begraben blieben.

»Nicht alle lassen sich durch Geld verlocken oder von diesem Sohne Beelzebubs einschüchtern!«, pflichtete ein anderer dem ersten Sprecher bei.

Weitere lautstarke Stimmen erhoben sich beifällig, und Marmaduke war unendlich dankbar für die Unterbrechung, weil sie ihn zur Besinnung brachte und seine empfindlichste Wunde wieder verschloss.

Die, die den Namen seiner verstorbenen Gemahlin trug.

Er holte tief Luft und drückte leicht mit einer Hand die Schulter der *neuen* Dame seines Herzens. Und war zutiefst befriedigt, als sie sich an seine Hand schmiegte und die Berührung zu begrüßen schien.

»Solche Getreuen sind zwei von jedem dieser Schurken wert, die Euch im Stich gelassen haben«, sagte er zu ihr, mit einer Stimme, die ein wenig heiserer war als gewöhnlich. »Macht Euch also keine Sorgen wegen ihres Verlusts. Manchmal ist es klüger, eine Schlacht verloren zu geben, wenn man dadurch einen größeren Sieg im Krieg erringen kann.«

James warf ihm einen finsteren Blick zu. »Seid Ihr hergekommen, um uns mit Euren Muskeln zu beschützen, Sir, oder wollt Ihr uns nur mit Eurem schier unerschöpflichen Quell der Weisheit imponieren?«

Caterine Augenbrauen schossen angesichts dieser taktlosen Bemerkung ihres Stiefsohns in die Höhe. Ihr Beschützer verkrampfte sich, aber bis auf das leichte Zucken eines Muskels an seinem Kinn blieb sein Gesicht erstaunlich ruhig.

»Ein Mann, der sein Salz wert ist, benutzt beides gleichermaßen«, erwiderte er, und seine Stimme war ebenso ruhig und gefasst wie sein Gesichtsausdruck.

»Und Ihr wollt mir zu verstehen geben, ich besäße weder das eine noch das andere?« James' Gesicht verfinsterte sich.

»James, bitte ...«, begann Caterine, aber da schlossen kräftige Finger sich um ihre Schulter. Sie beherzigte die stumme Warnung und schwieg, als James sich von seinem Platz erhob.

»Nein, Sir, macht Euch nicht die Mühe, meine Frage zu beantworten«, sagte er gereizt, als er vor Marmaduke stehen blieb. »Ich kenne die Antwort schon.«

Mit finsterer Miene stürmte er vom Tisch, und hinkte dabei noch auffälliger als normalerweise. Zu Caterines Verblüffung aber war es sein *gesundes* Bein, das er hinter sich herzog.

Sir Marmaduke verstärkte seinen Griff um ihre Schulter ein wenig, als sie versuchte, sich ihm zu entziehen. »Lasst ihn«, sagte er, da er ganz richtig erkannt hatte, dass sie ihrem Stiefsohn folgen wollte. »Erst wenn er seinen Dämonen ins Auge gesehen und sie begraben hat, wird er in der Lage sein, über sich selbst hinauszuwachsen und die Bewunderung Eurer Männer zu gewinnen.«

»Und ich nehme an, *Ihr* seid sehr gut darin, den Respekt von Männern zu gewinnen?«

Ein Anflug eines Lächelns erschien um seine Lippen. »Einige mögen das behaupten.«

»Und nicht nur den der Männer – auch die Damen lieben ihn«, prahlte Sir Alec und stellte krachend seinen Bierkrug auf den Tisch. Dann fuhr der stämmige Highlander sich mit dem Ärmel über seinen Mund. »Er stiehlt ihnen das Herz, bevor sie wissen, wie ihnen geschieht.«

»Ihr Herz und alles andere, was sie ihm andienen«, schmückte ein anderer mit einem frechen Augenzwinkern aus. Wieder erhob sich lautstarke Zustimmung, und selbst Caterines eigene Männer ließen sich zu einigen anzüglichen Bemerkungen hinreißen, bis sich auch die allerletzten Unstimmigkeiten in einer Flut zunehmend zweideutiger Scherze auflösten.

»Er ist so gro … ähm … er hat so großes Glück bei den Frauen, dass sie uns andere nicht mal ansehen, nachdem er …«

»Herrgott noch mal, Ross, halt den Mund!« Marmadukes befehlsgewohnte Stimme drang bis in den düstersten Winkel des großen Saales vor.

Sein Mann, ein rotgesichtiger Highlander, zuckte mit den breiten Schultern, aber er wirkte alles andere als beschämt. »Er ist ein Zauberkünstler!«, rief er und klatschte sich wie zur Betonung auf die Schenkel. »Er hat Arabella verzaubert, und er verzaubert sie alle.«

Die Mitteilsamsten unter den Anwesenden brüllten zustimmend, und ein Schwall glucksenden Gelächters lief die lange Tafel entlang bis in den dahinterliegenden Saal.

Sichtlich erblasst, nahm Marmaduke seine Hand augenblicklich von Caterines Schulter. »Himmeldonnerwetter, das genügt!« Die ungeheure Kraft, die er ausstrahlte, gepaart mit seinen aufgebrachten Worten brachte seine Männer abrupt zum Schweigen.

Er stemmte die Hände in die Hüften und bedachte die Männer im Saal mit einem Furcht erregenden Blick. »Ich rate euch, nicht die Anwesenheit der Damen zu vergessen«, sagte er, und selbst die Wände schienen den Atem anzuhalten und zu lauschen. »Überlegt es euch, bevor ihr noch einmal einen solchen Unsinn redet, Freunde.«

»Ich bitte um Verzeihung, Mylady«, entschuldigte sich ein bärtiger Highlander und erhob sich halb von seiner Bank. »Wir sind ein hart gesottener Haufen, nicht immer die richtigen Gäste für den Saal einer vornehmen Dame.«

Seine Kameraden fielen in seine Worte mehr oder minder lautstark ein, doch Caterine hörte ihre gut gemeinten Entschuldigungen oder ihre eigene leise Antwort kaum, da andere Sätze in ihrem Herzen widerhallten.

Einige dieser Worte ließen eine heiße Röte in ihren Nacken steigen; andere weckten in ihr einen nie gekannten Anfall weiblicher Pikiertheit, der sie zutiefst erschütterte.

Er ist so *groß*, hatte der rotgesichtige MacKenzie sagen wollen.

Er hat großes Glück bei den Frauen, hatte er sich dann verbessert.

Caterines Wangen brannten. Der englische Ritter *war* und *hatte* beides, so viel sie bisher hatte sehen können.

Mit verblüffender Klarheit beschworen die Worte des Highlanders den Anblick Marmadukes unbedeckter Männlichkeit herauf, die sie für einen Augenblick lang ungehindert hatte sehen können, bevor er sich in den Waschzuber gesetzt hatte.

Seine wirklich ungemein beeindruckende Männlichkeit.

Und dabei war er vollkommen entspannt gewesen.

Caterines Herz setzte für einen Schlag aus, und ihr Mund war mit einem Mal wie ausgetrocknet. Irgendetwas in ihrem Innersten zog sich zu einem beängstigenden, hohlen Schmerz zusammen. Das Bild, das sie in Erinnerung hatte, selbst wenn er in diesem Augenblick vollkommen entspannt gewesen war, erzeugte eine pulsierende Wärme tief in ihr. Ihn sich erregt, von leidenschaftlichem Verlangen beherrscht vorzustellen erfüllte sie mit einem ungestümen, quälenden Verlangen, von dem sie bisher nicht einmal gewusst hatte, dass es in ihr existierte.

»Achtet nicht auf ihre Narreteien, Mylady. Sie vergessen sich manchmal«, sagte er schließlich, und die Sanftheit seiner Stimme wärmte ihr Herz ebenso sehr, wie die Erinnerung an seine männliche Vollkommenheit ihr Blut in Wallung brachte.

Caterine atmete tief ein, das Bild seines nackten Körpers wollte ihr einfach nicht aus dem Kopf gehen. Sie blinzelte, als erwachte sie aus einem tiefen Schlummer. *Er* maß sie mit einem merkwürdigen Blick.

Alle in der Halle sahen sie mit merkwürdigen Blicken an.

Irgendjemand kicherte.

Es war nur ein leises Kichern, aber es genügte, um die seltsame Spannung, mit der sogar die Luft zwischen ihnen aufgeladen schien, zu entschärfen.

Die Unterhaltung an den Tischen wurde wieder aufgenommen. Die gewohnten Geräusche hungriger Männer, die die bescheidenen Speisen zu sich nahmen, die Dunlaidirs Küche ihnen anbieten konnte. Diese alltäglichen Klänge führten Caterine vor Augen, wie erstaunlich schnell ihr persönliches Gefühl für das Alltägliche sich seit der Ankunft des englischen Ritters verändert hatte.

Sie fuhr mit einer Hand über ihre Schulter. Obwohl er sie inzwischen losgelassen hatte, war sich Caterine seiner Gegenwart derart stark bewusst, dass sie seine Wärme an der Stelle, wo seine Finger sie berührt hatten, noch immer spürte.

In diesem Moment strich er mit seinem Handrücken über ihre Wange, und das Prickeln breitete sich aus und lief in einer verblüffenden Kaskade wohliger Gefühle über ihren Rücken bis in ihre Zehenspitzen.

»Ihr solltet Euch von meinen Männern nicht durcheinander bringen lassen«, sagte er und zog seine Hand zurück.

Ihr bringt mich durcheinander!, hätte sie am liebsten laut geschrien, aber der in seinem gesunden Auge aufblitzende Anflug von Belustigung ließ sie innehalten.

Und machte sie mutig.

Mutig genug, um die Empfindungen, die er in ihr geweckt hatte, näher zu erforschen.

Sie befeuchtete ihre Lippen. »*Ist* es Narretei, Mylord?«

»Ist was Narretei, Mylady?« Aus dem kaum wahrnehmbaren Funkeln in seinen Augen wurde ein ausgewachsenes Zwinkern.

Sie starrte ihn an, froh, dass Eoghann soeben eine Platte mit gebratenen Seevögeln auf den Tisch gestellt hatte. Der köstliche Duft des wohl schmeckenden Tölpelfleischs lenkte die neugierige Blicke der Umsitzenden ab.

Ermutigt trat sie noch ein bisschen näher. Gerade nahe genug, um die so augenscheinliche Beherrschtheit, die er mit jedem Zentimeter seines muskulösen Körpers ausstrahlte, auf die Probe zu stellen.

»Seid Ihr ein Zauberkünstler?« Sie legte den Kopf ein wenig schief, und ihr Blick war so direkt wie ihre Worte. »Und ein Charmeur, wie Eure Männer sagen?«

Seine Lippen verzogen sich zu einem schwachen Lächeln, und dann nahm er ihre Hand und begann mit seinem schwieligen Daumen ihren Handteller zu streicheln. »Es wäre mir lieber, wenn Ihr Euch selbst ein Urteil bildet«, antwortete er und ließ ihre Hand dann wieder los. »Vielleicht werdet Ihr mich eines Tages ja mit Eurer Einschätzung begünstigen.«

Zutiefst verblüfft über das köstlich prickelnde Gefühl in ihrer Hand, blinzelte Caterine ihn an, zu durcheinander, um sich zu erinnern, was sie hatte fragen wollen.

Bevor sie auch nur zu Atem kommen konnte, ergriff er erneut ihre Hand und drückte zu einem unbeschreiblich sanften Kuss seine Lippen auf die Innenseite ihres Handgelenks.

Als sie verblüfft nach Luft schnappte, kräuselte sich die Haut um seine Augen vor Heiterkeit, sein Lächeln vertiefte sich und enthüllte zwei ungemein charmante Grübchen. Zwei senkrechte Furchen, die von der Mitte seiner Wange bis zu seinen Mundwinkeln verliefen und so anziehend wirkten wie seine Narbe einschüchternd war.

Aber sie verschwanden ebenso schnell, wie sie erschienen waren. Ohne ein weiteres Wort zu sagen, wandte er sich ab und entfernte sich mit großen Schritten.

Erst da erinnerte sie sich wieder, wonach sie ihn hatte fragen wollen.

Arabella.

Die Frau, von der seine Männer behauptet hatten, er habe sie verzaubert.

»Wer ist Arabella?«, formten ihre Lippen stumm die Frage.

Drei gewisperte Worte, die sie zu verhöhnen schienen.

Ein Name, der die nervöse Unruhe dämpfte, die seine Berührung und sein charmantes Lächeln in ihr ausgelöst hatten.

Wer ist Arabella? Diesmal war es ihr Herz, das fragte.

Aber sehr viel wichtiger noch war die Frage, warum ihr eigentlich so viel daran lag, es zu erfahren?

☆ ☆ ☆

Ein schmucker englischer Ritter.

Die Worte wollten Marmaduke nicht aus dem Kopf gehen, als er durch den dunklen Burgsaal schritt. Lobende Worte, um ihm zu schmeicheln, eine simple Feststellung, die jedoch wundersame Möglichkeiten in sich barg und neue Hoffnung in ihm weckte.

Die gleiche Art von Schwindel erregender Freude, die ein Ertrinkender verspüren musste, wenn ihm ein rettendes Seil zugeworfen wurde.

Ein schmucker Ritter, hatte sie gesagt.

Marmadukes Herz schlug schneller.

Keine Frau hatte ihn jemals wieder so genannt, seit er seine Narbe trug.

Er verlangsamte seine Schritte und erwog für einen Moment, seine Absicht aufzugeben, Lady Caterines schlecht gelaunten Stiefsohn aufzusuchen und zu versuchen, die Leiden des jungen Manns zu lindern. Ein unwiderstehliches Bedürfnis drängte ihn, zu dem erhöhten Tisch zurückzukehren, seine zukünftige Gemahlin in die Arme zu nehmen und sich um sein eigenes Wohl zu kümmern.

Und das ihre.

Doch obschon ihre Worte ihn dazu verlockten, verlieh der Ausdruck, der auf ihrem Gesicht erschienen war, als er ihr Handgelenk geküsst hatte, seinen Schritten neuen Schwung. Erstaunen und Verwirrung hatten sich in ihren saphirblauen Augen gespiegelt, und die Erinnerung an beides lastete nun schwer auf seinen Schultern.

Ihr Erstaunen drängte ihn, die kühle Zurückhaltung, in die sie sich hüllte, zu bezwingen und ihre Weiblichkeit mit egal wie vielen herzerschütternden Küssen es auch erfordern mochte, zu erwecken.

Ihre Verwirrung war für ihn ein Zeichen, dass er in seinem Werben um sie sehr behutsam vorgehen musste.

Catherine Keiths Leidenschaft zu wecken würde Finesse, Geschick und grenzenlose Geduld von ihm erfordern.

Und so ging er weiter, suchte in der Dunkelheit nach James und bot seine ganze Willenskraft auf, um die vielen widersprüchlichen Wünsche und Bedürfnisse, die ihm überallhin folgten, zu ignorieren.

Auch ihr Hund, dieses knurrende kleine Tierchen, folgte ihm und schnappte nach seinen Fersen, bis er herumfuhr und dem kleinen Quälgeist einen Furcht erregenden Blick zuwarf.

Das Hündchen erstarrte und gab sein Schnappen so jäh auf, als hätte Marmaduke einen Eimer kalten Wassers über ihn geschüttet. Für die Dauer eines Herzschlags starrte das Tier zu ihm auf, einen Ausdruck der Verblüffung und Verwirrung in seinen großen runden Augen, dann ergriff er die Flucht, und flitzte mit seinen kurzen Beinchen so schnell durch die Binsen, als ob er von einer Meute tollwütiger Hunde gejagt würde.

Gründlich abgeschreckt von einem einzigen grimmigen Blick.

Einem Furcht erregenden Ausdruck auf dem zerstörten Gesicht eines Mannes, von dem früher einmal behauptet worden war, er sei einer der best aussehendsten Edelmänner Englands.

Marmaduke war versucht zu lachen und hätte es sicher auch getan, wenn seine verfluchte Eitelkeit nicht ausgerechnet diesen Augenblick gewählt hätte, um eine schmerzliche Verbitterung in ihm zu wecken.

... so schnell vergessen,
wie du und ich, die Welt ganz weit und fern,
einst dalagen und den Mond betrachteten?

Das Lied, dessen vertraute Strophen eine schmerzliche Erinnerung an längst vergangene Zeiten erweckten, traf ihn mit der ganzen Heftigkeit des grausamen Schwerthiebs eines Plünderers.

Er fuhr herum, und sein Blick glitt zum gegenüberliegenden Ende des Saals, von wo die sehnsüchtigen Verse herzukommen schienen. Er entdeckte sie sofort, trotz der Dunkelheit der tiefen Fensterlaibung, in der sie saß, an den Saiten einer Laute zupfend und leise singend ... so wie sie es nachts so oft getan hatte während ihrer viel zu kurzen Ehe.

Arabella.

Bekleidet mit dem pelzbesäumten Morgenmantel, den er ihr erst vierzehn Tage vor ihrem Tod geschenkt hatte, ihr schimmerndes schwarzes Haar ungeflochten, saß seine vor langer Zeit zu Grabe getragene Gemahlin dort und klimperte auf ihrer Laute und sang für ihn.

Kannst du den Tag vergessen,
den Tag, an dem wir –?
Doch ich bin eine Närrin, Geliebter,
denn leider
ist dieser Tag verblichen und verflossen.

Mit wild pochendem Herz ging Marmaduke auf sie zu, zutiefst erschüttert darüber, wie sein Herz Arabellas langes schwarzes Haar durch seidig schimmernde Locken ersetzte, die wie gesponnenes Gold aussahen.

Selbst seine Ohren verrieten ihn, indem sie danach strebten, sanftere, weichere Töne zu hören als die etwas kehligen und heiseren, die aus der dunklen Ecke kamen.

Nicht minder verräterisch war auch sein brennender Wunsch, sie aufschauen und ihn aus saphirblauen Augen anblicken zu sehen. Doch die Augen, die ihren Blick zu ihm erhoben, als er die kleine Fensternische erreichte, waren dunkel.

Die dunklen Augen eines Mannes.

James warf ihm einen mürrischen Blick zu, drehte sich dann auf dem gepolsterten Sitz der Fensterlaibung um und kehrte Marmaduke den Rücken zu, um auf die bleigraue, unendlich weite See hinauszustarren.

Auf der gegenüberliegenden Fensterbank legte Lady Rhona ihre Laute nieder. »Sir«, begrüßte sie Marmaduke, mit einem Lächeln, das ebenso freundlich war wie James' starrer Rücken abweisend.

»Mylady.« Marmaduke nickte ihr zu, noch viel zu verwirrt von dem, was nur ein grausamer Streich gewesen sein konnte, den ihm das Licht gespielt hatte, um mehr als einen bloße Höflichkeitsgruß zu äußern.

Nicht halb so anmutig und auch bei weitem nicht so schön, wie Arabella es einst gewesen war, zog die Gesellschafterin seiner zukünftigen Gemahlin den Mantel über ihren etwas molligen Schenkeln glatt. »Euer Mann, Sir Lachlan, schlummert tief und fest in den Gemächern des verstorbenen Lord Keith«, sagte sie. »Wir haben etwas Saft aus grünem Salat in seinen Wein gegeben, um ihm das Einschlafen zu erleichtern. Seine Wunde werde ich später neu verbinden.«

»Gebt Acht, dass Ihr ihn nicht zu sehr verwöhnt.« James fuhr zu ihr herum und warf ihr einen missbilligenden Blick zu. »Er hat schließlich nur eine kleine Fleischwunde.«

»Das mag ja sein, aber es gibt Momente, in denen Männer einfach verwöhnt werden wollen«, gab sie mit einem vorwurfsvollen Blick auf ihn zurück. »So wie es andere Momente gibt, in denen ein derartiges Verwöhnen völlig unangebracht wäre.«

James starrte sie mit schmalen Lippen an. Marmaduke würdigte er keines Blickes, was diesen freilich überhaupt nicht störte. Das unheimliche Prickeln in seinem Nacken war noch immer viel zu stark, um die unterschwelligen Spannungen zwischen der Freundin seiner zukünftigen Gemahlin und Dunlaidirs glutäugigem Erben zu beachten.

Sehr viel beunruhigender war für ihn der kurze Blick zurück auf längst vergangene Zeiten, die er lieber für immer vergessen hätte.

Er schluckte, um den bitteren Geschmack aus seiner Kehle zu vertreiben, betrachtete Rhona versonnen und versuchte, sich darüber klar zu werden, was über Arabellas Lieblingslied hinaus solch schmerzliche Erinnerungen an eine andere Zeit in ihm geweckt haben mochte.

Es war wirklich merkwürdig, denn abgesehen von dem dunklem Haar ähnelte Rhona seiner verstorbenen Gemahlin kein bisschen.

»Es ist gut, dass Ihr gekommen seid, Mylord«, wandte sie sich an ihn, und ihre glühenden Wangen und James Keiths finstere Miene schienen darauf hinzudeuten, dass sie wohl noch etwas anderes getan hatten, als Laute zu spielen und Lieder zu singen, bevor sie von ihm unterbrochen worden waren.

»Meine Herrin braucht schon lange einen Beschützer«, fügte

sie mit einem raschen Blick auf James hinzu. »Ich wusste, dass ihr Schwager uns einen kühnen Ritter in glänzender Rüstung und mit einem guten Schwert bewaffnet schicken würde. Einen furchtlosen Krieger . . .«

»Bei Gott und allen Heiligen!« James sprang auf. »Müsst Ihr mich bis an die Grenze meiner Geduld treiben? *Einen kühnen, furchtlosen Mann in glänzender Rüstung!*«, äffte er sie nach und griff so brüsk nach der Laute, als wollte er sie im nächsten Moment zerbrechen. »Muss ein Mann denn mit Metall behängt sein, um Eure Gunst zu gewinnen?«

Wütend schüttelte er die Laute in ihre Richtung. »Narr, der ich bin, dachte ich, Ihr wolltet mich betören mit Eurem Spiel, mit Euren Küs . . .« Er unterbrach seine Tirade, warf die Laute auf die Fensterbank und wandte sich von ihr ab.

Lady Rhona stand auf, griff mit einer Hand nach der Laute und mit der anderen nach James, aber er stürmte davon, bevor sie ihn berühren konnte, und seine Schritte waren zielstrebig und fest.

Erstaunlich federnd und gelenkig.

Und er hinkte überhaupt nicht.

Marmaduke warf Rhona einen scharfen Blick zu, und das frohe Lächeln, das auf ihrem Gesicht erschien, erwärmte ihm das Herz.

Die Freundin seiner zukünftigen Gemahlin war wirklich ausgesprochen raffiniert.

Falls ihre Machenschaften, ihn nach Dunlaidir zu holen, dies noch nicht ausreichend bewiesen hatten, dann tat es das Manöver, das er soeben mitangesehen hatte. Ihre Kühnheit bewies aber unter anderem auch, wer ihr am Herzen lag, und Marmadukes eigenes sentimentales Herz tat bei dieser Erkenntnis einen freudigen Sprung.

Denn James Keith würde eine Frau mit Rückgrat an seiner Seite brauchen, wenn Marmaduke und seine Männer nach Balkenzie zurückkehrten.

Mit einem leisen Seufzer setzte Rhona sich wieder auf die

Fensterbank. Ihr Blick war auf die See gerichtet, aber sie hatte sich nicht schnell genug von Marmaduke abgewandt, um den verräterischen Glanz in ihren Augen vor ihm verbergen zu können.

Lange beobachtete er sie schweigend, und etwas von der Finsternis in ihm begann zu weichen. Zum ersten Mal seit seiner Ankunft in Dunlaidir regte sich ein echter Hoffnungsschimmer in seinem Herz.

Wenn er Caterine davon überzeugen konnte, dass ihr Stiefsohn und Dunlaidir nach ihrer Abreise in guten Händen sein würden, dürfte dies seine Chancen, sie dazu zu überreden mitzukommen, sehr erhöhen.

»Mylady, Ihr besitzt mehr Verstand als viele Männer, die ich kenne«, sagte er und meinte dieses Kompliment durchaus ernst. »Wärt Ihr keine Frau, würde ich Euch aus Bewunderung für Eure Klugheit hier und jetzt zum Ritter schlagen. James kann sich glücklich schätzen, Eure Zuneigung zu besitzen.«

»Er ist nicht gehbehindert«, sagte sie mit einem Seitenblick auf Marmaduke. »Sein rechtes Bein wurde durch den Tritt eines Pferdes schwer verletzt, aber ich vermute fast, er erinnert sich kaum noch, um welches Bein es sich handelte. Die Verletzung ist schon lange verheilt.«

Sie hielt inne, um die Felle über ihrem Schoß zu ordnen. »Bedauerlicherweise denkt er anders. Vielleicht könntet Ihr versuchen, ihn umzustimmen?«

»Genau das habe ich vor«, versprach er und begann in Gedanken bereits einen Plan zu schmieden.

»Es wird Euch gelingen, Mylord«, prophezeite Rhona freudestrahlend. »Bei James und auch bei meiner Herrin.«

Marmaduke hob ihre Hand an seine Lippen und küsste sie. »Ich verlasse mich auf Euer Wort, Mylady.«

»Dann geht und kümmert Euch darum.« Sie lächelte ihn an, bevor sie sich wieder zum Fenster wandte.

Als er sich zum Gehen wandte, ließ Marmaduke seinen Blick suchend durch den nur schwach erhellten Burgsaal schweifen. Er entdeckte James auf dem Weg zu der massiven, eisenbeschlagenen Tür, die zur Außentreppe führte.

Und sah, dass er wieder einmal maßlos übertrieben hinkte.

Marmaduke holte ihn ein, als er gerade die Hand ausstreckte, um die schwere Tür zu öffnen. »Gibt es eine Schmiede hier?«, fragte er und legte seine Hand auf den Arm des jüngeren Mannes.

James' Augenbrauen schossen in die Höhe, und er starrte Marmaduke an, als wären diesem Hörner auf der Stirn gewachsen. »Eine Schmiede?«

»Einen Schmied. Einen Mann, der mit Eisen umzugehen versteht.«

Mit einer ungeduldigen Kopfbewegung warf James sein Haar zurück. »Ich bin nicht beschränkt«, brauste er auf und versuchte, seinen Arm aus Marmadukes Griff zu befreien. »Ich weiß, was ein Schmied ist, und nein, wir haben keinen. Oder zumindest jetzt nicht mehr.«

Marmaduke ließ ihn los, verstellte aber die Tür, indem er sich mit dem Rücken an ihre massiven Eichenpaneele lehnte. »Dann werden wir eben allein zurechtkommen müssen«, sagte er in gut gelauntem Ton. »Und später können wir uns dann für unsere Bemühungen mit einem erfrischenden Bad im kalten Seewasser belohnen.«

»Im Meer?«

Marmaduke nickte. »Nachdem wir in der Schmiede waren.«

»Wir?« James' Augenbrauen stiegen noch ein wenig höher. »Ich bin kein Untergebener, den man herumkommandieren kann.«

Marmaduke, dem bewusst war, dass sämtliche Anwesenden im Saal ihren Wortwechsel verfolgten, schnippte eine unsichtbare Fussel von seinem stahlbedeckten Arm. So gelassen er konnte, sagte er: »Ich sagte *wir*, mein Freund. Ich würde doch nicht die Gesetze der Gastfreundschaft verletzen, indem ich meinem Gastgeber Befehle erteile.«

Zufrieden, da die Augen des jüngeren Mannes aufgrund dieser Schmeichelei nicht mehr ganz so wütend funkelten, stieß Marmaduke sich von der Tür ab. »Ich würde Euch vielleicht hin und wieder einen gut gemeinten Vorschlag machen, aber nie einen Befehl erteilen.«

Sichtbar angespannt, blickte James zu der im Dunkeln liegenden Fensterlaibung hinüber, in der noch immer Lady Rhona saß. »Es hat keinen Zweck, die Schmiede aufzusuchen. Sie enthält nichts als rostendes Eisen und staubbedeckte Blasebälge. Unser Schmied hat uns schon vor Monaten verlassen. Und was das Baden in der See angeht, ich ... ich schwimme nicht.«

Echte Furcht war in James' Augen aufgeflackert, als er gesagt hatte, er schwimme nicht, und deshalb konzentrierte Marmaduke sich zunächst einmal auf ihre momentane Aufgabe.

Die Latrinenausgänge zu sichern und James' Selbstvertrauen zu stärken.

»Vier starke Arme dürften einen treulosen Schmied ersetzen«, sagte er.

James fuhr sich mit der Hand durchs Haar. »Ich werde Euch zur Schmiede bringen, aber erwartet nicht, dass ich Euch helfe. Wie Ihr heute Morgen selbst gesehen habt, bin ich für niemanden von großem Nutzen.«

»Ihr werdet nur dann niemandem von Nutzen sein, wenn Ihr weiterhin mit Eurer Dame tändelt, statt mit mir zu kommen.« Marmaduke streckte die Hand aus und kniff James lächelnd in den Oberarm. »Ihr besitzt Kraft genug für das, was wir zu tun haben.«

Vom erhöhten Tisch aus beobachtete Caterine diese Unterhaltung mit wachsendem Erstaunen. Statt zu protestieren, als der Engländer seine Muskeln prüfte, stieg eine leise Röte in die Wangen ihres Stiefsohnes, und er bemühte sich auch um eine etwas aufrechtere Haltung.

Und er tat es ausnahmsweise einmal, ohne die Balance dabei zu verlieren.

Die beiden Männer gingen zusammen auf die Eingangshalle des Burgsaals zu, und Caterine hätte schwören können, dass sie den Anflug eines Lächelns auf James' Gesicht sah, als er seinen Umhang von einer Bank neben der Tür aufhob.

Er wartete, bis James seinen Umhang umgelegt hatte, bevor er seinen eigenen nahm und überzog. Dann legte er in einer unbefangenen, kameradschaftlichen Geste einen Arm um die Schultern des jüngeren Mannes, und als sie die Halle verließen, waren die Schritte ihres Beschützers kraftvoll und selbstbewusst, die ihres Stiefsohnes zwar nicht ganz so selbstsicher, aber auch keinesfalls so zögernd wie sein üblicher hinkender Gang.

Caterine wurde es ganz warm ums Herz.

Nie hätte sie gedacht, dass sie James noch einmal mit solch beschwingten Schritten gehen sehen würde.

Versonnen nippte sie an ihrem Wein, und noch lange, nachdem die große Eichentür hinter den beiden Männern zugefallen war, starrte sie in die Dunkelheit der Eingangshalle.

Mehr und mehr begann sich der Beschützer, den ihre Schwester ihr geschickt hatte, als ein Mann zu erweisen, der diesen Titel tatsächlich verdiente.

Doch während ihr Herz ihm gegenüber weicher wurde, kämpfte ihr Verstand mit anderen Sorgen.

Ernsten Sorgen, die von größter Bedeutung für sie waren.

Wie zum Beispiel, wann genau sie aufgehört hatte, ihn als den englischen Beschützer zu bezeichnen und begonnen hatte, ihn schlicht als *ihren* Beschützer zu betrachten.

☆ ☆ ☆

Auch andere Augen beobachteten Marmadukes und James Keiths Aufbruch.

Gedankenvolle, hasserfüllte Augen einer Person, die sich in den Schatten am Fuß der Außentreppe verbarg.

Verächtlich zog der Beobachter die Augenbrauen hoch, als sie an ihm vorbeigingen.

Bald würde der englische Eindringling von einem jähen, kalten Windstoß geradewegs zur Hölle getragen werden, und es würde ein gut gezielter, *englischer* Pfeil sein, der ihn dorthin befördern würde.

Die Ironie des Ganzen entlockte dem Beobachter ein Lächeln, und die in einen dunklen Umhang gehüllte Gestalt schlüpfte noch tiefer in die feuchte Kälte des weißen Nebels, der den größten Teil des Burghofs immer noch bedeckte.

Kapitel 7

Es ist so, wie ich Euch bereits sagte«, sagte James Keith wenig später und warf einen Blick in das feuchte Innere der seit langer Zeit nicht mehr benutzten Schmiede. »Hier gibt es nichts Brauchbares mehr.«

Marmaduke beachtete seinen Einwand nicht, sondern zog einen wackeligen dreibeinigen Schemel aus der Düsternis und stieß mit ihm die Tür auf. Die Werkstatt, in der einst geschäftiges Treiben geherrscht hatte, musste dringend gelüftet werden.

Dunlaidirs Schmiede war nicht nur verlassen und vernachlässigt, sondern verströmte auch einen mehr als schlechten Geruch.

Es roch nach feuchter Holzkohle und rostendem Eisen, nach Meerwasser und Schimmel.

Und nach noch schlimmeren Dingen, die er gar nicht näher bestimmen wollte.

Eine kräftige, nach Meersalz riechende Brise fegte an ihm vorbei zur Tür hinein und wirbelte derart viele Wolken von Staub und Asche von dem gestampften Lehmboden auf, dass sie beinahe erstickten.

»Lasst uns hier verschwinden.« James rümpfte angewidert die Nase, und der Ansatz von Entschlossenheit, den er vor wenigen Momenten in der Halle noch hatte erkennen lassen, schien sich schon wieder verflüchtigt zu haben. Er verschränkte trotzig seine Arme. »Ich werde diese Schmiede nicht betreten.«

Marmaduke warf ihm ein grimmiges Lächeln zu. »Würdet Ihr Euch geschlagen geben, bevor der Kampf auch nur begonnen hätte?«

»Nur in Kämpfen, die von vornherein schon sinnlos wären«, erwiderte James so leise, dass es fast nicht zu verstehen war. »Wie ohne Hinken gehen zu wollen, oder *allein* gegen zwei Schwertfechter zugleich zu ...«

»Zwei Schwertfechter?« Marmaduke sprach nur aus, was er inzwischen längst erraten hatte. »Warum habt Ihr Eure Geschichte geändert? Wieso behauptet Ihr jetzt, es sei nur ein Mann gewesen?«

James presste die Lippen zusammen und wandte sich ab.

Aus seinem Schweigen war seine Frustration herauszuhören, lauter und durchdringender noch als das Gekreisch der Möwen über ihnen.

Marmaduke ging zu ihm und legte eine Hand auf seine Schulter. »Zusammen können wir mit diesen Schweinehunden fertig werden«, sagte er. »Aber nur dann, wenn Ihr mir auch vertraut.«

Der jüngere Mann runzelte die Stirn, doch als er seinen Blick gen Himmel richtete und einen tiefen Seufzer ausstieß, wusste Marmaduke, dass er diese Runde gewonnen hatte. »Nun?«, fragte er noch einmal und nahm seine Hand von James' Schulter. »Warum habt Ihr in dieser Angelegenheit gelogen?«

»Weil die anderen lachten, als ich die Wahrheit sagte, und mir unterstellten, ich hätte den Zwischenfall ausgeschmückt und nur deshalb behauptet, es seien zwei Männer gewesen, weil ich es nicht ertragen konnte zuzugeben, dass ich von einem einzigen Mann bezwungen worden war.«

»Und deshalb habt Ihr sie glauben lassen, was sie wollten, damit sie Euch in Ruhe ließen?«

James nickte.

»Vielleicht ist es ja sogar besser so, und ich denke, wir werden ihnen erlauben, diesen Schwachsinn noch ein bisschen länger zu glauben«, sagte Marmaduke mit einem Blick auf die kreischenden Möwen, die hoch über der Schmiede ihre Kreise zogen.

»Ihr glaubt mir?« Der erstaunte Blick in James' Augen sprach Bände.

»Selbstverständlich«, sagte Marmaduke und legte fast wie zufällig eine Hand an seinen Schwertgriff. »Aber Gott und die Heiligen wissen, dass ich wünschte, ich täte es nicht«, fügte er hinzu, und ein harter Ton erschien plötzlich in seiner tiefen Stimme.

Das Erstaunen wich aus James' Gesicht. »Verzeiht mir meine Verwirrung, Sir, aber wie könnt Ihr behaupten, Ihr würdet mir glauben, und mir dennoch raten, über den zweiten Eindringling zu schweigen?«

»Falls er überhaupt ein Eindringling war. Der Mann könnte auch eingeladen worden sein, oder er hatte Hilfe auf dem Weg nach draußen«, erwiderte Marmaduke. »Oder beides.«

»Das ist verrückt.« James schüttelte den Kopf. »Das kann ich nicht glauben.«

Marmaduke zuckte mit den Schultern. »Die Burg ist mehrfach sehr gründlich durchsucht worden, aber offensichtlich hat dieser zweite Eindringling keinerlei Spuren hinterlassen. Männer aus Fleisch und Blut lösen sich nicht so einfach in Luft auf, mein Freund.«

»Und Ihr glaubt, jemand aus der Burg war ihm bei seiner Flucht behilflich?«

»Ich würde jede Wette darauf eingehen«, erwiderte Marmaduke. »Und deshalb halte ich es für klüger, niemandem außer vielleicht Lady Caterine zu sagen, dass wir unter Umständen einen Verräter innerhalb dieser Mauern haben.«

James starrte ihn entgeistert an, aber Marmaduke wandte sich ab, bevor der junge Mann ihm noch weitere Fragen stellen konnte.

Denn Marmaduke kannte sich leider nur allzu gut mit internem Verrat und den mit einem solchen verbundenen Gefahren aus.

Er trug die Spuren einer solchen Perfidie in seinem Gesicht und schmeckte die gallige Erinnerung an sie in der eisigen Verbitterung, die in ihm aufstieg und ihn zu ersticken drohte.

Nachdem er mit dem Arm einen regelrechten Vorhang aus Spinnengewebe beiseitegeschoben hatte, betrat er die kühle, feuchte Scheune. »Wir können später darüber reden«, sagte er, als er sich über die Schulter nach James umblickte. »Jetzt müssen wir zunächst einmal ein paar brauchbare Stücke Eisengitter finden, um den Latrinenausgang zu verschließen.«

»Ihr redet, als ob das eine leichte Aufgabe wäre.« James war auf der Schwelle stehen geblieben.

»Nichts im Leben ist einfach«, erklärte Marmaduke, während er einen schmutzverkrusteten Steintrog begutachtete, der früher einmal Kühlwasser enthalten hatte und dann zu einem Behälter für allen möglichen Abfall degradiert worden war. »Aber jede gemeisterte Herausforderung macht das Leben lebenswerter.«

James tat einige zögernde Schritte in das Innere der Schmiede, und wieder einmal schonte er sein Bein. »Glaubt Ihr das tatsächlich?«

»Nein, ich weiß es.«

Marmaduke bückte sich, um einen schmutzigen Lederbeutel aufzuheben, den er auf dem Boden neben dem lange nicht mehr benutzten Schmelzofen entdeckt hatte. Er hielt den Beutel mit der Öffnung nach unten und schüttelte ihn kräftig. Als nichts als Staub hinausfiel, warf er seinem Begleiter einen prüfenden Blick zu.

James Keith erinnerte Marmaduke mehr an sich selbst in jungen Jahren, als ihm lieb war.

»Kommt her«, forderte er ihn auf und er verspürte Erbitterung angesichts des Zorns und der Zweifel, die den jungen Burgherrn so offenkundig plagten.

Denn beide waren mächtige Widersacher.

Und durchaus im Stande, den jungen Mann auf weitaus schlimmere Art zu behindern als ein lang zurückliegender Pferdetritt.

Während er sich bemühte, seine eigenen Dämonen auf Abstand zu halten, hielt Marmaduke dem jungen Mann den Lederbeutel hin. »Es ist ziemlich dunkel hier«, sagte er. »Ihr habt zwei gute Augen und ich nur eins. Daher wäre es sicher sinnvoller, wenn Ihr die Ecken absucht, während ich in der Nähe der Tür bleibe, wo das Licht ein wenig besser ist, und sehe, was ich finden kann.«

»Ich …«, begann James, aber dann verstummte er wieder und trat einen Schritt vor, um den Lederbeutel aus Marmadukes ausgestreckter Hand zu nehmen.

Vor sich hinbrummelnd, begann er verrostete Werkzeuge und verschieden lange Stücke Draht, die früher einmal zur Herstellung von Kettenhemdengliedern gedient hatten, in den Ledersack zu packen.

In der Nähe des Eingangs hob Marmaduke eine ziemlich große Eisenplatte auf und gab vor, ihre vielen, unterschiedlich großen Löcher zu untersuchen. Das große Stück Metall war geradezu ideal, um den Latrinenausgang am Fuß der Felswand zu verschließen. In Wahrheit aber schenkte er dem kostbaren Werkzeug, das dazu diente, Drähte verschiedener Stärken herzustellen, jedoch nur wenig Aufmerksamkeit und beobachtete stattdessen aus dem Augenwinkel James.

Obwohl der junge Mann noch immer leise vor sich hinmurrte, bewegte er sich mühelos durch den dunklen Raum und ließ allenfalls noch einen winzigen Anflug seiner gewohnten Unbeholfenheit erkennen.

Wie Marmaduke gehofft hatte.

Den jüngeren Mann zu beschäftigt, um sich an sein Hinken zu erinnern, zu sehen, wärmte Marmadukes Herz und bestärkte ihn in seiner Überzeugung, dass er aus mehr Gründen quer durch Schottland gesandt worden war, als nur einer Dame in Not zu helfen und ihr seine kriegerischen Fähigkeiten und seinen Namen zur Verfügung zu stellen.

Beim Gedanken an sie begannen sich auch andere, intimere Teile seines Körpers zu erwärmen, und so strich er mit den Händen über das kalte Metall der Eisenplatte, um ihre Kraft zu prüfen, und hoffte, ihre Kälte würde dazu beitragen, den Strom erhitzten Bluts zu kühlen, der in seine Lenden schoss.

Ein ironisches Lächeln spielte dabei um seine Lippen.

Trotz seiner nahezu unermüdliche Entschlossenheit hatte er es nie fertig gebracht, seine niedrigeren Instinkte in Schach zu halten. Im Angesicht der schweren Aufgabe, die ihn erwartete, gelang es ihm jedoch plötzlich mit Leichtigkeit.

Denn dieses unappetitliche Unternehmen würde jedermanns Erregung dämpfen. Und sollte es das nicht tun, würde er eben schlicht und einfach seine Ankündigung wahrmachen, im eisigkalten Meerwasser ein Bad zu nehmen.

Das Problem war, er begehrte die Dame seines Herzens mit sehr viel mehr als nur einem hartnäckigen Ziehen in seinen Lenden. Er begehrte sie mit seinem ganzen Sein.

Mit seinem Körper, seinem Herz und seiner Seele.

Und weder sein eiserner Wille noch der Schock des kalten Nordseewassers würden ein solch brennendes Verlangen besänftigen können.

☆ ☆ ☆

Noch immer ganz entnervt von der Nachwirkung des Kusses, den ihr Beschützer auf die Innenseite ihres Handgelenks gedrückt hatte, und der Beharrlichkeit, mit der der Name Arabella sie immer wieder neu verstimmte, stieg Caterine die Wendeltreppe zu ihrem Schlafgemach hinauf.

Das unruhige Flackern der in eisernen Wandhalterungen steckenden Fackeln, die in regelmäßigen Abständen das Treppenhaus erleuchteten, schienen ihre eigene Verwirrung widerzuspiegeln. Am oberen Treppenabsatz ließ auch ihr kleiner Leo sie allein, flitzte wie ein geölter Blitz über den dunklen Korridor und warf sich gegen die geschlossene Tür ihres Schlafzimmers.

Als sie ihn eingeholt hatte, stand er mit den Vorderpfoten an die schwere Eichentür gelehnt und wedelte aufgeregt mit seinem Schwanz.

Rhona.

Caterines sich ständig in alles einmischende Freundin musste in ihrem Schlafzimmer sein. Niemand sonst vermochte eine solch begeisterte Reaktion bei Leo hervorzurufen. Caterine wappnete sich einen Moment für die Begegnung, da sie gehofft hatte, ein paar Minuten allein sein zu können, bevor sie nach Sir Lachlan sehen musste, und öffnete dann die Tür.

Leo jaulte vor Freude auf und preschte in den Raum.

Caterine schnappte verblüfft nach Luft.

Ihre Freundin befand sich tatsächlich in dem Zimmer, doch statt ihres hübschen Gesichts war es ihr wohlgerundeter Po, der Caterine begrüßte.

Gebückt stand Rhona vor der eisenbeschlagenen Truhe am Fußende von Caterines Himmelbett und kramte in ihr herum.

»Rhona!« Mit drei schnellen Schritten war Caterine bei ihr. »Was tut Ihr da?«

Rhona fuhr erschrocken auf und wirbelte herum, wobei sie fast über Leo stolperte, der freudig bellend im Kreis um sie herumrannte. »Gütiger Himmel, habt Ihr mich erschreckt!« Mit weit aufgerissenen Augen starrte sie Caterine an, und in ihren Händen hielt sie eine große Holzschale.

Eine hölzerne Schale, in der ein runder, mit einem Leintuch zugedeckter Klumpen lag.

Der Stein des Gutsbesitzers.

Ein nahezu vollkommen runder, mit Quarzkristallen gesprenkelter Stein aus dunkelgrauem Granit.

Ein magischer Stein, von dem es hieß, er weine, wenn ein Burgherr Dunlaidirs starb, und das so bitterlich, dass seine Tränen die ganze Schale füllten ... und er weine auch, dann allerdings vor Freude, wenn ein neuer Burgherr den Platz des Verstorbenen einnahm.

So behauptete es zumindest die Legende.

Mit eigenen Augen hatte Caterine das Phänomen noch nie gesehen.

»Was wollt Ihr damit?«, fragte sie, als Rhona nicht aufhörte, sie anzustarren, und ihre Augen immer größer wurden und sie errötete.

Caterine griff nach der Schale, aber Rhona drückte sie beschützend an ihre Brust. »Ich wollte sehen, ob der Stein schon für James geweint hat«, antwortete sie und trat rückwärts in Richtung der hohen Bogenfenster.

»Grundgütiger, wann werdet Ihr mir endlich zustimmen, dass all dieses Brimborium nichts als dummes Zeug ist?« Caterine stieß frustriert den Atem aus. »Eine törichte Legende, von irgendeinem längst verstorbenen Geschichtenerzähler erfunden, um kalte, dunkle Winternächte zu verkürzen.«

»Ich habe ihn weinen sehen, als der gnädige Herr Keith starb.« Rhona stellte die mit einem Tuch bedeckte Schale auf die gepolsterte Fensterbank und verschränkte ihre Arme vor der Brust. »Ihr habt das Wasser in der Schale auch gesehen. Alle haben es gesehen.«

»Nachdem *Ihr* das dumme Ding geholt hattet!«, fauchte Caterine, die allmählich die Geduld verlor. »Vielleicht habt Ihr ja Wasser über den Stein gegossen.«

»Ha! Glaubt Ihr etwa, ich würde zu solch hinterlistigen Mitteln greifen?«

»Und wessen Hinterlist haben wir es zu verdanken, dass sich nun ein *englischer* Beschützer innerhalb dieser Mauern aufhält? Ein Sassenach, mit dem ich mich demnächst vermählen muss … das habe ich ja wohl *Eurer* Hinterlist zu verdanken.«

Rhona runzelte die Stirn. »Ich dachte, Ihr hättet begonnen, ihn zu mögen?«

Caterine wandte den Blick ab, damit ihre Freundin nicht zu viel hineinlas in die Hitze, die in ihre Wangen stieg, und versuchte ihre aufgewühlten Emotionen zu verbergen, indem sie sich der endlosen Weite der See und des Himmels zuwandte, die sich hinter den hohen Fenstern ihres Schlafgemachs erstreckten.

Die vertraute Aussicht beruhigte sie, und die kalte Luft, die durch die offenen Fenster hereinströmte, kühlte ihre heißen Wangen.

»Ob ich ihn mag oder nicht, der Stein des Gutsherrn und seine Legende sind nicht glaubwürdiger als die Geschichten eines Barden«, sagte sie, den Blick noch immer auf die windgepeitschte See gerichtet. »Sir Marmaduke Strongbow ist und bleibt ein Engländer.«

Und ich bin nicht Frau genug, mich von den Sehnsüchten meines Herzens leiten zu lassen ... dazu stehen mir die Gespenster zu vieler anderer Engländer im Weg.

Caterine straffte die Schultern und wandte sich wieder ihrer Freundin zu. »Ob es nun Unfug ist oder nicht, die Tradition erfordert, dass der Wert eines neuen Gutsherrn von dem Stein erkannt werden muss, bevor er weint.« Sie suchte Rhonas Blick. »Und selbst wenn es stimmen würde, was die Legende sagt, glaubst du allen Ernstes, dass der Stein James als neuen Herrn begrüßen würde – mit *ihm* unter unserem Dach?«

Sie winkte ab, als Rhona protestieren wollte. »Ich halte nichts von diesem Unfug, aber du glaubst daran. Wie kannst du also von dem Stein erwarten, James als Dunlaidirs neuen Herrn zu ehren, wenn ein solch tapferer und kühner ...«

»Du beginnst ihn also doch zu mögen.«

»Ich bin nicht ...« Caterine unterbrach sich, da sie sah, wie Rhona ihre Mundwinkel zu einem viel sagenden Lächeln verzog. Mit vor der Brust verschränkten Armen erwiderte Caterine den amüsierten Blick ihrer Freundin mit unbewegter Miene.

»Du *magst* ihn.«

»Er ... *imponiert* mir«, gab Caterine zu. Aber mehr wollte sie zu diesem Thema nicht sagen, und so nahm sie Rhona am Arm und steuerte sie über den binsenbestreuten Boden zur Tür und aus dem Zimmer. Erst als sie die Tür hinter sich zugezogen und verriegelt hatte, ließ sie den Atem aus, den sie ganz unwillkürlich angehalten hatte.

Auf der anderen Seite des Raums winkten die hölzerne Schale

und ihr mit einem Tuch bedeckter Inhalt, aber im Augenblick hätte sie die Hand eher in einen Korb voller Giftschlangen gesteckt, als einen Blick unter den harmlos aussehenden Stoff zu werfen.

Denn sollte der Stein des Gutsherrn nach all diesen Jahren ausgerechnet diesen Augenblick erwählen, um sein Wunder zu vollbringen, könnten seine Tränen, die Sir Marmaduke Strongbow als Dunlaidirs neuen Herrn ankündigten, sich als größerer Schock erweisen, als sie im Moment verkraften konnte.

Denn Rhona kannte sie sehr gut.

Sie mochte ihn tatsächlich.

Und dieses Wissen beunruhigte sie fast ebenso sehr wie ihre Gründe dafür, ihn *nicht* mögen zu wollen.

☆ ☆ ☆

»An einem *Seil*?« Ungläubig starrte James den dicken, mit Knoten versehenen Strick an, der über Dunlaidirs zur Seeseite hinausgehende Mauer hing. »Nicht einmal eine Horde Feuer speiender Drachen könnte mich dazu bewegen, an einem Seil diese Felswand hinunterzuklettern. Sie ist glatt wie ein Spiegel und hat nicht einen einzigen Vorsprung, an dem man sich Halt finden könnte.«

Sir Ross hielt gerade lange genug inne, ein zweites Seil mit Knoten zu versehen, um James belustigt anzusehen. »Ihr wollt mir doch sicher nicht erzählen, dass Ihr die Latrinenschütte vorziehen würdet?«

Die anderen Männer lachten. Selbst der sonst eher mürrische Sir John stimmte in das Gelächter ein. »Es wäre auf jeden Fall eine schnelle Abfahrt«, stimmte er mit einem Blick über die Mauer zu. »Darauf gebe ich Euch mein Wort.«

James schwieg und presste ärgerlich die Lippen zusammen.

»Aye, das wäre eine schnelle Abfahrt ... wenn auch etwas stinkig«, warf ein anderer der MacKenzie-Männer, Sir Alec, lautstark ein, aber der gutmütige Glanz in seinen Augen war für alle außer James ein Zeichen, dass seine Worte nur als harmloser Scherz gemeint waren.

»Das reicht.« Marmaduke bedachte sie alle mit einem kameradschaftlichen, aber unverkennbar warnenden Blick zum Schweigen.

»Es war nicht bös gemeint, junger Herr.« Alec knuffte James freundschaftlich in den Arm. »Wir sind nur alle noch ein bisschen aufgekratzt von heute Morgen.«

»Und der Tag ist noch nicht zu Ende. Eure Witzeleien werden die Latrinenschütte nicht verschließen.« Marmaduke blickte auf die dunklen Gewitterwolken, die sich am Horizont auftürmten, bevor er sich Ross zuwandte. »Bist du endlich mit dem zweiten Tau fertig?«

»Aye«, bestätigte der Highlander und versetzte dem Seil einen harten Ruck. »Es dürfte genügend Knoten für seinen Zweck haben und stark sein, um notfalls sogar einen Ochsen zu tragen.«

Marmaduke warf einen Blick durch eine der Zinnenöffnungen auf die zerklüfteten Felsen unter ihnen. Obwohl der scharfe Wind sein Haar peitschte und ihm gehörig um die Ohren pfiff, empfand er seine salzhaltige Kälte als angenehm.

Das kleine Boot des Eindringlings tanzte noch immer auf den schaumbedeckten Wellen, die gegen die Klippen schlugen. Von der Leiche des Angreifers war nichts mehr zu sehen.

Marmaduke wandte sich von der Mauer ab, schnallte seinen Schwertgurt auf und reichte ihn Sir John. Der vierte MacKenzie, Sir Gowan, half ihm beim Ablegen seines Kettenhemds. Nachdem er auch sein Unterhemd abgestreift hatte, warf er einen Seitenblick auf James.

Der junge Gutsherr spähte über die Mauer. »Ihr erwartet doch nicht etwa, dass ich an diesem Seil hinunterklettere?« Eine dunkle Röte begann in sein Gesicht zu steigen. »Ich … ich kann nicht schwimmen.«

»Das verlangt auch niemand von Euch«. beruhigte ihn Marmaduke, während er die Arme über den Kopf streckte und seine Finger krümmte. »Das zweite Seil brauchen wir, um den Lederbeutel und die Eisenplatte abzuseilen. Das andere werde ich zum Absteigen benutzen. Ihr und Ross braucht die Seile nur festzuhalten.«

»Er soll eins der Seile halten? Falls es das Eure sein sollte, fangt lieber schon einmal an zu beten.« Die schroffe Stimme kam aus dem Kreis von Männern, die sich in der Nähe versammelt hatten, und wurde fast augenblicklich von munterem Gekicher und Gelächter begleitet.

Die Keithschen Männer.

»... Euer Leben in die Hand zu nehmen, Strongbow, oder besser gesagt, es in seine Hände zu legen«, rief einer von ihnen, dessen dröhnende Stimme lautstark von dem dicken Stein der Mauer widerhallte.

Nachdem Marmaduke ihre Witzeleien mit einem finsteren Blick zum Verstummen gebracht hatte, kniete er sich auf das Kopfsteinpflaster, um den Lederbeutel und die Eisenplatte an das Ende des zweiten Seils zu binden.

»Haltet das gut fest«, sagte er zu Ross, bevor er das Seil und seine schwere Last über die Mauer warf. »Ich möchte keinen zweiten Versuch machen müssen.«

Grundgütiger, der bloße Gedanke an sein Vorhaben verursachte ihm Übelkeit.

Und das flaue Gefühl in seinem Magen verstärkte sich sogar noch, als er die Möglichkeit bedachte, dass James Keith möglicherweise nicht das nötige Durchhaltevermögen besaß, um sein Gewicht zu halten.

Aber er musste es riskieren.

Die erwartungsvollen Gesichter der Dunlaidirschen Ritter ließen ihm kaum eine andere Wahl.

Und da ihm also gar nichts anderes übrig blieb, als es zu tun, ging er zu der Stelle zurück, an der das erste Seil über den Rand derselben Laibung in der Mauer geworfen worden war, durch die an diesem Morgen schon sein Angreifer gefallen war.

Der Todesschrei des Mannes schallte noch durch seinen Kopf, als er das Tau in beide Hände nahm.

»Enttäuscht mich nicht«, sagte er und drückte das Ende des Seils ins James' Hände. »Ich bin noch nicht bereit, diese Welt schon zu verlassen.«

Dann, bevor seine nagenden Zweifel an James' Fähigkeiten ihn daran hindern konnten, schwang er sich über die Mauer. Sofort wurde er von heftigen Böen erfasst, unaufhörlichen Stößen salzhaltiger Luft, die gegen seinen nackten Rücken schlugen und ihm das Haar ins Gesicht peitschen ließen, was den gefährlichen Abstieg sogar noch beschwerlicher machte.

Unverwandt hielt er den Blick auf die senkrecht abfallende Felswand vor ihm gerichtet. Sogar der glitzernd nasse, dunkle Fels roch nach Salz und See, wobei er gleichzeitig einen fauligen, widerwärtigen Gestank verströmte, der nur etwas mit dem Zweck seines Abstieges zu tun haben konnte.

Als er sich dem Boden näherte, schossen Wolken schäumender Gischt auf und hüllten ihn in einen flimmernd weißen Nebel, der seine Haut benetzte und seine Arm- und Beinmuskeln kühlte, die von der Anstrengung schon schmerzten.

Endlich ertasteten seine Füßen das Felsgestein am Fuß des Kliffs, aber eine dicke Schicht dunklen Schlicks und glitschiger Klumpen Seegras, die zwischen den Felsen dahintrieben, machten die simple Aufgabe zu stehen, zu einer ernsthaften Herausforderung.

Zudem schlugen kalte Wellen gegen seine Kniekehlen, die es ihm noch schwerer machten, das Gleichgewicht zu halten. Der Lederbeutel und die Eisenplatte lagen in der Nähe, und die Latrinenschütte befand sich keine fünf Meter über ihm in den Felsen. Eine höhlenartige, tief in die Vorderseite des Kliffs geschlagene Nische schützte sie vor der Brandung.

An einem der größeren Felsen sicher festgebunden, hob und

senkte sich das kleine Fischerboot im turbulenten Takt des Wellengangs. Marmaduke, der es eilig hatte, seine Aufgabe zu erfüllen, stieß seinen Dolch fest in den lederbezogenen Rumpf des kleinen Bootes. Nachdem er ihm mehrere lange Schnitte beigebracht hatte, durchtrennte er den Strick, mit dem es festgebunden war, und sah zu, wie das kleine Boot allmählich in den Wellen versank.

Schließlich richtete er sich wieder auf und machte sich auf den Weg zur Felswand. Irgendjemand lange vor ihm hatte eine Vertiefung in den Fels gebrochen und vergrößert, was früher einmal eine natürliche Felsspalte gewesen sein musste. Eine Art Nische, die vor den schlimmsten Angriffen des Windes schützte, aber mit schwerer, dumpfer Luft gefüllt war.

Lang verrostete, aus den Rändern der Öffnung hinausragende Eisenstreben zeugten noch davon, dass an dieser Stelle irgendeine Art von Gitter einst den übel riechenden Weg aus – oder in – das Innere Dunlaidirs gesichert hatte.

Ekel und das beängstigende Wissen, unbedingt fertig werden zu müssen, bevor der Himmel seine Schleusen öffnete, verliehen Marmadukes Händen bemerkenswerte Geschicklichkeit.

Glücklicherweise stellte sich auch schnell heraus, dass die Eisenplatte perfekt in die Öffnung der Latrinenschütte passte.

Kein mordlustiger Schurke würde diese Schütte je wieder benutzen, um sich in die Burg zu schleichen.

Zumindest so lange nicht, bis er die Dame seines Herzens sicher auf der anderen Seite Schottlands wusste, glücklich daheim in seinem demnächst bezugfertigen, sehr viel besser bewachten und erheblich komfortableren Balkenzie …

Doch sehr viel näher als Balkenzie, und im Moment auch von erheblich größerer Bedeutung, war das Unwetter, das vor seiner Kletterpartie noch so weit entfernt gewirkt hatte, aber jetzt mit alarmierender Geschwindigkeit in seine Richtung zog. Die Luft um ihn herum knisterte, seine Haut begann zu prickeln, und die Härchen auf seinen Armen richteten sich auf.

Arme, die jetzt nicht mehr nur mit Schweiß und salzhaltiger Gischt bedeckt waren, sondern auch mit Kot und Jauche.

Und seine Hände sahen noch viel schlimmer aus.

Marmaduke schluckte und starrte auf die schaumbedeckten Wellen. Er hegte nicht den geringsten Zweifel, dass das kalte, aufgewühlte Wasser nicht nur reinigend, sondern auch sehr belebend sein würde.

Und schließlich hatte er sich ein Bad im Meer versprochen.

Hoch über ihm starrte James aus einer der Mauerlaibungen und beobachtete ihn. Seine gespannte Miene ließ keinen Zweifel daran offen, dass er sehen wollte, ob Marmaduke seine Prahlerei, ein Bad im Meer zu nehmen, wahrmachte.

Er würde den Boden, den er bereits bei James gewonnen hatte, verlieren, falls er es nicht tat. Und so traf er seine Entscheidung und sprang, bevor seine Vernunft die Oberhand gewinnen konnte, von dem schmalen Felsvorsprung ins Meer.

Er hatte nicht damit gerechnet, dass das wasser so eisig sein würde, sein Herz blieb beinahe stehen vor Schock. Eine starke Unterströmung drohte ihn auf die See hinauszuziehen, doch bevor sie ihn noch tiefer ziehen konnte, erfasste ihn eine noch mächtigere Gegenströmung von der Seite und warf ihn mehrfach herum, bevor sie ihn schließlich gegen eine unter dem Wasser verborgene Felsformation schleuderte.

Es gelang ihm, Kopf und Schultern dicht genug an die Oberfläche zu bringen, um sich an einem dieser Felsen festzuklammern, sich auf ihn hinaufzuschwingen und sich in Sicherheit zu bringen.

Seine Lungen schrien nach Sauerstoff, seine ganze rechte Seite schmerzte, und das Brennen des Salzwassers raubte ihm fast auch noch die Sehkraft seines rechten Auges, aber er hatte Wort gehalten.

Für eine lange Weile rührte er sich nicht und ließ das Wasser einfach nur an sich hinunterfließen. Dann holte er mehrere tiefe, kräftigende Atemzüge und füllte seine Lungen mit Sauerstoff, bevor er das Wasser aus seinem Haar schüttelte und sich mit beiden Händen über das Gesicht strich.

Mit sauberen Händen.

Und auch seine Arme waren wieder sauber.

Nicht die geringste Spur von Schmutz war mehr an seinem Körper zu sehen, und sein männliches Geschlechtsteil war so gründlich abgekühlt, dass nicht einmal das verführerische Bild seiner unbekleideten und bereitwilligen Herzensdame die Macht besaß, es zu erregen.

Für den Augenblick zumindest.

Seine Mundwinkel verzogen sich zu einem schiefen kleinen Lächeln.

Es wurde Zeit, sich einer weiteren Herausforderung zu stellen.

Einer, die unendlich mehr Selbstvertrauen erforderte, als in die kalte See zu springen.

Jetzt galt es herauszufinden, ob James Keith tatsächlich Manns genug war, ihm zu helfen, die steile Felswand zu erklimmen.

Und die Herrschaft über Dunlaidir zu führen, sobald er und die Dame seines Herzens zu seiner eigenen Festung aufgebrochen waren.

Kapitel 8

Zwei große Kerzen aus feinstem Bienenwachs und eine bronzene Öllampe, die an einer Kette von der Decke hing, beleuchteten die private Schlafkammer des verstorbenen Niall Keith. Caterine saß auf einem Hocker neben dem mit schweren Vorhängen versehenen Himmelbett, wagte kaum zu atmen und versuchte, das beängstigende Gefühl zu unterdrücken, dass irgendjemand, *irgendetwas*, sie aus der Dunkelheit beobachtete.

Tanzende blauschwarze Schatten erfüllten die Zimmerecken, in die der flackernde Kerzenschein und das schwache Licht der Öllampe nicht vordrangen.

Sie waren zweifelsohne düster und unheimlich, aber doch bestimmt nicht der Platz, an dem Gespenster sich ein Stelldichein gaben.

Der Gedanke beruhigte Caterine ein wenig, und sie atmete tief durch und entspannte ihre verkrampften Hände. Ihre innere Unruhe war genauso lächerlich wie Rhonas Aberglaube, Steine könnten weinen.

Der Raum enthielt nichts Beklemmenderes als Staub und abgestandene Luft.

Das Zimmer hatte ursprünglich als privater Wohnraum dienen sollen, aber ihr verstorbener Mann hatte es vorgezogen, innerhalb seiner mit Wandgemälden bedeckten Mauern zu nächtigen und es Caterine freigestellt, die Nächte in ihrem eigenen Schlafzimmer zu verbringen, einem sehr viel freundlicheren, wenn auch etwas kühleren Raum, dessen Fenster zur See hinausgingen.

Und obwohl sie sich jetzt nach dem Frieden ihres Schlafgemachs sehnte, widerstand sie dem Drang, dorthin zurückzukehren, und streckte eine Hand nach Leo aus, um ihn zu streicheln. Der kleine Hund lag zusammengerollt auf ihren Füßen, und sein Gewicht und seine Wärme spendeten ihr einen gewissen Trost in der beängstigenden Stille.

Eine bedrückende Stille, die nur vom Prasseln des an die Fenster schlagenden Regens und Sir Lachlans gelegentlichem Schnarchen unterbrochen wurde. Der verwundete Highlander ruhte friedlich in dem frisch bezogenen Bett, denn nach der Einnahme des schmerzstillenden Heilmittels, das Caterine eigens für ihn zubereitet hatte, war er in einen tiefen Schlaf gefallen.

Einmal hatte er schlaftrunken die Augen geöffnet, sie angelächelt und ein paar unverständliche Worte gemurmelt, umsogleich wieder in tiefe Träume zu sinken. Wenn die Heiligen ihr gnädig waren, würde er bald wieder daraus erwachen. Seine liebenswürdige Gesellschaft wäre eine willkommene Ablenkung von den unerfreulichen Erinnerungen, die sie quälten, seit sie die Schwelle dieses Zimmers überschritten hatte.

Sie streckte eine Hand aus und strich das Bettzeug des verletzten Ritters glatt. Da er absolut ruhig und gleichmäßig atmete und offensichtlich auch kein Fieber hatte, schien eine schnelle Genesung sichergestellt, und wenig anderes war von Bedeutung.

Am allerwenigsten Nialls Geist, der aus den dunklen Zimmerecken zu ihr hinüberspähte.

Und sie belächelte, weil es ihr gelungen war, ihn zu erregen.

Caterine runzelte die Stirn.

Niall war kein Ungeheuer gewesen. Nach dem ersten Jahr ihrer Ehe hatte er sich nicht einmal mehr darum bemüht, Liebesbeweise von ihr zu erhalten. Und er hatte sie nicht ein einziges Mal wegen ihrer Unfähigkeit, ihn zu erregen, gescholten.

Er hatte verstanden, dass ihr erster Kontakt mit der körperlichen Liebe ihr jegliche Bereitschaft genommen hatte, ihre Weiblichkeit weiter zu erforschen.

Selbst in jenen ersten zwölf Monaten hatte ihr verstorbener Mann Geduld bewiesen und ihr oft gestattet, sich in ihr eigenes Zimmer zurückzuziehen, mit der taktvollen Bemerkung, ihr nächster Besuch in seinem Bett werde sich sicher als erfolgreicher erweisen.

Aber dies war nie der Fall gewesen, und irgendwann hatte er aufgehört, sie rufen zu lassen.

Und nun, so kurz vor ihrer unmittelbar bevorstehenden neuen Ehe, schienen Nialls früheres Schlafgemach so von seiner Gegenwart durchdrungen, als wäre er noch immer anwesend.

Unruhig bewegte Caterine sich auf dem mit Gobelinstickerei bezogenen Hocker. Sie hatte ihn aus ihrem eigenen Zimmer mitgebracht, weil sie nicht in dem reich verzierten, unbequemen Lehnstuhl aus geschnitzter Eiche sitzen mochte, in dem Niall bei ihren anfänglichen Versuchen dessen, was er als eheliche Freuden zu bezeichnen pflegte, immer gesessen und ihr beim Entkleiden zugesehen hatte.

Fest entschlossen, ihn aus ihrem Bewusstsein zu verbannen, nahm sie Leo auf den Schoß, drückte ihn zärtlich an sich und richtete den Blick auf die drei mit kunstvollen Bogen versehenen Fenster der gegenüber liegenden Wand.

Im Gegensatz zu ihrem eigenen Gemach verfügte dieser Raum über Glasfenster. Kleine, runde, bleigefasste Scheiben von einer kaum wahrnehmbaren, opaken Farbe. Obwohl sie fast vollkommen undurchsichtig waren, waren sie dennoch ein Luxus.

Wie die dicken Felle, die den kalten Steinboden bedeckten. Eine Extravaganz, die Niall sich gestattet hatte, und die das Zimmer sehr viel wärmer machte als das ihre.

Warum konnte sie dann nicht aufhören zu frösteln?

Denn selbst die anheimelnde Hitze des Torffeuers im Kamin vermochte sie nicht aufzuwärmen.

Caterine presste die Lippen zusammen, um nicht mit den Zähnen zu klappern, und blickte zu dem Highlander hinüber. Er hatte sich auf die Seite gedreht und einen seiner kräftigen Arm über das Gesicht gelegt. Aber er schlief noch immer.

Erleichtert richtete sie den Blick wieder auf die Fenster. Die Abenddämmerung nahte, und das schwache Licht des stürmischen Nachmittags hatte sich verändert und verlieh dem milchigen Fensterglas ein selten helles Leuchten.

Die Haut an ihrem Nacken prickelte, denn die Farbe der Fensterscheiben ähnelte plötzlich dem blassen Grau der Augen ihres verstorbenen Mannes.

Augen, die sie aus dem regennassen Glas anstarrten!

Hunderte von Nialls Augenpaaren.

Ihr Herz begann wie wild zu pochen, ein erstickter Schrei stieg in ihrer Kehle auf und blieb dort stecken, als sich das Bild veränderte. Aus den silbernen Rinnsalen des Regens wurden Tränen und die vielen sie anstarrenden Augen waren plötzlich ihre eigenen.

Das laute Krachen eines Donnerschlags erschütterte den Raum und ließ die zerbrechlichen Fensterscheiben klirren, woraufhin Leo von ihrem Schoß sprang und Zuflucht unter dem mächtigen Himmelbett suchte.

Das nachhallende Grollen des Donners vertrieb glücklicherweise auch die beängstigenden Bilder.

Die drei hohen Fenster sahen wieder aus wie immer, und nichts als eine feine Staubschicht und eine bedauernswerte Ansammlung von Schmutz waren auf ihren milchigen Glasscheiben zu erkennen.

Ein heftiges Erschauern durchlief Caterines Körper bis hinunter zu ihren Zehen. Erstaunlicherweise schlief der junge Highlander weiter, in seliger Ahnungslosigkeit des Unwetters, das draußen wütete, und zum Glück auch ohne etwas von *dem Sturm* zu wissen, der in Caterines Brust toste.

Nur Leo spürte ihre Beklemmung. Er spähte unter dem Bett hervor zu ihr hinüber, und der Ausdruck seiner runden Augen schien fragend und ein Mitgefühl ausdrückend, das sie nicht wollte. Nicht einmal von ihrem lieben kleinen Leo.

Sie allein rief ihre Albträume hervor, und sie allein würde sie besiegen.

Um es sich zu beweisen, wandte sie sich um und richtete den

Blick auf Nialls eichenen Lehnstuhl. Sollte irgendetwas in dem Zimmer sie verspotten wollen, dann würde es dieses Ungetüm von Sessel sein.

Doch der leere Sessel blieb ganz still.

Still und harmlos.

Eine klobige Masse dunklen Holzes in der fernsten Ecke, gut verborgen in den Schatten.

Kein Bild eines alternden Ehemannes, der mit besorgtem, hoffnungsvollem Blick in diesem Sessel saß, erschien vor ihr, um sie zu quälen.

Ihr Puls beruhigte sich ein wenig, und sie wollte sich gerade abwenden, als das flackernde Licht der Öllampe ganz plötzlich aufloderte. Wie gebannt beobachtete Caterine, wie sich der sanfte Schein der Lampe bis in die dunkle Ecke ausdehnte, um sich mit dem Echo längst vergangener Tage und Nächte zu vermischen und in dem massiven Eichensessel urplötzlich zum Leben zu erwachen.

Aber es war nicht Nialls Gestalt, die ihre Fantasie heraufbeschworen hatte.

Es war *seine*.

Die ihres Beschützers.

Und er trug seinen pelzbesäumten Umhang – aber nichts darunter!

Ein muskulöses Bein hatte er über die Sessellehne gelegt, und mit der rechten Hand hob er einen mit prachtvollen Edelsteinen besetzten Kelch an seine Lippen. Der Umhang stand vorne ein wenig offen, seine schweren Falten teilten sich gerade weit genug, um ihr einen verführerischen Blick auf seinen durchtrainierten Körper in seiner ganzen männlichen Pracht und Schönheit zu gestatten.

Denn es war der *stolzeste* Teil von ihm, den der offen stehende Umhang ihr enthüllte.

Wirklich sehr bemerkenswerte männliche Attribute, in höchster sinnlicher Erregung.

Und so imponierend, wie seine Männer bereits scherzhaft angedeutet hatten.

Caterine schluckte, ihr Herz schlug schneller.

Wirklichkeitsgetreuer, lebendiger, vollständiger als ein Traumbild sein dürfte, trank der Engländer langsam einen Schluck Wein und prostete dann mit dem Kelch stumm jemandem zu, den Caterine nicht sehen konnte. Sein Gesichtsausdruck offenbarte eine tief empfundene Emotion, die sie allerdings nicht näher definieren konnte, weil sie einen solchen Ausdruck noch nie auf dem Gesicht eines Mannes gesehen hatte.

Und doch war es ein Ausdruck, den ihr Herz erkannte, auch wenn ihr Verstand sich weigerte, ihn zu benennen.

Ein Ausdruck grenzenloser Verehrung.

Ein Ausdruck der *Liebe*, hell und rein und wahr.

Etwas, an dessen Existenz sie gezweifelt hatte, und von dem sie zu glauben versucht sein könnte, es sei möglich ... wenn sie einen Mann aus Fleisch und Blut vor sich hätte und nicht in die finstersten Winkel ihrer eigenen Seele blicken würde.

Dort, wo ihre geheimsten Wünsche verborgen waren.

Eine ungestüme Leidenschaft erfasste sie, ein Verlangen, das so intensiv war, dass es beinahe körperlich schmerzte. Ihre Kehle wurde unangenehm eng, selbst als der Rest von ihr ganz weich und warm zu werden schien.

Doch ein weiterer mächtiger Donnerschlag und ein silberner Blitz, der über den schwarzen Himmel zuckte, zerstörten auch dieses Bild, und dann, als wollten die tobenden Elemente sie verhöhnen, schien das Unwetter den Atem anzuhalten, und es wurde so still, dass sie das heftige Pochen ihres eigenen Herzens hören konnte.

Das und ein leises Grollen, das zu nahe war, um es dem nachhallenden Donner zuzuschreiben.

Nein, kein Grollen ... ein Knurren.

Und als ihr endlich die Erkenntnis dämmerte, war Leos Knurren schon zu dem für den kleinen Hund typischen hellen Kläffen angeschwollen. Mit gesträubten Nackenhaaren sauste das Tier unter dem Bett hervor, um sich auf die Tür zu stürzen, und erreichte sie im selben Augenblick, als sie sich öffnete und den Blick auf *ihn* freigab.

Mit wild gefletschten Zähnen stürzte Leo sich auf Marmadukes Knöchel. Sein schrilles Bellen erreichte ein ohrenbetäubendes Niveau, nur um dann jählings zu verstummen, als der hoch gewachsene englische Ritter sich umwandte, um einen strengen Blick auf ihn zu richten.

Jaulend flitzte Leo unter das massive Bett zurück. Noch immer ganz durcheinander, hätte auch Caterine am liebsten aufheulend die Flucht ergriffen, aber ihre Glieder waren schwer wie Blei und weigerten sich, ihr zu gehorchen, und ihre Kehle fühlte sich an, als wäre sie mit Wolle voll gestopft.

Lachlan stöhnte leise auf und warf sich auf dem Bett herum, und die Ablenkung verschaffte ihr die nötige Zeit, um sich zu sammeln. Sie räusperte sich. »W-was tut Ihr hier?«, fragte sie ihren Beschützer.

»In dieser Kammer oder unter Eurem Dach?«

Mit selbstbewussten Schritten trat er vor und schien mit seiner breitschultrigen Präsenz förmlich das ganze Zimmer auszufüllen.

Caterine schluckte, und ihr Herz begann wie wild zu pochen.

Das Kerzenlicht spiegelte sich in der dichten Mähne seines dunklen Haars und fiel auch auf die breite Fläche seiner muskulösen Brust, doch da der flackernde Lichtschein sein Gesicht nicht erreichte und seine Züge somit halb im Dunkeln lagen, wurde es für Caterine geradezu beklemmend deutlich, was für ein gut aussehender Mann er einst gewesen war.

Sie erhob sich von ihrem Hocker und wunderte sich, dass ihre Beine sie noch trugen. Lieber Himmel, ihre Knie zitterten! Nein, sie *klapperten*. »Ich ...« Errötend brach sie ab.

»Ich weiß, was Ihr gemeint habt.« Er legte seine Hände auf ihre Schultern und warf einen Blick zu der dunklen Öffnung zwischen den schweren Bettvorhängen. »Ich kam, um zu sehen, ob mit Lachlan alles in Ordnung ist. Man sagte mir, es gehe ihm gut und er schliefe, aber ich wollte mich lieber persönlich davon überzeugen.«

»Oh.« Caterine blinzelte.

Noch nie in ihrem Leben war sie sich dümmer vorgekommen.

Er war natürlich hergekommen, um nach seinem Mann zu sehen!

Dann sah sie das humorvolle Zwinkern in seinem gesunden Auge.

Er nahm ihre Hand und zog sie an seine Lippen. »Ich bin aber auch gekommen, um Euch zu sehen«, sagte er, als er sie wieder freigab.

Eine wahre Flut angenehmer Gefühle durchströmte sie.

Um ihre Unsicherheit zu überspielen, deutete sie mit der Hand auf ein Tablett mit gebuttertem Brot und geröstetem Seetang, aus dessen wohl schmeckenden Stängeln sich eine pikante Speise zubereiten ließ. »Mein Stiefsohn brachte mir vorhin eine Kleinigkeit«, sagte sie und zuckte innerlich zusammen, als er mit skeptisch erhobener Augenbraue das eher magere Angebot betrachtete.

»Eine bescheidene, aber sättigende Kost«, stellte sie hoch erhobenen Kopfes fest. »James sagt, Ihr würdet ohnehin nur kurze Zeit bei uns bleiben«, fügte sie dann hinzu, plötzlich von dem unkontrollierbaren Drang erfasst, einer Sorge Ausdruck zu verleihen, die ihr keine Ruhe ließ, seit James ihr berichtet hatte, was er den Gesprächen der MacKenzie-Männer entnommen hatte.

Sir Marmaduke runzelte die Stirn. »Mir scheint, der junge James braucht mindestens ebenso dringend Unterricht im Wiedergeben von Worten, wie er seine Fechtkunst üben muss.«

»Es stimmt also nicht, was er sagt?« Das Ausmaß ihrer Erleichterung überraschte sie. »Ihr habt gar nicht vor, Dunlaidir zu verlassen?«

Er blickte an ihr vorbei zu dem Mann im Bett. Lachlan schlief noch immer. »Ich werde Euch nicht belügen«, sagte er nach einer Weile und verschränkte seine Arme vor der Brust. »Es stimmt, was Euer Stiefsohn sagte, aber ich vermute, er hat es etwas ungeschickt ausgedrückt.«

Caterines Erleichterung verflog, sie war so kurzlebig gewesen wie die Funken, die dann und wann vom Torffeuer aufsprühten. Ihre eigenen Pläne, die Sicherheit Dunlaidirs – *alles* wirbelte um sie herum und fiel ihr krachend vor die Füße, um in tausend Scherben zu zerbrechen.

Er hatte vor, sie zu verlassen.

Ihr seinen Namen zu geben und sie dann zu verlassen.

Ein Name allein würde Hugh de la Hogue jedoch nicht abschrecken, nicht ohne den diesen Namen tragenden Mann und sein Schwert.

»Ihr hattet Euch bereit erklärt, mich zu beschützen und uns mit Euren kriegerischen Fähigkeiten zu unterstützen«, sagte sie schließlich, mit einer Stimme, in die sie so viel Stolz wie möglich zu legen versuchte.

»Ja, das habe ich versprochen«, stimmte er ihr zu. »Unsere kriegerischen Fähigkeiten dieser Burg zu leihen.«

Eine beklemmender Verdacht beschlich sie, dessen Gewicht auf ihre Schultern drückte wie ein viel zu schwerer Umhang. »Ich verstehe«, sagte sie und wandte den Blick ab, um das Fenster anzustarren. Es wurde draußen langsam dunkel, und die flackernden Kerzen spiegelten sich in den Fensterscheiben wider. »Eure Fähigkeiten und die Eurer Männer sind also gewissermaßen nur … eine Leihgabe.«

Marmaduke unterdrückte einen Fluch, der finster war wie die anbrechende Nacht draußen vor dem schmalen Fenstern. »Das ist eine etwas schmucklose Art, es auszudrücken, Mylady«, sagte er und unterdrückte das in ihm aufkeimende Bedürfnis, ihren Stiefsohn zu erwürgen.

Sie richtete den Blick auf ihn, und ihre dunkelblauen Augen

schimmerten im weichen Licht. »Als was würdet Ihr es dann bezeichnen?«

Während er sich nach der Tür umschaute, die er bewusst einen Spalt breit offen gelassen hatte, suchte Marmaduke nach Worten, da er ausnahmsweise einmal auf Anhieb keine fand. Seine vielgerühmte Zungenfertigkeit hatte ihn im Stich gelassen. Ein einziger Blick auf den Ansatz der Brüste seiner neuen Herzensdame, der ob ihres tief ausgeschnittenen Kleides deutlich zu erkennen war, hatte seine übliche Beredsamkeit verstummen lassen.

Das Plaid, das sie über ihren Schultern trug, war verrutscht und offenbarte gerade genug zarte, cremefarbene Haut, um Bedürfnisse in ihm zu wecken, die er lieber unter Kontrolle hielt ... oder für den Augenblick zumindest jedenfalls.

Sehr viel unaufmerksamer, als ihm lieb war, nahm er ihr Kinn sanft zwischen Daumen und Zeigefinger. »Euch unsere Kraft nur zu leihen, bedeutet nicht, dass wir schon Morgen gehen werden«, sagte er ruhig. »Ich bin weit geritten, um Euch zu beschützen, und weiß die Gemeinheit Eurer Feinde sehr gut einzuschätzen, genau wie meine Männer. Wir werden nicht eher fortgehen, bis diese Festung wieder gegen jede Art von Angriffen gesichert ist. Das schwöre ich Euch.«

Sie senkte den Blick und scharrte mit der Fußspitze über eins der Felle auf dem Boden. Die Geste erinnerte ihn an ihre Schwester, die an dem Morgen, als sie ihm ihre absurde Bitte vorgetragen hatte, in der Kapelle von Eilean Creag auf ähnliche Weise mit dem Fuß über den Boden gescharrt hatte.

Eine kurze, aber angenehme Wärme durchflutete Marmaduke. Mit dem Fuß zu scharren war etwas, was auch Linnet MakKenzie tat, wann immer irgendetwas sie wahrhaftig quälte.

Etwas Wichtiges.

Es war eine Angewohnheit, die Marmaduke immer sehr rührend fand.

Und so nahm er die Hand von Caterines Kinn, verschränkte die Hände hinter seinem Rücken und bemühte sich, eine ernste

Miene zu bewahren. »Was ist es, was Euch beunruhigt, Gnädigste?«

Das Scharren endete abrupt.

Mit ernster Miene schaute sie zu ihm auf. »Es hat nichts mit mir zu tun, dass ich ...« Sie brach ab, um sich zu räuspern. »Als Ihr herkamt, wart Ihr Euch unserer Zwangslage bewusst, und dennoch glaubt Ihr, Eure Rolle zu erfüllen, wenn Ihr mir Euren Namen gebt und uns dann wieder verlasst, damit wir schließlich genauso schutzlos dastehen wie zuvor?«

»Habt Ihr nicht mein Versprechen gehört, dass diese Burg stark genug sein wird, um jeder Bedrohung standzuhalten, bevor wir sie verlassen?« Er suchte ihren Blick und ließ ihn nicht mehr los. »Ich breche mein Wort nicht.«

Sie schien darüber nachzudenken, doch die kleine Furche zwischen ihren Brauen ließ sie alles andere als überzeugt erscheinen. »James ist nicht stark genug, um auf sich selbst gestellt zu sein, und die in unserer Garnison verbliebenen Männer sind von zu kleiner Zahl, um auch nur erwähnenswert zu sein. Unsere Pächter und Leibeigenen, die bisher noch nicht geflohen sind, sind demoralisiert. Sie sind es leid, sich mehr schlecht als recht und ohne unsere Unterstützung ihren Lebensunterhalt verdienen zu müssen.«

Sie wandte sich ab und zog ihr Wollplaid wieder etwas höher über ihre Schultern. »Wir haben nicht einmal genügend Vorräte, um die Bewohner dieser Burg anständig zu ernähren, und schon gar nicht, um auch noch die Dorfbewohner zu unterstützen, die in der Vergangenheit immer auf unsere Hilfe angewiesen waren.«

Marmaduke verzog einen seiner Mundwinkel zu einem schiefen Lächeln, löste seine verschränkten Hände und entkrampfte seine Finger. Solche Probleme ließen sich mühelos beheben. Er war in all den Jahren schon mit größeren Herausforderungen konfrontiert worden und hatte jede einzelne gemeistert.

Die meisten, berichtigten ihn seine Dämonen.

Marmaduke ignorierte sie und drehte Caterine sanft zu sich herum, um sie ansehen zu können.

»Das sind Probleme, die wir lösen können und lösen werden«, versicherte er ihr und legte seine Hände sacht auf ihre Schultern. »Jedes einzelne von ihnen. So wie ich geschworen habe, Euch den Schutz meines Namens zu geben, so gebe ich Euch auch meinen heiligen Eid darauf ...«

»Falls Ihr tatsächlich solche Leistungen vollbringen könnt, was ich fast nicht glauben kann«, unterbrach sie ihn zweifelnd, »erscheint das bloße Tragen Eures Namens mir doch ziemlich unerheblich.«

Sie hielt inne und bückte sich, um ihren Hund zu streicheln. Der Kleine war aus seinem Versteck herausgekrochen und drückte sich an ihre Beine. »Nein, Sir, Euer Name allein wird mir nicht helfen«, sagte sie, als sie sich wieder aufrichtete. »Und schon gar nicht, wenn Ihr erst mit Euren Männern abgezogen seid.«

»Mit Eurer Einschätzung meiner Person liegt ihr falsch. Ich würde mich niemals so verhalten, wie Ihr es annehmt«, sagte Marmaduke und war sich dabei des unverwandten Blicks des kleinen Hundes voll bewusst.

»Nein?«

Marmaduke schüttelte den Kopf. »Mögen die Heiligen mich auf der Stelle niederstrecken, wenn es so wäre, wie Ihr glaubt.«

»Aber Ihr gebt zu, dass Ihr die Absicht habt, Dunlaidir schon in Kürze wieder zu verlassen. James erwähnte etwas von Yuletide ...« Marmaduke brachte Caterine zum Schweigen, indem er sanft mit zwei Fingerspitzen über ihre verführerischen weichen Lippen fuhr.

»Meine Absicht war und bleibt das genaue Gegenteil von dem, was Ihr vermutet«, sagte er und schenkte ihr sein ganz spezielles Lächeln.

Ein Lächeln, das er in den letzten Jahren sehr sorgfältig geübt hatte.

Ein Lächeln, von dem er wusste, dass es seine Grübchen offenbarte.

»James hat richtig gehört«, bestätigte er dann und berührte ihre Wange. »Nichts wäre mir lieber, als zu Weihnachten daheim zu sein ... mit Euch an meiner Seite. Und nicht nur als die Frau, die meinen Namen trägt, sondern als meine wahre Braut.«

»Eure wahre Braut?«

»Auf jeden Fall«, sagte er, und ihr Herz begann wie wild zu pochen. »Und in jeder Hinsicht.«

☆ ☆ ☆

»... ihn mit allen Mitteln aus dem Weg räumen«, ereiferte sich einer der Dunlaidirschen Ritter zur selben Zeit im großen Burgsaal. »Dieser gemeine Schuft verdient es nicht zu leben«, fügte er hinzu, während er mit dem stumpfen Ende seines Messers auf dem Tisch herumhämmerte, um jedem seiner wütend hervorgestoßenen Worte Nachdruck zu verleihen.

»Wir sollten ihn aufknüpfen und baumeln lassen, bis der Wind durch seine Knochen pfeift!«, warf ein anderer Mann, dessen Zorn in der verrauchten Luft des Saals fast greifbar war, von einem der anderen Tische ein.

Am Ende des Tischs, der dem bogenförmigen Eingang zur Wendeltreppe am nächsten stand, saß mit gelassener Miene ein bejahrter, schwarz gekleideter Priester, Pater Thomas, der sehr viel interessierter daran schien, Seetangbrei auf eine gebutterte Brotscheibe zu streichen, als auf das immer lauter werdende Murren und Fluchen der Männer zu achten.

Als er seine Bemühungen erfolgreich zu Ende gebracht hatte, wandte er sich dem Mann zu seiner Rechten zu, dem Highlander Sir Gowan. »Gott dem Herrn sei gedankt dafür, dass Ihr hier seid«, sagte er. »Mit Eurer Hilfe werden die Leiden, die Sir Hugh den Menschen hier in dieser Gegend zugefügt hat, vielleicht bald nichts anderes mehr sein als eine böse Erinnerung.«

»Ha!« Etwas weiter unten am Tisch stieß Sir John ein Schnauben aus, das beredter war als Worte, und schwenkte warnend einen Finger. »So leicht wird dieser Schuft nicht auszuschalten sein. Er hat sich schließlich nicht umsonst einen so schlechten Ruf erworben. Er ergötzt sich daran, Menschen zu vernichten, und er hat genug bewaffnete Handlanger, um uns allesamt ins Grab zu bringen.«

»Umso mehr Grund für uns, froh zu sein, dass wir die MacKenzies auf unserer Seite haben«, entgegnete Pater Thomas und wandte seine Aufmerksamkeit wieder seinen Broten zu.

Ein unbehagliches Schweigen entstand im Saal und breitete sich aus, bis Sir Ross sich halb von seiner Bank erhob und seinen Bierkrug in die Höhe hielt. »Einen Toast!«, rief er mit dröhnender Stimme aus. »Lasst uns einen Toast darauf ausbringen, dieses Land von Sir Hugh und seinesgleichen zu befreien, und trinken wir auf Strongbow und seine neue Herzensdame!«

Begeisterte Beifallskundgebungen wurden laut, Stimmen erhoben sich, um Trinksprüche auszubringen, und der Radau wurde durch das Trommeln der Fäuste auf die langen Tische und das laute Poltern wild stampfender Füße ohrenbetäubend.

»Möge Gott ihm gnädig und diese Verbindung glücklicher als seine letzte sein!«, schrie Sir Gowan und schwenkte seinen Bierkrug durch die Luft.

»Ehrwürden!«, erhob sich eine andere Stimme über das Geschrei. »Wann wird das Paar getraut?«

Das Stimmengewirr verebbte, als alle Blicke sich fragend auf den alten Priester richteten. »In einer Woche«, antwortete Pater Thomas mit vollem Mund. »In sieben Tagen.«

Das Getöse und Gejohle erklang erneut, die Männer überboten sich gegenseitig mit gut gemeinten Beifallsrufen und auch einigen anzüglichen Scherzen.

Dann schlug die Stimmung allerdings wieder um, und die Männer wurden wieder zornig.

»... gehörig mit ihm abrechnen!«

»... Henker mit einer scharfen Axt!«

»... ihn an allen vieren in Ketten legen!«

Und als das Geschrei schließlich seinen Höhepunkt erreichte und der Zorn der Männer keine Grenzen mehr zu kennen schien, erhob sich ein Mann und verließ den Saal.

An der Tür zu der Außentreppe wandte er sich noch einmal zu dem Tumult um, den er hinter sich zurückgelassen hatte ... und lächelte.

Diese herumzeternden Angsthasen und ihr albernes Geschwafel hatten ihm endlich brauchbare Neuigkeiten geliefert, die er weitergeben konnte.

Brauchbare, *wertvolle* Neuigkeiten.

Sehr zufrieden mit sich, warf er sich seinen Umhang um die Schultern und trat in die feuchte, kalte Nacht hinaus.

Kapitel 9

In jeder Hinsicht.

Hitze durchflutete Caterines Brust, die wie zugeschnürt war, und ihr Herz begann wild zu pochen.

»Ich kann nicht mit Euch gehen«, stieß sie hervor und vermied damit bewusst den beunruhigendsten Teil des Geständnisses des Engländers, er begehre sie als seine wahre Braut. Ihr schwirrte der Kopf, und verzweifelt suchte sie nach Ausflüchten. »Ich werde hier gebraucht. Diese Burg ...«

Irgendetwas an der Art, wie er sie ansah, ließ sie jäh verstummen. Gefesselt von dem merkwürdigen Zauber, den er auf sie ausübte, blieb sie schweigend stehen, als er eine Hand an ihre Wange legte.

Während er ihr unablässig in die Augen sah, strich er mit dem Daumen sanft über ihr Kinn. »Diese Burg braucht dringend eine strenge Hand«, schloss er mit betörend sanfter Stimme. Sanft und glatt und warm und überaus bezwingend. »James könnte sie durchaus halten, wenn Ihr ihm erlauben würdet aufzuhören, sich hinter Euren Röcken zu verstecken.«

»James ...« Sein Daumen glitt so sacht über ihre Unterlippe, und ihre Einwände verflogen, verdrängt von einem tief empfundenen Seufzer.

Einem Seufzer, den sie ebenso wenig in Abrede stellen konnte wie das viel zu schnelle Pochen ihres Herzens.

»Euer Stiefsohn ist nicht der einzige Grund, warum ich Euch bitten möchte, mich zu begleiten.« Er blickte ihr tief in die Augen und hielt ohne die geringste Mühe ihren Blick gefesselt. »Denkt Ihr, ich hätte keine Bedürfnisse, Mylady? Glaubt ihr wirklich, ich könnte Euch heiraten und *nicht* wünschen, Euch zu besitzen?«

Caterine schluckte. »Ein s-solches Arrangement war nie beabsichtigt«, stammelte sie, betört von der unerhörten Intimität ihres engen Beieinanderstehens, bezaubert von der Art, wie seine bloßen Worte allein sie zu umarmen schienen.

Er war in der Tat ein Zauberer, denn schon seine Nähe versetzte sie in einen magischen Kreis erwachender Sehnsüchte, die vermessen genug waren, sie glauben zu lassen, seine Berührung könnte vielleicht die Dunkelheit in ihrem Herz erhellen.

Ihre schlimmsten Ängste herausfordern ... und sie bezwingen.

Während er sie noch eingehend betrachtete, rieb er sich das Kinn, und der Kerzenschein fiel auf den prachtvollen Rubin an seinem Siegelring. Der große Edelstein sprühte rotes Feuer und beschwor sofort den juwelenbesetzten Kelch herauf, den er zum Toast erhoben hatte, als sie sich ihn in ihrer Fantasie in Nialls Sessel sitzend vorgestellt hatte.

Hitze schoss in ihren Nacken.

Sie zwang sich, seinen Blick zu erwidern, und tat ihr Bestes, um den blinkenden Rubin zu ignorieren. »Eine wahre Ehe hatte niemand im Kopf, als man hinter meinem Rücken den Plan schmiedete, Euch nach Dunlaidir zu schicken.«

Er zog eine Augenbraue hoch. »Seid Ihr Euch da sicher?«

Caterine nickte.

»Manchmal kennen andere uns besser, als wir uns selbst kennen, Mylady.«

»Linnet und ihr Mann kennen mich gut genug, um mich keinem ... Engländer zu versprechen.«

»Ach ja?« Sehr sachte ließ er seine Fingerknöchel über ihre Wange gleiten. »Denn eigentlich waren *sie* es, die den Vorschlag machten, ich sollte Euch wirklich und wahrhaftig und nicht nur dem Namen nach zu meiner Gattin machen.«

Caterine sog scharf die Luft ein. »Dann habt Ihr meine Schwester mit Eurem Charme verhext.«

»Nein, die gute Lady Linnet hat mich verhext«, erwiderte er lächelnd. »Wenn ich gewusst hätte, dass ich eine ihrer Schwestern derart reizvoll finden würde, wäre ich schon Jahre zuvor hierher gekommen, um Euer Herz zu erobern.«

»Wie Ihr Arabellas erobert habt?« Die Frage entschlüpfte ihr, bevor ihr überhaupt bewusst wurde, dass sie die Worte ausgesprochen hatte.

Verlegen versuchte sie, sich von ihm abzuwenden, aber wieder legte er seine Finger unter ihr Kinn, und sein fester Griff ließ ihr gar keine andere Wahl, als seinen prüfenden Blick zu erwidern.

Sein Gesicht war ein wenig blasser geworden, und sein Kinn erschien ihr plötzlich kantiger, aber nichts an seinem Ausdruck ließ auch nur einen Anflug der Verstimmung, die sie eigentlich erwartet hatte, erkennen.

»Ja, ich würde Euch in der Tat sehr gerne so umwerben, wie ich es bei Arabella getan habe«, sagte er, und seine Stimme wurde noch ein bisschen tiefer als gewöhnlich. »Und ich würde auch gern mit Euch über Eure Schwester sprechen ... und Euch erzählen, warum ich sie verehre.«

Er warf einen Blick zur Tür. Sie stand noch immer offen. »Doch vorher möchte ich ein paar ungestörte Worte mit Euch wechseln.«

»Ungestörte Worte?«, wiederholte sie, noch immer ganz verwirrt von seiner Nähe und der merkwürdigen Unruhe, die der Name Arabella tief in ihrem Innersten erzeugte.

»Vielleicht hätte ich besser sagen sollen, in ungestörter Umgebung.« Er wandte sich in Richtung Tür und vertraute anscheinend darauf, dass sie ihm folgte.

Und zu seiner großen Erleichterung tat sie es auch.

Marmaduke verschloss seine Ohren vor dem ätherischen Wispern, das mit ihrer Erwähnung von Arabellas Namen begonnen hatte, und trat auf den von Fackeln erhellten Gang hinaus, froh, die Schlafzimmertür schließen zu können und damit die Erinnerungen an vergangene Sommer und längst vergangene Nächte voller Glück hinter sich lassen zu können.

Der Duft seiner neuen Angebeteten umspielte ihn, und seine frische, saubere Leichtigkeit vertrieb das Dunkel eines anderen, längst vergangenen Aromas und durchflutete ihn mit dem ganzen Wunder eines strahlend hellen neuen Tages.

Eines neuen Lebens, hoffte er.

Sie sah ihn an, ihre saphirblauen Augen voller Fragen, ihre zarten, cremefarbenen Wangen von einer leisen Röte angehaucht. »Werdet Ihr mir von ihr erzählen?«, fragte sie so leise, dass die Worte über den Wind, der an den geschlossenen Fensterläden des Gangs vorbeipfiff, fast nicht zu verstehen waren. »Mir sagen, wer sie war?«

Marmaduke nickte, da seine Kehle viel zu eng war, um zu sprechen, und plötzlich spürte er, wie die eisernen Bänder um sein Herz sich noch fester zusammenzogen und dann jäh zersprangen.

In zwei verschiedene Richtungen gezerrt.

Eine schön und dunkel, aber so kalt wie die See, die gegen Dunlaidirs Felsen schlug; die andere nicht weniger schön, aber überflutet von all dem goldenen Licht und der ganzen Wärme eines Sonnenaufgangs.

Das pulsierende Leben, und es rief ihn lauter als das rasch verblassende Echo einer anderen Zeit.

Die Liebe einer anderen Frau.

»Aye, ich werde Euch von ihr erzählen«, zwang er sich zu sagen, »aber nicht auf diesem Gang.«

»Wo dann?« Sie legte ihren goldenen Kopf zur Seite, und ihr Umhang öffnete sich dabei gerade weit genug, um ihn mit einem weiteren süßen Blick auf den Ansatz ihrer Brüste zu verlocken, die üppig genug waren, um ihm seine gewohnte Eloquenz zu stehlen.

»Habt Ihr einen Spion?«, hörte er sich fragen, und die etwas dumm klingende Frage entschlüpfte ihm, bevor er sein Anliegen besser formulieren konnte.

Er war kurz davor, sein Gesicht zu verziehen, als ihm jäh seine Narbe einfiel. Caterine sah ihn auch schon etwas befremdet an und zog verwirrt die Brauen hoch.

Eine Grimasse zu schneiden und sein Gesicht damit noch mehr zu entstellen, würde Caterine vollkommen verunsichern.

Sie blinzelte. »Einen Spion?«

»Einen Burgherrn-Lugaus. Eine Maueröffnung, durch die man in den Burgsaal blickt«, erklärte er. »Einen geheimen Ort, an dem wir ungestört miteinander reden können und vor neugierigen Augen und Ohren sicher sind.«

Einen sicheren Ort für ein geheimes Stelldichein, an dem ich Euch mein Herz ausschütten kann und wo die Dunkelheit meinem entstellten Gesicht vielleicht ein bisschen schmeicheln wird.

Und meine Dämonen von mir fernhält.

»Es gibt da einen«, sagte sie nach kurzem Zögern. »Er befindet sich in der Mauer an der Musikantengalerie und ist nur über eine verborgene Treppe zu erreichen.«

»Dann lasst uns dort hingehen.« Marmaduke wollte umkehren, doch sie hielt ihn mit einem überraschend festen Griff um seinen Arm zurück.

Statt ihm jedoch einen Grund dafür zu nennen, befeuchtete sie nur ihre Lippen, ließ seinen Arm los, als hätte sie sich daran verbrannt, verschränkte ihre Hände und blickte ihn unter gefurchten Augenbrauen an.

Auf seine schier unerschöpfliche Geduld vertrauend, die schon so manchen Menschen in Harnisch gebracht hatte, lehnte Marmaduke sich mit einer Schulter an die Wand und verschränkte seine Arme.

Dann wartete er.

»Ich weiß, dass dies gefährliche Zeiten sind«, sagte sie mit ein wenig atemloser Stimme. »Aber ich sehe keine Notwendigkeit, dieses winzige Kämmerchen aufzusuchen, um ein vertrauliches Gespräch zu führen.«

»Ich würde dennoch gern dorthingehen«, sagte Marmaduke und stieß sich von der Wand ab.

Sie runzelte die Stirn.

Unter den Säumen ihrer Röcke erschien die Spitze ihres Schuhs, mit der sie nervös über die Steinplatten des Gangs zu scharren begann.

Marmaduke überkreuzte nun auch seine Beine.

Caterine errötete noch ein wenig mehr. »Die Tür zu dem geheimen Gang befindet sich im Vorzimmer meines Schlafgemachs«, sagte sie und offenbarte ihm damit endlich den wahren Grund für ihr Zögern, mit ihm dorthin zu gehen.

»Das macht nichts«, erwiderte er und versuchte, angesichts des Vorteils, den ihr Eingeständnis ihm verschaffte, eine ernste Miene zu bewahren.

Insbesondere, da er sich bereits vorgenommen hatte, von heute Abend an jede Nacht in ihrem Vorzimmer zu schlafen.

Und in einer Woche in sogar noch größerer Nähe zu ihr.

»Aber ...«

Marmaduke schüttelte den Kopf, und seine eiserne Entschlossenheit bremste ihren Protest so gründlich, als hätte er ihr die Worte aus dem Mund genommen.

»Kommt«, sagte er und sprach ein wenig lauter, um sich über das Klappern der Fensterläden verständlich zu machen. »Ihr könnt Euch darauf verlassen, dass ich ein enges, geheimes Kämmerchen nicht aufsuchen würde, um ein paar Worte mit Euch zu wechseln, wenn ich diese Vorsichtsmaßnahme nicht für nötig hielte.«

Auf seine Fähigkeit vertrauend, ihr Vertrauen zu gewinnen, ignorierte er den Protest in ihren Augen – ein nicht sehr schmeichelhaftes Zögern, das er lieber übersah –, und reichte ihr die Hand.

»Kommt«, wiederholte er.

Langsam trat sie zwei Schritte vor und legte ihre Hand in seine. Ein machtvolles Gefühl beschlich sein Herz, als ihre schlanken Finger sich mit seinen verschränkten, und mit einem Schlag erwachten seine Sinne und waren sich ihrer Nähe plötzlich ungemein bewusst.

»Ach! Das nenne ich ein Wunder!« Die gut gelaunte Stimme Lady Rhonas riss ihn ruckartig aus seinen Träumereien.

Einen Korb mit getrocknetem Torfmoos unter einem Arm, einen irdenen Mörser mit irgendeiner stark riechenden Salbe in der anderen Hand, kam die Gesellschafterin der Dame seines Herzens auf sie zu.

»Du meine Güte!« In gespielter Überraschung schaute sie sie mit großen Augen an. »Ist es nicht ein bisschen zu kalt und zugig, um hier mitten auf dem Gang herumzustehen?«

Dann richtete sie ihren Blick auf die immer noch ineinander verschränkten Hände von Caterine und Marmaduke. »Vielleicht solltet Ihr Euch an einen etwas ... ungestörteren Ort begeben?«

»Es gibt kaum noch einen Ort auf Dunlaidir, an dem man nicht ungestört sein kann.« Caterines Finger verkrampften sich in seiner Hand. »Es sei denn, Ihr wäret zufällig gerade in der Nähe«, ergänzte sie mit einem kurzen Blick auf ihre Freundin. »Denn Ihr, Mylady, scheint beinahe überall zu sein.«

Rhona machte große Augen und tat, als wäre sie gekränkt. »Na schön, dann werde ich mich eben in das Schlafgemach des armen Sir Lachlan begeben und dort meinen Aufgaben nachgehen.«

In gespielter Unterwürfigkeit drehte sie sich um und streckte die Hand nach dem Türriegel aus. Irgendwie stieß sie dabei aber mit dem Korb gegen Marmadukes rechte Seite, und er fuhr zusammen und schnappte nach Luft, als seine Rippen, die noch immer von dem Zusammenstoß mit den rauen Felsen schmerzten, zu pochen und zu brennen begannen.

Mit zusammengepressten Lippen wartete er darauf, dass der pulsierende Schmerz ein wenig nachließ. Gott und die Heiligen wussten, dass er schon Schlimmeres erlebt hatte.

Er war sich ziemlich sicher, dass die mollige Freundin seiner Herzensdame ihm mit voller Absicht ihren Korb in die Seite gestoßen und sich dann sehr geschickt in die richtige Position manövriert hatte, um ihre behelfsmäßige Waffe an seinen arg geprellten Rippen entlang ziehen zu können.

Aber warum?

Er kannte die Frauen zu gut, um einen solchen Trick nicht zu durchschauen.

»Ach, du meine Güte!«, rief Rhona da und zog entsetzt die

Augenbrauen hoch. »James hat mir erzählt, Ihr hättet Euch beim Reparieren des Latrinenausganges verletzt, und nun habe ich es noch schlimmer gemacht! Wie ungeschickt von mir.«

Sie wirkte ungemein zufrieden mit sich, als sie den kleinen Tiegel mit der übel riechenden Salbe in Caterines freie Hand drückte. »Es ist zerstampftes Johanniskraut mit Ziest«, erläuterte sie. »Es gibt kein besseres Mittel, um Wunden zu behandeln.«

Ihr Blick streifte kurz Marmadukes Körper. »Ich bin mir sicher, dass die Salbe auch den Schmerz von Mylords wunden Rippen lindern könnte!«

Bevor Caterine Gelegenheit bekam, etwas zu entgegnen, schlüpfte Rhona in Sir Lachlans Zimmer und zog die Tür hinter sich zu.

»Kommt, ich möchte jetzt diese geheime Kammer sehen«, sagte Marmaduke rasch und hoffte nur, dass die Dunkelheit seine freudige Erregung verbarg.

Verstohlen warf er einen Blick auf die hölzerne Schale mit der Heilsalbe in Lady Caterines Hand. Dank der Raffinesse ihrer Freundin blieb ihr nun gar nichts anderes übrig, als seine abgeschürfte Haut mit ebendieser Salbe zu bestreichen.

Seine Mundwinkel wollten sich schon zu einem triumphierenden Grinsen verziehen, aber Marmaduke riss sich im letzten Moment zusammen und bedankte sich stattdessen im Stillen bei den ihm offensichtlich gnädigen Heiligen.

»Lasst uns gehen«, bedrängte er Lady Caterine erneut. »Ich wäre Euch sehr verbunden, wenn Ihr so freundlich wäret, die Salbe Eurer Freundin auf meine wunden Rippen aufzutragen.«

»In dem geheimen Kämmerchen?« Zweifelnd blickte sie zu ihm auf.

Marmaduke nickte.

Die Behaglichkeit eines solch engen Raums gewann plötzlich noch einen ganz anderen Reiz als nur die bloße Tatsache, dass sie dort vor unerwünschten Lauschern geschützt waren.

»Und – werdet Ihr es tun?«, fragte er und bot ihr seinen Arm.

Für die Dauer eines Herzschlags zögerte sie, dann legte sie ihre Hand auf seinen Arm. »Aye, Sir, das werde ich«, versprach sie dann mit einem leisen Beben in ihrer Stimme.

Ihre widerspruchslose Bereitschaft, dieser Aufgabe nachzukommen, erfüllte Marmaduke mit Wärme.

»Dann lasst uns gehen, Mylady«, sagte er.

Als sie den dunklen Gang hinunterschritten, sprach Marmaduke im Stillen ein weiteres kurzes Dankgebet für diesen kleinen Sieg.

Er hatte die Schlacht noch nicht gewonnen, aber mit ein bisschen unerwarteter Hilfe hatte er doch immerhin bereits erfolgreich die nötige Vorarbeit geleistet, um das Herz seiner zukünftigen Gemahlin zu erobern.

☆ ☆ ☆

Sir Marmaduke Strongbow durchquerte Caterines Allerheiligstes mit der ganzen gebieterischen Überheblichkeit des Burgherrn, aber auch mit dem für ihn so typischen Selbstvertrauen, das ihre Weiblichkeit ansprach und sie mit seiner verführerischen Macht betörte.

Ohne auch nur einen Blick auf das prachtvolle Himmelbett zu werfen, dessen Decken bereits für die kommende Nacht zurückgeschlagen waren, betrat er das winzige Vorzimmer des Schlafgemachs.

»Hinter der Truhe und dem Wandbehang?«, fragte er und zog belustigt die Augenbrauen hoch, als sein Blick auf das Versteck des Durchgangs zu der geheimen Kammer fiel.

Caterine nickte.

Worte waren überflüssig.

Die Wände des Vorraums waren kahl, bis auf eine kleine Auswahl von Umhängen, die an Haken hingen, ein paar flackernde Fackeln und zwei sehr schmale Fenster, durch die nichts anderes zu sehen war als finstere Nacht.

Caterines Herz schlug bis zum Hals, und ihr Puls klang ihr lauter den Ohren als der draußen heulende Wind, als sie beobachtete, wie Marmaduke die große eisenbeschlagene Truhe aus dem Weg schob, den schweren flämischen Wandbehang herunternahm und eine kleine, mit einem Bogen versehene Tür in der Mauer freilegte.

Ihre rostigen Scharniere kreischten protestierend, als er sie öffnete, und eine Wolke abgestandener Luft drang in den kleinen Vorraum, deren muffiger Geruch eine deutliche Herausforderung für jeden bedeutete, der wagemutig genug war, die dunkle Schwelle zu überschreiten und die dahinter liegende Wendeltreppe hinabzusteigen.

»Können wir nicht hier reden?« Caterine stellte Rhonas Heilsalbe auf die Truhe und rieb sich fröstelnd die Arme, da feuchte Kälte durch die ungeschützten Fensterschlitze hereinströmte.

Lieber erfrieren, als an altem Staub und Schimmel zu ersticken.

Statt ihr zu antworten, nahm Marmaduke eine der Harzfackeln aus ihrer Halterung an der Wand und hielt sie hoch, um auf die abgetretenen Steinstufen zu deuten, die kreisförmig in der Finsternis nach oben führten. »Es tut mir Leid, dass wir so vorsichtig sein und so viel Unbequemlickeit auf uns nehmen müssen«, sagte er, und sein Blick ließ ihr gar keine andere Wahl, als ihm zu folgen.

Denn hier stand ein Mann, dessen gebieterische Gegenwart eine derartige Macht ausstrahlte, dass selbst eine Steinskulptur in seinem Bann erweicht worden wäre.

Eine weibliche Steinskulptur.

Caterine raffte ihre Röcke und stieg hinter ihm die Wendeltreppe hinauf. Er hatte die Fackel bereits in einen eisernen Halter in der Wand gesteckt, als Caterine den Lugaus des Gutsherrn betrat, und ihr flackerndes Licht warf wild tanzende Schatten über sie und verlieh dem winzigen Kämmerchen eine etwas unwirkliche Atmosphäre.

Kaum mehr als eine Öffnung in der dicken Mauer, verfügte

dieser Gutsherrn-Lugaus über zwei Spione. Einer bot einen ziemlich guten Ausblick auf den großen Burgsaal, indes der andere einen direkten Blick zur Musikantengalerie freigab.

Die Enge des Raums ließ den Engländer noch größer und seine breiten Schultern noch viel breiter erscheinen, und das schwache Licht tilgte seine Narbe und beschattete sein blindes Auge, sodass nur noch die stolzen, maskulinen Linien eines edlen, auffallend gut geschnittenen Gesichts zu sehen waren.

Eines Gesichts, das er ihr zweifellos hatte zeigen wollen, was er bei Tageslicht oder in dem großen, von Dutzenden von brennenden Fackeln erhellten Burgsaal jedoch nie so richtig hatte tun können.

Aber er zeigte es ihr jetzt, und was sie sah, war ein Gesicht, das Herzen eroberte.

Arabellas Herz.

Caterine brauchte plötzlich dringend frische Luft und trat an das Guckloch, durch das man in den Burgsaal blicken konnte. Sie stellte sich auf die Zehenspitzen, um die nicht ganz so abgestandene Luft, die durch die kleine Öffnung in der Mauer drang, tief einzuatmen.

Luft, in der der würzige Geruch von Holzfeuern und gebratenem Fleisch und nicht der erstickende Gestank von altem Gemäuer und viel zu lange nicht benutzten Räumen lag.

Tief unter ihnen versammelten sich gerade die Männer um die langen Tische und begannen lärmend ihr Nachtmahl einzunehmen. Sie stritten offenbar, denn ihre erhobenen Stimmen waren bis hier oben zu hören, und die tieferen unter ihnen hallten von den Mauern des kleinen Lugaus und der niedrigen Decke wider.

Doch Caterine hörte ihre erhitzten Wortwechsel kaum.

Sie hörte nur den Namen einer anderen Frau.

Sie wirbelte herum, um Marmaduke anzusehen. »Ihr werdet mich für schrecklich vorlaut halten, Sir, aber ich bin keine Frau, die zu höfischen Allüren neigt«, sagte sie so würdevoll sie konnte. »Ich habe wenig übrig für solche Albernheiten und ziehe es vor, mich klar und deutlich auszudrücken. Und deshalb muss ich Euch darauf hinweisen, dass ich – egal, aus welchem Grund Ihr mich auch hier heraufgeschleppt habt –, keine sehr angenehme Gesellschaft sein werde, wenn Ihr mir nicht sagt, wer ...«

»Arabella war?«

»*War*?«

»Aye, war, denn sie lebt nicht mehr.« Er trat näher und nahm ihr Gesicht in seine Hände, und sie sah den großen Verlusts und die vielen leere Jahre in den Tiefen seines gesunden Auges. »Arabella MacKenzie war die Schwester meines Lehnsherrn, und sie war auch meine Gemahlin.«

Caterine schluckte, um die kalte Scham, die in ihrer Kehle aufstieg, zu verdrängen. Schuldbewusstsein, da seine Antwort sie sowohl betrübte wie erleichterte. »Möchtet Ihr mir von ihr erzählen?«, fragte sie und zuckte innerlich zusammen, als ein Ausdruck des Missfallens über seine Züge huschte.

Auch sie beschlich nun Unbehagen, denn die Intimität des kleinen Raums und die Wärme Marmadukes großer Hände auf ihrem Gesicht weckten beunruhigende Gefühle tief in ihrem Innersten und machten sie empfänglicher und verwundbarer, als sie es je zuvor gewesen war.

Er ließ seine Hände etwas tiefer sinken und begann die empfindsame Haut an ihrem Nacken zu streicheln. Caterine seufzte, und alle Scham fiel von ihr ab, wie weggewaschen von dem Glück, das seine Berührung in ihr weckte, wie vertrieben von der angenehmen Wärme, mit der seine sanft massierenden Finger sie durchfluteten.

»Sie war eine stolze, leidenschaftliche Frau«, begann er, mit einer Stimme, die überlagert war von einem dunklen, hohlen Ton, so als käme sie aus tiefster Seele. »Sie musste sterben, weil sie zufällig belauschte, wie das Komplott geschmiedet wurde, ihren Bruder umzubringen. Die Täter waren die eigene Gattin meines Lehnsherrn und sein Halbbruder, der der Geliebte dieser Metze war. Sie vergifteten Arabella, um sie zum Schweigen zu bringen.«

Caterine zog scharf den Atem ein. »Wurden sie dafür zur Rechenschaft gezogen?«, fragte sie beklommen, denn nun schlug ihr das Gewissen, weil sie ihn dazu ermuntert hatte, davon zu sprechen. Der Schmerz, der sich auf seinem Gesicht abzeichnete, zerbrach die harte Schale ihres Herzens sehr viel wirksamer als irgendwelche schönen Worte.

»Sie sind beide tot«, sagte er nach langem Schweigen, »und ich hege nicht den geringsten Zweifel, dass sie vor einem größeren Richter als einem menschlichen Rechenschaft für ihre Niederträchtigkeit ablegen mussten.«

Er starrte an ihr vorbei und stieß einen von tiefen Gefühlen zeugenden Seufzer aus. »Der Streit, den sie provoziert haben, ist längst begraben und sollte auch besser vergessen bleiben, Mylady. Das Leben geht weiter, und es ist das Vorrecht der Lebenden, aus jedem neuen Tag das Beste zu machen.«

»Ihr sprecht wie ein Geistlicher.«

»Ich bin kein Mönch, das kann ich Euch versichern«, entgegnete er mit einem unverkennbaren Anflug von Belustigung in seiner Stimme.

»Und ich bin auch kein Narr.« Für einen flüchtigen Moment berührte er die lange Narbe an seiner Wange. »Wie Ihr seht, ist mir eine lebende Erinnerung an die schändlichen Taten jenes Tags geblieben, aber ich habe aus den Fehlern gelernt, die ich gemacht habe ...«

»Ihr seid also während dieser furchtbaren Ereignisse verwundet worden?«

Er nickte. »Meine eigene Tollkühnheit hat mich ebenso sehr ruiniert wie die meisterliche Fechtkunst meines Gegners«, sagte er und stieß frustriert den Atem aus. »Ich war so empört, dass ich die wichtigste Regel des Schwertfechtens ignorierte und mich von meinen Emotionen zur unvorsichtigen Nachlässigkeit verleiten ließ. Für diesen Fehler habe ich einen hohen Preis gezahlt.«

»Das tut mir Leid.«

Caterine betrachtete ihn in dem gedämpften Licht und sah nicht mehr den Engländer, sondern schlicht und einfach einen *Mann*.

Einen Mann, der viel verloren hatte.

»Was geschehen ist, ist nicht mehr rückgängig zu machen«, sagte er, und sein Ton verriet, dass er sich auf mehr als nur seine eigene Vergangenheit bezog, die unter keinem guten Stern gestanden hatte. »Und auch nicht alle schmerzlichen Erfahrungen sind nur schlecht, so lange wir aus ihnen lernen und über sie hinauswachsen. Die Lasten, die ich zu tragen hatte, haben einen weiseren und vorsichtigeren Mann aus mir gemacht.«

Er hielt inne und wartete einen Moment, als ein besonders lautes Geschrei aus dem Burgsaal aufstieg und dann langsam wieder abebbte. »Ich werde nicht zulassen, dass Ihr den gleichen hinterhältigen Machenschaften zum Opfer fallt, die Arabella das Leben gekostet haben.«

»Deshalb wolltet Ihr hier oben mit mir sprechen? Um mich zu warnen, dass Ihr befürchtet, wir könnten einen Verräter in unserer Mitte haben?«

»Ich befürchte es nicht, ich bin mir dessen sicher«, erklärte er. »James ist in der Tat von *zwei* Eindringlingen angegriffen worden, aber ich möchte Euch bitten, dieses Wissen vorerst noch für Euch zu behalten. Jemand in Eurem Haushalt muss dem zweiten Eindringling zur Flucht verholfen haben.«

Dann trat er von ihr zurück, und das plötzliche Fehlen seiner Wärme, seiner Kraft ließ sie erschaudern.

Die Hände hinter dem Rücken verschränkt, begann er in der winzigen Kammer auf und ab zu gehen. »Ich habe den Latrinenausgang verschlossen und diesen Zugang in die Burg somit wieder unbrauchbar gemacht, doch derartige Vorsichtsmaßnahmen werden nicht viel nützen, falls irgendjemand innerhalb Eurer Mauern Euren Feinden Tür und Tor öffnet.«

»Was für Vorsichtsmaßnahmen würdet Ihr dann vorschlagen?«

»Der Pater wird in ein paar Tagen das dritte Aufgebot für unsere Heirat verkünden, und er sagt, in einer Woche könnten wir getraut werden.« Er zögerte und blickte sie prüfend an. »Von heute Abend an werde ich bis zu diesem Tag in Eurem Vorraum schlafen.«

»Aber ...«

»Wir waren beide schon einmal verheiratet. Niemand wird Zweifel daran hegen, dass wir uns besser kennen lernen wollen, bevor Ihr meinen Ring tragt.«

Caterines Blick fiel auf seinen Siegelring mit dem Rubin. Allein ihn anzusehen und um seine Bedeutung zu wissen, durchflutete sie mit einer pulsierenden Wärme tief in ihrem Innersten.

»Ich möchte Euren Ring nicht tragen. Diese Ehe wird ausschließlich auf dem Papier bestehen«, sagte sie. »Sie wird eine reine Täuschung sein.«

»Eine Täuschung kann nur dann gelingen, wenn die Leute daran glauben.«

»Ihr könnt nicht in meinem Vorraum schlafen.«

Er verschränkte seine Arme. »Nur bis wir unsere Gelübde ablegen.«

Erleichterung, vermischt mit einem Anflug von Bedauern, durchströmte Caterine.

Aber nicht für lange.

Verblüfft riss sie die Augen auf. »Was wollt Ihr damit sagen, *bis wir unsere Gelübde sprechen*?«

»Genau das«, bejahte er mit einem Ausdruck vorgetäuschter Unschuld, den irgendein geheimer Teil von ihr ... ganz reizend fand.

»Wenn wir verheiratet sind, werde ich selbstverständlich dort schlafen, wo alle guten Ehemänner zu schlafen pflegen«, klärte er sie auf. »Im Bett meiner Gemahlin.«

☆ ☆ ☆

In einem anderen Turmzimmer, am Ende eines anderen der gewundenen Gängen Dunlaidirs, saß James Keith in einem Lehnstuhl vor seinem Kaminfeuer und pflegte sein schmerzendes Bein und seine noch viel schlechtere Laune.

Auf der gegenüberliegenden Seite des Raums ragte sein prächtiges Himmelbett auf, leer und kalt, ein stummer Zeuge seiner düsteren Gedanken und seiner Unfähigkeit, die Pracht des Betts mit etwas anderem zu füllen als seinem eigenen unbrauchbaren Ich und seinen noch viel törichteren Träumen.

Mit einem tiefen Seufzer stand er auf und hinkte zu den Fenstern. Die hohen, mit kunstvollen Ziselierungen versehenen Fenster waren die prunkvollsten der ganzen Burg, denn sie passten sich nicht nur perfekt in die Krümmung der Zimmerwand ein, sondern boten eine wunderbare Aussicht auf die endlose Weite der See und die zerklüfteten Felsen.

Von der Nacht verdunkelt sahen die Fenster, deren Läden weit geöffneten waren, um die feuchte Kälte und den starken Wind hereinzulassen, wie ein undurchdringlicher dunkler Vorhang aus.

Ein perfektes Spiegelbild von James Keiths Stimmung.

Und seiner Aussichten, der Herr dieses massiven, dicht am Rand der See kauernden Steinhaufens zu werden.

Der Stein des Gutsherrn hat noch nicht für Euch geweint, hatte Rhona ihm vorhin berichtet ... so wie sie es ihm jeden Abend berichtet hatte seit dem Tod seines Vaters.

Aber bald wird er es tun, hatte sie sich beeilt, ihm zu versichern.

Als ob die bloße Behauptung es zu einer Tatsache werden lassen könnte.

James fuhr sich mit der Hand durchs Haar und füllte seine Lungen mit der kalten, salzhaltigen Luft. Wenn er doch nur sein Herz auch so mit dem Mut füllen könnte, der jemandem wie ihm eigentlich hätte angeboren sein müssen, dann würde der Stein ihn vielleicht tatsächlich anerkennen.

Aber Wagemut und Geschicklichkeit ließen sich nicht so einfach einatmen wie kalte Meeresluft, und auch Väter mit eisernen

Fäusten ließen sich nur mit der größten Tüchtigkeit eines Sohnes zufrieden stellen.

Und der Stein des Gutsherrn würde nicht für einen Versager weinen.

James stützte sich mit einer Hand auf den reich verzierten Rand des nächsten Fensters und versuchte, das Pochen in seinem Bein zu ignorieren. Aber er konnte den schneidenden Schmerz genauso wenig bezwingen, wie er das Dröhnen der See, die unten gegen die Felsen krachte, aus seinem Bewusstsein zu verdrängen vermochte.

Oder seine Ohren daran hindern konnte, auf ein leiseres Geräusch zu horchen, eins, auf das er jeden Abend wartete: Rhonas Schritte, wenn sie sich mit einem Krug Wein seinen Gemächern näherte.

Ein allabendliches Ritual.

Ein unschuldiges Spiel, von dem er vermutete, dass sie es sich nur ausgedacht hatte, damit er sich wie der Lehnsherr fühlte, der er gar nicht war.

Das Recht des Burgherrn, nannte sie es. Und behauptete, er würde das brauchen, bevor er sich zur Ruhe legte ... dass sie ihm Wein nachschenkte, als könnte er das nicht selber tun!

Mit finsterer Miene ergriff er den leeren Kelch und wollte ihn schon aus dem offenen Fenster schleudern, doch dann schloss er stattdessen die Finger um seinen kalten Stiel, bis sein Zorn sich etwas legte. Er brauchte keinen Alkohol, um einschlafen zu können.

Er brauchte ... Rhona.

Ihre offenen Arme und bereitwilligen Küsse.

Nicht den Wein, den sie ihm jeden Abend so liebenswürdig nachschenkte.

Nein, nicht *liebenswürdig*.

Provokativ.

Denn neuerdings erschien sie mit einem derart tiefen Ausschnitt in seinen Gemächern, dass er den Verdacht hatte, sie habe die Bändchen am Ausschnitt des Mieders ganz bewusst gelockert.

Und all das nur, damit er auch ganz sicher einen flüchtigen Blick auf ihre dunklen Brustspitzen erhielt!

Einen kurzen Eindruck, weiter nichts.

Eine Gabe, die ihm angeboten, aber nicht mit letzter Konsequenz geschenkt wurde.

Eine Süßigkeit, die ihm vor die Nase gehalten wurde, nur um ihn zu quälen.

Mit einem Gesichtsausdruck, der noch finsterer als die Nacht war, wandte James sich von den Fenstern ab und ging zurück zu seinem Lehnstuhl. Mit einem Brummen, das aufgebracht und ausdrucksvoll genug war, um selbst den blasiertesten Beobachter des Gutsherrn befriedigen zu können, machte er es sich auf seinem kalten Eichenstuhl bequem.

Dann nahm er seinen leeren Weinkelch zwischen seine hohlen Hände und wartete auf die leichten Schritte und das leise Anklopfen an seiner Tür, die der Vorbote eines weiteren quälend süßen Blicks auf die üppigen Beigaben der Maid waren, die er hoffte, zu der seinen zu machen.

Und auf den nächsten Tag und seine erste Lektion in herrschaftlichem Schwertfechten.

Unterricht in der edlen Kunst, ein tapferer schottischer Gutsbesitzer zu sein.

Eine von einem *englischen* Ritter angebotene und erteilte Unterweisung!

Die Ironie dieser ganzen Situation verletzte seinen Stolz, aber sie erfüllte ihn auch mit neuer Hoffung.

Genügend Hoffnung, um seinen finsteren Gesichtsausdruck ein wenig zu erhellen und ihn dazu anzuregen, sich bei den Heiligen für seine Liebste mit den zauberhaften Brustspitzen und ihren ständigen Einmischungen zu bedanken.

Kapitel 10

Ich biete Euch einen Handel an, Mylady.« Sir Marmaduke betrachtete die rot glänzenden Facetten des eindrucksvollen Rubins an seinem Siegelring und gab vor, sich mehr für den Stein zu interessieren als für Lady Caterines Gesichtsausdruck.

Denn dieser Ausdruck war so wenig schmeichelhaft, dass er den fragwürdigen Vorteil, den Marmaduke durch das gedämpfte Licht des Gutsherrn-Lugaus zu gewinnen gehofft hatte, gründlich zunichte zu machen drohte.

Ja, sie sah ihn an, als würde sie lieber ein ganzes Dutzend Leprakranke küssen, als ihn in ihrem Vorraum nächtigen zu lassen.

Er versteifte sich und ertrug ihren unverwandten Blick dank seiner unerschütterlichen Überzeugung, dass ihre sich zu Schlitzen verengenden saphirblauen Augen mehr mit ihrem unduldsamen Stolz zu tun hatte, als mit einer echten Abneigung gegen seine angekündigten Absichten.

»Ich handele nicht gern«, sagte sie schließlich.

»Dann gebe ich Euch eben ein Versprechen.«

»Was für ein Versprechen?« Ihr misstrauischer Blick blieb an seinem Siegelring haften.

Ein perfekter Blickwinkel für das, was er ihr vorschlagen wollte.

»Ich bin kein unreifer Jüngling mehr, Mylady«, begann er und straffte seine Schultern. »Ich bin ein Mann und auch mit all den üblichen männlichen Attributen versehen, das garantiere ich Euch. Ich kann Euch kein keusches Ehebett versprechen, denn das wäre eine Unwahrheit, noch bevor die Worte über meine Lippen kämen.«

Er zog ihre Hand an seine Lippen. »Aber ich schwöre, dass ich Euch nie intim berühren werde, so lange Ihr nicht selbst den Wunsch äußert, dass ich es tue.«

Sie riss verblüfft die Augen auf. »Ihr meint, Ihr werdet mich auf *nicht* intime Weise berühren? Nach Belieben? Wann immer es Euch passt?«

»Nein, Mylady, mein Wunsch ist es, *Euch* glücklich zu machen.«

»Vielleicht möchte ich nicht ... glücklich gemacht werden?«

»Dann werde ich mich eben noch mehr anstrengen müssen, wenn Ihr die Meine seid, um Euch vom Gegenteil zu überzeugen.« Er gab ihre Hand wieder frei. »Und Euch glücklich zu machen.«

Irgendetwas – Ärger, Ungläubigkeit oder vielleicht aber auch ein Funken Interesse –, flackerte in ihren Augen auf. »Und Ihr glaubt, Ihr könnt das?«

»Euch überzeugen oder Euch glücklich machen?«

Sie befeuchtete ihre Lippen, und eine heiße Röte stieg in ihre Wangen. »Beides.«

»Ich werde mich auf jeden Fall bemühen, beides zu erreichen«, erwiderte er mit rückhaltloser Offenheit. »Und vor allem werde ich mein Bestes tun, um Euch glücklich zu machen.«

Dann berührte er ihre Nasenspitze sanft mit seinem Ring und lächelte sie an. »So wie Ihr mich glücklich machen werdet.«

Ha! Eher würde sie es mit dem Teufel treiben, brüllten seine Dämonen in boshafter Gedankenlosigkeit.

Zum Glück bestärkte ihre Distanziertheit ihn nur noch in seiner Entschlossenheit und spornte ihn dazu an, den nagenden Zweifeln, die sie in ihm wachriefen, die Stirn zu bieten, indem er einen etwas verwegeneren Weg zu seinem Ziel einschlug.

Wie sich von ihr mit der heilenden Salbe einreiben zu lassen.

Jetzt.

Er blickte sich in dem düsteren Gutsherrn-Lugaus nach der kleinen Schale um und erinnerte sich zu spät, dass Caterine den stark riechenden Balsam im Vorraum stehen gelassen hatte.

Für einen endlosen Moment herrschte ein lastendes Schweigen zwischen ihnen, dessen Schwere die ganze Atmosphäre zu erfüllen schien. Es musste inzwischen schon spät geworden sein, da die Stimmen aus dem großen Burgsaal längst verstummt waren.

Die Bewohner Dunlaidirs mussten entweder ihre Wachposten aufgesucht oder sich zum Schlafen hingelegt haben, nachdem sie ihr Abendbrot verzehrt und ihren Durst gestillt hatten.

Bis auf zwei.

Und einer dieser beiden sah ihn mit genauso vielen Zweifeln in ihren saphirblauen Augen an, wie er selbst im tiefsten Winkel seiner eigenen Seele unter Schloss und Riegel hielt.

»Ihr glaubt, ich werde Euch glücklich machen?« Ihre geflüsterten Worte waren so leise, dass Marmaduke fast nicht glauben konnte, sie gehört zu haben.

Aber er *hatte* sie gehört, und sie drangen ihm bis ins Herz.

»Ich weiß es. Zweifelt nie daran.« Das wunderbare Timbre seiner tiefen Stimme und die Bedeutung seiner Worte durchfluteten Caterine mit einer seltsam trägen Wärme.

Und bewirkten, dass sie sich ... begehrt fühlte.

Und nahezu gänzlich frei von Scham.

Während er sie mit einem seltsam konzentrierten Gesichtsausdruck beobachtete, strich er mit den Fingern über ihren Wangenknochen, und dann legte er seine Hand um ihren Nacken. Seine Berührung, die leicht wie eine Sommerbrise war, löste ein erstaunlich angenehmes Kribbeln in ihr aus.

Ein wunderbares Prickeln und Gefühle, die sie früher höchstens hin und wieder als leise Ahnung verspürt hatte, aber nie in ihrer ganzen Pracht und Herrlichkeit ... bis jetzt.

Er blickte mit einem beängstigend wissenden Gesichtsausdruck auf sie herab, dessen Eindringlichkeit so sicher ihre Sinne weckte, wie seine sanfte Berührung ein aufreizendes Flattern tief in ihrem Bauch bewirkte.

Sie schloss die Augen und sonnte sich in seiner Wärme und den anregenden Düften, die ihm anhafteten: der frische Geruch der windgepeitschten See und der salzige des Winds, der etwas kräftigere von Leder und der von sauberem, poliertem Stahl.

Ein Anflug von Rauch, der herbe Moschusgeruch seiner Männlichkeit und der Zauber sternenklarer Nächte und des Mondlichts.

Sternenklarer Nächte und des Mondlichts?

Caterine riss die Augen auf.

Dann biss sie sich auf die Lippen ... und bemühte sich, nicht nach Luft zu schnappen.

Er lächelte.

Dann zog er seine Hand zurück, und als er einen Schritt zurücktrat, stockte ihr den Atem.

Sie war wie betäubt, mehr als nur etwas verwirrt, und sehnte sich nach mehr als dieser kurzen Kostprobe von Magie, die er ihr soeben demonstriert hatte.

Sie legte ihre eigene Hand an ihren Nacken und strich mit den Fingerspitzen über die Stelle, an der er sie berührt hatte.

Die Haut dort prickelte noch immer.

Und auch ihr Herz pochte noch immer beinahe schmerzhaft hart gegen ihre Rippen.

»Werdet Ihr jetzt die Salbe auftragen, Caterine?« Seine Stimme war jetzt noch tiefer und auch ein wenig heiserer als vorher. »Vielleicht unten, vor dem Feuer in Eurem Schlafgemach?«

Sie nickte, weil sie sich nicht in der Lage sah, etwas zu erwidern.

Mit ihrer seltsam schwere Zunge hätte sie nicht auch nur ein einziges vernünftiges Wort herausbringen können.

Er hatte solche Schwierigkeiten nicht.

Mit der ganzen Virtuosität eines geübten Magiers verzauberte er sie mit seinen Worten und Berührungen. Nach und nach löste er die Sperren und Beschränkungen, die sie vor seinem Zauber geschützt hatten, sprengte ihre Abwehr und schlug die letzten Reste ihres Widerstandes in die Flucht.

Die Tatsache, dass er Engländer war, blieb das Einzige, was er nicht ändern konnte, doch zu ihrer großen Überraschung schien selbst dieser Makel gar nicht mehr so furchtbar schlimm zu sein ... im Augenblick zumindest.

So lange er sie so ansah, wie er es gerade tat.

Sie wartete, als er sich abwandte, um die Harzfackel aus ihrem Halter an der Wand zu nehmen. Ihre Brust war ganz eng vor prickelnder Erwartung, als sie hinter ihm die Wendeltreppe hinunterstieg und durch den kleinen Vorraum, in dem sie nur kurz innehielt, um die Schale mit der Heilsalbe zu nehmen, bevor sie Marmaduke in ihr Schlafgemach folgte.

Er ging geradewegs zum Kamin hinüber, und seine kühne Inanspruchnahme ihrer Privatgemächer und die unbestreitbare Unbefangenheit, mit der er sich durch sie bewegte, ließen Caterine vor Erwartung erschauern. Allein ihn zu beobachten, erfüllte ihre schlummernden Hoffnungen und Träume mit pulsierendem Leben, und ganze Bündel längst verloren geglaubter Wünsche zwinkerten ihr aus den fernsten Winkeln ihres Herzens zu.

Ohne ihr eigenes Zutun fielen die Jahre von ihr ab, als ob die Zeit nicht länger existierte, bis schließlich nur noch das romantische junge Mädchen blieb, das sie einst gewesen war, und die Frau, zu der sie sehr schnell wurde.

Eine Frau, die wie verzaubert war und sehr nahe daran, das bisher unberührte Reich ihrer eigenen verheißungsvollen Weiblichkeit zu betreten.

Zufrieden damit, ihn einfach nur anzusehen, verweilte Caterine auf der Schwelle ihres Zimmers und erlaubte sich für eine kurze Weile, das Wunder von ihm zu genießen ... bevor andere Erinnerungen sich ihr aufdrängten und sie dazu veranlassten, die Tür zu ihrem Herzen wieder zu versperren.

Eine Tür, die er mit verblüffender Mühelosigkeit einen Spaltbreit weit geöffnet hatte.

Sie wagte kaum, sich auszumalen, was geschehen würde, sollte er sie jemals ganz weit öffnen.

»Ihr sagtet, meine Schwester habe Euch verzaubert«, entfuhr es ihr, als jene anderen Erinnerungen sich gegen ebendiese Tür drängten. »Ich glaube Euch nicht. *Ihr* seid der Zauberer, der andere in seinen Bann zieht und sie in sein Netz aus glattzüngigen Worten und mondbeschienener Magie verstrickt.«

Er warf einen skeptischen Blick auf die geschlossenen Fensterläden, die sich über die gesamte Länge der gegenüberliegenden Wand erstreckten. Nicht ein einziger Mondstrahl fiel durch ihre hölzernen Lamellen.

Selbst die tiefe Fensterlaibung mit ihren zwei gegenüberliegenden Bänken lag im Dunkeln.

Als Marmaduke sich Caterine wieder zuwandte, zog er eine Augenbraue hoch.

Eine simple Geste, die Bände sprach.

»Da draußen ist kein Mond«, sagte er dennoch. »Nur ein Unwetter.«

»Ich bin mir dieser beiden Tatsachen durchaus bewusst.« Caterine zog ihr Plaid fester um die Schultern. »Insbesondere des Sturms.«

»Das kann ich sehen«, gab er zurück. Und meinte damit eindeutig weder den Sturmwind noch den Regen draußen. »Auch ich habe es bemerkt«, fügte er hinzu.

Und bezog sich auf den Sturm in *ihr*.

So wie sie es getan hatte.

Sein Blick glitt zu der Schale mit der Salbe, die sie noch immer in den Händen hielt. Caterine schluckte und wünschte nun, sie hätte nicht zugestimmt, ihn mit dieser Salbe einzureiben.

Der bloße Gedanke daran brachte sie schon aus der Fassung.

Sie rang nach Atem ... und starrte ihn an, außer Stande, sich zu rühren.

Eine durchdringende Kälte erfüllte den Raum, aber Caterine glühte von der Hitze tausend lichterloh brennender Fackeln. Irgendjemand, wahrscheinlich der stets getreue Eoghann, hatte das Kaminfeuer geschürt, doch die von diesem gespendete Wärme konnte sich nicht einmal annähernd mit dem Feuer messen, das tief in ihrem Leib zu toben schien.

Und auch das einladende Glühen das Kaminfeuers und sein süßer, rauchiger Geruch konnten sie nicht dazu verlocken, auch nur einen einzigen Schritt nach vorn zu tun.

In Wahrheit war es sogar so, dass der klägliche Klumpen glühenden Torfs zischte und spuckte und sie zu warnen schien, Marmaduke auf Distanz zu halten, wenn sie nicht die Erfahrung machen wollte, wie ihre Widerstandskraft seinem unwiderstehlichen Charme zum Opfer fiel.

Denn eine verblüffend machtvolle Versuchung hatte sie im selben Augenblick ergriffen, als er an den Kamin getreten war und begonnen hatte, seinen Schwertgurt aufzuschnallen.

»Ich versprach, Euch zu erzählen, wie Eure Schwester mich verzauberte«, sagte er und legte seinen Gürtel und sein Schwert auf einen nahen Tisch.

»Würdet Ihr mir glauben, dass ich nicht einmal in der Lage war, zu lächeln, bevor sie mich mit hochwirksamen Heilmitteln zu behandeln begann, um meine lädierten Gesichtsmuskeln zu entspannen?«

Caterine blinzelte. Der Gedanke an ihre Schwester entlockte ihr ein Lächeln. »Linnet kannte sich schon immer gut mit Heilmitteln und Kräutern aus.«

»Sie heilt auch Herzen. Besonders das meines Lehnsherrn.« Er unterbrach sich, um seine Tunika abzustreifen. »Grundgütiger, wir dachten schon, er hätte gar keins mehr, aber sie hat uns das Gegenteil bewiesen. Sie zog in unser Leben ein, verbreitete Licht und Lachen und bezauberte uns alle.«

Gleichermaßen bezaubert, trat Caterine zögernd ein paar Schritte auf ihn zu.

Er hielt seine Hände über das Feuer und bewegte seine Finger. »Eure Schwester hat viele Drachen auf Eilean Creag getötet.«

Er sah sie an. »Und ich werde Eure Drachen töten, Mylady«, gelobte er. »Wenn Ihr es mir erlaubt.«

Caterine erstarrte. Sie war viel zu fasziniert von den ausgeprägten Muskeln seiner breiten Brust – und dem honigsüßen Versprechen, das seine Worte verhießen –, um zu denken, ganz zu schweigen davon, ihren Weg über den binsenbestreuten Fußboden in Richtung Feuer fortzusetzen.

Und so holte sie tief Atem. »Habe ich mich Euch gegenüber noch nicht dankbar genug für Eure Hilfe erwiesen, uns von Sir Hughs Tyrannei zu befreien?«

»Ich meinte nicht de la Hogue.« Seine Worte bestätigten, was sie bereits vermutet hatte. »Es sind die Drachen, die von innen an Euch nagen, die ich meinte.«

Zu Caterines Überraschung fand sie sich plötzlich in erschreckender Nähe von ihm wieder.

Angezogen von ihrer Faszination für seinen muskulösen Körper, das feine, krause dunkle Haar, das unter dem Bund seiner Strumpfhose verschwand, und der magischen Anziehungskraft seiner einschmeichelnden Stimme.

»Ihr konntet wirklich nicht lächeln?« Sie sagte das Erstbeste, was ihr in den Sinn kam.

Hauptsache, es lenkte das Gespräch von ihren Drachen und dem Meer der Selbstzweifels, in dem sie schwammen, ab.

»Ich konnte nicht viel mehr tun, als eine Grimasse zu schneiden, so angespannt war die Haut um meine Narbe«, antwortete er und strich mit einem Finger über die blasse Naht, die die linke Seite seines Gesichts entstellte. »Und ich hatte in jenen Tagen auch nicht sehr viel Grund zu lächeln.«

Caterines Blick glitt zu seinem Mund. »Aber jetzt lächelt Ihr.«

Ein Zwinkern erhellte sein gesundes Auge. »Ja, das tue ich«, sagte er. »Die Zeiten ändern sich, und ich stelle fest, dass ich in letzter Zeit wieder sehr viel Grund zur Freude habe.«

»Linnet mag Euch verzaubert haben, Mylord, aber ich bin mir sicher, dass Ihr sie auch betört habt.«

So wie Ihr jetzt mich betört. Wie sehr diese Erkenntnis zutraf, überraschte sie fast genauso sehr wie die Tatsache, dass sie ihre Finger bereits ungewollt in die Schale mit der Salbe getaucht hatte.

Dass sie sie beinahe *eifrig* in die Salbe tauchte.

Er wirkte sehr zufrieden mit sich, als er sagte: »Dann seid Ihr also zu dem Schluss gekommen, ich sei tatsächlich ein Charmeur?«

»Ich denke, Ihr habt ein bisschen Glanz in Linnets Tag gebracht.« Es kam der Wahrheit so nahe, wie sie zu gehen wagte. »Vor allem, wenn Ihr sie so angelächelt habt.«

Mit dem gleichen herzerweichenden Lächeln, das nun ihre mit Salbe beschmierten Finger unerbittlich zu der verschrammten Haut über seinen Rippen zog.

Und dort verweilten sie dann, ganz dicht über seiner Haut.

Zu schüchtern, um ihn zu berühren, zu fasziniert, um sich zurückzuziehen.

Er lachte kurz. »Mylady, ich bewundere Eure Schwester sehr, aber ich habe sie nie angesehen, so wie ich jetzt Euch ansehe.« Er warf einen Blick auf ihre Finger. »Und nie habe ich mich mehr nach der Berührung einer Frau gesehnt, als ich mich in diesem Augenblick nach Eurer sehne.«

Caterine schluckte.

Kein damenhafter Versuch, ihre Fassung wiederzugewinnen, sondern ein kühnes, hoffentlich nicht allzu lautes ... *Schlucken*.

Mit Mühe löste sie den Blick von den harten straffen Muskeln seines Bauchs und ihren eigenen zitternden, mit der Heilsalbe bedeckten Fingern. Sie blickte auf, und stellte fest, dass er nicht länger lächelte, sondern sie ansah, als könnte er in jeden Winkel ihrer Seele blicken.

Ohne den Blick von ihr abzuwenden, schloss er seine Finger um ihre Handgelenke und führte ihre Hände zu seiner Mitte. Mit Hilfe seiner eigenen Hände drückte er die ihren sanft gegen seinen Körper und bewegte ihre Finger in langsamen, beruhigenden Kreisen über seine wunden Rippen und seinen flachen Bauch.

Ihr tiefes Luftholen war der Lohn für seine Bemühungen.

Marmaduke lächelte.

Sein Herz sang, denn die Art, wie sie den Atem einsog, war

nichts anderes als das: ein unverkennbares Zeichen unverhohlener weiblicher Bewunderung.

Eine Reaktion, die er sehr gut kannte, denn es mangelte ihm weder an Muskeln noch an Männlichkeit.

Seine körperliche Kondition konnte sich mit der der durchtrainiertesten Männer messen.

Es hatte genügend Nächte gegeben, in denen er unter einem diensteifrigen Schwarm hübscher junger Mädchen hatte wählen können, die begierig gewesen waren, ihre Röcke für ihn anzuheben und herauszufinden, ob die Gerüchte über seine Fähigkeiten, einer entgegenkommenden Magd Vergnügen zu bereiten, tatsächlich zutrafen.

Und keine einzige von ihnen hatte sein Bett enttäuscht verlassen.

Auch wenn er durchaus körperliche Befriedigung in diesen Nächten gefunden hatte, war er dennoch immer unerfüllt geblieben, einfach weil sein Herz ganz andere Nahrung gebraucht hatte.

Die Art von Nahrung, die solch leichtfertige Weibsbilder – in der Regel Dienstmägde, die darauf brannten, mit einem Edelmann ins Bett zu steigen –, ihm niemals schenken konnten, selbst wenn er sie vierzehn Tage auf dem Kopf stehend darum gebeten hätte.

Die Dame seines Herzens atmete tief ein, da sie anscheinend gemerkt hatte, dass er ihre Handgelenke losgelassen hatte und ihre Finger nicht länger die Salbe auf seiner Haut verteilten, sondern nun das krause dunkle Haar direkt über seinem Hosenbund erforschten.

»Oh!« Erschrocken zog sie ihre Hand zurück, und zwei helle rote Flecken bildeten sich auf ihren Wangen, als sie seinem amüsierten Blick begegnete.

»Meine allerliebste Dame, Ihr habt doch sicher schon einmal den Körper eines Manns berührt?«

»N-nicht so.« Sie fuchtelte nervös mit den Händen in der Luft, und der Schal rutschte ihr von den Schultern. Sie vergrub ihre Hände tief in seinen Falten und umklammerte das wollende Umschlagtuch wie einen Schild.

Aber sie zog es nicht wieder über ihre Schultern.

Seinen Blick ruhig erwidernd, sagte sie: »So habe ich noch nie mit dem Körper eines Mannes gespielt, Sir.«

Marmaduke stockte der Atem angesichts ihrer Offenherzigkeit. Ihre freimütigen Worte verursachten ein scharfes Ziehen in seinen Lenden, das sich ebenso wenig ignorieren ließ, wie er es vermeiden konnte, sich an der zarten, cremefarbenen Haut zu erfreuen, die jetzt über dem tiefen Ausschnitt ihres Kleides sichtbar wurde.

»Grundgütiger, Ihr nehmt wirklich kein Blatt vor den Mund, Mylady«, gelang es ihm zu sagen, und seine Stimme klang um einiges schroffer, als es seine Absicht war.

Sie blickte zu den Fenstern hinüber, wo das Unwetter nun mit voller Wucht gegen die geschlossenen Fensterläden hämmerte. Die feuchte Kälte der Nacht kämpfte gegen die behagliche Wärme des Torffeuers an und forderte die zischenden Flammen der Wandfackeln heraus.

Die kalte Luft, die in das Zimmer drang – oder vielleicht besser noch etwas anderes, so hoffte er –, versteifte ihre Brustspitzen zu harten kleinen Knospen, die sich stolz gegen das Leinen ihres Mieders pressten.

Sie winkten ihm, sie lockten ihn, und ihre süßen Verlockungen waren dem Ausschnitt ihres Kleids so nahe, dass ein bloßes Fingerschnippen ausgereicht hätte, um sie von dem Stoff dort zu befreien.

Marmaduke schluckte heftig und wünschte, der vordere Teil seiner Tunika bedeckte immer noch seinen Unterleib . . . und den unübersehbaren Beweis seiner Erregung.

»Habt Ihr es als unangenehm empfunden, mich derart zu berühren?«, fragte er und fasste plötzlich den Entschluss, genauso offen und freimütig zu sein wie sie.

»Es war nicht ... ganz und gar unangenehm«, erwiderte sie so leise, dass ihre Stimme über den Regen, der gegen die Fenster peitschte, beinahe nicht zu hören war.

Nicht ganz und gar unangenehm?

Die Art, wie sie mit der Zungenspitze über ihre Lippen fuhr und sie befeuchtete, schien etwas völlig anderes anzudeuten.

Marmaduke unterdrückte einen Ausdruck der Verstimmung.

»Ich fand es ausgesprochen angenehm.« Er richtete sich zu seiner vollen Größe auf. »Angenehm genug, um Euch zu bitten, es noch einmal zu tun.«

Ihre Augenbrauen schossen in die Höhe. »Ihr meint, mit Eurem Körperhaar zu spielen?«

Ihre ungenierten Worte waren wie eine intime Liebkosung, und einen winzigen Moment lang kam es Marmaduke so vor, als könnte er ihre Hand auf dem Beweis seiner Begierde spüren.

Als könnte er spüren, wie sie ihn kühn umschloss.

»Tragt noch mehr von der Salbe auf«, stieß er hervor, und war selbst erstaunt, dass seine Stimme nicht brach.

»Und«, fügte er rasch hinzu, da das beharrliche Pochen in seinen Lenden ihn drängte, sein Glück zu nutzen, »Ihr dürft mit allem spielen ... woran Ihr Gefallen findet.«

Insbesondere mit dem bemerkenswerten Beweis deiner männlichen Begierde, den sie finden wird, wenn du deine Hose herunterziehst, flüsterte der Teufel ihm ins Ohr.

Marmaduke räusperte sich. »Mylady, selbst die Heiligen würden weinen, wenn sie wüssten, was für einen wunderbaren Trost mir Eure Hände soeben gespendet haben.« Er breitete die Arme weit aus und deutete mit dem Kopf auf die kleine Holzschale, die so harmlos aussehend auf dem nahen Tisch stand. »Möchtet Ihr nicht fortfahren, bis die ganze Heilsalbe verbraucht ist?«

Seine zukünftige Braut, die ihr Plaid noch immer so fest umklammerte, dass ihre Fingerknöchel weiß hervortraten, schien seine Bitte abzuwägen, denn ihre strahlend blauen Augen glitten gedankenvoll über die harten Muskeln seiner Brust und Schultern.

Schließlich ließ sie das Umschlagtuch los und gab zu seiner immensen Freude einen großen Klacks Salbe auf ihre Hand. »Aye«, stimmte sie zu, »es wäre wirklich eine Schande, die gute Salbe zu verschwenden.«

»Ja, das wäre eine Schande.«

Zu seiner noch größeren Freude richtete sie ihren Blick auf seinem Bauch und ließ ihn erwartungsvoll in der Nähe seines Hosenbunds verweilen, so als wünschte sie, er möge dieses hinderliche Kleidungsstück genauso unbefangen ablegen, wie er vorher seine Tunika abgelegt hatte.

Der bloße Gedanke ließ das Blut von neuem in seine Lenden schießen und steigerte seine Erregung auf eine Art, die die dünne Wolle seiner Strumpfhose nicht mehr zu verbergen hoffen konnte.

Doch Caterine hörte nicht auf, ihn anzustarren, sichtlich fasziniert von seinen straffen Bauchmuskeln, während sie die kalte Salbe in immer größer werdenden Kreisen auf seine abgeschürften Haut verstrich.

Und seine Erektion wurde immer größer und schmerzhafter unter der von Minute zu Minute unbequemeren Enge seiner Strumpfhose.

Schließlich senkte Caterine ihren Blick und sah nicht mehr seinen Bauch an, sondern *ihn* ... den Inbegriff seiner Männlichkeit.

Ein übermütiges Tier, das einen eigenen Willen entwickelt zu haben schien.

Ihre Finger hielten augenblicklich in ihrer Bewegung inne. »Gütiger Himmel!«

Oh ja, es ist der Himmel auf Erden für den, der richtig damit umzugehen versteht, schrien seine Dämonen ausgelassen.

Caterines Augen weiteten sich, und wieder zog sie scharf den Atem ein, aber diesmal war es ein nachdrücklicheres, aufreizenderes Nachluftschnappen. Von der Art, die er von Caterine Keiths süßen Lippen nicht zu hören erwartet hätte, denn es klang eher wie das raue Aufstöhnen, das mannstolle Weibsbilder beim Anblick eines so stark erregten männlichen Glieds ausstießen.

Nicht das leise, überraschte Einatmen einer Dame von Stand, die mit christlichen Predigten gegen die Sünden des Fleisches aufgezogen worden war.

Aber Caterine Keith war ja schließlich auch nicht nur *irgendeine* Dame.

Sie war eine ausgesprochen freimütige junge Dame, die kein Blatt vor den Mund nahm.

»Es stimmt, was Eure Männer behaupteten«, sagte sie und bewies es ihm damit von neuem. »Ihr seid zu groß.«

Zu verdattert, um etwas zu sagen, holte Marmaduke einen tiefen Atemzug und stieß ihn fast genauso schnell wieder aus, denn sein Körper war plötzlich so eng geworden, dass seine Lungen sich nicht dehnen konnten.

»Und Ihr kennt Euch gut genug mit diesen Dingen aus, um Euch ein Urteil über derlei ... Attribute erlauben zu können?«, stieß er atemlos hervor.

Kaum hatte er es gesagt, bereute er es auch schon, weil er in seiner Gedankenlosigkeit die falschen Worte gewählt und einer harmlosen, eigentlich nur scherzhaft gemeinten Bemerkung einen katastrophalen Anschein der Kritik verliehen hatte.

Erstaunlich ungeniert legte sie den Kopf ein wenig schief und verengte ihre Augen, um ihn nur noch neugieriger zu mustern.

Zum Glück blickte sie ihm diesmal ins Gesicht.

Sie sah ihn allerdings nur an und sagte nichts.

Nicht, dass sie Worte benötigt hätte, um ihm mitzuteilen, wie sie an ein solches Wissen gekommen war.

Die traurige Wahrheit stand ihr nur allzu deutlich ins Gesicht geschrieben ... und sie stammte nicht etwa vom Baden von zu Besuch weilenden Rittern oder vom Pflegen von Verwundeten.

Diese Erkenntnis versetzte Marmadukes Leidenschaft einen gründlichen Dämpfer, und er musste sich sehr beherrschen, um nicht eine Miene zu ziehen, die noch schärfer gewesen wäre als die zerklüfteten Felsspitzen, auf denen ihre Burg thronte.

Gott verhüte, dass sie dachte, sein Ärger gelte ihr und nicht einer Vergangenheit, die nicht sehr freundlich mit ihr umgesprungen war.

Er atmete tief ein und rang seine eigenen Dämonen nieder.

»Ihr habt mich nach Arabella gefragt, Mylady«, sagte er, und die Gefasstheit seiner Stimme stand in krassem Gegensatz zu seiner inneren Angespanntheit. »Ich werde Euch von ihr erzählen und Euch erklären, wie ich dazu kam, mein eigenes Blut zu verleugnen.«

Sie zog eine Braue hoch, und ihr offener Blick verriet, dass sie bereit war zuzuhören, und indem sie ihre sanften Zuwendungen wieder aufnahm, besiegelte sie sein Schicksal.

Du liebe Güte, er würde ihr das gesamte Rolandslied erzählen, wenn sie nur nicht aufhörte, ihn mit ihren zarten, herrlich sanften Fingern auf diese wunderbare Weise zu berühren.

»Meine Geschichte ist keine angenehme.« Er musste sie warnen. »Gott weiß, dass sie sogar ziemlich hässlich ist. Möchtet Ihr sie trotzdem hören?«

»Ich würde sehr gern etwas über Eure Frau erfahren«, sagte sie, und ihre Hände glitten zu seinen Schultern, um die angespannten Muskeln dort zu kneten. »Und wie Ihr dazu kamt, dem Gatten meiner Schwester Lehnstreue zu schwören.«

»Also gut.«

Obwohl er wusste, was jedes Wort ihn kosten würde, verspürte Marmaduke eine sehr viel tiefer gehende Befriedigung als den Trost ihrer geschickten Finger, denn obwohl ihr Gesicht noch immer eine Spur zu blass war, verdrängte ein Funke von Interesse nun die Schatten, die ihre schönen Augen gerade noch verdunkelt hatten.

Um sich für seine Erzählung zu rüsten, starrte er auf den brennenden Torf, bis dessen munteres rotes Glühen wuchs und wuchs und irgendwann zu hungrig aufzüngelnden Flammen wurde, die

die bescheidenen Lehmflechtwerkhütten der Unschuldigen verschlangen.

Unschuldige, die zufällig auf der falschen Seite einer Grenze lebten.

Galle stieg in Marmadukes Kehle auf, und fast hätte er sich abgewandt und den Bann der Vergangenheit – und den Zauber ihrer Hände – gebrochen, doch zu seinem Erstaunen gesellte sich plötzlich ein zweites Paar Hände zu ihren. Sanft und kühl wie der Hochlandnebel in der Morgendämmerung strichen sie über seine Haut und halfen Caterine, die Anspannung in seinen Schultern zu lösen ... und gleichzeitig auch seine Zunge.

Eine vertraute Berührung, die es ihm freistellte, auch ihre Geschichte zu erzählen.

Und ihn freigaben, damit er eine andere lieben konnte.

Ein mächtiger Schauder lief über seinen Rücken, und dann begann er zu erzählen. »Vor vielen Jahren, in dem Sommer, als ich mir meine Sporen verdiente, lernte ich schon bald, dass jenes glitzernde Symbol der Ritterschaft das Einzige war, was ich mit meinen Kameraden gemeinsam hatte. Das und vielleicht eine etwas zu großzügige Dosis Stolz.«

Die warmen, streichelnden Hände hielten einen Moment lang inne. »Es ist eine allgemein bekannte Tatsache, wie stolz englische Ritter sind.«

»Allerdings. Stolz auf Rang und Erbe, auf die ihnen erteilten Privilegien und ihre Hoffnung, genügend *Ehre* einzuheimsen, um von Gold- und Silbertellern speisen zu können.«

Er verstummte für einen Moment und schloss sein gesundes Auge, um den Albtraum zu verscheuchen, um einen tiefen, befreienden Atemzug zu machen.

Dann atmete er langsam aus und nahm den Faden wieder auf. »Meine Werte gerieten in Konflikt mit ihren. Ich schätzte Tugend, Treue und den guten Ruf, den ich für gleich bedeutend damit hielt, zu den Edelmännern Englands zu gehören. Doch bei meinem ersten Einfall in Schottland machte ich die Erfahrung, dass – für die meisten – *eine Zierde des englischen Rittertums* zu sein, nichts anderes bedeutet, als die Genehmigung zu besitzen, eine Karriere in Gräueltaten zu beginnen.«

»Gräueltaten?«

Etwas in ihrem Ton veranlasste Marmaduke aufzublicken.

Und den Ausdruck zu hassen, den er in ihrem schönen Gesicht sehen musste.

Caterine von Dunlaidir wusste nur zu gut, welche Art von Gräueltaten er gemeint hatte.

»Ihr habt versucht, diese ... Plünderungen zu verhindern?«, fragte sie in ihrer direkten Art.

Was seine Vermutungen nur wieder einmal bewies.

Marmaduke nickte. »Ich lehnte es ab, mich an solchen Schandtaten zu beteiligen, insbesondere an der Schändung unschuldiger Frauen, von denen einige nicht viel älter als Kinder waren. Es schien, als würde die Ritterlichkeit meiner Gleichgestellten nur bis zur Landesgrenze reichen ... oder als gelte sie nur für ihre eigene Gesellschaftsklasse.«

»Und Ihr dachtet anders?«

Kalte Finger strichen über seine Narbe.

Liebevolle Finger.

Körperlose Finger, die ihn ermutigten, mit seiner Erzählung fortzufahren.

»Ich erhob das Schwert gegen meine eigenen Männer. Männer, die ich heute für gewissenlose Söhne Satans halte, der abgrundtiefen Schlechtigkeit wegen, die sie an jenem Tag bewiesen. Ich hätte jeden einzelnen von ihnen niedergestreckt, aber sie gehörten zu den besten Kämpfern Englands, und ich stand alleine gegenüber vielen.«

»Was geschah?«, fragte sie leise mit ungeheuer tröstlichem Mitgefühl in ihrer Stimme.

Und mit Arabellas *Segen* kam die Kraft, sich seinen anderen Dämonen zu stellen.

Den englischen.

Alte Wunden aufzureißen, die ihn zwangen, jeden schneidenden Schlag der Peitsche, die ihm den Rücken aufgerissen hatte, noch einmal zu durchleben.

»Möchtet Ihr lieber nicht darüber sprechen?«

Marmaduke blinzelte. »Nein, es macht mir nichts, denn so lernte ich meine verstorbene Gemahlin kennen, und ich glaube, dass aus all den uns aufgebürdeten Prüfungen und Leiden auch etwas Gutes herauskommt, selbst wenn wir manchmal lange suchen müssen, um es zu erkennen.«

Und obwohl er diese Erkenntnis längst verinnerlicht zu haben glaubte, verspürte er einen bitteren Geschmack im Mund. Selbst nach so vielen Jahren noch konnte er noch immer die mit Knoten versehenen Peitschenriemen spüren, die ihm das Fleisch zerrissen.

Der schlimmste Schmerz von allen jedoch war das Wissen, dass englische Hände die Peitsche schwangen, denn mit jedem Mal, wenn ihre Riemen sich in seinen Rücken bohrten, hatte er ein weiteres seiner jugendlichen Ideale begraben müssen.

Bis keines mehr übrig geblieben war.

Sogar seine leidenschaftliche Liebe zu seiner Heimat war an jenem Tag gestorben.

»Ich wurde bis auf die Haut entkleidet und geschlagen«, sagte er ihr schließlich und ersparte ihr ganz bewusst die abscheulichste der grauenvollen Taten, die sie an ihm begangen hatten. »Ausgepeitscht und von meinen eigenen Männern als tot zurückgelassen.«

»Also war es Duncan MacKenzie, der Euch fand?«

»Sein Vater«, berichtigte Marmaduke. »Dieser gute Mann brachte mich auf seine Burg, wo seine Damen mich gesund pflegten. Jeder Mann, jede Frau und jedes Kind unter seinem Dach nahmen mich mit offenen Armen auf und taten alles Menschenmögliche, um mich nicht sterben zu lassen. Sie pflegten meine Wunden, die inneren und die äußeren, und es war mir seither eine große Ehre, ihnen zu dienen.«

Mit abgewandtem Blick starrte er auf das langsam schwelende Torffeuer und sah wieder andere Flammen … freundlichere diesmal. Wie die Gesichter, die die Erinnerung an den mächtigen Kamin in Eilean Creags Burgsaal in ihm heraufbeschwor.

Dann rüttelte eine starke Windbö von der See an den Fensterläden, und die Flammen und die Gesichter verschwammen.

Aber die Erinnerungen blieben.

Caterine strich mit den Fingerspitzen über sein Schlüsselbein, ließ sie an seiner Seite hinuntergleiten und zog dann ihre Hand zurück. »War Arabella eine der Frauen, die Euch gepflegt hat?«

»Nein, sie war damals noch ein kleines Mädchen.« Die Bilder, die ihn einst zum Lachen gebracht hatten, erfüllten ihn nun mit Schmerz. »Sie wurde sogar damals schon beherrscht von ihren Leidenschaften … sie war eine Giftspritze und ein Wildfang. Sie schnitt Grimassen, wenn sie mich ansah, und bedachte mich mit Namen, von denen so mancher Ritter nicht einmal die Bedeutung kennen würde.«

»Aber sie wuchs zu einer schönen Frau heran und gewann Euer Herz.«

»Das tat sie, Mylady.« Marmaduke konnte nicht lügen. »Und trotz all ihres Übermuts, verging während unserer ersten Ehejahre auf Eilean Creag nicht eine Nacht, in der sie mir nicht meinen geschändeten Rücken massiert hätte.«

»Glaubt Ihr, sie hätte etwas dagegen, wenn ich dies jetzt für sie übernehmen würde?« Sie sprach so leise, dass man ihre Worte auch mit einem Wispern des Windes hätte verwechseln können.

Nein, sie würde sich freuen.

Diesmal *kamen* die Worte aus der feuchten Brise.

Die Härchen an Marmadukes Nacken richteten sich auf, und er wollte gerade antworten, als seine neue Herzensdame bereits sanft seine Arme ergriffen und versucht hatte, ihn zu sich herumzudrehen.

Damit sie seinen Rücken sehen konnte.

Eine überwältigende Furcht erfasste ihn … die Angst, sie könnte aufschreien vor Entsetzen und sich angewidert von ihm abwenden. Oder schlimmer noch – sie könnte ihn bemitleiden könnte, was ihn womöglich noch viel tiefer treffen würde.

Marmaduke hielt den Atem an.

Sie zog an ihm, drängte ihn vom schwachen Schein des Feuers fort und näher an die nächste Wandfackel heran.

An die, die am allerhellsten brannte.

»Die alten Wunden schmerzen mich nicht mehr«, sagte er mit erstickter Stimme. Er konnte die von der Fackel ausstrahlende Wärme spüren … und konnte vor seinem inneren Auge sehen, wie ihre zischenden Flammen das Labyrinth der hässlichen, vernarbten Striemen erhellten, die kreuz und quer über jeden Zentimeter seines nackten Rückens verliefen. »Es ist nicht nötig, dass Ihr …«

»Großer Gott!« Die Empörung seiner neuen Herzensdame zerstreute all seine Befürchtungen auf einen Schlag.

Nicht die Spur von Abscheu klang in ihrem Ausbruch mit.

Nicht einmal ein Anflug von Mitleid lag in ihrer Stimme.

Nur Empörung.

Dann war sie bei ihm und strich mit ihren wunderbar belebenden Fingern über seinen verunstalteten Rücken. »Eure Männer haben Euch das angetan?«, hauchte sie, und das Entsetzen in ihrer Stimme galt eindeutig seinen Peinigern und nicht dem Zustand seines Fleischs. »Männer Eures eigenen Stands?«

»Lords, Barone oder Ritter, jeder einzelne von ihnen.«

»Mögen ihre nichtswürdigen Seelen in den heißesten Feuern der Hölle braten!«

Marmaduke fuhr herum, gerührt von ihrem Zorn. »Gott segne Euch«, sagte er und legte seine Hände auf ihre Schultern. »Mein Rücken … ich flöße Euch keinen Abscheu ein?«

Kopfschüttelnd strich sie mit der Fingerspitze über die Narbe, die sein Gesicht entstellte. »Ich habe es Euch schon einmal gesagt, Sir, Eure Narben stören mich nicht. Jede ist ein Symbol der Ehre, und wer das nicht genauso sieht, der ist ein Narr.«

Marmaduke begann, sich wieder Hoffnungen zu machen, aber sie zerbarsten, als sie die Stirn runzelte auf eine Art, die wenig Gutes zu verheißen schien.

Für ihn und insbesondere für seine Träume.

Sie löste sich aus seinem leichten Griff um ihre Schultern und ging zum Tisch, um zwei Zinnbecher mit Wein zu füllen. Dann reichte sie ihm einen. »Ihr gefallt mir sehr«, stellte sie in diesem nüchternen Tonfall fest, den er bis jetzt immer so bewundert hatte. »Und Ihr habt gesehen, dass ich nichts von schönen Worte halte, nur um jemanden zu täuschen.«

Sie hielt inne und nippte an ihrem Wein. »Aber ob ich Euch mag oder nicht«, fuhr sie fort, und Marmadukes Herz sank bei jedem ihrer Worte noch ein wenig tiefer, »so muss ich Euch doch leider ehrlich sagen, dass ich Euch nicht begleiten kann, wenn Ihr von hier fortgeht.«

Wir haben dir doch schon gesagt, dass sie es nicht tun wird, höhnten seine ganz privaten Diener Beelzebubs voller Schadenfreude.

Marmaduke ignorierte sie und sagte sich im Stillen, dass er sich trotz allem glücklich schätzen konnte.

Weil sie nämlich vergessen hatte, Einwände dagegen zu erheben, dass er in ihrem Vorraum schlief.

☆ ☆ ☆

Und einige Stunden später, in der wunderbaren Zurückgezogenheit ebendiesen kleinen Zimmers, stand Sir Marmaduke Strongbow vor einem der beiden schmalen Fensterschlitze und hielt Zwiesprache mit dem Mond.

Die ferne Kugel, kalt und abweisend, schob sich hinter einer Wolke hervor. Ein einsames, dünnes Wolkenfetzchen nur, denn der nächtliche Wind hatte das Unwetter endlich vertrieben.

So wie er die Zweifel seiner neuen Herzensdame wegfegen würde.

Einen nach dem anderen, bis all ihre Drachen getötet und begraben waren.

Als schließlich auch er, ähnlich wie der wolkenlose Himmel, endlich seine Nachtruhe gefunden hatte, wandte Marmaduke sich von dem kleinen Fenster ab und ging zu seiner auf dem Fußboden liegenden, groben Strohmatratze.

Um zu schlafen und seine müden Knochen auszuruhen.

Und von einer besseren Zukunft zu träumen.

Kapitel 11

Sir Marmaduke erwachte lange vor Tagesanbruch. Ein sanft trommelnder Regen, ein schmerzlich steifer Nacken und der warme Atem seiner Liebsten an seiner nackten Schulter begrüßten ihn.

Als er spürte, wie sie feuchte kleine Küsse auf seinen Oberarm hauchte, öffnete er lächelnd sein gesundes Auge … und blickte geradewegs in zwei unbewegte, runde, braune Hundeaugen.

»Heilige Muttergottes!« Marmaduke sprang auf, von einer Sekunde auf die andere hellwach.

Leo jaulte erschrocken, und alle freundlichen Annäherungsversuche, die er vielleicht im Sinn gehabt haben mochte, waren prompt vergessen. Der kleine Hund flitzte aus dem Vorraum, bevor Marmaduke ihn auch nur mit einem ärgerlichen Blick bedenken konnte.

Und so blickte er stattdessen stirnrunzelnd ins Halbdunkel und streifte hastige seine leinene Unterhose, seine *Bruche,* über. Strumpfhose, Tunika und Stiefel legte er genauso eilig an, und auch seinen Schwertgurt schnallte er sich im Nu um die Hüften.

Und die ganze Zeit über tat er so, als bemerkte er den feindseligen, gekränkten Blick nicht, mit dem Leo ihn von Caterines Bett aus zu durchbohren schien. Der raffinierte kleine Kerl besaß sogar die Dreistigkeit, sich in höchst besitzergreifender Manier an ihren nackten Oberschenkel zu kuscheln.

Marmaduke fuhr sich mit den Händen durch das Haar und bemühte sich angestrengt, das üppige Dreieck lockigen goldenen Haars zu übersehen – eine geradezu unwiderstehliche Versuchung, die sich ihm durch eine Laune ihres hinabgerutschten Bettzeugs am Ansatz ihres schlanken Schenkels offenbarte.

Eine süße Verlockung, nahezu – aber eben doch nicht ganz – verborgen von der Dunkelheit.

Ein hinreißendes Bild, das ihn ganz und gar überrumpelte. Er stürzte aus dem Zimmer, um seinen Plan, Caterine sehr behutsam zu umwerben, nicht durch seine niedrigeren Instinkte in Gefahr zu bringen.

Dem Himmel sei Dank, dass sie die ganze Aufregung verschlafen hatte.

Denn wäre sie wach geworden und hätte ihn aus verschlafenen blauen Augen angesehen, ihre weichen Lippen voll und rosig, die üppige Fülle ihres seidenweichen Haars zwischen ihren Schenkeln derart unschuldig zur Schau gestellt, hätte er womöglich die Kontrolle über sich verloren, bevor er ihr auch nur einen guten Morgen hätte wünschen können.

Mit einem fast schmerzhaften Ziehen in seinen Lenden ging er über den Korridor zu der Treppe, die zum großen Saal hinunterführte. Und kaum war er unten angelangt, machte er sich unverzüglich auf den Weg zum Waschbecken, das sich in einer Wandnische in der Nähe des Eingangs zur Empfangshalle befand.

Gleich würde er sich besser fühlen.

Er trat an das steinerne Bassin, tauchte die Hände in das eiskalte Wasser und benetzte dann sein Gesicht.

Als er sich erfrischt genug fühlte, blickte er sich mit bemüht beherrschter Miene, falls irgendjemand ihn beobachtete, im großen Burgsaal um.

Alle schliefen noch.

Zu seiner Erleichterung bestätigte ihm der Chor schnarchender, schnaufender und anderer undefinierbarer Geräusche, der von den Männern, die noch immer auf ihren Strohmatratzen ruhten, aufstieg, die Tiefe ihres Schlummers.

Marmaduke gestattete sich ein gequältes Lächeln, hielt seine Strumpfhose mit einer Hand ein wenig von seinem Körper ab und bespritzte auch den Beweis seiner männlichen Erregung mit dem eisigen Wasser.

Die Erlösung ließ nicht lange auf sich warten; sie kam schnell und süß.

Zufrieden zog er seine Strumpfhose wieder zurecht und setzte seinen Weg fort, und sein Furcht erregender Gesichtsausdruck war eine deutliche Warnung an jeden, der dumm genug war, zuzugeben, ihn dabei beobachtet zu haben, wie er sich auf solch absurde Weise Erleichterung verschafft hatte.

Und falls James Keith auch nur eine Augenbraue angesichts des feuchten Flecks vorn auf der Vorderseite seiner Tunika hochziehen sollte, dann würde er sein Versprechen, dass sie mit stumpfen Schwertern kämpfen würden, zurücknehmen und darauf bestehen, den unglückseligen jungen Lord mit *echten* Klingen zu unterweisen.

Rasiermesserscharfen, die in der Lage waren, ein Haar zu spalten!

Ein finsterer Fluch und das Klirren über Stein scheppernden Stahls verriet ihm, dass James bereits im Keller war, als er den Fuß des feuchten Treppenhauses erreichte, das zu Dunlaidirs unterster Ebene hinunterführte.

Kalt und nur schwach erhellt von einigen kümmerlichen Pechfackeln und den trüben Lichtstrahlen, die durch eine Hand voll schmaler Schlitze in den Wänden fiel, stellte das Gewölbe einen sicheren Aufbewahrungsraum für die wertvollsten Vorräte der Festung dar, während seine halb unterirdische Lage und seine dicken Mauern James einen etwas ungestörteren Turnierplatz boten, um die edle Kunst des ritterlichen Schwertfechtens zu erlernen, als der offene Burghof, auf dem Marmaduke normalerweise sein tägliches Schwerttraining absolvierte.

Sorgfältig darauf bedacht, einem schwankenden Stapel aus Pfeilen und Armbrustbolzen nicht zu nahe zu kommen, blieb Marmaduke in dem nicht ganz so gefährlichen Schatten einer Wand voller übereinander gestapelter Weinfässer stehen. James, der ihn nicht eintreten gehört hatte, hob seine stumpfe Klinge vom Boden auf, machte einen Satz nach vorn und begann mit finsterer Miene eine gepökelte Rinderhälfte, die von der Decke hing, zu attackieren.

Sein erster Vorstoß war erbärmlich, aber nicht etwa aufgrund eines Mangels an Balance. Nein, seine kräftigen Arme wie auch seine Beine schienen sich in durchaus gutem Zustand zu befinden.

Es war die Wut in seinem verkniffenen Gesicht, die verdarb, was ansonsten eine perfekte Parade hätte werden können.

»Wenn Ihr tatsächlich hofft, vom Schwertkampf leben zu können, solltet Ihr lernen, Euch zu beherrschen, bevor Ihr Eure Klinge zieht«, bemerkte Marmaduke, als er zu ihm trat.

James hielt mitten in einem Ausfall inne und verlor beinahe das Gleichgewicht. »Ich war ...«

»... auf dem besten Weg, einen Arm zu verlieren«, schloss Marmaduke für ihn, während er seinen eigenen Schwertgurt abnahm und ihn auf einen Korb voller zusammengerollter Ochsenhäute legte.

Dann streckte er die Arme über den Kopf und ließ seine Knöchel knacken, bevor auch er ein stumpfes Übungsschwert ergriff und sich damit an einen der dicken Pfeiler lehnte, die die Decke des Gewölbes trugen.

Ein paar Minuten blieb er ruhig dort stehen, um sich mit dem Gefühl der Klinge in seiner Hand vertraut zu machen.

»Eine Leidenschaftlichkeit wie die, die in Euren Augen lodert, solltet Ihr lieber in den Armen einer schönen Maid an den Tag legen als auf dem Schlachtfeld.« Sich halb zur Seite wendend, gab er vor, den ein Stück entfernt liegenden Brunnen zu betrachten. »Denn dort, in der Hitze ernsten Schlachtgetümmels, werdet Ihr Eure Gliedmaßen nur dann behalten, wenn Ihr nicht den Kopf verliert.«

Die Worte waren kaum über seine Lippen, da fuhr er auch schon zu James herum, und seine Klinge durchschnitt die Luft mit einer Schnelligkeit, die jeden Zuschauer hätte schwindeln lassen. Im Nu landete James' Schwert scheppernd auf dem Boden, und das stumpfe Ende von Marmadukes Klinge presste sich gegen den Hals des jüngeren Mannes.

»Das war Eure erste Lektion, mein Freund. Entweder Ihr bewahrt einen kühlen Kopf ... oder Ihr verliert den selbigen. Die Entscheidung liegt bei Euch.«

James reagierte ungehalten. »Gott und die Heiligen sind meine Zeugen – wäre ich nicht bereit zu lernen, wäre ich nicht hier!«

»Das freut mich zu hören.« Marmaduke senkte seine Klinge und deutete mit ihrer Spitze auf das am Boden liegende Schwert. »Können wir dann beginnen?«

»Ich dachte, das hätten wir bereits.« James hob beleidigt seine Waffe auf.

»*Das* war nur ein kleiner Austausch von Nettigkeiten, damit Ihr Euren Zorn loswerden konntet. Nun achtet auf meinen Gesichtsausdruck und versucht, ihn nachzuahmen.«

»Da ist kein Ausdruck auf Eurem Gesicht«, brummte James. »Es ist völlig ausdrucks*los*.«

»Genau.« Marmaduke trat ein paar Schritte zurück und nahm eine Angriffsstellung ein. »Und Ihr solltet heute besser lernen, eine ähnlich desinteressierte Miene aufzusetzen, weil Ihr morgen nämlich Publikum haben werdet ... eine schöne dunkelhaarige Maid, deren holde Gegenwart Euch helfen wird zu lernen, Ablenkungen zu ignorieren.«

James wurde blass. »Das würdet Ihr nicht tun!«

Marmaduke zog eine Augenbraue hoch. »Und ich hege auch nicht den geringsten Zweifel, dass sie uns bestimmt sehr gern diesen Gefallen tun wird.«

James presste die Lippen zusammen und starrte an die Decke.

»Das Einzige, was zwischen Euch und der Verbesserung Eurer Fechtkunst steht, ist die richtige Motivation«, erklärte Marmaduke. »Der Wunsch, Lady Rhonas Anerkennung zu erringen, wird Euch als Ansporn dienen, Eure Fertigkeiten zu verbessern.«

»Ihr wisst, dass ich ihr herzlich zugetan bin«, erklärte James mit einem anklagenden Blick auf Marmaduke. Er lehnte sich auf sein Übungsschwert, und seine Brust hob und senkte sich, als hätten sie bereits einige sehr anstrengende Runden ausgetragen. »Ich will nicht, dass sie hierher kommt, um mich …«

»Regt Euch ab, denn sonst hole ich sie auf der Stelle.«

»Ich möchte nicht, dass sie sieht, wie ungeschickt ich bin.«

»Sie wird sehen, wie gut Ihr seid«, berichtigte ihn Marmaduke. »Wenn Ihr es wollt.«

James atmete tief aus. Dann, zu Marmadukes immenser Freude, erschien ein undurchdringlicher Ausdruck auf dem gut aussehenden Gesicht des jüngeren Mannes, und er hob sein Schwert. Ein leichtes Zucken des Muskels unter seinem linken Auge war das einzige sichtbare Anzeichen seiner inneren Erregung.

Marmaduke, der spürte, dass James bereit war, den Kampf zu beginnen, machte eine aufmunternde Handbewegung.

»Greift mich an«, ermutigte er ihn und hob sein Schwert. »Stellt Euch einfach vor, Ihr würdet an einem bedeutenden Turnier teilnehmen … Eure Dame würde Euch aus den Logen beobachten und hätte Euch soeben eins ihrer Haarbänder zugeworfen … Stellt Euch vor, ihre Augen würden angesichts der Verheißung späterer Vergnügen funkeln.«

»Ihr seid grausam.«

»Man hat mich schon schlimmerer Eigenschaften bezichtigt.« Marmaduke dachte an die vielen wenig schmeichelhaften Bezeichnungen, mit denen sein Lehnsherr ihn im Laufe der Jahre überhäuft hatte. Sie waren natürlich niemals ernst gemeint gewesen, aber auf jeden Fall sehr viel unerfreulicher als *grausam*.

»Konzentriert Euch auf diese Vergnügen«, fügte er hinzu, da er der Meinung war, dass sein junger Freund noch etwas mehr Ansporn gebrauchen konnte. »Auf die erotischen Vergnügen, meine ich.«

Die Taktik funktionierte.

Der schwer errungene Ausdruck der Indifferenz auf James' Gesicht verschwand fast augenblicklich. Ohne das Geringste

Zögern trat er vor und parierte Marmadukes unentwegte Schwerthiebe mit verblüffender Geschicklichkeit.

Bis leises Gezänk im Treppenhaus seine Aufmerksamkeit erregte und Marmaduke ihn mit dem Rücken gegen das Brunnenhäuschen trieb.

»Ihr wäret jetzt tot, wenn ich ein echter Gegner wäre.« Marmaduke warf das stumpfe Übungsschwert beiseite und fuhr sich mit dem Handrücken über seine schweißnasse Stirn.

James stand keuchend da und ignorierte ihn; seine ganze Aufmerksamkeit galt dem dunklen Eingang zum Treppenhaus.

Die streitenden Stimmen kamen näher. Eine war das tiefe Brummen eines Mannes, die andere eine Frauenstimme.

Die das Wortgefecht ganz offensichtlich zu gewinnen schien.

»Das gepökelte Rindfleisch ist voller Würmer«, protestierte der Mann, und sein Ärger hallte förmlich von den dicken Mauern des Gewölbes wider.

»Es muss doch *irgendetwas* da sein«, beharrte Lady Rhonas unverwechselbare Stimme. »Wir können doch nicht eine Hochzeit ohne Hochzeitsbankett feiern.«

Dann traten beide ins Licht, und ein Ausdruck lebhaften Interesses erschien auf Rhonas reizendem Gesicht. »Ich dachte schon, ich hätte hier unten Schwerter aufeinander klirren gehört, aber als das Gefecht so abrupt verstummte, schrieb ich den Radau den Burggespenstern zu.«

»Gespenster«, brummte Eoghann. »Die einzigen Gespenster hier – falls es überhaupt welche gibt – wären vor lauter Hunger viel zu geschwächt, um sich Schwertkämpfe zu liefern.«

»Dann werden wir eben dafür sorgen müssen, dass beim Hochzeitsmahl die Tische unter dem Gewicht der Speisen ächzen und diese üppig genug sind, um die Mägen *sämtlicher* Bewohner Dunlaidirs zu füllen.« Sie strahlte den Seneschall an. »Vergangener und gegenwärtiger.«

Ihr Lächeln ließ James ärgerlich die Stirn runzeln.

Bis Marmaduke ihm auf den Fuß trat und flüsterte: »Ein Ausdruck gelangweilter Unbeteiligtheit würde sich jetzt sehr viel besser machen.«

»Die gleiche Unbeteiligtheit, mit der Ihr meine Stiefmutter anseht, wenn Ihr Euch unbeobachtet glaubt?«, murmelte James, den Blick noch immer unverwandt auf das Objekt seiner Zuneigung gerichtet.

Marmaduke verkniff sich ein Lächeln und gab ihm einen Klaps auf den Arm. »Wenn dies ein Schwerthieb gewesen wäre, hättet Ihr mein Herz durchbohrt«, raunte er so leise, dass nur James ihn hören konnte. »Erinnert Euch an diese Präzision, wenn wir das nächste Mal trainieren, dann werdet Ihr Euch schon bald Eure goldenen Sporen verdienen.«

Lady Rhona und der Seneschall kamen zu ihnen hinüber. Sie lächelte James an. »Es ist schon eine Weile her, seit wir Euch ein Schwert schwingen sahen.«

»Vielleicht habe ich ja beschlossen, dieses Versäumnis schnell zu nachzuholen«, erwiderte er und stieß sich von der Brunnenmauer ab. In seiner Hast stolperte er, und das Schwert, mit dem er übte, fiel ihm aus der Hand.

Er erstarrte, und sein Blick glitt zu der abgerundeten Spitze seiner Klinge.

Es war ein Übungsgerät für einen Knappen, nicht für einen erwachsenen Mann.

Marmadukes Herz verkrampfte sich angesichts der Ungeschicklichkeit des jüngeren Mannes. Mit Hilfe seines Fußes brachte er das Schwert in Sekundenschnelle in seine Hand. Es würde den armen James nur noch mehr beschämen, wenn Rhona sah, wie harmlos diese stumpfe Übungswaffe war.

Genauso schnell, wie er es ergriffen hatte, schleuderte Marmaduke das Schwert mit der abgerundeten Spitze in eine dunkle Ecke, wo es mit einem metallischen Klirren auf einem Stapel Armbrüste landete.

Dann räusperte er sich. »Ich brauchte einen Fechtpartner, und als Herr von Dunlaidir war James so gastfreundlich, mir seine Dienste anzubieten«, log er.

»Verehrteste«, wandte er sich an Rhona, »ich weiß Eure Überlegungen hinsichtlich eines verschwenderischen Hochzeitsmahls durchaus zu schätzen, und ich würde ein solches auch sicherlich mit Freuden genießen. Doch in Anbetracht Eurer Vorräte, denke ich, ist ein solcher Aufwand schlicht nicht möglich.«

Eoghann warf sich in die Brust. »Das habe ich ihr auch gesagt. Keine Vorräte, kein Festessen.« Er schnaubte verächtlich. »Es sei denn, wir setzten den Gästen etwas von dem Nebel vor, der hier ständig von der See hereinströmt. Davon haben wir genug.«

Bei diesen Worten beschlich eine ganz neue Art von Kribbeln Marmaduke, eine Art von Kribbeln, das er liebte ... die Geburt einer Idee.

Die Formierung eines Plans.

Drei gepökelte Rinderhälften hingen von der Decke. Sie sahen ziemlich alt aus und schienen doch die einzige Fleischquelle im gesamten unterirdischen Gewölbe der Festung zu sein.

Bis auf ein paar dürre tote Seevögel, die in einer Ecke herumlagen und noch gerupft und zubereitet werden mussten.

»Ich hörte, Ihr hattet einst eine beeindruckende Rinderherde.« Marmaduke warf James einen Seitenblick zu. »Mein Lehnsherr schwärmte von ihr noch tagelang nach seinem letzten Besuch auf Dunlaidir. Er schwor, er hätte nie in seinem Leben besseres Rind gegessen.«

»Aye, das beste Rind, das binnen eines Dreitagesritts zu haben war, so hieß es damals immer«, stimmte James ihm zu. »Doch nun, da unser Vieh auf den Feldern grast, die de la Hogue Sir John entwendet hat, haben wir kaum noch genügend Vorräte, um auch nur den hungrigen Magen eines einzigen Bettelmönchs zu füllen.«

Der junge Burgherr schien um Jahre gealtert, als er sich nun mit der Hüfte an den Rand des Brunnens lehnte. »Zu Lebzeiten meines Vaters war unsere Burg eine bedeutende Festung in diesem Teil von Schottland«, fuhr er mit düsterer Stimme fort.

»Dann fuhr Sir Hughs eiserne Faust auf uns hernieder, und auch wenn er uns nicht unsere Mauern nahm, verwüstete er doch unser Land und stahl uns unser Vieh.«

»Und versetzte auch die Kätner in Angst und Schrecken«, setzte Eoghann hinzu, und ein Ausdruck des Hasses ließ die Linien in seinem runzligen Gesicht noch tiefer wirken.

»Einen schändlicheren Mistkerl hat es nie gegeben«, stimmte James ihm zu.

Nur Marmaduke enthielt sich eines Kommentars und starrte versonnen auf den Korb mit Rinderhäuten.

Endlich wusste er, was zu tun war.

»Ihr würdet also gern ein festliches Bankett zu unserer Hochzeit geben«, wandte er sich an Rhona. »Dem stimme ich ergebenst zu. Aber«, fügte er dann mit einem Blick auf Eoghann hinzu, »wir werden nicht ein, sondern gleich zwei Hochzeitsfeste geben.«

Hinter ihm gab James einen erstickten Laut von sich. »*Zwei*?«

»Das eine gleich im Anschluss an die Trauung, und an diesem Abend wird es zu essen geben, was auch immer gerade verfügbar ist«, erklärte er. »Das zweite findet ein paar Nächte später statt, und dann werden wir das feinste Rind auftischen, das innerhalb eines Dreitageritts aufzutreiben ist.«

»Ihr seid vollkommen verrückt.« Ein Ausdruck ungläubigen Erstaunens erschien auf James' Gesicht.

»Nein, aber ich hoffe, dass meine Hochzeitsnacht eine finstere und mondlose sein wird«, berichtigte ihn Marmaduke. »Das erste Hochzeitsfest wird gewissermaßen so etwas wie unsere Nebelwand sein.«

»*Nebelwand*?« Das kam von Eoghann.

Marmaduke nickte. »Eine List, die es einigen von uns erlauben wird, sich auf Sir Johns einstige Ländereien zu schleichen und unser Vieh zurückzuholen.«

»Ich verstehe es immer noch nicht«, murmelte James.

»Ich schon«, erklärte Eoghann. »Und ich kann es fast nicht

glauben, dass ich nicht schon selbst auf die Idee gekommen bin.«

James machte ein verdutztes Gesicht.

»Versteht Ihr es denn nicht?« Die Augen des Seneschalls begannen zu funkeln. »Wer würde schon auf die Idee kommen, dass sich ein Mann in seiner Hochzeitsnacht auf Viehdiebstahl begibt?«

»Oh.« James' Gesicht verriet, dass er allmählich zu begreifen schien. »Und was wird in der Nacht des zweiten Hochzeitsfests geschehen?«

»Das, mein Freund, bleibt abzuwarten«, log Marmaduke zum zweiten Mal an diesem Abend.

Denn *er* wusste natürlich ganz genau, was in dieser Nacht geschehen würde.

☆ ☆ ☆

Schalentiere und Seetang.

Armeleuteessen.

Und bald auch das Hauptgericht auf einem Hochzeitsfest, über das Caterine eben erst informiert worden war.

Der Plan, eine weitere, zweite Feier abzuhalten, erschien ihr ganz absurd. Ihre Beunruhigung über ihre Hochzeit nahm stetig zu.

Während ihr die widersprüchlichsten Gedanken durch den Kopf gingen, warf Caterine eine weitere Hand voll triefend nassen Seetangs in einen der vielen Fischkörbe, die verstreut an der schmalen Uferlinie herumstanden, an der die Klippen von Dunlaidir sich mit der See vereinten.

Sie atmete die salzhaltige Luft tief ein, drückte ihre von der Kälte tauben Finger in ihr schmerzendes Kreuz und wünschte, sie wäre irgendwo, nur nicht hier . . . auf diesem winzigen Streifen schmalen Strandes, zu dem die Bewohner der Burg Zugang hatten.

Nur über einen gefährlichen, schon vor Jahrhunderten in den Fels des Festlandes geschlagenen Pfad erreichbar, boten seine von der weiten Kurve einer versteckten Bucht geschützten Tidebecken und Flachwasser reichen Erntegrund für verschiedene Seetangarten und andere Geschenke des Meeres.

Kostbare Nahrung, die sie und die zuverlässigsten und vertrauenswürdigsten Mitglieder des Haushalts schon seit Stunden sammelten.

Und bald würde es Abend werden, und sie hatten einen ganzen Tag mit mühevoller, anstrengender Arbeit zugebracht.

Und mit dem Austüfteln geheimer Pläne.

Caterine schloss die Augen und hielt ihr Gesicht in den kalten, stürmischen Wind, während sie über die Urteilskraft erwachsener Männer sinnierte, die als Ochsen verkleidet durch die Gegend schlichen.

Für sie eine lächerliche Vorstellung, aber offenbar eine brillante Strategie für diejenigen, die sie durchzuführen gedachten.

Besonders ihr Beschützer, der die anderen mit dem Einfall überrumpelt hatte und nun behauptete, der verstorbene König Robert Bruce habe einst die gleiche List benutzt – auch er habe sich eine Ochsenhaut über den gebückten Körper geworfen und dann den Schutz der Dunkelheit genutzt, um mit einer Rinderherde zu verschmelzen und sich auf diese Weise unauffällig einer Wachmannschaft zu nähern.

Caterine fand schon die Vorstellung aberwitzig. *Sie* hatte noch nie davon gehört, dass Schottlands heroischer König sich jemals irgendwohin geschlichen haben sollte.

Und sollte er es doch getan haben, dann ganz sicher nicht ... als *Kuh* verkleidet!

»Sie haben auch ganz entschiedene Vorteile, diese unfeinen Aufgaben des heutigen Tages«, flüsterte ihr eine vertraute Stimme ins Ohr.

Caterine riss die Augen auf.

Ein ganzes Orchester gleichzeitig erschallender Trompeten hätten sie nicht mehr erschrecken können.

Sie blickte ihre Freundin prüfend an. »Ich kenne diesen Blick von Euch«, sagte sie. »Ihr habt Napfschnecken in dem Felstümpel auf der anderen Seite des Strands gesucht. Welche *Vorteile* trieben Euch also hierher, um mich zu Tode zu erschrecken?«

»Ihr kränkt mich.« Rhona nahm einen prall gefüllten Sack von ihrem Rücken. »Dies ist schon der sechste, den ich gefüllt habe. Und was die Vorteile betrifft ...«

Sie warf einen viel sagenden Blick auf die angespannten Muskeln an Sir Alecs nacktem Rücken, als er einen schweren Korb mit glitzerndem Fisch für den Aufstieg über den Klippenpfad auf seine Schulter hievte.

»Habt Ihr je so viel erstklassiges Männerfleisch an einem Ort gesehen, Mylady?«

Caterine blickte zum Wasser hinüber, wo die MacKenzie-Männer und einige von Dunlaidirs besten Bewaffneten durch das flache Wasser wateten und ihre mit Seetang gefüllten Netze hinter sich herzogen.

Sie alle hatten ihre Tuniken abgelegt. Einige hatten sogar ihre Strumpfhosen ausgezogen und sich dafür entschieden, dem kalten Wasser mit nichts anderem als ihren *Bruchen* bekleidet zu trotzen.

Sie hätten ebenso gut auch nackt sein können.

Jeder einzelne von ihnen, *ihn* mit eingeschlossen.

»Aye, ich habe es registriert.« Caterine sah keinen Grund, die Schüchterne zu spielen.

Genauso wie sie registriert hatte, welchen Mannes nasse Unterhose vorn die größte Ausbuchtung aufwies.

Und dieser Anblick löste ein seltsam warmes Kribbeln zwischen ihren Schenkeln aus.

Sie warf einen Blick den Strand hinunter, wo ein gleichermaßen spärlich bekleideter James sich soeben den Felstümpel vornahm. »Glaubt Ihr, James würde es gutheißen, wenn Ihr die Männer so angafft?«

Rhona zuckte mit den Schultern. »Hinsehen schadet nichts. Ich bin mir sogar ziemlich sicher, dass James Keith das Interesse an mir verlieren würde, wenn er glaubte, ich könnte keinen Gefallen an den Lustwerkzeugen eines Mannes finden. Besonders, wenn sie so eindeutig zur Schau gestellt ...«

»*Lustwerkzeuge*?« Um ein Haar wäre Caterine an diesem Ausdruck erstickt.

»So nenne ich sie bei mir, aber es gibt auch andere Bezeichnungen dafür.«

»Wie könnt Ihr Euch mit solchen Albereien befassen, wenn Ihr doch sehr wohl wisst, warum wir hier sind?« Caterine blickte wieder zu den Männern mit den Netzen hinüber.

Sie war allerdings keinen Deut besser als ihre Freundin, denn auch ihr Blick suchte und fand, was er nicht hätte suchen sollen.

Es war etwas ungemein Erregendes an der Art, wie der dünne Stoff der Bruche *diesen* Körperteil von ihnen umhüllte. Das feuchte Leinen schmiegte sich so vollkommen darum, dass sich nicht nur die Länge ihres Schafts und die Rundung ihrer Hoden, sondern auch die Üppigkeit des dichten Haars bestimmen ließ, das ihre Männlichkeit umgab.

Eine süße Schwere breitete sich in Caterines Gliedern aus, die noch angenehmer wurde, als ihr Blick zu den solchermaßen zur Schau gestellten männlichen Attributen ihres Beschützers glitt, der allen anderen in dieser Hinsicht deutlich überlegen war.

»Er würde Euch glücklich machen, Mylady«, bemerkte ihre Freundin leise.

»Ich will nicht glücklich gemacht werden«, entgegnete Caterine und war selbst entsetzt darüber, wie lahm ihre Behauptung klang.

Wie unehrlich.

Denn ihr ganzer Körper sehnte sich danach, beglückt zu werden.

Rhona warf ihren Sack mit Napfschnecken auf einen wachsenden Stapel bereits gefüllter Säcke. »Ich nehme mir mein Vergnügen, wo und wann immer ich es finden kann«, erklärte sie, bevor sie sich abwandte und den Strand entlang zu James schlenderte.

Selbst damals war sie schon beherrscht von ihren Leidenschaften …

Sir Marmadukes Beschreibung seiner ersten Frau drängte sich ungebeten in Caterines Bewusstsein.

Und schien sie zu verhöhnen.

Caterines Brust wurde ganz eng, so verunsichert war sie plötzlich. So wie Arabella schien auch ihre Freundin eine ausgesprochen leidenschaftliche Frau zu sein, vermutete sie.

Sie war es jedenfalls nicht.

Nicht, dass sie nicht wusste, was Leidenschaft war … das tat sie schon.

Insbesondere seit *seiner* Ankunft.

Sie hatte sich nur nie bemüht, sie zu erringen.

Aber vielleicht sollte sie genau das tun.

Kaum hatte sie den Entschluss gefasst, hob sie eine weitere Hand voll triefend nassen Seetangs auf und warf ihn in den bereit stehenden Korb. Sie hatte schon zwei Ehemänner zu Grabe getragen – der erste war durch ein englisches Schwert gestorben, als er nur wenige Jahre älter gewesen war als James Keith heute. Der zweite starb an Altersschwäche – und auch sie selbst wurde nicht jünger.

Niemand würde es ihr verübeln, wenn sie sich die Anziehungskraft, die dieser Engländer auf sie ausübte, zu Nutze machte … und sich von ihm zeigen ließ, was es bedeutete, eine von ihren Leidenschaften beseelte Frau zu sein.

Solange sie ihr Herz aus solch intimen Eskapaden heraushielt, brauchte auch sie selbst sich keine Vorwürfe zu machen.

Kapitel 12

Viele Stunden später, in der Stille tiefster Nacht, verließ Caterine ihr Bett und schlich sich in das kleine Vorzimmer. *Er* hatte das grobe Strohlager, das er sich auf dem binsenbestreuten Fußboden des kleinen Raumes eingerichtet hatte, noch nicht aufgesucht, und der liebe Himmel mochte wissen, wo er sich befand.

Vermutlich patrouillierte er oben auf dem Wehrgang.

Oder er hatte Erleichterung gefunden in den Armen einer hübschen Küchenmagd, die bereit war, für eins seiner seltenen Lächeln und ein paar nette Worte ihre Röcke für ihn anzuheben.

Letztere Vorstellung verstimmte Caterine mehr, als sie es sich eingestehen mochte. Mit ärgerlich gerunzelter Stirn starrte sie auf das unschuldige Nachtlager auf dem Boden.

Das klumpige, mit grobem Stroh gefüllte Lager war zwar verlassen, doch der Abdruck seines wohlproportionierten Körpers war noch so deutlich zu erkennen, dass nur er selbst in seiner ganzen männlichen Vollkommenheit darauf gelegen haben konnte.

Wieder von jener merkwürdigen Enge in ihrer Brust erfasst, die sie immer dann zu quälen schien, wenn sie an ihn dachte, eilte sie aus dem Vorraum, nur um gleich darauf die feststellen zu müssen, dass auch ihre eigenen Gemächer durchdrungen von seiner allumfassenden Präsenz waren.

Nicht nur der kleine Vorraum, den er für sich beansprucht hatte.

Nicht einmal die schweren Vorhängen um ihr großes Himmelbett vermochten ihr Schutz davor zu bieten, denn gerade dort war dieses seltsam nachhaltige Gefühl von ihm am nachdrücklichsten.

Was schließlich auch der Grund gewesen war, warum sie das leere, kalte Bett überhaupt verlassen hatte.

Und sich so nackt, wie sie geschlafen hatte, aus dem Bett gewagt hatte.

Bestürzt über ihre eigene Unbesonnenheit, wurde sie von einer Hitzewelle überflutet, obwohl der frische Nachtwind, der durch die offenen Fensterläden blies, sie heftig frösteln ließ und ihr eine Gänsehaut verursachte.

Obgleich es absolut nichts Ungewohntes für sie war, von Männern nackt gesehen zu werden, da sie schließlich schon in zartem Alter aller mädchenhaften Scheu beraubt worden war, weckte der Gedanke, dass sie riskiert hatte, *ihn* zu wecken und sich ihm so zu zeigen, ernsthafte Bedenken in ihr.

Und durchflutete sie auch mit prickelnder Erregung.

Eine pulsierende Hitze breitete sich zwischen ihren Schenkeln aus, und sie griff nach ihrem Hemd, das auf der Truhe am Fußende des Bettes lag, und zog es rasch über den Kopf.

Nicht, dass sein dünnes Leinen sie vor der sinnlichen Erwartung hätte schützen können, die nun Besitz von ihr ergriff.

Lustvolle Empfindungen, ausgelöst von der beklemmenden Erkenntnis, dass sie sehr bald schon unbekleidet vor ihm stehen würde, und dass ihr Körper, der so lange jede Sinnenlust hatte entbehren müssen, Gefallen daran finden würde, trotz der Vorbehalte ihres Herzens.

Und dass ihr Körper es genießen würde, *ihn* dazu zu ermutigen, ein Verlangen zu befriedigen, das sie nicht länger bestreiten wollte.

Bebend vor innerer Erregung stand sie vor der Truhe, und obwohl sie sich gern auf eine der Bänke in einer der größeren Fensternischen gesetzt hätte, um den Rest der Nacht vorbeiziehen zu sehen, musste sie feststellen, dass sie nicht einmal in der Lage war, sich zu bewegen.

Die eisenbeschlagene Truhe hatte sie ganz und gar in ihren Bann geschlagen, lähmte ihre Füße und beanspruchte ihre ganze Aufmerksamkeit.

Und schien ihr zuzuwinken.

Oder genauer gesagt, der mit einem Tuch bedeckte Granitbrocken in der Truhe winkte ihr.

Der Stein des Gutsherrn.

Das Blut dröhnte in ihren Ohren, als sie die so harmlos aussehende Truhe anstarrte. Der Legende nach maß der Stein des Gutsherrn die Tapferkeit und Ritterlichkeit eines Mannes, bevor er einen neuen Herrn von Dunlaidir anerkannte. Müsste dann nicht auch die kühne Inbesitznahme ihrer Gemächer durch den Sassenach, die bloße Nähe seiner eindrucksvollen Persönlichkeit das Urteil dieses Steins beeinflussen?

Ihn zum Weinen bringen?

Falls er tatsächlich dazu in der Lage war.

Bevor sie es verhindern konnte, ließ sie sich auf die Knie nieder, hantierte an dem kalten Eisenriegel herum und klappte den Deckel der Truhe auf.

Nicht, dass sie an derartigen Unsinn glaubte.

Doch falls auch nur die geringste Möglichkeit bestand, dass die Legende stimmte, würden die Tränen des Steins bedeuten, dass Sir Marmaduke als Herr der Burg auf Dunlaidir verbleiben würde, dass seine unzweifelhafte Kraft ihrer aller Sicherheit garantieren und seine körperliche Anwesenheit die Bedürfnisse, die er in ihr geweckt hatte, stillen würde.

Körperliche Bedürfnisse, denen sie dann ohne Reue nachgeben durfte.

Mit einem flüchtigen Blick zur Tür, die sie mit voller Absicht nicht verriegelt hatte, horchte sie angestrengt auf Schritte. Aber die einzigen Geräusche, die sie vernahm, war das Prasseln des Kaminfeuers und das dumpfe Pochen ihres eigenen Herzens.

Die mächtige Burg war still, ihre starken Mauern und die zwischen ihnen Lebenden mit sich in Frieden.

Selbst Leo schlief. Zusammengerollt lag der kleine Hund auf seinem Bettchen und war sich des Tumults, der in ihr tobte, genauso wenig bewusst wie der schwarze Wind, der draußen an den Fenstern vorbeijagte.

Caterine atmete erleichtert auf.

Niemand würde Zeuge ihrer Torheit werden.

Und dann nahm sie ihren ganzen Mut zusammen und hob den Stein des Gutsherrn aus der Truhe.

Ohne die leisen inneren Stimmen zu beachten, die sie eine Närrin schimpften, richtete sie sich auf und trug die schwere hölzerne Schale zu der nächsten Öllampe. Ein Luftzug ließ die Bronzelampe an ihrer Kette schwanken, aber ihre Flamme brannte hell und ruhig … und verbreitete genügend Licht, um den Stein in Augenschein zu nehmen.

Falls sie wagte, es zu tun.

»Oh, Heilige Maria Muttergottes«, murmelte sie, irritiert über sich selbst, weil sie dieses lächerliche Stück Granit herausgenommen hatte, und noch irritierter über ihre albernen Bedenken, einen Blick darauf zu werfen.

Dann, mit genügend Leidenschaft in ihrem Blut, um das kühnste Herz mit Stolz zu erfüllen, straffte sie sich und riss das Tuch von dem Stein.

Er war trocken.

Knochentrocken. Nicht ein einziges Tröpfchen Feuchtigkeit glitzerte auf seiner mit Quarz gesprenkelten Oberfläche oder der glatten Maserung der Holzschale.

Wie betäubt vor Ernüchterung und Enttäuschung, starrte Caterine den hochverehrten Stein des Gutsherrn an und wäre am liebsten selbst in Tränen ausgebrochen.

Weil sie so dumm gewesen war.

Und vor allem, weil sie sich, und wenn auch nur für einen winzigen Moment lang, eingebildet hatte, ein kalter Brocken Stein könne vielleicht tatsächlich weinen.

☆ ☆ ☆

Zur selben nächtlichen Stunde, zwei Etagen tiefer, boten die kalten Steinwände der Keithschen Familienkapelle Sir Marmaduke und einigen wenigen ausgewählten Männern einen etwas ungewöhnlichen Ort für eine heimliche Zusammenkunft.

Seinen eigenen Männern.

Den vier MacKenzies aus Kintail.

Und dem alten Pater Thomas, der aus Notwendigkeit und aus Respekt ebenfalls zu diesem Treffen gebeten worden war.

Die vertrauliche Natur ihrer Zusammenkunft war ihnen allen voll bewusst, als sie sich vor dem Lettner drängten. Sie unterhielten sich mit leiser Stimme und ignorierten tapfer die beißende Kälte, die durch die Sohlen ihrer Schuhe drang und ihre Nasenspitzen und ihre Ohren rötete.

Marmaduke unterdrückte das Bedürfnis, mit den Füßen gegen die Kälte aufzustampfen, rieb sich die Hände und starrte zu der wie ein Rad geformten *Corona lucis* über ihren Köpfen auf, deren Unmengen brennender Kerzen seinen Blick wie magisch anzogen.

Die feinen Wachskerzen warfen bizarre Schatten auf die ernsten Gesichter der Männer und erzeugten ständig wechselnde Muster fahlen Lichts auf den prachtvollen Wandgemälden der Kapelle.

Nichts anderes bewegte sich in der Stille dieser unheimlichen, beklemmenden Atmosphäre, die durchdrungen war vom bleiernen Gewicht des Alters und den süßlichen Gerüchen von Staub und altem Stein und schalem Weihrauch.

»Es ist die Tatsache, dass de la Hogue über jeden unserer Schritte informiert sein wird, die mich ein solches Risiko eingehen lassen würde«, erklärte Marmaduke und wandte seine Aufmerksamkeit dann wieder dem besorgt blickenden Priester zu.

Der alte Geistliche war zutiefst beunruhigt, seit Marmaduke seine Absicht kundgetan hatte, die Hochzeit in der Dorfkirche und nicht in der Sicherheit von Dunlaidirs uneinnehmbaren Mauern abhalten zu wollen.

Und darüber hinaus nicht nur jeden tauglichen Mann der Burg an der Trauung teilnehmen zu lassen, sondern sie zudem noch mit all den überschüssigen Rüstungen und Waffen auszustatten, die momentan noch in den unterirdischen Gewölben der Burg Staub ansammelten.

»Meine Herren, für mich ist es so gut wie sicher, dass Sir Hugh am Tag der Hochzeit irgendetwas unternehmen wird.« Er warf dem Hände ringenden Priester einen Seitenblick zu. »Pater Thomas meint, der Schuft habe geschworen, bei der Trauung anwesend zu sein. Und ob er nun erscheint oder nicht, für mich besteht nicht der geringste Zweifel, dass seine Männer sich unter die Menge mischen werden.«

»Warum sollten wir also eine Auseinandersetzung provozieren, indem wir die Dorfkirche benutzen?«

Die Blicke aller Anwesenden richteten sich auf Sir Lachlan. Der junge Ritter, der noch immer ob seiner Verwundung etwas blass war, lehnte an einer steinernen Säule und schien ebenso verblüfft über Marmadukes Strategie wie Pater Thomas.

Sir Alec vergaß die Heiligkeit ihres Versammlungsorts und schnaubte verächtlich. »Wenn du etwas mehr Erfahrung in der Kriegsführung hättest, wüsstest du, warum«, erläuterte er in blasiertem Ton.

»Ich bin kein junger Gockel«, gab Lachlan ärgerlich zurück, und die Knöchel seiner geballten Fäuste schimmerten weiß im Kerzenlicht. »Ich habe genügend Schlachten miterlebt.«

»Highland-Rangeleien.« Ein gutmütiges Augenzwinkern nahm Sir Ross' Bemerkung ihre Schärfe ... und die Wut aus Lachlans Augen.

»Ich denke«, fuhr Sir Alec hastig fort, »dass eine Trauung im Dorf diese Schurken geradewegs in unsere Hände bringen wird, und genau dort wollen wir sie ja schließlich haben. Eine falsche Bewegung, und wir haben diese Mistkerle.«

Die anderen Männer nickten zustimmend.

Nur der alte Priester schien noch unsicher.

Sir Gowan ergriff einen großen, bronzenen Kerzenhalter von einem Nebenaltar und hielt seine Wachskerze vor sein bärtiges Gesicht. »Wir brauchen nur einen«, meinte er mit einem Blick auf

Lachlan. »Und dann werden wir dem Burschen mit ein bisschen Highland-Überredungskunst die Zunge lösen, bis er uns verrät, wer in diesem Haushalt de la Hogues Mann ist.«

»Pass lieber auf, dass du dich nicht verbrennst.« Marmaduke nahm die brennende Kerze aus Gowans Hand und stellte sie auf den Nebenaltar zurück. »Wir werden jeden Mann brauchen, den wir aufbringen können.«

Er warf dem rauen Highlander einen viel sagenden Blick zu. »Dich mit eingeschlossen.«

Pater Thomas hob nervös die Hände, und sein besorgter Blick glitt unruhig von Mann zu Mann. »Ihr glaubt, Sir Hugh wird einen regelrechten Angriff durchführen?«

»Das wohl kaum«, versuchte Marmaduke den alten Priester zu beruhigen. »Eine berittene Truppe loszuschicken, um eine Hochzeitsgesellschaft zu überfallen, wäre sogar für einen Schurken von Sir Hughs Sorte eine zu waghalsige Aktion.«

»Das ist nicht, wa ...«

Marmaduke brachte Lachlan mit einem vernichtenden Blick zum Schweigen.

»Am Englischen Königshof war ich verhältnismäßig gut mit de la Hogue bekannt«, fuhr er fort, und obwohl seine Worte an den Priester gerichtet waren, behielt er Lachlan misstrauisch im Auge. »Er begeht seine Schurkereien mit Heimtücke und Hinterlist und scheut die Ehre einer offenen Schlacht.«

Marmaduke ging zu dem frei stehenden, in einer düsteren Ecke neben der Kapellentür halb verborgenen Taufbecken, und während er mit den Fingern über den kalten Stein des kunstvoll geschnitzten Taufsteindeckels strich, betete er im Stillen, dass der alte Priester die halbe Wahrheit, die er ihm gesagt hatte, schlucken möge.

Denn kaum einer wusste besser als er selbst, zu was für Schlechtigkeiten jemand wie de la Hogue fähig war. Die Schandtaten dieses hinterlistigen Feiglings waren in ganz England bekannt.

Und genau das war der Grund dafür, warum er es für so wichtig hielt, die Kätner zu bewaffnen.

Und warum er dieses weitere Risiko als das geringere von zwei Übeln empfand.

»Du sagtest, sein bloßer Speichel könne Löcher in die Erde brennen, also wieso – *au*!«

Marmaduke fuhr herum und sah gerade noch, wie Sir Alec Lachlan zwei Finger ins Kreuz stieß. Verärgert nahm er einen tiefen Atemzug von der abgestandenen Luft in der Kapelle, verschränkte die Hände hinter seinem Rücken und kehrte zu den anderen zurück.

Dort räusperte er sich, bevor er sprach. »Hochwürden, Ihr meint, die Kätner seien verängstigt, aber treu. Würden sie sich gegen Sir Hugh erheben, wenn sie ausreichend bewaffnet sind und wir ihnen unseren Schutz garantieren? Und ihnen natürlich auch Zuflucht innerhalb dieser Mauern gewähren, sollten sie es vorziehen, sie zu suchen?«

Einen Moment lang sah Pater Thomas so aus, als fühlte er sein Ende nahen, aber schließlich nickte er. »Aye, das würden sie«, bestätigte er. »Ich bin mir dessen sicher. Sie sind Sir Hughs Plünderungen gründlich Leid.«

»Dann sei es so.« Marmadukes entschlossener Ton war wie eine unausgesprochene Herausforderung an seine Männer, ihm zu widersprechen.

»Wir sollen Bauern mit Rüstungen und Waffen ausstatten?«, wagte Alec einzuwenden.

»Wir müssen ihr Vertrauen gewinnen und ihr Selbstvertrauen wieder aufbauen«, versuchte Marmaduke, es einmal anders auszudrücken. »Indem wir beides tun, stärken wir diese Festung.«

Seine Erklärung traf auf skeptische Blicke.

»Und wenn sie diese Waffen gegen uns richten?« Das kam von einem sehr misstrauisch klingenden Sir Gowan.

Marmaduke stemmte die Hände in die Hüften und beschränkte sich darauf, den Blick des bärtigen Highland-Ritters zu erwidern.

Sein Gesichtsausdruck war aufschlussreich genug.

Seine Männer stießen ein paar gemurmelte Verwünschungen aus und wechselten den einen oder anderen grollenden Blick, doch keiner äußerte noch Widerspruch.

Oder zumindest nicht direkt.

Und auch das genügte Marmaduke.

Zufrieden lockerte er seine verkrampften Schultern und ließ etwas von der Anspannung aus seinem Körper weichen.

»Bis zur Hochzeit sind es nur noch wenige Tage«, wandte er sich dann wieder an Pater Thomas. »Ihr, Hochwürden, werdet die Kätner informieren, dass wir ihnen Kettenpanzer und so viele Waffen, wie wir erübrigen können, zur Verfügung stellen werden. Am Tag der Trauung sollen sie die Straßen und die Kirche bevölkern, die Kettenpanzer jedoch unter ihrer Alltagskleidung verbergen und ihre Waffen so unauffällig wie nur möglich tragen.«

Alec schnaubte verächtlich, was ihm einen Stoß in die Rippen von Sir Ross einbrachte.

Nachdem auch diese kleine Störung vereitelt worden war, wandte Marmaduke seine Aufmerksamkeit wieder dem Priester zu. »Versichert ihnen, dass Dunlaidir wieder in starken Händen ist und es auch bleiben wird. Sobald die Angelegenheit mit Sir Hugh erledigt ist, werden wir umgehend die Instandsetzung ihrer Häuser und die Bestellung ihrer Felder in Angriff nehmen.«

»Zuerst willst du das Lumpengesindel mit Stahl ausrüsten, und dann willst du auch noch ihre Felder bestellen ...«

»Gebt ihnen mein ritterliches Wort auf diese Zusicherungen.« Marmaduke hob seine Stimme ein wenig, um Sir Gowans Nörgelei zu übertönen. »Gebt bekannt, dass alle Dorfbewohner, die sich trotz allem noch fürchten, innerhalb dieser Mauern Zuflucht suchen dürfen, bis sie sich sicher genug fühlen, um zu ihren eigenen Häusern zurückzukehren.«

»Das sind schöne Worte, Engländer.« Endlich meldete sich auch Sir Ross zu Wort und hörte sich dabei so sehr wie Duncan

MacKenzie an, dass Marmaduke fast auf dem Absatz herumfuhr, um zu sehen, ob dieser Flegel hinter ihn getreten war.

Marmaduke lächelte, aber es war ein bittersüßes Lächeln, denn mit einem Mal überkam ihn ein überwältigendes Bedürfnis, seinen alten Freund wiederzusehen.

Ein brennendes Verlangen, wieder *daheim* zu sein.

Daheim auf Balkenzie.

Mit seiner frisch gebackenen Braut an seiner Seite.

Blinzelnd, um die Tränen zurückzuhalten, die plötzlich in seinem gesunden Auge brannten, straffte er seine Schultern und richtete den Blick auf seine Männer.

»Ihr werdet die Kettenhemden und Waffen ins Dorf hinunterbringen«, sagte er und war selbst entsetzt darüber, wie eigenartig heiser seine Stimme klang. »Im Interesse der Geheimhaltung werdet Ihr natürlich bei Nacht arbeiten, am besten zwischen der Matin und Morgendämmerung, und ihr werdet die Sachen an einem sicheren Ort verstecken, bis Pater Thomas mit den Kätnern gesprochen hat.«

»Und wann beginnen wir mit dieser noblen Aufgabe?« Das war wieder Gowan.

Irgendein innerer Teufel, der aber nicht zu denen gehörte, die ihn normalerweise plagten, veranlasste Marmaduke, zu den hohen Lanzettfenstern der Kapelle aufzuschauen. Pechschwarze Nacht presste sich von draußen gegen sie, stahl die Farbe von ihren Buntglasscheiben ... und hüllte die Welt dahinter in schützende Dunkelheit.

Eine geradezu perfekte Nacht für Heimlichkeiten.

Alec folgte seinem Blick. »Oh nein, Strongbow – du meinst doch wohl nicht heute Nacht?«

Marmaduke hätte angesichts des gequälten Gesichtsausdrucks des anderen Mannes beinahe laut gelacht. Er riss sich jedoch am Riemen und gab ihm stattdessen einen freundschaftlichen Klaps auf den Arm. »Du bist geistesgegenwärtiger als ich dachte, Alec.«

In beinahe aufgeräumtem Ton fügte er dann hinzu: »Ich werde euch alle tausendfach und mehr belohnen, sobald wir wieder zu Hause sind.«

Die Männer verdrehten ihre Augen und maulten, aber dann verabschiedeten sie sich einer nach dem anderen und gingen, und Marmaduke wusste, dass sie viel erreicht haben würden, bevor die Sonne über dem Horizont aufging.

»Gott sei mit Euch«, murmelte der alte Priester, als die Männer aufbrachen, und es gelang ihm nicht ganz, die Bewegung aus seiner Stimme fernzuhalten. Als ihre Schritte verklangen, sah er Marmaduke dankbar an.

»Ihr seid ein braver Mann«, sagte er. »Die Kätner werden Euch nicht im Stich lassen.«

»Und wir sie auch nicht, das verspreche ich Euch.« Marmaduke ergriff Pater Thomas' Hand und drückte sie beruhigend.

Dann, ohne weitere Förmlichkeiten, verließ auch er die Kapelle, doch im Gegensatz zu seinen Männern, die sich zu den unterirdischen Gewölben Dunlaidirs begeben hatten, stieg er eine gewundene Turmtreppe zu den Gemächern seiner Dame hinauf, und je näher er seinem Ziel kam, desto breiter verzogen sich seine lächelnden Mundwinkel.

Einen braven Mann, hatte der Priester ihn genannt.

Aber das war er heute Abend ganz bestimmt nicht.

Ganz und gar nicht.

Denn heute Abend hatte er die Absicht, sehr, sehr unartig zu sein.

☆ ☆ ☆

Bestürzt musste Marmaduke jedoch feststellen, dass die einzigen Augen, die ihn aus der dunklen Nische zwischen den Bettvorhängen seiner Dame begrüßten, rund und braun waren und ihn mit anklagenden Blicken musterten. Auf jeden Fall waren es nicht die saphirblauen, halb geschlossenen und verschlafenen, die er zu sehen gehofft hatte.

Und auch das leise Knurren, das tief aus Leos Kehle drang, klang nicht halb so süß wie der leise Seufzer der Überraschung, den er zu hören erwartet hatte, als er die Bettvorhänge zur Seite schob.

Doch bald, sehr bald schon würde sie ihn mit leisen Seufzern der *Zufriedenheit* bezaubern.

Dafür würde er schon sorgen.

Doch zuerst musste er sie finden ... und dies am besten ohne die Unterstützung ihres kleinen Schattens.

»Ich bitte um Verzeihung, kleiner Mann, aber ich möchte nicht andauernd von dir angestarrt werden, während ich die Gunst meiner Dame zu gewinnen suche«, sagte er, während er sich zu Leo beugte und seinen feindseligen Blick mit einem finsteren Stirnrunzeln erwiderte.

»Wenn du klug bist, schläfst du wieder ein, träumst von vierbeinigen, kleinen Mädchen und überlässt deine schöne Herrin mir«, fügte er hinzu und schloss rasch die Bettvorhänge vor den gefletschten Zähnen und dem drohenden Knurren des kleinen Hunds.

Der finstere Blick – oder vielleicht auch seine überzeugenden Worte – schienen gewirkt zu haben, hinter den geschlossenen Vorhängen war kein Mucks mehr zu hören.

Schweigen und die gedämpften Geräusche des kleinen Hundes, der es sich nun wieder auf dem Bett bequem zu machen schien.

Der Anflug eines Lächelns erschien um Marmadukes Mundwinkel, als er dem großen Himmelbett und seiner hoffentlich bald wieder schlafenden Nemesis den Rücken zukehrte.

Nichts als kalte Luft stand zwischen ihm und seinem ersten ernsthaften Versuch, seine zukünftige Gemahlin in die Geheimnisse und Freuden der Liebe einzuführen, die er künftig mit ihr zu teilen hoffte.

Selbst seine Dämonen waren für diese Nacht entmachtet, verdrängt von seinem grenzenlosen Verlangen, sich von nichts daran hindern zu lassen, den zarten Lippen seiner Dame endlich einen süßen Seufzer des Vergnügens zu entlocken.

Als seine Augen sich an das Halbdunkel des nur schwach erleuchteten Zimmers gewöhnt hatten, ließ er seinen Blick prüfend durch die Schatten gleiten ... und entdeckte Caterine in der zugigen Fensterlaibung, in der sie Zuflucht gesucht hatte, während er vom Zischen und Knistern der heruntergebrannten Dochte der nahen Öllampe abgelenkt gewesen war.

Die bronzene Lampe schaukelte an ihrer Kette, und ihre zischenden Flammen zeichneten seltsame Muster auf die Wände der kleinen Fensternische. Caterine kauerte auf dem gepolsterten Sitz, eine pelzbesetzte Decke über ihren Beinen, ihren *arisaid* lose um die Schultern, und von Kopf bis Fuß in den schwachen silbernen Schein des sichelförmigen Monds getaucht.

Glücklicherweise blickte sie auf die nächtlich dunkle See hinaus und kehrte ihm den Rücken zu ... denselben Rücken, den er am vergangenen Tag mehrmals hatte betrachten können, während sie ihn bei ihrer mühsamen Arbeit unten am Strand immer wieder gestreckt hatte.

Ein Rücken, der mit Sicherheit noch immer schmerzte.

Genau der richtige Vorwand, den er brauchte, um sie zu berühren.

Sein Lächeln kehrte zurück, und diesmal sprang ihm der Schalk ihm geradezu aus den Augen.

Getrieben von dem starken Bedürfnis, all die Jahre leerer Nächte hinter sich zu lassen – und auch einige *ihrer* Drachen zu vernichten –, überquerte er den binsenbestreuten Fußboden, bis er nur noch einen Schritt weit von ihr entfernt stand.

Sein Blut pochte vor Verlangen so laut, dass er kaum noch zu atmen wagte und eine volle Minute brauchte, um das Rauschen in seinen Ohren nicht als sein eigenes, sondern als den gedämpften Lärm zu erkennen, der durch das offene Fenster drang ... das rhythmische Krachen der Wellen, die sich an den Felsen brachen.

Ohne auch nur einen Gedanken daran zu verschwenden, dass seine Annäherungsversuche auf Ablehnung stoßen könnten, spreizte Marmaduke seine Finger und schöpfte tief Atem, um die Hoffnung in seinem Herzen zu stärken.

Dann, mit dem Gefühl, sich wie ein unwissender Heide aufzuführen, der es darauf anlegte, mit allen Mitteln, lauteren oder unlauteren, seine Ziele zu erreichen, legte er seine Hände auf ihre Schultern.

Sanft begann er die verspannten Stellen zu massieren, betört von ihrer mondbeschienenen Schönheit und abgelenkt von ihren seidigen warmen Zöpfen, die seine Finger streiften.

Sie bewegte sich einmal und beschenkte ihn mit dem leisen Seufzer, den er sich so ersehnt hatte, als er die gewundene Treppe zu ihrem Gemach hinaufgestiegen war, und machte ihm zudem die Freude, sich umzudrehen und ihm ein schläfriges kleines Lächeln zu zeigen.

»Danke«, sagte sie schlicht und schob ihre Zöpfe aus dem Weg, um ihn sodann sogar noch mehr zu überraschen, indem sie ihren *arisaid* von ihren Schultern streifte.

Dass er angesichts ihrer eindeutigen Bereitschaft nach Luft schnappte, seine angebotenen Zuwendungen – *seine Berührung* – zu akzeptieren, überraschte Caterine nicht.

Er konnte ja auch nicht wissen, dass sie sich seiner Gegenwart schon bewusst gewesen war, seit er ihre Zimmertür geöffnet hatte und eingetreten war. Dass sie hier gesessen und auf ihn gewartet hatte.

Oder dass sie gehört hatte, was er Leo zugeflüstert hatte.

Seit er den Raum betreten hatte, hatte sie regungslos wie eine Statue dagesessen, glühend vor Begehren, und ihn im Stillen angefleht, sich zu ihr ans Fenster zu setzen … und sie zu berühren.

Nun richtete sie sich etwas gerader auf und beugte den Kopf nach vorn, um noch ein wenig mehr von ihrem Nacken und ihren Schultern für die Magie seiner geschickten Finger freizulegen.

»Ihr seid überrascht, dass ich Eure Berührung genieße.« Die leisen Worte waren keine Frage, sondern eine Feststellung.

Eine weitere ihrer so freimütig geäußerten Wahrheiten.

Eine, die ihn wie ein Blitz durchzuckte und in rasender Geschwindigkeit den Weg zu seinen Lenden fand.

»Das freut mich«, erwiderte er, sich für die gleiche Offenheit entscheidend, und erstaunt darüber, dass er die Worte überhaupt über die Lippen bekam, so scharf war das Ziehen, das seine Lenden durchfuhr.

Und so übermächtig das Gefühl, das in seinem Herz erwachte.

»Ich wusste, dass Euer Rücken ...« Er unterbrach sich, kaum dass das Wort über seine Lippen war.

Es waren ihre *Schultern*, die er durch das weiche Leinen ihres Hemds massiert hatte, nicht ihr Rücken, und irgendeine seltsame Magie in der silbern angehauchten Luft ließ ihn glauben, seine Wünsche in dieser Nacht auch nur zu *denken*, könnte die denkwürdigsten Folgen haben.

Und sie auszusprechen noch viel unheilvollere.

Wie wenn sie ihn zum Beispiel bäte, seine Hände tiefer gleiten zu lassen und auch ihren schmerzenden Rücken zu massieren.

Das Problem war, dass das drängende Verlangen, das fast schmerzhaft hart gegen seine Strumpfhose pochte, einer solchen Verlockung vermutlich gar nicht widerstehen könnte.

Seine sagenhafte Kraft und Ausdauer, besiegt von der anmutigen Biegung eines von einem dünnen Leinenhemd bedeckten Rückens!

»Mein Rücken schmerzt noch mehr als meine Schultern«, sagte sie.

Noch bevor sie ihre Hände um seine Handgelenke legte und sie von ihren Schultern hob, wusste Marmaduke, was sie beabsichtigte.

Er straffte die Schultern, um sich der Herausforderung, der er sich gegenübersah, zu stellen, starrte mit angehaltenem Atem an ihr vorbei aus den hohen, bogenförmigen Fenstern und wartete.

Weit draußen auf See, hoch über dem Horizont, schob sich hinter einer Wolke ein sichelförmiger Mond hervor, dessen fahles Licht kaum mehr als einen dünnen Silberstreifen auf das nächtlich schwarze Wasser warf, es aber dennoch irgendwie zu Stande brachte, jeden unbedeckten Zentimeter makelloser Haut, die sie für ihn entblößte, zu beleuchten.

Und dank Marmadukes beachtlicher Körpergröße schloss dieser wunderbare Anblick auch die nackten Rundungen ihrer üppigen Brüste mit ein ... einschließlich ihrer erfreulich harten kleinen Spitzen!

»Heilige Maria und Josef«, murmelte Marmaduke, sich Duncan MacKenzies liebsten Fluch leihend, da es ihn jetzt nicht mehr kümmerte, ob sie wusste, dass sie ihm weiche Knie beschert hatte, als sie ihr Unterhemd bis zu ihrer Taille herunterzog.

»Ich habe Euch schon wieder überrascht«, sagte sie und blickte über ihre nackte Schulter zu ihm auf, ihre blauen Augen so unschuldig wie ein neugeborener Tag, ihre vollen Brüste vom silbernen Mondlicht beschienen und wunderschön.

Und brennend vor Verlangen, berührt zu werden.

Ihre harten kleinen Brustspitzen verlangten Aufmerksamkeiten, die den Teufel um Vergebung flehen lassen würden.

»Friert Ihr nicht?« Sein gestelzter Tonfall ließ Marmaduke zusammenzucken. Selbst ein Eunuch hätte gewandter reden können!

»Ist Euch kalt?«

Nein, ich glühe vor Verlangen nach Euch, hieß ihn seine brennende Begierde sagen.

»Mir ist alles andere als kalt, wie Ihr eigentlich wissen müsstet, denke ich«, erwiderte er stattdessen auf die gleiche unverblümte Art, in der sie gewöhnlich mit ihm sprach.

Er senkte sogar seinen Blick und ließ ihn ganz bewusst auf ihren Brustspitzen verweilen. »Aber ich bin verwirrt.«

Sie hob ihr Kinn, und Marmaduke hätte schwören können, dass er einen Anflug von … *Enttäuschung*? … über ihr schönes Gesicht huschen sah, als er von ihren nackten Brüsten aufsah.

»Ich möchte nur, dass Ihr mich berührt. Dass Ihr die Anspannung aus meinem Nacken wegmassiert.« Sie wandte ihr Gesicht wieder in Richtung See. »Es wird sich besser anfühlen, wenn mein Hemd Euch dabei nicht im Wege ist.«

Marmaduke verengte sein gesundes Auge und starrte auf ihren blonden Hinterkopf, während sein Wunsch, mit viel Geduld und Behutsamkeit ihre Gunst und ihre Liebe zu gewinnen, einen harten Kampf ausfocht mit dem Tier, das sie mit ihrer Kühnheit in ihm geweckt hatte.

»Ihr seid wirklich sehr direkt«, sagte er schließlich, und seiner Stimme war deutlich anzuhören, was für einen hohen Preis er für seine Zurückhaltung bezahlte.

»Ich sagte Euch doch schon, dass ich nicht gerne um den heißen Brei herumrede«, erinnerte sie ihn. »Und praktisch veranlagt bin ich auch.«

Sie beugte sich ein wenig vor, und ein breiter Streifen Mondlicht fiel auf ihren nackten Rücken.

»Bitte«, drängte sie, und der erwartungsvolle Tonfall ihrer Stimme war fast so betörend wie die seidige Haut, die seine Aufmerksamkeiten erwartete. »Mein Rücken schmerzt, und Eure Berührung ist so … wohltuend.«

Marmaduke schluckte.

Seine Hände taten ihr den Gefallen.

Sie strichen, streichelten und kneteten.

Spendeten ihr jedes Vergnügen, das seine umherschweifenden Finger ihr zu verschaffen vermochten, und trieben ihn selbst an den Rand des Wahnsinns.

»Glaubt Ihr, ich kann das hier tun und nicht wünschen, die Brüste zu berühren, die Ihr ebenfalls entblößt habt?« *Dieser* Teil von ihm sprach nun aus ihm. »Seid gewarnt, Mylady, ich bin kein unerfahrenes Jüngelchen, das man necken kann …«

»Und ich habe auch nicht die Absicht, Euch zu provozieren. Es stört mich nicht, wenn Ihr meine Brüste berührt«, sagte sie, und ein fast schmerzhaftes Verlangen ergriff Besitz von ihm.

Schweigend stand er da, außer Stande, auch nur ein Wort zu erwidern.

Oder sich zu rühren.

Seine Hände lagen noch auf ihrem Rücken, und sein ganzer Körper war angespannter als ein Dutzend fest gestraffter Bogensehnen.

Sie wandte den Kopf und blickte wieder zu ihm auf. »Ihr möchtet wissen, warum es mich nicht stört.« Sie las seine Gedanken so präzise, als trüge er sie auf der Stirn geschrieben.

»Es stört mich nicht«, fuhr sie fort, ihre blauen Augen nicht minder ernsthaft als ihr Ton, »weil es sich gut anfühlte, als Ihr sie gerade ansaht.«

Marmadukes Begierde steigerte sich in einem solchen Maße, dass er drauf und dran war, sich in eine hochnotpeinliche Situation zu bringen.

Ein geringerer Mann als er hätte es getan.

»Es gefiel Euch, als ich sie ansah?« Er brachte die Worte kaum an dem Kloß in seiner Kehle vorbei.

Sie nickte, ihr schönes Gesicht lag nun im Halbschatten des Mondes. »Ich habe nie viel Sinnenlust erlebt. Diesen Mangel würde ich gern beheben«, antwortete sie rasch.

Als versuchte sie, trotz ihrer Offenherzigkeit, die Worte so schnell wie möglich auszusprechen, bevor sie sie beschmutzen konnten.

Marmaduke neigte den Kopf, und seine Hände begannen sich wieder zu bewegen, doch nun kneteten sie weniger und streichelten und liebkosten dafür mehr. In immer intimeren Kreisen ließ er seine Finger an ihrer Wirbelsäule hinauf und hinunter gleiten und konnte es kaum erwarten, sie um ihren Brustkorb zu legen und die Seiten dieser üppigen, schweren Brüste zu berühren.

Oder seine Hände unter die zusammengerafften Falten ihres Unterrocks zu schieben und das dichte Dreieck goldener Locken zu berühren, die ihn, wie er wusste, dort zwischen ihren wohl geformten Schenkeln erwarteten.

Ein üppiges Nest aus berauschender Süße, das er sehr gründlich und in aller Ruhe zu erkunden gedachte.

Ein raues Stöhnen stieg in seiner Kehle auf, aber es gelang ihm, es zu unterdrücken. Und dann brauchte er seinen ganzen Atem, um die Frage zu formulieren, die ihm auf der Zunge brannte.

»Ihr möchtet Lust erfahren? *Körperliche Lust*?« Die Worte waren kaum mehr als ein Schnarren, aber sie hingen so schwer in der Atmosphäre zwischen ihnen, dass nicht einmal der frische Nachtwind ihr Gewicht davonzutragen vermochte.

Caterine drehte sich zu ihm um und bot ihm einen Blick auf ihre wundervollen Brüste, herrlich nackt und so ungeniert zur Schau gestellt, als hätte sie nur eine Hand zu einer ungezwungenen Begrüßung ausgestreckt.

»Aye, Sir, ich möchte solche Dinge erleben, und zwar in all ihren unterschiedlichsten Nuancen«, sagte sie, und dieses Eingeständnis – und ihr Anblick – sandten einen wahren Strom flüssigen Feuers durch seine Adern. »*Leidenschaft* ist etwas, was ich dringend brauche, wie Lady Rhona mich erst kürzlich wissen ließ.«

»Das hat sie Euch gesagt?«

Wieder nickte sie, und die Bewegung ließ ihre vollen Brüste wogen. »Sie sagte es am selben Tag, an dem sie mir auch riet, einen Beschützer herkommen zu lassen.«

»Und Ihr habt es getan.«

»*Sie* hat es getan.«

Diesmal nickte Marmaduke. »Und nun habt Ihr einen.«

»Aye, so ist es. Einen Beschützer, einen zukünftigen Ehegatten, einen ... Mann.«

Marmaduke bewegte seinen dummen Kopf nur wieder zustimmend auf und nieder, weil er noch immer zu benebelt war von der

Betrachtung ihrer dunklen, gekräuselten Warzenhöfe und der harten, kleinen Spitzen ihrer Brüste, um atmen oder gar einen einzigen vernünftigen Satz äußern zu können.

»Ich habe beschlossen, dass ich den dritten ebenso sehr brauche wie die beiden ersten«, erklärte sie und lehnte sich zurück und stützte sich auf ihre Hände, sodass ihre Brüste sich nach oben und nach vorne bogen und ihre steifen Spitzen ihm buchstäblich geradewegs ins Auge blickten.

Ihre Augen funkelten kühn. »Komme, was will, ich bin keine schüchterne Frau«, sagte sie und ergriff seine Hände, um ihre Finger mit den seinen zu verschränken.

»Zu viele Männer haben meinen Körper gesehen und … *benutzt*, um mich hinter dem Anschein falscher Sittsamkeit zu verstecken. Ja, ich glaube, es würde mir wirklich sehr gefallen, die sinnlichen Freuden zu erforschen, von denen die Barden singen, wenn sie glauben, alle *Damen* hätten den großen Saal verlassen.«

Und dann führte sie seine Hand zu ihren Brüsten und hielt sie dort gefangen, nur Zentimeter weit von ihren steifen kleinen Brustspitzen entfernt.

So nahe, dass er die Hitze spüren konnte, die sie ausstrahlten.

»Würdet Ihr mir solche Freuden schenken?«

Marmaduke hörte sie kaum, so dicht war der Nebel seiner sinnlichen Erregung, so schmerzlich süß das nahezu schmerzhaft starke Anschwellen seiner männlichen Begierde.

»Könnt Ihr mir diesen Wunsch erfüllen? Werdet Ihr es tun, obwohl Ihr wisst, dass ich keinerlei Gefühle bei unseren … *körperlichen Intimitäten* … dulden werde?«

Das *hatte* er gehört.

Doch sein Protest erstarb in seiner Kehle, wurde hinweggefegt von einem Stöhnen, als sie seine Hände noch näher an die Spitzen ihrer Brüste führte.

Da sie den jämmerlichen Laut ganz offenbar als Zustimmung

missdeutete, berührte sie mit seinen Fingerspitzen ihre Brustwarzen.

»Jesus Christus!« Der Fluch kam im selben Augenblick über seine Lippen, in dem er die Kontrolle über seine Leidenschaft verlor.

»Dann seid Ihr also einverstanden?« Ihre nüchterne Stimme durchdrang den Nebel, der ihn immer noch umgab.

Marmaduke nickte, außer Stande, ihr in diesem Moment irgendetwas zu verweigern.

Nicht einmal einen solch absurden Vorschlag, wie sie ihn ihm soeben unterbreitet hatte.

Einen Vorschlag, an den er sich natürlich nicht zu halten gedachte.

Aber jetzt, in ebendiesem Augenblick, hatte er andere Sorgen, die ihn erheblich stärker beschäftigten.

Wie zum Beispiel die Frage, wie er es verhindern konnte, dass sie den verräterischen feuchten Fleck auf seiner Hose und an der Vorderseite seiner Tunika bemerkte.

Denn er, Sir Marmaduke Strongbow, Drachentöter und Beschützer edler Damen, war soeben der Gemeinschaft Männer eines geringeren Standes beigetreten.

Kapitel 13

Ein Mann, der Frauen bezauberte.

Ein Charmeur von unbeschreiblicher Begabung und Finesse.

Im Stande, eine selbstaufopfernde, jungfräuliche Heilige zur Aufgabe ihrer Tugend zu bewegen … zumindest behaupteten das seine Männer.

Wieso hatte er ihr dann seine Hände entzogen – fort von ihren erigierten Brustspitzen – und war auf die Knie gefallen?

Als er nun auf dem binsenbestreuten Boden vor ihr kniete, den dunklen Kopf ganz leicht gebeugt, sah er ganz und gar nicht wie ein Mann aus, der sich auf die edle Kunst verstand, weibliche Herzen zu erobern.

Er wirkte vollkommen erledigt.

Schlimmer noch, er sah regelrecht … *gequält* aus.

Caterine glättete die weichen Falten ihres Umhangs, der auf ihrem Schoß lag, instinktiv in seiner Wärme Trost suchend, und wünschte sich im Stillen mit aller Macht, *er* möge seinen gesenkten Kopf heben und sie wieder ansehen.

Sie wieder berühren.

Und die glutvolle Erregung wieder anfachen, die sie erfasst hatte, als seine Finger ihre Brust berührt hatten. Sie hatte gerade erst begonnen, diese sinnlichen Empfindungen zu genießen, als er sich ihr so jäh entzogen hatte und seine unerwartete Reaktion sie in solch furchtbare Verlegenheit gestürzt hatte.

Hatte er das getan, weil sie sich vor ihm entblößt hatte?

Die Vorstellung, die sie als eine große Schmach für ihren Stolz empfand, zerstörte erbarmungslos auch noch den letzten Rest der prickelnden Erregung, die seine Berührung in ihr wachgerufen hatte. Nach und nach verglomm sie zischend und gefror zu einem Tümpel kalter Ratlosigkeit irgendwo in ihrer Magengrube.

Caterine starrte ihn an, und während ein Teil von ihr sein dichtes Haar, das im Mondschein schimmerte, bewunderte, wurde dem anderen ganz übel, als ihr Blick auf seine fest zusammengepressten Hände fiel.

Beim Anblick dieser geballten Fäuste, an denen die Knöchel weiß hervortraten, empfand sie ihre Schamlosigkeit wie eine schwere Last auf ihren Schultern. Und dass sie zudem auch noch Gefallen daran gefunden hatte, belastete sie sogar noch mehr.

Doch dann nahm sie ihren ganzen Mut zusammen, straffte ihre Schultern, um die Scham zu vertreiben und hob das Kinn. Er hatte sich ganz sicher nicht geniert, als sie *ihn* nackt gesehen hatte … bis auf die Haut entkleidet, hatte er ruhig und vollkommen unbekümmert neben seiner Badewanne gestanden, an dem Morgen, an dem er den Latrinenausgang repariert hatte.

Und er war sich ihres abschätzenden Blicks durchaus bewusst gewesen. Wenn überhaupt, hatte sich so etwas wie ein Ausdruck des Stolzes auf seinem Gesicht gezeigt.

Warum sollte sie also nicht auch das Gefühl genießen, seinen Blick auf sich zu spüren?

Und obwohl ihr Magen sich angesichts des Wahnsinns, der von ihr Besitz ergriff, verkrampfte, streckte sie kühn die Hände aus und strich mit ihren Fingern durch sein schulterlanges Haar.

»Habe ich Euch schockiert, Mylord?« Sie fasste ihre Verstimmung in Worte, und obschon das leise Flüstern kaum lauter war als ein Seufzen, war es doch durchdrungen von Verärgerung. »Hat meine … *Kühnheit* Euch beleidigt?«

Sein Kopf fuhr hoch, und der Muskel, der an seinem markanten Kinn zuckte, verriet ihr, das sie das und noch viel mehr getan hatte.

»Bei allen Heiligen und Aposteln«, sagte er, mehr zu sich selbst als ihr. »Ist es das, was Ihr glaubt?«

Seine tiefe Stimme enthielt nicht einmal einen Anflug von Kritik, doch die heftige Erregung, die seine Züge prägte, und sein nur mühsam unterdrückter Ärger waren deutlicher als jeder Widerspruch.

Genau wie die angespannte Haltung seiner breiten Schultern.

»Nun?« Wieder betrachtete er sie mit diesem ruhigen, eindringlichen Blick, dem nichts verborgen blieb.

Nicht, dass er sie etwa hätte finster anstarren müssen, um die Wahrheit aus ihr herauszuholen.

Ihr Zorn brannte förmlich darauf, sich Luft zu machen.

Sie befeuchtete ihre Lippen und nickte. »Wenn Ihr es wirklich wissen wollt … Ihr seht nicht nur so aus, als wärt Ihr krank geworden, sondern Ihr wirkt auch so verärgert, als hätte man Euch soeben mitgeteilt, dass Euch alle Sakramente verweigert werden würden.«

Ein ungläubiger Ausdruck huschte über sein Gesicht.

Caterine erwiderte seinen erstaunten Blick. »Aye, in alle Ewigkeit verdammt«, schmückte sie ihre Worte noch ein wenig aus und begann sich für das Thema zu erwärmen. »Als wärt Ihr schon … gestorben.«

»Manche nennen es den *kleinen Tod*«, glaubte sie ihn murmeln zu hören.

»Und nun?« *Das* hatte sie gehört.

Er beugte sich zu ihr vor, so nahe, dass sie seine Wärme an ihren nackten Brüsten spürte. »Wie sehe ich jetzt aus, Mylady?«

Als würdet Ihr mich begehren, schrie ihr Körper, als sie sah, wie seine gequälte Miene allmählich einem Ausdruck … unverhohlenen Verlangens wich.

Einem alles verzehrenden, glutvollen Begehren.

»Ihr seht … interessiert aus«, sagte sie und wählte ausnahmsweise einmal eine nicht mehr ganz so kühne Formulierung.

Tatsächlich sah er ganz so aus, als sei er im Begriff, sich noch etwas weiter zu ihr vorzubeugen, um ihre Brüste mit seinen wunderbaren Küssen zu bedecken. Allein die Vorstellung durchflutete sie mit einer seltsam trägen Hitze.

»Interessiert?« Er zog eine Augenbraue hoch. »Ich würde eher sagen, erfreut«, sagte er, und sein Blick war wie ein Streicheln. »Sehr erfreut sogar, denn Eure Kühnheit ist ein überaus erfreuliches Geschenk.«

Sie blinzelte. »Ein Geschenk?«

Er nickte. »Ein kostbareres als Ihr Euch vorstellen könnt«, murmelte er mit ungewöhnlich heiserer Stimme.

Ein seltsam konzentrierter Ausdruck erschien auf seinem Gesicht, als er mit dem großen Rubin seines Siegelrings zunächst ihre eine Brustspitze berührte und dann die andere, wo er ihn einen Moment verweilen ließ. »Ein Geschenk, das ich Euch viele Male zurückgeben werde, meine Schöne.«

Caterines Augen öffneten sich sperrangelweit angesichts dieser liebevollen Anrede, doch der kalte Rubin, der sich so fest an ihre empfindsame Brustspitze presste, erwies sich als viel zu aufreizend, als dass sie Einspruch dagegen hätte erheben können.

Sie öffnete den Mund, um es zu versuchen, aber bevor sie dazu kam, stand Marmaduke auf, um die Fensterläden zuzuklappen, und schloss damit den kalten Wind, aber auch die seltsame Magie der silbern angehauchten Nacht aus.

Dann kam er zu ihr zurück, hob sie auf die Arme und drückte sie, ihren zerknitterten *arisaid* und selbst die pelzbesetzte Bettdecke ganz fest an seine harte Brust.

»Bei Gott, Mylady, es gibt viel, was ich Euch geben möchte, und ich würde jetzt auch gern mit Euch über einige dieser Dinge reden, doch bevor ich das tue, möchte ich, dass Ihr es warm habt«, sagte er. »Eure Zähne klappern.«

Und wenn er das Geschenk ihrer nackten Brüste, die ihm im Mondlicht zuwinkten, auch nur eine Sekunde länger hätte ertragen müssen, ohne sie zu nehmen, wäre seine Erregung in einem solchen Grad gestiegen, dass er sich womöglich für sein Leben lang zum Narren gemacht hätte.

Und deshalb begnügte er sich mit einem Kuss auf ihre Schläfe und durchquerte das dunkle Schlafgemach, ohne sie aus seinen

Armen zu entlassen, bis er den Kreis aus angenehmer Wärme erreichte, die das noch nicht ganz erloschene Feuer im Kamin ausstrahlte.

»Bewegt Euch nicht«, sagte er, als er sie langsam an seinem Körper hinuntergleiten ließ, nur um des Vergnügens willen, dies zu tun.

Dann ließ er sich auf ein Knie nieder, warf ein paar Klumpen Torf in den Kamin und stocherte mit einem eisernen Schürhaken im Feuer, bis neue Flammen, süß und rauchig, der Kälte im Raum etwas von ihrer Schärfe nahmen.

Zufrieden richtete er sich auf, noch immer sorgfältig darauf bedacht, ihr Umschlagtuch vor sich zu halten, als er an ihr vorbeiging, um seinen pelzverbrämten Umhang aus dem Vorzimmer zu holen. Das wieder angefachte Feuer prasselte fröhlich, als er zurückkam, und auch in Caterines saphirblauen Augen glimmte ein ganz neues Feuer.

Die pelzbesetzte Bettdecke noch etwas fester um sich ziehend, erwiderte sie seinen Blick, und die herausfordernde Haltung ihres blonden Kopfes ließ erkennen, dass ganz gleich was für törichte Vorstellungen sie auch plagen mochten, diese nicht viel Gutes für ihn zu verheißen schienen.

»Ihr setzt zu viel voraus, wenn Ihr glaubt, ich wünschte mir Geschenke, Mylord«, sagte sie und bestätigte damit prompt seine Vermutung. »Natürlich werde ich mit Vergnügen *sinnliche Freuden* mit Euch erforschen, so wie wir es besprochen hatten, aber jede andere Form von Geschenken würde auf eine Intimität hindeuten, die ich Euch nicht geben kann.«

Die Unaufrichtigkeit ihrer Worte verriet sich im leisen Zittern ihrer Stimme und gab Marmaduke die Kraft, gelassen seinen Umhang mit der Fellseite nach oben über einen schweren Eichensessel neben dem Kamin zu breiten.

So unbefangen, wie er konnte, ließ er sich dann darin nieder, streckte seinen langen Beine aus und kreuzte sie über den Knöcheln. »Dann kommt, Mylady, und lasst mich Euch zumindest wärmen«, sagte er und breitete die Arme aus. »Ich möchte Euch von meinem Zuhause in Kintail erzählen, von Balkenzie.«

»Dies hier kann Euer Zuhause sein.«

Tapfer schenkte Marmaduke ihr eins seiner besonderen Lächeln.

Das Lächeln, für dessen Beherrschung er Jahre der Übung benötigt hatte.

Genauso wie er jahrelang lernen musste, um seine Narbe *herum* zu lächeln.

Und dann verstärkte er die Wirkung dieses Lächelns, indem er einen bemerkenswert optimistischen Glanz in sein gesundes Auge legte.

Eine Sorglosigkeit, die in krassem Gegensatz zu dem erwartungsvollen Pochen seines Herzens stand.

Er wollte sehr viel mehr tun, als ihr nur von Balkenzie zu *erzählen*.

Er hoffte, in ihr den Wunsch wecken zu können, dort mit ihm zu leben.

»Kommt«, versuchte er es noch einmal und reichte ihr seine Hand. »Wir werden von nichts Intimerem sprechen als der Stärke der Mauern Balkenzies, seiner stolzen Lage an der Südküste des Loch Duich, oder wie froh ich darüber bin, dass ich viele seiner Fenster mit dünnen Scheiben polierten Horns versehen ließ.«

Sie beobachtete ihn mit zusammengezogenen Brauen, und der wild pochende Puls an ihrer Kehle verriet, dass er genau die falschen Worte gewählt hatte, um sie zu beruhigen.

»Ich möchte, dass Ihr bleibt«, beharrte sie und legte vertrauensvoll ihre Hand in seine. »Ihr werdet hier gebraucht, genau wie ich.«

Marmaduke runzelte die Stirn und wünschte, er könnte lügen.

Stattdessen aber unterdrückte er einen tiefen Seufzer und zog Caterine auf seinen Schoß. »Mein Nutzen hier ist nur von kurzer Dauer«, sagte er und setzte sie so, dass ihr Rücken an seiner Brust ruhte, bevor er die pelzbesetzte Decke über ihren Beinen glatt zog. »Und Euer Nutzen hier, Mylady, ist längst erloschen und bewirkt mehr Schlechtes als Gutes.«

Sie drehte sich um und bedachte ihn mit einem vernichtenden Blick, und die brüske Bewegung ließ die pelzbesetzte Decke von ihren Schultern rutschen. »Ich bin die Herrin hier, ich …«

»Ihr *wart* die Herrin hier«, erinnerte er sie und gab sich Mühe, nicht darauf zu achten, dass die Decke inzwischen weit genug hinabgerutscht war, um die obere Hälfte ihrer vollen Brüste zu entblößen.

Gerade genug, um ihm auch einen flüchtigen Blick auf ihre Brustspitzen zu erlauben. Und obwohl ihre erstaunlich großen Vorhöfe jetzt vollkommen entspannt waren, lösten sie ein jähes, heftiges Verlangen in ihm aus.

»Bei Gott und allen Heiligen, Frau«, fluchte er, als er gar nicht mehr anders konnte, als einen Blick unter die Decke zu werfen, und fasziniert beobachtete, wie diese ach so aufreizenden Kreise aus rosa angehauchter brauner Haut sich zu zwei harten kleinen Spitzen zusammenzogen.

In einer Geste, die selbst den tugendhaften Heiligen Hieronymus erfreut hätte, zog Marmaduke die Decke hinauf, damit sie Caterines verführerischen Rundungen wieder verbarg, und dann drückte er seine Liebste wieder an seine Brust, worauf er diesmal jedoch darauf achtete, so unauffällig wie nur möglich einen Arm um ihre schlanke Taille zu legen.

Dann räusperte er sich, fest entschlossen, ihr zu sagen, was er zu sagen hatte, ohne sich dabei von Warzenhöfen oder erigierten Brustspitzen ablenken zu lassen.

»Wie ich bereits sagte«, begann er und zog ihren Kopf an seine Schulter, damit sie ihn nicht wieder mit bösen Blicken bedenken konnte, »Ihr *wart* die Herrin hier.«

»Und was genau bedeutet das?« Ihr eisiger Tonfall konnte jedoch mit jedem noch so bösen Blick mithalten.

»Das bedeutet, dass Ihr, so lange Ihr hier bleibt, so etwas wie ein Schatten auf der Turmtreppe sein werdet. Eine fühlbare Präsenz am erhöhten Tisch, selbst wenn Ihr physisch gar nicht dort seid«, versuchte er es zu erklären. »Eure Kraft wird James beherrschen und alles überschatten, was er sagt oder tut, so lange Ihr innerhalb dieser Mauern lebt.«

»Ihr wollt mich doch nur fortlocken«, beschuldigte sie ihn und versteifte sich in seinen Armen.

»Ich will nur Euer Bestes.« Er sagte die Wahrheit, oder zumindest das, was er für wahr hielt. »Für Euch und Euren Stiefsohn.«

»Und was Ihr selber wollt.«

»Aye, und was ich selber will«, räumte er ein und strich mit seinen Händen über die ihren, um ihnen die Kälte zu nehmen. »Denkt daran, meine Schöne, jedes Menschen Beginn trägt auch sein Ende mit sich, und oft genug erreichen wir dieses viel zu früh.«

Er hielt inne und küsste sie sanft auf ihre Augenbraue. »Oft werden jene, von denen wir hofften, sie würden die Reise mit uns machen, unterwegs von ihrem Schicksal eingeholt, oder sie wählen einen anderen Weg und lassen uns allein.«

»Und was hat das mit mir zu tun?«, fragte sie mit gedämpfter Stimme, die ihm verriet, dass sie es bereits wusste.

»Ich habe viele leere Jahre hinter mir ... einsame Jahre«, sagte er, und diese offenen Worte kosteten ihn einen hohen Preis. »Und nun habe ich den Rest der Reise vor mir, eine stolze Burg, die meine Rückkehr erwartet, und aye, ein Herz, das sich danach sehnt, wieder zu lieben.«

Sie sagte nichts, verschränkte aber ihre Finger, die inzwischen nicht mehr kalt waren, mit den seinen ... und gab ihm neue Hoffnung.

»Ich würde Euch lieben, Caterine, wenn Ihr es mir erlauben würdet.« Mit den Fingerknöcheln seiner freien Hand strich er über ihre Wange, und es versetzte ihm einen Stich ins Herz, als er die warme Feuchtigkeit auf ihr spürte. »Oder zumindest«, fügte er mit heiserer Stimme hinzu, »würde ich Eure Gesellschaft genießen und Eure Fähigkeiten und Anmut als Herrin von Balkenzie zu schätzen wissen.«

Sie atmete hörbar aus.

Marmaduke hielt sie einfach nur in den Armen und wartete, bis der aufkommende Wind nicht mehr an den Fensterläden rüttelte und das friedlich brennende Torffeuer keine weiteren laut knackenden Funkenregen in die Höhe sandte.

»Wisst Ihr, was aus James wird, wenn ich von hier fortgehe?« Caterine unterbrach mit dieser Frage die Stille als erste, er blieb ihr die Antwort jedoch schuldig und wieder breitete sich Schweigen zwischen ihnen aus.

Sie blickte zu ihm auf, und eine überwältigende Sehnsucht erfasste sie und wurde ihr nahezu zum Verhängnis. Ein drängendes Bedürfnis, ihre Sorgen zu verbannen und sich im Trost von Marmadukes Worten zu verlieren.

Seiner Umarmung.

Sein Blick war jedoch nicht auf sie gerichtet, sondern auf die Fensterlaibung, sodass seine narbige Wange im Schatten lag und der sanfte Feuerschein die nicht entstellte Gesichtshälfte beleuchtete. Das flackernde Licht lenkte so erbarmungslos die Aufmerksamkeit auf den verblüffend gut aussehenden Mann, der er einmal gewesen war.

Das Herz schmerzte Caterine für das, was er verloren hatte, und sie wusste sehr wohl, dass es erheblich mehr war als sein gutes Aussehen. Caterine blinzelte, um das jähe Brennen in ihren Augen zu verdrängen, und nahm einen tiefen, reinigenden Atemzug von dem süßlichen, nach Erde riechenden Rauch des Torfes. Sie zwang sich, an andere Stürme und Schatten zu denken, an die, die ihr eigenes Herz verdüsterten.

Stürme, die sie nicht losbrechen lassen konnte, Schatten, die sie nicht das Leben jener, die sie liebte, verdunkeln lassen wollte.

Oder jener, die sie vielleicht zu lieben lernen würde.

»Wisst Ihr, was ...«, begann sie wieder, aber er legte zwei Finger an ihre Lippen und brachte sie damit zum Schweigen.

»James wird Eurem Schatten entwachsen«, sagte er, und die Wahl seiner Worte ließ sie sich fragen, ob er vielleicht in der Tat in ihre Seele blicken konnte, während die Gewissheit in seiner Stimme sie beinahe, aber immer noch nicht ganz überzeugte.

»Euer Stiefsohn hat einem unbeschrittenen Pfad zu folgen, einem schwierigen, das stimmt schon, aber keinem unüberwindlichen.«

»Sir Hugh ...«, versuchte sie an den Fingern vorbeizureden, die noch immer auf ihren Lippen lagen.

»... wird seine gerechte Strafe bekommen, das versichere ich Euch.«

Er fuhr mit dem Daumen über ihre Wange, um die Tränen wegzuwischen, und ihr Herz begann ob der Zärtlichkeit dieser Geste wild zu klopfen. Seine sanfte Berührung unterdrückte ihre Einwände sehr viel wirkungsvoller, als ein wieder an ihre Lippen gelegter Finger es vermocht hätte.

Sie hob die Hand und legte sie an die vernarbte Seite seines Gesichts, und der Atem stockte ihr angesichts der Emotion, die sie erfasste. Aber auch andere Gefühle durchströmten sie.

Völlig andere, heraufbeschworen durch all jene Menschen, die ihr so sehr am Herzen lagen.

Dunlaidirs barscher Seneschall, Eoghann, dessen knochige Schultern schon viel zu lange eine schwere Last getragen hatten. Sir John, der Freund ihres verstorbenen Ehemanns, dem Sir Hugh das Herz gebrochen hatte. Selbst Lady Rhona, trotz ihrer beständigen Einmischungen.

Aber ganz besonders James.

Mit Ausnahme ihrer Brüder, die sie alle seit Jahren nicht mehr gesehen hatte, war ihr Stiefsohn der einzige Mann, der ihr je wirkliche Zuneigung entgegengebracht hatte.

Allein seine Liebenswürdigkeit hatte ihre frühen Jahre auf Dunlaidir erträglich gemacht ... und ihr geholfen, wenigstens einen Anschein ihres gebrochenen Stolzes zurückzugewinnen und sich wieder wie ein Mensch zu fühlen.

Trotz der Makel, die ihre Seele befleckten.

Sie konnte ihn nicht im Stich lassen, jetzt, wo er sie am meisten brauchte.

»Ich glaube, Ihr habt zu lange fern der Engländer gelebt, Marmaduke Strongbow«, sagte sie, als sie endlich wieder sprechen konnte.

Sanft strich sie mit der Fingerspitze über seine Narbe und hoffte, durch die Liebkosung ihre bitteren Worte etwas abzumildern. »Eure Leute sind wie Sandkörner am Strand«, begann sie. »Sir Hugh zu töten, würde nichts als eine kurze Atempause bringen, denn kaum wäre er beseitigt, würde ein anderer kommen, um ihn ersetzen.«

Ihr Beschützer sagte nichts, aber sein Schweigen bestätigte ihr, dass er sich der Wahrheit ihrer Worte bewusst war.

»Das, mein lieber Herr, ist der Grund, warum ich Euch anflehe zu bleiben. James wird niemals stark genug sein, um sich gegen solche Gewalt und Macht zur Wehr zu setzen.« Sie richtete ihren Blick auf das Kaminfeuer, damit er die Tränen in ihren Augen nicht sah. »Unsere Männer respektieren Euch bereits. Wenn Ihr geht, werden sie wieder den Mut verlieren, und wir wären erledigt, noch bevor der erste Schlag auch nur treffen kann.«

»Ihr irrt Euch«, murmelte er in ihr Haar.

Sie schüttelte den Kopf und hielt den Blick noch immer abgewandt.

»Aye, Ihr irrt Euch sogar sehr«, sagte er noch einmal, diesmal etwas lauter. »Und Ihr habt mir gerade den augenfälligsten Grund genannt, warum ich gehen muss. Das verlangt allein schon meine Ehre.«

Caterine blickte ihn an, denn inzwischen kümmerte es sie nicht mehr, ob er ihren Kummer sah. »Lieber Herr, ich kann nur gute Gründe für Euch sehen zu bleiben.«

Er schlang einen ihrer Zöpfe um seine Hand und strich zärtlich mit dem Daumen darüber ... so wie er vorhin über ihre Wange gestrichen hatte.

»Dann blickt Ihr nicht tief genug, um auch die anderen Gründe zu erkennen.« Er ließ ihr Haar wieder los und legte einen Finger unter ihr Kinn, um ihr Gesicht zu sich emporzuheben. »Oder Ihr seht nur das, was Ihr sehen wollt ... ein Jüngelchen, das außer Stande ist, auf eigenen Beinen zu stehen.«

»Das ist nicht wahr.«

Er zog eine Augenbraue hoch. »Oh doch, das ist es. James ist kein Schwächling«, sagte er. »Er ist nur etwas durcheinander, und ich bitte Euch, zu bedenken, dass das ein großer Unterschied ist. Er ist ein schneller und begabter Schüler, das hat er mir bereits bewiesen – und Sir Lachlan auch, der oft mit ihm trainiert.«

»Ihr bringt ihn auf einen Weg, der nirgendwo hinführt, mit all Eurem Training ... die Männer hier werden ihm nicht folgen.« Caterine schaute ihm in die Augen, und ihr fester Blick schien ihn herauszufordern, ihren Standpunkt anzuzweifeln. »Sie verlassen sich auf Euch.«

Da seufzte er und zog sie näher, bis ihr Rücken sich an seinen durchtrainierten Körper schmiegte. »Begreift Ihr nicht, dass sie das auch weiterhin tun werden, wenn ich bleibe? Eure Garnison wird James erst akzeptieren, wenn er sich ihrer Achtung würdig erwiesen hat, und das kann er nicht, so lange wir ihm dabei im Weg stehen.«

»Wir?«

Er besaß die Dreistigkeit zu nicken.

Caterine versteifte sich und hätte sich ihm nun auch sicherlich entzogen, wenn seine Hände nicht so liebevoll über ihren Rücken geglitten wären.

Er versuchte ganz bewusst, sie einzulullen, um ihre Zustimmung zu gewinnen.

»Aye, wir«, flüsterte er noch immer in ihr Haar. »Ihr, weil Ihr ihn verhätschelt. Ich, weil ...«

»Weil Ihr so ein großartiger Fechter seid«, fauchte sie, weil alles in ihr sich dagegen auflehnte, sich *einlullen* zu lassen.

»Das kann James auch werden«, erwiderte er ungerührt. »Mit etwas Übung. Und wenn Ihr es ihm erlaubt.«

»E-erlaubt?«, stammelte sie und stolperte vor lauter Empörung über ihre eigene Zunge. »Es gibt nichts, was ich nicht tun würde ...«

»Das freut mich zu hören.« Die sanften Hände auf ihrem Rücken hielten einen Moment inne. »Denn wenn wir jemanden wirklich lieben, Mylady, müssen wir ihn manchmal auch genug lieben, um ihn loszulassen.«

Nun begann er, ihre Schultern zu massieren, wie er es schon vorher getan hatte, und wie zuvor löste seine Berührung wieder eine wundervolle, träge Wärme in ihr aus.

Seine magische Berührung.

Caterine seufzte, ihre Augenlider wurden plötzlich unerklärlich schwer.

»Schlaf, Liebste«, murmelte er. Nach und nach lockerten seine wunderbaren Hände ihre Muskeln – und ihre Sorgen – und versetzten sie in einen traumähnlichen Zustand, in dem die Luft ganz weich, warm und verschwommen war.

Wo die Arme, die sie umfangen hielten, sich als sehr viel einladender erwiesen als ihr mit weichen Kissen bedecktes Bett.

Das rhythmische Heben und Senken seiner breiten Brust, seine gleichmäßigen Atemzüge, ja sogar sein leises Schnarchen, spendeten ihr mehr Trost, als sie in ihrem Leben je erfahren hatte.

Schnarchen?

Verblüfft schlug sie die Augen auf.

Wässriges graues Licht drang durch die Ritzen der Fensterläden und kündigte die Ankunft des neuen Tages an.

Die kalte Asche im Kamin schien sie zu verhöhnen ... und lieferte den unwiderlegbaren Beweis dafür, dass sie die Nacht in Sir Marmaduke Strongbows starken Armen verbracht hatte.

Und in diesen sehr gut geschlafen hatte.

Genau wie Leo.

Der kleine Hund hatte sich an den Füßen des Sassenachs zusammengerollt ... und schien restlos glücklich.

Ein Laut der Entrüstung stieg in ihrer Kehle auf, der jedoch dort stecken blieb, als ihr dämmerte, dass sie sich nicht minder behaglich gefühlt hatte, als sie von der Wärme ihres Beschützers eingehüllt erwacht war.

Manchmal müssen wir auch genug lieben, um loszulassen.

Seine Worte kamen aus dem Nichts, oder vielleicht waren sie ja auch über Nacht geblieben, hatten in der Dunkelheit geschwebt und ... abgewartet.

An der Schwelle irgendeines magischen Ortes, an den die Nacht sie hatte bringen wollen, in der Hoffnung, sie mit der aufgehenden Sonne zu bestricken?

Genug lieben, um loszulassen.

Konnte sie das?

Konnte sie alle gehen lassen, die sie kannte und liebte ... und die Düsternis in ihr?

Konnte ihr Beschützer ihre geheimen Feinde genauso mühelos erledigen, wie er sie von ihren greifbareren Bedrohungen zu befreien gedachte?

All das fragte Caterine sich, während sie an ihn gekuschelt in der Dunkelheit lag und in das tiefe, graue Schweigen des neuen Tages starrte.

⋆ ⋆ ⋆

Das Recht des Gutsherrn.

Für die meisten hieß das Festung, Titel, Macht.

Für James Keith einen leeren Krug mit Resten sauren Weins, einen ebenso leeren Kelch und einen rasenden Schmerz in seinen Schläfen.

Die *Pflicht* des Gutsherrn, an der breiten Fensterfront seines

Schlafzimmers auf und ab zu schreiten und den Blick auf den schmalen Landstreifen gerichtet zu halten, der Dunlaidirs von Mauern umgebenen Grund mit den schroffen Felswänden des Festlandes verband, in einer kalten Wache, die er die ganze Nacht nicht aufgegeben hatte, wie seine brennenden Augen bezeugen konnten.

Eine Aufgabe für Angsthasen.

Ein nutzloses Unternehmen, so ungenießbar wie ein Schluck von einem Aufguss aus dem Dung des Teufels.

Eine Demütigung, die einzig und allein durch Lady Rhonas angenehme Gesellschaft erträglich gemacht wurde.

Durch ihr großzügig vorgebrachtes Angebot, die Nacht an seiner Seite zu verbringen, nicht in seinem Bett, wo er sie gern gehabt hätte, sondern an den hohen Fenstern seines Schlafgemachs, um dort mit ihm zu wachen und die Highlander und den alten Pater Thomas über den gefährlichen Damm hin und zurück marschieren zu sehen, um den Kätnern Waffen und Rüstungen zu bringen, und dann wieder zurückzukommen, um noch mehr zu holen.

Vergeudete Stunden, die er damit verbracht hatte, in Nebel und Finsternis hinauszuspähen.

In den windgepeitschten Regen hinauszustarren.

Und sauren Wein zu trinken.

»Der Herr von Dunlaidir«, spottete er und warf Rhona einen düsteren Blick zu. »Zu nichts anderem zu gebrauchen, als sich der weit reichenden Sicht aus seinen blöden Fenstern zu bedienen.«

Darauf ergriff sie seinen Arm, setzte damit seinem unaufhörlichen Auf- und Abgehen ein Ende und dämpfte seinen Zorn, indem sie ihn mit erhobener Augenbraue ansah. »Ihr werdet doch wohl zugeben, dass sie auch Eure scharfen Augen brauchen?«

»Ich gebe zu, dass sie das behauptet haben.« Er entzog ihr seinen Arm. »Dass sie damit nur versuchten, mich zu trösten, kommt der Wahrheit allerdings ein wenig näher.«

»Die Wahrheit«, sagte sie und trat an ihn heran, um mit einem Finger über seinen Arm zu streichen, »ist, dass niemand innerhalb dieser Mauern so gute Augen hat wie Ihr.«

»Oder eine bessere Aussicht.«

»Ich finde, es ist eine großartige Aussicht«, gab sie in einem Ton zurück, der irritierend liebenswürdig war, und ihr fester Blick ließ klar erkennen, dass sie sich nicht auf die großzügige Aussicht auf das Meer und die Landspitze bezog, in die sie schon seit Stunden Löcher starrten.

»Bei Gott und allen Heiligen«, fluchte James und musste nun doch wider seinen eigenen Willen lächeln. »Ihr könntet einen Stein zum Lächeln bringen, das garantiere ich Euch.«

»Ich wäre schon zufrieden, wenn ich einen weinen sähe«, versetzte sie, und ihr eigenes Lächeln verblasste für einen Moment.

»Und *sehen* ist das, was wir hier tun sollten«, sagte James und fühlte sich durch den bedauernden Tonfall ihrer Stimme veranlasst, sich noch gerader aufzurichten, um zumindest etwas mehr wie ein Clanoberhaupt *auszusehen*.

Dann legte er eine Hand an ihren Rücken und geleitete sie zu den hohen Fenstern. »Kommt und lasst uns fortfahren, diesen Adlerhorst von mir zu nutzen«, fügte er hinzu und zog sie an sich.

Er hatte absolut nichts dagegen, den Rest der Nacht an seinem Posten am Fenster zu verweilen, wenn sie nur nicht aufhörte, ihren weichen, anmutigen Körper an ihn zu schmiegen, so wie sie es gerade tat.

»Da, seht Ihr sie?« Er deutete auf den steilen, schmalen Pfad, der aus dem Dorf hinausführte. »Sie sind schon fast am Torhaus.«

Die Worte waren kaum über seine Lippen, als die Highlander auch schon auf dem schmalen Damm erschienen. Ihre stämmigen Gestalten bewegten sich durch die Dunkelheit, die mächtigen Schwerter über ihren Schultern, die Kettenhemden trübe glänzend im grauen Licht und ein wahres Arsenal von Dolchen und anderen gefährlich aussehenden Utensilien des Krieges unter ihren Gürteln und in ihren Stiefeln.

Mehrere Packpferde ohne Lasten trotteten hinter ihnen her, ihre langsame Gangart wie ihre hängenden Köpfe zeugten von den Mühen und Anstrengungen der langen Nacht.

Stirnrunzelnd starrte James noch angestrengter in die Dunkelheit, um zu sehen, ob ihnen jemand folgte oder irgendein elender Verräter sie beobachtete.

Er hatte sich vorgenommen diesen Schuft, wer immer er auch sein mochte, zu entlarven; vorausgesetzt, dass ein solch abtrünniger Feigling überhaupt existierte.

Aber nur die Männer des Sassenachs schlichen durch die stürmische Nacht, und nun, da sich das Grau am Horizont bereits ein wenig erhellte, hatten sie zweifellos ihre letzte Fuhre für diese Nacht gemacht und konnten es vermutlich kaum erwarten, in die Wärme des großen Saals zurückzukehren und sich der Behaglichkeit ihrer behelfsmäßigen Quartiere hinzugeben.

Bis zur nächsten Nacht, wenn sie den schwierigen Weg von neuem machen würden.

So wie er hier wieder Wache stehen würde.

Und seine nächtliche *Gutsherrnpflicht* verrichten würde.

Und falls Rhona ihn morgen wieder mit ihrer Anwesenheit beehrte, noch bestrebter sein würde als am Tag zuvor, sich ein bisschen mehr wie ein Clanoberhaupt vorzukommen.

☆ ☆ ☆

Sir Marmaduke stand an einem der beiden schmalen Fensterschlitze in dem kleinen Vorraum und starrte auf die schiefergraue, spiegelglatte See hinaus und wünschte, die Stunden dieser seltsamen, unwirklichen Nacht wären nicht so schnell verstrichen.

Seine Dame in den Armen zu halten, während sie schlief, hatte ihn mit unbeschreiblicher Glückseligkeit erfüllt.

Doch nun kroch das kalte Grau des neuen Morgens bis in das abdunkelte Schlafzimmer hinter ihm, und seine feuchte Kälte stahl die Wunder der Nacht und machte sie zunichte, bevor ihre Saat aufgehen und gedeihen konnte.

Die Stunde der Abrechnung war gekommen, und die erste, mit der er sich zu beschäftigen haben würde, war die höchst verdächtige Pfütze mitten auf seinem Strohlager. Die nasse Stelle war ihm sofort aufgefallen, als er vor wenigen Minuten in den kleinen Vorraum geschlüpft war.

Nein, nicht geschlüpft, sondern *gehinkt*, denn da er dem Pfützen hinterlassenden Haustier seiner Liebsten gestattet hatte, die Nacht quer über seinen Knöcheln liegend zu verbringen, waren ihm die Füße eingeschlafen.

Nicht nur einer, sondern beide gleichzeitig.

Marmaduke rümpfte die Nase angesichts des feuchten Flecks.

Der kleine Hund hatte eine sehr merkwürdige Art, seine Dankbarkeit zu zeigen, und er hätte dem winzigen Geschöpf jetzt gern mit einem bösen Blick seine Verstimmung kundgetan, aber er hatte leider wichtigere Dinge zu erledigen, die er besser in Angriff nahm, bevor *sie* erwachte und ihn dabei ertappte.

Es gab Dinge, die nicht für die schönen Augen einer Frau bestimmt waren.

Besonders, wenn die besagte Dame ausgerechnet diejenige war, die man zu beeindrucken versuchte.

Dementsprechend motiviert, versuchte Marmaduke, das Gefühl, als marschierten tausend nadelfüßige Insekten über seine Fußsohlen, zu ignorieren und kniete sich neben die große lederne Satteltasche, die er in Reichweite seines Strohsacks aufbewahrte.

Eine Tasche, die einige seiner kostbarsten Besitztümer enthielt.

Die Lippen zu einer schmalen Linie verzogen, kramte er in ihrem Inhalt, bis er das Gesuchte fand: einen wunderschönen, antiken Bronzespiegel, den er einst aus dem Morast eines Hochlandtorfmoors in den Highlands herausgezogen hatte, und ein etwas klobiges irdenes Gefäß mit Linnet MacKenzies spezieller Kreuzkrautsalbe.

Sie bezeichnete die leuchtend gelbe Salbe als ein Schönheitsmittel.

Er zog es vor, sie als einen Balsam gegen Narben zu betrachten.

Doch was immer es auch sein mochte, nach langen Jahren täglichen Gebrauchs hatte das hochwirksame Heilpräparat die schlimmesten Folgen seiner Narbe vermindert und seine Gesichtsmuskeln hinreichend entspannt, um die gehörig unterschätzte Fähigkeit zu lächeln wieder zu erlernen.

Obwohl er nie das gute Aussehen zurückgewinnen würde, auf das er einst so stolz gewesen war, sah er dank der erstaunlichen Wirkung der Salbe zumindest nicht mehr wie eine Kreuzung zwischen einem Mann und einer Kröte aus.

Marmaduke schloss die Finger um den kleinen Tiegel und dachte voller Dankbarkeit an Lady Linnet.

Er ging nie ohne einen ordentlichen Vorrat von diesem Wundermittel irgendwohin, und es verging kein Tag, an dem er nicht einen Klacks dieser kostbaren Salbe auf seine entstellte Wange gab.

Heute Morgen würde er sogar zwei Klackse nehmen.

Sich für den Anblick wappnend, der ihn immer wieder deprimierte, richtete er sich auf und trug seine Schätze zum nächstgelegenen Fensterschlitz.

Den kunstvoll gearbeiteten, dreifach verschlungenen Griff des Spiegels fest in einer Hand, hielt er seine polierte Oberfläche in das blasse Licht, das durch das schmale Fenster fiel, und begann dann, eine großzügige Portion der Kreuzkrautsalbe auf seine Narbe aufzutragen.

In zwei Tagen würde er wieder heiraten, und er brauchte alle Wunder, die er erlangen konnte, denn die gleichen Muskeln, die es ihm ermöglichten zu lächeln, ermöglichten es ihm auch, gut zu küssen.

Und er beabsichtigte, seine Dame bei der Trauungsfeier sehr, sehr gut zu küssen.

Er hatte bereits einen großen Teil ihres Vertrauens gewonnen, und sie hatte ihm sogar erlaubt, sie zu berühren.

Aber er wollte mehr.

Er wollte ihr Herz.

Und ein herzbewegender, betörender Hochzeitskuss schien ihm der beste Weg zu sein, mit der Eroberung dessen zu beginnen, von dem sie geschworen hatte, sie könne es ihm niemals geben ... ihre Zuneigung.

Ihre Liebe.

Die Heiligen waren seine Zeugen, dass sie die seine schon besaß.

Mit großer Sorgfalt begann Marmaduke die glitzernde Salbe in seine Haut zu reiben, bis auch die letzte Spur von ihr verschwunden war. Dann atmete er tief die nach See und Salz riechende Luft des jungen Morgens ein.

Zwei Tage noch.

Zwei weitere Gelegenheiten, den größtmöglichen Nutzen aus Linnet MacKenzies verschönerndem Arzneimittel zu ziehen.

Und dann würde er allen Ernstes mit Caterines Eroberung beginnen.

Mit Küssen, die ihr den Atem rauben und ihr weiche Knie bescheren würden.

Mit beharrlichem und unerschütterlichem Einsatz.

Kapitel 14

Zwei Tage später, auf der anderen Seite Schottlands, vereiste eine glitzernde Frostschicht die mächtigen Mauern der auf einer Insel liegenden Festung des MacKenzie-Clans. Ein scharfer, schneidend kalter Wind fegte mit voller Wucht über die krenelierten Zinnen und peitschte die umliegenden Gewässer des Loch Duich zu tosenden, mit weißen Schaumkronen bedeckten Wellen auf.

Doch innerhalb der massiven Mauern von Eilean Creag, in der verrauchten Wärme seines nur schwach beleuchteten großen Saals, regte sich nichts, um die Ankunft eines neuen Tages zu begrüßen.

Nicht einmal ein Luftzug wagte es, die Binsenstreu auf dem Fußboden zu bewegen … oder das selig schlummernde Paar in dem wuchtigen hölzernen Bett zu stören, das einen Ehrenplatz auf dem erhöhten Podium am fernen Ende des großen Saals einnahm.

Selbst das Schnarchen der zahlreichen MacKenzies, die um das mächtige Bett herum schliefen, war nur ein *gedämpftes* Schnarchen. Und die, denen ihr Leben lieb war, schnarchten gar nicht.

Oder drehten und wälzten sich im Schlaf herum.

Duncan MacKenzie, der gefürchtete Schwarze Hirsch von Kintail, hatte strikte Anweisung erteilt: die Ruhe seiner Dame durfte unter gar keinen Umständen gestört werden.

Und sie durfte auch ihr Bett nicht verlassen.

Dass sie es dennoch wiederholt getan hatte, entgegen der Wünsche ihres Gatten und wider jegliche Vernunft, war der Grund dafür, dass er ihr Bett eigenhändig abgebrochen und in den Saal hinuntergeschleppt hatte, um es dann dort in seiner ganzen Pracht und vor den Augen jedes Mannes, jeder Frau und jedes Kindes innerhalb der Mauern von Eilean Creag wieder aufzubauen.

Und ihnen allen war befohlen worden, die Burgherrin im Auge zu behalten.

Bei Anbruch dieses neuen Tags jedoch beschlich eine beängstigende Entschlossenheit Linnet MacKenzies Herz.

Ein machtvolles Bedürfnis, die Turmtreppe hinaufzusteigen, dem eisigen Wind zu trotzen, der über die Zinnen pfiff, und diesen neuen Tag mit ganz besonderer Zuversicht und Freude zu begrüßen.

Und sie hätte es sicher auch getan, wenn ihr umfangreicher Bauch ihr nicht ihre gewohnte Kraft genommen hätte ... und ihr eifrigster nächtlicher Beobachter nicht seine üblichen Tricks gebraucht und besitzergreifend einen muskulösen Oberschenkel über ihr Bein und einen nicht weniger kräftigen Arm um ihre Taille gelegt hätte.

Vorsichtig, um den gut aussehenden Flegel neben sich nicht zu stören, warf Linnet einen Blick auf ihren schlafenden Ehemann und überlegte, ob sie es riskieren konnte, sich aus seiner gut gemeinten Umklammerung zu befreien.

»Denk nicht einmal daran, es zu versuchen«, warnte Duncan MacKenzie, ohne seine Augen auch nur einen Spalt breit zu öffnen.

Aber er zog sie noch ein wenig fester an sich.

»Heute ist der Tag«, antwortete seine rothaarige Frau mit einer ganz eigenartigen Heiserkeit in ihrer Stimme, einer sentimentalen *Enge*, die nur sie und ein gewisser narbengesichtiger Rüpel von einem Engländer zu Stande bringen konnten.

Und ihr Klang, verbunden mit ihren rätselhaften Worten, vertrieb die letzten Reste Schlaf, an die Duncan MacKenzie sich noch hatte klammern wollen, und ersetzte sie durch kalte, angespannte Wachsamkeit.

»Der Tag für was?« Sich auf die Ellbogen aufrichtend, blickte er sie aus schmalen Augen an, und kalte Furcht beschlich sein Herz, ja sein gesamtes Sein, als er ihren Gesichtsausdruck sah.

Im schwachen Fackellicht, das durch die halb geöffneten Bettvorhänge auf ihr blasses Gesicht fiel, sah er goldgesprenkelte, feucht schimmernde Augen ... und schlimmer noch, ein leichtes Zittern ihrer Unterlippe.

»Das Kind?!« Duncan sprang auf, ohne auch nur einen Gedanken an seine Nacktheit zu verschwenden oder zu bedenken, an welch öffentlichen Ort ihr Bett jetzt stand.

»Heilige Maria und Josef!«, dröhnte er und fuhr sich mit den Händen durch das Haar.

»Kruzifix! Das ist zu früh!«, brüllte er wie ein verwundetes Tier, denn eine Angst, wie er sie noch nie in seinem ganzen Leben gespürt hatte, durchströmte ihn in großen, kalten Wellen. »Heilige Muttergottes, bewahre ...«

»Gütiger Himmel, Duncan, nimm dich zusammen.« Linnet schüttelte den Kopf und lächelte.

Sie schenkte ihm ein beruhigendes Lächeln ... ihm und sämtlichen MacKenzies, die sie durch den Spalt in den Bettvorhängen anstarrten, mit verschlafenen Augen und dem gleichen Entsetzen in ihren erschrockenen Gesichtern, wie es auch die Miene ihres Ehemanns zeigte.

»Alle starren dich an«, sagte sie und zog die Bettdecke über ihre Brüste. »Du hast sie alle aufgeweckt mit deinem Geschrei, und das völlig unnötigerweise. Das Kind kommt erst in ein paar Wochen.«

»Und wach hätten sie auch längst schon sein sollen!« Er fuhr herum, stützte die Hände in die Hüften und starrte finster jeden an, der es riskierte, seinen Blick zu erwidern.

Starrte sie alle böse an, bis ihr Kichern ihn daran erinnerte, dass er ihnen gerade seinen nackten Körper zur Schau stellte.

Bis die Bedeutung der Worte seiner Frau die angespannte Wachsamkeit durchdrangen, die seinen Magen verkrampfte und ihn keinen klaren Gedanken fassen ließ.

Das Kind kommt erst in ein paar Wochen.

Die Worte waren wie ein kühlender Balsam für seine überreizten Nerven.

Ein wohltuender Balsam, der seine Furcht zerstreute, sie zu verlieren ... und das Kind.

Das erste, das sie so lange ausgetragen hatte, ohne es zu verlieren.

Duncan stieß einen tiefen Seufzer aus und bedachte jeden Gaffer in seinem Saal mit einem gebieterischen Blick. »Dieses Bett steht nur aus einem Grund hier«, rief er, und seine tiefe Stimme stieg bis zu der gewölbten Decke des Saals auf. »*Ihr* seid aus dem gleichen Grund hier – um mich zu wecken, falls meine Gemahlin versuchen sollte, es zu verlassen ... oder um eine solche Torheit zu verhindern, sollte ich nicht hier sein.«

Dann warf er einen düsteren Blick über die Schulter.

Auf sie.

Mit ihren wiederholten Versuchen, sich seinen Anweisungen zu widersetzen, würde er sich später beschäftigen – *nach* der sicheren Entbindung des gesunden Kinds, mit dem sie ihrer Meinung nach gesegnet waren.

Aber seine gaffenden Männer würden jetzt schon seinen Unmut kennen lernen. »Wenn ihr euch nicht für den Rest eurer Tage in Sackleinen kleiden und nichts anderes als Ruß und Asche essen wollt, dann legt euch auf der Stelle wieder auf eure Strohsäcke, oder wohin auch immer ihr eure Köpfe legen wollt, und achtet nicht darauf, was in diesem Betts geschieht ... es sei denn, meine Gemahlin versucht erneut, es zu verlassen.«

Die Arme vor der Brust verschränkend, wartete er, bis das Gebrummel, Grunzen und Rascheln seiner Männer ein Ende fand, und dann wandte er sich wieder zu seiner Frau um, deren Augen noch immer von Tränen verschleiert waren.

Wenn das Kind nicht der Grund für ihren gefühlsseligen Gesichtsausdruck war, musste der Gedanke an einen anderen

Menschen ihre Sentimentalität hervorgerufen haben. Er ahnte, um wen es sich handelte.

Um die einzige andere Person mit einem ähnlich großen – und *weichen* – Herz, wie Linnet selbst es hatte.

Nachdem er sich auf den Bettrand gesetzt hatte, nahm er ihre Hände in die seinen ... und verbarg seine Bestürzung über ihre feuchten, kalten Finger hinter einem gekränkten Schnaufen.

»Was ist mit dem großen Flegel?«, fragte er und empfand seine Besorgnis um seinen Freund als fast genauso lähmend, wie es seine Furcht um Linnet und das Kind gewesen war. »Hast du eine Vision gehabt? Ist er in Gefahr?«

Linnet schüttelte wieder den Kopf, denn das Lächeln, das in ihrem Herz aufstieg, schnürte ihr auch die Kehle zu und erschwerte ihr das Sprechen.

Ihr Ehemann runzelte die Stirn – ein entmutigender Anblick für jeden, der ihn nicht so gut kannte wie sie. »Wer ist es dann, an den du denkst? Deine Schwester?« In einer zärtlichen Geste, die seinen grimmigen Gesichtsausdruck Lügen strafte, strich er ihr das Haar aus der Stirn. »Ist sie in Gefahr?«

»Nur in Gefahr, ihr Herz zu verlieren«, antwortete Linnet schließlich, noch ganz überwältigt von der Freude über diese Erkenntnis. »Er hat das seine schon verloren«, fügte sie dann noch hinzu, und eine dicke Träne tropfte aus ihrem Augenwinkel.

Ihr Gemahl wandte für einen Moment den Blick ab.

Als er sie wieder ansah, schimmerte auch in seinen Augen eine ungewohnte Feuchtigkeit. »Sie sind glücklich?«, fragte er, seine tiefe Stimme leise und schroff. »Deine Gabe hat es dir gezeigt?«

»Ja, meine Gabe, aber auch mein Herz«, erwiderte sie und legte ihre freie Hand an sein geliebtes Gesicht.

Duncan nahm sie und drückte einen warmen Kuss darauf. »Dieser einäugige Bastard liebt also tatsächlich wieder?«, insistierte er, als hielte er diese Möglichkeit für ausgesprochen unwahrscheinlich.

Aber der Tonfall seiner Stimme zeigte gleichzeitig auch seine Freude über diese Aussicht.

»Und sie liebt ihn?«

Plötzlich müde, entzog Linnet ihm ihre Hände und ließ sich in die Kissen zurücksinken. Dann verschränkte sie beschützend ihre Hände über ihrem Bauch und schenkte ihm ein schwaches kleines Lächeln.

»Ich bezweifle, dass sie es schon weiß, aber aye, sie tut es.«

Ein spitzbübisches Lächeln erschien auf Duncans Gesicht. »Gott stehe ihm bei, aber ich kann es kaum erwarten, diesen englischen Hurensohn wiederzusehen«, schwor er. »Ich werde ihm das Leben zur Hölle machen dafür, dass er so halsstarrig war, als wir ihn anfangs baten, deiner Schwester beizustehen.«

Ein übellauniges Schnauben kam von irgendwo aus der Dunkelheit. »Und wann werden wir den liebeskranken Narren endlich wieder zu Gesicht bekommen?«

Linnets Lächeln wurde noch breiter, als sie die Stimme erkannte.

Die dunklen Brauen ihres Ehemannes zogen sich zusammen, als er durch den Rauch und Dunst im Saal im Halbdunkel nach Fergus suchte, Eilean Creags bejahrtem Seneschall und dem einzigen Menschen in ganz Kintail, der es wagen würde, sein Schweigegebot zu missachten.

Der grauhaarige alte Esel reckte denn auch prompt sein stoppeliges Kinn, als Duncans Blick sich auf ihn richtete. »Ich habe all seinen Klimbim und Firlefanz, der mir den Platz im Saal wegnimmt, allmählich satt«, beklagte sich der Graubart und wies, um seine unbesonnene Bemerkung zu verteidigen, auf die wackeligen Stapel von Sir Marmadukes Sachen neben der bogenförmigen Eingangstür zum großen Saal.

Ein wahrer Berg von Haushaltswaren, Waffen und, wie Fergus schon ganz richtig sagte, reich verzierten Dekorations- und Schmuckgegenständen, an denen nur ein solch gefühlsbetonter Mann wie der galante Sir Marmaduke Strongbow Gefallen finden konnte.

Eine Fülle von Gegenständen, die Duncan und seine Männer seit Wochen nach und nach per Boot über den Loch Duich zu Marmadukes bisher noch unbewohnter Festung Balkenzie hinüberbrachten.

Und es trotz ihrer Bemühungen noch immer nicht geschafft hatten, die zusammengetragenen Besitztümer des Sassenachs sichtlich zu verringern.

»Es wird Zeit, dass er zurückkehrt und das Leben hier wieder seinen normalen Gang nimmt«, brummte Fergus und drehte sich auf dem Strohlager, das er mit seiner ebenso bejahrten Gattin teilte, auf die andere Seite und der knochige Arm, den er über seinen Kopf legte, signalisierte, dass er kein weiteres Wort über das Thema zu verlieren gedachte.

Und um auch den letzten Zweifel daran auszuräumen, kündigte sein unverwechselbares Schnarchen – hoch und pfeifend – schon bald das unbestreitbare Ende der Störungen an.

»So, meine Liebste«, murmelte Duncan und wandte sich wieder seiner Frau zu, »wann werden wir also diesen Kitsch und Plunder anhäufenden Narren wiedersehen? Steht seine Rückkehr kurz bevor? War es das, was du meintest, als du sagtest, ›*heute ist der Tag*‹?«

»Nein«, antwortete Linnet mit unsicherer Stimme, und auch ihre wundervollen Lippen zitterten nun wieder. »Ich weiß nicht, wann sie zurückkehren werden. Du solltest inzwischen wissen, dass ich meine hellseherische Gabe nicht willkürlich benutzen kann.«

Dann hielt sie inne und warf einen raschen Blick auf die wahren Berge von Gütern am anderen Ende des Saals. »Aber ich bete, dass sie beizeiten kommen werden, um Weihnachten auf Balkenzie zu feiern, so wie wir es gehofft hatten.«

»Und was für ein besonderer Tag ist dann heute?«

»Ihr Hochzeitstag«, erklärte sie, und Duncan glaubte ihr ohne den geringsten Zweifel. »Heute ist der Tag, an dem sie heiraten werden.«

☆ ☆ ☆

Ihr Hochzeitstag.

Caterine blieb auf dem oberen Treppenabsatz stehen und blickte zu den Scharen von Menschen hinunter, die sich auf dem Burghof drängten. Das ungewohnte Treiben erfüllte ihr Herz mit einer eigenartigen Wärme … und stürzte sie kopfüber in ein Dilemma widersprüchlicher Gefühle, die zwischen freudiger Erregung und Befangenheit schwankten.

»Sie kommen, Mylady«, sagte neben ihr Lady Rhona, die *ihre* freudige Erregung kaum verbergen konnte. »Sie alle kommen – genau wie er gesagt hat!«

Zu gerührt, um etwas sagen zu können, nahm Caterine nur die Hand ihrer Freundin und drückte sie.

Die Kätner waren in der Tat gekommen, genau wie ihr Bräutigam vorausgesagt hatte, und so weit sie selbst die Lage überschauen konnte, hatten sie auch ihre Freunde und Familien mitgebracht.

Ihre Gefühle drohten sie zu überwältigen, als sie ihre Augen anstrengte, um etwas durch die Schwaden dichten Nebels, der über den gepflasterten Burghof zog, zu erkennen.

Ein Meer vertrauter Gesichter erwiderte ihren Blick.

Strahlende Gesichter, voller Stolz und … Hoffnung.

Teure Gesichter der Menschen, die sie seit vielen Monaten nicht mehr gesehen hatte, die aber nun vom Fuß der Treppe zu ihr aufschauten. Oder ihr sogar vom fernen Torhaus aus noch lautstark alles Gute wünschten.

Caterine klammerte sich an Rhonas Hand, atmete tief die frostige Luft ein und kämpfte darum, ihre Stimme wiederzufinden.

»Sind es wirklich so viele?«, gelang es ihr schließlich trotz des Kloßes, der sich in ihrem Hals gebildet hatte, zu fragen.

»Mehr als Sterne am Nachthimmel«, antwortete Rhona, und auch ihre Stimme klang verdächtig rau. »Und ich bin mir sogar ziemlich sicher, dass sie auch auf dem Damm zum Festland *und* auf dem Pfad zwischen den Klippen stehen … falls meine Augen mich nicht täuschen.«

»Und«, fuhr sie fort und legte den Kopf ein wenig schief und tippte sich mit einem Finger aufgeregt ans Kinn, »falls meine Ohren mir nicht auch einen Streich spielen, ist das nicht die Kirchenglocke?«

Sie war es.

Ihre Klänge waren nur gedämpft und schwach, aber jeder einzelne Glockenschlag schlug deutliche und einladende Töne in Caterines Herz an.

Das Glockengeläut und die überschwängliche Freude ihrer Freundin erlösten sie von ihrem Dilemma, weckten dafür aber eine ganz und gar nicht ungefährliche Hochstimmung in ihr.

Und Hoffnung.

Doch wenn sie ehrlich wäre, müsste sie zugeben, dass diese Hochstimmung bereits den Sieg davongetragen hatte, seit *er* in den Hof geritten war, sich auf ein Knie vor ihr niedergelassen hatte und einen galanten Kuss auf ihre Hand gedrückt hatte.

Die Hoffnung war erst später dazugekommen, aber von Tag zu Tag stärker geworden.

»Komm, Mylady«, drängte Rhona da auch schon und begann sie die Treppe hinunterzuziehen. »Es wird Zeit.«

Aye, so ist es, und ich wünsche Euch alles Gute …

Die weibliche Stimme, dunkel und sinnlich, erhob sich über den Lärm der Menge, zart wie dahintreibender Nebel, aber auch so klar und deutlich, als wären die Worte direkt in Caterines Ohr geflüstert worden.

Sie fuhr herum, um zu sehen, ob Rhona die Stimme auch gehört hatte, aber James hatte ihre Freundin schon am Arm genommen und geleitete sie nun zu einem wartenden Zelter.

Und nicht eine der ausgelassenen Stimmen der Dorfbewohner passte zu dem weichen, beinahe melancholischen Ton der Frau, die ihr soeben flüsternd ihren Segen erteilt hatte.

Ein Frösteln, das nichts mit dem kalten, bewölkten Nachmittag zu tun hatte, strich über ihren Rücken, aber Caterine reckte ihr Kinn gegen das Rätsel, zog ihren Umhang um sich gegen die Kälte und ließ sich von Eoghann auf ihr Pferd helfen.

Plötzlich begierig, die kleine Kirche oben an der Steilküste sowie den tapferen Beschützer, der sie dort erwartete, zu erreichen, hatte sie kaum ihre Zügel ergriffen, als eine fast unmerkliche Bewegung neben der zur See hinausgehenden Mauer ihre Aufmerksamkeit erregte.

Eine einsame Frau stand dort, bestechend schön und dunkelhaarig wie Rhona, aber von hoch gewachsener Gestalt und gertenschlank.

Und seltsam still.

Und mehr von dem wirbelnden Nebel umhüllt als von dem Umhang mit Kapuze, den sie trug. Während Caterine sie noch anstarrte, hob die Frau grüßend ihre Hand, und dann strich sie mit den Fingern über ihre Wange, direkt unter ihren im Schatten liegenden Augen.

Als wischte sie ihre Tränen ab.

Die Haut an Caterines Nacken prickelte, und sie versuchte schon, ihr Pferd zu wenden, um zu der Frau zu reiten, aber im selben Moment gab Eoghann ihrer Stute einen Klaps aufs Hinterteil, und James erteilte den Befehl zum Aufbruch.

Als sie ihre Bemühungen gescheitert sah, ritt Caterine mit ihrem kleinen Gefolge unter dem hochgezogenen Fallgitter des inneren Torhauses hindurch. Doch bevor ihr Pferd sie zu tief in die Dunkelheit des tunnelähnlichen Gangs hineintragen konnte, drehte sie sich um und blickte noch einmal zurück.

Die Frau war nicht mehr da.

Nichts als dichte Nebelschleier rührten sich noch an der seewärtigen Mauer.

Dann drängte die Menschenmenge sich nach vorne und strömte in den Durchgang hinter ihnen, genauso mitgerissen von der Aufregung des Tages, wie die Worte der sonderbaren Frau vom Wind davongetragen worden waren.

Ein kalter, düsterer Wind, der ihr ebenso spürbar durch den Tunnel folgte wie die jubelnde Bevölkerung.

Seid gut zu ihm und schenkt ihm Eure Liebe, Lady Caterine, bat die Stimme.

Ich flehe Euch an, ihn wahrhaftig und aufrichtig zu lieben.

☆ ☆ ☆

Viel zu selbstbewusst für einen Mann, der so gezeichnet war, stand Sir Marmaduke Strongbow im bogenförmigen Eingang der Dorfkirche und wartete auf seine Braut, womit er den Ärger einer in einen dunklen Umhang gehüllten, nur wenige Schritte von ihm entfernt stehenden Gestalt erregte.

Nicht minder kaltblütig als die Highlander, die sich um den hoch gewachsenen Sassenach scharten, unterdrückte der stille Beobachter ein höhnisches Lächeln angesichts ihrer beschützenden Haltung.

Ihrer waffenstarrenden, muskulösen Körper und der stählernen Entschlossenheit in ihren Augen.

Als ob sein Mann jetzt zuschlagen würde, mit dieser kaltherzigen Füchsin und ihrem Gefolge schon ganz in ihrer Nähe! Fast hätte er ein verächtliches Schnauben ausgestoßen, war dann aber doch klug genug, es hinter einem Hüsteln zu verbergen.

Aus irgendeinem ihm rätselhaften Grund wollte sein Lehnsherr diese Frau noch immer. Und er würde auch nicht wollen, dass ein Handgemenge unter den Kätnern ausbrach, die, aus welchen dubiosen Gründen auch immer, ausgerechnet diesen Tag gewählt hatten, um den Burgbewohnern ihre Ehrerbietung zu erweisen.

Die in einen Umhang gehüllte Gestalt funkelte den ganzen Haufen finster an.

Verdammte Narren, allesamt, aber sein Herr brauchte sie und würde seinen Verdruss über den Verlust von einem Paar schwer arbeitender Hände an ihm auslassen.

Sein Blick glitt zu dem Sassenach zurück.

Gottes Blut, aber dieser Bastard hatte wirklich eine stolze Haltung!

Galle gärte und rumorte im Magen des stillen Beobachters, aber er ignorierte die in ihm aufsteigende Übelkeit. Der Sassenach würde bald die Quittung bekommen, gleich nach der Trauungszeremonie. Und weder sein Geschick im Umgang mit dem Schwert noch seine grimmig dreinblickenden Highlander würden ihn davor bewahren können.

Und schon gar nicht diese gaffenden Schwachköpfe, die die Straße säumten.

Nachdem er die Kapuze seines Umhangs noch tiefer ins Gesicht gezogen hatte, nicht nur, um seine Ohren vor dem unaufhörlichen Gebimmel der Kirchenglocke zu schützen, sondern auch, um seine finstere Miene zu verbergen, wandte der Mann sich wieder der sich langsam annähernden Braut und ihrem Gefolge zu.

In Wirklichkeit jedoch glitt sein Blick wachsam an den Reihen der Kätner entlang, die die Dorfstraße flankierten.

Er suchte die Menge nach einem einzelnen Mann ab.

Aber als hätten selbst die Heiligen Partei ergriffen, wenn auch leider nicht für ihn, stiegen große Wolken dichten Nebels über den Klippen auf, trieben landeinwärts und krochen über Dächer und zwischen die dicht beieinander stehenden Steinhäuser.

Wabernde Nebelschleier, die vom Himmel herabgesandt worden waren, um die sich schubsenden und stoßenden Schaulustigen in eine gigantische weiße Wolke einzuhüllen.

Eine fast undurchdringliche Wolke, die es ihm ungemein erschwerte, das Gesicht, nach dem er suchte, in der Menge ausfindig zu machen … und seine ohnehin schon schlechte Laune noch zusätzlich verschlechterte.

Wie auch der durchdringende Blick, der, wie er genau wusste, von dem entfernten Hügel, auf dem Sir Hugh de la Hogue und seine Männer aus einiger Entfernung die Vorgänge beobachteten, auf ihn gerichtet war.

Aus sicherer Entfernung, denn de la Hogue verspürte nicht den Wunsch, sich heute seine Hände zu beschmutzen.

Diese traurige Aufgabe war *ihm* überlassen worden.

Und er wiederum hatte sie einem erbärmlichen Feigling übertragen, der nun in der Menge verschwunden zu sein schien.

Der Mann in dem Umhang gab es schließlich auf, den vergnügten Vasallen zu spielen bei einer Hochzeit von zwei Menschen, die er hasste, und gönnte sich endlich das geringschätzige Schnauben, das er so lange unterdrückt hatte, als er seinen Platz in der Nähe der Eingangsstufen der Kirche verließ, um mit der Menge zu verschmelzen.

Naserümpfend ertrug er die Demütigung, sich unter das einfache Volk mischen zu müssen ... und machte sich auf die Suche nach Sir Marmaduke Strongbows Mörder.

☆ ☆ ☆

»Sollen wir sie zerstreuen?« Sir Alec stellte sich noch näher an den Rand der Kirchenstufen.

Sir Marmaduke riss sich vom Anblick der sich nähernden Brautgesellschaft los und folgte dem Blick seines Freundes zu einem entfernten Hügelkamm, von dem aus de la Hogue und sein Kontingent berittener Handlanger finster zu den Männern von Kintail hinüberstarrten.

Ihre Blicke, die im dichten Nebel mehr zu spüren als zu sehen waren, durchbohrten Marmadukes pelzverbrämten Umhang, seinen prächtigen dunkelblauen Überrock *und* das stählerne Netz des Kettenhemds, das er darunter trug.

Die Hand an seinem Schwertgriff, warf er einen weiteren schnellen Blick auf seine Dame. Sie hielt sich kerzengerade in ihrem Sattel, als sie sich der Mitte des Dorfes näherten, und ihr stolz erhobenes Kinn war der Beweis dafür, dass sie ihren uneingeladenen Gast bereits bemerkt hatte ... und das nötige Rückgrat besaß, ihn zu ignorieren.

Marmadukes Herz schwoll an vor Stolz, als er seinen Blick auf ihr verweilen ließ, um jede Einzelheit ihrer Erscheinung zu bewundern. Die schillernden Falten des Brautschleiers ihrer Schwester – er war nur eins der ganz besonderen Geschenke, die Linnet für sie mitgeschickt hatte. Der Glanz ihrer zu Schnecken aufgesteckten Zöpfe, ihre schimmernde Vollkommenheit, die ihn durch den durchsichtigen Schleier über ihrem Kopf zu necken schien.

Und ihn an das dunklere Gold ihres *anderen* Haars erinnerte.

Eine versengende Hitze durchflutete bei dem Gedanken seine Lenden.

»Bei Gott und allen Heiligen!«, entfuhr es ihm lauter als beabsichtigt.

Mit finsterer Miene blickte Marmaduke zu dem entfernten Hügelkamm hinüber.

Die bloße Vorstellung, de la Hogue könne sich auch nur mit dem Gedanken getragen haben, Caterine zu seiner Frau zu machen, löschte das Feuer, das ihre Schönheit in seinen Lenden entfacht hatte.

»Wir haben scharfäugige Bogenschützen dort drüben auf diesem Hügel«, sagte neben ihm Sir Gowan, der Marmadukes kurzfristigen Verlust der Fassung offensichtlich missverstand. »Ein paar gut gezielte Pfeile …«

»Nein.«

»Nein?«

Marmaduke wandte sich seinem Freund zu. »Dieser Bastard will uns nur provozieren«, sagte er und schöpfte Kraft aus einer unerschöpflichen Quelle der Geduld, die seine Freunde, die Highlander, leider nicht besaßen. »Es ihm zu erlauben, würde bedeuten, das Knie vor ihm beugen.«

Ein ungläubiger Ausdruck erschien auf Sir Gowans bärtigem Gesicht. »Seit wann scheust du dich vor einem ordentlichen Blutvergießen?«

»Vielleicht, seit ich beschlossen habe, dass ich meiner Braut kein Massaker an ihrem Hochzeitstag zumuten will.«

»Oder vielleicht auch, weil du ein Weichling geworden bist, seit du dich verliebt hast«, murmelte Gowan, und Marmaduke bemühte sich nicht einmal, ihm zu widersprechen.

Er *hatte* sich verliebt.

Und so gab er seinem Freund nur einen Klaps auf den Arm und sagte: »Vielleicht, weil ich es ablehne, mir in diesem Augenblick von irgendeinem aufgeblasenen Strolch den Spaß verderben zu lassen.«

Gowan drehte sich zu den anderen MacKenzies um. »Ich wusste ja, dass er sie liebt!«, brüllte er und schlug dem neben ihm stehenden Highlander, Sir Ross, begeistert auf den Rücken.

Gutmütige Witzeleien folgten, und die Anspannung der Männer ließ für einen Moment ein wenig nach.

Marmaduke überließ sie ihren anzüglichen Scherzen, krümmte seine Finger um den Siegelring in seiner Hand und ließ prüfend seinen Blick über das Gewühl der Dorfbewohner gleiten, die in die kleine Kirche strömten.

Unter ihnen befanden sich schwer bewaffnete Männer aus der Keithschen Garnison, diejenigen, die bei seiner Ankunft in Dunlaidir schon dort gewesen waren, und einige wenige Dorfbewohner, die erst vor wenigen Tagen in ihre Reihen aufgenommen worden waren.

Anders als die Kätner, die geschickt die erst kürzlich an sie verteilten Waffen unter ihren Kleidern verbargen, trugen diese Männer ihre Schwerter kühn zur Schau und waren auch sehr geübt in ihrem Gebrauch.

Andere Getreue gingen um das Dorf herum, ungesehen und schweigend, Männer, die in dunkleren Methoden der Kriegsführung bewandert waren.

Eine raue Bande, aber sehr loyal.

Und bereit, ihrem zweifelhaften Gewerbe ohne mit der Wimper zu zucken nachzugehen, falls es nötig war.

Nur Marmadukes eigene Männer wurden langsam unruhig, und ihre Scherze wichen ernsteren Betätigungen. Mit zusammengezogenen Augenbrauen warfen sie immer wieder finstere Blicke zu dem fernen Hügelkamm hinüber.

»Es ist alles bereit«, ergriff Sir Ross das Wort. »Ein Wort und ...«

»Nicht heute.« Sir Marmadukes knappe Antwort ließ keinen Raum für weitere Versuche.

Mit einem grimmigen Nicken deutete er auf den schwitzenden Pater Thomas. Der Priester stand in der Kirchentür und betete und rang seine von Altersflecken übersäten Hände.

Der Anblick dämpfte ein wenig den Übermut der Highlander, und Marmaduke atmete auf. »Es gibt Momente, da bin ich froh über mein kühles englisches Blut«, sagte er mehr zu sich selbst als zu seinen Männern.

»Dieser Schweinehund wird noch früh genug zur Rechenschaft gezogen werden, doch falls er nicht näher herankommt, halte ich es für klüger – vorläufig zumindest – ihn sehen zu lassen, dass diese Hochzeit echt ist«, fügte er hinzu und hob ein wenig seine Stimme, damit der ganz in Schwarz gekleidete Priester ihn auch hörte. »Wir können ihn später in ein Gefecht verwickeln ... wenn keine Unschuldigen ins Kampfgetümmel hineingezogen werden.«

Ein hörbarer Seufzer der Erleichterung kam aus dem von Kerzen erhellten Inneren der düsteren kleinen Kirche.

Und ein unzufriedenes Murren erhob sich unter seinen Männern.

Doch sowohl die Erleichterung wie auch das Murren wichen schon bald dem Jubel, der aus der Menge aufstieg, als die Brautgesellschaft endlich in den Hof einritt und Lady Caterine Keith ihr Pferd vor ihrem Bräutigam zum Stehen brachte.

Kapitel 15

Im Namen des Vaters, des Sohnes und des Heiligen Geistes«, sagte Sir Marmaduke und streifte seinen Siegelring nacheinander über den Daumen, den Zeigefinger und den Mittelfinger der linken Hand seiner Braut.

Überwältigt von der machtvollen Emotion, die ihn durchflutete, holte er etwas unsicher Atem und hielt für einen Moment die Luft an – lange genug, um seine Dämonen aufheulen und toben zu lassen, aber nicht ein einziger von ihnen erhob seinen widerlichen Kopf. Nichts regte sich in ihm, nichts als das heftige Pochen seines Herzens.

Seine Dämonen zeigten ausnahmsweise einmal Erbarmen und ließen ihn in Frieden.

Dann, auf der kalten und windigen Veranda vor der kleinen Kirche, und bevor sie es sich anders überlegen konnten, stieß er den angehaltenen Atem erleichtert wieder aus und sprach die Worte, mit der er Caterine Keith zu seiner Frau machte.

»Mit diesem Ring vermähle ich mich mit dir«, sagte er und streifte den Rubin, der ein Erbstück seiner Familie war, über ihren Ringfinger.

Verblüfft über den heiseren Tonfall ihres frisch gebackenen Ehemannes, hielt Caterine den für ihren Finger zu großen Ring mit dem Daumen fest und wunderte sich über die plötzliche Gefühlsaufwallung, die auch ihr die Kehle zuschnürte.

Etwas Wundervolles erwachte und erblühte tief in ihrem Inneren, und sie blieb reglos stehen und kostete es aus, als Marmaduke nach ihrem Schleier griff. Der Ausdruck, der dabei auf seinem Gesicht erschien, seine glühende Entschiedenheit, erfüllte sie mit unerwarteter Zufriedenheit … und löschte alle anderen Sorgen aus.

Brachte selbst die ohrenbetäubenden Jubelrufe hinter ihnen zum Verstummen.

Die feuchten, schniefenden Geräusche, die so nahe waren, dass sie nur von Rhona stammen konnten, und selbst die leiernde Stimme von Pater Thomas, der die Predigt hielt, die sie schon so viele Male gehört hatte.

Alles verblasste, bis auf die Zärtlichkeit und den Stolz im Gesicht ihres Beschützers ... und das erhebende Gefühl, dass er im Begriff war, sie zu küssen.

Nun, so lange James noch bei der Aufzählung all dessen war, was sie als Mitgift in die Ehe bringen würde.

Ihr Herz begann wie wild zu pochen, als Marmaduke die schimmernde Seide ihres geborgten Brautschleiers zurückschlug und sie ihm bereitwillig ihre Lippen darbot, in einer Geste, mit der sie seine Ritterlichkeit öffentlich zu würdigen beabsichtigte.

Und um den Kuss schneller zu erhalten, den sie sich so heiß ersehnte.

Ein Kuss, den auch die Schaulustigen sehen zu wollen schienen, denn der Lärm auf dem Kirchhof hatte mittlerweile seinen Höhepunkt erreicht. Caterine blinzelte, als eine ungestüme Sehnsucht und eine atemlose, brennende Erwartung sie bis in die Spitzen ihrer Zehen durchzuckte.

»Ich werde dich jetzt küssen«, sagte er und betörte sie bereits mit diesen fünf einfachen Worten.

Und wenn ich es erst getan habe, werde ich dich nie wieder gehen lassen.

Die Worte hingen zwischen ihnen, lebendig und pulsierend, und so schwer zu fassen wie die frostigen Wölkchen ihrer Atemzüge. Ob sie tatsächlich gesagt worden waren oder ob sie sie nur mit ihrem Herz gehört hatte, würde sie wohl nie erfahren, denn kaum erreichten sie ihr Ohr, da legte er auch schon eine Hand an ihr Gesicht.

Und nahm sie mit einer einzigen Berührung in Besitz.

»Meine Frau«, sagte er, und die Tiefe des Gefühls in diesen beiden heiseren Worten trieb ihr die Tränen in die Augen. »Gott erbarme sich all derer, die versuchen sollten, dich mir wegzunehmen.«

Er nahm sie in die Arme und zog sie an sich. Zu einer solch fordernden, besitzergreifenden Umarmung, dass die eisernen Glieder seines Kettenhemdes sich an ihren Körper pressten und ihre Abdrücke auf ihrer Haut hinterließen.

… werde ich dich nie wieder gehen lassen. Sie glaubte die Worte wieder zu vernehmen, leiser als ein Seufzen diesmal, süßer als ein Streicheln, und sie trugen eine wahre Flut von Licht und Wärme in ihr Herz.

Für einen endlos langen Moment schaute er ihr tief in die Augen, und die bezwingende Intensität seines Blicks offenbarte mehr als irgendwelche ätherischen Worte, die sie gehört haben mochte oder nicht.

Eine starke Hand um ihren Hinterkopf gelegt, die andere auf ihrer Hüfte, zog er sie noch näher und drückte sie an seinen harten Körper.

Sie lehnte sich an ihn, strich mit ihren Händen über seine breiten Schultern und ignorierte standhaft die quälende Stimme ihres Zweifels, die sie warnte, dass sie, sollte sie ihn küssen, auch ihr Herz verlieren würde.

Aber dieses Gefühl von Gefahr wurde von dem berauschenden Gefühl seiner Umarmung rasch verdrängt, und sie schlang die Arme um seinen Nacken und bot ihm ihre Lippen, als er seinen Mund auf ihren senkte, und ihre Kühnheit wurde durch die Vollkommenheit seines Kusses reich belohnt.

Eines Kusses, der nicht nur ihre Lippen in Besitz nahm, sondern auch ihr ganzes Wesen. Der zwar gänzlich unangebracht war für ihre geheiligte Umgebung, aber so herzzerreißend richtig, dass seine blanke Schönheit ihr den Atem raubte.

Sie schwankte ein bisschen, und er schloss sie noch fester in die Arme, zog sie noch höher, noch *intimer* an sich. »Du gehörst mir«, bekräftigte er und lehnte sich gerade weit genug zurück, um diesen Anspruch an der seidigen Wärme ihrer Lippen zu besiegeln.

»Heute und für immer«, wisperte er und bedeckte ihren Mund mit dem seinen, um eine letzte Kostprobe ihrer Süße zu nehmen.

Ein Geschenk, das sie ihm großzügig gewährte, als sie ihre Lippen öffnete in einer stummen Einladung, mit seiner Zunge in die warme Höhlung ihres Mundes einzudringen, und ihr dort kühn mit ihrer eigenen begegnete.

Eine sinnliche Raserei, ein erotisches Duell, das viel zu leidenschaftlich war, um sich ihm auf den Stufen einer Kirche hinzugeben, noch vor dem endgültigen Segen und vor den Augen aller, die dem stürmischen Wetter dieses Tags getrotzt hatten, um sie heiraten zu sehen.

Schließlich löste er seinen Mund von ihr, zog sich aber noch nicht ganz zurück, bis sie ihre Gelübde mit einem ruhigeren, zurückhaltenderen Kuss besiegelt hatten.

Ein unbeschreiblich sanftes Streifen seiner Lippen über ihre, eine kaum merkliche Berührung seiner Zunge mit der ihren. Unendlich süß, aber machtvoll genug, um ihm ein tief empfundenes Stöhnen zu entlocken, als er sich endlich von ihr löste.

Ein Stöhnen, das so schrecklich laut klang in der vollkommenen Stille um sie herum, dass er nicht einmal in der Lage war, seine berüchtigte unbewegte Miene aufzusetzen.

Nicht einmal der gedämpfte Lärm des wütenden Aufbruchs de la Hogues vom nahen Hügelkamm half ihm, wieder zu sich zu kommen.

Mit wild klopfendem Herzen fuhr er sich mit einer Hand durchs Haar, und die vernichtende Stille wirbelte um ihn herum und lenkte aller Aufmerksamkeit auf seine Leidenschaft und den vollständigen Verlust seiner Beherrschung.

Sogar der Wind schien seinen heulenden Atem angehalten zu haben, um Zeuge seiner Sinnenlust zu sein.

Die ungewohnte Hitze eines ausgewachsenen Errötens kroch in seinen Nacken, und er wandte der gaffenden Menge den Rücken zu, aufgewühlter, als er es sich eingestehen mochte. Ohne sich von den weit aufgerissenen Augen des Priesters einschüchtern zu lassen, nahm er die Hand seiner Frau und zog sie in die Kirche zur Trauungsmesse, bevor die ersten anzüglichen Bemerkungen in der Menge laut wurden.

Seine Männer jedoch waren nicht so leicht zu entmutigen.

»Allmächtiger, habt ihr das gesehen?«, dröhnte Sir Gowan, und seine tiefe Stimme zerriss die Stille. »Ich wünschte, Duncan wäre hier, um die Kapitulation Marmadukes vor einem Kuss zu sehen!«

Die Fröhlichkeit des Highlanders entfesselte ein Gejohle von solch grenzenlosem Jubel, dass nicht einmal die stille Feierlichkeit des etwas muffig riechenden Mittelschiffs sein Eindringen verhindern konnte.

Zum Glück verstummten seine Männer, sobald sie den heiligen Ort betreten hatten, und beschränkten ihre Streiche auf ein ungeduldiges Scharren mit den Füßen, ein paar Rippenstöße hier und da und ein stark übertriebenes Verdrehen ihrer Augen.

Fest entschlossen, sie zu ignorieren, umklammerte Marmaduke Caterines Hand und kniete mit ihr nieder, um Pater Thomas' endgültigen Segen zu empfangen. Und falls dieser etwas zittriger ausfiel, als er es vielleicht gewesen wäre, wenn Marmaduke nicht soeben einen leidenschaftlichen Kuss von den verführerischen Lippen seiner Braut empfangen hätte, dann tat er so, als bemerkte er es nicht.

Wenn ihn kein schlimmeres Schicksal vor dem Morgengrauen ereilte, als die Possen seiner Männer zu ertragen und Pater Thomas' Empfindlichkeiten auf die Probe zu stellen, konnte er sich glücklich schätzen.

Mit noch immer gesenktem Kopf warf er einen verstohlenen Blick auf seine frisch gebackene Gemahlin. Lange, dichte Wimpern, erstaunlich schwarz für jemanden, der so blond war wie sie, umrahmten ihre wunderschönen blauen Augen und die goldenen

Schnecken ihrer aufgesteckten Zöpfe schimmerten im Kerzenlicht.

Ihre Lippen bewegten sich in einem stummen Gebet … und riefen ihm prompt die prickelnde Erregung in Erinnerung, die ihn durchflutet hatte, als sie sich so unbeschreiblich süß unter seinen bewegt hatten bei ihrem ersten Kuss.

Dem ersten von vielen und allen möglichen.

Freudige Erregung durchströmte ihn bei dem Gedanken.

Eine solch überwältigende Freude, dass nicht einmal seine Dämonen an seinem Recht zu zweifeln wagten, diese Freude zu genießen.

Den Blick wieder auf den gepflasterten Boden richtend, unterdrückte er ein Lächeln und beendete das Gebet.

Er konnte sich in der Tat sehr glücklich schätzen.

☆ ☆ ☆

Nicht lange danach, in der stillen Abenddämmerung eines nahezu vollkommenen Tages, näherte sich die zurückkehrende Hochzeitsgesellschaft dem sich vor ihnen erhebenden Torhaus Dunlaidirs. Lodernde Fackeln an seinem tunnelähnlichen Eingang lockten sie und hießen sie willkommen, aber die tief hängenden Wolken, die vom gleichen fahlen Grauton waren wie die See, erfreuten Marmaduke noch sehr viel mehr.

Diese am Himmel dahintreibenden grauen Massen, die fast das aufgewühlte Wasser berührten und den Horizont verschwimmen ließen, vermischten sich mit dem Nebel und versprachen eine finstere, von keinem Mondstrahl erhellte Nacht.

Was ein wahrer Segen wäre, wenn das kleine Überfallkommando, das er später in dieser Nacht anführen würde, schnell und ungesehen das schlafende Moor durchqueren wollte.

Aber das beharrliche Pochen in seinen Schläfen hatte nichts mit Segnungen zu tun. Er hielt seinen Blick wachsam nach vorn gerichtet und stieß einen Seufzer der Erleichterung aus, als die langsam dahinziehende Kolonne der Feiernden das hochgezogene Fallgitter des Torhauses zu passieren begann.

Er ließ seinen Blick über den bogenförmigen Eingang gleiten und achtete auf ungewöhnliche Bewegungen, aber das flackernde Licht der Fackeln offenbarte nichts Bedenklicheres als bizarr tanzende Schatten. Nichts gab Anlass zu unnötiger Besorgnis, bis auf das spürbare Unbehagen, das seine Nerven reizte wie ein Schwarm umherschwirrender Mücken.

Ein merkwürdiges Prickeln in seinem Nacken, das ihn dazu veranlasste, die Hand nie weit von seinem Schwertgriff zu entfernen.

Und in seiner Wachsamkeit nicht nachzulassen.

Sir Ross holte auf und lenkte sein struppiges Pferd neben Marmadukes etwas größeres Tier. »Das missfällt mir mehr, als wenn eine Horde brüllender Ungläubiger durch dieses Torhaus strömen würde«, knurrte er. »Zumindest wüssten wir dann, auf wen wir zielen müssten.«

»Denkst du, wir können nicht ...« Marmaduke brach ab, als in dem kleinen Gehölz zu ihrer Rechten ein Tumult ausbrach.

Blitzschnell stieß er seinem Pferd die Knie in die Seiten, um es vor den Zelter seiner Frau treiben, und zog gerade mit einem ohrenbetäubenden Klirren seine Klinge, als auch schon ein Pfeil an seiner Schulter vorbeizischte und ihn nur um Zentimeter verfehlte, bevor er an einem nahen Felsbrocken zerbrach.

»Bei den Jüngern Jesu!«, brüllte er und riss sein Pferd herum, um einen Blick zu dem kleinen Gehölz aus verkümmerten Eschen und Dornensträuchern hinüberzuwerfen.

Mit gezogenem Schwert stürmten seine Männer vor, um einen beschützenden Kordon um Caterine und Rhona zu bilden, und das metallische Klirren zahlloser anderer Waffen, die gezogen wurden, erfüllte die Luft, als Kätner überall entlang der Straße Kampfhaltung einnahmen und sich anschickten, ihre neuen Waffen an jedem beliebigen Herannahenden zu erproben.

Aber es kam niemand.

Nichts als das aufgeregten Bellen von Hunden irgendwo in der Ferne und das frenetische Klirren von Waffen, das aus dem Wäldchen kam, beeinträchtigte die Stille.

Von kalter Wut erfasst, warf Marmaduke einen raschen Blick auf seine Dame. Als er sich vergewissert hatte, dass sie sich in Sicherheit befand, gab er seinem Pferd die Sporen in die Flanken und galoppierte auf das Scharmützel zu.

Ein zweiter Pfeil sauste an ihm vorbei, als er sich dem Wäldchen näherte, dieses Mal war er jedoch eindeutig aus einer anderen Richtung abgeschossen worden. Dieser Pfeil flog in die Bäume, ein dumpfer Aufschlag wie eine jäh unterbrochene Beschimpfung bestätigten, dass er sein Ziel gefunden hatte.

Aber nur eins ... denn das Schwertgeklirr und Fluchen brach nicht ab.

Marmaduke trieb sein Pferd zu einem noch schnelleren Galopp an und brachte es gerade vor den Bäumen zum Stehen, als ein grimmig dreinblickender, heftig keuchender Mann aus dem Unterholz brach, eine blutbefleckte Streitaxt in der Hand und einen toten Mann über der Schulter.

Einen toten Mann mit einem Pfeil im Rücken.

Der hünenhafte Kerl, ein Bär von einem Mann, schleppte sich mühsam vorwärts und schwankte unter dem Gewicht des Leichnams. Marmaduke sah, dass es Black Dugie war, Dunlaidirs erst kürzlich heimgekehrter Schmied.

Ein Mann, den er für vertrauenswürdig befunden hatte ... wenn er ihm auch ein bisschen einfältig zu sein schien.

Marmaduke glitt aus seinem Sattel und überwand mit einigen großen Schritten die Entfernung zwischen ihnen. »Bei allen Heiligen! Was zum Teufel geht hier vor?«

Der Schmied ließ den Toten zu Boden fallen ... und spuckte auf ihn. »Ich sah, wie er durch das Wäldchen schlich, und bin ihm nachgegangen«, keuchte Black Dugie mit einem wütenden Blick auf die Leiche.

Dann stieß er mit der Spitze seines abgetragenen Stiefels gegen den Pfeilköcher, den der tote Mann am Gürtel trug. »Als er einen Pfeil zog, beeilte ich mich, ihn aufzuhalten, aber ...« Er brach ab, als James und Sir John herangaloppierten, ihre Gesichtern so finster wie die schnell hereinbrechende Nacht.

Sie zügelten ihre Pferde so abrupt, dass die Tiere sich aufbäumten und ihre mächtigen Vorderbeine einen Moment lang wie wild auf die Luft eindroschen, ehe sie nur wenige Zentimeter von der Leiche des Getöteten entfernt wieder auf die Erde aufschlugen.

Obwohl er dem Rande seiner Beherrschung nahe schien, brachte James sein Pferd mit erstaunlicher Geschicklichkeit unter Kontrolle. »*Aber was*?«, fuhr er den vermissten Schmied an und beugte sich vor, um den hünenhaften Mann mit unverkennbarem Misstrauen anzusehen.

Black Dugie schob sein bärtiges Kinn vor. »Aber ich war einfach nicht schnell genug, um den englischen Bastard noch rechtzeitig zu erwischen.«

Marmaduke ergriff den Arm des anderen Mannes. »Er war Engländer?«

Der Schmied nickte. »Ich hörte ihn sprechen. Er verwünschte mich zur Hölle und wieder zurück, als ich ihm seinen zweiten Schuss verdarb. Er zielte wieder auf Euch, oder vielleicht auch auf Lady Caterine. Ich weiß es nicht, aber ich sprang ihn ...«

»Woher wissen wir, dass der Pfeil, der Sir Marmaduke beinahe getroffen hätte, nicht von dir stammt?«, stieß Sir John hervor, und seine Augen funkelten vor Argwohn.

Während er sein nervöses Pferd zügelte, blickte er von der Leiche auf dem Boden zu der blutbefleckten Streitaxt in Black Dugies Hand. »Vielleicht hast du diesen armen Kerl ja nur erschlagen, um ihm die Schuld an deiner eigenen feigen Tat zuschieben zu können?«

Black Dugie ließ die Streitaxt fallen und ballte seine mächtigen Fäuste. »Ich gebe zu, dass ich ihn ein paar Mal mit der Axt erwischt habe, aber es waren nicht genug Hiebe, um ihn zu töten.«

Er wandte sich an Marmaduke. »Es hieß doch, wir sollten niemanden töten, weil Ihr alle Störenfriede verhören wolltet«, fuhr er etwas ruhiger fort. »Es war der zweite Pfeil, der ihn getötet hat, nicht meine Axt.«

»Ein Pfeil, der auch von dir hätte sein können«, bemerkte James.

»Nein, er kann es nicht gewesen sein«, sagte Marmaduke und verzog das Gesicht, als ihm dämmerte, was das bedeutete. »Der Pfeil kam aus dem Gehölz dort drüben.«

Und wer auch immer den Pfeil abgeschossen hat, hatte die Absicht, diesen Strolch zum Schweigen zu bringen, bevor Black Dugie ihn zu mir hinüberschleifen konnte.

Doch diese Erkenntnis behielt Marmaduke für sich, als er sein Schwert wieder einsteckte, da er sich nun keine Sorgen mehr darüber machte, dass ein zweiter gedungener Mörder in den umliegenden Wäldern lauern könnte.

Denn sein Instinkt – und das Frösteln, das über seinen Rücken lief – sagten ihm, dass die Gefahr in sehr viel unmittelbarerer Nähe lauerte.

Er war sich des drohenden Verrats bewusst, sein fauliger Geruch schien beinahe in der frostigen Luft zu liegen, als er eine Hand auf die blutbefleckte Schulter des Schmieds legte. »Ich stehe in deiner Schuld«, sagte er schlicht, aber aus tiefstem Herzen.

»Ich würde mich freuen, wenn du die Schmiede hier auf Dunlaidir wieder übernehmen würdest, aber wenn du möchtest, kannst du mich auch gern nach Balkenzie begleiten, wenn ich heimkehre. Ich brauche einen guten Schmied.«

Der große Mann nickte nur, er war es ganz offenkundig nicht gewohnt, gelobt zu werden.

James errötete, und Sir John begann irgendetwas über Flegel und Lakaien zu murmeln.

Marmaduke beachtete sie beide nicht. »Kümmere dich um die Leiche und melde dich dann bei Eoghann«, befahl er Black Dugie mit erhobener Stimme, um Sir Johns anzügliche Bemerkungen zu übertönen.

»Ich werde dafür sorgen, dass er ein Bad und frische Kleider für dich vorbereitet. Und danach kommst du zu uns in den Saal zum Hochzeitsfest.« Er zog die Hand von der Schulter des Schmieds zurück, drückte aber noch einmal dankbar seinen Arm, bevor er sich abwandte. »Man wird dich herzlich willkommen heißen, das verspreche ich dir.«

Dann schwang er sich in den Sattel und setzte seine undurchdringlichste Miene auf, ehe er die beiden anderen Männer ansah.

James.

Sir John.

Einer von ihnen war ein Verräter.

Aber warum?

Er brannte darauf, es herauszufinden, und er würde es auch herausfinden, aber zunächst würde er noch ein bisschen abwarten. Ein Gegner, den man im Auge behielt, war ein harmloser.

Und er hatte auch noch andere Angelegenheiten zu bedenken.

»Kommt, meine Braut wartet«, sagte er und wandte sich damit der allerdringendsten von ihnen zu. »Und wir, meine Herren, haben eine lange Nacht vor uns.«

☆ ☆ ☆

Ein paar Stunden später nur, aber Welten entfernt von den Kirchenstufen und der freudigen Erregung über den Kuss eines Beschützers, stand Caterine in der dämmrigen Kälte der unterirdischen Gewölbe Dunlaidirs und bemühte sich, sich ihre Beklommenheit nicht anmerken zu lassen, als ihr frisch gebackener Ehemann seinen feinen blauen Überrock auszog.

Er warf das prachtvolle Kleidungsstück auf den steinernen Boden und legte dann auch den Kettenpanzer ab, den er darunter trug. Mit nichts anderem als einer ledernen Hose, kniehohen Stiefeln und einem leinenen Unterhemd bekleidet, blieb er vor ihr stehen, und seine stattliche Erscheinung raubte ihr den Atem.

Er strahlte ein furchtloses Selbstvertrauen aus, eine ruhige, unerschütterliche Entschlossenheit, von der sie hoffte, dass sie ihn den bevorstehenden Überfall unbeschadet überstehen lassen würde.

Ihre eigene Tapferkeit geriet ins Schwanken, als er einen feinen englischen Brustpanzer aus Eoghanns ausgestreckten Händen nahm und ihn mit der ruhigen Sicherheit eines Mannes anlegte, der schon an vielen Schlachten teilgenommen hatte ... und vor einer weiteren nicht zurückschreckte.

Ihr wurde ganz bang bei dem Gedanken, und das gut gepolsterte Lederhemd erfüllte sie mit Angst und Schrecken.

Ritter – die gut ausgerüsteten *englischen* – trugen solche Kleidungsstücke unter ihren Kettenhemden, um die Wucht zu schwerer Schläge abzufangen.

Oder das Eindringen gut gezielter Pfeile in den Körper zu verhindern.

Noch nie hatte sie jemanden einen solchen Brustpanzer für das heimliche Erbeuten einiger schottischer Rinder anlegen sehen.

Ihr Herz verkrampfte sich vor Angst, als sie aus den Schatten trat. »Ich möchte mit Euch reden«, sagte sie. »Allein.«

Er zog eine Braue hoch, und das gefährliche Glitzern in seinem gesunden Auge erwärmte sich zu ... zärtlicher Belustigung. »Falls Ihr nicht das besprechen wollt, worum wir uns nach meiner Rückkehr kümmern werden, gibt es nichts, was Ihr mir nicht auch hier vor meinen Männern sagen könnt.«

Hinter ihr kicherte einer seiner nicht allzu galanten Getreuen.

Die anderen ließen auch nicht lange auf sich warten.

Mit brennenden Wangen warf Caterine einen viel sagenden Blick auf Black Dugie.

Der Schmied bewachte den Ausgang aus dem unterirdischen

Gewölbe und blockierte die Treppe mit seiner stämmigen Gestalt und einem Stirnrunzeln, das so finster war wie sein Spitzname.

Die Hände in die Hüften stemmend, richtete Caterine ihren Blick wieder auf ihren Mann. »Nicht alle hier sind Eure Männer.«

»Das mag schon sein, aber es gibt hier niemandem, dem ich nicht voll und ganz vertraue.«

Caterine presste die Lippen zusammen.

Er verschränkte seine Arme ... gab aber als erster nach.

Er zuckte mit seinen breiten Schultern und gab ihr einen Stups unter das Kinn. »Ich dachte, ich hätte eine Frau geheiratet, die nicht lange um den heißen Brei herumredet?«

»Das hast du.«

Ihr tief in die Augen schauend, hob er ihre Hand und küsste sie. »Dann sei doch bitte so entgegenkommend, wie du es oben bist, und sag mir, was du denkst.«

Wieder lachten seine Männer frech.

»Nun?« Er hielt ihre Hand und rieb mit dem Daumen über den großen Rubin an seinem Siegelring.

Einem Ring, der jetzt ihre Hand zierte.

Vollständig abgelenkt, blickte sie durch das Gewölbe zu seinen Männern ... und wurde augenblicklich an den Anlass ihrer Unruhe erinnert.

Die Highlander standen mehr oder weniger unbekleidet herum, während sie sich mit den äußeren Zeichen des Krieges schmückten. Alle außer Sir Lachlan, der Anweisung erhalten hatte, auf der Burg zu bleiben, um so zu tun, als wäre Sir Marmaduke nach oben verschwunden, um mit seiner frisch gebackenen Frau das Bett zu teilen, wenn er und sein kleines Überfallkommando später unauffällig aus dem Burgsaal schlüpften.

»Nun?«, fragte ihr Mann wieder und strich mit den Fingerknöcheln über ihren Arm. »Bist du noch immer beunruhigt über den Zwischenfall dort draußen auf der Straße?«

»Das ist nichts Privates«, warf Sir Gowan ein, seine Worte etwas gedämpft durch das gepolsterte Lederhemd, das er gerade über seinen Kopf zog. »Wir alle wissen, was geschehen ist.«

Sir Ross, der gerade damit beschäftigt war, Kettenhelme und die gepolsterten Kopfbedeckungen, die darunter getragen wurden, in einen Lederbeutel zu stecken, blickte auf. »Dieser verdammte Mistkerl wird die Straße nach Dunlaidir nie wieder beschmutzen.«

Er bedachte Caterine mit einem beruhigenden Lächeln, aber der Anblick des stählernen Kopfschutzes, den er in seinen Händen hielt, erwies sich eher als beunruhigend als tröstlich.

Er war ... *sehr aufschlussreich.*

Und der Grund für das ungute Gefühl, das wie eine kalte Hand über ihren Rücken strich.

»Der Tote interessiert mich nicht«, sagte sie. »Er würde mich nur dann beunruhigen, wenn sein Pfeil getroffen hätte.«

»Wirklich?« Sir Marmaduke legte eine Hand unter ihr Kinn und blickte ihr prüfend in die Augen.

»Ja, wirklich«, erwiderte sie ehrlich, während Frustration wie eine sich windende Schlange durch ihren Magen kroch.

Sie riss sich los und deutete mit einer Hand auf die ganze Palette ritterlicher Kriegsgeräte, die überall um sie herum verstreut lagen. »Seit wann ist so viel Metall vonnöten, um ein paar Rinder zu erbeuten?«

Seit ich weiß, dass wir auch ein Schwein erlegen werden, derweil wir etwas Anständiges für Euren Tisch besorgen.

»Seit jemand versuchte, einen Pfeil in deinen oder meinen Rücken zu jagen, als wir aus der Dorfkirche zurückkamen«, sagte Marmaduke und hoffte, sie mit dieser halben Wahrheit zu beschwichtigen.

Aber das gelang ihm leider nicht.

Caterine straffte ihre Schultern, und der Ausdruck, der in ihren saphirblauen Augen erschien, verriet ihm, dass sie ihn durchschaute. »Sir, ich glaube, Ihr wollt mich nur beruhigen.«

»Und ist es nicht das, was Beschützer tun sollten?« Er legte ganz bewusst einen Hauch von Galanterie in seine Worte. »Das und Drachen töten?«

Ein unbestimmbarer Ausdruck, der jedoch alarmierend genug war, um ihm einen Stich ins Herz zu versetzen, huschte über ihr Gesicht. »Ich bezweifle, dass irgendjemand meine töten könnte.« Ihre Worte waren so leise, dass er sie kaum verstand. »Nicht alle jedenfalls.«

»Ihr irrt Euch, Mylady.« Er legte seinen Arm um ihre Schultern und zog sie beiseite, außer Hörweite seiner Männer. »Ihr irrt Euch sogar sehr.«

Sie hatte den Brautschleier ihrer Schwester abgenommen, und er strich mit den Fingerspitzen über ihre seidigen, aufgesteckten Zöpfe. Ein überwältigendes Bedürfnis, sie zu lösen und sein Gesicht in ihrem weichen Haar zu vergraben, übermannte ihn, aber das Klirren von Metall um sie herum half ihm, einen klaren Kopf zu bewahren.

Später würde er die Pracht ihres wundervollen goldenen Haars erforschen.

All ihres goldenen Haars.

»Und wieso irre ich mich?«, hauchte sie und entwaffnete ihn mit einem erstaunlich sanftmütigen Blick ihrer saphirblauen Augen.

Marmaduke kapitulierte mit Vergnügen, zog sie an sich und verspürte wahren Frieden, als sie die Arme um ihn schlang und ihre Wange an seine Schulter drückte.

»Du irrst dich, weil ich nämlich nicht nur jeden deiner Drachen töten werde, sondern auch ihre Überreste in alle vier Winde verstreuen werde, damit sie nie wieder dein Herz betrüben können.«

Nachdem er dieses Versprechen abgegeben hatte, hob er ihr Kinn ein wenig an und küsste sie.

Nicht so heiß und leidenschaftlich wie am Morgen in der Kirche, aber mit exquisiter Zärtlichkeit. Eine sanfte Liebkosung nur, ein bloßes Streifen ihrer Lippen durch die seinen, bis er genug von ihrer Süße aufgenommen hatte, um sie während der kommenden schweren Stunden aufrecht zu erhalten.

Und hoffentlich auch, bis sich einige ihrer Zweifel verflüchtigt hatten.

Bevor er sich endgültig von ihr löste, rieb er noch einmal zärtlich sein Gesicht an ihrer Wange. »Ich werde auch den letzten Eurer Drachen töten, Mylady, und gleich nach meiner Rückkehr werden wir damit beginnen.«

☆ ☆ ☆

Gleich nach meiner Rückkehr.

Das Versprechen stützte Caterine und half ihr, Haltung zu bewahren, wann immer sie es sich ins Gedächtnis rief. Gestärkt von dem Vertrauen, das sie in sein Versprechen setzte, saß sie während des Hochzeitsfestes neben ihrem Ehemann, sofern man das Chaos, das im Saal regierte, überhaupt noch als Fest bezeichnen konnte, und bemühte sich, nicht darauf zu achten, wie schnell die Zeit verrann.

Bald würde für ihn die Stunde kommen, aus dem Saal zu schlüpfen.

Diese Gewissheit spiegelte sich auch in dem betrunkenen Gegröle der Feiernden, in dem Fauchen und Zischen der immer schwächer werdenden, fast heruntergebrannten Fackeln, und in der zunehmenden Anzahl von Köpfen, die auf die langen Tische sanken.

Schnarchende Köpfe.

Zecher, die zu tief ins Glas geschaut hatten, um zu bemerken, wann ihr tapferer Beschützer und seine Getreuen Abschied nahmen.

Oder, wie es in einigen der dunkleren Ecken des Saals nur allzu deutlich zu erkennen war, zu sehr mit ihren sinnlichen Bedürfnissen beschäftigt waren, um sich dafür zu interessieren.

Caterines Blick glitt suchend über die langen Reihen der Tische, bis er Rhona fand. Wie viele der alkoholisierten Feiernden hatten ihre Freundin und James den größten Teil des Abends mit amourösen Tändeleien verbracht, doch nun sah die abgelegene Nische, in der sie ihrer Leidenschaft gefrönt hatten, leer und verlassen aus.

Aber Rhona befand sich noch dort.

Halb verborgen in den Schatten, lehnte sie am steinernen Filigranmuster des Lanzettfensters, zupfte an den Saiten ihrer Laute und sang ein Liebeslied. Aber als Caterine ihren Blick suchte, legte sie die Laute auf den Fenstersitz, ein Zeichen, das allein für Caterine bestimmt war.

Es war die Bestätigung, dass James gegangen war, um sich in der dunkelsten Ecke des Burghofs mit Sir John zu treffen, wo die beiden Männer mit gesattelten Pferden warten würden, bis die anderen zu ihnen stießen.

Der Moment war gekommen.

Auch den letzten deiner Drachen.

Die Worte, und die Hand des Drachentöters, die über die ihre strich, die auf dem Tisch lag, verliehen ihr die Kraft, das Spielchen fortzusetzen.

Den Kelch beiseite schiebend, den sie sich geteilt hatten, sprach sie die vorher sorgfältig geübten Worte. »Gott, wenn ich noch mehr von diesen gebratenen Seevögeln esse, fliege ich noch davon!«

Die starken, warmen Finger ihres Mannes drückten ermutigend die ihren.

Sein Gefolgsmann, der bärtige Sir Gowan, warf ihr einen scharfen Blick zu ... und neigte nahezu unmerklich den Kopf. Dann erhob er sich, schlenderte durch den verrauchten Saal ... und ward nicht mehr gesehen.

Bald würden sich auch die anderen erheben und einer nach dem anderen verschwinden.

Sie würden ihre Rollen spielen, so wie *sie* es in der letzten Stunde hatte, als sie ihren frisch gebackenen Ehemann mit all den fragwürdigen Delikatessen versorgt hatte, die Dunlaidirs leere Speisekammern hatten bieten können. Und selbst mehr geschmortes Seegras und braunes Brot vertilgt hatte, als ihr Magen vertragen konnte.

Und die ganze Zeit gelächelt hatte.

Sie hatte Alkohol getrunken, aus dem selben Becher wie ihr Bräutigam, und ihm zur Freude ihres Publikums erlaubt, ein paar Tröpfchen des stark gewürzten Weins von ihren Lippen wegzuküssen. Eins oder zwei hatte er sogar mit der Zungenspitze von ihrem Kinn entfernt.

Das hatte ihren Zuschauern gefallen.

Und ihr auch, während sie sich zugleich die unerhörte Frage gestellt hatte, wie viele Drachen seine sündhaft aufreizende Zunge wohl verbannen könnte.

Doch für den Augenblick ruhten solche Freuden unbeachtet im entferntesten Teil ihres Bewusstseins, verdrängt vom Aufbruch eines weiteren MacKenzie. Sir Ross, ein hoch gewachsener, nicht sonderlich gut aussehender Mann, war so diskret verschwunden, als wäre er überhaupt nie da gewesen.

Und er hatte Sir Alec mitgenommen, denn auch der Platz dieses bejahrten Ritters am Ende des erhöhten Tischs war leer. Eben war er noch da gewesen; im nächsten Augenblick war er verschwunden.

Nur Sir Lachlan war noch anwesend ... er würde auch bleiben.

Um standhaft vor den anderen zu behaupten, Sir Marmaduke Strongbow habe seine Braut zu Bett gebracht, falls irgendjemand bis dahin noch nüchtern genug sein sollte, um ihre Abwesenheit zu registrieren.

Oder es wagen sollte, einen Kommentar dazu abzugeben.

»Es wird Zeit, uns zurückzuziehen.« Die gemurmelten Worte an ihrem Ohr ließen sie zusammenfahren. Ohne auch nur zu bemerken, dass sie sich bewegt hatte, stand sie plötzlich auf ihren Beinen, und *sein* starker Arm lag Halt gebend um ihre Taille.

Niemand erhob Einwände.

Niemand rief ihnen etwas zu.

Nur er zögerte und sah sie mit solch glutvollen Blicken an, dass ihr seltsam warm ums Herz wurde. Er nahm ihren Arm und begann sie aus dem Saal zu führen, doch nach ein paar Schritten blieb er wieder stehen.

»*Herrgott noch mal*«, murmelte er, packte sie und hob sie auf seine Arme, in denen er sie fest an seine gepanzerte Brust gedrückt hielt, als er sie aus dem Burgsaal und eine Wendeltreppe hinauftrug.

Nicht die Treppe zu ihrem Schlafgemach, sondern eine dunklere, die unangenehm feucht und kalt war.

Sie befand sich in einem nur selten benutzten, schlecht beleuchteten und nach Salz und See riechend Turm, der Zugang zu verschiedenen noch weniger benutzten Gängen bot. Einschließlich des Gangs, dem Marmaduke zu seinem heimlichen Treffen mit den anderen Männern folgen würde.

Auf dem ersten Treppenabsatz hielt er inne und ließ Caterine herunter, ohne sie jedoch aus seinen Armen zu entlassen. Dann zog er sie an sich und presste seinen Mund zu einem glutvollen Kuss auf ihren. Sie schlang die Arme um ihn und klammerte sich an seine Schultern, als er sich von ihr löste.

»Ich bedaure, dass ich dich verlassen muss«, sagte er, während seine Hände ihren Rücken streichelten. »Ganz besonders hier, aber ich könnte es nicht ertragen, dich in dein Schlafgemach zu tragen und nicht bei dir zu bleiben.«

Er küsste sie auf die Stirn und lehnte sich dann zurück, um sie noch einmal anzusehen. »Bei meiner Rückkehr werde ich dich wie eine richtige Braut über die Schwelle deines Zimmers tragen. Das verspreche ich dir.«

Dann trat er zurück, nahm ihre Hand und zog sie zu einem letzten Kuss an seine Lippen. »Ich werde irgendwann morgen wieder da sein, und das mit gut genährten Keithschen Rindern im Schlepptau.«

Caterine schüttelte den Kopf. »Ich weiß, dass du mehr vorhast, als Fleisch für unsere Tafel zu beschaffen«, sagte sie geradeheraus und schien ihn mit ihren Worten und ihrem trotzig erhobenen Kinn geradezu dazu herauszufordern, ihr zu widersprechen.

Er tat es aber nicht, und ihr Magen verkrampfte sich angesichts seiner Ehrlichkeit. Sie strich mit den Fingerspitzen über die stählernen Glieder seines Brustpanzers und spürte die dicke Schicht gehärteten Leders, die darunter lag.

Er verließ die Burg in Erwartung eines Kampfes.

Oder eines weiteren Hinterhalts.

Und das Wissen darum bewirkte, dass ihr das Herz bis in die Zehenspitzen rutschte. »W-wirst du ... zurückkehren?«

Zu ihrer Überraschung erschien ein Lächeln auf seinem Gesicht.

Ein zuversichtliches Lächeln.

»Ich kehre immer zurück«, sagte er und beugte sich vor, um sie auf die Nasenspitze zu küssen. »Die Heiligen würden gar nichts anderes zulassen.«

Und damit wandte er sich ab und ging.

Ihr Mann aus Stahl, ihr erfahrener, geschulter Kämpfer, verschwand wie ein Gespenst in der Dunkelheit, bevor sie ihm noch weitere Fragen stellen konnte.

Sie wartete, bis seine Schritte verklungen waren, bevor auch sie sich abwandte und ging. Und mit jedem Schritt, den sie tat, betete sie.

Für die erfolgreiche Ausführung dessen, was er wirklich vorhatte.

Für die sichere Rückkehr seiner Männer nach vollendeter Tat.

Aber vor allem darum, dass die Heiligen Sir Marmaduke Strongbow wieder einmal beschützen würden.

Kapitel 16

Einige Zeit später, in der Finsternis der noch immer mondlosen Nacht, brachten Sir Marmaduke, die Männer, denen er am meisten vertraute, und ein elender falscher Hund, dem er nicht vertraute, ihre Pferde hoch über Sir Johns von den Engländern besetztes Kinraven Castle zum Stehen.

Dunkel und stolz ragten die Mauern der Burg auf der anderen Seite eines langen, schmalen Sees auf, hinter dem sich eine endlose Fläche flacher, sanft ansteigender Hügelkämme erstreckte.

Flache, grasbewachsene Hänge.

Erstklassiges Weideland, übersät von einer großen Anzahl gemächlich dahinzockelnder dunkler *Brocken*.

Keithscher Rinder.

Das beste Rindfleisch, das binnen eines Dreitageritts zu finden war.

»*Hier*?« Sir John trieb sein Pferd durch ein dichtes Stechginstergebüsch, um Marmadukes Seite zu erreichen. »Habt Ihr mich falsch verstanden? Dort …«

Er unterbrach sich und zeigte auf das ferne Ende des Sees, wo Kinraven Castle durch den Nebel zu erkennen war. »Es sind diese Weiden dort, wo die Rinder grasen.«

Den Ärger des anderen ignorierend, ließ Marmaduke seinen Blick Sir Johns ausgestreckter Hand über das nächtlich schwarze Wasser folgen. Es brannten noch einige Lichter in Kinravens schmalen Fenstern, und die Bewegungen schattenhafter Gestalten waren oben auf den Zinnen zu erkennen.

»Ihr seid verrückt, wenn Ihr glaubt, auch nur einen einzigen Ochsen an diesem Hang zu finden«, beharrte Sir John ärgerlich.

»Man könnte genauso gut sagen, dass Ihr verrückt seid, so zu reden«, wandte sich Ross an den enteigneten schottischen

Adligen. »Es gibt Leute, die für weniger ihre Zunge verloren haben«, fügte er hinzu und trommelte mit den Fingern auf dem Griff seines Dolchs, der unter seinem Gürtel steckte.

Ein bedrohliches Glitzern in den schmalen Augen ritten die beiden anderen Highlander näher. James drängte sein Pferd zwischen sie, und auch sein Gesicht war ganz angespannt vor Ärger.

Aber es war nicht Sir John, dem dieser Ärger galt. James starrte an ihnen vorbei zu den zahlreichen, am Rand des fernen Seeufers verstreuten schwarzen Flecken.

Eine dumpfe, hitzige Gespanntheit strahlte von ihm aus. »Es regt mich auf, wenn ich daran denke, wie viele meiner Leute mit nichts anderem als Fisch und Seetang im Magen zu Bett gegangen sind.«

Aufgebracht stieß er den Atem aus. »Sie sind alle da, unsere gesamte Herde«, schäumte er mit einem Seitenblick auf Marmaduke. »Erzähl mir nicht, wir wären diesen weiten Weg gekommen, um einen einzigen Ochsen an einem bewaldeten Hang zu suchen, wenn so viele in greifbarer Nähe sind?«

»Wir brauchen heute Nacht nur einen, obwohl zwei noch besser wären«, entgegnete Marmaduke mit der Ruhe, die er sich in Jahren des Kampfs gegen seine Dämonen angeeignet hatte. »Hab Geduld, mein Freund, bald werden wir auch die anderen holen.«

Und wenn wir jetzt gleich hinunterreiten würden, um sie zu holen, würden wir feststellen, dass uns dort unten mehr erwartet als Ochsen und Nebel.

Sir John gab ein verächtliches Schnauben von sich. »Ihr werdet nichts anderes als Stechginster und Buschwerk an diesem steilen Hang finden.«

»Glaubt Ihr?« Marmaduke erwiderte ruhig seinen hochmütigen Blick und saß dann ab. Während er eine zusammengerollte Ochsenhaut vom rückwärtigen Teil des Sattels losband, warf er Sir Alec einen kurzen Blick zu. »Sag Sir John, wo du vor zwei Nächten warst.«

»An ebendiesem Hang hier«, erklärte Alec, während er aus dem Sattel stieg und nach seiner eigenen Rindshaut griff. »Ich habe mich ein wenig umgesehen. Nach Ochsen und nach Schweinen.«

Nachdem er die schon etwas schäbige Haut ausgerollt hatte, legte er sie sich um die Schultern. »Ich sah mehr als genug Rinder in dem Stechginster in dieser Gegend, aber keine Schweine.«

Er bedachte Sir John mit einem humorlosen Lächeln. »Aber wir hoffen, dennoch heute Nacht noch eins zu fangen.«

Ein Ausdruck der Verärgerung huschte über Sir Johns Gesicht.

Der Verärgerung ... und noch etwas anderem.

»Dann lasst uns jetzt aufhören mit der Alberei und von hier verschwinden«, knurrte er und stieg nun ebenfalls von seinem Pferd. »Warum wolltet Ihr, dass ich Euch hierher begleite, wenn Ihr ja doch nicht meinen Rat befolgen wollt, wo der beste Platz für einen solchen Diebstahl ...«

»Diebstahl?!« Mit einer einzigen geschmeidigen Bewegung sprang James aus dem Sattel und hastete zu ihnen hinüber.

Ohne das Geringste Stolpern oder Hinken.

Marmaduke wandte sich ab, um sein Lächeln zu verbergen.

Die Highlander folgten seinem Beispiel.

Hinter ihnen fuhr James den Freund seines verstorbenen Vaters an. »Wie könnt Ihr es wagen, ein solches Wort zu benutzen, wo Kinraven besetzt vor Euren Augen liegt? Wenn wir die Burg noch heute Nacht zurückerobern müssten, würdet Ihr das dann auch Diebstahl nennen?«, tobte er. »Wo liegt der Unterschied?«

Marmaduke fuhr herum und sah, dass James Sir John am Arm packte ... und einen vollen Kopf größer wirkte als noch einen Augenblick zuvor.

Er räusperte sich und griff dann ein. »Freunde«, sagte er und benutzte diese Titulierung mit voller Absicht, »Euer Geschrei wird jeden warnen, der in diesen Hügeln auf der Lauer liegt und auf uns wartet.«

»Gott bewahre!«, rief Sir John, entriss James seinen Arm und fuhr zu Marmaduke herum. »Zuerst wollt Ihr, dass wir mit Rindshäuten auf dem Rücken herumschleichen, und nun sollen wir auch noch in einen Hinterhalt geraten?«

»Vielleicht würde ich das ja gern von Euch erfahren«, forderte Marmaduke ihn barsch heraus, während er demonstrativ seine Rindshaut um die Schultern legte. »Sind de la Hogues Männer da draußen? Oder war der Hinterhalt nur für Euer Weideland geplant?«

Er deutete auf das nächstliegende Ende des lang gestreckten Sees, dessen nächtlich dunkles Wasser deutlich sichtbar war am Fuß der Hügel. »Vielleicht dort, wo sich der Weg so stark verschmälert, dass es fast unmöglich ist, zu zweit nebeneinander zu reiten?«

»Ihr *seid* verrückt.« Sir Johns Hand glitt zu seinem Schwertgriff. »Ein illegitimer Sohn von ...«

»Und Ihr seid ein toter Mann, sollte sich mein Verdacht bestätigen.« Marmaduke packte ihn am Nacken seines Brustpanzers und hob ihn auf, bevor er seine Klinge ziehen konnte.

»Seid froh, dass ich Ehrenmann genug bin, um zu warten, bis ich mir sicher bin«, fügte er hinzu, als er ihn wieder freigab.

Keuchend rieb Sir John sich seinen Hals und funkelte Marmaduke böse an. »Das wird Euch teuer zu ...«

Ein Rascheln in den Büschen ließ ihn innehalten.

Trampelnde Geräusche ... und das Klirren von Stahl, als die Männer ihre Schwerter zogen. Alle außer Sir John. Puterrot im Gesicht vor Ärger, stand er da und starrte auf das Stechginster- und Weißdorndickicht, aus dem die Geräusche kamen.

Eine mit Erstaunen und lächelnden Gesichtern begrüßte Unterbrechung, die dem Augenblick die Spannung nahm, als die Quelle der Geräusche aus den Schatten brach.

Ein Ochse, und noch dazu ein so prachtvolles Exemplar, wie sie es sich besser gar nicht hätten wünschen können.

»Allmächtiger!« Gowan ließ seine Klinge sinken und grinste das mächtige Tier an. »Er ist fett genug, um jeden Mund in Dunlaidir zu füllen, und die der Dorfbewohner noch dazu.«

Aber dann trieb der stürmische Wind noch andere Geräusche zu ihnen hinüber. Noch mehr Rascheln, diesmal jedoch begleitet von einem Chor, der nichts Gutes zu verheißen schien: dem Klirren von Gebissstangen und Zügeln, dem Scheppern von Rüstungen und dem gedämpfte Klappern eisenbeschlagener Hufe auf feuchtem Untergrund.

»Auf die Pferde!« Marmaduke ließ die Rindshaut fallen und schwang sich in den Sattel. »Schwerter!«, schrie er, sein eigenes, dessen gut geschärfte Klinge in der Dunkelheit schimmerte, hielt er bereits in der Hand.

»Cuidich' N'Righ!«, brüllten seine Männer den Schlachtruf der MacKenzies, und ihre kühnen Schreie erhoben sich sogar noch über das immer lauter werdende Trommeln herannahender Pferdehufe.

Angesichts ihres Geschreis und des Wieherns der nervös tänzelnden Pferde stürzte sich der Ochse blindlings in das Unterholz. Im selben Moment brach eine Schar Berittener aus den Bäumen, und ein heftiger Tumult brach aus.

Die ihre Schwerter schwingenden Reiter donnerten auf die Lichtung und umkreisten Marmaduke und seine Männer, und ihre Klingen blitzten silbern vor dem fahlen Grau des Nebels.

Mit einer ruhigen Gefasstheit, an der es den heißblütigen Highlandern leider mangelte, richtete Marmaduke sich in seinen Steigbügeln auf, hob sein Breitschwert hoch über den Kopf und wartete, bis die Ritter zu einem schnellen, wütenden Angriff vorstürmten.

Kaum kam der erste Angreifer in Reichweite, ließ Marmaduke sein Schwert in einem tödlichen Bogen hinunterfahren und traf seinen Gegner mit einer derartigen Wucht, dass er den Mann fast in der Körpermitte durchtrennte.

»Strongbow! Links!«, warnte einer seiner Männer, und er wirbelte herum, um einem gewaltigen Hieb von der Seite auszuweichen.

Unbeirrt holte dieser neue Angreifer jedoch zu einem weiteren vernichtenden Schwerthieb aus. Mit einem ohrenbetäubenden Klirren trafen ihre Schwerter aufeinander, und die pure Wucht des Aufpralls sandte einen scharfen Schmerz durch Marmadukes Arm.

Er parierte den nächsten Hieb mit der flachen Seite seines Schwerts und schlug seinen Gegner durch pure, rohe Kraft zu Boden.

Sir Alec erschien an seiner Seite, sein prächtiges Highlandschwert schon rot vom Blut der Gegner. »Da sind noch mehr«, schrie er über den Lärm des Gefechts. »Eine ganze Horde von Schurken strömt dort aus dem Wald.«

Den brennenden Schweiß aus seinem gesunden Auge wegblinzelnd warf Marmaduke einen raschen Blick zum Rand der Lichtung.

Alec hatte nicht übertrieben.

Eine wahre Flut bewaffneter Berittener ergoss sich über den Hang und wälzte nach vorn, um Marmaduke und seine Männer durch ihre pure Übermacht in die Mitte dieses höllischen Tumults zu treiben.

»Der Himmel stehe uns bei«, murmelte Marmaduke und hoffte, dass die Heiligen über ihnen wachten.

»He, Junge – meine Axt!« Sir Gowans Schrei ertönte irgendwo zu seiner Linken, und die Erregtheit in der Stimme des Highlanders ließ Marmadukes Blut erstarren.

Er fuhr herum und sah, dass Gowan seine Streitaxt James zuwarf. Ohne Schwert, das er im Kampf verloren haben musste, rang James Keith mit einem behelmten Ritter und bemühte sich tapfer, mit seinem Schild die heftigen Schwerthiebe des Mannes abzuwehren.

Schwer atmend starrte Marmaduke über das Chaos, und sein Mut sank, als er sah, wie die Axt an James' ausgestreckter Hand vorbeisauste.

James stieß einen gellenden Wutschrei aus, als er sie verfehlte. Mit zu einer finsteren Maske verzerrtem Gesicht hob er seinen Schild und ließ sein hartes Ende auf den ausgestreckten Arm des Schwertkämpfers hernieder fahren, traf ihn mit solch irrsinniger Wut, dass der Arm des Mannes mit einem entsetzlich dumpfen Knacken brach.

James' Gegner ließ seine Klinge fallen und stürzte von seinem Pferd, und seine Schmerzensschreie wurden verschluckt von der unheiligen Kakophonie aus aneinanderschlagendem, klirrendem Stahl.

Doch kaum war er auf dem Boden aufgeschlagen, stürzte sich auch schon zweiter Angreifer auf James, das Schwert bereits zu einem Tod bringenden Hieb erhoben.

»Heilige Mutter Gottes!« Marmaduke gab seinem Pferd die Sporen, aber Sir Ross, der sehr viel näher an James war, trieb sein Pferd in einem donnernden Galopp mitten durch die Kämpfenden, sein riesiges Highlandschwert vor ihm ausgestreckt wie eine Lanze.

»Cuidich' N' Righ!«, schrie er, als er James erreichte, und durchbohrte dessen Angreifer mit seinem Schwert, bevor der Mann seinen tödlichen Hieb zu Ende bringen konnte.

Ohne innezuhalten, riss er sein bluttriefendes Schwert aus dem Körper des Gefallenen und ritt augenblicklich weiter, dicht gefolgt von James, um sich Marmaduke und Alec, die sich mitten im Gewühl des Kampfgetümmels befanden, anzuschließen.

Einen dichten Kreis bildend, kämpften sie weiter, begleitet vom ohrenbetäubenden Kreischen aneinanderschlagender Schwerter. Der Gestank von Blut verpestete die Luft und drang mit seiner metallischen Süße bei jedem Atemzug in ihre Lungen.

Etwas entfernt von ihnen stand Sir Gowan in seinen Steigbügeln und ließ sein beidhändiges Highlandschwert auf solch beängstigende Weise durch die Luft wirbeln, dass sich kaum ein Gegner in seine Nähe wagte.

Und tat es doch einer, so säbelte der stämmige Highlandkrieger jeden dieser Narren mit einem einzigen, erbarmungslosen Hieb um ... mit einem Lächeln auf seinem bärtigen Gesicht.

Ein schriller Schrei zerriss die Luft, noch lauter und qualvoller als alle anderen zuvor. Marmaduke fuhr herum und sah Sir John weit entfernt vom Zentrum des Geschehens zu Boden gehen ... die ganze linke Seite von ihm glänzte purpurrot.

Rot wie die bluttriefende Klinge des englischen Ritters, der ihn erschlagen hatte.

Zu betäubt, um auch nur zu blinzeln, starrte Marmaduke über das Handgemenge und war für einen Moment lang wie gelähmt. Dann fuhr er sich mit dem Armrücken über die Stirn und beobachtete, wie Sir Johns reiterloses Pferd durchging und in der Finsternis verschwand.

Sir Johns blutüberströmter Körper, durch den Sturz in Schwung gekommen, rollte den Hang hinunter und hinterließ eine blutige Spur.

»Wenn das nicht alles überbietet«, keuchte neben ihm Ross, dessen sich rasch hebende und senkende Brust auch voller Blut war.

Aber es war nicht das seine. »Wir haben uns geirrt ...«

»Herrgott noch mal, sprich nicht davon«, schnitt Marmaduke ihm das Wort ab und hob instinktiv sein Schwert, um einen weiteren Angreifer abzuwehren, während Galle so heiß in seiner Kehle aufstieg, dass er kaum noch atmen konnte.

Sein unbegründeter Verdacht gegen den älteren Schotten bedrängte ihn genauso heftig wie der Bewaffnete, der sich ihm näherte. Indem er sich im Sattel ein wenig zur Seite neigte, entrann er zwar der Tod bringenden Klinge des Mannes, aber nicht dem brennenden Schmerz seiner eigenen Beschämung.

Die ganze Raserei der Nacht und die noch viel größere Last seines Schuldbewusstseins durchfluteten ihn mit neuer Kraft, als er sich wieder seinem Angreifer zuwandte.

Als hätte der Mann den Teufel selbst in Marmadukes Gesicht gesehen, versuchte er kehrtzumachen, aber mit einem Aufschrei der Empörung, denn seine Selbstbeherrschung hatte ihn nun schließlich doch verlassen, zog Marmaduke sein Schwert zurück und streckte den Mann mit einem einzigen mächtigen Hieb nieder.

Ihr seid ein toter Mann.

Sollte sich mein Verdacht bestätigen …

Ein toter Mann.

Für den Rest der langen Nacht, während all des Blutvergießens und Geschreis, wurde Marmaduke von schweren Schuldgefühlen heimgesucht.

Sie waren seine beständigen Begleiter, ein bleiernes Gewicht auf seiner Ehre.

Und ein mächtigerer Feind als sämtliche bis an die Zähne bewaffneten Handlanger de la Hogues zusammen.

☆ ☆ ☆

Über dem Hang und um ihn herum pfiff ein kalter Wind, dessen Heulen wie ein Echo des Wehklagens der Sterbenden war … deren Seelen er schon sehr bald von dem erbarmungslosen Kampfgetümmel forttragen würde. Selbst Marmaduke hätte geschworen, dass die Heiligen nun auch ihn schließlich doch im Stich gelassen hatten, aber stattdessen hatten sie ihm offenbar einen Engel geschickt, der ihn an ihrer Stelle beschützte.

Er konnte die einsame Frau, die neben einem Weißdornbusch am Rande des Tumults stand, nicht sehen. Groß und dunkel wie die mondlose Nacht, beobachtete sie das Geschehen und gab keinen Laut von sich.

Und bewegte sich auch nicht.

Eingehüllt in einen Umhang mit Kapuze und den wabernden Nebel, verfolgte sie jede seiner Bewegungen, und grenzenloser Stolz lag in ihren unter der Kapuze halb verborgenen Augen.

Grenzenlose Liebe, die keinen anderen Wunsch kannte, als Marmaduke zu beschützen.

Und falls auch nur eine Spur von Traurigkeit ihr Herz verdüsterte, so ließ sie es sich nicht anmerken.

Er blickte einmal zu ihr hinüber, und für einen Moment erblickte er sie beinahe, und so hob sie ihre Hand und zwang sich zu einem kleinen Lächeln. Einem beruhigenden, um ihn wissen zu lassen, dass auch diese Nacht vorübergehen würde. Ihre Zeit auf dieser Welt war schon zu Ende, während er noch viele lange Jahre vor sich hatte.

Sonnige Tage und beglückende Nächte.

Ihr Lächeln verblasste, als sie still zu ihm hinüberblickte und ihm Trost spendete, so gut sie konnte, und über seinen Mut und seine Stärke staunte.

Wie sie es immer schon getan hatte.

Nach endlos erscheinenden Stunden ließ die Wut des Kampfes schließlich nach, und sein Ausgang wurde offensichtlich. Mit einem gefühlvollen Seufzer über all das, was einst gewesen war, schenkte sie Marmaduke ein letztes Lächeln und schlüpfte dann wieder in die Verborgenheit ihrer eigenen Welt zurück.

Wurde eins mit dem Nebel und der Dunkelheit.

Bis er sie wieder brauchen würde.

☆ ☆ ☆

»Ihr glaubt also an den Stein des Gutsherrn?«

Auf Rhonas amüsiertes Flüstern hinter ihr stieß Caterine einen erschrockenen kleinen Schrei aus und klappte den Deckel der eisenbeschlagenen Truhe am Fußende ihres Bettes zu.

»Seit wann schleicht Ihr mitten in der Nacht in der Burg herum und steckt Eure Nase in Dinge, die Euch nichts angehen?«, fragte Caterine und richtete sich auf.

Dann legte sie eine Hand an ihre Brust. »Und übrigens«, fügte sie hinzu und machte eine kleine Pause, um ihren Worten noch mehr Nachdruck zu verleihen, »habe ich mir diesen albernen Stein nicht angesehen.«

Rhona verschränkte ihre Arme. »Warum seid Ihr dann nicht im Bett?«

Weil bald der erste Hahn schreien wird und unsere Männer noch nicht zurückgekommen sind.

Weil ich Angst um ihn habe.

»Vielleicht, weil ich nicht schlafen konnte«, gab sie zu, was durchaus wahr, wenn auch nicht ganz ehrlich war.

Kalte Angst hatte ihr während der gesamten Nacht den Magen umgedreht und ließ ihr auch jetzt noch immer keine Ruhe. Ihr Herz pochte fast schmerzhaft hart gegen ihre Rippen, als sie einen Blick in den dunklen Vorraum warf, in dem Leo, die Bequemlichkeit seines eigenen Lagers ignorierend, zusammengerollt auf Marmadukes grober Strohmatratze lag.

Bis vor einer kurzen Weile war auch er unruhig in ihrem Schlafzimmer umhergelaufen, und seine kurzen Beinchen hatten ihn auf endlosen Rundgängen zwischen dem Vorraum, der Fensterlaibung und der geschlossenen Tür getragen, vor der er sich dann auf sein kleines Hinterteil gesetzt und einen sehnsüchtigen Blick auf ihre Eichenplanken gerichtet hatte.

Und auf einen Beschützer gewartet hatte.

Wie auch sie es während der langen, einsamen Stunden der Nacht getan hatte.

»Kann es sein, dass Ihr aus dem gleichen Grund nicht schlafen konntet, aus dem auch ich so rastlos bin?« Rhona blickte ihr prüfend ins Gesicht und tippte sich mit einem Finger nachdenklich ans Kinn.

Caterine zog ihren Morgenrock noch fester um ihre Schultern, um sich vor der frostigen Luft zu schützen, die durch die Ritzen in den Fensterläden drang. Aber vor allem tat sie es, damit Rhona nicht das nervöse Heben und Senken ihrer Brust bemerkte.

»Ihr habt Euch sehr getäuscht, falls Ihr dachtet, Ihr könntet mir Eingeständnisse entlocken über Dinge, die nicht existieren«, sagte sie steif und wünschte, Rhona möge endlich aufhören, sich mit dem Finger an ihr Kinn zu tippen.

Und das tat sie schließlich auch.

Aber die dunkle Augenbraue, die ihre Freundin spöttisch hochzog, zeugte von mindestens genauso großer Verärgerung. »Euch liegt genauso viel an ihm wie mir an James«, stellte Rhona ruhig fest. »Ihr macht Euch Sorgen, weil sie noch nicht zurückgekehrt sind, und diese Furcht raubt Euch den Schlaf und nötigt Euch, den Stein des Gutsherrn anzusehen.«

»Aye, mir liegt etwas an ihm«, gab Caterine zu und strich sich mit einer Hand durch ihr ungeflochtenes Haar. »Er ist ein ritterlicher, großherziger Mann. Aber ich habe mir nicht den Stein des Gutsherrn angesehen, sondern nur seinen Ring weggelegt.«

»Seinen Ring weggelegt?«

Caterine hob ihre linke Hand und bewegte ihren nackten Ringfinger.

»Aber Ihr gebt zu, dass Ihr etwas für ihn empfindet?«

»Ich habe seinen Ring weggelegt, *weil* ich etwas für ihn empfinde«, sagte Caterine und beschloss, dass ihre beste Verteidigung gegen Rhonas Fragerei ein offenes Wort war. »Ich habe seinen Ring weggelegt, weil ich ihn zu sehr schätze, um ihn zu tragen, so lange ich ihm mein Herz nicht schenken kann.«

Rhonas Miene war skeptisch. »Etwas an der Art, wie Ihr das sagt, verrät mir, dass Ihr das bereits getan habt.«

»Nein, habe ich nicht.« Aber der Widerspruch klang sogar in Caterines eigenen Ohren hohl.

Mit ihrer Geduld am Ende, ging sie zu der dunklen Fensterlaibung, um die Blenden aufzureißen, und war dankbar für den eisig kalten Luftzug, der ins Zimmer strömte.

Rhona, die ihr gefolgt war, schnaubte sehr undamenhaft. »Wenn Ihr ihm nicht Euer Herz geschenkt habt, dann bin ich noch Jungfrau.«

»Mein Herz ist mein und wird es auch bleiben«, gab Caterine zurück und setzte sich auf die Fensterbank. »Das habe ich ihm gesagt.«

Sie zog den Morgenrock noch etwas fester um ihre Schultern

und nahm Zuflucht zu der Offenheit, die sie vor Torheit schützte.

Und vor Schmerz.

»Er wird alles andere bekommen, was ich ihm geben kann«, sagte sie, verblüfft über die fast schmerzhafte Sehnsucht, die sie erfasste, wann immer sie nur an ihn dachte. Ein intensives, atemloses Sehnen nach der ungestümen Leidenschaft, von der sie bisher nur einen kurzen Eindruck bekommen konnte.

Und sie wollte mehr, viel mehr als die Küsse und Zärtlichkeiten, die sie bisher ausgetauscht hatten.

»Und was soll denn nun dieses ›alles andere‹ sein, was Ihr ihm zuteil werden lassen wollt?«, beharrte Rhona. »Bewunderung? Respekt? Gesellschaft?«

»So lange er bei uns ist, ja. All diese Dinge und ... und meinen Körper.«

Rhona fiel fast die Kinnlade herunter. »Euren Körper?«

Caterine nickte. »Ich habe ihm gesagt, dass ich gerne meine Sinnlichkeit erforschen würde.«

»Eure Sinnlichkeit erforschen?«

»Ihr braucht gar nicht so schockiert zu blicken.« Caterine fixierte ihre Freundin mit einem vorwurfsvollen Blick. »Wenn ich mich recht entsinne, wart Ihr es doch, die behauptete, ich bräuchte dringend Leidenschaft?«

»Aber ich habe nie das eine ohne das andere gemeint, Mylady.« Rhona ging vor Caterine in die Knie und griff nach ihren Händen, und es war wie eine absonderliche Wiedergabe dessen, wie *er* in dieser Fensterlaibung vor ihr gekniet hatte.

Wie mühelos er sie dazu gebracht hatte, ihn zu begehren!

Rhona drückte ihre Hände. »Ich hatte gehofft, Ihr würdet sowohl Liebe wie auch Sinnenlust bei Eurem Beschützer finden.«

»Bei einem englischen Beschützer?« Caterine war erstaunt über sich selbst, wie wenig ihr das jetzt noch ausmachte.

»Ich glaube nicht, dass die Tatsache, dass er Engländer ist, Euch jetzt noch stört«, beharrte Rhona.

»Nein, das stimmt.« Caterine konnte es nicht bestreiten. »Es sind andere englische Männer, die mich quälen ... wie Ihr eigentlich wissen müsstet.«

Ihre Geister und die Flecken, die sie auf meiner Seele hinterlassen haben.

Caterine befingerte ein tröstlich weiches, seidenes Kissen, das sie sich auf den Schoß gelegt hatte, und starrte in den dichten Küstennebel, der vor ihrem Fenster vorbeizog.

Eine Barriere, so undurchdringlich wie das Tor zu ihrem Herzen.

Ohne sich besonders anstrengen zu müssen, konzentrierte sie sich auf die leidenschaftlichen körperlichen Gefühlsregungen, die ihr Beschützer in ihr geweckt hatte, und bemühte sich, die Kälte aus ihrem Herzen zu verbannen, die andere Engländer dorthinterlassen hatten.

Dies erwies sich allerdings als eine sehr viel schwierigere Aufgabe.

»Habt Ihr es ihm gesagt?« Rhona nahm Caterines Hände noch fester zwischen die ihren und massierte ihre kalten Finger. »Weiß er, dass sie Euch im Beisein Eures ersten Ehemanns missbraucht und ihn dann vor Euren Augen ermordet haben?«

Caterine starrte in den Nebel vor dem Fenster. »Nicht direkt, aber ich denke, er ist klug genug, um es sich selbst zusammenreimen zu können. Ich habe ihm gesagt, ich hätte in meinem Leben nicht häufig körperliche Lust verspürt und würde derartige ... Intimitäten gern erforschen.«

Als ihre Freundin nichts erwiderte, straffte sie ihre Schultern. »Ich werde nicht jünger«, sagte sie, plötzlich müde und ermattet vom Schlafmangel der vergangenen Nacht. »Warum sollte ich nicht etwas ausprobieren, was anderen Frauen angeblich so viel Freude bereitet?«

Trotzig erwiderte sie Rhonas schmallippigen Blick. »Er war einverstanden, Ihr braucht mich also gar nicht so missbilligend anzuschauen.«

»Einverstanden womit? Euch Vergnügen zu bereiten?«

Caterine beschränkte sich auf ein Nicken.

Die Augenbrauen ihrer Freundin schossen in die Höhe.

»Warum sollte er es nicht tun?« Caterine bemühte sich nicht einmal, ihren Ärger zu verbergen. »Er ist ein sinnlicher Mann. Das verraten mir schon seine Küsse. Ich bin sicher, er würde gerne jeder Frau gefällig sein, die mit derartigen Bedürfnissen zu experimentieren wünscht.«

»Nein, nein, nein, Mylady«, sagte Rhona und ließ Caterines Hände los und richtete sich auf. »Nicht jeder Frau. Habt Ihr nicht gesehen, wie er Euch ansieht?«

Caterine presste die Lippen zusammen und zupfte an den Falten ihres Morgenrocks, weil sie sich nicht vorstellen konnte, dass ihr charmanter Beschützer solch ungestüme Leidenschaft allein für sie empfand.

»Oh, das tut er aber, Mylady«, schwärmte Rhona, als hätte sie wie so häufig Caterines Gedanken gelesen. »Und das ist der Grund, warum er froh sein wird, dass Ihr Euch in dieser Hinsicht für ihn interessiert. Er ist nämlich vollkommen vernarrt in Euch. Und zwar nur in Euch.«

»Er hat noch ganz anderen Dingen zugestimmt ... als nur dem erotischen Teil unserer Beziehung«, sagte Caterine und spürte, wie sich in ihrem Inneren heftiger Widerspruch angesichts der *anderen Dinge* regte, mit denen er sich einverstanden erklärt hatte.

»Was für anderen Dinge?«

Caterine atmete tief durch. »Zum Beispiel, dass alle Intimitäten, denen wir frönen werden, nicht anderes sein werden als ... rein körperliche Akte, ganz ohne gefühlsmäßige Bindungen.«

»Und das habt Ihr ihm geglaubt?« Rhonas Stimme wurde noch zwei Oktaven lauter. »Dass er Euch im Bett beglücken und Euch nicht das Herz stehlen wird?«

»Was ist denn so verkehrt daran, ihm zu gestatten, mir Freude zu bereiten?«

»Nichts, außer dass all das, falls Ihr ihm Euer Herz verweigert, nichts anderes sein wird als ... pure Sinnenlust.« Rhona befingerte die Enden ihrer Zöpfe, und Röte überzog ihre Wangen. »Das, Mylady, ist es, was ich mit den Männern der Garnison zu tun pflegte. Es bringt schnelles Vergnügen, aber es verblasst genauso schnell.«

»Auch Ihr verwehrt James Euer Herz.« Caterine versuchte, ein anderes Thema anzuschneiden. »Sucht Ihr bei ihm auch nur ein ›schnelles Vergnügen‹?«

»Nicht ich verwehre ihm mein Herz, *er* verwehrt mir seines«, gab Rhona leicht verstimmt zurück. »Er kann meine ganze Zuneigung für sich beanspruchen, wann immer er sich dazu entschließen sollte, und ich kann nur hoffen, dass das bald der Fall sein wird.«

Sie strich ihre Röcke glatt, richtete ihren Blick gen Himmel und seufzte. »Und nein, wir waren bis jetzt noch nicht intim miteinander, obwohl ihm durchaus bewusst ist, dass ich nicht mehr unerfahren bin. Diesen Teil von mir habe ich ihm allerdings vorenthalten.« Sie sah Caterine wieder an, und ein verträumter Blick erschien in ihren Augen. »Vorläufig zumindest noch.«

»Aber Ihr würdet gern ... das Bett mit ihm teilen.«

Rhona nickte. Von ihrer vorübergehenden Verunsicherung war nichts mehr zu spüren. »Oh ja.«

»Ich möchte es auch«, gestand Caterine seufzend. »Ich bin es Leid, mich kalt und leer zu fühlen. Ich möchte wahre Lust erfahren. Wonnevolle, sündhafte Empfindungen.«

»Mylady!« Wieder stieg Röte in Rhonas Wangen, aber genauso schnell umspielte auch ein verschwörerisches Lächeln auf ihren Lippen. »Was für sündhafte Empfindungen?«

Caterine stand auf, um ihrer Freundin ihre geheimsten Wünsche ins Ohr zu flüstern.

Rhona sog scharf die Luft ein. »Das ist mehr als sündhaft«, sagte sie und bekam ganz rote Ohren. »Das ist ... lüstern.«

»Es wäre erregend, glaube ich. *Unglaublich* erregend.« Eine träge Hitze und pulsierende Erwartung durchfluteten Caterine, wenn sie auch nur an solch erotische Vergnügen dachte.

Sie ließ sich wieder auf der gepolsterten Fensterbank nieder.

»Ich glaube, es ließe sich sogar sehr gut in dieser Fensterlaibung tun.«

Rhona warf einen verstohlenen Blick zur Tür und beugte sich dann vor. »Glaubt Ihr, er würde so etwas tun?«

»Wenn diese Dinge alles sind, was wir miteinander teilen können, halte ich das durchaus für möglich«, erwiderte Caterine und hoffte, dass sie Recht behalten würde. »Vielleicht, wenn ich ihm sage, so etwas zu tun, würde es mir helfen, mich an ... derartige Intimitäten zu gewöhnen.«

»Habt Ihr Angst um ihn heute Nacht, Mylady?«, fragte Rhona ganz unvermittelt und brachte damit endlich den bisher unangesprochenen Grund zum Ausdruck, warum sie beide zu dieser späten Stunde noch nicht schliefen. »Seid Ihr genauso besorgt um ihn wie ich um James?«

Caterine blinzelte, um ihre eigene Beklommenheit zu verdrängen. Sie spürte sie in ihren Augen, heiß und brennend, und ihr dunkler Schatten war der Grund, warum sie sich während dieser ganzen langen Nacht an anderen, erfreulicheren, bewegenderen Bildern festgehalten hatte.

Sie verschloss ihr Herz gegen eine Furcht, über die sie auf keinen Fall nachdenken wollte, und richtete ihren Blick aufs Meer. Es war noch immer von einer dichten Nebeldecke bedeckt, und nichts anderes als das unaufhörliche Krachen, mit dem die Wellen gegen die Felsen schlugen, wies auf seine Nähe hin.

Das und die kühle, salzhaltige Luft.

»Wir brauchen uns nicht zu sorgen«, sagte sie dann, und die Worte schienen mehr aus dem wabernden Nebel hinter den Fenstern zu kommen als von ihr. »Sie werden bald zurückkehren. Unversehrt.«

Es war wie eine merkwürdige, aber willkommene Gewissheit, von der sie schlicht und einfach wusste, dass sie zutraf.

Als hätte ein Engel sie ihr zugeflüstert.

Kapitel 17

Am späten Nachmittag des nächsten Tages trieb ein starker Wind eisigen Schneeregen über den Burghof von Dunlaidir, und die Abenddämmerung begann gerade einzusetzen, als Sir Marmaduke und seine völlig erschöpften Begleiter endlich in den verlassenen Innenhof der Festung ritten.

Keine Trompeten erschallten, kein jubelnder Applaus brandete auf, um sie zu begrüßen. Nicht ein einziger Ausruf der Verwunderung angesichts des fetten Bullen und der ebenso gut genährten Milchkuh, die sie bei sich führten.

Keine Menschenseele rührte sich, und eine tiefe Stille – fast wie ein Hauch des Todes – hing in der kalten Luft. Ein unheimlicher Ort und Augenblick, der sich in Schweigen hüllte und nicht gestört zu werden wünschte.

Als schliefe die ganze Burg.

Oder trauerte.

Aus dem Augenwinkel seines gesunden Auges sah Marmaduke, wie Sir Alec sich bekreuzigte. Selbst Sir Gowan, der derbste seiner Männer, schien sich unbehaglich zu fühlen, so wie sein misstrauischer Blick über den leeren Burghof huschte.

»Sie werden nicht gemerkt haben, dass wir zurück sind«, sagte Marmaduke schließlich und schwang sich aus dem Sattel auf das regennasse Kopfsteinpflaster. Dann schob er seine Kettenhaube zurück und fuhr sich mit einer müden Hand durchs feuchte Haar.

Ein ungutes Gefühl beschlich ihn, aber er unterdrückte seine eigene Unruhe lange genug, um seine Freunde mit einem strengen Blick zu bedenken, als könnte er sie mit seiner Ruhe dazu bewegen, in sich zu gehen und ihre eigene zurückzuerlangen.

»Ich dachte, sie würden die Treppe hinuntergeflogen kommen, sobald wir in den Burghof reiten«, sagte James und starrte stirnrunzelnd auf die leere Außentreppe.

Kalt und nass führten die steinernen Stufen zu einem ebenso ungastfreundlichen Treppenabsatz, auch am Haupteingang zum großen Saal regte sich nichts und das solide, eisenbeschlagene Tor wurde von niemandem für sie geöffnet.

»Ich hätte geschworen, dass sie uns dort an der Tür erwarten würden«, erklärte James, als auch er nun aus dem Sattel stieg.

Marmaduke legte dem jungen Mann eine Hand auf die Schulter. »Glaubt Ihr, ich hätte nicht auch einen herzlicheren Empfang erwartet, mein Freund?« Er zwang sich zu einem aufgeräumten Ton. »Kommt, lasst uns die Pferde versorgen und uns den Schmutz von unseren Gliedern waschen, und dann werden wir sehen, was unsere Damen aufhält.«

Er brach ab, als sich polternde Schritte näherten.

Black Dugies Schritte.

Mit wildem, starrem Blick kam der hünenhafte Mann auf sie zugerannt, und seine breite Brust hob und senkte sich vor Erregung, als er sie erreichte.

»Beim Geist des großen Cäsars!«, keuchte er und sah auch in der Tat so aus, als hätte er gerade ein Gespenst gesehen.

Oder als starrte er selbst in diesem Augenblick noch auf eine ganze Schar dahingeschiedener Seelen.

»Wir dachten, Ihr wärt tot! Ihr alle«, schrie er, offenbar zutiefst verblüfft.

»Tot?« Sir Gowan schnaubte. »Todmüde und bereit, uns lieber in Bier zu ersaufen als in diesem Schneeregen, aber nicht so tot, wie Ihr es meint«, sagte er und wischte sich mit einem stämmigen Arm über die nasse Stirn.

»Es würde mehr erfordern als eine Hand voll Schwert schwingender MacKenzies unter die Erde zu bringen.« Sir Alec, der selbst wie ein Toter, so verschmutzt und blutbesudelt wie er war, ging auf sie zu.

»Aber …« Black Dugie starrte sie an, sein grobschlächtiges Gesicht noch immer ungläubig verzogen.

»Wir mögen zwar aussehen wie Tote, aber ich versichere dir, wir sind noch sehr lebendig«, sagte James, an den Schmied gewandt, aber noch immer auf das geschlossene Tor des Saales starrend. »Wo sind unsere Damen? Warum sind sie nicht hier, um uns zu begrüßen?«

»Weil sie mit den Vorbereitungen für einen großartigen Empfang für uns im Saal beschäftigt sein werden.« Marmaduke legte einen Arm um James' Schultern ... und hoffte, dass das, was er sagte, zutraf. »Sei froh, dass sie ...«

»Oh nein, das tun sie ganz und gar nicht«, sagte Black Dugie, und irgendetwas an der Art, wie er es sagte, weckte die gespannte Aufmerksamkeit aller. »Sie sitzen am erhöhten Tisch und stecken die Köpfe zusammen, um eine Möglichkeit zu finden, ewige Gebete für Euch alle zu bezahlen.«

»*Ewige Gebete*?« Marmadukes Erstaunen hätte nicht größer sein können. »Hatten sie so wenig Vertrauen in unsere Heimkehr?«

Black Dugie scharrte mit den Füßen. »Pardon, Mylord, aber wie konnten sie etwas anderes denken? Sir John hatte uns doch schließlich gesagt, Ihr wärt alle umgekommen.«

»*Sir John*?« Marmaduke starrte den Schmied an, fassungslos über das Gehörte.

Es konnte nicht sein.

Sie hatten selbst gesehen, wie der ältere Schotte während des Gefechts erschlagen worden war.

»Da muss ein Irrtum vorliegen«, gab Ross Marmadukes Erstaunen Ausdruck. »Sir John kann nichts gesagt haben. Er ist tot.«

Er sah Marmaduke an und dann wieder den Schmied. »Wir haben selbst gesehen, wie er niedergestreckt wurde.«

»Dann muss es sein Gespenst gewesen sein, das wie der Teufel hierher ritt, um uns diese Lüge aufzutischen.« Black Dugie deutete auf das Tor zum großen Saal. »Er ist dort oben. Er versucht gerade, Eure Damen zu beruhigen.«

»Kruzifix!«, fluchte einer der Highlander, und das schrille Klirren von Metall begleitete den Fluch, als er sein Schwert aus seiner Scheide riss.

»Aber …« Gowan schüttelte verwirrt den Kopf und rieb sich seinen nassen Bart. »Wir haben doch selbst gesehen, wie er getötet wurde.«

»Nein, mein Freund«, sagte Marmaduke, als er endlich zu verstehen begann, »wir sahen ihn von seinem Pferd fallen und den Hügel hinunterrollen.«

»Worauf er dann wie der Blitz hierher zurückgeritten ist, um unser Ableben bekannt zu geben«, fügte Ross erklärend hinzu, und Marmaduke nickte zustimmend.

»So sieht es aus«, sagte er und zückte nun ebenfalls sein Schwert. »Kommt Männer«, sagte er, schon auf dem Weg zum Turm. »Jetzt haben wir Gewissheit.«

Es wurde Zeit, ein Schwein zu erlegen.

☆ ☆ ☆

Als die mächtige Eichentür des großen Burgsaals aufgestoßen wurde, fuhr Caterine herum und unterdrückte ein Aufschluchzen. Ihr Herz zersprang fast vor Erleichterung, als sie die Männer verblüfft anstarrte, die sich durch die offene Tür hereindrängten.

Der eisige Wind, den sie mitbrachten, ließ die Flamme einer nahen Fackel tanzen, deren wild flackerndes Licht groteske Schatten auf die wie aus Stein gemeißelten Gesichter der vier Männer warf.

Rhona beugte sich über den erhöhten Tisch und legte ihre Hand um Caterines Handgelenk. »Sie leben, Mylady«, hauchte sie, ihre Stimme kaum mehr als ein Flüstern, aber Caterine hörte die gleiche Freude und Verwunderung darin, wie sie sie selbst empfand.

Und da ihre Kehle viel zu eng war, um etwas zu sagen, schlang Caterine einen Arm um den kleinen Hund auf ihrem Schoß und drückte ihn an sich, während sie ein stummes Dankgebet gen Himmel schickte.

Er überragte sie alle und strahlte einen nur mühsam unterdrückten Ärger aus, dessen Intensität selbst quer durch die große Halle mehr als deutlich zu spüren war. Jeder wundervolle Zentimeter seines Körpers war noch sehr lebendig ... so lebendig wie auch alle anderen Männer waren.

Black Dugie war bei ihnen, und auch wenn er insgesamt nicht halb so ramponiert aussah wie sie, war sein Gesicht doch immerhin genauso nass und grimmig wie die ihren. Und er hielt einen Dolch mit einer langen Klinge in der Hand.

»Gott sei gepriesen!« Caterine fand endlich ihre Stimme wieder und wurde von einer überwältigenden Erleichterung durchflutet, die in ihren Augen brannte und sie blind machte für den drohenden Ausdruck auf ihren Gesichtern.

Und den in ihrem Saal befremdlichen Anblick gezückter Schwerter.

»Ein Wunder«, sagte Sir John neben ihr. »Hol mich der Teufel, wer hätte das ...«

»Verschlimmert Euren Verrat nicht mit noch mehr Lügen«, schnitt ihr Ehemann ihm das Wort ab, laut genug, damit alle es hörten, und mit einer Stimme, die so kalt und tödlich war wie das Glitzern seiner Klinge.

Er fixierte Sir John mit einem langen, harten Blick. »Kommt«, sagte er und winkte ihm. »Wenn Ihr schon vom Teufel sprecht, dann lasst uns Eure Reise zu ihm doch ein wenig beschleunigen.«

»Gott, Ihr seid ja irre«, spottete Sir John, und seine Worte troffen vor Verachtung.

Marmaduke ignorierte die Beleidigung und richtete seinen Blick auf Caterine. »Ich bedaure sehr, Mylady, dass ich den Namen eines Freundes der Familie beschmutzen muss, doch dieser Mann ist ein Verräter«, sagte er, und Caterine glaubte ihm, denn die Wahrheit stand ihm im Gesicht geschrieben ... und sie spürte sie in ihrem Herzen.

»Er ist Sir Hughs Mann«, beschuldigte ihn ihr Gatte, und sein Gesichtsausdruck wurde von Minute zu Minute kälter und verdüsterte sich mit dem ersten Stirnrunzeln, das sie je bei ihm gesehen hatte.

»Ist es nicht so?« Er drehte sich zu den Männern um, die neben ihm standen, und ohne das geringste Zögern nickten sie zustimmend.

Sogar James.

Und auch Black Dugie.

»Lügen!« Sir John sprang auf, und sein Gesicht wurde puterrot. Mit einem erbosten Blick auf Marmaduke hob er beide Hände. »Er ist ein Lügner, und außerdem würde kein wahrer Ritter einen unbewaffneten Mann herausfordern.«

Daraufhin erhob sich ärgerliches Gemurmel, das zunehmend lauter wurde, als es von einem Tisch zum nächsten übersprang. »Unbewaffnet?«, rief einer der Angehörigen der Garnison. »Das lässt sich leicht beheben!« Mit diesen Worten trat er vor und knallte sein eigenes Schwert auf den erhöhten Tisch.

Ohne die Waffe auch nur anzusehen, griff Sir John nach seinem Umhang. »Ich werde mich doch nicht an solch blindwütigen Aktionen beteiligen«, sagte er und legte sich den Umhang um die Schultern. »Wenn diese grässliche Nacht vorüber ist, werden die anständigen Leute innerhalb dieser Mauern vielleicht wieder zur Besinnung gekommen sein.«

Hoch erhobenen Hauptes begann er sich vom Tisch zu entfernen, blickte weder nach rechts noch nach links, bis er an Marmaduke vorbeikam. Mit einer für einen Mann in seinem Alter erstaunlichen Schnelligkeit, schlug er seinen Umhang zurück, wirbelte herum und stürzte sich mit einem bedrohlich aufblitzenden Dolch in der erhobenen Hand auf Marmadukes Rücken.

Irgendjemandes Schrei – ihr eigener oder Rhonas – gellte in Caterines Ohren, als ihr Ehemann, mit noch größerer Behändigkeit, auch schon zu Sir John herumfuhr und sich seine Finger in einem eisernen Griff um die Handgelenke des älteren Mannes schlossen.

Der Dolch fiel in die Binsenstreu, aber der Schwung, den Sir John durch seine eigene schnelle Drehung gewonnen hatte, schleuderte ihn geradewegs gegen die scharfe Kante von Marmadukes Schwert. Er schrie auf, als ein langer purpurroter Schnitt auf seinem Bauch erschien – eine echte Wunde dieses Mal, und eine tödliche.

Sein Schmerzensschrei erstickte in einem grauenhaften, gurgelnden Geräusch, als er auf seinen eigenen Lebenssaft herunterstarrte, der in einem dicken, roten Strom aus ihm herausfloss, und mit vor ungläubigem Erstaunen weit aufgerissenen Augen brach er auf dem Fußboden zusammen.

Chaos und Tumult brachen im Saal aus, als die Männer polternd von ihren Plätzen an den langen Tischen aufsprangen und vorwärts stürmten, um einen Kreis um Marmaduke und den im Sterben liegenden Sir John zu bilden.

Caterine und Rhona klammerten sich aneinander und sahen voller Entsetzen zu, wie Sir Marmaduke seine blutbefleckte Klinge wegwarf und sich dann neben Sir Johns reglose Gestalt kniete.

»Ein wohlverdientes Ende«, rief jemand über den Lärm.

»Ein Schurke, den sein eigener falscher Schritt getötet hat«, stimmte ein anderer zu, und die grimmigen Worte hallten scharf und laut von den mit Waffen bedeckten Wänden wider.

In krassem Gegensatz zu dem Radau stand das jämmerliche, kaum hörbare Stöhnen, das von Sir Johns blassen Lippen kam, und seine Augenlider flatterten, als er versuchte, den Blick zu den Männern zu erheben, die auf ihn herabstarrten.

Seinen eigenen Zorn bezwingend, nahm Marmaduke den Kopf des Mannes in die Arme. »Befreit Euer Gewissen, bevor Ihr Euren letzten Atemzug tut«, sagte er und erhob seine Stimme, um sich über das allgemeine Raunen der Verwirrung, das zunehmend hitzigere Gemurmel, die finsteren Beleidigungen und das schrille Kläffen des kleinen Hundes seiner Dame verständlich zu machen.

Zu den Männern aufblickend, die sich um ihn scharten, hob er eine Hand, um sie zum Schweigen zu bringen, und griff dann nach Sir Johns blutdurchtränkter Tunika und hob behutsam ihren Saum.

Die Wunde, ein tiefer roter Schnitt direkt unter Sir Johns Rippen, war seine einzige. Nicht einmal eine Prellung oder auch nur ein Kratzer verunstalteten die Blässe seiner Haut.

»Aber er war mit seinem eigenen Blut befleckt«, erklang Sir Gowans Stimme dicht an Marmadukes Ohr. »Wir haben selbst gesehen ...«

»Das war nicht sein eigenes Blut.« Ross spuckte in die Binsen. »Dieser Bastard hat sich damit nur beschmiert, um uns glauben zu machen, er wäre niedergestreckt worden.«

Marmaduke warf dem hartgesottenen Kämpfer einen Blick zu und signalisierte ihm, den Mund zu halten.

»Herr von Kinraven«, sagte Marmaduke, während er die Tunika wieder sinken ließ und sich vorbeugte, um dem Sterbenden etwas ins Ohr zu sagen, »durch Euren Verrat habt Ihr alles verloren. Wir hätten Euch geholfen, Euer Heim zurückzugewinnen, wenn Ihr uns darum gebeten hättet.«

Sir Johns Lippen bewegten sich, aber kein Wort, keine Erklärung für seinen Verrat kam darüber.

Nur eine Flut rötlichen Schaums.

»I-ich habe ... Kinraven ... nie verloren ...« Ein raues Zischen nur, das der Todeskampf ihm zu entreißen schien.

»Ihr habt Kinraven nie verloren?« Das war James. Er starrte Sir Johns wächsernes Gesicht an und erblasste selbst. »Was ist das denn für ein Unsinn? Alle wissen ...« Er verstummte, als Marmaduke ihm einen warnenden Blick zuwarf und Sir Alec ihm seinen Ellbogen hart in die Rippen stieß.

Sir Johns Augenlider flatterten erneut, und er erwiderte James' erstaunten Blick, so gut er konnte. »Es war Dunlaidir, was er wollte ... die ganze Zeit ... e-er versprach, Kinraven nicht anzutasten, w-enn ...«

»Wenn Ihr ihm helfen würdet, Dunlaidir zu gewinnen«, schloss James für ihn und sprang erbittert auf, als Sir John mit einem gequälten Nicken antwortete.

»Bei allen Heiligen!«, schrie James in einem Anfall jäher Wut. »Und ich habe ihn hier aufgenommen, ihm hier Unterschlupf geboten!« Abrupt fuhr er herum und stürmte aus dem Saal, mit Schritten, die so gerade waren wie die schmale rote Linie quer über Sir Johns Bauch.

»I-ich bedaure ... tut mir Leid ...«, flüsterte Sir John, seine glasigen Augen starr auf irgendeinen fernen Punkt hinter Marmadukes Schulter gerichtet.

Vermutlich jenseits dieser Welt.

Und kaum hatte er seinen halbherzigen Frieden mit der Welt gemacht, hörte er auf zu existieren, seine gequälten Augen verdrehten sich, sein letzter Atem war verbraucht.

Nicht minder aufgewühlt, legte Marmaduke Sir Johns Kopf auf den Boden und richtete sich auf. Sein Blick suchte und fand seine Frau, und er nahm seinen Umhang ab, breitete ihn über den Körper des Toten und ging zu ihr.

Sie kam ihm entgegen, mit ausgestreckten Armen drängte sie sich durch die Menge. Auch er breitete die Arme aus ... und wartete. Sein Mut, der auf dem Schlachtfeld so unbeirrbar war, erwies sich jetzt als nicht stark genug, um zu glauben, dass sie sich so rückhaltlos in seine Arme werfen würde.

Aber genau das tat sie, und in diesem kostbaren Moment schwankte der Boden unter Marmadukes Füßen.

Das Wunder ihrer Akzeptanz seiner Person, ihre unverhohlene Freude über seine sichere Rückkehr, war ein weitaus größerer Schlag für ihn, als das mächtigste englische Schwert ihm je hätte versetzen können.

Er war so glücklich, dass er kaum noch atmen konnte, als er seine Arme um sie schlang, ihr erlaubte, sich an ihn zu klammern, und darüber staunte, dass sie es auch tat, so blutbefleckt und schmutzig, wie er vor ihr stand.

»Mylady, ich liebe Euch«, flüsterte er an ihrer Schläfe, zu übermannt von seinen Gefühlen, um sich darum zu kümmern, dass sie sich versteifte, als sie seine Worte vernahm.

Er schob sie ein wenig von sich ab, nahm ihr Gesicht zwischen seine Hände und legte seine Stirn an ihre. »Sag es nicht«, murmelte er an ihrem seidigen warmen Haar, »*sei* einfach und lass es mich genießen, dich zu halten.«

Rasch packte er sie und hob sie auf seine Arme, bevor sie Einwände erheben konnte ... oder diesen Augenblick zerstörte.

Den kostbarsten für ihn seit vielen langen Jahren.

»Dieser Schuft war keiner der Drachen, die ich für dich töten wollte, mein geliebtes Herz«, sagte er, als er sie aus dem Saal trug. »Und ich glaube, es wird höchste Zeit, dass wir uns deinen wahren Drachen stellen.«

Sie lehnte sich etwas zurück, um ihn mit einem erstaunten Blick in ihren saphirblauen Augen anzusehen. »Bist du nicht ...?«

»Aye, mein Liebling, ich bin sogar für diese Art von Wonnen zu erschöpft«, antwortete er aufrichtig und wünschte, es wäre nicht so.

Wünschte von ganzem Herzen, dass es nicht so wäre.

»Aber«, ergänzte er, als er den umständlichen Aufstieg zu ihrem Schlafgemach begann, »ich habe einen fetten Ochsen für deine Tafel mitgebracht, und sobald das *echte* Hochzeitsfest hinter uns liegt, werde ich jedes einzelne meiner Versprechen wahrmachen.«

Er hielt inne, um sie zu küssen. Tief und mit all dem ungestümen Jubel, den sie in seinem Herzen weckte. Er beendete den Kuss erst, als die letzte Steifheit aus ihren Gliedern wich und sie ganz weich und nachgiebig in seinen Armen wurde. Der leise Seufzer, der sich ihr entrang, war für den Augenblick genug.

»Heute Nacht, mein liebes Herz, werde ich mich mit einem Bad und einem warmen Bett begnügen«, sagte er und war froh, dass sie nicht erschrak über seinen ganz bewussten Gebrauch des Wortes *Bett*.

Bett, nicht Strohlager.

»Ich bitte dich um nichts anderes, als dich in meinen Armen halten zu dürfen«, sagte er, als er ihren Aufstieg über die Turmtreppe wieder aufnahm. »Dich in meinen Armen halten und deine Wärme genießen zu dürfen.«

☆ ☆ ☆

Viel später, in der stillsten Stunde der Nacht, stand Caterine neben ihrem Bett und blickte auf den Mann hinunter, der so fest zwischen den halb zugezogenen Bettvorhängen schlief. Unwillkürlich ballte sie die Fäuste, gegen ihre zunehmende Frustration ankämpfend.

Sie wollte mehr, als nur in seinen Armen gehalten zu werden.

Sie wollte *fühlen*.

Mit dumpf pochendem Herzen beobachtete sie, wie der Feuerschein über seinen entblößten Rücken kroch, und die silbrig schimmernden Erhebungen seiner Narben versetzten ihr einen Stich ins Herz; seine breiten Schultern und der muskulöse Arm, den er über ein Kissen gelegt hatte, verleiteten sie dazu, kühn zu sein.

Dem Verlangen nachzugeben, das tief in ihr pulsierte.

Ein intensives, atemloses, prickelndes Verlangen, das so süß und rar war wie die klare, wolkenlose Nacht, die sich hinter den hohen Fenstern ihres Schlafgemachs erstreckte.

Eine glitzernde Fläche, so breit und so gewaltig wie die See.

Eine magische Nacht.

Ausnahmsweise einmal gänzlich frei von Wolken und von Nebel und übersät mit unzähligen glitzernden Sternen. Alle kalt und fern, aber es schien, als zwinkerten sie ihr zu und lächelten ermutigend.

Ihr silbriges Licht versicherte ihr, dass sie es wagen durfte, ihren schlafenden Ehemann zu wecken und ihm zu sagen, sie wolle in dieser Nacht mehr als nur gehalten werden.

Ein fast schmerzliches Verlangen übermannte sie. Eine heftige, inständige Sehnsucht, die danach schrie, gestillt zu werden. Sie warf einen Blick über die Schulter auf die im Dunkeln liegende Fensterlaibung und schluckte hart.

Durfte sie so wagemutig sein?

Die Sterne zwinkerten ihr zu ... und sagten Ja.

Ihr Herz schlug schneller, und bevor ihr Mut sie verlassen konnte, warf sie einen letzten Blick auf ihren schlafenden Ehemann, durchquerte dann den Raum und ließ sich auf eine der beiden in die Wand der Fensterlaibung eingebauten Bänke sinken.

»S-Sir ...« Es war kaum mehr als ein Quieken.

Nicht lauter als eine Maus, kaum hörbar und schon gar nicht ... wagemutig.

Sie befeuchtete ihre Lippen. »*Sir!*«

Das hatte er gehört.

Noch nie hatte Caterine jemanden so schnell ein Bett verlassen sehen.

Oder genauso schnell wieder zu sich kommen sehen.

»Zum Donnerwetter!« Schwer atmend starrte er sie an. »Herrgott noch mal, Frau, ich dachte schon, wir würden belagert!«

Ich *werde belagert*, bestätigte ihre erwachende Weiblichkeit.

Aber sie sagte nichts. Der Anblick seines prachtvollen muskulösen Körpers, von nichts anderem verhüllt als mit seiner Bruche, lähmte ihre Zunge. Und löste einen wahren Strudel aufregender Empfindungen in ihr aus.

Er kam auf sie zu, gänzlich unbefangen und ungezwungen, trotz seiner mehr als dürftigen Bekleidung, und ohne auch nur etwas von ihrem schamlosen Vorhaben zu ahnen. Dann blieb er vor ihr stehen und strich sich mit einer Hand durch sein vom Schlaf zerzaustes Haar. »Weißt du nicht, wie unvernünftig es ist, einen Mann so jäh zu wecken? Ich hätte dich verletzen können, als ich aus dem Bett gesprungen bin.«

»Ich wollte, dass du den Nachthimmel siehst«, erwiderte sie rasch, doch statt den Sternen auch nur einen Blick zu gönnen, starrte sie auf seinen Unterleib ... und den Beweis seiner männlichen Begierde, der unter dem dünnen Leinen seiner Bruche mehr als deutlich zu erkennen war.

»Ihr seht aber nicht die Sterne an, Mylady«, stellte er mit leiser, heiserer Stimme fest.

Augenblicklich erhob sie ihren Blick zu ihm und begann den Saum ihres Unterkleids hinaufzuziehen. Langsam, wie nebenbei und so natürlich, wie sie konnte.

»Können wir uns nicht ein Weilchen hier ans Fenster setzen?«, fragte sie. »Ich konnte nicht einschlafen.«

Er zog eine Augenbraue hoch, kam aber zu ihr in die Fensterlaibung und setzte sich auf die gegenüber liegende Bank ... so wie sie gehofft hatte, dass er es tun würde.

»Um den Nachthimmel zu bewundern, hm?« Seine Stimme enthielt einen Anflug von Belustigung, aber dann wandte er sich pflichtbewusst dem Fenster zu, und in diesem Moment zog Caterine blitzschnell ihre Beine unter sich ... und schob den Saum ihres Unterkleids bis zu den Knien hoch.

Gerade hoch genug, damit der Saum, wenn sie ihre Stellung wechselte und dabei ein kleines bisschen ihre Schenkel öffnete, sich straffte und ihm einen scheinbar gänzlich unschuldig dargebotenen Blick auf das seidige goldene Haar zwischen ihren Beinen gewährte.

Er drehte sich wieder zu ihr um. »Hast du mich wirklich wachgemacht, damit ich hier sitze und die ... Allmächtiger!« Wie gelähmt starrte er auf ihre halb entblößte Weiblichkeit.

»Caterine, ich bin kein Mönch, und was ich da sehen kann, lässt mich meine so mühsam erzwungene Zurückhaltung vergessen«, sagte er, ohne seinen glutvollen Blick auch nur eine Sekunde von ihr abzuwenden. »*Weißt-du-was-ich-sehe?*«

»Ja, Sir«, antwortete sie, und ihre eigene Kühnheit durchflutete sie mit Gefühlen, die fast zu schön waren, um sie zu ertragen.

»Ich habe dir gesagt, ich möchte jede Art von Intimität erforschen, und ich dachte, es wäre vielleicht ganz gut, uns daran zu gewöhnen ... einander anzusehen, bevor wir ...«

»Du möchtest, dass wir hier sitzen und uns zwischen die Beine starren?«

Seine unverblümten Worte entfachten tausend kleine Feuer in ihr und weckten eine pulsierende Hitze tief in ihrem Innersten. »Es würde mir helfen, meine Unschlüssigkeit zu überwinden und ... Wenn ich ehrlich sein soll, Sir, ich glaube, es wäre überaus erregend.«

»In der Tat.« Er hatte seinen Blick immer noch nicht von ihr gelöst. »Aber ich muss dich warnen – wenn wir es tun, werde ich sehr viel mehr tun, als nur hinzusehen.«

»Können wir beginnen?«, hauchte Caterine, denn die freudige Erwartung, ihre Kühnheit zu auszuleben, die wonnevollen Gefühle, die sie bereits durchfluteten, waren fast zu berauschend, um sie zu ertragen. »Ich möchte dich aber auch sehen.«

»Du kannst mit mir heute Nacht tun, was du willst, Frau.« So schnell er konnte, streifte er seine Bruche ab und schob sie mit dem Fuß beiseite.

»So!« Er setzte sich auf den Rand der Bank. »Da hast du mich, meine Schöne. Und was möchtest du nun?«

»Dich nur ansehen«, flüsterte Caterine, die kaum noch atmen konnte, so erregt wie sie war.

»Entspannt oder voll erregt?« Er legte seine Hand auf seinen Unterleib, sodass seine Finger sein bereits erigiertes Glied streiften. »Falls du das Erstere vorziehen solltest, kann ich einen solchen Zustand nicht sehr lange beibehalten.«

»Ich möchte beides sehen ... bitte.«

Er zog eine Augenbraue hoch. »Zuerst entspannt?«

Sie nickte, und ein Prickeln durchlief sie, als er die Hand um den Beweis seiner männlichen Begierde legte. Dann drückte er zu, bis sein Schaft langsam erschlaffte. »Wie du wünschtest«, sagte er und öffnete ein wenig die Knie, um ihr einen ungehinderten

Blick auf seinen bemerkenswert großen, nun aber vollkommen entspannten Schaft zu bieten.

»Vergiss nicht, dass es für einen Mann schier unerträglich ist, in diesem Zustand zu verharren, wenn er der pulsierenden Hitze einer Frau so nahe ist«, bemerkte er rau nach einigen Minuten, als sein Glied sich bereits wieder regte. »Ich würde dir jetzt gerne Lust bereiten … und dich ansehen, während ich es tue.«

»Sir?« Sie riss verblüfft die Augen auf, und ihr Mut geriet etwas ins Schwanken, nachdem er ihr die Kontrolle aus der Hand genommen hatte. »Aber …«

»Zerbrich dir nicht den Kopf darüber, Liebste«, murmelte er, während er sich vor ihr auf die Knie sinken ließ. »Öffne einfach deine Beine und entspann dich.«

Die Hitze in *diesem* Teil von ihr intensivierte sich und wurde nahezu unerträglich, als er ihre Knie auseinander schob und sanft über die zarte Haut an den Innenseiten ihrer Schenkel strich. »Ganz ruhig, meine Schöne«, sagte er und spreizte ihre Beine sogar noch ein bisschen weiter. »Atme tief durch und fühle, was ich mit dir tue.«

Er begann mit dem weichen Haar zu spielen, das ihre intimste Körperstelle bedeckte, legte seine flache Hand darüber und strich dann mit einem Finger über die Stelle, wo ihre süße Qual am größten war.

»Gefällt dir das, Caterine?« Ein heißer Schauer rann durch ihren Körper, als seine Liebkosungen noch intensiver wurden. »Soll ich dich weiter so berühren?«

»Aye«, seufzte sie mit heiserer, atemloser Stimme. »*Bitte*.«

»Dann öffne deine Beine, so weit du kannst«, ermutigte er sie. »Ich möchte alles von dir sehen und berühren.«

Ein weiterer kleiner Seufzer entrang sich ihr, und sie rutschte ein bisschen nach vorne, bis sie auf der Kante der Bank saß und ihre Hüften sich ihm entgegenbogen, in einer stummen Einladung, die beredter war als Worte.

»Halt still«, sagte er und legte seine flache Hand an ihre pulsierend heiße Weiblichkeit. »Du wirst es mehr genießen, wenn du stillhältst ... und dich öffnest.«

Diesmal stöhnte sie auf und schloss die Augen, entspannte sich und überließ sich endlich ganz und gar ihren Gefühlen. Mit einer Hand umfasste er seine steife Härte, während er mit der anderen Caterine sinnliches Vergnügen bereitete. Wieder strich er mit der Fingerspitze über ihren empfindsamsten Punkt, aber dann begann er ihre Weiblichkeit noch sehr viel intensiver zu erforschen und spielte mit ihr, bis sie nur noch flehende Seufzer ausstoßen konnte und dann schließlich sogar vor Verlangen aufschrie.

Als er seine eigene Erfüllung nahen spürte, atmete er tief den warmen, moschusartigen Duft ein, der von ihr ausging, als sie instinktiv Erfüllung suchte, und schloss seine Hand noch etwas fester um seinen Schaft. Langsam begann er sie daran auf und ab zu bewegen und stillte so diskret sein eigenes Verlangen, während er gleichzeitig noch intensiver mit Caterines seidig weichen Locken und ihrer feuchten Hitze spielte. Als seine lustvolle Erregung ihren Höhepunkt erreichte, ließ er einen Finger über der harten kleinen Knospe an ihrer intimsten Körperstelle kreisen und führte sie mit dieser aufreizenden Liebkosung auf den gleichen Schwindel erregenden Gipfel überwältigender Gefühle.

»Oh Gott«, hauchte sie und ließ sich kraftlos und ermattet in die Kissen zurücksinken.

Marmaduke schlang die Arme um ihre Hüften und legte seinen Kopf an die samtene Wärme der Innenseiten ihrer Schenkel. Das weiche Haar dort kitzelte seine Wange, und ihre pulsierende Hitze und ihr süßer, moschusartiger Duft erwiesen sich als so verführerisch, dass er sich noch fester an sie schmiegte, bis er nicht nur ihren Duft einatmen, sondern auch mit jedem Ausatmen ihre intimste Stelle streicheln konnte.

Sein Begehren regte sich aufs Neue, und er berührte sie mit seiner Zunge.

Strich nur unendlich sachte über ihre Scham.

Kaum mehr als nahezu unmerkliche Berührungen seiner Zungenspitze an ihrem zarten Fleisch, so leicht, dass er bezweifelte, dass sie es merkte, aber für ihn einfach berauschend. Und tatsächlich war seine Liebste erschöpft von dem zuvor erlebten Gefühlsrausch bereits eingeschlafen. Wie auch er es tun würde ... bald.

Doch zuvor wollte er noch das Glück, das er gefunden hatte, noch ein wenig länger genießen. Ein seliges Lächeln, das die Empfindung, einen geradezu wundersamen Frieden und eine außerordentliche Zufriedenheit gefunden zu haben, widerspiegelte, erschien um seine Lippen.

Und all das nur, weil sie ihm den Nachthimmel hatte zeigen wollen.

Stattdessen hatte er sie mit zu den Sternen hinaufgenommen ... dem Ort, wohin sie hatte gehen wollen.

Und was für eine wundervolle Reise es für sie beide gewesen war!

☆ ☆ ☆

Viele Meilen entfernt, auf der anderen Seite Schottlands, brach hell und klar ein neuer Tag an. Nicht einmal die kleinste Welle kräuselte die spiegelglatte Oberfläche des Loch Duich, und eine dünne Frostschicht bedeckte die an seinen Ufern aufragenden Berge. Selbst die massiven Mauern von Eilean Creag wirkten im klaren, bläulich-weißen Licht des eisig kalten Morgens beschaulich und alles andere als bedrohlich.

Doch innerhalb dieser Mauern schäumte der Herr der Burg vor Wut und schickte sich an, jeden Narren, ob Mann oder Tier, der es wagte, seinen Weg zu kreuzen, zu bedrohen.

Mit geballten Fäusten, stand Duncan MacKenzie in seinem leeren Burgsaal, starrte finster auf die süßlich duftende Schicht frisch ausgestreuter Binsen auf dem Fußboden und hing blanken Mordgedanken nach.

»*Fergus*!«, brüllte er, da er wusste, dass kein anderer als der dürre, impertinente Seneschall für das ordentliche Aussehen des Burgsaals verantwortlich sein konnte.

Denn sein Bett war vom erhöhten Podium verschwunden, und mit ihm auch seine schöne Gemahlin.

»Komm auf der Stelle hierher, du o-beiniger alter Bock, denn sonst ...«

»Denn sonst was, mein Junge?« Der Anlass seiner Verärgerung tauchte ein wenig ungehalten aus dem Schatten des mit einem Wandschirm abgedeckten Ganges auf.

Aus einem seiner bevorzugten Verstecke.

In dem er vermutlich schon auf Duncans Wutanfall gelauert hatte.

Gemächlich schlurfte der alte Mann zu ihm hinüber, sein Kinn mit dem struppigen Bart in schamloser Missachtung trotzig vorgeschoben. »Weil Ihr sonst noch diese Mauern mit Eurem Geschrei zum Einsturz bringt?«

»*Wo ist meine Frau*?« Duncan legte die ganze Sorge, die sein Herz bedrückte, in diese ohrenzerreißenden Worte.

Sein Sorge um sie, seine *Furcht*, machten ihn rasend vor Empörung, und mit erhobenem Finger deutete er anklagend auf das Podium, auf dem sich nun wieder der erhöhte Tisch befand.

»Was hast du mit meinem Bett gemacht?«, brüllte er, ohne auch nur den Versuch zu machen, seine Wut zu zügeln.

Der Seneschall verschränkt seine dürren Arme vor der Brust und erwiderte mürrisch seinen Blick.

Und sagte nichts.

Duncan blickte zu der gewölbten Decke des Saals auf und begann zu zählen.

Nachdem einige Minuten verstrichen waren – und er selbst sich etwas besser unter Kontrolle hatte –, wandte er seine Aufmerksamkeit wieder seinem grauhaarigen Seneschall zu. »Das Bett – und meine Dame – waren hier, bevor ich vor einer Stunde zu meinen Runden aufbrach«, sagte er, und seine tiefe Stimme klang schon etwas ruhiger.

Ein kleines bisschen ruhiger.

Aber noch lange nicht ruhig genug, um der Zunge des alten Fergus Antworten zu entlocken.

Duncan stieß einen tief empfundenen Seufzer aus. »Sooo, Fergus, wie ich sehe, hast du im Saal für eine bemerkenswerte Ordnung gesorgt«, sagte er und bemühte sich, die gewinnende Art eines gewissen einäugigen Burschen im Umgang mit den Dienstboten zu imitieren, indem er Fergus lobte und eine Hand auf die knochige Schulter des Seneschalls legte.

»Und ich habe gesehen, dass du auch den Rest von Strongbows Plunder zum Boot hinuntergebracht hast, für unsere letzte Fahrt nach Bal ...«

Duncan brach ab und blickte mit schmalen Augen zu dem erst kürzlich geleerten vorderen Teil der Halle.

Kein einziges Möbelstück, keine Kisten, keine Ballen, rein gar nichts blockierte mehr den Eingang.

Alles war fort ... aufgestapelt in Eilean Creags größter Galeere, wo es seinen Abtransport abwartete.

Ein ungutes Gefühl in Duncans Magen gesellte sich zu der merkwürdigen Enge in seiner Brust, und ihm wurde heiß und kalt zugleich, als ihn eine jähe Erkenntnis überflutete.

Er zwang sich, seinen Blick von dem tadellos aufgeräumten Eingangsbereich abzuwenden und Fergus wieder anzusehen.

Das leichte Zucken eines Muskels am Kinn des alten Mannes verriet Duncan die Wahrheit: Sein Bett *und* seine Dame befanden sich in ebendiesem Augenblick auf der Galeere, eingekeilt zwischen dem Rest von Strongbows Haushaltswaren und all seinem anderen Kitsch und Plunder.

In Erwartung ihrer Abreise nach Balkenzie.

In schamloser Missachtung seiner Befehle.

»Bei-allen-Heiligen-und-Aposteln!« Duncan machte seinem wilden Zorn mit einem einzigen ohrenbetäubenden Brüllen Luft.

»Es war ihr Wunsch.« Fergus wagte es doch tatsächlich, sich von dieser hundsgemeinen Tat zu distanzieren. »Ihr wisst, wie überzeugend sie sein kann, und sie schwor, es wäre höchste Zeit ...«

»*Höchste Zeit*?« Diese Worte brachten Duncans Blut erst richtig in Wallung. »Zeit für das Kind? Und um sich und unser Kleines in ein Boot zu setzen?«

Fergus schüttelte den Kopf. »Nein, Zeit für den Sassenach zurückzukehren.«

»Und sie gedenkt diesen glorreichen Tag in Balkenzie zu erwarten?« Duncan fuhr sich mit der Hand durchs Haar. »Und du hast ihr bei dieser Eskapade auch noch geholfen?«

»Sie sagte, wenn ich es nicht täte, würde sie einen anderen Weg finden, dorthin zu gelangen.«

Mit mühsam erzwungener Ruhe unterdrückte Duncan seine Wut. »Und das Kind?«

Zum ersten Mal an diesem Morgen lächelte der Seneschall.

Ein Furcht erregender Anblick ... sein Grinsen, bei dem all seine Zahnlücken sichtbar wurden, war einfach schauerlich.

»Das Kind, ein gesundes, strammes, wie sie mir versichert hat, aber sie bat mich, Euch noch nichts davon zu sagen, wird in Balkenzie geboren werden«, erklärte Fergus, und seine schmale Brust blähte sich auf voller Stolz darüber, der Überbringer solch privater Nachrichten zu sein.

»Sie hat die Geburt gesehen dank ihrer Gabe«, fügte er hinzu, und der feuchte Glanz in seinen Augen war ein unverkennbares Zeichen, wie erfreut er war, dass Linnet MacKenzie *ihm* ihre Geheimnisse anvertraut hatte. »Ihr werdet bald ein neues Kind haben, mein Junge.«

Duncan ließ vor Erleichterung die Schultern sinken, und sein Herz schwoll vor Freude an. Ein gesundes, strammes Baby, Junge oder Mädchen, war die kurze Bootsfahrt über den Loch Duich durchaus wert.

Und es war es auch mehr als wert, dass er wie ein Narr dastehen würde, wenn er seine eigenen Befehle ignorierte.

»Dann komm, du alter Bussard«, gab Duncan sich geschlagen. »Wir wollen die Dame doch nicht warten lassen.«

Und so machten Duncan MacKenzie, der gefürchtete Herr von Eilean Creag, und sein wie ein Narr grinsender Seneschall sich auf den Weg zu dem kleinen Landungssteg der Festung, um die Überfahrt über den See zu Sir Marmadukes Balkenzie Castle anzutreten.

Aber nicht, bevor Duncan nicht sein eigenes törichtes Grinsen von seinem gut aussehenden Gesicht gewischt hatte ... und es durch ein finsteres Stirnrunzeln ersetzte, das seines Furcht einflößenden Rufes würdig war.

Kapitel 18

Als Marmaduke irgendwann in der Stille vor dem Morgengrauen erwachte, lag ein schlankes, warmes Bein über seinem Oberschenkel. Der Kopf seiner neuen Gemahlin ruhte an seiner Schulter, ihr offenes, ungeflochtenes Haar bedeckte das Kissen, seine seidige Weichheit streichelte sein Kinn … sein Duft, der ihn an wunderbare Sommertage denken ließ, war zart, ein Geschenk, das seine Sinne entflammte.

Und seinen Puls zum Rasen brachte.

Auch andere Körperteile von ihm regten sich. Dunklere, animalischere Bedürfnisse überrollten ihn, denn noch etwas anderes Warmes presste sich an ihn. Schamlos nahe, unendlich weich und köstlich heiß.

Die feminine Hitze seiner Gattin.

Eine Woge flüssigen Feuers schien ihn zu durchfluten, wenn er an ihre nächtlichen Intimitäten dachte, daran, wie er Caterine gestreichelt und liebkost hatte.

Die letzten Reste seines Schlafs verflogen, vertrieben vom Gefühl ihrer seidig glatten Haut an seiner und dem üppigen Dreieck weichen Haars, das sich auf solch wunderbare Weise an ihn schmiegte.

Ein lustvolles Ziehen ging durch seine Lenden; schockierend nachdrückliche Wellen puren, ungestümen sinnlichen Bewusstseins.

Ungezügelten Verlangens.

Doch obschon das Blut durch seine Adern raste, empfand er den simplen Umstand, dass er ihren warmen Atem an seiner Schulter spürte, als mindestens genauso beglückend.

Beide Freuden, die sinnlichen wie die zarten Bande zwischen ihnen, verbanden sich miteinander, um einen unwiderruflichen Kordon um sein Herz zu weben. Seidene Fesseln der Leidenschaft und der Verheißung banden seine Seele an die ihre und erfüllten ihn mit unbeschreiblicher Zufriedenheit.

Eine kostbare und seltene Freude, die er noch ein wenig länger genießen wollte.

Er warf einen Seitenblick durch die halb geöffneten Bettvorhänge, und ein zufriedenes Lächeln erschien um seine Mundwinkel. Die Morgendämmerung war noch nicht weiter als bis in die tiefe Nische der Fensterlaibung vorgedrungen.

Der Rest des Zimmers lag nach wie vor in kalter, stiller Dunkelheit. Es blieb ihm also noch reichlich Zeit, um die Intimität von Caterines weichem, warmem Körper auszunutzen, der sich so vertrauensvoll an seinen schmiegte.

Ein Trost, den er während der langen Nachtstunden sehr genossen hatte, nachdem er sie irgendwann auf die Arme genommen und sie, schon schlafend, vom Fenstersitz zum Bett getragen hatte.

Und irgendwann in dieser wundervollen Nacht war ein Wunder geschehen. Und dieses Wunder schloss all die Qualen und den Kummer anderer Tage aus und vertrieb die Leere unzähliger Nächte voller Einsamkeit.

Ein Moment, eine Berührung, Haut an Haut … ihr geschmeidiger Körper, der ermattet neben ihm ruhte … und all seine Dämonen waren in die Flucht getrieben worden.

Das wollte er zumindest glauben.

Hoffnung.

Eine wilde, Schwindel erregende Freude, von der er nie gedacht hätte, dass er sie noch einmal finden würde, aber er hatte sie gefunden, und das Wunder seines Glücks erfüllte ihn geradezu mit Ehrfurcht. Tief atmete er die kalte Morgenluft ein und verzog seinen Mund zu einem kleinen Lächeln.

Ein Lächeln, das hell und wahr aus seinem Inneren kam und ihn bis in seine Zehenspitzen wärmte.

Er liebte sie.

Die in Leidenschaft gesprochenen Worte auf der Turmtreppe waren nicht leichtfertig, aus dem Moment heraus geboren gewesen … er hatte ihr wirklich und wahrhaftig sein Herz geschenkt.

Sir Marmaduke Strongbow, Duncan MacKenzies Gefolgsmann, Freund und Mentor vieler Männer, unerschütterlicher Verteidiger von Frauen und kleinen Kindern und baldiger Herr auf Balkenzie Castle, hatte sich wieder unwiderruflich, unerträglich, unsagbar verliebt.

Mit jeder Faser seines Seins, jedem Gesicht, das er besaß; dem gut aussehenden, das ihm vor so langer Zeit genommen worden war, dem narbigen, das heute all seine wachen Stunden überschattete, und dem bisher noch unbekannten, das er in den nächsten Jahren tragen würde.

Aye, er liebte sie, und diese ungeheuerliche Erkenntnis erweckte ein Bedürfnis, aus dem Bett zu springen, zu den Fenstern zu laufen und seinen Jubel bis zum fernen Horizont hinauszuschreien.

Dass sie neben ihm lag und ihn mit der seidigen Wärme ihrer Haut und der schimmernden Pracht ihres goldenen Haars verlockte, eröffnete ihm Horizonte einer völlig ungekannten Natur.

Und er brannte darauf, diese Möglichkeiten in vollem Maße auszunutzen.

Und nun war ein ebenso guter Zeitpunkt wie jeder andere, um fortzusetzen, was sie in der sternenklaren Magie der Nacht begonnen hatten.

Mit der ganzen Finesse, die er so meisterhaft beherrschte, strich er in einer sachten, kaum zu spürenden Liebkosung mit der flachen Hand über ihre Seite. Ihre blauen Augen flogen auf, als er seine Finger über der sanften Biegung ihrer Hüften spreizte, um ihre samtene Hitze noch näher an sich zu spüren.

Sie zog scharf den Atem ein, und der Liebreiz ihrer verschlafenen, etwas verwirrt blickenden Augen griff Marmaduke direkt ans Herz. »W-Was tut Ihr …«

»Noch einige Eurer Drachen töten«, log er.

Sein Begehren nach ihr stillen war es, was er tat.

»Gestern Nacht haben wir sie nur herausgefordert«, meinte er und streichelte zärtlich ihren wohl geformten Po ... um sie zu beruhigen und ihr Blut im gleichen Maße zu entflammen wie sein eigenes.

»Von heute Morgen an werden wir einen richtigen Angriff auf sie starten«, versprach er und schmiegte seine Wange an ihr ungeflochtenes Haar und hauchte Küsse auf seine seidig glänzende Fülle. »Aber Ihr müsst auch wirklich wollen, dass sie verschwinden, Mylady.«

Mit den Lippen strich er über die anmutige Linie ihres Nackens. »Wollt Ihr es?«

»Habe ich Euch nicht gestern Nacht bewiesen, dass ich nur zu gern ... gewisse Drachen bekämpfen würde?«, gab sie zurück, inzwischen vollends wach.

Und völlig ungeniert – sie neigte sogar den Kopf, um ihm besseren Zugang zu ihrer weichen Haut zu geben.

»Und habt Ihr nicht bereits damit begonnen? Sie zu töten, meine ich?« Ein leiser, sinnlicher Seufzer begleitete ihre Worte. »Eure Berührung hat mir sehr gefallen, Sir. Ihr ...«

»Euch mit meinen Fingern Vergnügen zu bereiten, ist nicht das, was ich meinte, meine Schöne, und ich glaube, das wisst Ihr auch.«

Seine tiefe, warme Stimme schien in sie einzudringen, sie zu umfließen ... verführerisch wie die Zungenspitze, die über die empfindsame Stelle unterhalb ihres Ohres strich ... aufreizend wie seine Finger, die sich auf solch sündige Weise über die Rundungen ihres Pos bewegten.

Gott, er strich sogar mit einem Finger über die Falte zwischen ihnen, und ein heißes, prickelndes Verlangen durchzuckte sie bei dieser unerhörten Intimität.

»Eure Drachen werden bald alle erledigt sein, Mylady. Das versichere ich Euch«, murmelte er und biss sie sanft ins Ohrläppchen.

»Und es ist der Drache, der hier lebt ...« Sanft schob er seine Hand zwischen ihre Schenkel und strich ganz langsam mit der Fingerspitze über ihre intimste Körperstelle, »... mit dem ich mich in diesem Augenblick gerne befassen würde.«

Caterine seufzte und wand sich unter seinen Händen, denn seine Berührung war genauso atemberaubend intensiv, wie sie sie von der vergangenen Nacht her in Erinnerung hatte. Seine Liebkosung löste ein lustvolles Pulsieren zwischen ihren Schenkeln aus, eine träge Hitze, machtvoll genug, um sie mit Wellen prickelnder Erregung zu durchfluten und ihr Innerstes in Flammen zu setzen.

Das jähe, überwältigende Erwachen wahrer sinnlicher Begierde.

Berauschend und erhaben.

»Es sind *diese* Drachen, von denen ich möchte, dass Ihr sie tötet«, sagte sie schließlich und öffnete aus freien Stücken ihre Schenkel, in einer stummen Bitte, sie dort wieder zu berühren.

Und sorgte auch dafür, dass er es tat, indem sie seine Hand ergriff und seine Finger auf die Stelle drückte, wo die süße Qual am größten war. Er erfüllte ihr den Wunsch sofort. Er streichelte, liebkoste, *reizte* sie auf eine Art und Weise, die sie einem Schwindel erregenden Höhepunkt nahe brachte.

Es war ein unbeschreiblich lustvolles Gefühl, wie seine Finger über ihren erhitzten Körper glitten und spielerisch an dem lockigen weichen Haar zwischen ihren Schenkeln zupften, und sie war wie berauscht von der Magie seiner Berührung.

Kühn spreizte sie ihre Schenkel noch ein bisschen weiter ... einladend, ihn zu noch intimeren Zärtlichkeiten ermutigend. »Ihr bewegt mich sehr«, hauchte sie, ihre Stimme ganz rau vor unterdrückter Leidenschaft, und ihre saphirblauen Augen dunkler als gewöhnlich.

Sie sah ihn an, unter halb gesenkten Lidern, die ganz schwer wurden vor sinnlicher Erregung. »Ich habe eine solche Hingabe nicht gekannt, solch pures sinnliches Entzücken. *Diesen* Drachen habt Ihr bereits getötet, Mylord«, sagte sie und bog ihm einladend die Hüften entgegen. »Ich möchte nicht aufhören, diese Freuden mit Euch zu erforschen … so lange Ihr hier bei uns verweilt.«

Diese letzten Worte durchdrangen seine leidenschaftliche Erregung. Irgendwo tief in seinem Innersten löste sich ein Hauch von Unbehagen von der unbezähmbaren, Schwindel erregenden Freude, sie auf solch intime Weise zu berühren.

Und ihr diese ersten Kostproben körperlicher Leidenschaft zu geben, und das auch noch auf ihr Geheiß.

Er begann Einwände zu erheben, sie zu warnen, dass er sehr bald fortgehen würde … und sie mit ihm, doch inzwischen hatte sie begonnen, seine Brust und seinen Bauch zu streicheln, und bevor er protestieren konnte, wanderten ihre Finger auch schon tiefer. Sie glitten in das dichte, krause Haar zwischen seinen Schenkeln, und ihre suchenden Finger streiften wiederholt die steife Härte seines Schafts.

Ganz leichte, flüchtige, vielleicht sogar unabsichtliche Berührungen, aber aufreizend genug, um einen Mann, der sich nicht ganz so gut unter Kontrolle hatte wie er, dazu zu veranlassen, aus dem Bett zu springen.

Abrupt richtete er sich auf, und sein Herz pochte fast genauso heftig wie der Beweis seiner männlichen Begierde. Er umfasste ihr Handgelenk und zog ihre Finger aus dem krausen dunklen Haar zwischen seinen Schenkeln zu den ungefährlicheren Regionen seines Magens. Dort legte er ihre flache Hand auf sein straffes Fleisch und drückte sie einen Moment lang fest an seine Haut, bevor er sie wieder los ließ.

Eine stumme Warnung, ihre Hand nicht wieder tiefer gleiten zu lassen.

Oder zumindest nicht in diesem Augenblick.

Diese größere Intimität würde später kommen – wenn er sicher war, dass sie alles von ihm begrüßen würde und nicht nur seine sehr geschickten Finger.

Die ihren strichen nun kühn über die ausgeprägten Muskeln seines Bauchs, untersuchten jeden angespannten Grat und

Kamm und brachten ihn näher und näher an die Grenzen seiner Selbstbeherrschung.

Prüfend blickte er auf seinen Bauch hinab und verfolgte ihre Liebkosungen. »Glaubst du wirklich, ich ginge ohne dich fort, Caterine? Ich bin kein Trottel, mit dessen Zuneigung – und Leidenschaft – man spielen kann. Ich bin ein Mann – ein Mann, der dich liebt, und es ist zu spät ...«

Er unterbrach sich und starrte auf ihre Hand, und die Nacktheit eines ganz speziellen Fingers war wie ein eiskalter Wasserguss auf all seine Hoffnungen, seinen Glauben, dass sie irgendwann beginnen würde, ihn zu lieben.

Und das Feuer in seinem Blut effektvoller auslöschte als eine kalte Dusche.

Er ergriff ihre Hand und starrte ihren nackten Ringfinger an, und eisige Ketten des Zweifels schlangen sich um sein Herz und rissen die Tore auf, damit seine Dämonen wieder hineinspazieren konnten.

Dachtest du wirklich, sie wollte mehr von dir als eine kleine Eskapade, du entstelltes Scheusal?, höhnten sie.

Es ist die Größe deines Schwanzes und dein Geschick darin, ihr Vergnügen zu bereiten, was sie von dir will, und nicht dein dummes Herz ... oder deinen Ring!, schrien sie hämisch und lachten sogar noch lauter, als ihr höhnisches Gejohle sein Glied erschlaffen ließ.

Marmaduke schloss die Augen vor ihnen, zog die Bettdecke über den sichtbaren Beweis seiner Bestürzung, setzte eine möglichst gleichgültige Miene auf und erwiderte dann erst ihren unschuldigen Blick.

»Ich wusste, dass der Ring nicht passen würde«, sagte er, und seine Stimme klang rauer und erregter als ihm lieb war.

Denn insgeheim hoffte er noch immer, dass die Größe des Erbstücks der Grund dafür war, dass sie seinen Ring nicht trug.

»Ich habe dir eine schöne goldene Kette mitgebracht, damit du den Ring um den Hals tragen kannst, bis wir nach Balkenzie zurückkehren«, fuhr er hastig fort, um ihr keine Gelegenheit zu geben, etwas auf seine Erklärung zu entgegnen.

Und betete im Stillen, sie möge den Mund halten.

»Sobald wir zur Hause sind, werde ich den Ring für dich verkleinern lassen. Ich wollte dir die Kette eigentlich erst nach dem zweiten Hochzeitsfest geben ... aber ich werde sie jetzt holen.«

Sie griff nach seinem Handgelenk, als er Anstalten machte aufzustehen, und das Bedauern, das er auf ihrem hübschen Gesicht sah, erschütterte ihn, wie kaum etwas anderes es vermochte.

»Ich will keine goldene Kette«, sagte sie, und das Herz blieb ihm fast stehen. »Ich habe den Ring abgenommen, weil ich ihn nicht tragen möchte.« Ihre Aufrichtigkeit warf mit jedem Wort, das sie sprach, ein noch schwereres Gewicht auf seine zerbrochenen Hoffnungen.

»Ich bringe Euch große Achtung entgegen, Sir«, erklärte sie und trampelte mit ihrer Ehrlichkeit auf seinem Herz herum. »Aber meine Selbstachtung gestattet mir nicht, Euren Ring zu tragen. Nicht an meinem Finger und auch nicht an einer Kette um meinen Hals.«

Marmaduke schluckte seinen Stolz hinunter. »Und warum nicht?«, fragte er mit einer Stimme, die er kaum als seine eigene wiedererkannte. Er musste es wissen.

»Weil mir zu viel an Euch liegt, um dies zu tun«, erwiderte sie, und eine ganze Truppe von Dämonen grinste ihn höhnisch über ihre Schulter an.

Wortlos erhob sich Marmaduke.

Ohne seine Nacktheit zu berücksichtigen oder sich auch nur im geringsten darum zu scheren, dass seine körperliche Erregung selbst jetzt noch nicht ganz abgeklungen war.

Es kümmerte ihn nicht, ob sie und sämtliche Söhne Beelzebubs über seine Schwäche lachten. Er blickte auf sie herab und sah, wie sich ihre Augen weiteten, als sie seinen bedauernswerten Zustand sah.

»Euch liegt zu viel an mir, um meinen Ring zu tragen?« Er zwang sich dazu, sie zu bedrängen, und die Schroffheit, die in seiner Stimme lag, war nur ein armseliger Schild für seine Verletzlichkeit. »Gnädigste, ich fürchte, ich verstehe Eure Logik nicht.«

»Ich gebe Euch mein Wort darauf, Sir, dass mir etwas an Euch liegt. Viel zu viel sogar.« Auch sie erhob sich nun ... mit nichts anderem als nackter Haut bekleidet stand sie vor ihm, und ihr üppiges Dreieck dichten goldenen Haars war noch immer leicht zerzaust von seinen eigenen törichten Entdeckungsreisen.

Er nahm einen leichten Anflug ihres warmen, moschusartigen Duftes wahr, und das Blut schoss ihm von neuem in die Lenden, und sein Schaft begann sich wieder aufzurichten.

»Nun?«, fragte er ungehalten, denn sein Stolz war jetzt gehörig angeknackst, seine Schande nun komplett ... und sein Ton grollend genug, um selbst mit Duncan MacKenzies heftigstem Gebrüll zu konkurrieren.

Erstaunlich ruhig ging sie an ihm vorbei und hinterließ ihren betörenden Duft und mehr sinnliche Verheißung, als ein Mann in seinem Zustand zu ertragen haben sollte. Vor einer eisenbeschlagenen Truhe am Fußende ihres Bettes blieb sie stehen.

»Euer Ring ist hier«, sagte sie und deutete auf die große Truhe. »Ich habe ihn dorthineingelegt, weil ich Euch nicht das Unrecht antun möchte, ihn zu tragen, so lange ich Euch nicht genauso rückhaltlos mein Herz schenken kann, wie ich mich Euch körperlich hingeben würde.«

Mit trotzig vorgeschobenem Kinn blickte sie ihn offen an. Nicht mit in gespielter Schüchternheit gesenkten Lidern, wie es eine kokettere Frau getan hätte, sondern mit dem ruhigen Ausdruck einer Frau, die niemals log.

»Ihr seid ein Mann, der mehr verdient«, sagte sie ... oder glaubte Marmaduke zumindest.

Er konnte sie nämlich kaum verstehen, das Gelächter und Gejohle seiner Dämonen schluckte alle anderen Geräusche. Sie waren *en masse* zurückgekehrt, und nach dem Lärm zu urteilen, den sie veranstalteten, hörte es sich ganz so an, als hätten sie ein komplettes Regiment Verstärkung mitgebracht.

☆ ☆ ☆

Ein Mann, der mehr verdient.

Die Worte stimmten Marmaduke sehr traurig, als er einige Zeit später hoch oben auf den Wehrgängen der Festung stand. Den eiskalten Winden trotzend, stand er dort und blickte auf die offene See hinaus. Schiefergrau und kalt starrte ihre endlose Fläche zu ihm zurück.

Gleichgültig gegenüber seinen Sorgen, oder denen irgendeines anderen Menschen, ihr unaufhörliches Tosen gedämpft durch blasse, tief hängende Wolken ... und den ersten Schneefall dieses Winters.

Ihr verdient mehr, hatte sie gesagt.

Das sagt sie nur, weil du ihr zu hässlich bist, ergänzten seine eigenen Zweifel, denn auch sie waren im Nu zurückgekehrt, um ihn zu peinigen.

Er musste die Zähne zusammenbeißen, denn nicht nur der schneidende Wind, sondern vor allem auch die bittere Ironie seines Lebens peinigte ihn. Sir Marmaduke Strongbow, dereinst ein berühmter Frauenliebling von ungewöhnlich gutem Aussehen, dessen bloße Küsse heiß begehrt gewesen waren, verzweifelte fast an der Ungerechtigkeit, Hände zu besitzen, die geschickt genug waren, um einem Engel Seufzer zu entlocken, aber ein Gesicht, das zu entstellt war, um das Herz einer Frau zu gewinnen.

Oder um das Herz seiner eigenen Gemahlin zu gewinnen.

Er wandte sein Gesicht dem tosenden Wind zu und hoffte, dass seine Kälte die Enttäuschung ein wenig lindern würde, die auf seinen Wangen brannte. Seine linke Wange – die entstellte – war immer noch ein bisschen klebrig von Linnet MacKenzies Kreuzkrautsalbe.

Ihrem *Schönheitsmittel*.

Dem Hirngespinst eines Narren, wie er soeben erst entdeckt hatte.

Er hatte nicht einmal gewusst, wie viel er von der Salbe aufgetragen hatte, bis Ross, der ihre gelbliche Farbe zum Glück für Schmutz gehalten hatte, eine Bemerkung darüber gemacht hatte.

Marmadukes Lippen verzogen sich zu einem bitteren Lächeln.

Das einzige, was sein Gesicht befleckte, war alles andere als Schmutz und ließ sich nicht so leicht entfernen.

Ließ sich überhaupt nicht mehr entfernen.

Er zog seinen pelzgefütterten Umhang noch etwas fester um sich und blickte auf den kleinen, goldbraunen Hund herab, der ihm aus irgendeinem Grund, den er sich nicht erklären konnte, auf die Wehrgänge gefolgt war. Das Tierchen drückte seinen kleinen Körper fest an seine Stiefel und erwiderte seinen Blick mit runden, vertrauensvollen Augen.

Augen, die so offen und aufmerksam waren wie die seiner Herrin.

»Nun?«, fragte Marmaduke über den heulenden Wind. »Da ist rein gar nichts Schönes mehr in diesem zerstörten Gesicht, nicht wahr, mein kleiner Freund?«

Zu seinem Erstaunen legte Leo den Kopf zur Seite, und Marmaduke hätte schwören können, dass in den braunen Augen des Hundes Verständnis zu lesen war.

Nein, nicht Verständnis.

Mitleid.

»Das ist nicht die Antwort, auf die ich gehofft hatte«, sagte Marmaduke und bückte sich, um den Hund auf den Arm zu nehmen.

Er bettete das zitternde Tierchen in die Wärme seines Umhangs und fühlte sich ein bisschen getröstet, als Leo den Hals reckte, um ihm über das Kinn zu lecken. »Meine Narbe stört dich wohl nicht, Kleiner?«, stieß er über die brennende Enge in seiner Kehle hervor.

Er wollte kein Mitleid.

Und auch keine hündische Ergebenheit.

Obwohl die letztere sich als deutlich angenehmer erwies als das gewohnte Bellen und Knurren des Tieres und die Pfützen, die er auf seinem Strohsack hinterließ.

Leo drehte sich in seinen Armen und kuschelte sich noch tiefer in die Falten von Marmadukes pelzgefüttertem Umhang, und der zufriedene kleine Schnaufer, mit dem der Hund es sich bequem machte, war ein eindeutiger Hinweis auf den wahren Grund für seine unerwartete Zurschaustellung von Zuneigung.

Das Tierchen fror nur und suchte Marmadukes Wärme.

Den Schutz seines Umhangs vor dem windgetriebenen, umherwirbelnden Schnee.

So wie auch seine Dame Trost bei ihm suchte, wenn auch Trost von einer gänzlich anderen Natur.

Eine quälende Erbitterung beschlich sein Herz, und den klugen Liebling seiner Dame noch immer fest in seinen Armen, wandte Marmaduke sich von der See ab und blickte sehnsüchtig in die Richtung, in der Kintail und Eilean Creag lagen.

Sein Zuhause ... Balkenzie.

Zu weit entfernt, um es selbst bei klarem Wetter zu erkennen, aber gleichwohl da. Und in diesem Augenblick zerrte es noch ungestümer an seinem Herz, als in all den langen Wochen, seit er von dort aufgebrochen war.

Es wartete auf ihn und seine Braut ... ob sie ihn nun begleiten wollte oder nicht.

Er würde sie schon noch dazu bringen, ihn zu lieben.

Ihn zu akzeptieren.

Selbst wenn er sich jeder erotischen List, jeder raffinierten Berührung und Zärtlichkeit, die er je gelernt hatte, bedienen musste. Geheime Tricks, die ihm schon in frühem Alter von höfischen Kurtisanen beigebracht worden waren. Lasterhafte Handlungen, die sie mit ihm und die er mit den leichten Mädchen, mit denen er sich in den vergangenen Jahren vergnügt hatte, vollzogen hatte.

Unerhörte und laszive Akte, zweifelsohne, aber gewagt und aufreizend genug, um jede Frau dahinschmelzen zu lassen und selbst den stärksten Widerstand zu brechen.

Zum ersten Mal, seit er Caterines Bett verlassen hatte, erwachte ein winziger Hoffnungsschimmer in Marmadukes Brust, denn in ihrem Bestreben, sinnliches Verlangen zu erfahren, hatte seine Dame ihm, ohne es zu wollen, die Möglichkeit gegeben, genau das zu erlangen, was sie ihm vorzuenthalten gedachte.

Es mochte ein etwas niederträchtiger Weg sein, dass Herz einer Dame zu erobern, aber die einzige Möglichkeit, die sie ihm gelassen hatte.

Und sie würde ja nie erfahren müssen, dass er ihr mit jedem ihr entrungenen süßen Seufzer, mit jedem überwältigenden Gipfel der Ekstase ein Stückchen ihres Herzens stahl.

☆ ☆ ☆

Einige Abende später erleuchteten die hell brennenden Flammen zahlloser harzhaltiger Kieferfackeln den dicht besetzten Burgsaal Dunlaidirs. Ihr flackernder Schein warf ein unheimliches Glühen auf die Hochzeitsgäste, wenngleich einige diskrete Nischen und Ecken noch immer düster genug waren für jene, denen mehr an amourösen Abenteuern gelegen war als an Essen, Trinken und dem Singen zweideutiger Lieder.

Der einladende Geruch des Holzfeuers, des stark gewürzten Weins und gebratenen Fleischs verlieh dem großen Saal, in dem lange Zeit nichts anderes gelegen hatte als Schatten und der nur allzu gut bekannte Geruch geschmorten Seetangs, eine festliche Atmosphäre.

Inmitten all dieses Trubels und Lärms saß Caterine kerzengerade am erhöhten Tisch. Sie hoffte, dass die Menge der Feiernden, die alle bester Stimmung waren und sich an exzellentem Keithschen Rind und schäumend kühlem Bier erquickten, zu beschäftigt waren, um ihren hochroten Wangen Beachtung zu schenken.

Oder falls sie sie bemerkten, würden sie ihre Röte der verrauchten Wärme des Saals zuschreiben, hoffte sie, und sie oder ihren Ehemann nicht genau genug ansehen, um den wahren Grund für ihr Unbehagen zu erahnen, denn die Hitze, die ihre Wangen versengte, ließ sich nicht einmal vergleichen mit dem regelrechten Fieber, das sie von innen heraus zu verzehren drohte.

Ein Feuer, das die streichelnden Finger ihres Gatten entfacht hatten ... als er sie ganz unbekümmert unter dem bis zum Boden reichenden Tischtuch streichelte, durch die Falten ihrer Röcke, und mit solch unbeschreiblicher Geschicklichkeit, dass nur pure Willenskraft sie davon abhielt, nervös auf ihrem Stuhl herumzurutschen.

Doch obgleich niemand anderer es bemerkte, war *er* sich ihrer Unruhe und des Grunds dafür bewusst ... und schien es sichtlich zu genießen, sie zu quälen.

Ein lustvolles, dem Anlass ganz und gar nicht angemessenes Erschauern durchlief sie wieder und wieder. Sie warf ihm einen raschen Blick von der Seite aus zu. Einen aufgewühlten Blick, der ihn überhaupt nicht zu berühren schien.

Stolz und selbstbewusst saß er gelassen neben ihr und plauderte mit seinen Männern, bot ihr besonders appetitliche Stückchen Fleisch von ihrem gemeinsamen Teller an oder nippte mit anerkennender Miene an dem süßen Wein ... während er unablässig einen Finger über der pulsierenden Hitze zwischen ihren Schenkeln kreisen ließ.

Caterine griff nach dem Weinkelch, den sie miteinander teilten, und trank einen ordentlichen Schluck daraus. Sie ließ den angewärmten, gewürzten Wein ihre Kehle hinunterfließen ... und dankte dem Himmel dafür, dass seine suchenden Finger den Stoff ihrer Röcke nicht durchdringen konnten.

In diesem Moment sah er sie an, und ein mutwilliges Funkeln

erschien in seinem gesunden Auge, als er für einen winzigen Moment mit dem Mittelfinger die harte kleine Knospe im Zentrum ihrer Weiblichkeit berührte.

Caterine zuckte zusammen, und ihre Schenkel verkrampften sich in sofortiger Reaktion auf das nahezu schmerzhafte Verlangen, das sie bei dieser einen flüchtigen Berührung übermannte.

Er schenkte ihr ein viel sagendes kleines Lächeln und wandte sich dann wieder seinen Männern zu. Und begehrlich, wie er sie machte, öffnete sie ihre Schenkel in einem stummen, beschämenden Eingeständnis, dass sie seine aufreizenden Zärtlichkeiten nicht nur begrüßte, sondern sich sogar noch mehr davon erhoffte.

Sogar hier, auf ihrem Ehrenplatz an dem erhöhten Tisch.

Er verstand sofort, nickte fast unmerklich und konzentrierte seine Zärtlichkeiten auf diese harte kleine Knospe zwischen ihren Schenkeln, wo die süße Qual am größten war.

Und sie ließ ihn gewähren.

Tatsächlich hätte sie wahrscheinlich sogar aufgeschrien, wenn er aufgehört hätte, denn seit den vergangenen Nächten wusste sie, warum diese harte kleine Knospe *Kitzler* genannt wurde.

Ihr Beschützer hatte sich als ausgesprochen geschickt darin erwiesen, unendlich lustvolle Gefühle an dieser geheimnisvollen Stelle hervorzurufen, die das Zentrum aller Sinnenfreude zu sein schien.

Ganz unvermittelt beugte er sich zu ihr vor, streifte mit den Lippen ihre Schläfe und nutzte den Moment, um ihr etwas ins Ohr zu flüstern. »Wenn du dich in dein Schlafgemach zurückgezogen hast, werde ich dich dort küssen«, sagte er, während er im selben Augenblick ganz fest eine Fingerspitze gegen die pulsierende kleine Knospe drückte.

Sehr gemächlich ließ er dann den Finger kreisen … nur um ihn zurückzuziehen, bevor ihre wachsende Erregung die Flut lustvoller Gefühle freisetzen konnte, die, wie sie aus Erfahrung wusste, meist sehr schnell auf solch konzentrierte Spielchen folgte.

Mich dort küssen? Fast hätte sie es laut gesagt, denn der bloße Gedanke brachte sie nahezu an den Rand ihrer Beherrschung.

Sie musste ihn missverstanden haben.

»Nein, du hast mich nicht falsch verstanden«, murmelte er, und sein Atem wärmte ihren Nacken, und die flüchtige Berührung seiner Zunge auf ihrer erhitzten Haut steigerte ihr Verlangen ins fast Unerträgliche. »Ich habe die Absicht, dich die ganze Nacht mit meiner Zunge zu liebkosen, und ich rate dir, nicht einmal daran zu *denken*, mich daran zu hindern.«

Caterine verbarg ihr scharfes Einatmen, indem sie rasch den Weinkelch an die Lippen setzte und schluckte die starke Flüssigkeit so schnell, dass ihre Augen tränten.

Sie gab sich alle Mühe, nicht zu husten, während sie mit einer Ecke ihrer Serviette ihre Wangen abtupfte und ihren Blick über die Gesichter der Leute gleiten ließ, die um den erhöhten Tisch versammelt waren. Erleichterung erfasste sie, als niemand einen vorwurfsvollen Blick in ihre Richtung sandte.

Niemand schien es gesehen oder Anstoß daran genommen zu haben.

Zu dieser späten Stunde schliefen viele der Zecher nach dem schweren Essen ihren Rausch aus. Ihre Köpfe ruhten auf ihren gefalteten Händen auf dem Tisch, und ihr Schnarchen vermischte sich mit dem allgemeinen Lärm.

Andere, wie der junge Ritter Lachlan und auch James, hatten sich zu den ausdauerndsten der Feiernden gesellt, die ausgelassen am anderen Ende des Saales tanzten.

Und wieder andere, insbesondere die hart gesottenen Highlander ihres Mannes, führten ernste Diskurse über das Thema Sir Hugh und die Frage, was mit Kinraven geschehen sollte.

»... und sobald er sich ergeben hat, kehren wir nach Kintail zurück?«

Nach Kintail zurück.

Die von einem der Highlander gesprochenen Worte schreckten Caterine mit der gleichen Mühelosigkeit aus ihrer erotischen

Verzückung auf, mit der starke Hände Seide zerrissen. Sie hörte zu, als die anderen Highlandkrieger die Besorgnis des ersten wiederholten ... alle wollten wissen, wann sie wieder daheim sein würden.

Mit wild pochendem Herzen blickte Caterine ihren Ehemann fragend an. Doch er war sich ihrer Sorge anscheinend nicht bewusst, denn er zog nur seine breiten Schultern hoch und beantwortete die Frage seiner Männer mit einem aufgeräumten Lächeln.

»Zu Weihnachten, Freunde, zu Weihnachten«, versicherte er ihnen und hob seinen Weinkelch, wie um das Versprechen zu bekräftigen. Nicht, dass in einem solch bestimmten Ton gesprochene Worte noch hätten unterstrichen werden müssen. Die bedingungslose Überzeugung, mit der er sie ausgesprochen hatte, sandte einen eisigen Schauder über Caterines Rücken.

Als spürte er ihre Beunruhigung, zog Marmaduke seine Hand unter der Tischdecke zurück, legte seinen Handrücken für einen Moment an ihre Wange und strich ihr zärtlich ein paar lose Haarsträhnen aus dem Gesicht.

Aber trotz seiner Zärtlichkeit verriet ihr irgendetwas an der Haltung seines Kinns, dass seine geplante Rückkehr nach Kintail eine Angelegenheit war, in der er nicht nachgeben würde ... trotz der atemberaubenden Zärtlichkeiten, mit denen er sie in der Ungestörtheit ihres Schlafgemaches förmlich überschüttete.

Das Wissen, dass er fortgehen würde, durchflutete sie mit einer kalten Sicherheit, die genauso spürbar war wie seine Berührung. Sie wandte den Blick ab, bevor er ihre eigene stählerne Entschiedenheit bemerken konnte, ihre Entschlossenheit, ihn an ihrer Seite zu behalten.

Auf Dunlaidir.

Sie schaute sich in dem verrauchten Saal um, und ihr Blick erreichte den Kreis ausgelassen umherwirbelnder Tänzer gerade noch rechtzeitig, um James stolpern zu sehen. Außer Stande, mit dem anstrengenden Tempo der anderen Tänzer Schritt zu halten, strauchelte er und fiel mit dem Gesicht nach unten auf den Boden.

Schallendes Gelächter begleitete sein Missgeschick, als Tänzer über ihn sprangen oder rasch zur Seite traten, um seinem ausgestreckten Körper auszuweichen. Schweren Herzens beobachtete Caterine zu, wie er sich in der dicken Schicht frisch ausgestreuter Binsen auf die Knie erhob, und sein finsteres Gesicht und die grausamen Scherze einiger schon stark angetrunkener Feiernder erinnerten sie wieder daran, warum sie ihren Mann dazu überreden musste, in Dunlaidir zu bleiben.

Auf der anderen Seite des Tisches, ohne sich James Keiths Verlegenheit bewusst zu sein, hüstelte Pater Thomas. »Und wie wollt Ihr Sir Hugh dazu bringen, sich zu ergeben?«, wollte er wissen. »Sein Arm ist lang, und er ist ein elender Verräter.«

»Sir Johns Verrat war der gemeinste«, stieß James hervor, als er zum erhöhten Tisch hinaufhinkte. Mit einem grässlich lauten Scharren zog er den Lehnstuhl des Burgherrn vom Tisch zurück und ließ sich schwer in seine eichene Umarmung fallen.

»Ich hege keinen Zweifel, dass er es war, von dem der Pfeil im Rücken des Schurken stammte, der am Nachmittag der Hochzeit auf Strongbow und Lady Caterine zielte«, sagte er und nickte Eoghann dankend zu, als der Seneschall eine weitere dampfend heiße Platte gebratenen Rindfleischs auf den Tisch stellte. »Vermutlich wollte er den Kerl zum Schweigen bringen, bevor Black Dugie ihn zu uns hinüberschleppen konnte.«

Beipflichtendes Gemurmel erhob sich am erhöhten Tisch, und einige der Männer nickten zustimmend.

James betupfte seine feuchten Augenbrauen, und seine Empörung über Sir Johns Falschheit verstimmte ihn offenbar noch weitaus mehr, als beim Tanzen das Gleichgewicht verloren zu haben. »Der Mann hat jedes Gesetz der Gastfreundschaft gebrochen, das uns in diesem Lande heilig ist, und die ganze Zeit steckte er hinter unserem Rücken mit dem Teufel unter einer Decke.«

»Und nun nimmt er am Tisch des Gehörnten sein Abendessen ein«, bemerkte Sir Ross und nahm einen tiefen Schluck aus seinem Bierkrug. »Sein Freund Sir Hugh wird ihm dort alsbald Gesellschaft leisten, falls er nicht klug genug ist, auf einem sehr schnellen Pferd unverzüglich in Richtung Süden aufzubrechen.«

»Hugh de la Hogue hat gelernt, dass wir keine Bande schwächlicher grüner Jungen sind, die er wegscheuchen kann wie einen Schwarm lästiger Mücken«, sagte ihr Mann und legte seine Hand über die ihre und streichelte beim Sprechen ihre Finger, was ihr Herz noch sehr viel aufgeregter schlagen ließ.

Er warf ihr einen scharfen Blick zu, und ein wissender Glanz erschien in seinem gesunden Auge, bevor er sich wieder seinen Männern zuwandte.

»Entweder hat er schon seinen Rückzug nach England angetreten, wenn wir nach Kinraven zurückkehren, um die restlichen Rinder abzuholen, oder er soll sich schon einmal darauf vorbereiten, seinen Frieden mit seinem Gott zu machen«, sagte er, während er sich einen großzügigen Schluck des starken Weins einschenkte. »Das sind traurige Aussichten für ihn, denn ich bezweifle, dass der unser Herr dort oben ihm einen freundlichen Empfang bereiten wird.«

»Und was wird aus Kinraven?«, fragte James.

Marmaduke trank einen Schluck Wein und wechselte viel sagende Blicke mit seinen Männern. »Kinraven gibt es bald nicht mehr«, sagte er. »Es wird nichts als Schutt und Asche davon übrig bleiben. Die Burg stehen zu lassen, würde nur einen weiteren Bastard von der Sorte Sir Hughs dazu verlocken, dessen Platz dort einzunehmen.«

»Und wie gedenkst du, eine so gut bewachte Festung wie Kinraven in einen Scheiterhaufen zu verwandeln?« Caterine verbarg ihre Besorgnis hinter einem Anflug von Verärgerung.

Was soll ich tun, wenn du diesmal nicht zurückkommst?, fragte ihr Herz.

»Es behagt mir nicht, dich so besorgt zu sehen«, sagte er und schaute an ihrem erhobenen Kinn vorbei und direkt in ihr Herz hinein. »Du brauchst dich meinetwegen nicht zu sorgen, denn ich werde wohlbehalten und ohne den geringsten Kratzer nach Dunlaidir zurückkehren. Wir alle werden diesen Feldzug gut überstehen.«

»Aber ...«

»Mach dir keine Sorgen, meine Liebe.« Er zog ihre Hand an seine Lippen und bedeckte die Innenfläche mit Küssen. »Wir werden Kinraven so einnehmen, wie wir in den unruhigen Zeiten der Vergangenheit schon viele andere besetzte Festungen eingenommen haben.«

Dann ließ er ihre Hand los und gab ihr einen Stups unter das Kinn. »Im Verborgenen.«

»Unbemerkt, mit Hilfe der Finsternis einer dunklen Nacht und gut geschärften Klingen«, rief der bärtige Sir Gowan, während er aufgeregt auf der Bank herumrutschte und ganz so aussah, als empfände er Vorfreude. »Damit und genügend guten Männern, um die Mauern zu erklimmen und das Ganze in einen verbrannten, rußgeschwärzten Trümmerhaufen zu verwandeln, bevor sie wissen, was ...«

»Nein, Männer«, wandte ihr Ehemann rasch ein und bedachte jeden einzelnen von ihnen mit einem langen, ruhigen Blick. Einem warnenden Blick. »Wir werden uns nicht selbst beschmutzen, indem wir ihre abscheulichen Methoden übernehmen.«

Er hob gebieterisch eine Hand, als die Männer protestierten und verdrießliches Gemurmel an den umstehenden Tischen laut wurde.

»Die Männer der Garnison sind nicht anders als unsere eigenen. Sie kämpfen lediglich unter de la Hogues Banner«, sagte er und sprach laut genug, um von allen gehört zu werden. Eine beruhigende, Respekt einflößende Stimme in dem allgemeinen Chaos.

Er blickte von einem zum anderen und wartete, bis seine eigenen Männer und die an den anderen Tischen schwiegen, bevor er fortfuhr. »Sie werden vor die Wahl gestellt, entweder nach England zu ihren Familien zurückzukehren, auf ihr ritterliches Ehrenwort, die Grenze nie wieder zu überschreiten … oder zu bleiben und mit Sir Hugh zu sterben.«

Schweigen begrüßte seine Worte … Schweigen und erhobene Augenbrauen.

»Und de la Hogue?« Pater Thomas' zittrige Stimme klang in der lastenden, gespannten Stille überlaut. »Was wird mit ihm?«

»Ich werde ihn zum Duell herausfordern«, erwiderte Sir Marmaduke. »Er kann durch das Schwert und in einem fairen Kampf sterben, so wie ein Mann von Ehre es sich wünschen sollte … oder in den brennenden Mauern von Kinraven als Feigling umkommen.«

Mit schmalen Lippen erhob er sich und zog auch Caterine auf die Beine. »Das, meine Herren, ist die Wahl, vor die ich ihn stellen werde.« Er schlang einen Arm um Caterines Taille. »Der Mann hat sein Schicksal selbst besiegelt.«

»Und so wie es aussieht, seid Ihr drauf und dran, auch das Eure zu besiegeln!«, erhob sich eine angetrunkene Stimme von einem nahen Tisch, und die anzügliche Bemerkung brach die Spannung in dem Bereich um den erhöhten Tisch.

Auch die finsteren Gesichter seiner Männer begannen sich wieder zu entspannen, und alle möglichen gut gemeinten Scherze und anzüglichen Bemerkungen stiegen zu den rußgeschwärzten Deckenbalken auf.

»Bier und Wein werden reichlich fließen, bis spät in die Nacht hinein«, rief Sir Marmaduke, und seine befehlsgewohnte Stimme übertönte mühelos das Geschrei. »Trinkt und esst und amüsiert euch.«

Dann verschränkte er seine Finger mit Caterines und hob ihre so verbundenen Hände hoch, damit sie jeder sehen konnte. »Meine Gemahlin und ich … haben andere Pläne, deshalb wünschen wir euch allen jetzt eine gute Nacht!«

Caterine stand regungslos neben ihm, mit wild klopfendem Herzen, und war froh, als er ihre Hände wieder senkte und sie auf seine Arme hob.

Froh und mehr als nur bereit, sich ganz und gar der prickelnden Erregung hinzugeben, die sie durchflutete, jetzt wo der lange Abend endlich seinem Ende nahte.

Oder besser gesagt, begann.

Ich werde dich dort küssen, hatte ihr Beschützer gesagt.

Ihre Sorgen vorübergehend vergessend, verzog sie ihre Lippen zu einem winzigen Lächeln, als er sie aus dem Burgsaal trug.

Er wollte sie *dort* küssen.

Sie mit seiner Zunge dort liebkosen.

Ein köstliches Erschauern durchrieselte sie allein bei dem Gedanken. Und er hatte Befürchtungen geäußert, sie werde vielleicht versuchen, ihn daran zu hindern.

Schon jetzt beherrscht von einer nahezu unerträglichen Erregung, seufzte Caterine und begann jeden Schritt ihres anstrengenden Aufstiegs die Wendeltreppe hinauf zu zählen.

Als ob sie ihn daran *hindern* würde!

Sie konnte es kaum erwarten.

Kapitel 19

Tust du es?«

Die drei Worte, kaum mehr als ein Wispern, aber ganz rau von der Hitze einer Frau in leidenschaftlicher Erregung, bestürmten Marmaduke mit der Macht eines heulenden Winterwindes, der mit voller Kraft auf ihn niederfuhr.

Ihre Worte ließen ihn allerdings nicht frösteln, sondern überfluteten seine Lenden mit flüssiger Hitze.

Auf halbem Weg zu dem nur schwach erleuchteten Gang zu ihrem Schlafgemach hielt er einmal inne und drehte sie in seinen Armen, um ihr im flackernden Schein einer nahen Wandfackel prüfend ins Gesicht zu sehen.

Nicht, dass er nicht bereits wusste, was sie meinte.

Oder wie überaus begehrenswert sie war – er hatte bereits eine kleine Kostprobe von ihr gehabt, wenngleich auch nur eine sehr flüchtige.

Diesmal gedachte er sein Verlangen nach ihr in aller Ausgiebigkeit zu stillen.

Oh, ja, er wusste, was sie wollte, wusste es mit jeder Faser seines Körpers, mit jedem Pochen seines ganz und gar betörten Herzens. Es stand ihr nur allzu deutlich im Gesicht geschrieben.

Sie erwiderte in aller Offenheit seinen Blick, ihre leidenschaftliche Erregung flimmerte förmlich zwischen ihnen in der Luft, und ihre üppigen Brüste hoben und senkten sich mit einer Schnelligkeit, die aufschlussreicher war als Worte.

»Ob ich was tue?«, fragte Marmaduke schließlich, erstaunt, dass er die Frage überhaupt über die Lippen brachte, angesichts der Enge in seiner Kehle und des nahezu schmerzhaften Begehrens, das ihn übermannte.

Er streichelte ihr Gesicht, strich mit dem Daumen über die

Linie ihres Kinns ... und wartete und wünschte sich mit aller Macht, sie möge ihrem Verlangen Ausdruck geben.

Sie blinzelte und nahm sichtlich ihren ganzen Mut zusammen. »Wirst du mich dort wirklich ... *küssen*?«

»Wo, mein Liebling?«, ließen ihn seine Teufel fragen, als er weiterging, diesmal mit sehr viel weit ausholenderen Schritten ... weil er es kaum erwarten konnte, ihr Zimmer zu erreichen mit all den Wonnen, die ihn dort erwarteten.

Sie schwieg und biss sich auf die Unterlippe, als sie sich ihrer Tür näherten. Irgendeine vorausschauende Seele hatte sie einen Spalt breit geöffnet, und es erforderte nicht mehr als einen sanften Schubs mit seinem Stiefel, um die Tür nach innen aufschwingen zu lassen.

»Werde ich dich wo küssen?«, insistierte er und durchquerte den Raum mit schnellen Schritten. Er wollte, *musste* sie die Worte sagen hören.

»Wo möchtest du denn geküsst werden?« Er strich mit seinen Lippen über ihre Schläfe. »Hier? Oder irgendwo anders?«

Ein heftiges Erschauern durchlief sie – er konnte es ihren Rücken hinunter und durch ihre Schenkel laufen spüren. »Zwischen meinen Beinen«, sagte sie leise, und eine heiße Röte stieg ihr in die Wangen. »Ich möchte, dass du mich zwischen meinen Beinen küsst ... so wie du versprochen hast zu tun.«

Ein überwältigendes Verlangen durchzuckte Marmaduke bei ihren unverblümten Worten und steigerte seine männliche Erregung in einem solchen Grad, das sie schon beinahe nicht mehr zu ertragen war. »Mylady«, sagte er, und seine Stimme war ganz heiser vor Verlangen, »ich werde Euch küssen, und ich werde es bis zum frühen Morgen tun, wenn Ihr es wünscht.«

Nachdem er mit einer Hand die schweren Bettvorhänge beiseite geschoben hatte, legte er sie behutsam auf den Rand des Himmelbetts.

Eines Betts, das bereits von einem vierbeinigen Anwärter auf ihre Zuneigung besetzt war.

»Fort mit dir, Kleiner, heute Nacht gehört deine Herrin mir«, sagte er und zog dann die Augenbrauen zu seinem einschüchterndsten Stirnrunzeln zusammen, als seine Worte nichts bewirkten.

Das Stirnrunzeln verfehlte seine Wirkung nicht.

Mit einem verdrießlichen kleinen Knurren sprang Leo vom Bett und verzog sich, um sich zu seinem eigenen Lager zu trollen.

Irgendeine freundliche Seele hatte auch das Feuer im Kamin geschürt, und das rötliche Glühen, das es zusammen mit den Wandfackeln abgab, erfüllte den Raum mit so viel Licht und Wärme, dass seine Dame vollkommen unbekleidet vor ihm liegen konnte, ohne zu frieren.

Er räusperte sich. »Caterine, ich habe die Absicht, dich heute Nacht sehr ausgiebig zu lieben.« Er blickte ihr fest in die Augen. »Ich möchte dein ganzes Wesen in mir aufnehmen und dir alles, was das meine ausmacht, schenken.«

Eine Vereinigung unserer Körper, um deine Seele – dein Herz – unwiderruflich mit dem meinen zu verschmelzen.

»Aber vorher muss ich dir noch etwas sagen.« Er legte seine Hände auf ihre Schultern und begann sie sanft zu kneten.

Sie nickte, und ihre Augen blickten ernst und zustimmend.

Er berührte die aufgesteckten Flechten über ihren Ohren. »Soll ich dein Haar lösen, während wir reden?«, fragte er, und wieder neigte sie den Kopf.

»Wenn ein Mann eine Frau intim küsst«, begann er, während er die Nadeln aus ihrem Haar entfernte, »wenn er sie mit seinen Lippen oder mit seiner Zunge berührt, so wie ich es bei dir tun werde, erfasst ihn eine solch hemmungslose Erregung, dass er sich vielleicht nicht länger zügeln kann.«

Ihre Augen weiteten sich, aber sie wandte ihren Blick nicht von ihm ab. Ihr Gesicht verriet lebhaftes Interesse, aber keinen Abscheu, und darüber war Marmaduke zutiefst erleichtert

»Du möchtest wissen, ob ich bereit bin, dich in mir aufzunehmen?«

Marmaduke nickte. »Bis jetzt habe ich dich nur mit meinen Händen und meinem Mund geliebt«, sagte er und legte eine Hand voll Haarnadeln auf den Nachttisch neben ihrem Bett. »Sobald ich dich jedoch so geküsst habe, wie ich es heute Nacht tun werde, werde ich dich auch in jeder anderen Weise besitzen wollen.«

Er hob sanft ihr Kinn zu sich empor. »Ich möchte, dass du das weißt, bevor wir beginnen.«

»Ich werde dich willkommen heißen«, sagte sie, und der glutvolle Blick in ihren Augen bestätigte ihm, dass sie es tun würde. »Ich könnte mir vorstellen, dass ich mehr als bereitwillig sein werde, falls du wirklich vorhast, mich dort zu küs …«

»Oh, das werde ich, meine Schöne. Zweifle nicht daran.«

Er entfernte die letzten Haarnadeln aus ihrem Haar und ließ es in weichen Wellen bis auf ihre Hüften fallen. Seine Schönheit raubte ihm den Atem. Ganz und gar bezaubert, schob er seine Hände unter die seidigen goldenen Strähnen und ließ sie beinahe ehrfürchtig durch seine Finger gleiten.

Ihr Haar betörte und entflammte ihn.

Er hob eine volle Hand davon an sein Gesicht und ließ seine Wange die kühle, seidenweiche Glätte spüren. »Ein Mann könnte seine Seele in deinem Haar verlieren, aber heute Nacht hast du andere Reize, die ich gern erkunden würde.«

Und ein Herz, das ich erobern werde.

Und wie gedenkst du das zu tun, du Narr?, verhöhnte ihn einer seiner Dämonen aus den Schatten.

Indem er sie liebt, gab eine sanftere Stimme zurück … schön und kostbar, aber nahezu unhörbar. Ein bloßes Wispern in dem Wind, der hinter den geschlossenen Fensterläden die kalte Nacht durchraste.

Er ist ein wunderbarer Liebhaber … und er versteht es sehr gut, das Herz einer Frau zu erobern und zu behalten.

Und sogar noch besser, sein eigenes zu verschenken.

Marmaduke fuhr zu der Reihe dunkler Fenster herum, und

sein Nacken prickelte. Er strengte seine Ohren an und lauschte angestrengt, aber er hörte nichts außer dem gedämpften Rauschen der See und dem schrillen Pfeifen des Windes.

Und dann raste der Sturm weiter, um einen anderen Winkel der Nacht zu bedrängen … und nahm sein Echo und, wie *sie* es gewollt hatte, einige von Marmadukes Zweifeln mit.

Ein Frösteln lief über seinen Rücken, aber er schüttelte es ab … und erstaunlich mühelos sogar, denn mit einem Mal durchflutete ihn eine wundersame Wärme, und er *wusste* einfach, dass er das Herz seiner neuen Gemahlin gewinnen konnte.

Wusste, dass er sie dazu bringen konnte, ihn zu lieben.

Und für weit mehr als nur sein viel gerühmtes erotisches Geschick.

Er schob diese gehässige Bemerkung in die Dunkelheit einer besonders bedrohlichen Ecke … einer, die dringend eines strengen Tadels zu bedürfen schien.

Dann, bevor seine Zweifel erneut aufsteigen konnten, ließ er sich auf die Knie nieder und begann seiner neuen Gemahlin die Schuhe auszuziehen. »Bist du bereit, geliebt zu werden, Caterine?«, fragte er und meinte damit alles andere als den körperlichen Akt, den er heute Nacht mit ihr vollziehen würde.

»Ich bin bereit … *geküsst* zu werden, ja«, kam die falsche Antwort.

Doch so leicht wollte Marmaduke sich nicht geschlagen geben, als er ihre schlichten Lederschuhe beiseite warf. »Und wie möchtest du geküsst werden? Tief und leidenschaftlich, damit ich deine ganze Süße in mir aufnehmen kann?«

Und wie soll ich deine Liebe gewinnen?, echote sein Herz. *Soll ich deine Barrieren einreißen mit einer Leidenschaft, die so feurig ist, dass jeder Widerstand vergeblich sein wird?*

Er hob ihre Röcke und begann die Strumpfhalter an ihren Knien aufzubinden. »Oder würdest du es vorziehen, wenn ich deine Süße nur ganz sacht berühren würde? Mit federleichten

Küssen, die dich ganz wild machen vor Wonne, bis du nicht mehr stehen kannst?«

Oder soll ich dich mit sehr viel Zärtlichkeit umwerben, um dich zu erobern? Dein Herz mit den sanftesten Berührungen überschütten, bis es sich erweichen lässt und in meine wartenden Hände fällt?

»Was würdest du denn vorziehen?«, fragte sie, und ihr Herz geriet beinahe ins Stolpern, als er sie darauf ganz eigenartig ansah.

Als meinte er sehr viel mehr als das, was er gesagt hatte.

Und als würde sie das, was unausgesprochen geblieben war, schon allein mit einer seltsamen und berauschenden Magie umgeben.

»Ich würde ein bisschen von beidem vorziehen«, sagte er, und das einzig Unwahre an seiner Antwort war, dass er nicht ein bisschen, sondern sehr, sehr viel von beidem wollte.

Und nachdem er so seinen Kurs bestimmt hatte, mit unermüdlicher Entschlossenheit, hob er ihre Hüften an und streifte ihr ihre Unterwäsche ab.

Ohne den Blick auch nur eine Sekunde lag von ihren Augen abzuwenden, zog er sie auf die Beine. »Zieh den Rest deiner Sachen aus, Caterine«, sagte er. »Ich möchte alles von dir sehen.«

Eine außerordentliche Vorfreude durchströmte sie, als sie die Bändchen ihres Mieders öffnete, ihre Arme aus den Ärmeln zog und das Kleid dann auf den Boden fallen ließ, wo es sich um ihre Füße bauschte.

Es dauerte nicht lange, und da folgte auch ihr Unterhemd.

Vollkommen unbefangen in ihrer Nacktheit stand sie stolz vor ihm, die Arme locker an den Seiten. »Und nun?«

Er streckte die Hand aus und strich mit den Fingerspitzen über ihre Brüste. »So gern ich es auch täte, heute Nacht werde ich nicht mit deinen Brüsten spielen«, erklärte er, und sein verlangender Blick löste ein träges, warmes Pulsieren zwischen ihren Schenkeln aus.

Er legte seine Hände unter ihre Brüste, umfasste sie und hob sie an. Dann begann er mit seinen Daumen kleine Kreise um ihre Brustspitzen zu beschreiben ... immer wieder glitten seine Daumen über ihre dunklen Vorhöfe, aber er achtete darauf, nicht ihre harten, erigierten Spitzen zu berühren.

»Die Erfüllung hinauszuzögern, kann das sinnliche Vergnügen unwahrscheinlich steigern, und so sehr deine Brüste mich auch bezaubern, möchte ich dich heute Nacht doch gern woanders küssen«, sagte er, und seine Worte, seine Berührung durchfluteten sie mit einer prickelnden Erregung. »Ich werde dich dort küssen, bis du den Verstand zu verlieren glaubst.«

Und dann berührte er endlich ihre harten kleinen Brustspitzen, streichelte sie und zupfte sacht daran, bevor er Caterine schließlich auf den Bettrand drückte.

»Du hast sehr große Brustspitzen«, sagte er und ließ eine seiner Hände an ihrer Seite hinuntergleiten, über ihren Bauch und unter die seidenweichen Locken zwischen ihren Schenkeln ... an denen er dann sehr sachte zupfte.

»Deine Vorhöfe sind besonders groß, und das finde ich unglaublich erregend. Aber es ist die verborgene Knospe *hier*« – er schob einen Finger zwischen ihre Beine und strich ganz leicht über ihre intimste Stelle – »die mich in diesem Augenblick am meisten fasziniert.«

Caterine befeuchtete ihre Lippen, denn sie konnte kaum noch atmen, als ihre Begierde sich zu einem regelrechten Fieber steigerte. Ein heißes Pulsieren tief in ihr, das sie von innen heraus zu verzehren drohte.

»Öffne dich für mich, Caterine. Zeig mir wieder deine Süße, so wie du es auf der Fensterbank getan hast. Lass mich dich ansehen.«

Caterine unterdrückte das lustvolle Aufstöhnen, das in ihrer Kehle aufstieg, biss sich auf die Unterlippe und spreizte ihre Knie.

Völlig unbefangen und ungeniert öffnete sie die Beine so weit sie konnte.

»*Küss mich*«, bat sie ihn mit halb erstickter, rauer Stimme. »Ich ... kann es nicht ... ertragen ...« Sie wand sich unruhig auf dem Bett, denn dieser berauschende, unerhörte Akt, so offen, so *entblößt* vor ihm zu sitzen, ließ sie jegliche Befangenheit vergessen.

»Halte, was du fühlst.« Seine tiefe Stimme klang dumpf, als käme sie aus weiter Ferne, und als sie aufblickte, sah sie, dass er sie anstarrte, sein Gesicht ganz dunkel vor verhaltener Leidenschaft.

Ohne seinen Blick von ihr abzuwenden, kniete er sich zwischen ihre Beine. »Ich werde dich gleich mit meinem Mund berühren – dich *küssen*, meine Schöne. Halte deine Beine einfach nur so weit gespreizt wie jetzt.«

Und dann begann er sie zu streicheln. Seine Finger trieben ein aufreizendes Spiel mit ihr, mit leichten, fast unmerklichen Berührungen zupften sie an ihrem weichen Haar und strichen sehr sacht über die Stelle, wo ihre süße Qual am größten war.

»Magst du es, wenn ich dich so berühre?«, fragte er, während er mit einem Finger in sie eindrang und sie sanft liebkoste. »Wenn ich so mit dir spiele? Dort, zwischen deinen Beinen? Empfindest du es als angenehm, was ich mit dir tue, Caterine?«

Sie nickte nur, da die nahezu quälend süßen Empfindungen, die sie so heiß durchfluteten, ihr das Sprechen fast unmöglich machten.

»Ich werde dir sagen, was ich mit dir tun werde, bevor ich es tue, Caterine, also hör gut zu, denn solche Dinge auszusprechen kann ungemein erregend sein.«

Er sah sie an und strich ihr das Haar hinter das Ohr. »Du wirst vielleicht die Entdeckung machen, dass du auch Gefallen daran findest, so zu reden, also sag mir ruhig alles, was du denkst. Es soll keine Scham zwischen uns geben, nur Dinge, die uns beiden Freude machen.«

Nur meine Liebe zu dir und mein inständiger Wunsch, die deine zu gewinnen.

Sie blinzelte und hätte ihn fast gebeten zu wiederholen, was sie gehört zu haben glaubte, aber die berauschenden Empfindungen, die er mit seinen sinnlichen Liebkosungen in ihr weckte, lähmten ihre Zunge.

Ihr Herz schlug schneller, härter, bei jeder neuen Zärtlichkeit, jeder neuen erotischen Anmerkung von ihm. Sie grub ihre Finger in ihre Unterschenkel und spreizte sie so weit sie konnte.

»Ich werde jetzt mein Gesicht an dir reiben«, sagte er gerade und legte beim Sprechen seine hohle Hand um ihre intimste Körperstelle ... und ließ sie, einen sanften Druck ausübend, langsam kreisen, was nicht minder erregend war als seine leichteren und sachteren Berührungen. »Nur einen Moment, um die Weichheit deines Haars zu genießen, und dann werden wir uns ... ernsthafteren Beschäftigungen widmen.«

Eine fast nicht zu ertragende Spannung, heiß und exquisit, erfasste sie, als er immer näher kam, bis kaum noch ein Herzschlag seinen Mund von ihrer Scham trennte. Selbst sein Atem streichelte sie, warm und weich, und es war eine solch beglückende Empfindung, dass sie sie bis tief ins Innerste durchströmte und ihr das Gefühl gab zu zerfließen.

»Deine Schönheit nimmt mir die Kraft.« Seine Hände glitten über die Innenseiten ihrer Schenkel. »Der Duft deiner leidenschaftlichen Erregung bringt mein Blut in Wallung.«

Sich zu ihr vorbeugend, holte er mehrere tiefe Atemzüge, dann hielt er den Atem einen Moment lang an, bevor er ihn seufzend wieder ausließ, und erst nach dem zweiten oder dritten Mal wurde Caterine bewusst, dass er *sie* einatmete.

Ihren Duft.

»Ich kann nicht genug von dir bekommen«, sagte er und schmiegte seine Wange, sein Gesicht an die weichen goldenen Locken, die das Zentrum ihrer Weiblichkeit bedeckten. Die unerhörte Intimität des Akts, den er mit ihr vollzog, löste mit einem Mal die nahezu schmerzhafte Anspannung in ihr und gab ihr das Gefühl, wirklich und wahrhaftig zu zerfließen.

»Weißt du, dass du hier mehr Haar hast als die meisten Frauen?« Behutsam strich er mit den Lippen über ihre Weichheit. »So ein üppiges Vlies ist so viel wert wie das Lösegeld eines Königs für all seine Männer ... insbesondere ein goldenes wie das deine. Ich könnte Stunden damit verbringen, einfach nur mit meinen Fingern hindurchzufahren, aber ...«

Er erhob sich und legte den breiten Rittergürtel ab, den er tief auf seinen Hüften trug. »Ich möchte dich jetzt küssen«, sagte er. »*Das*, meine Liebste, ist es, was ich jetzt als Nächstes tun werde ... mit meiner Zunge über deine Süße streichen.«

»Nur ganz, ganz sachte?«

»Das habe ich gesagt.« Er zog seine Tunika über den Kopf und ließ sie auf den Boden fallen. »Würde dir das gefallen?«

Sie nickte und sah zu, wie er seine Stiefel auszog, seine Strumpfhose und seine Bruche abstreifte, und ihr stockte der Atem, als sie seine Größe, den beeindruckenden Beweis seiner männlichen Begierde sah.

Völlig unbefangen in seiner Nacktheit, stützte er die Hände in die Hüften und blickte auf sie herab ... auf *diesen* Teil von ihr.

»Weißt du, wie schön du bist? Wie du dort mit gespreizten Beinen liegst ... dich mir einladend öffnend«, sagte er mit belegter Stimme. »Allein dadurch, dich anzusehen, könnte ich Erfüllung finden.«

Er kniete sich vor sie hin. »Ich werde dir jetzt zeigen, was Wollust ist, Caterine«, versprach er, und die Hitze in seiner Stimme intensivierte sogar noch das dumpfe Pochen zwischen ihren Schenkeln. »Leg dich zurück, meine Liebste, und lass dich *küssen*.«

Dann beugte er sich vor und ließ seinen Worten Taten folgen. »Magst du das, Caterine?«

Sie wand sich unter ihm und bäumte sich auf, und ihr leises Stöhnen klang heiser, rau und unbeschreiblich feminin.

»Ganz ruhig, Liebste«, sagte er beruhigend. »Konzentriere dich auf deine Gefühle. Ich werde dich jetzt küssen. Sehr sanft und zärtlich zunächst, und du wirst es mehr genießen, wenn du ganz und gar entspannt bist.«

Zitternd tat sie, was er ihr empfohlen hatte, und lag vollkommen still, als er sehr sachte, sehr behutsam mit seiner Zunge über ihre intimste Körperstelle fuhr. »Beweg dich nicht, Caterine«, riet er ihr, als sie ganz unwillkürlich ihre Hüften kreisen ließ. »Genieß es einfach, was ich mit dir tue.«

Von hemmungsloser Leidenschaft erfasst, lehnte er sich zurück, um sie zu betrachten, sie buchstäblich mit seinen Blicken zu verschlingen. Das weiche goldene Haar zwischen ihren Schenkeln war so dicht und üppig, dass ihre süße Weiblichkeit darunter fast nicht zu erkennen war.

»Und nun werde ich dich ein bisschen intensiver küssen«, sagte er zu ihr und teilte mit den Daumen ihre seidenweichen Locken, bis sich ihm der verführerische Anblick ihrer pulsierenden feuchten Hitze bot.

Ihre Schenkel spannten sich an und schlossen sich beinahe, als sie sich aufbäumte und ihm ihre Hüften entgegenbog. »Nein, meine Schöne, beweg dich nicht ... halte nur deine Beine möglichst weit gespreizt«, ermunterte er sie und strich mit seiner Zunge über ihre Süße.

Ein einziges Mal nur.

»Jedes Mal, wenn du dich bewegst, Caterine, werde ich innehalten«, warnte er sie und streichelte die Innenseiten ihrer Schenkel, spielte mit ihren feuchten Locken und zupfte sanft daran. »Kannst du still liegen? Wenn ja, werde ich fortfahren, dich zu küssen. Aber du musst ganz still liegen.«

Ein kleiner Aufschrei entrang sich ihr, ihre Hände umklammerten die Bettdecke noch fester, und ihre Beine verkrampften sich, aber sie hielt sie immer noch ganz weit gespreizt ... und der leicht moschusartige Duft ihrer Süße stieg zu ihm auf, um seine Sinne zu entzücken.

Tief atmete er ihn ein, legte seine hohle Hand um sie und begann, sie in langsamen Kreisen über ihre samtene Hitze zu bewegen. »Du bist bezaubernd schön in deiner Leidenschaft. Halte deine Beine weit geöffnet ... so weit du kannst, damit ich dich noch intensiver küssen und liebkosen kann.«

Und das tat er dann auch.

Er presste seine Lippen auf das weiche Haar und strich mit seiner Zunge in einer nahezu unerträglich sinnlichen Berührung über ihre pulsierende Hitze. Wieder und wieder liebkoste er sie mit seiner Zunge und spürte, wie bei jeder seiner Berührungen ein heißer Schauer durch ihren Körper lief.

Quälend langsame Berührungen, mit denen er ihr jeden Seufzer und jedes süße Erschauern zu entlocken gedachte ... und jede Barriere erstürmen würde, die sie gegen ihn errichtet hatte, bis er ihr Herz erreicht hatte.

Wieder und wieder küsste er sie, liebkoste sie, drang mit seiner Zunge in sie ein und ließ sie über und um die harte kleine Knospe im Zentrum ihrer Süße kreisen.

Er nahm sie mit der ganzen Leidenschaft, die er aufbringen konnte, und weckte in ihr die fleischlichen Begierden, die sie sich ersehnte, bis ein lustvolles Erschauern sie durchlief und sie mit einem heiseren Aufschrei den Gipfel der Ekstase erreichte.

Danach sank sie ermattet zurück, und endlich stand der Zugang zu ihrem Herzen ihm genauso offen wie die goldene Fläche des feuchten weichen Haars zwischen ihren Schenkeln und das Zentrum ihrer Weiblichkeit darunter.

Oder so hoffte er zumindest.

Marmadukes eigener Puls hämmerte wie wild in seinen Ohren, als er sich erhob, und eine überwältigende Erleichterung durchflutete ihn bei dem Gedanken, dass er ihr solch lustvolle Empfindungen bereitet hatte. Zuzusehen wie der Sturm in ihr langsam verebbte, und ihre schnellen, unregelmäßigen Atemzüge zu hören, war ein Sieg, der süß genug war, um seine Dämonen für eine ganze Weile verstummen zu lassen.

Aber nicht sein Herz.

Es pochte dumpf gegen seine Rippen und war ein für alle Mal verloren.

Und sehnte sich nach so viel mehr als lustvollen kleinen Seufzern und beseligenden Höhepunkten.

Er ließ sich zu einem schiefen, spitzbübischen Lächeln hinreißen, und zufrieden mit dem, was sie geteilt hatten, blickte er auf sie herab und genoss die Tiefe seines Triumphs, der sich in ihren Augen widerspiegelte.

Glücklichen Augen, die immer noch leidenschaftlich dunkel glänzten.

Nie hatte er eine Frau bezaubernder gesehen auf dem Gipfel ihrer sinnlichen Empfindungen, und noch nie hatte er seinerseits ein solch fiebriges und brennendes Verlangen nach einer Frau verspürt.

»So«, sagte er und ließ seine Finger über ihre feuchten Locken gleiten. »Bist du zufrieden, meine Schöne?«

Sie griff nach seiner Hand und verschränkte ihre Finger mit den seinen. »Ich bin sehr zufrieden«, sagte sie mit vor Leidenschaft noch ganz belegter Stimme, und dieses ehrliche Eingeständnis ihres sinnlichen Vergnügens wärmte Marmadukes Herz.

Dann runzelte sie die Stirn. »Aber Ihr, Mylord ...«

Marmaduke folgte ihrem besorgten Blick. Nicht, dass er an sich hätte hinunterblicken müssen, um zu wissen, dass der Beweis seiner männlichen Begierde sich noch immer aus dem dunklen Haar zwischen seinen Schenkeln erhob.

Er atmete tief ein. »Weißt du, ich habe viele Jahre auf eine solche Nacht gewartet«, sagte er und zog ihre Hand zu einem Kuss an seine Lippen. »Noch ein bisschen länger zu warten, wird mich auch nicht umbringen. Ich würde dir jetzt gern ein ganz besonderes Geschenk überreichen ... etwas, das deine Schwester und ihr Mann mir für dich mitgegeben haben.«

Er ließ ihre Hand los und strich liebevoll mit einem Finger über ihre Wange. »Jemand hat Wein für uns bereitgestellt.« Er deutete auf den Krug auf einem nahe stehenden Tisch. »Warum ziehst du nicht deinen Morgenrock an, damit du dich nicht erkältest, und wir trinken ein Schlückchen Wein, während du Linnets Geschenk bewunderst.«

Dann wandte er sich ab, den Schutz des halb im Dunkeln liegenden kleinen Vorraums suchend ... aber nicht nur, um die prachtvollen, mit Juwelen besetzten Weinkelche zu holen, die Linnet ihm als Hochzeitsgeschenk für seine Schwester mitgegeben hatte.

Mit einem müden Seufzer zog er seinen großen Lederbeutel in das bläulich-silberne Licht, das durch die beiden schmalen Fensterschlitze fiel, und kramte dann in der Tasche, bis er die Kelche gefunden hatte.

Doch anstatt dann sofort zu seiner liebreizenden Frau zurückzukehren, blieb er regungslos im blassen Schein des Mondlichts stehen ... und konzentrierte sich mit aller Kraft darauf, seine leidenschaftlicher Erregung Herr zu werden.

Mit geballten Fäusten stand er da und dachte an die runzligen Gesichter all der alten Weiber, denen er auf seiner langen Reise durch Schottland begegnet war, erinnerte sich mit Schaudern an die unangenehme Aufgabe, den Latrineneingang zu verschließen und andere, ähnlich unappetitliche Dinge anzugehen, bis der Tumult, der in ihm tobte, endlich nachließ.

Als es so weit war, nahm er seinen pelzgefütterten Umhang von seinem Haken an der Wand, legte ihn um seine Schultern und verwünschte sich wieder einmal dafür, seinen dunkleren Trieben nachgegeben zu haben.

Dem Tier in ihm, das er anscheinend nicht zähmen konnte.

Stirnrunzelnd starrte er in die Schatten und verwünschte sich für die Torheit, auf seine geschickten Hände und erfahrenen Lippen vertraut zu haben, um seiner Dame Lust zu bereiten, aber gleichzeitig zu feige gewesen zu sein, das Risiko auf sich zu nehmen, Abscheu in ihren schönen Augen zu erblicken, sobald er in sie eindrang.

Doch wie der routinierte Beschützer, der er war, strich er sich mit einer Hand übers Gesicht, um seine Stirn zu glätten, hob dann die beiden Kelche auf und ließ die Dunkelheit des kleinen Vorraums hinter sich.

Und seine eigene.

Mit der sicheren Überzeugung, dass er sich seinem schmerzlichsten Dämon am Morgen stellen würde ... und beim nächsten Mal auch kühn genug sein würde, den Kampf bis ganz zum Ende durchzustehen.

☆ ☆ ☆

Sie hatte diese Kelche schon einmal gesehen.

Caterine betrachtete die mit prunkvollen Juwelen besetzten Weinkelche in ihrer Hand. Die vielfarbigen Edelsteine, die die kunstvoll ziselierten Kelche schmückten, glitzerten im sanften Schein der von der Decke hängenden Öllampe und funkelten sie an ... verspotteten sie mit der Vertrautheit des Pokale.

Sie sah ihren Mann an, aber auch er lieferte ihr keine Antworten. Er saß in dem schweren eichenen Lehnstuhl neben dem Feuer, hatte eins seiner kräftigen Beine über die Armlehne des Stuhls geschwungen und seinen pelzgefütterten Umhang gerade weit genug geöffnet, um einen verführerischen Teil seiner muskulösen Brust und seines flachen Bauchs freizulegen.

Und um einen Blick auf seine beeindruckende Männlichkeit zu gestatten, die nun vollkommen entspannt an seinem Schenkel ruhte. Und wenngleich sie auch nur teilweise zu sehen war, brachte ihre selbst in entspanntem Zustand sehr bemerkenswerte Größe Caterines Blut in Wallung.

Sie war sich seiner Männlichkeit so stark bewusst, dass sie sich ihre plötzlich feucht gewordenen Hände an ihrem Morgenrock abwischen musste. Eine flüssige Hitze begann sie zu durchströmen, die ihr das Blut in die Wangen trieb ... und ihre Weiblichkeit pulsieren ließ.

Schon wieder.

Und nur, weil sie einen verstohlenen Blick auf seine dunkle Männlichkeit geworfen hatte, die durch den schmalen Spalt in seinem Umhang sichtbar war.

Sofort hob sie wieder ihren Blick, und das Herz blieb ihr beinahe stehen, als sie sah, dass seine bisher eher gleichmütige Miene einem Ausdruck grenzenloser Zuneigung gewichen war.

Einem Blick, der voller Liebe war.

Grenzenloser, wahrer, echter Liebe.

Der gleiche Gesichtsausdruck wie an jenem Tag vor so vielen Wochen, als sie ihn sich in Nialls Sessel vorgestellt hatte ... und er hielt auch genau denselben Weinkelch in der Hand.

Nur dass sie damals nicht gewusst hatte, wen er angesehen hatte.

Nun wusste sie es.

Und die Bedeutung dieses Blicks brachte ihren Puls zum Rasen und ließ ihr das Herz in die Kehle steigen.

»Ihr seid also zufrieden, Mylady?«, umschmeichelte sie seine wohlklingende Stimme und nahm sie so gründlich gefangen, als hätte er die Hände nach ihr ausgestreckt, ihre Arme unter ihrem Morgenrock ergriffen und sie ganz fest an sich gedrückt.

»Z-zufrieden?« Caterine blinzelte, und ihr Blick glitt zu der Stelle, wo sein Umhang sich noch ein bisschen weiter geöffnet hatte und noch mehr von seiner stolzen Männlichkeit enthüllte.

Eine süße Schwere breitete sich in ihren Gliedern aus. »Ihr habt mich sehr beglückt, Mylord, so wie ich es schon erwartet hatte ...«

Er hob Linnets Geschenk hoch und prostete ihr zu – so wie er es auch an jenem Tag getan hatte, als sie ihn sich in Nialls Sessel vorgestellt hatte. »Ich meinte, ob du mit den Weinkelchen zufrieden bist?«, warf er ein, und sein glutvoller Blick verriet nur allzu deutlich, dass er genau wusste, *wie* sehr er sie beglückt hatte.

»Linnet hat eine ganze Sammlung davon, die dich in Balkenzie erwartet«, fügte er hinzu, und seine ruhigen Worte dämpften auf der Stelle ihre sinnliche Erregung. Seine unerschütterliche Gewissheit, dass auch sie bald in Balkenzie sein würde, versetzte ihr einen Stich ins Herz.

Sie wollte nicht nach Balkenzie ... aber sie wollte auch ihren Beschützer nicht verlieren.

Oder *ihre* sich allmählich regende Gewissheit, dass sie nicht nur endlich ihre Sinnenlust entdeckt hatte, sondern mit ihr auch die Liebe.

Ihren Morgenrock noch etwas fester um die Schultern ziehend, hob Caterine den kunstvoll gearbeiteten Kelch an ihre Lippen und trank einen Schluck Wein.

Einen Schluck, mit dem sie Entschlossenheit tankte.

Eiserne Entschlossenheit.

Sie trat näher an seinen Sessel und legte eine Hand auf seine breite Schulter. Ihre muskulöse Stärke, *seine Wärme*, erreichten sie sogar durch seinen dicken Umhang. »Mir wäre es lieber, wenn Linnet und ihr Mann uns hier besuchen würden«, sagte sie und zwang sich zu einem unbeschwerten Ton. »Dann können sie die anderen Kelche mitbringen.«

»Deine Schwester wird für einige Zeit nirgendwohin reisen«, teilte er ihr in sorgfältig gewählten Worten mit und wirkte dabei so zurückhaltend, dass sie ihre eigenen Sorgen für einen Augenblick vergaß.

Sie bedachte ihn mit einem scharfen Blick. »Ist sie krank?«

Marmaduke zögerte und wog die Sorge seiner Frau gegen seine eigene Ehre ab ... den Wert eines gegebenen Versprechens.

Wenn Caterine erfuhr, dass ihre Schwester bald ihr erstes Kind gebären würde, würde sie ihn bestimmt nach Balkenzie begleiten, auch wenn sie vielleicht nur plante, lange genug zu bleiben, um das Kind zur Welt kommen zu sehen. Und wenn sie erst einmal in Balkenzie war, würde er sie sicher auch zum Bleiben überreden können.

Aber er wollte, dass sie bei ihm blieb, weil *sie* bei ihm sein wollte.

Weil sie ihn liebte.

»Linnet geht es gut«, sagte er schließlich, um einen möglichst unbeteiligten Gesichtsausdruck bemüht … und betete im Stillen, dass es wahr war, was er sagte. »Eilean Creag ist eine große Burg, auf der es immer geschäftig zugeht. Linnets Pflichten als Ehefrau des Gutsherrn gestatten es ihr nicht, sehr weit zu reisen.«

Es war keine Lüge, aber auch nicht die ganze Wahrheit.

Und wenn es auch nur die halbe Wahrheit war, so bewirkte sie doch immerhin, dass seine Frau ihre wohl geformten Lippen zu einem schmalen Strich zusammenpresste.

Zu seinem Erstaunen stellte sie den Kelch ab, um sich sodann – mit der ganzen Raffiniertheit einer erfahrenen Kokotte – über den Rand des Tischs zu beugen, auf eine Art und Weise, die ihren Morgenrock vorn auseinander klaffen ließ, um einen Teil ihrer wundervollen Warzenhöfe zu entblößen.

Die Spitzen ihrer Brüste blieben verborgen, aber es war genügend von den dunklen Rundungen zu sehen, um sein Blut aufs Neue zu erhitzen, und ein fast schmerzhaftes Verlangen ergriff wieder Besitz von ihm.

»Und wann werdet Ihr diese anderen Kelche holen, Mylord?«, fragte sie mit sanfter Stimme, deren leichtes Zittern ihm verriet, dass sie durchaus wusste, was sie tat, und sich der Tatsache absolut bewusst war, dass der Anblick ihrer großzügigen Warzenvorhöfe ihn über alle Maßen erregen würde.

Sie gedachte ihre Reize einzusetzen, um ihn von seiner Abreise abzubringen.

Marmaduke holte tief Luft … und wünschte sich mit aller Macht, das Ziehen in seinen Lenden möge aufhören. »Ich werde sie nicht holen«, sagte er und zwang sich, Caterine dabei nicht anzusehen. »In ein paar Tagen, wenn die Sache mit Sir Hugh erledigt ist, werden meine Männer und ich – und du, Caterine – nach Kintail aufbrechen. Die Kelche erwarten uns in Balkenzie, und dort werden sie auch bleiben.«

»Verstehe.« Mit einer einzigen geschickten Bewegung öffnete sie die Spange, die ihren Morgenrock über der Brust zusammenhielt, und ließ das wallende Gewand zu Boden fallen. Dann bückte sie sich, um es aus den Binsen aufzuheben, und tat dies ganz bewusst in einem Winkel, der ihm einen verführerischen Blick auf das weiche goldene Haar zwischen ihren Schenkeln offenbarte.

»Ich werde mich jetzt zurückziehen, Mylord. Ich würde Eure ... Umarmung sehr genießen, wenn Ihr mich begleiten möchtet.«

Oh nein, Mylady, Ihr werdet *mich* begleiten ... heim nach Balkenzie, dachte Marmadukes bei sich.

Seine männliche Erregung drängte ihn, ihr zu folgen, aber bevor er sich auch nur erheben konnte, stieß eine kalte Nase gegen sein Schienbein.

Als wäre er sich seines Empfangs nicht ganz so sicher, stellte Leo sich auf die Hinterbeine und legte seine Pfoten auf Marmadukes Knie, und das leise Winseln, mit dem er seine Vorstellung begleitete, sicherte ihm Marmadukes Aufmerksamkeit.

Und kaum war sie ihm zuteil geworden, setzte der kleine Hund sich wieder auf sein Hinterteil, sah aus flehentlichen braunen Augen zu ihm auf und begann zu zittern.

Ein raffinierter Trick, mehr nicht, wie Marmaduke nur zu gut wusste.

Er warf einen sehnsüchtigen Blick zu dem großen Himmelbett auf der anderen Seite des Raums. Seine Dame hatte die Bettvorhänge zugezogen, und der liebe Himmel wusste, was für sinnliche Freuden ihn dahinter erwarten mochten.

Doch genau in diesem Augenblick erreichte ein weiteres Winseln Marmadukes Ohren, und diesmal klang es wirklich ausgesprochen jämmerlich.

Mit einem tiefen, resignierten Seufzer kniff Marmaduke sich in den Nasenrücken und sandte ein stummes Gebet gen Himmel, dass, wenn er und seine Dame je mit einem Sohn gesegnet werden sollten, dem Jungen das weiche Herz seines Vaters erspart bleiben möge.

Dann, nachdem er einen Entschluss gefasst hatte – oder besser gesagt, nachdem er für ihn gefasst *worden war* –, beugte Marmaduke sich vor und nahm den haarigen kleinen Kerl auf seinen Schoß.

Augenblicklich verschwand jede Spur von Ach-was-bin-ich-doch-für-ein-armer-kleiner-Kerl aus Leos runden braunen Augen, und unverzüglich bahnte er sich mit der Nase einen Weg unter Marmadukes Umhang und verschwand in seinen warmen Falten.

Ohne auch nur einen einzigen Blick oder ein dankbares Grunzen machte der kleine Hund es sich auf seinem Schoß bequem. Und wie der weichherzige Narr, der er war, lehnte auch Marmaduke sich für eine lange Nacht zurück.

Und beschränkte sich darauf, den noch immer zitternden kleinen Hund zu streicheln, statt sich mit den unbestreitbaren Reizen seiner Dame zu beschäftigen.

Reize, die er sehr bald ganz und gar für sich zu beanspruchen gedachte.

Ihre Reize und ihr Herz.

Er legte den Kopf an die Rückenlehne seines Sessels und lauschte Caterines unruhigen Bewegungen hinter den zugezogenen Bettvorhängen. Die ganze Nacht hindurch wollten das Rascheln und ihre frustrierten Seufzer nicht verstummen. Sie hingen in der Luft und waren wie himmlische Musik für seine Ohren.

Und ließen Hoffnung in einem besiegten Herz erblühen.

Denn selbst ein so entstellter Mann wie er erkannte, was der Grund für ihre Schlaflosigkeit war.

Marmadukes Lippen verzogen sich zu einem Lächeln, als er in die Dunkelheit starrte, denn das Kaminfeuer war längst verglüht, und auch die Fackeln an den Wänden waren lange schon erloschen.

Schließlich schob er eine Hand in seinen Umhang und kraulte Leo sanft hinter den langen Schlappohren, lauschte genüsslich jedem Rascheln, das hinter den geschlossenen Bettvorhängen hervordrang, und freute sich über jeden noch so kleinen, ungeduldigen Seufzer, der von Caterines Lippen kam.

Ganz und gar feminine Laute, deren Bedeutung für jeden Mann, der in der Lage war, einer Frau sinnliches Vergnügen zu bereiten, nur allzu offenkundig war.

Und wie viel deutlicher sogar noch für einen Mann, der es darüber hinaus auch noch gewohnt war, die Herzen seiner Damen zu gewinnen.

Marmadukes Herz schlug schneller, als er darüber nachdachte, und er zog seinen Umhang noch etwas fester um seinen kleinen Freund und lehnte sich zurück, um die Morgendämmerung zu erwarten.

Und sich an der Erkenntnis zu erfreuen, dass seine Dame mehr wollte als sein erotisches Geschick ... sie wollte seine Liebe.

Und wenn das Glück ihm hold war, würde sie sie vielleicht sogar genug wollen, um ihm auch die ihre zu schenken.

Das hat sie schon getan, mein liebes Herz, wisperte der heulende Wind irgendwo draußen über den nächtlich schwarzen Wassern.

Sie hat es schon getan.

Kapitel 20

Eine Woche später, in den frühen Stunden einer stillen, mondlosen Nacht, brachten Sir Marmaduke, James, Black Dugie und einige sorgfältig ausgewählte Angehörige der Keithschen Garnison ihre Pferde auf einer kleinen, bewaldeten Anhöhe am Ende eines flachen Tals zum Stehen. Umhänge, die so dunkel waren wie der kalte Himmel, verbargen das Schimmern ihrer Rüstungen, als sie über die winterlich kahlen Ginsterbüsche zu den Türmen von Kinraven hinüberstarrten, die sich dunkel vor dem Nachthimmel abhoben.

Schwaches Licht fiel aus einigen wenigen der schmalen Fensterschlitze der Burg, und der böige Wind trug nichts als tiefe Stille und das sanfte Plätschern des Wassers vom nahen Seeufer herüber.

Einer der Männer der Garnison trieb sein Pferd nach vorn. »Sollen wir einen Angriff auf einen der Türme vortäuschen, bevor wir eindringen?«, fragte er, und seine leise gesprochenen Worte klangen in der Stille überlaut.

Marmaduke schüttelte den Kopf. »Wenn meine Männer die Mauern so schnell erklimmen, wie sie andere erklommen haben, und diejenigen, die sie begleiten, genügend Zunder an den richtigen Stellen verteilen, wird Kinraven beim ersten Licht des Tags ein rußgeschwärzter Trümmerhaufen sein. Egal, ob wir unsere Schwerter ziehen oder nicht.«

Er sah die Männer einen nach dem anderen an. »Nein, Freunde, wir haben eine solche List nicht nötig. Die Dunkelheit der Nacht, die Überraschung und unsere eigene gute Fechtkunst wird genügen.«

Zustimmendes Gemurmel erhob sich unter den Anwesenden.

»James.« Marmaduke wandte sich an den jüngeren Mann. »Du

hast die besten Augen von uns allen. Kannst du mir sagen, ob unsere Männer die Brustwehr schon durchbrochen haben?«

James kniff die Augen zusammen und starrte in das Tal hinunter. »Die Leitern sind an Ort und Stelle, und die beiden Männer, die ich von hier erkennen kann, haben schon fast die obersten Sprossen erreicht.«

»Sind irgendwelche Wachposten zu sehen?«, fragte ein anderer Angehöriger der Garnison.

James schüttelte gerade den Kopf, als ein weiterer der Keithschen Bewaffneten aus dem Dickicht trat und seine verrutschte Strumpfhose in Ordnung brachte.

»Es ist alles bereit«, berichtete er. »Unsere Männer sind an ihren Plätzen. Der trockene Ginster, den wir in den letzten Tagen gesammelt haben, wurde bis auf den letzten Zweig gewissenhaft verteilt. Wir haben sogar das Stroh aus den Ställen gestohlen.«

Marmaduke blickte zu Kinraven hinüber und konnte so eben noch die Gruppe Männer erkennen, die an den Strickleitern hinaufstiegen. Sie schienen völlig ungehindert über die Mauern der Brustwehr zu schlüpfen. Zufrieden wandte er seine Aufmerksamkeit wieder den um ihn versammelten Bewaffneten zu. »Und haben diejenigen, die die Burg betreten werden, auch genügend Zunder, um ihr Inneres in Brand zu setzen?«

Der andere nickte. »Wir haben sogar die Schilfdächer einiger der Außengebäude abgerissen.«

»Und die Rinder?« James zwang sich, seinen Blick von der fernen Burg zu lösen. »Sind sie in Sicherheit?«

»Die Hirten treiben sie gerade zusammen«, antwortete der Bewaffnete und kraulte sein schweißbedecktes Pferd hinter den Ohren. »Sie werden mit ihnen am See vorbei und auf dem Weg zurück nach Dunlaidir sein, bevor die ersten Flammen ...«

»Bei Gott, sie haben schon begonnen!« Black Dugie streckte einen Arm aus und zeigte auf eine Stelle, an der helle, orangerot auflodernde Flammen die schwarze Finsternis durchbrachen.

Schon jetzt erhoben sich dichte schwarze Rauchwolken über Kinravens Mauern.

Der Wind brachte die Geräusche fernen Geschreis, schriller Angstrufe und Flüche mit, und ein gespenstisches rötliches Leuchten begann sich über dem schwarzen Himmel auszubreiten. In der Festung und ihrer unmittelbaren Umgebung, die nun nicht mehr schlafend im Dunkeln lagen, brach ein grauenhaftes Chaos aus.

Marmaduke wendete sein Pferd und hob seinen von einem Kettenhemd geschützten Arm. »Kommt, Männer, es wird Zeit, diesen Schurken den Weg nach England zu zeigen«, rief er aus. »Gott erbarme sich derer, die beschließen sollten, ihn nicht einzuschlagen.«

Dann stieß er seinem Pferd die goldenen Sporen in die Flanken und trieb das Tier den mit Buschwerk bestandenen Hang hinunter, und die anderen folgten ihm auf dem Fuße. Zusammen galoppierten sie durch das Tal zu dem flammenden Scheiterhaufen, der einmal Kinraven Castle gewesen war.

☆ ☆ ☆

Innerhalb der schützenden Mauern von Dunlaidir Castle, in einem Turmzimmer hoch über der tosenden See, schritt Caterine nervös vor den prachtvollen, bogenförmigen Fenstern auf und ab, die eine ganze Wand des gutsherrlichen Schlafgemaches ihres Stiefsohnes einnahmen. Es war die Leere ihres eigenen Schlafzimmers, die sie in diesen Raum getrieben hatte.

Eine Leere, die sie mit dem zweifelhaften Trost von Rhonas geschwätziger Gesellschaft zu füllen gehofft hatte. Doch selbst Rhona gab sich in dieser Nacht ungewöhnlich schweigsam. Sie hatte es sich auf James' Bett bequem gemacht und begnügte sich damit, den kleinen Leo zu streicheln.

Sie ignorierte Caterine, die vor den Fenstern auf und ab schritt und ihren Blick immer wieder zu der Straße gleiten ließ, die sich zwischen den schroffen Felswänden hindurchschlängelte. Sie wünschte sich mit aller Macht, ihren Ehemann und die anderen Männer auf dieser Straße auftauchen zu sehen, aber so angestrengt sie auch in diese Richtung schaute, die Landspitze des Festlands blieb verlassen.

Und so richtete sie schließlich ihren Blick auf Rhona. »Hätten sie nicht längst zurück sein müssen?«

»Nein, Mylady. Ich bezweifle, dass wir sie vor Tagesanbruch sehen werden. Oder womöglich sogar erst zur Vesper.«

»Zur *Vesper*?« Caterines Mut sank. »Bis dahin wird es dunkel sein.«

Rhona sah sie an. »Glaubt Ihr etwa, man könnte eine Festung von der Größe Kinravens innerhalb von Minuten in Schutt und Asche legen?«

»Wenn ich glaubte, eine solche Leistung ließe sich schnell und damit ohne jegliche Gefahr vollbringen, würde ich jetzt in meinem Bett liegen und schlafen«, erwiderte Caterine spitz, während sie auf die nächtlich dunkle See hinausstarrte und ihre unruhige Wanderung vor den Fenstern wieder aufnahm.

»Ihr werdet noch eine Spur in den Binsen auf dem Boden hinterlassen«, bemerkte Rhona, worauf Caterine ihr einen scharfen Blick zuwarf.

»James ist sehr eigen in diesen Dingen«, erklärte Rhona achselzuckend.

Caterine starrte sie prüfend an, um zu sehen, ob auch nur eine Andeutung von Kummer in den dunklen Augen ihrer Freundin lag. »Seid Ihr denn überhaupt nicht besorgt um ihn?«

Sie *musste* es sein, denn das Zimmer schien durchdrungen von der Tiefe ihrer Empfindungen für James ... die sich in ihren Schmuckstücken und anderen persönlichen Gegenständen, die überall herumlagen, verriet, und auch in ihren vielen Kleidungsstücken an den Haken an der Wand.

»Oh, Mylady, habt Ihr so wenig Vertrauen?« Rhona streichelte wieder den kleinen Leo. »Euer teurer Beschützer ist ein exzellenter Schwertkämpfer«, sagte sie. »Wenn ich mich nicht um *meinen*

Liebsten sorge, braucht Ihr Euch erst recht keine Sorgen um den Eu …«

»Er ist nicht mein Liebster«, widersprach Caterine und trat an das nächste Fenster, um ihre Stirn an den kalten, grobkörnigen Stein seines kunstvoll gemeißelten Filigranmusters zu legen.

Sie war dankbar für seine erfrischende Kühle an ihrer erhitzten Stirn.

»Ich genieße seine Aufmerksamkeiten«, sagte sie steif und straffte ihre Schultern, um Rhona zu signalisieren, es gar nicht erst versuchen zu müssen, mehr von ihr zu erfahren. »Er ist … sehr geschickt in diesen Dingen.«

»Wirklich?«

Caterine ließ ihre Finger über die abgerundete Kante des Fensters gleiten und starrte schweigend auf die dünnen weißen Nebelschwaden, die langsam von der See aufstiegen … fest entschlossen, kein weiteres Wort über das Thema zu verlieren.

Doch Rhona plapperte unverdrossen weiter. »Er ist ein feiner, stattlicher Mann, Mylady«, stellte sie fest. »Ein galanter Ritter, ein *Beschützer*. Wie könnte er Euch da *nicht* das Herz gestohlen haben?«

»Er hat mir nicht das Herz gestohlen, und Ihr werdet mich auch nicht dazu bringen, meine Liebe zu ihm zu gestehen«, erwiderte Caterine, die eigentlich schweigen wollte. »Das Einzige, was er mir genommen hat, ist meine Abneigung gegen sein englisches Blut … und meinen Entschluss, ein Leben der Enthaltsamkeit zu führen.«

»Dann behagt es Euch also, mit ihm das Bett zu teilen.«

Caterine konnte das triumphierende Lächeln ihrer Freundin quer durch das ganze Zimmer spüren. »Das heißt aber noch lange nicht, dass er mir das Herz gestohlen hat. Man kann ein Vergnügen auch durchaus ohne das andere genießen, wie gerade Ihr ja wohl am besten wissen müsstet.«

Dann drehte sie sich um und wünschte augenblicklich, es nicht getan zu haben, denn Rhona tippte sich schon wieder mit dem

Finger an das Kinn. Und welche Weisheit auch immer sie im Begriff war nun kundzutun, sie musste etwas mit *ihm* zu tun haben. Und bisher hatten sich all ihre Ankündigungen und Prophezeiungen bewahrheitet.

»Ich hab's!«, rief Rhona plötzlich. »Ihr habt vollkommen Recht. Er hat Euch keineswegs das Herz gestohlen ... Ihr habt es ihm geschenkt!«

Caterine tat einen tiefen, unsicheren Atemzug ... ihre Kehle war mit einem Mal wie zugeschnürt.

»Ihr liebt ihn«, erklärte Rhona, und in ihrem Herzen stimmte Caterine ihr zu.

»Nein, das tue ich nicht«, leugnete sie jedoch.

Rhona schnaubte nur.

Und Caterine überlegte.

Doch bevor sie zu eingehend über Dinge nachdenken konnte, die vielleicht besser ruhen sollten, drehte sie sich wieder zu den Fenstern um. Weit draußen auf dem Meer verdeckte dichter weißer Nebel den Horizont und ließ ihn aus der Sicht entschwinden, wie die raffinierte Galanterie und glutvolle Leidenschaft ihres Beschützers alle Barrieren, die sie gegen ihn errichtet zu haben glaubte, verwischt und überwunden hatte.

Bis ihr keine einzige mehr geblieben war.

Bis auf ihre eiserne Entschlossenheit, ihn nicht fortgehen zu lassen.

Ein kleines Lächeln erschien um ihre Lippen.

Ihr blieb noch eine einzige *Versuchung*, der er bislang noch nicht erlegen war, und ihr Instinkt sagte ihr, dass er sie nie verlassen würde, sobald er es getan hatte.

Ihr Lächeln vertiefte sich.

Gleich nach seiner Rückkehr, sobald er sich ein wenig ausgeruht und gebadet hatte, würde sie ihn lieben.

Richtig lieben.

☆ ☆ ☆

Chaos und Verwirrung begrüßten Sir Marmaduke und seine Begleiter, als sie auf Kinravens brennendes Torhaus zugaloppierten. Schlaftrunkene Männer, halb bekleidet, einige von ihnen sogar nackt, strömten aus dem rauchenden, zerstörten Eingangstor, um sich im Durcheinander der vom Feuerschein erhellten Nacht zu verlieren.

Ein paar tapfere Seelen lieferten sich einen heftigen Kampf mit Marmadukes Highlandern, und das Klirren von Stahl gegen Stahl war wie ein höllisches Echo des wilden Durcheinanders umherrennender, schreiender Männer und des schrillen Wieherns verstört herumtänzelnder Pferde.

Andere Keithsche Bewaffnete trieben die englischen Soldaten zusammen, die zu fliehen versuchten, während diejenigen, die sich bereits ergeben hatten, in einer dicht gedrängten Gruppe unter Bewachung standen und mit den Füßen stampften, um in der klirrenden Kälte nicht zu erfrieren, und mit ernsten, finsteren Gesichtern die Geschehnisse verfolgten.

Nachdem er sein Pferd mitten ins Zentrum des Tumults getrieben hatte, richtete Marmaduke sich in seinen Steigbügeln auf und erhob sein Schwert. »*Haltet ein*!« Seine tiefe Stimme übertönte den Krawall. »Hört mich an – meine eigenen braven Männer und der Rest von euch. Dies ist eine Sache zwischen de la Hogue und mir. Alle anderen stecken ihre Waffen wieder ein.«

»Den Teufel werd' ich tun!«, schrie jemand zurück.

Sir Gowan.

Der Rest seiner Männer gehorchte auf der Stelle, und ein wissendes, erwartungsvolles Grinsen breitete sich auf ihren Gesichtern aus. Andere folgten etwas langsamer, bis der schlimmste Tumult allmählich nachließ. Die Keithschen Männer wechselten zweifelnde Blicke, hielten ihre Klingen aber gesenkt … so lange auch ihre Gegner sich an Marmadukes Befehle hielten.

Der Rest der überwiegend nur mit Nachthemden bekleideten englischen Soldaten, entwaffnet und umringt von grimmig dreinblickenden Keithschen Wachen, schauten mit einer Mischung aus widerwilligem Respekt und Misstrauen zu.

Während Marmaduke sie nachdenklich betrachtete, atmete er tief die beißende, nach Rauch und Feuer riechende Nachtluft ein. Ohne die prachtvollen äußeren Zeichen ihres ritterlichen Stands, mit wirrem Haar und nur notdürftig bekleidet, wie sie dort fröstelnd vor dem brennenden Torhaus standen, boten sie einen wirklich jämmerlichen Anblick.

Mit ihren nackten Armen und Beinen und den zerrissenen, mit Ruß und Blut befleckten Nachthemden, sahen sie schlimmer aus als seine Highlandkrieger an ihren ärgsten Tagen.

Und sie sahen auch schrecklich ... jung aus.

Zu jung, um für eine aussichtslose Sache zu sterben.

Zu *englisch*, um die Nachsicht zu verdienen, die Marmaduke ihnen zuteil werden lassen wollte.

Den mächtigen Fluch unterdrückend, der in seiner Kehle aufstieg, schwang er sich aus dem Sattel und warf James die Zügel seines Pferdes zu. »Männer«, wandte er sich mit erhobener Stimme an de la Hogues Getreue, »ich, Sir Marmaduke Strongbow von Balkenzie, begrüße Euch.«

Die Männer pressten die Lippen zusammen und schwiegen.

Unbeeindruckt maß er sie mit einem abschätzenden Blick. »Wo ist Euer Herr? Ich möchte ihn zu einem Duell herausfordern ... falls er Manns genug, darauf einzugehen.«

»Ich bin Manns genug, Strongbow, doch wie ich sehe, seid Ihr seit unserer letzten Begegnung sehr viel ... *unschöner* geworden.«

Die Stimme kam von hinter ihm, und als Marmaduke herumfuhr, sah er Hugh de la Hogue aus dem dichten Rauch treten, der aus dem bogenförmigen Eingang des Torhauses in den Burghof strömte. Hochrot im Gesicht und bis an die Zähne bewaffnet trat er vor, und eine Hand voll schmutziger, hustender Männer stolperten hinter ihm her.

»Ich hatte die Gerüchte schon gehört, doch nun sehe ich mit

eigenen Augen, dass Eure berühmte Schönheit in der Tat nur noch eine traurige Erinnerung ist«, höhnte er, und seine Stimme war erstaunlicherweise überhaupt nicht angegriffen von dem dichten Rauch, durch den er gerade erst gekommen war. »Ich erkenne Euch fast nicht wieder.«

»Du verdammter Hurensohn!« Sir Gowan stürzte auf ihn zu, sein beidhändiges Highlandschwert zu einem Tod bringenden Schlag erhoben.

Sir Hugh wich dem mit aller Kraft geführten Hieb mit bemerkenswerter Flinkheit aus. Mit der gleichen Geschicklichkeit parierte er auch Sir Gowans zweiten Angriff, und ihre Klingen prallten mit einem ohrenbetäubenden Klirren aufeinander.

»Genug, MacKenzie!« Marmaduke hielt seinen Freund zurück, während Ross und Alec schon zu ihnen hinübereilten, um Sir Gowan rechts und links am Arm zu packen und ihn in den wachsenden Kreis der Zuschauer zurückzuziehen.

»Ihr habt Euch mit einem wilden Haufen zusammengetan, Strongbow«, versuchte de la Hogue ihn zu provozieren. »Heidnisches Pack.«

Marmaduke ignorierte die Beleidigung und ließ seinen Blick verächtlich über die in voller Rüstung steckende Gestalt des anderen gleiten. »Heiden?« Er zog eine Augenbraue hoch. »Und wie würdet Ihr einen Mann nennen, der sich während eines Überraschungsangriffs die Zeit nimmt, seine Rüstung anzulegen, und es seinen Männern überlässt, ihren Herausforderern absolut nackt gegenüberzutreten?«

Ein beifälliges Gemurmel erhob sich unter Sir Hughs rußgeschwärzten Männern, und einige brachten ihre Zustimmung sogar noch deutlicher zum Ausdruck, indem sie nickten und nicht etwa Marmaduke, sondern ihrem vor Wut rot angelaufenen Lehnsherrn anklagende Blicke zuwarfen.

»Hört nicht auf ihn«, stotterte Sir Hugh, und seine dicht beringten Finger schlossen sich fast krampfhaft um den Griff seines Schwerts. »Dieser Narr war schon immer sehr wortgewandt und gut aussehend.«

Er erhob seine Klinge und zeigte mit ihrer Spitze auf Marmaduke. »Was für ein Jammer, dass letzteres nun so gar nicht mehr der Fall ist«, bemerkte er gedehnt. »Fahrt fort, mich zu belästigen, dann verliert Ihr auch noch Euer Leben.«

Die Highlander schnaubten darauf wie im Chor, und Sir Hughs Gesicht wurde purpurrot, als er die verächtlichen Geräusche hörte.

Er deutete mit seinem Schwert auf die Gruppe frierender, halb nackter Männer, die sich in einiger Entfernung dicht aneinander drängten. »Glaubt Ihr, die da wären meine einzigen Wachen?«, schrie er. »Greinende Weiber! Beim ersten Anzeichen von Gefahr ergriffen sie die Flucht. Aber ich habe noch andere Wachen ... weitaus fähigere Männer.«

Er warf einen kurzen, aber bedeutsamen Blick auf das in dichten Rauch gehüllte Torhaus. »Sie sind noch drinnen und legen ihre Rüstungen an, während wir hier reden. Ihr seid mir in mehr als einer Hinsicht unterlegen, Strongbow.«

»Glaubt Ihr?« Bevor die Worte über seine Lippen waren, erhob Marmaduke blitzartig sein Schwert und schlug dem anderen mit einer weit ausholenden Bewegung die Klinge aus der Hand.

Sie fiel laut scheppernd auf das Kopfsteinpflaster, als Marmaduke auch schon die Spitze seiner eigenen gegen de la Hogues von einem Brustpanzer bedeckten Bauch drückte. »Ihr, Sir, seid nicht mal einem jämmerlichen kleinen Regenwurm überlegen«, sagte er und nickte zu den Highlandern und den Keithschen Bewaffneten hinüber, die in der Burg gewesen waren. »Zeigt ihm Eure Schwerter, Männer.«

Und das taten sie.

Nicht eine Klinge wurde erhoben, die nicht schon blutrot schimmerte ... und keineswegs vom Widerschein der überall um sie herum lodernden Flammen.

Marmaduke wartete, bis es de la Hogue langsam dämmern

musste, bevor er weitersprach. »Alle Männer, die jetzt noch nicht hier draußen sind, fanden den Tod im Feuer ... oder opferten ihr Leben für eine aussichtslose Sache, indem sie sich diesen Männern dort entgegenstellten, als sie die Wehrgänge erstürmten.«

Sir Hugh befeuchtete seine Lippen. »Es sind noch welche ...« Er warf einen nervösen Blick in die kalte, windgepeitschte Finsternis des nahen Seeufers. »... auf Patrouille. Sie werden ...«

»James«, rief Marmaduke über seine Schulter, »kannst du da draußen noch irgendeine von de la Hogues Wachen sehen?«

»Nein, Sir«, erwiderte James nach einem Moment. »Ich sehe nichts anderes als die sternenklare Nacht und die Flammen der Hölle, die diesen Mistkerl dort erwarten.«

»*Wir* sind einer Patrouille begegnet«, ertönte Ross' tiefe Stimme aus den Reihen der Zuschauer. »Aber sie sind nicht mehr«, schloss der Highlander, und die Schadenfreude in seinem Ton brachte ihm ein grimmiges Gelächter der anderen Highlandkrieger ein.

»Diese bedauernswerten Seelen begegneten ihrem Schöpfer, als sie uns daran hindern wollten, uns ein bisschen Schilf von den Dächern der Außengebäude zu nehmen«, erklärte Sir Alec.

»Sie sind alle tot?« Marmadukes Blick wich nicht von de la Hogue.

»Allesamt.« Das kam von dem jungen Sir Lachlan.

»Lügen!«, schrie de la Hogue mit hochrotem Gesicht. »Es waren zu viele Männer, um von einer so kleinen Truppe wie der Euren niedergestreckt zu werden.«

Marmaduke zog nur eine Augenbraue hoch. »Das kommt wohl auf die Schlagkraft der Truppe an, würde ich sagen. Es sieht ganz so aus, Sir, als wärt Ihr der Unterlegene und zwar in erheblich mehr Angelegenheiten als denen, die offensichtlich sind.«

Er zog die Spitze seines Schwerts von de la Hogues Bauch zurück und zeigte auf die zu Boden gefallene Klinge seines Opponenten. »Ihr tätet gut daran, Euch der Gnade Gottes anzuvertrauen, denn binnen kurzem werdet Ihr ihm gegenübertreten«, riet er. »Und nun hebt Eure Klinge auf und kämpft ehrenhaft, damit Ihr diese Welt mit etwas mehr Ehre verlassen könnt als Ihr während Eures Lebens an den Tag gelegt habt.«

Sir Hugh warf einen weiteren unbehaglichen Blick auf die Gruppe jämmerlicher, frierender Männer, die bis vor kurzem noch seine Burggarde gewesen waren. Es begann zu schneien, und ihre unbedeckten Köpfe waren weiß gesprenkelt und ließen sie mehr an eine Bande tatteriger Graubärte erinnern, als an eine Ansammlung von Englands besten Kriegern.

Ein Muskel zuckte an Sir Hughs Kinn, als er sein Schwert aufhob und einen letzten, verzweifelten Blick auf seine Männer warf. »Glaubt Ihr, sie werden dabeistehen und zusehen ...«

»Sie werden tun, was klüger ist und nach Hause zurückkehren«, beendete Marmaduke in trügerisch mildem Ton den Satz für ihn. »Sie würden uns zweifellos ein ansehnliches Lösegeld einbringen, aber ich glaube, diesem Land ist mehr damit gedient, wenn sie es in ebendieser Stunde noch verlassen – nachdem sie uns ihr ritterliches Ehrenwort gegeben haben, nie wieder hierher zurückzukehren.«

»Hütet Euch«, sagte de la Hogue und hob sein Schwert, »denn wann immer Ihr in der Vergangenheit über Ehre schwadroniert habt, habt Ihr einen hohen Preis dafür gezahlt.«

Marmaduke beherrschte seinen Zorn so meisterlich, wie er sein Schwert schwang, als er sich langsam auf Sir Hugh zubewegte. Mit vorsichtigen Schritten begann er ihn zu umkreisen, auf das vom Schnee und Ruß sehr glatte Kopfsteinpflaster unter seinen Füßen ebenso achtend wie auf jede einzelne Bewegung de la Hogues.

Von Wut und Zorn getrieben, machte Sir Hugh einen jähen Ausfall und stieß, hieb und schwang seine Klinge durch die Luft, aber jeder seiner unkoordinierten Bewegungen verfehlte entweder sein Ziel oder wurde erfolgreich abgewehrt, bis er vor Wut jede seiner ungeschickten, schwerfälligen Offensiven mit einem Schrei untermalte.

Ein unheimliches Schweigen legte sich über die beobachtende Menge, eine gespannte Stille, die das laute Prasseln brennenden Gebälks noch zusätzlich zu unterstreichen schien.

Und unaufhörlich rückte Marmaduke vor und trieb seinen Gegner näher und näher an das brennende Torhaus heran.

Sir Hugh schrie auf, als ein Schauer von Funken und herabstürzende Trümmer auf ihn nieder hagelte. Fluchend fuhr er sich mit seinem freien Arm über die Augen, hob sein Schwert und ließ es in einem wilden, unbeherrschten Hieb wieder heruntersausen.

Ein blindwütiger Hieb, dessen Kraft jedem nicht ganz so erfahrenen Schwertkämpfer den Arm abgetrennt hätte, doch Marmaduke wich dem Schlag ohne die geringste Mühe aus und parierte ihn mit einem eigenen.

Mit einer weit ausholenden, schnellen, seitwärts zielenden Bewegung, und als die Klinge die ungeschützte Stelle unter Sir Hughs Arm durchschnitt, waren der schrille Schrei des Grafen und das aufspritzende rote Blut der unmissverständliche Beweis dafür, wie tief die Wunde war.

»Du verdammter Mistkerl!«, kreischte er, als er sich an den verletzten Arm griff, und sein Schwert fiel klirrend auf den Boden. Puterrot vor Zorn stürzte er sich auf Marmaduke, aber seine Füße glitten auf dem glatten Kopfsteinpflaster aus.

Mit wild rudernden Armen gelang es ihm beinahe, sich noch rechtzeitig zu fangen, als plötzlich ein großer Teil des Torhauses hinter ihm in Flammen aufging und unmittelbar darauf in einem wahren Funkenregen in sich zusammenstürzte ... direkt auf ihn.

»Bei Gott!«, schrie einer von Marmadukes Männern und kam sofort zu ihm herübergerannt, dicht gefolgt von anderen Highlandern.

Die gellenden Todesschreie de la Hogues dröhnten in seinen Ohren, und Marmaduke stand vollkommen reglos da, als seine Männer mit den Händen auf seinen Kopf und seine Schultern klatschten und die glühenden Stückchen Holz und Funken wegschlugen, bevor sie Feuer fangen konnten.

»Bei Gott und allen Heiligen!« James wischte die Funken in Marmadukes Augenbrauen mit den Daumen weg.

Und als sie endlich von ihm zurücktraten, bedankte er sich tatsächlich bei den Heiligen.

Denn sie hatten ihm wieder einmal beigestanden.

»Es ist vorbei«, sagte er und schloss für einen Augenblick lang sein gesundes Auge.

Obwohl seine Lungen noch immer entsetzlich brannten, blickte er sich zu der Stelle um, an der de la Hogue unter dem brennenden Schutt begraben lag. Nur seine Stiefel schauten noch unter einem Berg zersplitterten und schwelenden Gebälks hervor, allerdings schwelten auch sie schon.

»Ein passendes Ende für diesen Schuft.« Gowan kratzte sich das bärtige Kinn. »Ein Vorgeschmack auf den Ort, an dem er sich in Kürze befinden wird.«

»Und die anderen?« Einer der Keithschen Männer deutete mit einer Kopfbewegung auf de la Hogues Männer, die noch immer in einer dicht gedrängten Gruppe in einiger Entfernung standen. »Was tun wir mit ihnen?«

Marmaduke folgte dem Blick des Mannes und stieß dann einen schweren Seufzer aus. Den Blick gen Himmel richtend, rief er sich seinen eigenen Stolz und Eifer in Erinnerung, als auch er in jungen Jahren den Fehler gemacht hatte, dem falschen Mann zu folgen.

Nach langem Schweigen fuhr er sich mit der Hand durch sein versengtes Haar und seufzte wieder. »Bring sie heim, mein Freund, bring sie heim«, sagte er leise und folgte, wie so oft in seinem Leben, wieder einmal seinem Herzen statt seiner Vernunft.

»Seht zu, was Ihr an Kleidungsstücken für sie erübrigen könnt, und bringt sie dann zur Grenze«, fügte er hinzu und brachte den aufkommenden Ärger seiner Männer mit einem scharfen Blick zum Schweigen.

Dann, bevor seine Vernunft doch noch die Oberhand gewinnen konnte, gab er dem Keithschen Wachtposten einen kleinen Schubs in Richtung der Gefangenen. »Geh jetzt«, sagte er. »Fort mit dir und fort mit ihnen.«

»Und ich sage, fort mit uns!«, erklärte Sir Alec, während er sich in seinen Sattel schwang.

Die anderen Highlander stimmten ihm aus vollem Herzen zu. Sie bestiegen ihre Pferde und wendeten, um den brennenden Trümmerhaufen von Kinraven so schnell wie möglich hinter sich zu bringen.

Nur Marmaduke zögerte noch.

Schweren Herzens und mit einer schrecklichen Enge in seiner Kehle beobachtete er, wie die jungen englischen Ritter ihren Stolz hinunterschluckten und die ihnen von den Keithschen Männern zugeworfenen Kleidungsstücke anlegten.

Dann, bevor die Keithsche Garde sie in Richtung Süden treiben konnte, kehrte Marmaduke der zerlumpten Gruppe – und seiner eigenen, längst begrabenen Vergangenheit – den Rücken zu und schwang sich in den Sattel.

»Aye, Alec«, sagte er, als er die anderen Highlander eingeholt hatte. »Wenn der Herr es so will, dann wird es höchste Zeit, nach Hause zurückzukehren.«

Und nicht ein Mann, der ihn gehört hatte, musste erst erraten, welches Zuhause er meinte.

☆ ☆ ☆

Caterine erwachte im selben Augenblick, als Leo von ihrem Schoß sprang und zur Tür lief. Seine Herrin war für einen Moment vergessen, als er sich auf sein Hinterteil setzte, seinen goldbraunen Kopf zur Seite legte und gespannt die Ohren spitzte.

Caterine, die auf der gepolsterten Sitzbank in der Fensterlaibung saß, wusste, ohne es zu sehen, dass seine runden Augen unverwandt die schweren Eichenpaneele der Tür anstarrten.

Und dass sie vor Ergebenheit schimmerten.

Und freudiger Erwartung.

Wie zweifelsohne auch die ihren, denn Leos Verhalten konnte nur eins bedeuten: *er* war endlich zurückgekehrt und würde bald durch diese Tür treten.

Blinzelnd, um die Müdigkeit aus ihren Augen zu vertreiben, strengte sie ihre Ohren an, hörte aber nichts anderes als unheimliche Stille. Selbst das unaufhörliche Klatschen der See gegen die Felsen unten schien verstummt.

Dennoch begann ihr Herz wie wild zu pochen, als sie sich erhob und sich in dem nur schwach beleuchteten Schlafzimmer umsah. Bläulich-violette Schatten lagen auf den Binsen, verdunkelten die Ecken und bewiesen, dass sie lange und tief geschlafen hatte.

Selbst die Wandfackeln und die von der Decke hängende Öllampe waren verglüht, und nur noch die orangefarbene Glut des fast erloschenen Kaminfeuers beleuchtete das stille Zimmer.

Und an das wunderbare, geheimnisvolle Rätsel, das zum Greifen nahe gewesen war, während sie geschlafen hatte, war ihr auch entglitten. Eine steile Falte bildete sich zwischen ihren Augenbrauen, als sie vergeblich überlegte, was es gewesen sein könnte.

Schließlich gab sie sich geschlagen, drückte ihre Hände in ihr Kreuz und streckte sich. Auf der relativ schmalen Fensterbank zu schlafen, hatte seinen Tribut gefordert.

So wie die nahezu greifbare Stille ihr die Ruhe nahm.

Sie legte den Kopf zur Seite und lauschte angestrengt, aber wieder hörte sie nichts anderes als Schweigen. Keine vertrauten Schritte, selbstbewusst und stolz, näherten sich ihrer Tür. Keine gedämpften Geräusche ertönten aus dem großen Burgsaal unten.

Ein kurzer Blick auf die offenen Fensterläden wie auch die eisig kalte Luft, die durch sie hereinströmte, verrieten ihr den

Grund für die gespenstische Stille; irgendwann während ihres unruhigen Schlummers hatte es zu schneien begonnen.

Dichte Flocken schnell fallenden Schnees wirbelten an den bogenförmigen Fenstern vorbei, und eine feine Schicht der weißglitzernden Kristalle begann sich bereits auf der äußeren Fensterbank zu bilden.

Dann störte doch ein Laut die Ruhe.

Es war nur das Knarren einer Diele, und auch in einiger Entfernung, so wie es sich anhörte, aber laut genug, um ihren Puls zum Rasen zu bringen und Leo dazu zu veranlassen, seine geduldige Wache aufzugeben.

Mit einem freudigen Kläffen warf er sich gegen die geschlossene Tür, wedelte aufgeregt mit seinem Schwanz und schnüffelte mit seiner runden kleinen Nase an dem Spalt unter der Tür.

Fieberhaft, denn ihre Hände zitterten fast so sehr wie Leos Schwanz, blickte sie sich um. Nach irgendetwas, womit sie sich beschäftigen konnte, falls die sich nähernden Schritte die *seinen* waren, damit er nicht sofort erkannte, dass sie sich in jeder Minute seiner Abwesenheit um ihn gesorgt hatte.

Wie eindringlich sie für seine sichere Heimkehr gebetet und von ihm *geträumt* hatte, als sie schließlich eingeschlafen war.

Es waren ungemein lebendige Träume gewesen, voller Leidenschaft und ... Liebe.

Liebe?

Mit einem Mal erinnerte sie sich wieder. An alles. Und als es ihr bewusst wurde, verbrannte sie sich fast die Finger an der Kerzenflamme, die sie an den Docht der erloschenen Öllampe gehalten hatte.

»*Au*!« Sie stellte den Kerzenhalter hastig auf den Tisch und steckte gerade ihre brennende Fingerspitze in den Mund, als die Tür aufging.

»Au?« Mit seiner gewohnten aristokratischen Anmut trat er ein und hielt nur kurz inne, als er den Riegel vorschob, bevor er sich bückte, um den kleinen Leo auf den Arm zu nehmen.

Der Hund zappelte vor Freude und strampelte wild mit seinen kurzen Beinchen, während er Sir Marmaduke mit enthusiastischen kleinen Hundeküssen willkommen hieß. Und die ganze Zeit über betrachtete der so herzlich Empfangene sie mit einem Blick, den man nicht anders nennen konnte als ... glutvoll.

Glutvoll in erotischer *und* praktischer Hinsicht, denn einige Stellen seines Haars sahen versengt aus, genau wie eine seiner Augenbrauen. Schließlich setzte er Leo auf den Boden und durchquerte den Raum mit großen Schritten, während der kleine Hund aufgeregt im Kreis um ihn herumlief.

Er nahm sie in die Arme und drückte sie an seine Brust. »Es ist vorbei«, murmelte er an ihrem Haar, und seine Stimme war müde, aber erfüllt von einer Emotion, die sie noch nie darin vernommen hatte. »Kinraven existiert nicht mehr, und Sir Hugh hat seinen letzten Atemzug getan.«

Caterine lehnte sich zurück, um ihn anzusehen, und eine seltsame Mischung aus Erleichterung und Furcht durchflutete sie. Erleichterung darüber, dass er zurückgekehrt war, und Furcht davor, dass er seine Aufgabe hier nun als erfüllt ansehen würde.

»Ich danke dir«, gelang es ihr mit aufrichtiger Dankbarkeit zu sagen, auch wenn die Worte schrecklich hohl klangen.

Er schüttelte den Kopf. »Nein, Mylady. Es sind Eure Freundin und Eure Schwester, bei denen wir uns bedanken müssen«, sagte er und sprach ganz offenbar von etwas völlig anderem als Sir Hughs gewaltsamem Verscheiden.

»Diesen holden Damen und vielleicht auch einem gut aussehenden Teufel von einem Highland-Clanoberhaupt«, fügte er hinzu, und die Haut um sein gesundes Auge kräuselte sich vor Belustigung.

Caterines Blick glitt zu seinem versengten Haar. »Ihr habt Euch verbrannt«, sagte sie, während sie mit den Fingern über seine rechte Augenbraue strich.

Er schenkte ihr schiefes Lächeln. »Die Heiligen beschützen mich nur vor Verletzungen durch ein Schwert. Vor Schwertern und anderen ähnlich üblen Waffen.« Die Belustigung in seiner Stimme verriet ihr, dass er keine ernsthaftere Verletzung davongetragen hatte als die wenigen Stellen versengten Haars. »Sie haben nie versprochen, mich vor herumfliegender Glut und Funken zu beschützen.«

Dann zog er seine rußgeschwärzte Braue hoch. »Ich hatte gehofft, du würdest es nach einem gründlichen Bad und einer Haarwäsche nicht merken.«

Marmaduke zuckte innerlich zusammen bei dieser unerhörten Untertreibung.

Er hatte sich die größte Mühe gegeben, sein unversehrtes Haar über die versengten Strähnen zu kämmen, und sogar etwas von Linnets Schönheitsmittel auf die gekräuselten Stellen gegeben, alles in der Hoffnung, den Schaden so gut wie möglich zu verbergen.

Aber das war offenbar vergeblich gewesen.

Zu seiner großen Erleichterung jedoch verzogen sich die Lippen seiner Liebsten zu einem kleinen Lächeln, und sie stellte sich auf die Zehenspitzen und hauchte einen Kuss auf seine versengte Augenbraue. »Das macht doch nichts, Mylord«, sagte sie und griff nach seiner Hand.

»Kommt und erlaubt mir, Euch zu Hause willkommen zu heißen, wie es sich gehört«, fügte sie lächelnd hinzu und führte ihn zum Bett.

Und Marmaduke folgte ihr bereitwillig.

Er würde ihr erst nächsten Morgen sagen, dass es wirklich höchste Zeit war heimzukehren.

Heim nach Balkenzie.

Kapitel 21

Eine gute Weile später, als dunkle Nacht Dunlaidir einhüllte und der Rest der Welt schlief, wälzte Sir Marmaduke sich schlaflos zwischen einem Durcheinander seidener Bettlaken und den samtenen Schenkeln seiner Dame ... und träumte.

Von leidenschaftlichen Umarmungen und beglückten Seufzern.

Von sinnlicher Ekstase und dem Schwindel erregenden Höhepunkt der lustvollen Empfindungen seiner Dame.

Dem berauschenden Gipfel seiner eigenen.

Ihrer Süße, die er immer noch auf seinen Lippen spürte. Ihrem warmen, moschusartigen, unendlich femininen Duft, der seine Sinne bei jedem Atemzug durchflutete und das Feuer in ihm schürte.

Er erwachte jäh ... und machte die Entdeckung, dass die samtene goldene Hitze seiner Frau nur Zentimeter weit von seinem Mund entfernt war. Sie saß mit gespreizten Beinen über ihm, sein Kopf ruhte zwischen ihren schlanken Schenkeln, und ihr üppiges Dreieck seidenweichen Haars war leicht zerzaust und glitzerte vor ... *Feuchtigkeit*.

Eine jähe Hitze durchströmte ihn, ein nicht enden wollender Strom des Verlangens, der in seine Lenden schoss, sein ganzes Sein ausfüllte und Erlösung forderte.

»Bei Gott und allen Heiligen!« Ein fast schmerzhaftes Ziehen fuhr durch seine Lenden, als er in großen, gierigen Zügen den verführerischen Duft ihrer Süße einatmete. Die leidenschaftliche Erregung, die dieser Duft verriet, berauschte seine Sinne. Er berührte sie mit seinen Lippen, strich sanft mit der Zungenspitze über die kleine harte Knospe an ihrer empfindsamsten Stelle.

Sie stieß einen lustvollen kleinen Aufschrei aus und ließ sich, von einer süßen Schwäche überwältigt, ermattet auf ihn sinken, und er spürte, wie ein wonnevoller Schauer sie durchlief, als sie den Gipfel ihrer sinnlichen Empfindungen erreichte.

Zärtlich mit den Händen über die seidige Wärme ihres Rückens streichend, beruhigte Marmaduke sie ... *liebte* sie.

»Ich dachte schon, du würdest nie erwachen«, sagte sie schließlich mit leiser, unsicherer Stimme und strich mit zitternder Hand über seine muskulöse Schulter und seine glatte, harte Brust. »Seit Stunden schon ... berühre ich dich.«

Marmaduke schluckte und dankte den Heiligen dafür, dass er erwacht war und ihre Berührung, die *Liebe* in ihren Augen, die dunkel und leidenschaftlich funkelten, nicht nur ein Traum gewesen war.

Überwältigt von dem glutvollen Verlangen, das ihn zu verzehren drohte, stützte er sich auf die Ellbogen und beobachtete, wie ihr fiebriger Blick verlangend über den Beweis seiner männlichen Begierde glitt. Wie spielerisch strich sie mit einer Hand über seinen Bauch, und er wünschte sich mit aller Macht, sie möge ihre Finger *tiefer* gleiten lassen. Aber dann blieb ihm fast das Herz stehen, als sie ihre Finger unter das dunkle Haar zwischen seinen Schenkeln schob, und er verlor beinahe die Kontrolle über sich, als sie wie zufällig seinen harten, heißen Schaft streiften. Nahezu nicht mehr in der Lage, sich in Zaum zu halten, drängte er sich ihrer Hand entgegen und suchte instinktiv Erleichterung.

Ein raues Stöhnen stieg in seiner Kehle auf, aber er unterdrückte es mit einem tiefen, unsicheren Atemzug. »Möchtest du mich an den Rand des Wahnsinns treiben?«

»Ich möchte dich glücklich machen.« Sie schloss ihre Finger um ihn und begann ihn mit aufreizend langsamen Bewegungen zu liebkosen.

»Das tust du in jeder meiner wachen Stunden«, versicherte er ihr. »Allein dich *atmen* zu sehen, macht mich glücklich.«

Er zog sie sich an sich und küsste sie leidenschaftlich, aber sie entzog sich ihm und straffte ihre Schultern, sodass die rosigen

Spitzen ihrer vollen Brüste zwischen ihrem langen, aufgelösten Haar hervorblitzten.

»Ihr habt noch nie wahre Befriedigung bei mir gefunden«, sagte sie, während sie ihn noch immer auf intimste Weise streichelte. »Und diese Erfüllung würde ich Euch jetzt gerne zuteil werden lassen.«

Und das tat sie auch beinahe.

Einfach nur, indem sie ihre Absicht äußerte.

Seine leidenschaftliche Erregung, die er bisher so mühevoll in Zaum gehalten hatte, steigerte sich zu einem regelrechten Fieber, das ihn von innen zu verbrennen drohte, als er sie ansah und in ihrem Gesicht nach Anzeichen von Besorgtheit oder Zögern suchte ... und nichts dergleichen fand.

Nichts außer ihrer Schönheit und Bereitschaft.

Ihrer Akzeptanz und ihrem Bestreben, ihm Vergnügen zu bereiten.

Dieses Wunder umspielte ihn und streichelte seine wunde Seele. Umfing ihn und liebkoste ihn so sicher, wie ihre zärtlichen Hände ihn an den Rand seiner Beherrschung brachten.

»Ich werde dich niemals aufgeben«, schwor er, und die Fesseln seiner Zweifel fielen endlich von ihm ab ... und verschwanden in den Schatten.

Lösten sich in Luft auf, so als hätte es sie nie gegeben.

Und ich werde dich nicht gehen lassen, glaubte er sie sagen zu hören, obwohl sie in Wirklichkeit nur leise geseufzt hatte.

Ich möchte, dass du bleibst.

Das zumindest hatte er gehört ... mit seinem Herzen.

Aber ob sie die Worte nun wirklich gesagt hatte oder nicht, sie hingen zwischen ihnen wie eine Kampfansage, die zwar ausgesprochen, aber noch nicht angenommen worden war. Und auch nicht drohend genug klang, um den Tumult, der in ihm tobte, abzuschwächen.

Ruhig blickte sie ihm in die Augen, während sie mit den langen goldenen Haarsträhnen über ihre Brüsten spielte, um ihm einen weiteren Blick auf ihre harten kleinen Spitzen zu gewähren.

»Ich weiß, dass du sie gern betrachtest.« Ganz bewusst strich sie auch die letzte Haarsträhne zurück, bis ihre Brüste vollkommen entblößt waren. »Ich möchte dir heute Nacht all das geben, was *dich* beglückt«, sagte sie, und die wundervollen großen Vorhöfe um ihre Brustspitzen zogen sich sichtlich unter seinem Blick zusammen.

Marmadukes Hände verkrampften sich, und ein weiteres raues Stöhnen stieg in seiner Kehle auf.

Noch immer den Beweis seiner Begierde streichelnd, begann sie mit der anderen Hand die Innenseite seines Schenkels zu liebkosen. Ein leiser Hauch ihres verführerischen, moschusartigen Dufts erreichte ihn ... und die leidenschaftliche Erregung, die ihm dieser Duft verriet, betörte seine Sinne.

Unverkennbare sinnliche Begierde beherrschte sie, und die Erkenntnis ließ ihn fast seine letzte Zurückhaltung vergessen.

Sie begehrte ihn.

Mit dem gleichen brennenden Verlangen, mit dem er sich nach ihr verzehrte.

Und diesmal würde er dieses brennende Verlangen stillen.

Er senkte den Kopf auf ihre Brüste, strich mit der Zunge über ihre harten kleinen Spitzen, zog eine zwischen seine Lippen und zupfte daran ... *alles andere als sanft*.

Dann schob er eine Hand zwischen ihre Beine, um sie dort zu streicheln und zu prüfen, ob sie für ihn bereit war. »Soll ich dich zuerst dort küssen?« Er überließ ihr die Entscheidung, da er wusste, wie sehr seine intimen Zärtlichkeiten sie beglückten, und weil er wie berauscht von seinem eigenen Verlangen war, ihre Süße in sich aufzunehmen.

»Oder soll ich dich lieber ein bisschen streicheln?«, beharrte er, während die Magie seiner geschickten Finger bereits ihre Wirkung taten.

Weil sie gar nicht anders konnten.

Die versengende Hitze in ihm intensivierte sich sogar noch, als er mit den Fingern unter ihr seidenweiches Haar glitt und sie dort mit fast quälend langsamen Bewegungen liebkoste.

Und schließlich mit zwei Fingern in ihre wundervolle feuchte Süße eindrang.

»Wenn du möchtest, dass ich dich dort küsse, dann beug dich über mich, damit ich dich küssen kann, bis du bereit bist«, forderte er sie auf, während seine Finger über ihre empfindsamste Stelle kreisten und die harte kleine Knospe zwischen ihren feuchten weichen Locken rieben.

Ihre Augen verdunkelten sich vor Leidenschaft, als sie von ihm herabglitt und sich neben ihm in den Kissen ausstreckte. »Habt Ihr mich falsch verstanden, Mylord?«, fragte sie und spreizte einladend ihre Schenkel. »Ich *bin* bereit. Ich möchte, dass Ihr mich nehmt. Ganz und gar, und ohne Euch zurückzuhalten.«

»Seid Ihr sicher?«, fühlte er sich versucht zu fragen, da seine Zweifel und Dämonen noch immer nicht ganz bereit waren, das Feld zu räumen, und ihre Stimmen ihn beharrlich vor dem Abscheu warnten, der in ihrem Gesicht erscheinen würde, sobald er in sie eindrang.

Aber das glühende Verlangen in ihren Augen, das einladende Kreisen ihrer Hüften und ihre ausgebreiteten Arme versprachen etwas völlig anderes.

Und er kapitulierte.

»Ich liebe dich, Caterine«, sagte er, als er sich schließlich über sie beugte.

»Dann nimm mich«, sagte sie und griff wieder nach ihm.

Das war nicht die Antwort, die er sich erhofft hatte, aber ihre Berührung, ihre Finger, die so zärtlich über den Beweis seiner männlichen Begierde glitten, machten ihn blind für alles andere.

Ganz und gar überwältigt, ließ er sich behutsam auf ihr nieder, stützte sich auf seine Ellbogen, um sie nicht mit seinem ganzen Gewicht zu belasten, und ließ sich von ihr in ihre Süße führen.

Bevor sie dies tat, legte sie ihre freie Hand an seine Wange und strich über seine Narbe. »Du bist ein wahrer Beschützer«, sagte sie, »und ich bin dir herzlich zugetan.«

Herzlich zugetan?

Alarmglocken schrillten in Marmadukes Ohren, und eine durchdringende Kälte beschlich sein Herz im selben Augenblick, in dem er ein Stückchen in ihre feuchte Wärme eindrang.

Und dann war er verloren.

Zu überwältigt von ihrer samtenen Enge, der ihn umgebenden pulsierenden Hitze, um die Kühle eines vielleicht nur etwas ungeschickt formulierten Satzes zu beachten.

Unter Aufbietung seiner allerletzten Selbstbeherrschung hielt er inne, ohne tiefer in sie einzudringen ... und wartete gerade lange genug, um ihre empfindsamste Stelle zu streicheln und liebkosen und ihr sein Eindringen auf diese Weise zu erleichtern.

Gefährlich nahe am Rande seiner eigenen Erfüllung, liebkoste er die harte kleine Knospe mit langsamen, kreisenden Bewegungen ... und begann *sehr langsam* und behutsam ein wenig tiefer in ihre samtene Hitze einzudringen.

Erst als ihre Atemzüge flacher wurden und sich wie kleine Seufzer anzuhören begannen, als ihre Hüften immer fieberhafter kreisten und sie sich ihm in einer stummen Einladung entgegenbog, zog er sich ein wenig zurück und nahm sie dann mit einer einzigen, kraftvollen Bewegung in Besitz.

Das unbeschreiblich wonnevolle Gefühl, sie endlich zu besitzen, ließ ihn beinahe die Kontrolle über sich verlieren. Mit einem lustvollen Aufstöhnen senkte er den Kopf auf ihre Brüste und nahm eine ihrer Brustspitzen zwischen seine Lippen, ließ seine Zunge darum kreisen und zupfte an der harten kleinen Spitze, während er sich gleichzeitig in einem aufreizend langsamen Rhythmus in Caterine bewegte. Und die ganze Zeit ließ er die Hand zwischen ihren Schenkeln und streichelte und liebkoste sie.

Nein ... bitte ...

Marmaduke hielt augenblicklich inne, und kalte Furcht beschlich ihn, grub ihre eisigen Finger in sein Herz und seinen Stolz ... aber dann stöhnte sie – ein seliges Stöhnen sinnlicher Ekstase, das seine Zweifel sogleich wieder zerstreute.

Mit einem weiteren, noch tiefer empfundenen Aufschrei – einem heiseren, kehligen Laut voll unverfälschter Leidenschaft – grub sie ihre Finger in seine Schultern und klammerte sich an ihn, und ihr Körper versteifte sich und erbebte unter ihm. Ihre hemmungslose Hingabe begeisterte und überzeugte ihn so sehr, dass er meinte, sich ihren fast unhörbaren Protest nur eingebildet haben zu können.

Ein letzter höhnischer Zwischenruf seiner Dämonen.

Ohne sie zu beachten, hob er den Kopf und suchte Caterines Mund, erstickte ihre lustvollen Schreie mit seinen Lippen und vermischte seinen Atem mit dem ihren, als er sie mit einem tiefen, beseligenden, leidenschaftlichen Kuss unwiderruflich zu der seinen machte.

Sie schlang ihre Beine um seine Hüften und zog ihn noch näher an sich heran, und als ein heftiges Erschauern sie auf dem Höhepunkt ihrer sinnlichen Empfindungen durchlief, war er nicht mehr in der Lage, sich zurückzuhalten, und spürte, dass die Kontrolle ihm nun endgültig entglitt.

Und dann wurde er von einem gleißend hellen Licht ergriffen, einem Schwindel erregenden Wirbelsturm erotischer Ekstase, so mächtig und so intensiv, dass er kaum noch atmen konnte.

Er stöhnte vor Entzücken und glaubte sogar gehört zu haben, wie sie seinen Namen rief, aber sein Blut dröhnte so wild in seinen Ohren, dass er sich dessen nicht sicher sein konnte.

Und so hielt er sie nur in seinen Armen ... und hoffte, dass sie wirklich seinen Namen gerufen hatte.

Was er *wusste*, war, dass sie Erfüllung gefunden hatte.

Und er hatte das Paradies gefunden.

☆ ☆ ☆

Halt ihre Beine fest ...

Hure.

Die Worte, die spöttischen Zurufe und höhnischen Lacher erklangen schon, bevor ihr Beschützer in den tiefen Schlaf zurücksank, aus dem sie ihn gerissen hatte. Sie bestürmten sie aus der Dunkelheit, lang unterdrückte Bilder, die nun in den entferntesten Winkeln ihres Herzens wiederauferstanden und sie bereits während der wundervollen Ermattung nach ihrem leidenschaftlichen Liebesakt verfolgten.

Gespenster der Vergangenheit, die nichts anderes im Sinn hatten, als sie zu verfluchen.

Und ihr die Freiheit zu stehlen, die sie endlich erlangt zu haben glaubte.

Caterine blieb wie versteinert liegen und versuchte, ihre Ohren vor den lange verblassten, undeutlichen Stimmen zu verschließen, den brutalen Heimsuchungen durch Erinnerungen, die am besten begraben und vergessen blieben. Sie schloss die Augen und versuchte, sich ganz und gar auf das beglückende Gefühl zu konzentrieren, so sicher und behütet in den Armen ihres Beschützers zu liegen, aber die Bilder wollten ihr einfach keine Ruhe lassen.

Kalt und unerbittlich, unausweichlich wie die immer wiederkehrende Flut, erhob sich die düsterste Stunde ihres ganzen Lebens vor ihrem inneren Auge, um sich ihrer zu bemächtigen, stahl sich in ihr Schlafgemach, schlich um die geschlossenen Vorhänge ihres Betts und erdreistete sich sogar, diese zurückzuziehen, um sie spöttisch anzugrinsen.

Eine ganze Bande höhnisch grinsender Erscheinungen formierte sich im Dunkel vor dem Morgengrauen, um voller Häme ihre Macht über Caterine zu demonstrieren. Um mit ihren lüsternen Gesichtern das geliebte Antlitz ihres Ehemanns zu überlagern und sie daran zu erinnern, dass die Arme, die sie in diesem Augenblick so zärtlich hielten, *englische* Arme waren.

Und sie immer an *ihre* englischen Arme erinnern würden.

Und um ihr vor Augen zu führen, dass sie sie nie in Ruhe lassen würden.

Ihr nie erlauben würden, ihn rückhaltlos zu lieben.

Nicht so, wie er es verdiente, geliebt zu werden.

Und Sir Marmaduke Strongbow verdiente es, von ganzem Herzen und bedingungslos geliebt zu werden. Nicht mit einem Herzen, das er mit den Schatten und der Schande einer Vergangenheit, der sie nicht entfliehen konnte, würde teilen müssen.

So vorsichtig sie konnte, richtete Caterine sich auf, um auf ihn herabzusehen, zwang sich, dabei nur sein Gesicht anzusehen.

Es war entspannt und schön im Schlaf, seine Narbe entstellte es nicht, sondern unterstrich höchstens sein gutes Aussehen – die strahlende Schönheit eines wahrhaft edlen Herzens.

Das Herz eines Beschützers.

Sie strich mit den Fingern über sein Haar, und ihr Herz wurde schwer, als sie die versengten Stellen berührte ... ein weiteres Symbol der Ehre, ein weiterer Grund, warum er eine Frau brauchte, die ihn vorbehaltlos lieben konnte, aus tiefstem Herzen und nicht nur in Momenten sinnlicher Ekstase.

Es zerriss Caterine fast das Herz, als sie das Bett verließ. In seinem tiefen, erschöpften Schlaf bemerkte er es nicht einmal. Oder vielleicht doch, denn er drehte sich auf die Seite, streckte einen Arm aus und bewegte seine Hand über das Laken, als suchte er ihre Wärme.

Und habt Ihr Euch entschieden, Mylady?

Sie fuhr zusammen, denn sie hörte die Worte so deutlich, als stünde er neben ihr, als lägen seine Hände auf ihren Schultern und als blickte er mit einem seiner ganz besonderen Lächeln auf sie herab.

Diesem raren, seltenen, das die Grübchen an seinen Wangen zum Vorschein brachte.

»Habe ich *was* entschieden, Mylord?«, flüsterte sie mit leiser, unsicherer Stimme in die Stille, denn ihre Kehle war so eng geworden, dass sie fast kein Wort über die Lippen brachte.

»Habe ich was entschieden?«, wiederholte sie die Frage, während sie die Hand nach ihm ausstreckte und sein arg versengtes Haar berührte.

Ob ich ein Charmeur bin.

Ein Mann, der Frauen verzaubert.

Ihr Herz hörte seine Frage ... und beantwortete sie auch.

Aye, das bist du, mein Liebster.

Und das war er in der Tat ... auf die wundersamste Weise.

Einen langen Moment stand sie vor ihm und betrachtete ihn, dann lächelte sie traurig und zog die Decken über seine Schultern. Bemerkenswert breite Schultern, stark und schön, aber nicht stabil genug, um die Last der Gespenster zu tragen, die sie heimsuchten.

Die allerschlimmsten ihrer Drachen.

Und es waren diese Bestien, denen sie entkommen musste, und nicht ihm, denn ihre Anwesenheit in diesem Schlafzimmer, in den schwarzen Schatten der Zimmerecken, war schlicht und einfach mehr, als sie ertragen konnte.

So schnell und geräuschlos wie sie konnte, zog Caterine sich an, um das Zimmer zu verlassen, bevor aus der brennenden Hitze hinter ihren Augenlidern Tränen werden konnten.

An der Tür warf sie einen letzten Blick auf ihren schlafenden Gemahl und wünschte dann, es nicht getan zu haben, denn die verfluchten Schatten in den Zimmerecken hatten sich verlagert, und ihre Düsternis fiel nun in den Raum und hüllte sogar das mächtige Himmelbett in seiner Mitte ein.

Mit trotzig vorgeschobenem Kinn wandte sie ihnen den Rücken zu und hob den Riegel an. »Ihr werdet mich nicht besiegen«, wisperte sie, als sie die Tür aufzog. »Und ihr werdet mich auch nicht zum Weinen bringen.«

Die Schultern straffend, wartete sie, bis Leo zu ihr kam, und dann schlüpften sie zusammen aus dem Raum. Und auf dem ganzen Weg über den schwach beleuchteten Korridor kämpfte sie mit ihren Tränen.

Aber das hätte sie sich ersparen können, denn jemand anderer vergoss sie schon für sie.

Ein noch dunklerer, noch tieferer Schatten als der, in dem ihre Gespenster der Vergangenheit sich tummelten.

Und nicht einmal annähernd so bedrohlich.

Nur … traurig.

In einer Ecke Wache haltend, ihren Umhang fest um sich gehüllt gegen eine Kälte, die noch schneidender war als der kälteste Wind, der Dunlaidirs massive Mauern je gepeitscht hatte, wartete die Frau geduldig, bis die anderen Schatten verblassten.

Und ihre Bedrohung sich von *ihm* entfernte.

Und als sie es endlich taten, stieß sie einen leisen Seufzer aus, den *er* dem Wind zugeschrieben haben würde, wischte sich die Tränen von den Wangen und begann, ebenfalls in der Dunkelheit zu verblassen.

☆ ☆ ☆

Sie war fort.

Sir Marmaduke wusste es schon, bevor er richtig wach geworden war.

Zu seinem Glück – oder Pech, je nachdem, wie man es sah, besaß er die unheimliche Begabung, Dinge manchmal einfach zu *wissen*, und dies war eine der Gelegenheiten, bei der er alles andere als froh über seinen untrüglichen Instinkt war.

Das Blut schien ihm in den Adern zu erstarren, als er mit der flachen Hand über das Bett strich … und zutiefst bestürzt die Kälte unter seinen Fingern spürte.

Nicht einmal eine Spur von Wärme war noch dort, wo sie eben noch so friedlich schlummernd neben ihm gelegen hatte.

Wo sie sich geliebt hatten.

Und sie war nicht einfach nur hinausgeschlüpft, um gewisse frühmorgendliche Bedürfnisse zu erledigen. Seine schöne Gemahlin, *sein geliebtes Herz*, hatte ihn schon in den frühen Nachtstunden verlassen.

All seine Zweifel und Bedenken kehrten zurück und legten sich bleischwer auf sein Herz. Eine kalte, schwere Last, die selbst ein so breitschultriger Mann wie er nicht einfach so beiseite schieben konnte.

Und daher runzelte er die Stirn.

Blickte zu der reich geschnitzten Decke ihres prachtvollen Himmelbettes auf und fragte sich, ob er die leidenschaftlichen Momente der vergangenen Nacht nicht vielleicht tatsächlich nur geträumt hatte.

Hatte sie sich wirklich in leidenschaftlicher Ekstase unter ihm gewunden und gestöhnt?

Ihn *aufgefordert*, sie zu nehmen?

Aye, das hatte sie, denn die Luft innerhalb der geschlossenen Vorhänge des Betts war immer noch durchdrungen vom Duft ihrer leidenschaftlichen körperlichen Vereinigung.

Aye, sie hatten sich geliebt, und das mit grenzenloser Leidenschaft.

In den schwärzesten Stunden der Nacht, als alle Welt schlief und Dunkelheit verbarg, was man nicht sehen wollte.

Beispielsweise das entstellte Gesicht eines Mannes, der einst, in einem längst vergangenen Leben, einer der best aussehendsten Männer seiner Zeit gewesen war.

Einen tiefen Seufzer unterdrückend, schlug Marmaduke die Bettdecken zurück und stand auf, bereit, wenn auch nicht gerade begierig, sich diesem kalten neuen Tag zu stellen.

Die Heiligen wussten, dass er reichlich Übung darin besaß, in schwierigen Zeiten über sich selbst hinauszuwachsen.

So gewappnet, ignorierte er das wilde Pochen seines gebrochenen Herzens und begab sich geradewegs in den kleinen Vorraum, um sich anzukleiden. Und kaum hatte er es getan, ließ er sich neben seiner Satteltasche auf die Knie fallen und begann, darin nach zwei Dingen zu kramen: seinem kunstvoll ziselierten bronzenen Spiegel und Linnet MacKenzies Kreuzkrautsalbe.

Letztere schien verschwunden, und so leerte er die Satteltasche hastig auf den Boden aus, ließ ihren Inhalt auf die mit Leos Urin befleckte Strohmatratze fallen, auf der er seine Nächte verbracht hatte, bevor seine Dame ihm Zugang zu ihrem Bett gewährt hatte.

Schließlich fand Marmaduke den kleinen irdenen Tiegel mit seinem Wundermittel endlich. Der Rest seines Vorrats bis zu seiner Rückkehr nach Kintail ging zur Neige, denn er hatte die Salbe in letzter Zeit nur allzu großzügig benutzt, in der Hoffnung, sich dadurch ein bisschen anziehender zu machen.

Nicht wieder richtig gut aussehend, denn obschon Marmaduke ein Romantiker sein mochte, war er alles andere als ein Narr.

Nein, einfach nur ein bisschen anziehender, obwohl ihm an diesem bösen, düsteren Morgen sogar *annehmbar* genügen würde.

Dann, bevor er den Mut verlor, zog er den hübschen Spiegel unter einem Stapel frisch gewaschener Leinenunterhosen hervor, nahm den Tiegel voller falscher Hoffnungen und zerstörter Träume und ging mit energischen Schritten zu der Fensternische im Schlafzimmer seiner Frau.

Stirnrunzelnd ließ er beide Gegenstände auf eine der Fensterbänke fallen und riss die Fensterläden auf. Eine weiße Welt begrüßte ihn ... frostig und eisig, deren beißende Kälte so lähmend war wie die Qual in seinem Herzen.

Er starrte auf die schiefergraue See, auf den weißen Dunstschleier über ihren grauen Wellen und die herumwirbelnden Schneedecken, die sich bis zum fernen Horizont erstreckten. Der trübe frühmorgendliche Himmel, der von dichten grauen Wolken bedeckt war, schien noch mehr von diesem unfreundlichen Wetter zu verheißen.

Da Zeit jetzt von entscheidender Bedeutung war, nahm er den Spiegel und betrachtete prüfend sein Gesicht darin. Dank seiner finsteren Miene und seines versengten Haars blickte ihn ein noch furchtbareres Scheusal aus dem Spiegel an, als er es je gesehen hatte.

Ein Gesicht, das so grimmig und verbittert war, dass er es seiner Dame nicht verübeln konnte, dass sie ihn verlassen hatte.

Als sein Entschluss gefasst war, legte Marmaduke den Spiegel auf die Bank und hob den Tiegel mit dem *Schönheitsmittel* auf. Seine Finger schlossen sich um seine vertraute Form, und für einen winzigen Moment lang klammerte er sich noch an seine Hoffnungen und Träume, aber dann schleuderte er den kleinen Tiegel durch das offene Fenster in die See.

Er zog eine grimmige Genugtuung daraus, sich von allen Illusionen befreit zu haben, als er sich von den Fenstern abwandte.

Es wurde Zeit, sich auf die Suche nach seiner Frau zu machen.

Kapitel 22

Später an jenem Morgen, in Dunlaidirs riesigem Speisesaal, stellte Rhona eine große hölzerne Schale auf den schon arg verkratzten erhöhten Tisch und zog mit einer schwungvollen Bewegung das Tuch, das sie bedeckte, weg.

Der Stein des Gutsherrn weinte.

Caterine war zutiefst erstaunt, als sie das Unmögliche geschehen sah.

Rhona konnte ihre Schadenfreude kaum verbergen. »Seht Ihr, Mylady, ich habe Euch ja gesagt, dass der Stein weinen kann.«

Viel zu verblüfft, um ihre Freundin dafür zu tadeln, den Stein aus ihrer Truhe genommen zu haben, starrte Caterine auf die kristallklaren Wassertropfen auf dem mit Quarz gesprenkelten Gutsherrenstein.

Die glitzernden Tropfen drangen direkt aus dem Inneren des Steins, rannen über seine abgerundeten Seiten und füllten die Schale erstaunlich schnell.

Der Stein weinte ... genau wie die Legende sagte.

Ein Schniefen neben ihr bewies, dass auch Rhona den Tränen nahe war. »James!«, rief sie und wandte sich zu ihm. »Der Stein des Gutsherrn erkennt dich an!«

»Oder er sagt seinen Tod voraus«, erklärte jemand in der überfüllten Halle. »Das letzte Mal, als der Stein geweint hat, ist der frühere Burgherr gestorben.«

Das Geschubse und Gemurmel um den erhöhten Tisch herum verebbte augenblicklich. James, anscheinend alles andere als erfreut über das eingetretene Wunder, wurde kreidebleich.

»So viel ich weiß, besagt die Legende aber auch, dass der Stein seinen Tod nicht ankündigen kann, so lange er nicht als Herr von Dunlaidir anerkannt wurde«, erklang eine tiefe

Stimme hinter Caterine, und ihr Herz schlug augenblicklich schneller.

Sir Marmaduke trat neben sie, und sie spürte, dass unter seiner scheinbaren äußeren Ruhe eine unbestimmte innere Erregung schwelte. »Die Tränen, die wir sehen, sind ein Zeichen der Anerkennung für die Tapferkeit, die er in letzter Zeit bewiesen hat.« Er legte seine Hand auf ihre Schulter und blickte auf sie herab. »So ist es doch, Mylady?«

Caterine nickte, zu verwirrt von seiner Nähe, um ihm eine eloquentere Antwort zu geben.

Eoghann hatte solche Schwierigkeiten nicht. Mit einem breitem Lächeln auf seinem wettergegerbten Gesicht ergriff er einen leeren Krug vom Tisch, füllte ihn mit schäumendem Bier und drückte ihn James dann in die Hand. »Nur Mut, Mylord, denn der Stein ehrt Euch und erkennt Euch an.«

»Dann kommt und lasst auch mich Euch huldigen«, sagte Marmaduke feierlich zu James. Dann trat er von Caterine zurück und zog sein Schwert.

»Oh!« Rhona schlug entzückt die Hände zusammen. »Er wird Euch zum Ritter schlagen!« Überwältigende Freude erhellte ihr reizendes Gesicht, die im Nu auch auf die Zuschauer übersprang, die sich um den erhöhten Tisch scharten.

Nur Caterines Lächeln war erzwungen, denn ihre Haut prickelte von einer unheimlichen Vorahnung der Bekanntmachung, die ihr Ehemann als Nächstes machen würde. Ihre kalten Hände vor sich verschränkt, beobachtete sie, wie er eine Hand auf James' Schulter legte. »Kniet nieder, mein Freund, und lasst mich Euch zum Ritter schlagen.«

James errötete über und über, doch er sank gehorsam auf die Knie und beugte seinen Kopf. Eine feierliche Stille legte sich über den großen Saal, als Sir Marmaduke seine silbern schimmernde Klinge hob.

»Seid tapfer, James von Dunlaidir. Ehrt Eure gleichgestellten Ritter. Liebt Gott und haltet Eure Seele allezeit von Makeln frei.«

Seine gebieterische Stimme tönte durch den Saal, als er mit der flachen Seite seines Schwerts zuerst James' eine Schulter berührte und dann die andere.

»Ich, Marmaduke Strongbow von Balkenzie, schlage Euch zum Ritter«, beendete er die kurze Zeremonie. »Und nun erhebt Euch, Sir James, und tragt Eure Ritterwürde allezeit mit Stolz und Würde.«

»Das werde ich, gnädiger Herr, und ich danke Euch«, gab James die entsprechende Antwort und erhob sich.

Marmaduke steckte sein Schwert wieder weg. »Erweise dich dieser Ehre würdig und vergiss niemals deinen Stolz«, riet er James und klopfte ihm kameradschaftlich auf die Schulter. »Aber eigentlich weiß ich ja, dass du genauso handeln wirst.«

»Seid gegrüßt, Sir James!«, schrie jemand aus der Menge, und andere, ähnlich respektvolle, wenn nicht gar überschwängliche Rufe und Bemerkungen folgten.

Leo schien sich noch mehr als alle menschlichen Wesen im Saal zu freuen, denn er jagte wie wild im Saal herum. Sein aufgeregtes Bellen ließ keinen Zweifel daran, dass er offensichtlich glaubte, etwas Wunderbares sei geschehen.

»Ich würde Euch gern unter vier Augen sprechen, Mylady«, sagte ihr Beschützer im selben Augenblick, als er an ihre Seite zurückkehrte, und entschärfte seine Aufforderung, mit der sie bereits gerechnet hatte, indem er ihr galant seinen Arm anbot.

Ihre Blicke begegneten sich, und sie schaute ihm einen langen Moment in die Augen, bevor sie ihre Hand auf seinen Arm legte. »Ihr wollt mir mitteilen, dass Ihr fortgeht?«

Er nickte, wie sie es bereits erwartet hatte, und führte sie zu einer etwas stilleren Ecke. »Es wird Zeit. Ich möchte das Weihnachtfest in meinen eigenen vier Wänden begehen.« Er legte seine Hände auf ihre Schultern, wie er es so oft tat, aber eine ungewohnte Kälte lag in seinen Worten die, obwohl sie ganz ruhig ausgesprochen worden waren, seine Nervosität nicht verbergen konnten. »Ich möchte nicht hier überwintern, Mylady.«

Caterine atmete tief ein. »Der Winter steht schon vor der Tür, und das Wetter wird von Tag zu Tag noch schlechter werden.«

»Um so mehr Grund, in aller Eile aufzubrechen«, sagte er, seine Worte sorgsam abwägend. »Der Heimweg mag einige Gefahren bergen, aber meine Männer sind Schlimmeres gewöhnt ... genau wie ich.«

Seine Frau blickte sich zu dem erhöhten Tisch am anderen Ende des Saales um, wo James den jungen Lachlan und einige der jüngeren Keithschen Gardisten in ein angeregtes Gespräch verwickelt hatte. Er hatte einen Arm um Lady Rhonas Taille gelegt und sie ganz offensichtlich vollkommen in seinen Bann geschlagen.

Marmaduke beobachtete sie und zog ein wenig Trost aus dem aufblühenden Stolz und Charme des jungen Burgherrn. Dann wandte er sich wieder seiner Gemahlin zu, deren Stirn tiefe Sorgenfalten zeichneten, die er sanft mit seinem Daumen wegstrich.

»Die älteren Garnisonsmitglieder werden sich ihm auch anschließen«, versprach er. »Vor allem, nachdem meine Männer und ich die Burg verlassen haben.«

»Und Rhona wird ihm eine gute, fähige Gemahlin sein.« Der etwas raue Tonfall ihrer Stimme beunruhigte ihn, denn er wusste instinktiv, dass er nichts mit ihrer Freundin oder James zu tun hatte.

»Eine gute, fähige Gemahlin wünscht sich jeder Mann«, sagte er und strich ihr eine lose Haarsträhne aus der Stirn. »Sie ist ein seltenes und kostbares Glück.«

Darauf erblasste sie, und ihre ernste Miene löschte auch den letzten kleinen Hoffnungsschimmer aus, der sich in seiner Brust noch regte.

»Und mein Glück bist du«, sagte er und schluckte seinen Stolz hinunter. »Willst du etwa bestreiten, wie glücklich wir gestern Nacht waren?«

»Nein, das will ich keineswegs.« Sie hob das Kinn. »Es war wunderbar.«

Ihre Antwort ließ wieder neue Hoffnung in ihm erwachen, und Marmaduke räusperte sich etwas umständlich, bevor er weitersprach. »Mylady, glaubt Ihr, Ihr seid Manns genug, um die … Unannehmlichkeiten der Reise zu ertragen?«

Kannst du über mein hässliches Gesicht hinwegsehen und den Mann darunter lieben?, wollte er eigentlich fragen.

Bevor sie antworten konnte, nahm er sie in die Arme und zog sie an sich. Er wollte ihre warme Weichheit noch einmal an seinem Körper spüren, denn das ungute Gefühl in seinem Magen sagte ihm, dass dies vielleicht das letzte Mal sein könnte.

»Ich begebe mich auf keine Reise«, sagte sie, und das Unwiderrufliche ihrer Worte schnitt ihm tief ins Herz. »Und ich bin *Frau* genug, um dir zu sagen, dass es einfach besser für dich sein wird, diese Reise ohne mich zu machen.«

Sie trat zurück und legte ihre Finger auf seine Lippen, als er protestieren wollte. »Du verdienst eine Frau, die dich vorbehaltlos und von ganzem Herzen lieben kann. Und diese Frau bin ich leider nicht.«

Marmaduke gab sie frei und ließ die Arme sinken. »Ich frage dich jetzt zum allerletzten Mal«, sagte er, seinen Stolz ein letztes Mal mit Füßen tretend. »Wirst du mich begleiten?«

»Nein, Sir, das werde ich nicht.«

Sechs schlichte, aber eindeutige Worte.

Aufrichtige Worte.

Und dann ging sie.

Verschwand im Gewühl der Menge und ließ ihn allein in der verrauchten Ecke stehen, und die jämmerlichen Überreste seines zerbrochenen Herzens funkelten wie ein glitzernder Scherbenhaufen höhnisch an.

☆ ☆ ☆

Am nächsten Tag, in der Stille kurz vor der Morgendämmerung, ritten Sir Marmaduke und seine Highlander durch den bogenförmigen Tunnel des Torhauses von Dunlaidir und ließen die inzwischen wieder starke Festung hinter sich, um sich auf die lange Heimreise nach Kintail zu machen.

Ein eisiger, böiger Wind begleitete sie, und es gab kaum jemanden innerhalb der soliden Mauern Dunlaidirs, der der Kälte dieses Morgens nicht getrotzt hatte, um ihnen seinen Respekt zu erweisen.

Dutzende frierender, rotnasiger Burgbewohner hatten im Burghof gewartet, um ihnen ihre guten Wünsche auf die Reise mitzugeben, und einige von ihnen hatten sich schon lange vor dem ersten Tageslicht dort aufgestellt. Und sie alle begleiteten sie nun, zu Fuß oder zu Pferd, und hielten Schritt mit Marmaduke und seinen Männern, als ihre Rösser über die schmale Landzunge zum Festland hinübertrabten.

Auch seine Gemahlin ritt an seiner Seite, aber nur, um ihm eine allerletzte Geste des Respekts zu zollen.

James, Rhona, Black Dugie und andere begleiteten sie, und selbst der kleine Leo lief neben ihnen her. Der Hund tollte ausgelassen durch den Schnee, schlängelte sich zwischen den Beinen seiner Begleiter hindurch und merkte überhaupt nicht, dass die langsam dahinziehende Prozession alles andere als ein fröhlicher kleiner Ausflug war.

Aber Marmaduke wusste es, und das genügte.

Sie alle würden ihn und seine Männer bis zum Rand des Dorfs begleiten. Dann würden sie zurückkehren nach Dunlaidir ... und zu ihrem gewohnten Leben.

Wie auch er es tun würde, und das so schnell wie möglich, denn er konnte es kaum erwarten, das Dorf hinter sich zu lassen, seinem Pferd die Sporen zu geben und nach Balkenzie zurückzukehren, um es nie wieder zu verlassen ... egal, mit wie vielen eindringlichen Bitten die reizende Gemahlin seines Lehnsherrn ihn auch überschütten mochte.

Egal, wie viele unmissverständliche Blicke Duncan MacKenzie auch in seine Richtung senden mochte.

Gegen all das würde er sich wappnen und bleiben, wo er hingehörte – ein verwundetes Tier, das sich im Schutze seiner Höhle verkroch, um in Ruhe seine Wunden zu lecken.

Die Schultern straffend, nickte er den Dorfbewohnern zu, die die Straße säumten, und es zerriss ihm fast das Herz, als er ihre lächelnden Gesichter sah und ihre aufrichtigen guten Wünsche hörte.

Frieden und Wohlstand waren in diese Gegend zurückgekehrt, und wenn man den Klatschmäulern glauben durfte, würde der stolze neue Herr von Dunlaidir schon bald eine Gemahlin nehmen.

Ein feines, anständiges Mädchen, sehr beliebt bei allen. Großherzig und tüchtig. Und wenn auch der eine oder andere den Verdacht hegte, dass sie sich ständig in alles Mögliche einmischen würde, so störte das im Grunde eigentlich niemanden.

Aye, die braven Leute aus Dunlaidir und seiner näheren Umgebung hatten allen Grund zur Freude.

Nur ihre Herrin wirkte ernst, und ihr Gesichtsausdruck war fast so grimmig und hart wie Marmadukes, wenn er auf irgendeinem Schlachtfeld kämpfte.

Schweigend ritt sie neben ihm, beachtete die Menge kaum und ignorierte sogar den Schneeregen, dessen mächtige Böen an ihren Kleidern zerrten.

Sie verlor ihre Gefasstheit erst, als sie das Ende der Dorfstraße erreichten und der Walds sich dunkel vor ihnen erhob.

Aber nicht der Wald war es, zu dem sie starrte. »Leo!«, schrie sie, riss ihr Pferd herum und kämpfte sich durch die Menge der Schaulustigen, bevor sie das Tier einen mit Ginster und großen Felsbrocken bedeckten Hang hinuntertrieb, zu einem winzigen See in einiger Entfernung von der Straße.

Ihr kleiner Hund tollte mit einem anderen über das dünne Eis des Sees. Und während sie sich ihnen bereits näherte und Leos Namen schrie, brach das Eis. Der zweite Hund brachte sich im letzten Augenblick noch in Sicherheit, aber Leo verschwand unter der glatten, grauen Oberfläche des Sees.

»Heilige Maria Muttergottes!« Seine eigenen Sorgen vergessend, gab Marmaduke seinem Pferd die Sporen, stieß es in die Flanken und trieb es in halsbrecherischem Tempo über den steifgefrorenen Boden.

Er erreichte den See noch vor seiner Caterine und all den anderen, die ihm folgten, sprang aus dem Sattel, warf sein Schwert zu Boden und sprang kopfüber in das eisige Wasser.

Nur Sekunden später brachte Caterine ihr Pferd zum Stehen ... im selben Moment, als der kleine Leo gerade aufs Eis zurückkletterte. Sie sprang vom Pferd und rannte zum Rand des Wassers. »Oh, Leo!«, rief sie, von überwältigender Erleichterung durchflutet.

Nass, zitternd und alles andere als zerknirscht, schüttelte der kleine Hund sich und bespritzte sie mit eisig kaltem Wasser. Rasch hob sie ihn auf und schob ihn unter ihren warmen Umhang, und dann sah sie sich nach ihrem Beschützer um.

Und kaum tat sie es, beschlich eine Furcht ihr Herz, die noch viel gnadenloser war als der eisig kalte Winterwind, denn im Gegensatz zu Leo hatte Sir Marmaduke sich noch nicht in Sicherheit gebracht. Ihr tapferer Beschützer befand sich noch immer unter der eisbedeckten Oberfläche des Sees.

Von Panik erfasst, presste sie eine Hand an ihre Lippen und starrte auf die Stelle, an der er ins Wasser gesprungen war. Wie erstarrte vor Furcht, versuchte sie, ihn durch bloße Willenskraft dazu zu bringen, wieder aufzutauchen.

Aber er tat es nicht.

Nur seine Worte wehten zu ihr hinüber ... geboren aus dem eisig kalten Wind.

... sie beschützen mich vor Schwertverletzungen und anderen ähnlich üblen Waffen ...

Sie haben nie versprochen, mich vor umherfliegender Glut und Funken zu beschützen.

Und sie hatten auch nicht versprochen, ihn vor dem Ertrinken zu bewahren.

Caterine erschauderte, und blanke Panik drehte ihr den Magen um. Furcht schnürte ihr die Brust zusammen, als sie voller Entsetzen auf das stille Wasser des Sees starrte.

Seine Männer rannten an ihr vorbei und stürzten sich in das kalte Wasser … nur um kurz darauf wieder aufzutauchen, um nach Luft zu schnappen, ohne *ihn*, und jedes Mal, wenn sie einen von ihnen erblickte, verlor sie noch ein bisschen mehr Mut.

Und während all dem sah sie in fassungslosem Entsetzen und wie aus weiter Ferne zu.

Der junge Lachlan zog sich als erster aus dem See. Zitternd vor Kälte und triefend nass rannte er zu James, packte ihn am Arm und zog ihren Stiefsohn an den Rand des Wassers. »Du hast die besten Augen«, schrie er. »Wir können nichts sehen. Das Wasser ist zu dunkel. Du musst ihn suchen.«

James wurde kreidebleich. Sein panischer Blick glitt zuerst zu Caterine und dann zum See, zu den Männern, die sich ziellos im kalten Wasser hin und her warfen.

»Los!« Lachlan stieß ihn vor, auf das Loch im Eis zu.

»Ich … ich kann nicht«, begann er, doch dann, zu Caterines Erstaunen und Erleichterung, erschien ein Ausdruck eiserner Entschlossenheit auf seinem Gesicht, und er riss sein Schwert aus der Scheide, schleuderte es beiseite und stürzte sich in das eisig kalte Wasser.

Einmal, zweimal … wieder und wieder tauchte er auf, zitternd vor Kälte und seine eigene Angst vor dem Wasser deutlich ins Gesicht geschrieben, aber wann immer er wieder an die Oberfläche kam, holte er nur rasch tief Luft und tauchte wieder unter.

Dann, gerade als sich die schlimmste Panik ihrer zu bemächtigen begann und es sie nicht mehr kümmerte, ob ihre Schultern zuckten und Tränen über ihre Wangen rannen, erhob sich lauter Jubel unter jenen, die sich am Rand des Sees versammelt hatten.

James war wieder aufgetaucht, und diesmal hatte er ihn gefunden. Er hielt fest einen Arm um den Nacken ihres Beschützers geschlungen, aber Marmadukes Kopf hing in einem eigenartigen Winkel herab, und es sah ganz so aus – wie auch das jähe, unheilvolle Schweigen der Zuschauer anzudeuten schien –, als hätten die Heiligen Sir Marmaduke Strongbow nun schließlich doch im Stich gelassen.

Seine Schutzengel hatten ihm in seiner finstersten Stunde den Rücken gekehrt und ihn in einem erbärmlich kleinen, eisbedeckten See auf der falschen Seite Schottlands ertrinken lassen.

☆ ☆ ☆

»Ihr müsst Euch ausruhen, Mylady.«

Caterine ignorierte die Ermahnung ihrer Freundin – zum hundertsten Mal vielleicht allein an diesem Morgen – und fuhr fort, die Finger ihres Beschützers zu massieren.

Ein verzweifelter Versuch, seinen Händen, die kalt und bewegungslos zwischen den ihren lagen, etwas von ihrer eigenen Wärme abzugeben.

Ein sinnloses Unterfangen, das sie jedoch mit unermüdlicher Geduld wiederholte, seit die Männer seine reglose Gestalt zu ihr hinaufgetragen und ihn behutsam auf ihr Bett gelegt hatten.

»Mylady, bitte«, redete Rhona ihr wieder zu.

Caterine warf ihrer Freundin einen scharfen, vorwurfsvollen Blick zu. »Später«, sagte sie. »Ich werde mich ausruhen, sobald ich sicher sein kann, dass er nicht . . . sobald ich sicher bin, dass er . . .« Sie brach ab, denn heiße Tränen brannten wieder hinter ihren Lidern, und ihre Kehle war wie zugeschnürt.

»Herrgott noch mal!« Rhona zog die Bettvorhänge zurück, um einen Blick auf Sir Marmadukes reglose Gestalt zu werfen. »Er *schläft* . . . er ist nicht tot, und nahezu jedermann hier unter diesem Dach hat Euch bereits versichert, dass er keinesfalls dem Tode nahe ist.«

Caterine presste die Lippen zusammen.

Rhona seufzte ungeduldig. »Wenn es James nicht gelungen wäre, ihn zu finden und seinen Umhang von dem Ast zu befreien, in dem er sich verfangen hatte, dann wäre er vielleicht gestorben«, sagte sie. »Aber er ist es nicht und wird es auch nicht.«

Caterine bettete die Hände ihres Mannes auf die Decke und warf Rhona einen weiteren scharfen Blick zu, um sie mit irgendeiner gepfefferten Bemerkung fortzuschicken, doch die Erwiderung blieb ihr im Hals stecken, als sie die dunklen Schatten unter den Augen ihrer Freundin sah.

Rhonas Gesicht wirkte genauso spitz, wie auch das ihre aussehen musste.

»Für jemanden, der so zuversichtlich ist, seht Ihr aber ganz schön elend aus«, sagte sie und hoffte, Rhona würde es bestreiten.

Rhona enttäuschte sie nicht, als sie ihre Hand ergriff und sie von dem dreibeinigen Schemel zog, auf dem sie die letzten beiden Tage und Nächte verbracht hatte, um ihren Mann zu pflegen, seit er in einen unruhigen Schlaf gesunken war.

Einen tiefen Schlaf, den er dringend brauchte, wie dieses aufdringliche Wesen neben ihr behauptete.

»Es hat keinen Zweck, dass Ihr Eure Kraft verbraucht, indem Ihr pausenlos wie ein Todesengel über ihm schwebt«, schimpfte Rhona und zog sie aus dem Raum. »Ich bin mir sicher, dass er Eure Unruhe spürt und keinen richtigen Schlaf finden kann, weil er sich Sorgen macht um *Euch*.«

Rhona hielt ihren Arm in einem eisernen Griff, als sie sie auf den nur schwach beleuchteten Gang vor ihrem Schlafzimmer hinauszog. »Wärt Ihr nicht so blind vor Schuldbewusstsein – oder was auch immer für andere törichte Empfindungen Euch plagen mögen – würdet Ihr an seinen gleichmäßigen Atemzügen und seiner gesunden Farbe erkennen, dass er schon sehr bald völlig wiederhergestellt sein wird.«

Caterine war sich da leider nicht so sicher.

Niemand hatte es ihr direkt gesagt, aber einigen zufällig aufgeschnappten Gesprächsfetzen und unheilvollem Geflüster, das nicht für ihre Ohren bestimmt gewesen war, hatte sie entnommen, dass der Stein des Gutsherrn noch immer weinte.

Und die meisten Burgbewohner glaubten, dieser Umstand könne nur bedeuten, dass Marmaduke sterben würde und nicht, dass der Stein James Keith als neuen Burgherrn akzeptierte.

Aber sie ließ sich von Rhona über den Gang und zu der Wendeltreppe ziehen, die in den großen Burgsaal führte. Sie war erschöpft und hatte seit Tagen nichts gegessen.

Rhona, die ihre Kapitulation zu spüren schien, schenkte ihr ein Lächeln.

»Es wird Euch gut tun, ein bisschen Zeit dort unten zu verbringen«, sagte sie. »Alle loben James dafür, dass er Euren Mann gerettet hat.« Dann hielt sie inne und senkte ihre Stimme zu einem verschwörerischen Flüstern. »Mylady, ich bin mir sicher, das bedeutet, dass sie ihn endlich akzeptiert haben.«

Caterine nickte, zu müde, um zu sprechen.

»Wenn Ihr gegessen habt, könnt Ihr Euch in meinem … in *James'* Zimmer ausruhen und den ganzen Tag verschlafen, wenn Ihr wollt«, fuhr Rhona fort.

Wollen.

Das Wort trieb Caterine erneut die Tränen in die Augen, aber sie verdrängte sie mit einem Blinzeln und trat mit Rhona an den erhöhten Tisch, wo sie des inneren Aufruhrs wegen, der in ihr tobte, der auffallenden Abwesenheit der Highlander nicht allzu viel Beachtung schenkte.

»Es wird alles wieder gut«, versprach Rhona, als sie einen Stuhl für Caterine zurückschob. »Ihr werdet schon sehen, Mylady.«

Aber es *war* nicht alles gut.

Und die überlaute Stille, die sie begrüßte, als sie Stunden später endlich wieder in ihr Schlafgemach zurückging, war nur ein weiterer Beweis dafür, wie Recht sie gehabt hatte.

Eine geradezu anklagende Stille ging vom dem prächtigen

Himmelbett aus, dessen seidene, pelzbesetzte Decken zurückgeschlagen waren, um ... *nichts* zu offenbaren.

Ihr Beschützer hatte sie verlassen.

☆ ☆ ☆

Im frostglitzernden Hochland in einiger Entfernung von Dunlaidir, brachte Sir Marmaduke Strongbow sein Pferd so jäh zum Stehen, dass das Tier sich auf die Hinterbeine stellte.

Und mit einem schrillen Wiehern protestierte.

Marmadukes Männer lachten.

Und es klang irgendwie ... schadenfroh.

Wie *wir haben es doch gleich gewusst* oder so ähnlich.

»Du liebe Güte, aber das hat ja wirklich lange gedauert«, stichelte Ross, der bereits aus seinem Sattel glitt.

Die anderen taten es ihm nach, und die Köpfe aller Männer fuhren zu Marmaduke herum. Und nicht ein einziger von ihnen schien verblüfft.

Oder auch nur überrascht.

Die Wahrheit war, sie alle grinsten.

Marmaduke fühlte sich gewarnt genug, um seinem Pferd die Knie in die Seiten zu drücken, bevor seine Freunde ihn aufs Neue quälen konnten. Er benutzte sogar seine Sporen und trieb sein Pferd zu einem gestrecktem Galopp an, als er in die Richtung zurückjagte, aus der sie gekommen waren, und der donnernde Hufschlag seines Pferdes wie ein Echo seines eigenen Herzens war.

»Kruzifix!«, rief Sir Ross kurze Zeit später und deutete aufgeregt auf einen Punkt in einiger Entfernung. »Es sieht ganz so aus, als hättest du *die da* aber wirklich mehr als nur verzaubert!«

Ross' ausgestrecktem Arm folgend, entdeckte Marmaduke sie – eine einsame weibliche Gestalt, die tief über den Nacken ihres Pferdes gebeugt ritt und schnell die Entfernung zwischen ihnen überwand.

»Bei Gott!«, murmelte er, als sein Herz schier zu platzen drohte und eine brennende Hitze in seinem gesunden Auge seine Sicht verschwimmen ließ.

Ohne seine verblüfften Männer weiter zu beachten, galoppierte er über die winterlichen Stopppelfelder und begegnete ihr auf halbem Weg. Er war schon aus dem Sattel gesprungen, bevor sie ihr Pferd auch nur zum Stehen bringen konnte. Seine Männer erreichten sie nur wenige Momente später, und ihre ausgelassenen Schreie und ihr johlendes Gelächter ließen seine Dame heiß erröten.

Der kleine Hund, der aus einer hinten am Sattel angebrachten Ledertasche herauslugte, ließ sein Herz sogar noch schneller schlagen. Dass sie Leo bei sich hatte, konnte nur ein gutes Zeichen sein.

Bestrebt, zumindest einen Anschein von Würde zu wahren – falls sie tatsächlich nur gekommen sein sollte, um sich von ihnen zu verabschieden –, fuhr Marmaduke sich mit der Hand über sein versengtes, vom Wind zerzaustes Haar und ging auf sie zu.

»Mylady«, grüßte er sie und verfluchte sich dafür, ein so sentimentaler Narr zu sein, als sich eine Träne aus dem Winkel seines gesunden Auges löste. »Was bringt Euch hierher?«, gelang es ihm zu sagen, obwohl seine Kehle zum Sprechen beinahe zu eng war. »Seid Ihr gekommen, um uns Lebewohl zu sagen?«

Mit einer geschmeidigen Bewegung glitt sie aus dem Sattel, und ihr Lächeln, als sie auf ihn zukam, schien seine Dämonen in die Flucht zu schlagen. »Und Ihr, Mylord«, versetzte sie – auch ihre Stimme merkwürdigen heiser, »reitet Ihr nicht in die falsche Richtung?«

Irgendetwas in ihren feucht schimmernden Augen und dem seltsam rauen Tonfall ihrer Stimme ließ Marmadukes Hoffnung steigen.

Selbst die zweideutigen Scherze seiner Männer verstummten, während sie sich um sie scharten und mit unverhohlener Neugier ihr Gespräch verfolgten. Marmaduke fuhr herum und maß sie mit einem seiner vernichtendsten Blicke, aber sie lachten nur.

Gleichzeitig warfen sie allesamt die Köpfe in den Nacken und brachen in brüllendes Gelächter aus.

Und bei seinem Klang und der ungeheuren *Freude*, die sich darin verbarg – und der absoluten Überzeugung seiner Männer, dass sie ihnen aus genau dem Grund gefolgt war, an den er nicht zu glauben wagte –, zerbarst etwas in ihm, und auch die letzten seiner Dämonen flohen.

Mit einem mächtigen Flattern schwarzer Schwingen und all den Zweifeln, die ihn je geplagt hatten, wurde die ganze Bande von einer jähen, besonders starken Böe kalter, winterlicher Luft erfasst und weggerissen.

Verschwindet und belästigt ihn nie wieder, schien der Wind ihnen nachzurufen, aber dann ließen die kalten Böen nach, und der Jubel und das Lachen seiner Männer begann verdächtig gefühlsbetont und rührselig zu klingen.

Als Gowan sich die Nase putzte und sich mit einer fleischigen Hand über das bärtige Gesicht strich, wusste Marmduke, dass er gewonnen hatte.

Denn seine Männer mochten zwar ein wenig raubeinig sein, aber sie waren alles andere als dumm.

Die breiten Schultern straffend, wandte Marmaduke sich seiner Frau zu. »Ich bin nicht in die falsche Richtung geritten, ich war auf dem Weg zurück zu dir«, gestand er.

»Und ich kam, um mich dir auf deiner Reise anzuschließen«, gab sie zurück.

»Es ist eine anstrengende Reise, Mylady.«

»Eine Frau, die liebt, fürchtet sich nicht vor ein paar Unannehmlichkeiten, Mylord.«

Marmaduke blinzelte. »Was willst du damit sagen, Caterine?«

Sie lächelte. »Weißt du das denn nicht selbst?«

»Ich möchte die Worte hören«, sagte er, und sein Herz schlug höher, und ein überwältigendes Glücksgefühl erfasste ihn.

Sie warf einen kurzen Blick auf seine Männer, aber es war ihr anscheinend gleichgültig, dass sie dies alles mitbekamen, denn ganz plötzlich warf sie Marmaduke mit einem leisen Aufschrei ihre Arme um den Nacken und umarmte ihn.

»Ich liebe dich«, sagte sie, und ihre Worte waren fest und laut genug, um auch von seinen gespannt lauschenden Kameraden gehört zu werden. »Ich glaube, das tue ich schon seit dem Tag, an dem du in den Burghof geritten bist und mir so galant die Hand geküsst hast«, bekannte sie, während sie mit den Fingern durch sein alles andere als gepflegtes Haar strich und sich so fest an ihn schmiegte, dass er vor Wonne zu zerfließen glaubte.

Er hatte sich schon halbwegs damit abgefunden, sie nie wieder zu sehen, nie wieder ihre geschmeidige Gestalt an sich zu spüren.

Die üppige Weichheit ihrer Brüste und irgendetwas sehr Kleines ... Hartes.

Etwas Hartes, das sich immer tiefer in seine Brust bohrte, je fester sie sich an ihn presste.

Er löste sich von ihr und senkte seinen Blick, und die heißen Tränen, die er bisher so tapfer zurückzuhalten versucht hatte, strömten ungehindert über seine Wangen, als er den harten kleinen Gegenstand erkannte.

Es war sein Siegelring mit dem Rubin.

An der schmalen, goldenen Kette, die er ihr dafür hatte schenken wollen, trug sie das alte Familienerbstück um den Hals.

Den Ring, von dem sie behauptet hatte, sie würde ihn nicht eher tragen, bis sie in der Lage war, ihm ihr Herz zu schenken.

Sein Herz hämmerte fast schmerzhaft hart gegen seine Rippen, und seine Kehle war so zugeschnürt, dass er kein Wort über die Lippen brachte. Seine Männer besaßen ausnahmsweise einmal den Anstand, sich von ihnen abzuwenden.

Und seine Gemahlin, deren Wangen genauso feucht von Tränen waren wie die seinen, sagte, was sie ihm zu sagen hatte. »Ich fand die Kette in dem Vorraum, halb verborgen in der Binsenstreu«, erklärte sie, während sie sein Gesicht zwischen ihre Hände nahm und sich auf die Zehenspitzen stellte, um mit ihren Lippen zärtlich seine Narbe zu berühren.

Dann lächelte sie unter Tränen und richtete ihren Blick auf ihn – den freimütigen Blick einer Frau, die niemals log. »Und ja, Mylord, ich trage Euren Ring, weil ich Euch mein Herz geschenkt habe. Voll und ganz und unabänderlich, bis ans Ende unserer Tage und darüber hinaus.«

Und Sir Marmaduke glaubte ihr.

Später jedoch, nachdem sie alle wieder aufgesessen waren und ihre Heimreise wieder angetreten hatten, diesmal in die *richtige* Richtung, warf er trotz allem einen dankbaren Blick gen Himmel und dankte den Heiligen für ihre Unterstützung.

Epilog

Balkenzie Castle,
Western Highlands,
Weihnachten

Ein heftiger Wintersturm tobte über den Loch Duich, peitschte seine schiefergraue Oberfläche und schlug mit einer Wildheit gegen Balkenzies massive Mauern, wie man sie selbst in diesem wilderen Bereich der Highlands nur ausgesprochen selten sah.

Aber nicht einmal das nächtliche Unwetter vermochte Sir Marmadukes gute Laune zu dämpfen, als er sich in dem festlich geschmückten großen Saal der Burg umsah. Viele Gäste waren gekommen, um Weihnachten mit ihm zu feiern.

Und ihn in Kintail willkommen zu heißen.

Zu Hause.

Seinem eigenen und dem seiner entzückenden Gemahlin.

Endlich.

Nein, das Wüten der Elemente draußen vor Balkenzies dicken Mauern beunruhigte ihn absolut nicht, und es konnte auch die Freude in seinem Herzen nicht trüben.

Nicht einmal die verdrießliche Miene seines besten Freunds und Lehnsherrn konnte das. Das gut aussehende Clanoberhaupt der MacKenzies ignorierte ganz bewusst die Festlichkeiten und starrte lieber finster auf den Weihnachtsbaum, statt es Marmaduke und den anderen Feiernden nachzutun und gute Laune zu verbreiten.

»Wie lange, glaubst du, wird sie noch brauchen?«, fragte er Marmaduke zum hundertsten Mal.

Marmaduke, der an einem der langen Tische lehnte, zuckte mit den Schultern. »So lange, wie der Herrgott es für richtig hält, vermute ich«, sagte er und hob seinen Becher mit gewürztem Wein in einem stummen Toast.

Diese Nonchalance trug ihm einen weiteren bösen Blick seines Lehnsherrn ein. »Hör auf, so blöd zu grinsen«, knurrte Duncan MacKenzie. »Ich habe jedes Recht, besorgt zu sein.«

»Niemand zweifelt deine Rechte an, mein Freund«, räumte Marmaduke ein und trank einen Schluck Wein. »Obwohl ich mich manchmal wirklich frage, wie deine Gemahlin deine Tyrannei erträgt«, fügte er mit einem viel sagenden Blick auf das leere Himmelbett hinzu, das noch immer mitten in seinem großen Burgsaal stand. »Ich empfehle dir wirklich, ihr zu gestatten, das Kind oben zu gebären, statt ... *da drüben*.«

Zu Marmadukes Erstaunen besaß sein Freund doch immerhin den Anstand, ein betretenes Gesicht zu machen.

Aber nur für einen Moment.

»Sie hatte jegliche Vernunft in den Wind geschlagen und beharrte trotz ihres Zustandes darauf, auch weiterhin überall herumzulaufen«, widersprach er. »Mir blieb keine andere Wahl, als sie irgendwo unterzubringen, wo sich ständig jemand um sie kümmern konnte.«

»Und ihre alte Amme und meine eigene Frau kümmern sich jetzt um sie, so dass du also überhaupt keinen Grund hast, Löcher in den armen Weihnachtsbaum zu starren.«

Duncans Augenbrauen zogen sich zusammen. »Ich starre in *gar* nichts Löcher, du Riesentölpel, ich strenge nur meine Ohren an und horche auf den Schrei eines neu geborenen Kindes.«

Er machte eine weit ausholende Handbewegung. »Was allerdings nahezu unmöglich ist bei all dem Radau hier.«

»Es ist Weihnachten«, erinnerte ihn Marmaduke, während er einen Becher mit dem warmen, stark gewürzten Wein füllte und ihn dann Duncan reichte. »Selbst jemand mit deiner brummigen Art sollte in der Lage sein, ein bisschen Fröhlichkeit zu tolerieren.«

»Und ein *bisschen* wäre auch genug gewesen.« Duncan ergriff den Becher und leerte ihn in einem Zug. »Eine protzigere Veranstaltung habe ich noch nie gesehen.«

Wie um zu beweisen, dass er Recht hatte, schlenderte er zum nächsten Tisch und hob mit zwei Fingern eine lange Girlande aus miteinander verflochtenen Stechpalmenzweigen und Efeu an. »Wer hat je davon gehört, dass man jeden Tisch im Saal mit Grünzeug behängt? Reicht es nicht, das Zeug an den Wänden anzubringen? Und all die Mistelzweige ...«

»Eine ehrwürdige Tradition, die mir zudem auch sehr gefällt. Genau wie meiner Frau. Ich bin mir sicher, wir wären in ebendiesem Augenblick dabei, diese wunderbare Tradition weidlich zu nutzen und uns mit Küssen zu überschütten, wenn Caterine nicht oben gebraucht würde«, sagte Marmaduke und blickte zu einer Fensternische auf der anderen Seite des Saals hinüber, wo der junge Lachlan unter einem der vielen aufgehängten Mistelzweige kühn die Dame seines Herzens belagerte.

Etwas näher, unter einem weiteren dieser Zweige, bedrängte Sir Gowan ein hübsches kleines Dienstmädchen, und das entzückte Kichern der drallen Maid bewies auch *ihre* Freude an dem weihnachtlichen Brauch.

Und sogar der junge Robbie, gerade mal elf Jahre alt und Duncans Sohn aus erster Ehe, war dabei beobachtet worden, wie er genau denselben Mistelzweig benutzt hatte, um dem hübschesten der jungen Mädchen einen unschuldigen Kuss zu verpassen.

Marmaduke lächelte im Stillen über dieses Bild, als er seinem Freund noch etwas Wein nachschenkte. »Ein so sinnlicher Mensch wie du würde anderen doch gewiss kein kleines amouröses Abenteuer vorenthalten wollen?«

»Es ist mir egal, wie viele Mädchen heute Nacht verführt werden, wie laut die Trompeten erschallen, wie viel Wildschweinbraten gegessen wird oder wie oft jeder hirnverbrannte Narr in deiner Halle ›Prost!‹ schreit ... oder ob sie alle derart ausgelassen tanzen, dass sie hinfliegen und sich die Knochen brechen«, erklärte Duncan und verschränkte die Arme vor der Brust, als Marmaduke ihm den Wein anbot.

»Na, na.« Marmaduke zuckte mit den Schultern und stellte den Becher wieder auf den Tisch. »Und ich dachte, deine bezaubernde Gemahlin hätte dein unbeherrschtes Naturell etwas gemäßigt.«

»Und es ist gerade diese bezaubernde Gemahlin, an die ich ständig denken muss, du Blödmann!« Duncan fuhr sich mit der Hand durch sein dunkles Haar und blickte zum hundertsten Mal zu der gewölbten Decke auf. »Sie ist dort oben, verstehst du, und ...«

Der leise, aber unverkennbare Schrei eines Säuglings erklang plötzlich von oben, kräftig und gesund genug, um über all den Lärm gehört zu werden, und Duncan MacKenzies männlich schönes Gesicht begann sich augenblicklich aufzuhellen.

Auch Marmaduke lächelte erfreut und zog seine Hand zurück, um seinem Freund auf die Schulter zu klopfen, aber sein Lehnsherr rannte schon durch den Saal zur Wendeltreppe. Marmaduke lief ihm nach, und zusammen stürzten sie, immer drei Stufen auf einmal nehmend, die gewundene Treppe in den ersten Stock hinauf.

Je näher sie Marmadukes und Caterines Schlafzimmer kamen, desto lauter wurde das Weinen des Kindes, und die Tür des Raums sprang auf, noch bevor sie ihn erreicht hatten.

»Ihr habt ein gesundes Kind, Mylord.« Caterine strahlte, als sie das Clanoberhaupt der MacKenzies sah und hielt ihm die Tür weit auf. »Ein kleines Mädchen mit Eurem dunklen Haar und Euren blauen Augen.«

»Ein Mädchen?« Duncans Augen weiteten sich vor Freude. »Ein kleines Mädchen?«

Caterine nickte und wischte sich eine Träne aus dem Augenwinkel. »Und ein sehr hübsches noch dazu. Sie ist geradezu vollkommen ... *wunderschön*.«

Aber Duncan hatte sich bereits an ihr vorbei ins Zimmer gedrängt.

»Sie sieht genauso aus wie er«, sagte sie, und ihre Augen schimmerten von ungeweinten Tränen, als sie zu Marmaduke aufblickte und lächelte. »Ich habe nie ein entzückenderes Neugeborenes gesehen.«

Auch sein gesundes Auge glänzte feucht, als Sir Marmaduke einen Arm um sie legte und sie in das Schlafzimmer zurückführte, wo er sich jedoch ganz bewusst mit ihr im Hintergrund hielt, um seinem Lehnsherrn ein paar ungestörte Augenblicke mit seiner Frau und seinem neu geborenen Kind zu gönnen.

So ungestört, wie man es in Anwesenheit der alten Elspeth, der Hebamme, die geschäftig hin und her eilte, sich um das Bett herumdrückte und wie eine Glucke gackerte, sein konnte.

Schlimmer noch, jeder Narr von unten versammelte sich nun auf dem Korridor und verrenkte sich den Hals, um einen Blick auf das neugeborene Kind des MacKenzies zu erhaschen … und *einige* ganz besonders Dreiste drängten sich sogar ins Schlafzimmer.

»Ich habe Euch doch gesagt, Ihr brauchtet Euch keine Sorgen zu machen, mein Junge«, erklärte Fergus und drückte stolz die mageren Schultern durch. Dreist wie er war, marschierte er geradewegs zum Bett.

Dort beugte der bejahrte Seneschall sich vor und untersuchte das Kind einen fast unanständig langen Augenblick lang, bevor er sich zu den wartenden Gästen umwandte, die sich auf der Schwelle drängten. »Ein schöneres Kind hat diese Burg nie geziert«, verkündete er gestelzt und wurde dann sogar noch dreister und strich der Mutter mit seiner knotigen Hand über die Wange. »Aber das wussten wir beide ja schon die ganze Zeit, nicht wahr, mein Mädchen?«

»*… wussten wir beide ja schon die ganze Zeit …*«, äffte Duncan ihn nach, aber er brachte es nicht fertig, mit seiner zitternder Stimme und den feuchten Augen einschüchternd zu wirken.

Caterine trat zu ihnen ans Bett und lächelte ihre Schwester an, während Elspeth ein duftendes, feuchtes Tuch auf Linnets Stirn legte.

Blass, mit dunklen Schatten unter ihren Augen, lag Linnet MacKenzie in den Kissen und hielt ihr Baby in den Armen.

»Sie ist wunderschön.« Caterine wurde ganz warm ums Herz, als sie die winzige rosa Hand des Kinds berührte.

»Und *du* bist schön, meine Schwester. Ich bin so froh, dass ich dich wiederhabe.« Linnet griff nach ihrer Hand. »Du bist mir nicht böse, weil ich ...«

»Weil du mir meinen Beschützer geschickt hast?« Caterine sah zu Marmaduke, und ihre freie Hand glitt ganz unwillkürlich zu dem großen Rubinring, den sie noch immer an einer Kette um den Hals trug. »Nein, meine Liebe, ich wünschte nur, du hättest ihn mir schon früher geschickt.«

Linnet nickte, sichtlich erfreut. »Und auch nicht, weil ich ...«

»Weil du mir dein süßes Geheimnis verschwiegen hast?« Caterine streckte die Hand aus, um den schwarzen Flaum auf dem Kopf des Kinds zu streicheln. »Nein, auch das verstehe ich«, sagte sie mit einem weiteren Blick auf den Mann, den sie liebte, und strahlte, als er einen Arm um sie schlang und sie an sich zog.

»Und du hattest Recht ... wenn ich es gewusst hätte, wäre ich sofort gekommen, und dann hätte ein gewisser Beschützer nie erfahren, ob ich ihm wirklich und wahrhaftig mein Herz geschenkt hatte.«

»Und hast du es getan?«, fragte Linnet. »Liebst du ihn so –« Sie brach ab und warf einen raschen Blick auf ihren eigenen Ehemann –, »wie wir gehofft hatten, dass du es tun würdest?«

»Nein.« Caterine schüttelte den Kopf. »Ich liebe ihn noch mehr. Viel mehr«, versicherte sie ihrer Schwester und jedem anderen, der es hören wollte.

Ein hörbarer Seufzer, oder vielleicht auch nur der ruhelose Nachtwind, war von irgendwo ganz in der Nähe zu vernehmen, aber als Caterine sich umsah, sah sie niemanden, der nahe genug stand, um diesen Laut erzeugt zu haben.

Sie strich mit der Hand über ihren Nacken, der mit einem Mal ganz seltsam prickelte, und schenkte ihrer Schwester ein unsicheres Lächeln. »Du hast ein schönes, wunderbares neues Leben erschaffen.«

»Und *du* hast auch ein schönes neues Leben«, sagte Linnet, und ihre Stimme war ganz heiser vor Emotion.

»Aye, das habe ich«, stimmte Caterine zu und griff nach Marmadukes Hand. »Ein neues und sehr *gutes* Leben.«

»Und wie sollen wir *dieses* neue Leben nennen?«, wollte Duncan wissen, dessen dunkelblaue Augen verdächtig glänzten. Liebevoll berührte er die Wange seiner Frau. »Hast du dir schon einen Namen für unsere schöne Tochter ausgedacht?«

»Wie wäre es, wenn ihr sie Arabella nennen würdet?«, schlug Caterine vor. Der Name war ihr gerade erst eingefallen, aber er erschien ihr irgendwie sehr passend.

Ihr Mann warf ihr einen scharfen Blick zu, aber als sie seine Hand drückte und ihn anlächelte, wechselte sein Gesichtsausdruck rasch und bedachte sie mit einer wundervollen Wärme.

»Nun?« Caterine wandte sich wieder ihrer Schwester und ihrer kleinen Tochter zu.

»Aye, Arabella ist ein schöner Name«, pflichtete Linnet ihr bei, bevor sie fragend ihren Mann ansah. »Und was meint Ihr, Mylord?«

Duncan starrte Sir Marmaduke einen Moment lang prüfend an, dann, scheinbar zufrieden mit dem, was er dort sah, erschien ein tapferes Lächeln auf seinem gut aussehenden Gesicht. »Dann soll sie also Arabella heißen.«

Und im selben Augenblick, als er es sagte, lächelte auch irgendwo in der Dunkelheit der kalten, stürmischen Nacht ein Engel mit kohlrabenschwarzem Haar.

ENDE